妖锦 作品

孤王寡女

3

相思令

[下册]

青岛出版社
QINGDAO PUBLISHING HOUSE

第七章　绾发为至情

一种忽如其来的蜇痛感，从指尖开始，蔓延到心脏，有一种麻木的酸涩感生生揪着身上的神经，让墨九动弹不得，只能任由情绪蔓延，直到血液流速慢慢恢复正常。

绾发结情终白首。

绾发一词，不知从何时起，总与白首沾点情分。

墨九看着萧乾柔软的目光，咧了咧嘴，想努力表现得轻松点、自在点。可她到底不是天生的表演家，想要在这种情况下装作无所谓，实在太艰难。

"真像是做梦。"她莫名一笑，顺手抚了抚萧乾的头发，"绾发没问题，可是萧六郎，没有梳子怎么办？"

萧乾盘腿坐在杂乱的稻草上，微笑着看她，姿势是一副很标准的古人风骨，那笑容也水滴似的，一点点渗入墨九的心底，让她无端打了个冷战。

"以指为梳，方是至情。"

十指连心，以指代梳，便是用心。

墨九心里涌起一阵怪异的酸胀感，像有什么情绪要破体而出。

她拼命压制着，眼圈儿有点红，脑袋却有些蒙。

萧六郎，到底是怎么想的呢？

从汴京不远千里到临安自投罗网，当真就没有做好自救的准备？

"萧六郎，除了绾发，你没有别的事让我做了吗？只剩下两天了，时间很宝贵，我们不该浪费在这样无聊的事情上。"

她轻声问着，心里残存着一丝希望。

萧乾动作依旧，岿然不动，安静地带笑看着她："绾发，也是大事。"

墨九闭了闭眼睛，突然不想看他的笑。

好吧，绾发确实是大事。

揉一下酸酸的眼睛，墨九抬头，硬生生把夺眶的眼泪逼了回去："好，那我就再为你绾一次发。"

他欣慰似的一笑，轻声道："那天你为我绾的发髻太松，走几步就会掉下来。这一次，绾紧一点。"

"嘿，你还敢嫌弃我的手艺？"

"不敢。"他严肃脸，"只要阿九绾的，都好。"

"去！你不嫌，我却嫌得紧。"墨九低头掸一下他的肩膀，目光灼灼地盯着他，"等着，我去要一把梳子。"

她微微弯了弯唇，笑着出去了，再回来时，手上拿了一把簇新的木梳。

宋熹果然给了她极大的"自由"，只要她不把人往皇城司狱外面领，她有什么要求牢头都会尽力满足，何况她要的仅仅是一把小小的梳子。

"这监狱对将死之人还是很人性的。"

墨九回来时，对萧乾这样说着，脸上是带着笑的。

一个"死"字，好像二人都不想再避讳了。

萧乾也不以为意，嗯一声："阿九有没有给人道谢？"

墨九扫他一眼，轻哼一声，憋着心里那股子想骂娘的冲动，嘴皮动了动，溜出一句话来："有谢，不仅谢了他，还谢了他祖宗十八代。"

萧乾轻笑摇头，神色间有纵容，也有无奈。

墨九瞥他一眼，不再说话，慢慢半跪在他背后，一点一点为他梳理头发。

与大多数古人一样，萧乾的头发很长，却是墨九见过的最为柔顺的长发。他这个人有洁癖，好讲究，往常最多两天就要洗一次发，宝贵得什么似的。

墨九也爱极他这一头黑发，每当二人同躺一个被窝时，她就喜欢摸在手心里把玩，像抚摸缎子似的，柔在手上，顺在心底，感觉极为喜人。

可那些无意识的玩乐，如今想来，每一个片段都像被锯开的一个豁口，触摸一下，就生生作痛。

"阿九怎么了？"萧乾发现了她的沉默，轻声问道。

"嗯？"墨九梳着发，心寸寸柔软，"没事儿。"

"没事怎么不说话？"

"你头发太脏了，不好梳，我没闲工夫说话。"

她说得平静，还带了一丝调侃，萧乾叹一口气，扯过她的手腕，把她拉过来坐在自己的腿上："你往常不是最嫌我爱干净吗？如今合了你的意，你却又来讨打了。你说说，可拿你怎么办才好？"

墨九眉头微蹙，无辜地瞪他。

270

"我嫌过你吗？根本就是你一直嫌弃我吧。"

是的，往常总是萧乾嫌弃墨九的时候多。

不得不说，比起萧乾的干净来，墨九也觉得自己实在太邋遢了。

最开始，看到她对个人卫生的"随意"，萧乾大多数时候只是蹙着眉头一本正经地教训一下。后来，他大抵实在受不住她的懒惰了，索性自己动手，恨铁不成钢地把她扯过来，该洗哪里洗哪里。墨九也是一个不要脸皮的货，有人伺候，就继续邋遢下去，等着他来替自己收拾。

时间一长，他习惯了，她也习惯了。

于是，萧六郎活生生多了一个爷。

而墨九也成功把自己修炼成了爷。

想到那些过往，墨九好不容易才忽略掉胸口难受的闷堵，将双手搭在他的肩膀上，慢慢绽开一个笑容。

"萧六郎，你说你这个人吧，看着挺凉薄无情的，怎么却肯这样惯我？既然惯了，那不应当负责到底吗？我已经依赖你惯了，你如果死了，谁帮我洗头，谁帮我收拾？谁能在我愤怒的时候微笑安慰，谁又能让我真正信任，让我相信他永远不会害我？"

看她嘟着嘴巴数落，一脸玩笑的样子，萧乾眉梢扬了扬，情绪也松快起来。他搂着她往后靠了靠，将后背抵在坚硬冰冷的墙上，掌心轻缓地顺着她的头发。

"傻瓜！你还会遇到更好的人……"

墨九双眼晶亮，眸底却有一丝浓郁之色："可他们都不是你。"

"阿九……"萧乾喉咙一紧，几不成言。

"萧六郎，你不知道吗？刚好的时间出现，刚好契合了彼此的生命，刚好在有勇气去爱的时候，就爱上了，刚好在想找个人一起的时候就在一起了……那么，他出现过，从此就再也无法替代。"

他静静看她，不语。

墨九唇角牵开，一字一字补充："任何人，都不行。"

往常，两人从来不喜欢说太过肉麻的话，偶尔还会夹枪带棒地互讽几句，尤其是墨九，她最受不了那种山盟海誓的文艺范儿小娇情，甚至也从来没有想过，这个世界真有什么狗屁的爱情，自己真的会非哪个男人不可，离开了他就不能活……

可事实是，有些人，真的会渗入生命。

一点一滴，慢慢渗透。

在她猝不及防的时候，已然成了生命共同体。

有了他，才能完整。

离了他，就像要将血肉从身体里剥离，活生生地撕扯着……

她眼圈泛红，脸上带着笑，样子乖顺，却满眼桀骜，像是硬要逼他说出一点什么计划来，或者像往常一样胸有成竹地让她相信，那什么"处斩萧氏一族"的事，全在他的意料之中，只不过是他下的一步小棋。

　　可她盼了许久，萧乾到底什么也没有说。

　　他浅叹一声，搂紧她，失笑不已："我还以为阿九应当高兴才是。你不是最讨厌我对你管束过多，什么事都要替你安排，从来不肯尊重你的意见，又霸道，又不讲理，甚至从来不肯让你参与那些事情吗？没了我，从此再也没有人管束你了，你想做什么就可以做什么……大抵，这便是你一直想要的自由，真正的自由吧？"

　　墨九喉咙哽得难受，竟说不出话来。

　　没有错，她很喜欢自由。

　　他说的那些，也都曾是她对萧六郎的埋怨。

　　两人相处的时候，确实有很多不尽如人意的地方。

　　甚至无数次，她为了得到自主权，不惜与他抗争。

　　可这一刻，她真的什么都不想要了。

　　只要他活着，什么都好。

　　哪怕天天吵架，争得面红耳赤，也想要他在身边。

　　"怎么哭了？"他拭了拭她的眼圈，笑着哄道，"阿九是最坚强的姑娘，我记得你不喜欢哭的。"

　　墨九吸了吸鼻子，终于忍不住泪水决堤。

　　可她没有哭出声音，却挂着泪笑拍他的手，说了一句讨厌。

　　"谁让你煽情来着？好像真就要死了似的。坐好，我替你梳头。"

　　她带着一种莫名的怨怼，再次把萧乾扳转过来背对自己，然后半跪在他身后的稻草上，抓扯住他的一缕头发，不满地用力一拉。

　　想来是痛了，萧乾蹙了蹙眉，却任由她撒气，没有吭声。

　　见状，墨九哼一声，不由得放松了力道。

　　她拿着梳子，勾起他的一缕头发，梳了梳，又移到他的额角，慢慢梳起。

　　"萧六郎，我这个人是不是沾点儿傻气？性格不好，脾气不好，仔细想想，好像……真没有几个算得上好的地方。以后我慢慢改，等我改好了，你会不会更喜欢我了？"

　　萧乾一动不动，任由她在头上折腾："你这样，就很好。"

　　墨九低头，看着他挺拔的背影轻笑："真的？"

　　"真的。"他略点头，扯得头发一痛，又抬起头来淡声补充，"沾点儿傻气，那是简单；性格不好，那是率真；脾气不好，那是直接。宁与简单率真直接的人相交，也勿与口蜜腹剑、笑里藏刀的人为友。"

墨九噗一声笑了："这话谁说的，好有见识。"

萧乾沉默片刻，轻吐两个字："我娘。"

梳头的手指顿了顿，墨九许久未答。

相识这么久，她很少听萧乾提到他娘。只知道那个世界上最爱他的女人，早就已经过世了。

"唉！"墨九幽叹一声，梳理头发的手不由自主放得更轻，任由他墨一般柔顺的长发从指尖滑过。

"萧乾，讲讲你娘呗。"

人的情绪埋藏太久不好，总是需要倾诉的，而她愿意倾听以及分享与他有关的一切。

牢室中的灯火幽幽晃动，映得萧乾俊朗的面容略显苍白，声音也仿佛被描上了一层忧郁的色彩，听上去沉沉的，夹带一点沙哑。

"她是个很平常的妇人。我不在的时候，会哭、会忧伤、会烦恼；我在的时候，她却只会笑。"

会哭、会忧伤、会烦恼的妇人，自然是弱者。

可妇人虽弱，为母则强。

为了她的儿子，再艰难她也要笑。

看来萧乾的娘亲是一个坚强的女人，她所受的那些伤害，换到现代的女人身上尚且难过，何况在封建时代。

墨九听了他简单的答案，见他不再继续，便知这件事在他心里还有一道坎儿、一道伤疤，他并没有真正走出来。

他自己不愿意走出来，那么，谁也拉拽不了。

"别动！要歪了。"她笑着抚住刚刚为他绾好的发髻，适时把彼此从忧伤的情绪中拉回来，再慢慢为他插上一根发簪。

这活儿墨九干得太少，确实手脚笨拙，怎么都利索不起来，插了好几次发簪还是有一点歪斜，头发也越弄越凌乱。

她有点儿着急了，又扶又扯，恨不得吐点儿唾沫给他沾上去。

萧乾终是受不住，无奈地笑了，从她手上接过发簪，自己慢慢插在髻上。

"六郎……"墨九突然有点儿讨厌自己，"我是不是很笨？"

他回身把她扯入怀里，唇上的笑未退："是。不过我长得俊，发髻好不好，无损容颜。"

这么自恋？墨九哭笑不得，伸手在他的双颊上扯了扯。

"够了你！"

"我有说错？"他诧异地挑眉。

273

"没错！"墨九左右端详他，"可你说你这么俊，万一九爷一个忍不住把你给非礼了，可怎么办才好？"

"能怎么办？"萧乾笑道，"最多，再绾一次发喽？"

"哈哈！"墨九笑声有点大，一个脆生生的巴掌也适时拍向了他的手心，"浑蛋！尽想好事儿，巴不得我非礼你是吧？"

萧乾但笑不语。

墨九看着他澄澈的眼，莫名地突然动了歪心思。

萧乾说，比死更可怕的，是带着遗憾去死。

如果结果真的不堪，她会有什么遗憾？

从目前的情形来看，宋熹是不可能放手的。如今萧乾和整个萧家的人都被羁押在皇城司狱，宋熹如果执意要杀萧乾，哪怕萧乾长了翅膀也未必能飞出去……

难道萧乾真的没有留后手？又或者，从他决定返回临安，就已经想到有今日了？

这个结论想来似乎不可思议，因为妇人之仁实在不像萧乾的为人。

可有一些情感，除了当事人，旁人谁也不能体会。亲人、骨肉、血缘……这是生死都割不掉的情义。

萧乾真做出什么决定，也定然不求人懂，只求心安。

想到这个可能，她身子僵了片刻，又是一笑，猛地朝他眨眼："萧六郎，你想不想……"

他凝视着她古怪的面孔："想什么？"

真不懂，还是假不懂？

墨九蹙了蹙眉："那个。"

"哪个？"

"就是那个嘛。"

"哦。"他像是懂了，笑着拍她的额头，"阿九可真是，唉！"

"叹什么气？反正你死了我也要死。咱们是云雨蛊的宿主，不是此生彼生、此亡彼亡的吗？如果赶明儿咱们死了，我还没有试过……那欢好是什么滋味儿呢，多可惜。"

"呃！"萧乾微微诧异，望着她的目光里有着一本正经的探究，"原来阿九指的是那个？"

"啊，你以为我指的是哪个？"

"那个。"

"哪个？"

"就是那个……"萧乾的手指着静静摆在檀木盖子上的那一壶梨觞，脸上带着一丝促狭的笑。墨九愣了一瞬，刚好捕捉到这个表情，这才晓得被他耍弄了，不由得噗·声笑开来，撑着额头直瞪他。

"你这个人还真是……开个荤玩笑都这么正经。"

"我一直很正经。"

"不要脸。"

墨九嗔他，笑着笑着，心里又开始发酸。

相处的日子越是美好，分别时就越是舍不得，也就会越来越紧张。

然后……试图去掩饰紧张。

墨九慢吞吞看向梨觞，满带风情地斜飞他一眼："六郎，如果我指的不是这个，而是那个呢？"

萧乾笑着，拍她的手心："混账！还能不能好好坐牢了？"

这个时候不该笑，可听了他这话，墨九就是想笑。

男女间相处就是这样，不知不觉就契合了彼此的言行习惯。没想到严肃如萧六郎，也学她的现代语言……

"好吧，萧六郎，算你牛，今儿九爷饶你一回。"

有时候，悲伤的气氛并不适合离别，因为悲伤只会加重离别的痛苦……

更何况，她又何曾甘愿真正离别？

为萧乾的性命，也为她自己的性命，怎么也得抗争一下。反正不论有没有云雨蛊，两人的命都已经连在一起了，这一点她清楚得很。

她笑嘻嘻地说完，站起身，将那把木梳拿起来放在手心上，瞄了一眼，又狠狠捏紧："萧六郎，你等我，我去还梳子……"

这是一把普通的木梳，柄上雕有简单的图案，并无甚出奇的地方，可她刚拿起要走，萧乾却猛地拽住了她的手腕。

"不急！"

他笑着顺势把梳子从她手中夺过来："一把梳子而已，还不还回去，想必他们也不介意。再且，明儿天亮我还要用哩，阿九何苦专程跑一趟？"

墨九低头望着他手心里的木梳："借人的东西不还终究不好。"

"无妨，又不是什么贵重之物。"

"梳即代表输，不还……不吉利。"

"被关押在大牢里，还谈何吉利？"

"……"

墨九静静看他："萧六郎，你越来越调皮了。"

"是阿九太调皮，让我不得不防。"

两人对视着，表情都带着笑，说的一直是木梳，萧乾的神色也一如既往地淡

275

然，墨九的笑容却在他的从容里，一点一点龟裂、褪色……

终于，她无奈叹息，眼睛一眨不眨地看着他："什么都瞒不过你，真是无趣得很。"

"阿九有这份心思，哪会无趣？我很稀罕。"萧乾微笑着安慰，慢慢握紧她的手，拉她坐在怀里，不舍似的搂住，掌心轻抚慢拍，"然，我并不需要你们做出这么大的牺牲。更何况，就算牺牲了墨家，也未必能救出我。"

"可是你……"墨九蹙眉看着他，目光又转向那一壶梨觞，紧紧咬住唇，竟是什么也说不出来。

来监狱之前，墨九自然不单单准备了食材。

她虽然不想墨家弟子为了她涉险，可墨妄他们又怎会眼睁睁看他们如此？墨家弟子不少，死士也不少，在墨妄的带领下，他们准备了爆破的火器等劫狱装置，甚至连潜逃出京的路线与接头人都安排妥了。

借梳子的时候，墨九已与墨妄达成共识，一旦还梳子，就是动手的信号。

萧家一干族人还在大牢里，他们也猜测萧六郎不会轻易独自潜逃，要不然他又何苦回临安？所以，墨九事先在梨觞酒里下了药。她只要算好时间，把梳子送出去，外面等候的墨妄就能领会她的意图，带着墨家弟子爆破劫狱。

然而，事与愿违。

在"判官六"面前，她下药的雕虫小技太容易被他识破。

但她想不明白，那壶酒他不是喝下去了吗？

迎上她疑惑的目光，萧乾轻笑："就知道你这妖精没安什么好心。可我自己配的药，又怎么会药着自己？"

墨九原是一个性子从容的人，可事到临头什么都准备好了，却出了这样的岔子，她不由得焦灼起来，盯着萧乾，一股子无端的怒气涌上心间，语气也变得不怎么友好："行行行，算你行。萧六郎，你要死我也不想拦你，可大哥，你要死不要带上我行不行？你又不是不知道我们是云雨蛊的宿体，一个死，另一个也必然会亡。你是想我跟你一同去死吗？"

"阿九……"他的声音定了许久，方紧紧攥住她的拳头，"我不会让你死的。"

不会让她死？什么意思？

墨九目光一转，颓然的情绪突地打了鸡血般高涨起来。猛一把握紧萧乾的手，动作有些急切，一双满带期望的眼睛里浮上了喜色："萧六郎，我就知道你会有办法的。快告诉我，怎么办？"

萧乾目光沉下，落在她的脸上，久久方轻吐一句："代替我，活下去。"

代替他活下去，又是什么意思？

墨九紧紧抓住他的手，想从他平静的眼眸里瞧出什么情绪来，可什么也没有，什么也看不出来，她甚至都不知道他说的是真是假……她的双手越抓越紧，无意识间，指甲竟然在他的手背上掐出一道深深的血痕。

"告诉我，萧六郎，你到底怎么想的？"

萧乾像是不知疼痛，不闪不躲，也不叫疼，冷不丁一把将她拉过来深深拥住，低下头，滚烫的吻就烙上她纤细的脖子。

脖间的温暖让墨九忍不住哆嗦了一下，惊了惊，随即停止挣扎，抬头看他："萧六郎，你……"

她声音未落，脖子上突地传来一疼："啊！你咬我？"

萧乾真的咬了她，狠狠地咬了她……

墨九痛得龇了龇牙，但不过转瞬间，一种怪异的游离感就主宰了她的意识，让她的思维渐渐变得迷糊。

"萧六郎……"她呻吟般叫着他的名字，身子软倒在他的怀里，"你对我做了什么？"

他抚着她耳边的发，沉沉出声："云雨蛊，本该在一起。"

在一起？墨九惊了惊，又不太理解。

他是要把云蛊一起种入她的体内？

可是，云雨蛊不是要选择至阴至阳的体质吗？她的身体，又怎么容得下云蛊呢？

心里有太多疑惑，她很想问他，也很想亲眼看看萧六郎到底要怎样让云雨蛊在一起。可她什么都来不及了，眼前越来越花，视线也越来越模糊，面前的萧六郎慢慢变成了一个不太清晰的影子，带着温暖的笑，渐渐消失在她的视野里……

哦不，是她失去意识，软在了他的怀里。

随着她的身子一同滑下的，还有眼角那一颗悬了半天的眼泪。

"阿九……"萧乾紧紧圈住她，目光软如流水，"对不起！"

迟疑了一下，他又抱紧她，低头摩挲她的脸："阿九，我心悦你，不因云雨蛊。"

墨九昏昏沉沉地睡了两天。

两天里，她时而清醒，时而糊涂，就是起不得床。

她是在皇城司狱里被萧乾抱到甬道门口，再由墨妄抱出监狱，放在马车上带回临云山庄的。对于那一天墨家在临安城里的动静，朝廷也不晓得知不知情，始终没有理会，也没有人追究。

但墨妄明白，萧乾抱着一心与萧家共存亡不愿被营救的执念。

那么……墨九不醒，他就没有坚持的理由。

两天里，他守在墨九的床边，寸步不离，给她喂水、灌粥、擦汗，偶尔也对她说说话。

他知道是萧乾对她下了药，能掌握好分量，墨九肯定不会出什么事，但他容不得她有丝毫闪失，也生怕自己一时疏忽，会让昏迷不醒的她出现什么意外。

所以，前前后后的张罗，他都不假人手。

两日两夜转眼过去……

长夜漫漫，沉睡的人终将被黎明唤醒。

临安城里，鸡鸣狗吠，商铺一个个打开了门，卖早点的小贩吆喝着，推着木板车在街道的青石板上滚动出一阵阵吱呀声，在这个还没有亮透的清晨，汇成一曲独有的乐章。

天亮，人起。

这一天似乎与往常没有什么区别。但这一天又格外沉重，也必将永远写入历史。

大人们早早起床，做好早饭，唤醒熟睡的孩子，匆匆吃罢，又早早前往皇城司狱外面的街口候着，看震惊天下的萧氏大案——今天，萧氏一族要在刑场处斩。

昨夜，南荣刑部、大理寺、御史台和审刑院的主官们第一次提审了萧氏一干重案犯，分别录问，据闻萧氏重案犯都已认罪，四个部门忙碌了一夜，单单入库的卷宗就堆满了整整一层案架，萧氏之罪多达数十项……

今日凌晨，几位主官将结果呈交景昌帝宋熹。

景昌帝考虑片刻，批复了四个字——满门抄斩。

如此，在坊间传得沸沸扬扬的萧氏将全族处斩一事，终于得到证实。

寅时，天还未大亮，苍穹如墨，一切像笼罩在一块巨大的黑布之中。

皇城司狱的灯火，一夜未熄。

长长的甬道上，萧乾的皂靴轻轻踏过。

每一步都伴着他腿上铁链的叮当声，让这个寂静的空间显得格外凄清，无端让人毛骨悚然。狱卒们不敢直视他的眼睛，却有一种叫作恐惧的东西爬满了全身。

"萧使君，请吧！"

囚车早已备好，单为他一人准备的。

萧乾目不斜视，大步入内，像坐上中军帐的帅椅。

咔嚓一声，囚车上锁。

牢头松了一口气："起！"

等羁押萧乾的囚车驶出皇城司狱的大门，外面早就喧嚣起来。还没见到人，就已经可以听见那一片凄厉的哭声。不懂事的小孩儿哇哇不已，妇人们大声饮泣，男人们只能压抑地低咽……

萧乾眼眸微眯，从囚车上望出去。

皇城司狱门口整整齐齐地摆了一行囚车，两侧站满了披坚执锐的禁军，防备地盯着皇城司狱外面的大街，而每辆囚车边上，还有四个人负责押送，守卫之森严，防守之严密，可以看得出来，萧氏一族依旧很受当今陛下"重视"。

"六郎？"

"是六郎来了！"

"六郎，救我……"

"呜，六郎救救我们啊，我们不想死。"

曾经的萧六郎是无所不能的，萧氏那些无助的妇孺看到萧乾出现，纷纷哭喊起来。

现场登时喧闹一片，哭喊声比先前更甚。

负责押送的人是殿前司都指挥使尉迟皓。他看一眼那场面，蹙了蹙眉头，不耐烦地高声大吼："喊什么？喊什么？都闭嘴！通通闭嘴！"

止不住的哭声确实令人心烦，他拔出钢刀重重敲在囚车上，那令人惊惧的铿铿声，吓到了一群孩子和妇人，他们闭紧嘴巴，却止不住滚滚而落的眼泪，还有那巴巴望着萧乾的求助眼神。

然而，他们似乎忘了，萧六郎也在囚车里……

他从汴京回来了，北征的大军被留在汉水北岸……

世上两大悲凉，一曰美人迟暮，一曰英雄末路。

街道两边的百姓们指指点点，无数人关注着萧乾。

可这个末路英雄始终端坐在囚车里，冷眼观望，一言不发。

看他如此，那些原本还抱有希望的萧氏族人眼睛里终于褪去了光采。

"六郎。"一道低沉的声音，在前方的囚车里响起。

他望着萧乾，短短时间已然斑白的头发，使他添了一种老态龙钟的神态，脸上的表情，有无奈、有沧桑、有悲哀，还有浓浓的不舍："你不该回来啊，傻儿子。"

这个人是护国公萧运长。

褪去了昔日沙场战将的尖锐，褪去了百年望族国公爷的身份，坐在囚车里的萧运长更像一个慈父，一个普通得不能再普通的父亲，眉眼间全是对儿子性命的惋惜，或许还带着对萧氏一族即将断子绝孙的悲凉。

萧乾皱了皱眉，收回了视线，不回答，不关心，神情如古井无波。

尉迟皓看一眼萧乾，扬起手上的刀鞘："众将士听令，把人犯押送刑场！"

青石板铺成的大街上，囚车辘辘而行，路面不知被哪些好心人打扫过，干净得如同被水洗涤过一般，在这样炎热的夏季，竟然没有半点浮尘，透着发白的天光；天空有一种清澈的湛蓝，干净得好像这片天地间不曾有半分污秽。

"唉！"

"可怜！"

"还有孩子呢……"

在老百姓的唉声叹气和萧氏妇幼的饮泣声中，囚车通过皇城司狱外的大街，走上了临安街道。

在案犯行刑前，会有一个游街示众的过程，目的自然是"以儆效尤"。在临安城长居的百姓并不是没有见过行刑，对这样的场面也不算太过陌生，但曾经在南荣鼎盛一时的萧氏一族，五百多人被押在囚车里示众，其庞大的声势，是整个临安的百姓都不曾见过的。

有人说，这是谢家的胜利。

曾经谢忱倒台死亡时，大家都以为萧家斗倒了谢家。

可结果逆转，萧家还是栽在谢家手里。

当今皇帝出自谢氏妇人，当今皇后更是谢忱的女儿。而且，帝后夫妻和谐，恩爱无疑，景昌皇帝甚至独宠皇后一人。如今外战已决，内政安泰，景昌帝不拿萧家开刀祭奠谢家，更待何时？

既可报仇，又可铲除政敌，这简直就是一步一举两得的绝妙好棋。

四月，正是木香花盛开的季节。囚车路过的街道两边的高墙上，爬满了木香花。

不知何处大风起，越吹越劲。

风一拂，一些即将凋谢的花瓣脱离了花茎，迎风飞起，在空中翻转几下，有些落在囚车上，有些落在萧乾的发上，将他俊俏的容色衬得更为尊贵不凡。

"今儿这风，真大啊！"

"妖风！"

"唉……是有冤啦。"

"嘘，说不得，说不得。"

"有什么说不得，一杀就是五百多人，暴政……"

街道两侧都是值守的禁军，但南荣也算是一个百姓敢于言论的国家，人群里老百姓的话没人阻止得了。一个盛世家族的谢幕足够令人唏嘘，更何况还是以这样凄恻惨淡的方式。

大街上人潮汹涌，如果没有禁军执刀阻止，恐怕人流早就冲破了禁制。

"萧六郎！"

这时，人群里挤出一个披头散发的姑娘。

她像是刚从睡梦中爬起来，还没有彻底清醒，视线有些蒙眬，衣衫也不太整齐，赤着双脚，披着长长的头发，一袭衣裙在大风中胡乱飞舞，绝美的容颜上带着一种妖异的戾气，竟让禁军一时呆怔，眼睁睁看着她冲过来，无人阻挡。

　　一直到她趴在了萧乾的囚车上，几名禁军才骤然惊醒。

　　"找死吗？还不出去！"

　　他们想要过来拉她，墨九回眸一瞪，眼睛里全是仇恨的光芒。

　　"我就找死了，不仅找死，还拉你一块儿死！来啊！"

　　"你——"那禁军还想骂什么，却被尉迟皓及时制止。

　　他认识墨九，朝身边的校尉使了个眼色，上前小声赔笑："九姑娘，还请不要与我等为难，给个方便才是。"

　　为难？方便？

　　墨九眼眶有点红，高仰下巴："今儿九爷还就为难你们了，怎的？"

　　她慢腾腾地站起来，高扬起手腕，上面绑着寒光闪闪的暴雨梨花针，她摊开的手心里，有几颗轰天雷。她不惧不畏、昂首挺胸地站在萧乾的囚车前，冷声道："谁敢阻止我，此处就是他的葬身之地。"

　　这时，很多人都认出来了——那个传说中的墨家巨子。

　　人们见过各种各样的墨九，带着肆意笑容的、情绪飞扬的，却从来没有见过这样披头散发、赤着双脚、宛若疯魔的墨九。

　　一时间，从尉迟皓到一千百姓都怔住了，不敢相信一个正常人真会选择以这样的方式同归于尽。

　　可她的样子看上去……确实不太正常。

　　脸异样红，眼异样狠，像头恨不得啖人血肉的小兽。

　　"阿九！"囚车里的萧乾望一眼长街上黑压压的人群，再看向墨九飞舞的长发和挺直的身姿，目光里微微渗了一些凉意，"此处人多，胡闹不得。"

　　墨九回头看向他。

　　两人互视许久，萧乾目光坚定，不曾变化半分。

　　墨九的神色却变了又变，眼睛一眨不眨地盯着他。

　　好一会儿，她一只手抓住囚车的木栏蹲了下来："萧六郎，你忘记答应我的事了？"

　　萧乾垂了垂眼眸，不与她对视："回去！"

　　"我为什么要听你的？"墨九抓牢木栏，声音近乎冷漠，"你给我下药，就是不想我醒过来看见你死对不对？可你肯定没有料到，我的意志力会这么坚强，我控制住了药效，提前一天醒来。萧六郎，你高不高兴？"

　　萧乾紧紧抿唇，看着她不言不语。

墨九呵地冷笑一声："萧六郎，你可真残忍。你为什么不再狠一点，干脆毒死我算了？为什么要留下我一个人，让我给你收尸吗？"

"阿九……"萧乾低低喊了一声，眉间似有踌躇。

这时，人群已经反应过来。有人开始往前拥挤，禁军也有点慌乱。

萧乾长叹一声："生死有命。乖，回去。"

墨九继续冷笑，双目里是火一样的血丝："要我眼睁睁看着你去死，我做不到。今儿除非他们先杀了我，踏着我的尸体押你去刑场。"

她微仰着头，扫一遍那些想要伺机擒她的人，喊一声不远处的墨妄，见他点头，又回过头来看着萧乾，目光从他脸上慢慢扫过，那只手却越过囚车木栏，抓紧他的手，一字一顿地道："除非我死，否则，我办不到。"

风从长街上吹拂过来，似乎更妖了。

围观的百姓里头，有的人被风眯了眼，竟淌了泪。也或许，他们是被那个立在囚车前的女子感动得落了泪。

这样的妇人原就是不凡的，制得了火器，玩得了机关，看得了风水，下得了厨房，也敢于冲向囚车，敢于向朝廷说"不"，那骨气与本事丝毫不输男子，却还如此有情有义。

只可惜，又能有什么用呢？

她醒来得还是太迟了，这里有数万禁军、数万百姓，临安几大城门从昨夜就闭城未开，连一只苍蝇都飞不出去，就算墨家机关火器天下无敌，就算她墨九有通天的本事，也是蚍蜉撼树，多添几副棺材而已……

这边的僵持，让尉迟皓很头痛。事情牵涉墨九，他不敢独断。

在墨九出现时，他一边防备着，一边已叫人快马入宫通知了宋熹。

于是，在墨九与萧乾僵持时，他没有下命令，禁军也就无人前去阻止。

尉迟皓在等消息，不敢轻举妄动。

渐渐地，天亮开了。可原本晴朗的天色变了，天边乌云滚滚压了下来，低沉得像一块重重的大石头压在人们的心里头，似在为萧氏一族默哀致意。

木香花洁白的花瓣飘飞不停，一片接一片，在墨九与萧乾中间荡来荡去。

俊男、美女、洁白的花……这画面，有一种悲凉的美感。

以墨家的实力，光天化日之下，要半途劫走五百多口人，根本就不可能办到，在南荣都城临安，也没有任何人可以办到，莫说墨家，就算是汉水以北的萧氏大军过了河，直入临安，也未必有胜算。

但是，萧氏族人巴巴注视的眼睛、孩子们噙着泪水的希冀，让墨九的热血在胸口激荡——就算拼了一死，她也绝不能袖手旁观。

"萧六郎，大不了同归于尽，我不怕死！"

"阿九！"萧乾眸色深沉，"百姓是无辜的，你，更得活着。"

"我管不了那么多！"墨九吼了回去，直瞪着他，"我只要你活着。就算要死，我也要跟你一块儿去死。"

"傻姑娘！"萧乾看向她，深邃的眼眸里有一抹淡金色的光芒在微微闪烁，似乎想要说什么，又无法说出口，只坚定地望着她道，"记住我的话，活下去，就会有希望。"

是啊！只有活下去才会有希望。

可为什么他懂得这个道理，却不愿意与她一同活下去？

受了药效的影响，墨九的脑袋是纷乱的，理智也很难凝聚，她不想听萧乾半句话的解释，一只手固执地抓着囚车，狠狠咬唇，正要要挟尉迟皓放人，就听背后传来一串快马的蹄声。

一名禁军校尉大汗淋漓地奔到尉迟皓面前，翻身下马，抱拳拱手："尉迟将军，陛下有令，意图劫囚者——"他拖着声音，慢慢抬头，瞄一眼囚车前的墨九与萧乾，声如洪钟地高声说了三个字，"杀、无、赦！"

杀无赦！

好一个杀无赦！

"听见了没有？萧六郎，我也已经犯下杀无赦的大罪了，你不能再丢下我。"

看她什么都不肯听，也不怕，尉迟皓头痛地走了过来："九姑娘，请吧，我差人送你……"

不待他话音落下，萧乾突然扣住墨九探入囚车的那只手，反手一转，卸下了她腕上的"暴雨梨花针"，又就势拿下她的轰天雷，不费吹灰之力就将她控制住。

控制住她，墨妄还能如何？

墨家……又能如何？

尉迟皓一惊，瞥着萧乾，没有说话。

萧乾扫一眼墨妄与疑惑不解的众人，不温不火地解释："墨九近日妄动肝火，痰迷心窍，幻听、幻视、癫狂之症复发。麻烦尉迟将军送她回临云山庄。"

这句话很有意思。

墨九在楚州时就是一个有名的癫狂症患者和傻子。

她这会儿突然发了病，疯疯癫癫地跑来闹事，萧乾又已经控制住她了，自然不可能再治一个疯子的罪……他这是给宋熹找了一个台阶，也给尉迟皓一个交代。

"多谢萧使君。"尉迟皓从萧乾手上接过墨九，又瞄他一眼，"九姑娘的病情，本将会如实告知陛下的。使君，且放心……"

萧乾微颔首，并不作答。

长街上，又恢复了拥挤的场面。

283

囚车渐渐远去，木香花还在飘飞。

被两名禁军控制在原地的墨九大声叫喊着。

"萧六郎，我恨你！

"我恨你！

"为什么？到底为什么？

"萧六郎，到底为什么？"

一个小插曲，除了给这个故事加一点谈资，似乎对行刑没有产生什么太大的影响，毕竟与朝廷抗衡不是那么容易的。

卯时整，一干人犯终于被押至刑场。

此时，天气更为阴沉、逼仄，让人无端恐慌。

刑场上，这个凝聚了无数冤魂的地方，在暗沉的天际下，散发出一种古怪的凉意。为了今日的斩刑，殿前司几乎出动了临安城的全部禁军，把刑场围得水泄不通。

刑场的高台上，监斩的正是刑部、大理寺、御史台、审刑院的四位主官。四人高坐着，看着下头密密麻麻的人群。

囚犯一共五百多人，单是一行一行地排列，那庞大惊人的数量也得花费一些时间——清点……

这是南荣开国以来同时行刑人数最多的一次，刽子手的人数根本不够，好多刽子手都是临时从禁军里挑选出来的。这些人里，有一些根本没有杀过人，有一些还曾在萧乾麾下领过差事，几乎每个人都听过他的英雄事迹，也都知道南荣赫赫有名的萧家那些曾经的辉煌。

五百多人的监斩，说来一句话，过程却十分复杂。

从卯时整囚车到达，一群人忙活到巳时，才将所有囚犯验明正身，押上刑场。

老百姓远远观望着，屏气凝神，静静等着那一刻的到来。

行刑台上，除了风声与妇女小孩的哭声，再无其他。

午时一过，领旨前来的宦官李顺望一望天，大步走到正中，展开手上黄澄澄的圣旨，对着挤得水泄不通的刑台之下的百姓高声念唱——

"奉天承运皇帝，诏曰：枢密院枢密使、天下兵马大元帅萧乾，领旨北上抗肆，却不遵皇命，大逆不道，趁机结党营私，私通肆人，意图犯上作乱，谋朝篡位，其罪为天地所不容……萧运长等人为虎作伥，知情不报，包庇罪犯，与萧逆互通款曲，以通敌叛国罪同论，处以满门抄斩！钦此。"

圣旨念罢，台下议论纷纷。

满门抄斩！

叛国罪，萧氏真的坠入尘埃，再难翻身了。

"陛下有令，午时三刻，斩立决。"

宦官李顺尖细的嗓音响彻刑场，如同在乌云滚滚的天际投下一道惊雷，让哭泣的人哭得很大声，有些胆小的人已然吓得失禁昏厥，还有一些萧氏族人眼看萧乾无法营救自己，也当真以为他们是因为萧乾获罪，大声地骂咧着哭号开来。

不去恨杀自己的人，却恨救不了自己的人。

人性有时当真可笑得很。

在场上众人各种各样的目光中，萧乾也被押在刑台上，就在萧运长身边，他面色略显苍白，不动、不应，也不抬头，一张平静的脸上甚至找不到一点紧张害怕的情绪。

"六郎！"萧运长声音呜咽，"你不该回啊，六郎！"

"……"萧乾默默无语。

"苍天哪！祖宗哪！"萧运长跪倒在青石地上，呜咽不已，"你们快睁开眼睛看看吧，冤啊！我萧氏一族忠君爱国，落得如此下场，何日得见朗朗乾坤？何日可以沉冤得雪？"

"萧乾一诛，萧氏必亡啊！傻孩子！"

他的喊声一过，人群里又响起一阵咆哮。

"狗皇帝！你怎么不去死啊，狗皇帝。"

"我诅咒你，诅咒你断子绝孙，生生世世不得轮回！"

"啊——呜呜——"有人在哭。

"狗皇帝，你出来！你出来啊！"有人在吼。

"我不想死啊……呜——饶了我们吧。"有人在求饶。

"萧六郎，都怪萧六郎！我们是无辜的啊！无辜的啊！"

哭声、喊声、叹声，夹杂一处，场面混乱而悲凉。

就这般拖拖拉拉间，午时三刻终是到了。

乌云装腔作势了半天，天空终于下起了细雨。

离行刑时间越近，刽子手们越紧张。

高台的案上摆满一碗一碗的烈酒，刽子手们扎着红色的腰带，端起酒碗一饮而尽。

虽然都说午时是一天中阳气最盛之时，但杀人还是需要酒来壮胆的。

雨越下越大，几个监斩官互望一眼，点了点头。

"时辰已到，斩！"

一声厉喝，斩首令牌在空中划出一道弧线。

砰一声，令牌落地，满场皆静。

刑场下方抽气声此起彼伏，天空中的孤鹰似是闻到了血腥的味道，凄声叫唤着，拍打着翅膀，盘旋不去，一遍又一遍掠过这一片王朝盛世下的残忍之地，将浮沉、对错、成败、善恶一一勾勒成模糊的剪影。

"啊——"

"冤啊！"

响彻云霄的哀呼声里，墨九挤过人群，正好看到一颗人头滚落在地。血流淌一地，人头还在不停滚动，双目圆睁，赫然正是大夫人董氏。董氏身边是二夫人袁氏、三夫人张氏，三妯娌吵吵闹闹一辈子，这会儿倒是一同上路了。

鲜血、雨水混杂，场面令人作呕。

萧运长、萧运序、萧运成三兄弟也被斩于一处，三颗人头齐刷刷落在地上，咔嚓一声，发出了生命最后一声哀鸣。无一例外的是，每个人的眼睛都是大睁着的，一个接一个离开了这个人世，奔向了不知是极乐还是极悲的未知……也就这样，将满腹的不甘心摆放在乌云之下，任由雨水冲刷。

"萧乾诛，萧氏亡。"

不知谁在喃喃，此话迅速传了开去。

"萧乾诛，萧氏亡。"

"不！"一个更为洪亮的声音响起，满带呜咽，直入苍穹，"萧乾诛，萧氏灭，南荣将亡矣。"

"萧乾诛，萧氏灭，南荣将亡矣。"

一时间，苍天哭泣，大地悲鸣。

"萧六郎！"

墨九又一次从人群中挤了过来，神色恍惚，在雨声中喊叫着，喉咙里发出一种悲鸣的声音，沙哑得如同失群的孤雁在呼唤同伴，令场上众人听之动容，心悸难忍，许多人情不自禁抬袖掩面，不敢去看那鲜血狼藉的行刑台。

"萧六郎！"墨九疯狂地往行刑台扑去。

"小九！"墨妄一把架住她的身子，几个禁军也闻讯过来，拿刀架在前面，用人墙抵住她失控的身子。可墨九恍若未闻，大声喊着、叫着，疯子一般挣脱开去，往禁军的刀刃上扑。

生怕她不小心受伤，墨妄紧皱着眉头，双臂圈住她把她束缚在怀里，可她两天没吃没喝的身子，居然还有力气挣扎……

"小九！你清醒清醒！"墨妄无奈，在她耳边冷声厉喝，"萧六郎已经去了！墨九，你醒醒！"

萧六郎已经去了？墨九像受到极大的惊吓，陡然睁大双眼。

这几个字仿佛魔咒，在她耳边反复回响，一遍又一遍，挥之不去，让她浑身颤抖，手脚不听使唤地哆嗦，那一瞬间，整个人像被卷入了一个无底的深渊里，空洞而迷茫。不是伤心，不是害怕，也不是任何可以描述的情绪，就像是做梦一般，咀嚼、回味，反复想象这事的真实性。

"不，我不相信。"

她怎么能相信萧六郎会离她而去？

他答应过她的，要死也要死在她后面。

他答应她的事，还有好多没有做到。

他们还有约好的长长人生要一起去走。

他还有君临天下的野心没有实现。

恍惚间，他的身影似乎就在眼前。

在渡口，抚剑微笑，衣袍飘飘。

在官道，打马经过，蹄声嘚嘚。

他原本是那样一个鲜活的生命，就在这之前，他还会笑着喊阿九，会皱眉斥责阿九，会无奈轻抚阿九，会紧紧抱住阿九，如今，他的鲜血流向了哪里，他的灵魂又去向了哪里？

他还能再唤一声"阿九"，搂她入怀吗？

凄厉的风从耳边呼啸而过，将行刑台上的旗幡高高扬起，细雨绵绵，像温柔的手，不遗余力地洗刷着石板上的鲜血，鲜红的血汇成小溪往外流淌，涂得整个天地仿佛陷入一片血腥之中……

"尉迟将军，请验尸！"

监斩官一声令下，尉迟皓拱手低应："是。"

身为皇城司的都指挥使的尉迟皓对萧家一干人等都很熟悉，所以验尸的几个人是他亲自挑选的，对于萧乾、萧运长、萧运序、萧运成等萧家主要男丁的验尸工作，也都将由他本人来亲自完成。

他单手抚着腰刀，双脚慢慢踏出一步，略停顿，再一步。

终于，他加快脚步，从血水中走向正中的一具尸体。两名禁军小心翼翼地拿着收尸袋跟在他身后。

尉迟皓走到萧乾身边低下头查看一下，再抬起头。

"萧氏逆首、原枢密院枢密使萧乾，已伏法！"

他的声音不高不低，恰好传入场中，如同地狱的勾魂使者，冷漠、无情。

话落，场上又是一阵寂静。

死了！萧乾死了！

一代神医、一代战将、一个神话般的男人，居然在众目睽睽之下，死在刽子手的屠刀之下，死在这一场突如其来的风雨中……从此灰飞烟灭。

那个负责斩首的禁军大抵是第一次行刑，尉迟皓声音未落，他瞪大双眼看着地上的尸体，突地双手捂脸，蹲下身大哭起来。

号叫声响彻云霄，如丧考妣。

没有人知道他在哭什么。

是恐惧、害怕，还是无助？

这些都不重要了。

重要的是，萧乾真的已经死在了刽子手刀下。

两名禁军见尉迟皓抬手一摆，赶紧过去捡起人头和尸身装入一个殓尸袋里。尉迟皓没有再看一眼，又走到下一具尸体前，照常有禁军过来殓尸。就这样，在他几乎没有起伏的声音里，一个又一个萧家人被验明尸体，并被装入裹尸袋。

一个个声音响起，一个个殓尸袋被搬运下去。

犯了叛国罪的人，不管生前有过多少荣耀多少辉煌，死后莫说不能风光大葬，连正常安葬都没有资格。所以，墨九的担心完全是多余的。

她根本不需要为萧六郎找墓地、打棺材、办后事。台上验明了尸身，自有早就准备好的板车把那些装了尸体的殓尸袋堆在一起，登记一个，就丢上去一个，等一辆板车堆满就拉走，直接拖到城外的乱葬岗，胡乱掩埋即可。

连一个墓碑都不会有的人，哪里需要后事？

又或者说，连子孙亲人都没有的人，又哪里需要办后事？

萧六郎一世波折，有荣辱，有恩宠，有彪炳千秋的汗马功劳，他的一生，曾伴着萧氏一族的风起云涌而起伏，也曾伴着呐喊声让铁蹄踏遍大江南北，可如此风流人物，留于人间的，也只剩追忆。

那些功勋、故事，都将过去。

多少年后，当后世的人翻开历史的厚重书页，史料上也无非只有六个字。

"萧乾诛，萧氏亡。"

"小九，人都走光了，我们也走吧。"

墨妄的声音像从遥远的天外传来，落入墨九的耳朵里，时而小如蚊蚁在爬，时而大如暴雨巨浪……让她耳朵嗡嗡作响，思绪纷乱间，完全不知所措。

雨中的燕子扑腾着翅膀，在四处躲雨。

天际的乌云已渐渐散去，天越发亮开了……

可她眼前的景色，突然旋转起来。

"萧六郎！"墨九低唤着，四处寻找。

"萧六郎！"她如同失去了某种意识，提着裙子在雨中到处乱窜，很快冲入了散去的人群。

"萧六郎！"她左看看、右看看，时不时逮住一个身材高大的男子，强迫人家转身来看……

墨妄不得不紧跟在她身后扶住她，不停向人赔礼道歉。

墨九也不管他，看一个人不是萧六郎，甩开人家就去追下一个，嘴里不停喃喃着"萧六郎"，那样子倒与萧乾先前所说的症状一般无二——确实是癫狂之症发作。

"萧六郎！你在哪儿？

"萧六郎！你在哪里呀？

"萧六郎……"

她赤着双脚在街上狂奔，长发被雨水淋湿，黏成了一团，样子狼狈不堪。可到底两天滴水未进，身子又哪里支持得住？还没跑出那条街，她就腿脚一软，倒在了泥泞的地上。

一群人挤过来，差一点儿踩着她。

"小九！"墨妄大声唤着，紧张地挤开指指点点的众人，飞扑过去伏在她身上，将她紧紧抱住护在怀里，急切地吼，"不要这样，小九！你不要这样。我很害怕，我很害怕，你不要吓我！你要好好的，小九！你听见没有？"

害怕！

墨妄这辈子从来没有说出过"害怕"两个字。

他连死都不怕，却真的怕极了墨九这个样子。

她的失常，太像他曾经在盱眙初见她的样子……

无神、懵懂，像独立于这个尘世之外。

墨妄大声喊着，墨九却像听不到，就那样趴在地上，时间仿若静止，如果不是她急促的呼吸声还在，墨妄一定会以为她已经昏过去了。

"小九，你要好好的。"

"……"

"他希望你好好的。"

墨九伏在地上的身子微微一僵。

她突然不再挣扎，就那么安静下来，像一只悲鸣的小兽，双手慢慢往前伸去，慢慢地紧紧抓住地上满是泥泞的青石板，不停摩挲着，手指被磨得鲜血淋漓也仿若不觉。

"小九，你想哭就哭，不要忍着。"

"……"

"哭吧，乖！使劲儿哭！"

墨九咬着下唇，硬生生压抑着，愣是没有哭出声音来，一双倔强的眼睛里，闪着一种复杂的光芒。

"我不哭，萧六郎说，不喜欢我哭。"

漫天的雨哗啦啦地落下来，覆盖了整个天地。

不远处的街角，停着一顶黑色的小轿。

小轿很普通，一个没长胡子的白面男人像个太监似的躬着身子，偷瞄一眼墨九的方向，低声对轿子里的人道："娘娘，人都散了！"

轿子里久久没有回应，安静得与行刑台一般。

好一会儿，才传来不带感情的轻声软语："爹、大哥，你们可以瞑目了！"

轿外的小太监打了个哆嗦，恭敬地垂手道："娘娘，可要起轿回宫？"

"嗯。"轿子里的人轻轻笑了一声，不知想到了什么，慢慢撩开帘子，朝拥挤的人群看了一眼，也不知目光焦点是哪里，声音低低的，仿若喃喃，"他一心要保你的命，你说，你都疯成这样了、痛苦成这样了，本宫该不该依了他呢？"

这娇声软语黄莺出谷似的，原是极为动听的，小太监的肩膀却无意识地瑟缩了一下，飞快地抬头望那轿子。

可不待他看清娘娘那张脸，帘子已落下。

"回宫！"

小轿慢悠悠离去，就像没有人看见它出现一样，也没有人注意到它消失在雨中的街口⋯⋯

墨九趴在地上，眉头、发梢全是雨水，脸上也有污渍⋯⋯

可她浑然不觉，就那样在雨中安静地趴着，也不知过了多久，就连天地都伴着雨水悲鸣起来，她却慢慢吐出一口气，情绪平稳地轻声喊墨妄："师兄⋯⋯"

"嗯。"墨妄还护在她身边。

"他们杀了他。"她声音很浅，像自言自语。

"小九⋯⋯"墨妄嗫嚅一下，不知能对她说什么。

任何安慰在这样的时候都太过苍白。他想要保护她不受伤害，可现在眼睁睁看她被伤害却什么也做不了，那种无力让他双拳紧紧攥着，一拳头砸在青石板上："是师兄没本事。"

本事？再大的本事又如何？

她墨九没本事吗？萧六郎没本事吗？

都有本事。

可现实是残忍的，谁的本事能大得过皇帝？

大抵这便是古时候的人常说的"君要臣死，臣不得不死"了。

这可能也就是萧六郎不想弱于人的宏图大志的由来。

可壮志未酬，他又怎能离去？

墨九怪异地笑着，慢慢从他怀里挣脱，再慢慢爬起身，捋了捋头发，踉跄地拖着脚，一步一步走过密密麻麻的人群，走向街头……

她笑着伸手入怀，掏出一个东西。

一柄很简陋的木梳，是她为萧六郎绾过发的。

还有一缕黑亮的长发，是木梳齿上带的萧六郎的头发，她把它裹在一起，又硬生生扯落一些自己的头发，缠在一块儿，绾了个丑丑的小髻子，反复瞧着，然后塞入荷包，唇角露出一丝笑来。

"结发为夫妻，恩爱两不疑。

"萧六郎，我始终是相信你的。"

墨妄不知她在说什么，微微皱起眉心，提醒她目前最为紧要的事情："小九，我在禁军里托了人护好萧使君的遗体，一会儿等人散了，咱们就出城去寻……"

"不用了！"不等他说完，墨九就冷冷地打断，"冷冰冰的尸体有什么好看的？他喜欢与萧家人共生死，那就让他与他们葬在一起好了。"

墨妄以为自己听错了，诧异地转过头看着墨九："小九？"

墨九没有回答，有一丝风拂过来，卷起她的头发，让她尖细的小脸儿显得更为冷漠，更为苍白，仿佛没有半点温度。

"师兄，我们马上离开临安。"

离开临安？墨妄更是不懂了："我们不为使君殓尸，不回临云山庄了？"

"不回，来不及了。"墨九转头看他，就像突然变了一个人似的，那冷漠无情的样子，让墨妄严重怀疑刚才在街上赤足狂奔、大喊大叫的女人到底是不是同一个墨九。

"那我们要去哪里？"

"想法子出城，去金州——兴隆山。"

墨妄审视着她冷静的样子，还是一头雾水。

那日湖上的"擒龙行动"之前，临安城里该疏散的墨家弟子都已经疏散了，如今留在临云山庄里的一批人都是骨干精英、只要一声令下就能随时生死相随的兄弟，就算他们不回去，那些弟子也知道该怎么做，所以，这些都不是问题。

可问题是，墨九连殓尸的大事都不去，为何这么急？

思忖一瞬，他不得不多问一句："小九，我们这是要做什么？"

墨九望天，一字一顿："要拼命地……活下去！"

三个月后，时令已入三伏。

高温、大旱，天上像挂了一个大火球。

太阳赤裸裸地炙烤着大地，煎熬得人们汗流浃背。

南荣景昌元年的这个夏天，整个天下一片怨声载道，远在金州的兴隆山上却无

291

半分暑气，空气清新，树叶饱满，凉爽得如同初春。在一片绿意连绵的大地上，如同镶嵌了一块绿色的翡翠，嫩嫩的、绿绿的，踏足山林间，山风徐来，鸟声悦耳，看溪流蜿蜒，看百鸟朝林，仿佛置身于人间天堂。

所谓世外桃源，也不外如是了。

兴隆山镇，自给自足，朝廷不管，特权满满。

显然，这里成了一个与外界隔绝的世界。

从火辣辣的六月开始，逃荒的人便成群结队地拥进兴隆山。

于是，墨九的队伍越发壮大了，引起金州的地方官吏心生警觉，私心里害怕不已，多次偷偷上奏，雪片似的奏疏直飞京城临安，要求朝廷控制兴隆山，调查墨九，最好能像萧氏一样得到处置。从历史的角度来看，一个人有了地盘，有了人力，有了武器，有了规模庞大的商业支撑……那必然是国家和社会的不稳定因素。

然而，金州的奏疏一道一道往上呈，却全都如同石沉大海。

朝堂上没有半点波浪，仅有的小涟漪也被景昌帝力压了下去。

兴隆山还是那个欣欣向荣的兴隆山，只不过，墨九似乎不再是以前的墨九了。

从她返回金州开始，就像变了一个人，不仅丝毫不在意萧氏一案处斩的五百多人沉冤未得雪，还大肆为南荣朝廷、为景昌皇帝歌功颂德。

个中猫腻旁人知晓不多，对她的德行，说什么的都有。

褒的人说她识时务，能屈能伸，是一个女中豪杰，将来必成大事；贬的人无非说她"变节"，以前倚仗萧家和萧六郎时耀武扬威，得了不少好处，还不知感恩，萧六郎刚刚过世，她就转投宋熹的怀抱，倚靠权贵，骨子里就流着下贱的血。

也有人说，萧家亡了，萧大郎就算侥幸得以逃命，身份也再配不起墨九，聪明的女人当然得另投明主，难道一辈子守活寡吗？再说了，墨九与景昌帝宋熹原就有一腿，这眉来眼去那么久，如今名正言顺地苟且本来就是顺理成章的事，根本不值一提。

外间众说纷纭的时候，墨九忙得根本没时间理会。

她没日没夜地带着墨家弟子广开商路，研制武器、农耕用具和轻工业所需。

人只要铆足了劲儿，就没有不成事的。

以前抱着玩心的她，在励精图治之后，竟取得了前所未有的惊人成绩。不仅火器为当世罕见，便是那些农耕用具和可用于工业的机器，都是人们不敢想的。

一时间，对墨九的看法被分成了两派，褒贬间的差距可谓十万八千里。

有人当她是神，有人骂她是畜生，常常争得面红耳赤。

墨九却浑然不管旁人的说法，为了向朝廷示好，她特地托人给临安送过三次新研制的武器。

这样亲近朝廷的举动，不仅外面的人不懂，连兴隆山的一些人也开始不懂了。

但是，在当今整个天下都饥渴不饱的时候，兴隆山的人还能轻松度日，又有谁会对她说三道四？

兴隆山，确实是一个悠闲的世界。

吃过午膳，山林微风送爽，山上鸟儿啾啾，舒服得催人瞌睡。

墨九独居的一幢山前小楼外面，除了值守的几个墨家弟子，大多午睡去了。静谧的空气中，几棵高大梧桐的树叶间漏出稀疏的几缕光线，偷偷洒到屋内窗前的书案上，把一个正在看书的影子拉得老长……

静，太静了。

玫儿手托腮，支着头扒窗边看了几次。

里屋看书的女子一动不动，许久方听得她翻动一页。

"唉！"玫儿叹口气，拉一张条凳坐在门口仰望梧桐上啾啾细语的小鸟谈情说爱。

这时，台阶下的小径上传来一阵细碎的脚步声。

来人衣袂飘飘，面容俊朗，步伐沉稳，走路都带着风，颇有大侠隐士的气度。

玫儿眼角一弯，咧着嘴角笑着迎了上去，压着嗓子小声问："左执事，您怎么来了？"

一般这个点儿大家伙儿都在午睡，墨妄是不会过来打扰墨九的。

看小丫头大眼睛忽闪忽闪的，满是好奇，墨妄微微一笑，抬头看一眼墨九半闭的窗户，不答反问："大热天的，玫儿姑娘怎生坐在外头？巨子人不在？"

玫儿一听，登时嘬起了小嘴巴，腮帮子气得鼓鼓的，一脸委屈地嘟囔道："我家姑娘吃过午膳就把我赶出来了，说她要一个人静静，愣是不许我进去，就连给她续水都不可以……一本书从早上看到响午还在看，我寻思她不大对劲儿，先头去瞅了好几次，没见到她有啥动静。玫儿不敢进去惊扰姑娘，所以自个儿坐在这里数鸟儿呢。"

她说得可怜巴巴，却惹得墨妄轻笑不已。

他点点头，从她身边错过："我进去看看。"

墨九这个人性子古怪，兴隆山无人不知、无人不晓。

只不过以前的墨九虽然怪是怪了点儿，但大多时候眉开眼笑，还算一个好相处的人。可自打萧家一案之后，她与墨妄匆匆从临安潜回金州，带领整个墨家开始给景昌皇帝立牌坊起，她原本就不多的好脾气基本上都收敛了，性子变得越发古怪难测，一阵风一阵雨，炸药似的，说爆就爆，没个定性儿。

当然，她偶尔也会开怀大笑，但笑里总有一种阴恻恻的味儿。

她对墨家和八卦慕的热情也空前高涨，没有人敢说她不努力，不热爱生活，可也不知为什么，很多人被她的眼风一扫，总会无端觉得骨头缝儿生凉，生怕她下一

293

秒就叫人生不如死……

所以，墨九把玫儿关在外面根本就不算反常，甚至可以说……太正常了。

咚——咚——咚——

两短一长，墨妄独特的敲门声很有辨识度。

可屋子里静悄悄的，窗前独坐的人就像没有听见似的。

墨妄幽声一叹，不言不语地负手而立，静静地等待。

还是他了解墨九，也只有他对墨九还有点儿办法。

毕竟她还是一个善良的姑娘，又怎会忍心墨妄一直在门外"罚站"？

墨九从书上抬头，瞥向那扇门，眉心略有郁气，却没有发火："不都说过了，我有要事，谁也不见！"

她的声音听上去没有太多情绪，平稳得如同普通的寒暄。

墨妄心里却是一紧。他知道，没有情绪就是她极差的情绪。

怀念了一下过去那个喜怒形于色的墨九，他心里再次一叹，耐心地站着，又一次轻轻叩门："我也有要事必须马上见巨子，还望见谅。"

要事？这两个字似乎是震荡了墨九的神经，她微微眯眼睨向推门而入的墨妄。

两人你看我，我看你，许久没有动静。

墨妄知道她在期待什么，却不敢让她失望，只好不出声。

微风从窗户吹入，翻动着书页，空气里似乎有一种树叶和阳光的味道，又好像带了一种墨妄身上的男子香味……

沉吟一会儿，看墨妄为难的样子，墨九弯了弯唇，笑容慢慢绽放在脸上，视线也柔和起来："你是左执事，有事儿直接进来就是，何必敲两次门？这不是成心硌硬我吗？赶紧过来，坐！"

墨妄晓得她的性子，也不多言，挂着一脸笑容进去，撩袍坐在她对面，戏谑一笑："墨家巨子规矩大，我哪儿敢乱闯？难不成是身子痒痒，想挨家法处置了吗？"

这玩笑开得一点都不好笑。墨九唇角抽搐了一下，不由得搓了搓腮帮，似笑非笑地问他："你是想说我执掌墨家太严格，想要代表广大群众抗议我的暴政？"

"不敢不敢！"墨妄笑着自个儿从桌上倒了一杯茶，慢悠悠端在手上浅酌慢饮，"我来是有件急事。"

看着他的表情，墨九眼里浮上一抹失望，但还是耐心地问："何事？"

墨妄叹口气："曹元今儿统计出来，这两个多月逃荒来兴隆山镇的百姓有三千五百六十一人，其中老人和小孩儿占了一大半……今儿又有从建州等地来的一百多难民，其中有六十多个是老人和孩子，长此以往，恐怕……唉！"

老人和小孩儿，意味着没有劳动力……

他们为兴隆山带来的只有拖累，没有利益。

墨九微锁眉头，没有回应。

墨妄观察着她的表情，又道："曹元的意思是我们要不要立一个规则，禁止外乡人再在兴隆山镇长居……要不然，长此下去，人满为患，咱们着实负担不起这么多人的生计。"

人一多，问题就都来了，要吃、要喝、要住……

吃多吃少、吃好吃坏都不论，总得能果腹，活下去吧？

从长远来考虑，朝廷都管不了的灾民安置问题，墨家确实不能接下这个茬儿。不然不仅容易让朝廷产生戒心，还容易形成恶性循环，直到他们再也养不起，把墨家的经济体系完全拖垮……

这些墨九显然也想到了。

她眉头微拧，轻轻把玩着书案上的书，许久没有说话，直到墨妄往她的茶杯里续水，她才像是惊醒过来一般，微眯着眼低头闻着茶水的味儿，摇了摇头。

"人家奔向墨家，是信得过墨家，我们不可拒绝。拒绝别人的投靠，也许就是断了别人的生路，这与老祖宗的理念是相背的……"

"可是小九……"

"放心，我不是烂好人。"墨九睁眼，抬头直视着他，"兴隆山下那一片荒山不是刚开垦出来？不是正差工人吗？老人做不了重活，养养鸡鸭做点儿纺织的轻巧活路还是可以的。至于小孩儿嘛……"

她顿了一下，似乎有点头痛，搓揉着太阳穴："得多请几个先生，扩充学堂了。"

"小九……"墨妄对她的决策不无担忧，"我们不是朝廷，没有责任，也无法养活天下人……"

"养不活天下人，还能养不活几千人吗？"

晓得她的固执，墨妄无奈地笑了："可养活这么多人得要钱……咱拿什么填这个无底洞？"

"钱嘛，好说。"墨九端起茶盏来，也不喝，考虑了一下，象征性轻抚几下又放在桌案上，不冷不热地道，"咱们做的是善事，是解决民生的大好事，是在为朝廷排忧解难。景昌皇帝英明慈德，不可能不体恤民情的。回头你替我修书一封，带给知州大人，托他转呈朝廷，要求给兴隆山拨银子，周济灾民……"

没想到她会想到找宋熹，墨妄微微诧异："你……真要找他？"

墨妄轻笑一声："我正儿八经做事，帮他解决困难，不找他找谁？"

因为宋熹一直以来对兴隆山的"庇护"，还有萧氏一案的因由，外面对这些事的说法已经很难听了。而且以墨家这样的非官方组织来说，如果朝廷拨款，那墨九

295

的地位会更加尴尬，到时候难免又要听些闲话……

墨妄想了想，不是很赞同地道："其实，我们也不是真缺那几两银子，回头我让尚雅把账目报一下，兴许还能支撑些时日，等熬过这一季就好了。"

"不。"墨九当即反对，"没有人嫌钱多，和钱过不去的那是傻子。你瞧我，像傻子吗？"

想到她纠缠在心底的结，墨妄心疼地看她一眼，终是低头："好，这些事都交给我去做，小九别把什么都搁在自个儿心上。还有，看书时间别太长，玫儿说你坐了大半天了，这可要不得，将来把眼睛看坏了……"

"师兄！"听他唐僧似的碎碎念，墨九忍不住笑出了声，"你什么时候变得这样啰唆了？"

"……"墨妄只剩叹息。

"对了，我还没有问你。"墨九漂亮的眸子里生出了丝丝光亮，"有消息了吗？"

绕来绕去，还是逃不过这一问。

墨妄微微低头，有些不忍心看她期待的眼睛："还没有。"

"嗯。"墨九的语气很平淡，好像不太在意，"意料之中。"

"九儿放心，一定会有消息的，早晚而已。"墨妄安慰着她，难掩眼中的疼惜之色，"相思令一出，墨家的言路更广了，我不信这天下没有我们打探不了的消息。"

墨九轻轻一笑，点点头，突地站起身："看了这么久的书也累了，你陪我下山去镇上走走，换换脑子。"

兴隆山的镇头，有一条连通汉水的小河，河边就是通往兴隆镇的主街。河边、街头、路口等最醒目的位置上，屹立着一座精美的"功德亭"。

阳光下，功德亭上的琉璃瓦闪着刺目的光芒。

当地的人都还记得，三个月前，这座功德亭上原本伫立着的是一尊石像——萧乾的石像。

金州这一片被战争洗礼过的大地上，萧乾对人们的影响力是足够大的，用后世的话来说，是萧乾解放了金州，让金州人民从此免受肆人的迫害与战争之苦。可就在金州好不容易恢复民生、老百姓刚刚过上舒心日子的时候，萧家案发，萧乾以通敌叛国罪被处斩。

事发时，对金州人的震撼是巨大的。

然而谁也没有想到，墨九从临安回来的第一件事，就是亲自带人敲掉了兴隆镇上萧乾的石像，着手修建了这一座丰碑似的功德亭，还请了镇上有学识的先生专门

296

镌刻七七四十九首赞诗于功德亭内，为景昌皇帝宋熹歌功颂德，并供来往之人瞻仰。

于是，萧乾那一座代表英雄功绩的石像，就成了一堆七零八落的乱石，被随意丢弃在功德亭背后不远处的杂草丛中。

远远望去，还可以看见类似人形的石身栽倒在地，头颅歪在一边，如同狼狈的天下兵马大元帅"萧乾"毫无生气地倒在了湛蓝的天空下，可笑而又滑稽。

让萧乾从一个人人敬仰的神祇变成一堆乱石，彻底从金州人的功德簿上抹去，都是墨九干的事。

这些异于常人的行径，她从来不对任何人解释，包括墨妄。

不仅如此，墨家身处南荣边陲这个天高皇帝远的地方，她还让人大肆吹捧宋熹的功德，赞景昌皇帝肃清敌寇，乃千古一帝，整个一狗腿子的样子，让文人墨客们忍不住对她口诛笔伐，称纵观历史，没见过如此厚颜之人。整个南荣天下，除了兴隆山镇这些受益于她的人，人人恨不能唾弃之。

可墨九……还是那个古怪得莫名其妙的墨九。

她在壮大墨家声势的同时，发明了一种东西，称为：相思令。

墨家巨子的"相思令"，分为：春、夏、秋、冬四种。只要集齐四个相思令为一套，可以让墨家帮忙做一件事，无论什么，墨家都不得拒绝。但是，集齐四个相思令的过程很艰难。因为要拿到墨家的相思令，必须用墨家需要的有用信息来进行等价交换，具体信息的价值则由墨家巨子来衡量。也就是说，这个信息的价值能不能换得一个相思令，最终解释权归墨九自己所有。

一听这个就有点强词夺理，但天下本来就没有白吃的午餐。

可以让墨家做事，墨家巨子还不得拒绝，那诱惑力也是巨大的。

如此一来，千字引未出，墨家相思令就成了竞相逐之的东西。

天下之大，无奇不有。从一开始的议论、排斥到接受，并没有花太长时间，被相思令诱惑而来的稀奇古怪的消息让墨家的言路之广，早已胜过朝廷，但得到相思令的人少之又少。有聪明的人很快就发现，这个"相思令"的策略完全让墨九整合成了一个墨家独有的情报系统。

有清醒的人更多依旧是为了利益而前赴后继地向墨家提供各类消息的——

一时间，这个天下好像没有什么事是墨家无法打听到的。

可没有人知道，墨家巨子真正想知道的那些事还是没有半点儿线索。

马车停在道旁，墨妄看见墨九帘子里那张面无表情的小脸，想想三个月来的事，还是怪自己办事不力。

他轻咳一声，待墨九看过来，便小声请示道："小九，天热，我们去那边的茶饭庄坐一坐吧？"

他指着正对河边的一个茶饭庄，那里人声鼎沸，很是热闹。

"听曹元他们说，这茶饭庄开张没多久，生意好得不得了，他家的凉茶也好喝得不得了，咱也去试试看？"

墨妄想方设法地调动着墨九的情绪，也算是费尽心机。

不过他心里这点小九九，墨九又怎会看不透？

墨九不想拂了他的意思，抿嘴一笑，轻轻摇着折扇，打趣似的接道："嗯，不仅凉茶好喝，卖凉茶的姑娘也生得俏，还穿得很清凉。这火辣辣的夏天，有好喝的凉茶，有好看的姑娘，生意想不好都不成。"

说到此，她话锋一转，拿眼笑睨墨妄："莫非师兄也对此间的凉茶西施……有点儿想法？"

"哪有哪有。"墨妄这个人平常很少开男女间的玩笑，听她如此说，窘迫得耳根都有点红，握拳轻咳一声，连忙解释，"听说那姑娘煮茶用的瓷缸都与别地儿不同，等凉茶煮好凉却，还要特地放到井水里冰镇，再提起来冲入碗里，吃上一口，能从嘴里凉到心坎儿上，最紧要的是……不是谁都吃得到。"

"哦？"墨九有了兴趣，"这个怎么说？"

看来吃货的本质还是没有变。

一见墨九感兴趣的样子，墨妄就兴奋起来："小九有所不知，这家凉茶每日只冰镇五缸，也只卖给客人五缸。所以要喝这家的凉茶，得早早来占位置。听曹元说，镇上有些人天不亮就来等着开张……"

饥饿营销？墨九心里微微一怔，想不到这个时代还有人的意识这么超前。

念及此，她抿紧双唇，从帘子里远远瞄那个茶饭庄。

后方的情况看不太清楚，茶饭庄前面是一个凉棚子，木头架子搭成的，上有茂盛的树荫，有河风吹着，看上去确实凉爽，客人们充斥其间，或坐或站，或聊或闹。一个梳着乌黑丫头髻的姑娘穿梭其中，看不清脸蛋儿，但瞧那撩人的身段儿，像是一个会来事的俏丽人儿。客人们似乎很喜欢和那姑娘搭讪，有些人脸上的表情也根本不像是去喝茶的，反倒像看姑娘的……

有点意思。

兴隆山是越来越有意思了。

墨九若有似无地笑了一声，落下帘子："师兄，我们也去吃一碗凉茶吧。"

"好的。"墨妄大喜过望，只要墨九有兴趣的东西，他都恨不得捧到她面前来。

然而这个茶饭庄的凉茶还真的不易得，墨妄走在前面率先进去一问，凉茶果然早早就卖完了，哪里有的喝？明儿请早吧。

得了这个"悲惨"的消息，墨妄愣了愣，瞥一眼凉棚里面那个俏生生的姑娘，又转回来对拿着折扇摇摆不停的墨九小声道："小九，没有凉茶了，要不然我明儿早点派人来取？"

墨九抿唇不语。

不都说在这兴隆山的地头上，她墨九就是个土皇帝吗？

·碗凉茶都喝不上的土皇帝，那还混个屁啊？

"不必麻烦。"墨九看一眼那个热火朝天的地方，折扇一合，撩一下身上男袍的下摆，大步往茶棚走去，"这么热的天，怎么能空着肚子走咧？喝不上凉茶吃两口别的也好。"

"好。"墨妄低头跟上，不再多言。

从临安一路到达金州，墨妄就从来没有违背过她的意思。而墨九也再没有当日在刑场时的失态，整个人冷静得就像根本不曾有过半分难受，或者说，就像萧六郎根本没有在众目睽睽之下被处斩，而她也不过是一个在千里寻夫的普通妇人，完全沉浸在自己的世界里。

大多数时候，墨妄不懂她。可不懂他也不问她，更不反驳她。

她要什么，他就给她什么；她要做什么，他就陪她做什么。

这就是墨妄能想到的最好的守护方式——默默陪伴。

两人一前一后步入凉棚，男的俊、女的美，很是引人注目。

看到他们过来，拎着茶壶的俏姑娘似乎微微一愣。

不过眨眼之间，她又恢复平常，热情地招呼着，腻着一脸的笑对墨妄道："客官，凉茶是真的没有了。您看，要吃点儿什么？"

墨妄点点头，情不自禁拿眼去看墨九。

俏姑娘大概看出了墨九才是说话管事的人，又笑眯眯地看向墨九："客官，请问您想吃点什么？"

墨九不睬她，只摇着折扇环视了一圈。

茶棚后方的饭庄倒还雅致，可这个茶棚太过简陋，除了一些木桌和凳子，几乎什么都没有。

她眉梢挑了挑，一屁股坐下，拿折扇敲敲桌面，不冷不热地抬头问姑娘："除了凉茶，还有什么可吃的？"

"馒头、包子和卤牛肉，别的就没了。"

墨九往里面望了一眼，点点头："有水吗？"

姑娘眉眼低垂着，像是有点刻意回避她的目光。

"凉茶没了，凉水还是有的。"

"好。"墨九扫给她一个意味深长的眼波，"一样来一点儿。"

"好嘞，二位客官，稍等。"

前凸后翘的俏姑娘下去了，墨九与墨妄相视一眼，各怀心思，静默不语。

可谁也没有想到，等俏姑娘再回来的时候，手上不仅有包子、馒头、卤牛肉，还有一盏用瓷罐装着的凉茶。

浅浅的澄黄色凉茶倒入两只粗碗里，色泽竟很有清凉感。

墨九盯着凉茶碗不动声色，唇角若有似无地一扯，墨妄瞥她一眼，不解地问那姑娘："不是说凉茶没有了？"

"是，是没有了。不过嘛……"俏姑娘的兰花指捻着手绢，偷笑道，"这罐凉茶是我们掌柜自喝的，看两位郎君是生客，难得来一次，不忍让你们失望，这才交代小的呈了上来。二位慢用，明儿还想喝啊，就得请早了！"

一碗凉茶，倒成稀罕物了？

墨九颇为好笑地低头喝了一口，喃喃道："掌柜的凉茶？"

话音未落，她突地顿住。

凉茶的口感和她料想的完全不一样，描述不出具体的滋味儿，薄荷、桑菊、乌梅，似乎都不像，又似乎都有，像是用好多味中药熬制成的，却又无半点中药的涩意，在燥热的暑天喝它再好不过了。就连后世火遍大江南北的王老吉，也不如这碗凉茶来得高明。

默了默，墨九又倒一碗喝下，才抬头微笑："好茶。不知姑娘家掌柜在哪儿？我们想要当面拜谢一下。"

俏姑娘依旧垂着眼眸，不住地摇头："不，不好意思，小郎君，我们家掌柜的不见客人。"

不见客人？墨九笑笑抱拳："那行，只能拜托姑娘转达我二人的谢意了。"

"会的，会的，一定会的。"嘴里应诺着，见她没了别的吩咐，那姑娘逃命似的离开了。

在墨九与墨妄吃喝的时候，她不时拿眼瞄过来，那不自在的样子再不若先前应对别的客人时坦然自若。

墨妄拿着一碗凉茶，不时注视着她，眉头紧皱。

"师兄不必看人家姑娘了，好好喝凉茶才是正经！"

"……"墨妄也失笑，"小九不觉得……她有点古怪？"

"除了胸大屁股大，哪里古怪了？"

"……"

看墨妄又偷偷红了脸，墨九不以为意地笑着，轻轻端碗抿一口茶，咂咂舌头，只觉凉茶的味儿就像沁入舌头沁入心肺似的，凉丝丝的，带一点甘甜，却不腻、不黏，简直妙不可言。

"你再不喝呀，可都被我喝光了。"她笑着打趣儿。

这段日子她的胃口一直不太好，墨妄见她喝得开心，一脸微笑，恨不得把自家碗里的一并端给她喝："小九若是喜欢，我每天早早来排队，买上一壶。"

"那就不用了。"墨九伸出白玉般的手指轻轻抚着粗碗，像抚着什么珍贵的宝贝似的，黑眸微眯，似笑非笑，"喜欢的东西不要喝太多，不然，很容易腻味的。"

这又是什么逻辑？墨妄盯着她，哦一声，默默往她碗里夹了一片牛肉。

"小九尝尝这牛肉。"

"谢谢师兄。"墨九冲他露齿一笑，像个不谙世事的青葱少年。

若非知情，谁能想到她就是大名鼎鼎的墨九爷？

墨妄盯着她的面容有点儿走神，可墨九轻轻一咬，却再次愣住了。

这么一个小小的茶饭庄，不仅凉茶做得好，连卤牛肉都别有一番风味。

"好厨子啊！不错，不错。"墨九出乎意料地惊喜着、赞叹着，少顷，又别有深意地望着墨妄，"师兄，咱这兴隆山如今真是藏龙卧虎，越发热闹了啊！"

墨妄回过神来，若有所悟地望着她，点了点头。

午后的阳光很烈，但紧靠着兴隆山，又有河风吹拂，茶饭庄外的凉棚又是敞开的，坐在里面的人不仅无半点热气，还倍感凉爽。凉棚透入的光线照在墨九和墨妄身上，两人对坐而饮，样子自在，有一种久违的安逸感。

墨妄观察着墨九，看她不时望一眼镇头的功德亭，不由得一叹。

"小九，回头我带人把石像收拾了吧。"

"嗯？"墨九像是没有听清，奇怪地看着他，待明白了他的想法，不由得笑了。

"石像是什么鬼？一个死物而已，砸了就砸了，还捡几块破石头作甚？"

她一双凌厉的眸子斜视过来，充满锐气，墨妄观之，不像说谎。

"我不想你触景生情……"

墨九挑了挑眉梢，将一片切得薄薄的卤牛肉放入嘴里，轻轻咀嚼着，口齿清晰："呵呵，说得好像不触景，我就不生情似的。"

"……"墨妄无奈抿唇。

"师兄放心好了。"墨九一本正经道，"不管有多生情，我也一定会好好的。"

她的话经常莫名其妙难以理解，像含了很多深意，又像仅仅是字面意思，墨妄抿了抿嘴，没有多问，只安静地看着她。在一袭藏青色男装的衬托下，她少了在萧乾身边时的少女娇憨，多了一种女子身上少见的英武之美。

"小九……"他斟酌着，似乎还想说什么，墨九却在这时起身，将折扇一甩，像个翩翩公子似的，一边摇，一边含笑望他："师兄吃好了没有？"

301

墨妄点头，跟着起身："要走了吗？"

"想走，却舍不得这里的凉茶，可怎么办好呢？"

墨妄不明所以地看着他，正不知她到底走还是不走，就见墨九低笑一声，用不高不低的声音道："这么好的凉茶，这么香的牛肉，我墨九爷不能想吃就吃，实在太可惜了。"

一句墨九爷，当即引起了食客的注意。

看周围有几个人小心翼翼地看过来，墨妄生怕被围观，示意她小声一点，毕竟她经营这么久的形象一旦毁了，那才是真正可惜。

可墨九似乎丝毫不觉得自己的话有什么过分，摇着扇子四处一望，目光慢慢就定在那个俏生生的姑娘身上，缓缓往外走着，吩咐墨妄："师兄，一会儿把掌柜的给我拎到山上来。"

什么？拎人？这不是土匪行径吗？

一众不明所以的食客纷纷低呼，几乎不敢相信自己的耳朵。

兴隆山是墨九的地盘，可真正见过她的人，相对而言还是少数。

这个凉棚子里，大多数人不知她是谁，可随着有人一声"是九爷，确实是九爷"的确认，她很快成了众人的目光焦点。

"九爷！"

"九爷怎么来了？也喝凉茶？"

"九爷不要凉茶……要人。"

众人议论纷纷，那个卖凉茶的姑娘显然是知道九爷本尊的本事的，吓得急急上前躬身道："九爷，九爷，您老请留步。"

"老？我老吗？"墨九停下来，回头扫她，"妹子，好好说话会不会？"

那姑娘的脸腾地涨红，小心地讨好道："九爷恕罪，九爷恕罪。"

墨九沉沉嗯一声，像个欺行霸市的恶霸似的抬了抬下巴，示意她继续说。

那姑娘像是吓得不轻，声音有点儿结巴："实不相瞒，我们家掌柜的身患恶疾，不便见人，要不然，早早就上山拜见九爷了。"

墨九一副了解的样子，点点头，把折扇一合。

"无妨！他不便见人，我却很方便，你带我去见他。"

"这……"那姑娘哭丧着脸，一副秀才遇到兵的无奈。

墨九这样的行径，就连墨妄也有些发蒙。

稍稍顿了一下，他轻抚着墨九的肩膀，暗示她有事先离开再办："小九，我们……"

"怎么的，怜香惜玉了？"墨九打断他，看着他紧锁的眉头，冷不丁收敛神色，瞥向俏姑娘，沉声道，"限一个时辰内，让掌柜来见我。"

302

"九爷，九爷，不能啊……"

那姑娘还在哀求，墨九却没了耐性，横着眸子望过去："姑娘，你要不信九爷的话呢，就往这兴隆山十里八村打听打听，我墨九是什么样的人。我要见谁，哪个还敢拒见？"

说罢，她迈脚出去，负手低呼："墨妄！"

"来了。"墨妄配合地低头。

"一个时辰内，如果我没有见到人，一把火给我把这地儿烧了。"

"……"墨妄抬眸瞥她。

他是实诚人，实在做不来恐吓人的举动。

墨九却一本正经，一直等到出了凉棚才回过味来，微微一眯眼，对着面色苍白的姑娘冷哼一声："连人一起烧。"

墨妄又是一怔，方抱拳道："是，属下领命！"

这一下他的表情似乎让墨九满意了，不顾旁观者的眼神，她大步跨上马车，撩开帘子，又往河边的茶饭庄望了一眼。那茶饭庄就坐落在河边上，正对着墨九为景昌皇帝修建的功德亭。茶饭庄的后方有一棵巨大的榕树，风从河岸吹过去，榕树叶在不停摇摆，惊得鸟儿喳喳叫着飞入天空。从马车的角度望去，可以看见院落里边还有一排精致的屋舍。

"小九是觉得他们有问题？"墨妄走近马车，低声叹息，"其实我派人私下查一下就好，不必如此大张旗鼓，让人闲话……"

他始终爱惜羽毛，也爱惜墨九的羽毛。

可墨九浑不在意，紧盯着大榕树的方向，声音浅浅，仿若在自言自语："我想，不必查了。"

不必查了？墨妄顺着她的视线回头，只见那卖凉茶的俏姑娘低垂着头，双手绞着手绢慢慢地踱了过来，一张如花似玉的脸上满是纠结，在她的脚下，还有一条摇着尾巴的大黄狗，吐着舌头奔向了墨九的马车……

"旺财？"墨妄惊诧出声。

当初离开的时候，他们把旺财留下了。

等他们从临安回来，旺财却不知所终。

都说聪明的狗会寻找主人，墨九猜测，它是去找萧乾了。

然而不管她怎么费尽心力，始终找不到的旺财，却在这里出现了。

旺财只是一条狗，可在这种时候，它代表的意义又岂会仅仅是一条狗？

"小九，是旺财！是旺财回来了！"大抵没听见墨九的动静，墨妄又重复了一遍，低沉的声音居然也有一丝颤意。

三个月了。

三个月的时间，人世繁华与落寞一朝变幻，天地都改了颜色，而他们一直在追查与萧家有关系的事，却一无所获。

萧大郎去了哪里？是真的逃出了临安府，还是因为病重，早已死在了这个乱世的哪个犄角旮旯，化成了一堆枯骨？

宋鹜又去了哪里？是已经被完颜修杀害了，抛尸在阴山草原，还是已然得救，或者有了什么旁的际遇？

还有与萧六郎寸步不离的声东、击西、走南、闯北四大暗卫又去了哪里？按理在萧家大难的时候，他们不可能离开萧六郎独自逃命。

甚至因为这个，包括墨妄在内的人私心里都一直抱有希望……萧六郎还在人世。

萧乾向来运筹帷幄，不会对自己的生命没有半分谋划。

可这到底只是一种美好的期许。

三个月杳无音信之后，他们的希望渐渐变成了失望。

毕竟临安刑场上，众目睽睽之下再三验明正身，除了死人，谁出得来？

"嗷嗷……"

旺财可能闻到了墨九的气味儿，激动地吐着舌头，爪子不停刨动着马车，可这货到底是狗，哪怕心里有千言万语，却难成一句。

"呜呜……"旺财的唤声有些哀意。

马车却纹丝不动。

独坐里边的墨九也没有动静。

墨妄稍稍一怔。看那俏姑娘也走到了车边上，又忍不住提醒墨九一句，她才慢慢撩开帘子。

视线淡淡扫来，墨九素面朝天的脸上并没有激动的情绪，语气中甚至还带了一点不高兴的冷漠。

她不看那个俏姑娘，只盯着爪子刨动的旺财："你个狗东西，终于舍得回来了？"

旺财听见她的声音更加亢奋，吐着长舌头，大大的脑袋偏了偏，伸出毛茸茸的爪子，又打算去刨她。

可墨九车窗位置高，旺财试了几次都没成功，这货好像是委屈了，又呜呜叫唤着，可怜地摇着尾巴在原地打转，巴巴拿眼瞅她。

"上来吧。"墨九看不下去了，示意墨妄把车门打开。可想了想，又不冷不热地补充了一句，"好久没吃过红烧狗肉了，既然回来了，又何必浪费。"

"……"

很显然，还记恨着旺财的不告而别。

304

可旺财哪儿会明白个中含义?

看墨九给它留了门儿,这货快活地嗷呜一声,撅着大屁股一跃而上,刺溜一下就钻入了车厢,也不管墨九表情如何,扑上去就一顿猛亲,那热情的样子,像见到久别重逢的亲人。

人狗再聚,狗欢,人不欢。

这场面,让墨妄这么刚硬的男儿都不由得红了眼眶。

"不承想,还能见着旺财……"他说得感伤,墨九却依旧一副冷脸,看着那怯生生的姑娘,不温不火地道:"我要见的人是你们掌柜的,对你,九爷没兴趣。"

那俏姑娘扁了扁嘴巴,低垂着头,小声嘟囔道:"九爷,掌柜的说了,这条狗九爷一定会感兴趣的。若念及奉还之恩,想来也可宽容他一回。"

宽容他?

说到底,还是不肯相见吗?

墨九眸色暗了暗,冷声道:"你以为什么野狗都能随随便便打发九爷去?不来见我,信不信连狗也一并烧烤了?"

"呜……"可怜的旺财,又委屈地呜呜一声。

墨九不动声色地瞟一眼这条蹲在她脚边的"野狗",忍不住揉了揉它的脑袋,剜向那姑娘,冷冰冰道:"你应当知道,在九爷这里,没有条件可讲。"

那俏姑娘脸一白,表情难看至极。

"九爷……九爷就宽容咱这一回吧……我保证,从明儿起,每天给九爷送凉茶上山。"

墨九眉梢一挑,没有半点同情心的样子,一转头,就问墨妄:"一个时辰还剩下多久?"

"九爷!"那俏姑娘急眼了,像是晓得不挑明过不了关,看了看四周,凑近车厢,从袖子里掏出一个东西来递给墨九,"这个……掌柜的说,请您过目,一看便知。"

这是一个绣着祥云图案的荷包。

那绣工,一看便出自勋贵世家。

墨九慢慢打开,从荷包里头抽出一张红彤彤的婚书来——

红纸、黑字,上面写着两个人的生辰八字和姓名等信息,婚书的主人,一个是萧家大郎萧长嗣,一个正是她墨九。

墨九一行一行地看着,脸色变幻不定。

好一会儿她才抬起头来,看了一眼那个咬着下唇紧张不已的俏姑娘:"既是我夫婿,为何还要避我?"

那俏姑娘在她面前很是踌躇,脸色越来越难看,低声下气的样子,就差抹眼泪了。

"九爷，掌柜的如今逃难来此，又怎敢多说出一个萧字？再者，掌柜的知晓兴隆山鱼龙混杂，九爷操持着墨家更是不易，又怎肯轻易给九爷添麻烦？"

麻烦，确实麻烦。

萧家一案，天下皆知，潜逃离京的萧长嗣更是朝廷重金悬赏抓捕的重犯。

他逃到兴隆山这个世外桃源来，却不与墨九相认，隐姓埋名在镇上开一个茶饭庄聊以度日，不愿给她找事，这理由不仅说得过去，而且……可以说萧长嗣乃大义之人。

只不过墨九对于她这个传说中的"神秘夫婿"一直以来抱有深深的好奇。

当年在萧家她见不着他。

如今到了兴隆山，她的地盘上，难不成还得由着他？

墨九挑一下唇角，冷笑一声："你家掌柜的到底什么病？这么见不得人？"

那俏姑娘双手不停绞手绢："我也不知情。在临安那会儿主上为他诊治，也不容人打听。如今主上不在了，掌柜的就靠以前主上留下的方子拖着半条命，而且，他如今的身份也没法儿请郎中。九爷，落难的凤凰不如鸡啊！"

落难的凤凰？

墨九抿唇的表情添了一丝冷嘲。

她斜目一望，视线从俏姑娘的脸上慢慢扫过去，一字一顿说得极冷："那你呢？你们呢？又有什么理由不见我？连捎一封信来让我知道你们的近况都那么难？"

你，还有你们，指的都是谁？

自动站在边上去"望风"的墨妄闻言惊诧地回头，望一眼墨九，又打量一下那俏姑娘。

难道……墨九早就知道她是谁了？

那姑娘显然也想到了这一层。头垂得越来越低，脚尖在地上画着圈儿，像是在想什么言辞狡辩，又像是无法面对墨九。

"九爷……我也不想的。"

墨九不冷不热地笑着，眼睛一眨不眨地盯回去："说！"

那姑娘在墨九的目光中，终于败下阵来，抬头苦着脸："不知九爷是怎样认出我的？"

"哼！"墨九不屑地皱眉，"别说你扮成花姑娘，就算你给老子化成灰，我也能给你糊出一张人皮来。"

那"俏姑娘"被她一损，嘴巴又是一扁："哦。九爷英明。"

拍完了马屁，看墨九不为所动，"她"甚是无奈地继续道："不敢相瞒，当日临安事发，我们几个原想陪主上一同赴死，可主上决定的事，又哪有那么容易受人左右？

"主上让人连夜把我们带离临安……当然，是迷昏了离开的。临行前，他把大爷的行踪告诉了我等，并以大爷的性命相托。唉，我等又如何能违了他的遗愿？"

遗愿？

墨九双眸微微一眯。

这么说来，当初萧大郎离开临安，侥幸逃过一命，萧六郎是知道他的去向的？

墨九思索着，抬了抬眉："那他们仨人呢？"

"俏姑娘"又道："主上有密信交给古璃阳，我们到达兴隆山刚刚安顿下来，走南便过江去了汴京府，声东另有任务，独自去了漠北。就我和闯北留下来，跟在大爷身边照顾……"

古璃阳和薛昉在萧乾回京的时候，与萧乾的抗珲大军一并留在了汴京，管辖着汉水以北的地区。

在萧家事发之后，群龙无首的古璃阳以及抗珲大军很是内乱了一阵。

不过很快，他们就接到了朝廷的圣旨。无奈之下，古璃阳选择被"招安"。

五月中旬，朝廷特敕古璃阳震北大将军封号，令其继续驻守汉江以北的汴京、临兆等军事重地，当然，萧乾昔日带领的抗珲人军也都驻扎在原地。

不过，朝廷对古璃阳这种萧乾的旧将不无忌惮，也不知何由，五月封赏，却在六月以述职为由召他回京。

有前车之鉴，古璃阳怎肯就范？

还没有接到朝廷来的圣旨之前，他就"病了"，而且赶在圣旨到达的五天之前，率先上书景昌皇帝，称病卧床，从此一病不起。

当然，他能提前得到朝廷这种绝密的消息，并迅速做出应对反应，得亏了墨九的"情报系统"——相思令。

古璃阳这一招简单、粗暴，却也有效，朝廷敢怒却不敢言。

说到底，古璃阳与薛昉都是萧乾的人，谁不知道？

而且连辜二都背叛了，宋熹又怎会真正信他们？

只不过完颜修在汴京败北后，率领珲国残兵在哈拉巴一带，招旧部、扯大旗，新建政权，已严重威胁到南荣东北部的稳定。而北勐更是发展迅猛，几乎占领了整个漠北草原部落与南荣北方地区，若汴京一线没有得力的悍将驻守，就成了一块没有防御能力的大肥肉，人人都可以啃一口，那么，在珲国与北勐这一虎一狼的觊觎下，又如何保江山稳固？

两害相权取其轻。

尤其在南荣大旱、灾难频发、百姓怨气冲天之际，朝廷对于古璃阳只能嘉奖与安抚，竟动之不得。

如此一来，古璃阳继续滞留汴京，也暂保了边陲的安宁与时政的平稳。

他与死去的迟重，曾是萧乾的两员虎将，萧乾给他留有书信并不奇怪。

可声东去了——漠北？何意？

瞧着墨儿思考时情绪莫测的样子，"俏姑娘"低头盯着鞋尖儿，乌漆的双眼眨巴一下，一咬唇，又对她露出一副可怜样："九爷有所不知，主上有过交代，要把大爷送到漠北去安置，然后寻得陆机老人，为其诊病。可是，在我们没有联系到漠北之前，除了九爷的兴隆山，我们也不敢把大爷放在南荣别的地儿。"

墨九呵呵一声，眉头紧拧。

萧六郎，你安排的人可真多。

把萧大郎安排得这么好，把四大暗卫的任务也安排得这么好，甚至把萧大郎治病的后续都想到了。有这么多的精力，为什么就没有好好替她安排一下？不告诉她在没了他之后，她应该做什么，应该怎么办。

难道他就不怕，她有一天会忘了他？也不怕她云雨蛊并未解去，突然有一天发作死去？

墨九眸子一眯，脸色有点难看，唇上却带了一抹怪异的笑："你主子，是个好人哪。"

好人？

好像是夸赞人的。

"俏姑娘"听着，总觉得有什么不对，稍稍退后一步，柔声细语地讪讪道："九爷，事都明白了，可以不再为难我们家掌柜的了吗？"

为难？

到底谁为难谁了？

她背着寡妇的名声也就罢了，难道还要她背着萧大郎妻子这名头一辈子？

墨九冷哼一声，目光凉凉地审视那"姑娘"："我说的话，何时收回来过？"

那"姑娘"呀一声，急了："九爷是说……"

"一个时辰。"墨九沉声强调，"不管他用走的、滚的，还是用爬的，都必须出现在我面前。其他的解释，留着对阎王爷讲去。"

"呃……""俏姑娘"张大了嘴巴。

"她"没有想到说了这么多，全是废话，墨九从头到尾就没有改变过想法，甚至她早就认出自己来了，所谓"一把火烧了"只不过是逼他们出来相认罢了。

"姑娘"讪讪地厚着脸皮笑："嘿嘿，那九爷……到底会不会烧？"

墨九嗯一声，直视着"她"，弯唇冷笑："试一下？"

"不，不用试了，我这便去回禀。"

等那"俏姑娘"离去，因为离得远而听得一头雾水的墨妾才走近马车，对墨九半隐在帘子里的面孔小声问："小九，她是？"

墨九轻笑："看来师兄对她还真有点儿兴趣，我从来不知道师兄好的是这一口。"

这一口，什么这一口？

墨妄大窘："好奇之心，人皆有之。"

墨九喔一声，不再揶揄他，轻轻揉着太阳穴，目光瞄着拿嘴筒子在她鞋上蹭来蹭去的旺财，不轻不重地笑："能这么勾引男人的，除了击西还能有谁？"

"啊……"墨妄很少发出这种声音，显然他有点儿蒙。

女扮男装见怪不怪了，男扮女装还能扮得这么惟妙惟肖，让熟人几乎都认不出来的人，击西是头一个。

"师兄也不要失望。"墨九安慰他，"我对男男其实并不反感。"

"……"墨妄喉头一甜，差点吐血，生怕她继续戏谑，连忙岔开话，"小九，要不要再去镇上走走？好几家小食你都不曾吃过。"

"不了。"墨九懒洋洋地说着，斜靠在马车上，那一副慵懒的样子委实像一个出来巡视的山大王，收获了猎物，准备满载而归，"回山吃饭，等他来。"

入夏的时候，兴隆山最美，山间全是盛放的野花，铺天盖地地点缀着郁郁葱葱的山林树木，美得能让人忘记呼吸。

回去的路上，墨九没有说话。

墨妄伴在她的马车边上，攥紧马缰绳，也不敢随便搭腔。

墨九的想法他越发猜不透了。之前他以为她只是怀疑茶饭庄的人有点儿问题，才会有那样异常的举动，可结果她早就认出了击西，是在诱人主动上钩。

可萧大郎的行踪，她不需要保密吗？闹得这么大张旗鼓的又是何苦？

难道她心里记恨着，故意的？

那是普通人的做法，不太像墨九的为人。

在墨妄的思索中，车轱辘轧过石板缝中探头的嫩绿杂草，慢慢驶入了宽阔的墨家广场。

这个广场上，有一个与尚贤山庄一模一样的墨子雕像，不过比起尚贤山庄的，这雕像高了丈许，体形也庞大了不少。

这位祖师爷一天三炷香从来没断过，被墨家人敬若神明。

可今儿马车经过，墨九并不像往常那样对祖师爷行注目礼，而是任由马车驶过广场，从修筑得仿若中世纪城堡的大门进去，一直停在"墨家研究院"外面。

那个挂着"研究院"牌子的地方，其实就是当初的千连洞。

经过墨家弟子的不断修缮，千连洞早已今非昔比。干净整洁的石洞，冬暖夏凉的特点，在这样的夏季得到了许多墨家弟子的青睐，大家没事儿都喜欢来研究院蹭

［□］凉气。

看见墨九的马车过来，戳在门外唠嗑的一群弟子纷纷起身向她行礼，恭敬得不□□头直视于她。

"巨子来了！"

"巨子好！"

"巨子！"

这些弟子都穿着统一制式的藏青色衣服，胸前绣着一个与某种机关图案类似的"墨"字——

墨九说，那个图案叫logo。

他们不懂什么是logo，但喜欢这种有归属感的图案，亲近，统一，能激起身份自豪感，感觉比官差还牛。

不过墨家弟子的制服与市面上的衣衫样式不太一样，是由墨九亲自设计的。一开始大家觉得奇怪，穿着都脸红，时间一长，习惯了之后，反倒穿不惯那种束手束脚的衣袍，喜欢上这种质地轻盈、简洁精干的衣式了。

"乔工在里面吗？"墨九轻声问。

"回巨子话，在的，在他的办公室里头哩。"

"唔。"

平常墨九见到弟子们，一般会微笑调侃几句。

今儿的她面色凝重，点点头，示意他们不必多礼，便径直从千连洞的入口进去，往乔占平的"院长办公室"去了。

没错，那里真的挂着"院长办公室"几个大字，据说这一块古怪的牌匾还是九□亲手写成的。

□占平的身份在墨家一直很尴尬。他身上有秘密，曾经是墨家乾门长老，也做□墨家不利的事，大家对他始终有戒心，但他虽然从来不多吐半个字，墨九却很□得过他，专为他设计了这样一个不伦不类的头衔不说，还把墨家的财政大权全交□尚雅。

□夫妇两个在墨家的地位仅次于墨妄。

□善用一直是墨九的长项，更何况，她从来不怀疑自己的眼光。

□雅害过她，乔占平也是。

□他们对墨家都有情分，当他们全心全意为墨家、为墨九做事的时候，确实能□挥柔□，□真正是有本事的人。

按墨九的说法，尚雅这个右执事自打不争权势、改为掌握财政之后，简直把她"斤斤计较、小肚鸡肠"的本事发挥到了极致，能抠一文银子的事，她能抠出两文银子来，绝对不会吃亏。

在她的严格把关下，墨家越来越富，生意越做越大，而乔占平对火器及墨家机关的研究，在墨九大肆为他网罗墨匠人才甚至亲自参与之后，也到达了墨家术业的巅峰，早已超越了墨氏前人……

如此，乔占平也成功被墨九由一个阴谋家变成了与世无争的科学家，从当初的"总工程师"升级成了"墨家研究院"的院长。

墨九识人的本事再一次得到了印证。

乔占平是喜欢做这个的，只要尚雅不找他，他可以一个月不出山洞，就趴在他的办公室里画图纸，用新学的阿拉伯数字进行运算——

对，如今兴隆山上，人人都得学阿拉伯数字。

这个玩意儿在时下的人看来很是稀罕，但真的学起来也极为简单，至少不会比后世的三岁小儿更难。

不过短短数月，兴隆山这个地方就连目不识丁的人也都会了简单的加减乘除。

当然，这些墨九为了便利随意为之的事，她从来没有想过会有那么深远的影响——

墨九进去的时候，只有乔占平一个人。

乔占平手执笔，眉微皱，专注的样子似乎根本没听见她的脚步声。

墨九轻咳一声："乔工，还在忙？"

乔占平抬头，看见是墨九，恭敬地问好："巨子来了，快请坐！"

兴隆山这一年多的时间，让乔占平有了不少变化，人长粗壮了、结实了，也精神了。虽然他的肤色一如既往地白，却不再像当初那样一副阴阳怪气的样子。

岁月改变了人，可有的事变不了。

现在连尚雅偶尔都会亲热地叫墨九一声"小九"，而乔占平一年如一日地唤她"巨子"。不太亲近，不太疏离，但一定会做好分内的事。

这样的人，墨九喜欢，至少是一个极佳的合作伙伴。

她欣赏地瞥他一眼，点头回礼，笑着瞥向桌案上一张张复杂的图纸："乔工可有新的突破？"

她习惯了这个称呼，乔占平也习惯了。

他点点头，平静的眉目间有一抹难得的光亮："占平不负巨子所托。"

"好！好样的！"墨九重重一拍桌子，满意地坐了下来。

她盯着乔占平明显震住的面孔，沉默一瞬，突地抬高下巴，转了话锋："乔工，震墓是时候开了。"

震墓所在的位置，就是千连洞下方，或者说，在兴隆山主峰下方。

从发现震墓到现在，已经整整一年过去了。住在这里这么久，墨九一直没有动它，原因很简单，八卦墓每一次开墓的结果，都是地动山摇，甚至引起山势和地壳

311

的变化。

兴隆山不仅是墨家基业，还关联着那么多百姓的生计，乔占平以为只要墨家还驻在此处，墨九就不会轻易动它。

那现下，是什么促使她突然改变想法，要冒险开震墓？

"巨子，"乔占平蹙眉，"可是发生什么事了？"

平素他难得询问什么，但墨九显然另有隐情，不便相告。

考虑一瞬，她将视线重新落在他的图纸上："这不是看乔工的活儿都办得差不多了吗？"

在这一年的时间里，墨九封住了震墓入口，没有把这件事告诉外界的任何人，可她也没停止对震墓的探测与研究。

然而没有后世的科学技术，没有遥感仪，没有扫描仪，没有机器人小帮手，没有毒气分析仪，他们一开始只能靠着原始的洛阳铲，一铲一铲地确定位置、方道以及墓泥的情况。

一个月后，墨九就累着了。

震墓之大，比之前的坎墓、艮墓、巽墓更甚，这样庞大的工程，单靠人力太累了。于是墨九大胆起意，想出一种叫"傻瓜探测仪"的东西交与乔占平研制开发。这东西可以简单化解墓室的有害气体，也可以用于危险判定。

制作原理倒简单——其实就是小型的墨家机关鸟。

让小型机关鸟先于人进入墓道，探测墓中的机弩，可直接避免人受伤害。同时，机关鸟可以携带中和墓内有毒气体的药物，对一般古墓中常见的有毒气体，可以做到一定程度的消解。

有时候，点子就是懒人的脑子转个弯儿。

对墨九的创意，乔占平当然也是佩服的。

可他们都知道，兴隆山这个地方坍塌不起。

而探墓最为危险的一件事，就是墓室坍塌。

一般来说，先人为了防止被盗墓，大多会在墓顶放置一些容易引起崩塌的巨石。

为了解决这个事情，对墓室进行力量支撑，墨九让人准备了许多粗壮的圆木，早已放在洞外阴干备用。但是这种圆木重量都是吨位级，如果用人力来运输，不仅耗时耗力，而且影响太大，不利于震墓的秘密发掘。

所以为了解决传输问题，她让乔占平做了传送带，从牵引件到驱动装置都靠机关转轮来完成。

说来只是一句话，但在目前的条件下，准备这些东西耗时已近一年。

想到这些，乔占平的脸上有一丝犹豫闪过。

沉默片刻，他把开墓的风险与后果估算了一遍，将自己的顾虑告诉墨九："属下以为，我们目前不必急着开启震墓，而当全力寻找另外的乾、坤、离、兑四墓。等开完这四墓，万事俱备之时再来动震墓……毕竟兴隆山干系重大，我们何苦自掘家宅？"

他的话都在理。

一句"家宅"，也证明这一年多的时间，他为兴隆山、为墨家付出之后，已经完全把这里当成了他和尚雅的家。

按常理，墨九是讲理的人。

可今儿也不知为何，乔占平说得口干舌燥，她却丝毫不为所动："乔工，我们没有时间再等了，时机已到！"

没有时间再等？

一年多都等了，现在为什么等不了？

乔占平目带疑惑，稍顿一下，审视地问："巨子所指的时机，究竟是什么？"

墨九略略沉吟，目光严肃，一脸正经："乔工，我不想瞒你，所谓时机，就是指对的时候。"

乔占平："……"

墨九看着他无奈的样子，唇角上扬："而且，你想想啊，我们费了这么多劲儿，天下的消息都被网罗殆尽，派出的弟子不说一万，也有八千了，余下四个墓一点消息都没有，那是为什么？"

乔占平肃冷的脸上有一丝动容："属下以为，缘分未至。"

缘分？这种事哪来什么缘分。

墨九哭笑不得。少顷，她目光突然一敛，凑近脑袋死死盯着乔占平，像个神婆似的小声嘟囔："我有一个强烈的预感，欲知乾坤离兑，必破坎艮巽震。震墓不出，乾坤离兑恐怕不会现世——"

欲知乾坤离兑，必破坎艮巽震？

乔占平愕然看着她，对她的逻辑很是吃惊。

墨九却很严肃，不再解释，起身拍拍他的肩膀："乔工，打起精神来，拿出你对尚雅的劲儿，好好干。"

这领导也忒亲切了，可这句话好像有什么不对？

乔占平愕然呆立，看着她放在肩膀上的手，一动也没动。这时，院长办公室的门吱呀一声响了。墨九一抬头，就看见尚雅端着个托盘进来。

"呃！"墨九赶紧收回手，负在身后，"右执事来了？我工作交代完了，这就走，二人世界留给你们小夫妻。"

她年纪比尚雅小得多，派头却挺大。

尤其那一副少年老成的样子，还有她生怕瓜田李下惹尚雅误会的举动以及乔占平怪异僵硬的身子，让尚雅稍稍一愣，忍不住扑哧一声，妖娆地笑了。

"哎哟，我这刚端来酸梅汤，你怎么能走？坐下，喝口汤冷静一下。"

"得了吧你，假不假？"墨九扫她一个白眼，"你这汤就一碗，是给我喝，还是给乔工喝？"

"是哦，这可怎么办？小九，你等着，我这便回去取。"尚雅笑眯眯地走近，把托盘里冰镇过的酸梅汤放在案上，转头就要走，却被墨九拉住了。

"得了吧你！"墨九瞥一眼她挺得高高的肚子，又翻个白眼，冷声道，"腆着这么一个大肚子跑上跑下的，要让人看见，还以为我虐待孕妇呢！这样的罪名我可担不起。不想让我德行有亏，你就给我好好坐下。"

怀着孕的尚雅早就没了往日的锐气，而且似乎脑子都没那么溜了。

她被墨九唬得一愣一愣的，好半晌才反应过来，一把摁住墨九的肩膀，让她坐回椅子上："好啦好啦，一碗酸梅汤，你还这样多说法。"

她大白眼一翻，看向乔占平："你要喝自己去盛啊，这汤没你的了。"

她的模样少了以前的媚气，却多了些少妇的娇嗔。

"是是是，你啊，赶紧坐下吧！"乔占平语带责怪，神态却满是宠爱，"往后别再熬什么汤了，咱这兴隆山那么多人，偏就缺了你熬汤是不？逞什么能！"

尚雅三十多岁的"高龄"怀孕，莫说乔占平紧张，就是墨九都替她紧张，平素真的是半点儿不敢累着她，可她偏生不服"老"，不仅财务上的事亲力亲为，就连乔占平的生活起居也亲自照顾，舍不得让别人代劳。

"乔工说得对。"墨九把桌上的酸梅汤拿过来，"所以啊，这碗汤我干了！往后你就别再熬了啊。就算要熬，也只能熬给我一个人喝，别让他看见，要不然可心疼坏了。"

乔占平："……"

尚雅："……"

看她浅饮的样子，神色极为轻松，尚雅与乔占平交换了个眼神，脸上不由得浮出一抹笑。印象中，墨九有好些日子不曾这般松快地玩笑过了。

她问："小九今儿是有啥好事吧？"

墨九摇头，含糊道："好事没有，兴许还有坏事。"

坏事还能这样开心？

尚雅不信，可看她并不想多说，也没多问，只就汤论汤道："我熬这汤口味如何？你可还喜欢？"

"不错。"墨九点头。

"真的？太好了。"尚雅一副小妇人的样子，喜不自胜地瞄一眼乔占平，又笑道，"先头我给你家阿娘和阿姐盛了一碗过去，说是都喝光了呢。"

方姬然的身子一直不好，情况竟然比织娘还要糟糕。而织娘大概有两个女儿在身边，兴隆山日子又悠闲，失颜症虽然严重，可心态好，胃口也不错，竟没有继续恶化。

反倒是方姬然，一日比一日差，基本上每天的食物都是浅尝辄止。从住入兴隆山，她基本不曾出门见人。而且除了伺候在她身侧的墨灵儿和墨妄，她也不愿意人家靠近她——包括织娘和墨九。

所以，听得这话，墨九倒也松口气："她能吃就好。辛苦右执事了。"

"小事，我现在怀着身子，也帮不上什么忙，能做一点是一点。"

尚雅一脸小女人的幸福模样，笑过了，抚着高高凸起的肚子看向乔占平，见他严肃着脸，一直注意着桌上的图纸，好像根本没有在听她说话，不满意地嘟唇。

"整天就晓得盯着这个，若是我不来找你，你肯定连我是谁都给忘记了。怪不得人家都说，这男人哪，一旦到手，变心就快了……"

这货抱怨起来是一个嘴碎的，一句一句连珠炮似的砸过去，听得乔占平张了几次嘴，像是想解释什么，结果也只能哭笑不得地摇了摇头，道："唯小人与女子难养也……好在巨子在这儿，若不然我是有理都说不清了。"

"行啊乔占平，我是女子，我肚子里的是小人，你难养了是吧，不想养了是吧？好哇，那你就不要我们娘儿俩好了。"

又是发嗔，又是埋怨，这虐狗模式的恩爱秀，让墨九直呼受不了。

她拍拍额头，蒙住眼睛就往外走："你俩继续，等把子丑寅卯都说明白再工作。"

出了洞口，从林间洒下来的全是细碎的阳光。

墨九眯了眯眼，抬手遮在额头上，耳边依稀传来乔占平的无奈与尚雅的娇嗲……

太虐了！

换作以前，她肯定得大嘴巴扇过去，让他俩闭嘴。

可如今心境到底不同了。

如果她再大嘴巴扇过去，只能证明——她嫉妒了。

嫉妒他们历尽艰辛，还能拥有。

可事实上，能与心爱的人吵架，为一点小事你撕我辩，又何尝不是人世间最生活、最富有人情味的体验？

两人今天还能在一起斗嘴、吵架、扯皮、发嗲，明天还有没有机会重复这些鸡毛蒜皮，又有谁知？

"哎哟，爷！可算找到您了！"

她正对着一片树叶出神，一高一矮两名弟子就笑嘻嘻地走了过来。

这两个人身板儿结实，一脸憨直的笑，那模样表情，完全江湖草莽汉子的样子。可也就是这样的两个人，墨九给他们起的名字，一个叫软玉，一个叫温香。

为此，软玉和温香曾经一个月不敢见人。

好在叫着叫着习惯了，他们反而骄傲得很，逢人便说名字是九爷起的，洋气。

"爷，您赶紧去会客厅，赶紧的，急事儿急事儿。"

这大粗嗓门儿一出来，墨九便想吐槽。

那么柔媚的名字都拯救不了他们，实在不幸。

她无奈一叹，问："咋啦？软玉。"

那个叫软玉的汉子嘿嘿笑着，挠了挠脑袋："左执事让我来通知您，您要的人上山来了，要煎、要炸，还是煮……让您赶紧过去。"

要煎、要炸，还是煮？

"好，我马上就去。"墨九抬头看一眼天色，朝软玉摆了摆手，却没有像她嘴里说的那般马上就过去，而是领着温香继续往千连洞的左侧走去。

她先视察了一下她的武器帝国，又琢磨了一阵震墓的墓道，等天完全黑下来了，她才慢慢悠悠地往会客厅去。

等人是一件焦心灼肺的事，墨九知道，可她就是想让萧大郎等。

想想以前在南山院，不都是她在找、找、找，等、等、等吗？

总得让他也尝尝滋味才公平。

墨家有大大小小好几个会客厅，墨九在温香的带领下，去的是一个建在她居所附近的小会客厅，这里四周都是绿树，夜风一扫，灯笼晃动，显得格外幽静清爽。

墨九过去的时候，墨妄正焦急地在门口走来走去，像是等了她许久。

一看见她的身影，他就急不可耐地冲过来："我的小祖宗，你总算来了。"

"有点事耽搁了。"

墨九的声音不疾不徐，可墨妄又怎会听不出她的言不由衷？

他纵容地一叹，接过温香手里的灯笼，在前头引着路："掌柜的身子不好，一直咳嗽着，我怕待久了一会儿出点啥事，那可就麻烦了。"

"能出啥事儿啊？"墨九一边说，一边迈过门槛，没好气地道，"早就要死的人了，已经挣扎了这么久，还差这一时半会儿的？"

这嘴也太毒了。

墨妄尴尬地笑着，开不了口。

会客厅中，一把搭着隔帘的竹背椅里，那颀长的人影子微微一僵，咳嗽两声，带着笑的声音沙哑而深幽："巨子对亲夫，怎生这个态度？"

316

第八章　亲夫回归

墨九恍惚中，觉得那声音很是熟悉。

仔细一想，依稀与昔日在萧府南山院听过的萧大郎的声音有七八分雷同。

不过想来是萧大郎病体比往常更虚，声音似乎也更弱上几分。

众人望向墨九，都安静下来。

可墨九盯着那一张竹椅的帘子，却完全没有对待病人的怜悯。

"萧大郎，"她不温不火地轻唤一声，一步步逼近，"你这是强盗逻辑啊。"

帘子后方的萧长嗣咳嗽两声，略带迷惑地问："爱妻此言何意？"

爱妻？墨九脚步一顿，差点儿吐血倒地。

幸而她是墨九，一身男装的墨九。她冷冷一哼，加快脚步，袍角生风地靠过去，英气不减，语气更是严肃，指着萧长嗣就是一顿狠批："你说说，拜堂的人不是你，洞房的人不是你，新郎更不是你，你怎么好意思厚着脸皮说是我的亲夫？"

咳咳咳！

咳嗽的人，不是萧大郎，好几个人都在咳。

毕竟这话太呛了，除了墨九，旁的妇人哪个敢说？

墨九却不太顾旁人想笑而不敢笑硬生生憋住的心埋阴影面积。她利索地从怀里掏出那一张大红色的八字庚帖，啪一声拍在案几上，眉目不冷不热地往上一挑。

"萧大郎，就凭这玩意儿你就是我亲夫了？去你的吧！没干过骡子的活儿，就别说自己累。没干过新郎的事儿，就别说自己是丈夫。晓得不？"

晓得不？晓得不……

余音绕梁，久久不绝。

萧大郎隔了帘子有什么反应旁人不知，但屋里的墨妄、击西、闯北……还有旺财，似乎都有点儿触动。

旺财抬起狗脑袋，汪一声；墨妄和闯北扭曲着脸，憋得有些痛苦；击西是个真性子，忍不住哈哈爆笑起来。

"九爷，可笑死击西了，你怎的还是这么有趣？"

墨九猛一偏头，看着击西身上的女装，以及自己身上的男装，冷飕飕剜他一眼。

"还是你比较有趣。一转眼，男儿身就变成了美娇娥。"

击西脸颊唰地一红，咬着嘴唇，低下头不吭声了。

看他委屈可怜的样子，闯北幸灾乐祸，墨九却有点不忍直视。

一个大男人，怎的就修炼得这么娇气？

她摇摇头，转开眼直视着萧大郎的竹椅，站直了身子，一脸正色地问："老萧，你以为我说得可对？洞房的毕竟是别人啊，何苦委屈自己背了这口黑锅，戴上这顶绿帽？"

黑锅、绿帽满口飞，众人惊愕。

可"老萧"很平静，竹椅帘子无风而动，似有涟漪掠过，透出他带着咳嗽的声音："有理有理，甚是有理。吾妻之言，皆在理也。"

呼！墨九拳头一攥，眉梢挑起，指着他冷了脸："我警告你啊，再说一次就宰了你！"

"不说不说。"萧长嗣轻咳着，一副"慈祥"之态，大度地道，"老萧都听吾妻的。"

墨九："……"

她深深呼吸一口气，忍住怒火，愣是不相信这个世上还有比她更会气人的人："老萧你还是嫩了点儿，太不清楚一个遁入魔道的女人是何等心狠手辣了。"

"……"几人再次凌乱。

墨九话音刚落，也不管旁人怎么想，突然速度极快地蹿了过去。

没错，往萧长嗣的竹椅蹿了过去。

那身影，一溜烟似的；那爪子，快得跟风似的，又快、又狠、又准……

"呀！"击西和闯北脸色齐齐一变。

"九爷不可！"

"九爷！使不得啊！"

不可？使不得？

墨九满脸带笑，言辞多了些轻佻："九爷最不喜欢听人说不行。这不行，那不行，招惹我干啥？"

唰一声，就在众目睽睽之下，墨九把近日练的那点儿小功夫都用上了，终于拉开竹帘子，窥见了自己"想念"许久的面容。

318

"咝！"她听见了自己低低的抽气声。

会客厅里也霎时寂静，良久……都没有人动弹。

每一个人，包括趴在地上的旺财都站了起来，一个个目瞪口呆地看着斜靠在竹椅上有气无力的萧长嗣，眼睛眨也不眨。

这个人的脸……不能称为人脸了！

坑坑洼洼，一脸疙瘩，像牛耕过的小道，布满了颜色深浅不一的肉瘤子，不仅脸上有，脖子上也有，但凡露在外面的地方就没有一片好皮肤，冷不丁撞入眼，胃里能翻江倒海，想要吐个痛快。

这样的脸，不肯示人确实不奇怪。

几乎就在这一刹那，所有人都理解了萧长嗣不肯见人的苦衷。

墨九也是震撼的，一颗心脏怦怦跳着，找不到章法。

有一种唐突了他的歉疚，又有一种说不清道不明的失望，还有一种隐隐的……心疼。她怔了好久，低垂着头回避他的目光，轻轻放下帘子，把帘纱压在竹椅的夹缝里，低声道："其实……也不太难看。"

"……"

太违心了吧？

她也觉得，又补充："至少身材还是挺好。"

就这么一眼，连身材都看见了？

好像也不对。

墨九搓一下太阳穴，发现自己不太会哄男人，天生不是做小媳妇儿的料，索性挑明了来说："罢了罢了，九爷我也不是奸恶之人，你都这样了，我不会不管你的。"

萧长嗣咳嗽着，像是有点儿不明白。

隔着帘子，他的声音又哑了几分："你不必自责，为夫病成这般，已是知晓天命之身，对容颜早已不甚在意，只恐累及吾妻之眼……"

这人还反过来劝她，怕吓住她？

墨九忽略了他的称呼，摸了摸鼻子，也咳了一声："看来你也是良善之人，怪不得六郎乐意救你。"

萧长嗣像是僵了僵，帘子后的身子好久没动，少顷，才听见他带着感慨开口："不敢称善，害得六弟如此……已是大恶。六弟于我之恩义，我穷尽此生已是报答不完。"

"晓得就好。"墨九接过话来，扫他一眼，又回头看墨妄，"师兄，麻烦你交代下去，就说九爷看上兴隆山镇街头茶饭庄的掌柜了，要留他在山上做客。那劳什子的凉茶庄子谁想要就拿去经营，往后这凉茶与卤牛肉就九爷一个人能吃了。"

"……"众人皆惊，呆若木鸡地看着她。

可墨九丝毫不觉得突兀，也不觉得这种事要与萧长嗣商量，两手往后一负，掉头就走，话也说得很周全："毕竟是六郎在意的人，九爷也得好好在意着，别让他伤着、碰着、磕着，这才不负六郎之恩义。更何况，我与他好歹也有一场夫妻名分，九爷做不来刻薄寡恩之事。"

说到此，她顿住脚步，回头扫向众人，霸气十足地一挥衣袖："多养个把男人而已，九爷养得起。"

哦……哦。

闯北无言以对，有一种被包养了的感觉。

墨安紧抿嘴唇，有一种欲哭无泪的无奈。

只有击西，愣了一瞬，竟感动得快哭了："霸气的九爷啊……你再多养一个击西吧？"

墨九的腿已经迈出了门槛，闻言回过头来，意味深长地对上击西切切的视线，细细打量了一番，方勾起唇角，露出一个迷之微笑："这个没问题。"

"多谢九爷。"击西抱拳，长鞠躬。

"不必客气。"墨九笑，"问题是，你还是不是男人？"

会客厅里，再一次寂静了许久。

在墨九的身影彻底消失在门口之后，终于传来击西带着哭腔的吼叫："击西是被逼的啊！击西当然是男人啊！"

墨九离开会客厅，谁也没有带，一个人走得很潇洒。

但没有人知道，她走到居住的"九号楼"时心情还没有平静下来。

当她挑开帘子那一瞬，看见萧长嗣的脸，除了心脏狂跳，浑身的肌肉几乎都僵硬了。

她见识过织娘与方姬然的失颜症，见过花容月貌之后的丑陋，而萧长嗣的这个脸，比她们还要难看数倍。更令她感到恐惧的是，萧长嗣究竟是不是因为与方姬然有染，被她的失颜之毒所侵蚀，这才搞成如今这副人不人鬼不鬼的模样？

想起陆机老人以前说的那些话，她打了个寒战。

不过她心底明白，不管萧长嗣是她名义上的夫婿、朝廷钦犯，还是谁，哪怕仅仅为了萧六郎，她也不能不管他，必须得照顾好他。

尤其如今兴隆山地界上看着太平安宁，其实各方势力都恨不得插一脚，搞到相思令，搞到千字引，搞到墨家武器……或者搞到她墨九。

平静下的风起云涌最是容易出事。她如果放任萧长嗣在山下开那茶庄子，万一出点什么事，那可是在她的眼皮子底下，她怎么对得住六郎？

她不得不承认，因为旺财、击西和闯北，在她掀开那一道帘子之前，曾经有过美好的幻想——希望竹椅上那个人其实就是六郎。

然而终究还是失望了。

那个男人那样的脸，又怎会是风华绝代的萧六郎？

"唉，我莫不是疯了。"

"掌柜的，九爷莫不是疯了？"

会客厅里的人终于缓过气来，接受了他们被墨九给"包养"的事实。虽然墨九这个人常常不靠谱，但她说过的话基本都能作数，他们不可能再下山了。

众人愣怔。

击西见无人回答，提着自个儿长长的漂亮裙子，又蹲到了竹椅下方："掌柜的，咱们……"

"听你家老板娘的吧。"帘子里传来幽幽的叹息。

击西呃一声，好半晌才反应过来，老板娘是指墨九。

"好吧，跟着九爷，也是极好的……"

击西默默退下去，墨妄踌躇着上前拱手道："委屈掌柜的了，跟我来吧。"

萧长嗣咳嗽着，哑声轻笑："有劳左执事。"

这声左执事喊得很顺口。墨妄微微一愣。

想那萧大郎常年养病府中不问世事，居然可以很准确地叫出他来？

墨妄目光微微一闪，换上笑容："掌柜的，请！"

兴隆山这地儿说大不大，说小也不小。不过一天时间，十里八村都传遍了。

墨家的九爷看上了茶饭庄的掌柜，当众逼人上山，再没有放回来……

究其原因，有人说是先看上凉茶和卤牛肉，才看上人的，毕竟九爷好吃，天下皆知。也有人说，其实那茶饭庄掌柜的生得俊美不凡，堪比举世第一的萧乾，所以自打他来到兴隆山，从不敢露面。若不然，九爷看过萧六郎的美色，又岂会对普通姿色的男子心生恋意，甚至不惜毁坏声誉，干出公然抢人这等山匪行径？

外人津津乐道，版本不一，但结果都是一样的。反正墨九抢男人上山了，墨九就是山匪。

这女山匪好事干了不少，恶事也没少干，从不在意名声。这样的女人，莫说当世，便是纵观历史也独一无二。

可墨九就是这么一个墨九，办事就一句话：老子高兴。

而且她是兴隆山·霸，谁又能置评？

此事对于兴隆山的人的影响，除了热闹几天的茶饭庄生意淡了，那些想看花姑

321

娘击西的人断了念想，凉茶和卤牛肉也吃不上了之外……只不过添了一道茶余饭后的谈资。

但对于兴隆山上的墨家人，影响却是巨大的。

毕竟墨家弟子都知道，九爷还是靠谱的人。

那她如今抢个男人回来算什么事？太不靠谱。

故而墨妄安置萧长嗣的"九号楼"，就成了众人关注之地。

大家都想瞅瞅被九爷看中抢回来的面首，究竟长成啥样。

可很不幸，兴隆山又添一个不出门的神秘人。从他的竹椅被抬上山，隔着一道帘子，再到现在送入墨九独居的小院，隔着一道墙，谁又看得清他的真容？

山中岁月，本就清冷。

风言风语热炒了数日，新鲜感一过，也就慢慢平静下来。草长莺飞，七月流火，山上的天似乎也凉了一些。墨家弟子都忙碌起来，有人抓收成，有人抓商业，有人管物流，有人搞武器，热火朝天地繁荣着墨家的事业。

而在这样的时候，大弟子曹元却带领着一批人，天天驻扎在千连洞附近，没日没夜地干活儿。

对外界一律只道：奉巨子命，修缮千连洞。

十日后，七月半，一年一度的中元节。

都说这天鬼一串一串的，会结伴来人间讨点儿烟火钱，兴隆山下的百姓也都杀鸡割肉，准备祭祀过世的亲人。江边上，放河灯、祭孤魂，亦热闹得很。

兴隆山门的广场上，火树银花，人来人往。

墨家也在筹备祭祀，祭先祖的礼数他们尤其看重。

申时一刻，墨九斋戒沐浴完毕，领墨家左执事墨妄、右执事尚雅、八大长老以及若干骨干弟子缓缓步入广场。众弟子分排两列，齐声叫喊"请巨子安"，恭敬如常。

墨九满意地点头，抱拳拱手。

回礼毕，她走向祭台，向墨家列位先祖牌位行跪礼、奉香、敬酒。

"墨家十六代巨子墨九，领我族人拜祭先祖，望先祖在天有灵，佑我墨家，安康永乐……"

等她行完礼数，墨妄长声唱祝词。

在他抑扬顿挫的声音里，继往开来，颂墨家公义，赞祖宗慈德，不过短短几句，竟让广场上唏嘘声四起，有弟子感动落泪，忍不住掩袖而泣，再讲起墨家成就乃至墨家几次凶险，更让弟子生出"我家我护，我爱我家"的热血情怀……

祭文很通俗，听说是墨九自个儿写的。

这些人大多习惯了她的语言习惯，听着也顺耳，对巨子更是敬佩。

但祭祀一完，到了吃夜席的时候，大家伙儿都围拢在广场上吃喝，墨九与墨妄等人却都没有再出现，只留了一个挺着大肚子的尚雅，笑容满脸地拿着白水与兄弟们忆苦思甜。

这种场合尚雅是熟练的，在她在，其乐融融，很快就让人忘了巨子不在场的事。

九号楼里，玫儿嘟着嘴巴耍赖："姑娘，我要跟你去，照顾你。"

墨九已经换上了一身黑色劲装，头发全束在冠里，腿上缠了布带，整个人看上去更精神了几分。可她对着玫儿这小丫头却有点头痛，低头一看玫儿又要故技重施装可怜，她一个转身就把玫儿的肩膀扳过来，逼视道："看着我的眼睛。"

"很漂亮啊！"玫儿眨巴眼。

"旺财今天没吃肉。"

"呃……"有什么关系？

"如果你再不听话，我就拆了你喂旺财。"墨九严厉的样子，半点儿不像说谎，外加她近来脾气变差，这话还是让玫儿吓了一跳，硬生生结巴了："姑，姑娘……"

墨九哼一声放开她，目光冷厉地一扫："你把我的面首照顾好就成了。"

玫儿嘟着嘴巴惶惶不安地瞥她一眼："那位爷，好生奇怪，从不肯见人的，玫儿照顾不了。"

墨九闲闲地扯过腰带，紧紧束在细腰上，对着铜镜左右一扭，照了一会儿，对着镜中玫儿的脸冷静道："我的人自然不能给你见。去吧，让他搞点儿凉茶凉好，卤牛肉做好，等我回来吃。"

这到底谁照顾谁？

玫儿蒙了，哦了一声下去。

然而，待墨九在墨妄的陪同下到达千连洞时，她却风风火火地跑过来："姑娘，不好了，你的面首不见了。"

"……"墨九抿着嘴巴，还没来得及骂她的冒失，就见千连洞门口出现一个怪人。坐在带轮子的椅子上，一袭墨色衣袍，脑袋上还戴了一顶大大的毡帽，几乎遮盖了整张脸，搞得像武侠小说里的某个隐士高人似的。若不是他身边的击西和闯北两个人的扮相墨九已经熟悉，还真的认不出他就是萧大郎。

她推开玫儿，看看旁边沉默的墨妄和乔占平，走上前去："啥意思？你们当家做主了是吧？"

怪人的脸遮着，看不清表情。

反倒是乔占平低垂着头，语气却很诚恳："掌柜的说，他熟通医理，能帮我们做一些事，属下认为甚是有理。震墓之难不亚于坎、艮、巽，有医者在自是幸事，

323

可减少伤亡。"

"呵呵。"墨九笑得有些凉，看向萧长嗣，"医理？我从来不知，掌柜的也会这个？"

萧长嗣浅浅一叹，轻哑着嗓子道："久病成良医。"

墨九紧紧抿唇，眼神里满是不信。

在击西的帮助下，萧长嗣的轮椅慢慢推进，停在她面前，萧长嗣声音很低，却也清晰："我算是他的半个徒弟，若不然那中药制剂的凉茶又从何而来？"他慢慢抬起头，对着墨九沉浮莫辨的眸子，"吾妻吃过凉茶，想必能信任于我。"

一听"吾妻"二字，墨九就抓狂："叫你不许那样叫了。"

"那你可容我入洞？"

"……"这话与上一句话有关系吗？

墨九轻嗤："找一个更能说服我的理由。"

萧长嗣维持着原来的姿势，半分未动："夫妻同心，其利断金。吾妻有险，为夫怎敢不随？你开墓来我治病，你走前来我断后，有何不妥吗？"

"你觉得很妥吗？"墨九平白得了这么一个"夫婿"，还是明媒正娶的，有点抓狂了，"喂我告诉你啊，你可千万别惹着我，要不然……"

"为夫知错了……"他轻咳着，"不过，还请爱妻明示，错在哪里？"

从"吾妻"到"爱妻"，又递进了一层，这脸皮厚得也没谁了。

墨九眼看准备入墓的人都围了过来，人家又是一个重症病人，她实在不想扯皮骂仗损及格调，终是指着他的大毡帽冷言冷语道："行，你要找死我也懒得拦你。但是请你听明白我的话，搞清楚我们之间的关系……"

"关系……什么关系？"

"我们之间的关系，就是没关系。"

"明白了，关系尚未发生。"

"你……"墨九快吐血了，"老子让你闭嘴！"

"有妻如此，凶如猛虎。"萧长嗣长叹一声，"为夫敢不遵从？"

这人……绝了！

墨九一拍脑袋，甩袖迈入千连洞："开墓——"

这次入墓，除了墨妄、乔占平、申时茂，还有两位长老和二十几个弟子，墨九没有带其余的人。有小型机关鸟做探测，有传送带运入圆木防坍塌，外面还有尚雅和一干弟子负责接应，比以前的三个墓来说，准备工作已充分许多。

虽然比预计的多出三人一狗四个跟班，但墨九的情绪并没有受到影响。

甫一踏入墓道，她的脸色就严肃起来。

这个墓道是当初机缘巧合，被乔占平炸开的。

由于将近一年时间的密封，再次打开，里面飘浮着浓浓的霉味儿。

"好呛！"墨九拿手扇了扇，鼻子一皱，墨妄立即递上一方丝帕。

墨儿被他照顾习惯了，接过来很自然地擦着嘴："谢谢师兄！"

墨妄一笑，一如既往，对她体贴得无微不至："小九退后一点，我来。"

"啥事儿都你，当你自个儿铁打的啊？"墨九剜他一眼，斥责的话里满满都是对墨妄的爱护与关切，丝毫没有顾及背后那个"亲夫"心理的阴影面积有多大。

说罢，她跨过一块乱石，望向黑黝黝的甬道："曹元，机关鸟！"

"弟子遵命！"曹元低声应诺。

据他们之前的探测，这个炸开的口子并不是墓道的入口，位置应当位于墓道中间。

至于真正的墓道入口，在墨九当初与萧乾滑入坡底的那个地方。但那里墨家弟子太多，目标太大，她不敢贸然挖掘，引发外间猜测与遐想。

"巨子，来了！"

一个方形木箱被抬了上来，里面有排列得整整齐齐的一堆机关鸟。

精良的做工，仿真的造型……乍一看，还以为是真的鸟儿。

"哇，好好看。"击西最是见不得这些东西的，上来就抢着要看，"九爷，这些鸟儿是干吗用的？"

墨九没有回答他，倒是墨妄怜香惜玉了一回："探路，排毒。"

"哦，可这里两头都有道儿，咱们探哪一条？"

他问的人依旧是墨九，可墨九许久没有回答。

确实，左方与右方都是墓道，一条向下，一条往上，两条都深不见底，究竟哪一条是通往墓室的？两条不同的墓道中途或终点会遇到什么都还未知。

这样的未知，在古墓中差之毫厘，将失之千里。

幽幽的冷风从甬道徐徐吹入，许久，没有人声，只有一股子阴森森的寒意。

众人询问的目光始终落在墨九身上，等她定夺。

墨九像是思考了一会儿，才道："一边墓道放一只机关鸟。"

得了她的命令，曹元连忙指挥弟子照办。

两只不会叫唤的小型机关鸟，比普通的鸟儿还是大了好几倍。两个弟子把它们放在潮湿的地面上，像给手表上发条似的，对着机关鸟右侧的 个铁轴拼命转着圈儿，直到再也转不动了，方摆好方向。

一放手，那鸟儿便嗖的一声飞了出去，钻入深幽的墓道中。

唰——唰——唰！

砰——

啪！

那一条往上的甬道里，没有半点声音。

而往下的那一条甬道里，各种声音交错不断。显然，是机关鸟触碰到了里面的机关或机弩。

众人安静地等着，面色不一，心里却都嘘了口气。若没有机关鸟，让他们以肉身试险，那危险性就大了。

等甬道里再一次安静下来，仿若整个世界都安静了。

没有人动弹，也没有一只机关鸟再飞回来。

它们都完成了使命，把自己"牺牲"在里面。

"大家跟我来，仔细脚下！"墨九镇定地选择了往下那一条甬道，走在前面。

"恭喜九爷，有一只好鸟。九爷，我看你还有好多好多鸟，可不可以送给击西一只啊？击西真的好喜欢这种鸟啊……"击西小心翼翼地拍着马屁，推着那个"半残的老萧"跟在墨九后面，一副讨好的模样，让严肃的探墓画面添了几分滑稽。

可不论他怎么卖萌，墨九都懒得理会。

古墓乃凶险之地，她得打起十二万分的精神来。

"九爷，九爷，击西好像闻到了什么味儿。"

击西性格向来天真，像个没心没肺的"纯洁少女"。尤其见了那机关鸟，更是聒噪得像个唐僧，小心地讨好墨九。在进入墓道的第一道墓门不远，这货突然又高声咋呼起来。

"你们快闻闻，是不是很香？"

墨九翻个白眼儿，没有回头："是你身上香。"

击西抬袖闻了闻："噫，我香吗？我怎么闻不到。九爷九爷，击西这么香，你送一只鸟，好不好？"

墨九停下来，受不了地横他一眼，恨不得掐死他："你如果肯闭上嘴，回头出了墓，我送你一只鸟。"

"真的？"击西瞪大眼睛，看她不像在说谎，眉开眼笑地嚷嚷起来，"好哇好哇，九爷真好！击西有鸟了，击西有鸟了。"

击西有鸟了，击西有鸟了……

他的声音回荡在墓道内，回音袅袅。

所有人都石化了，想笑又不敢笑。尤其是闯北，一脸看傻子的表情瞅他。

只有击西自个儿浑然不觉，看大家都不动，才奇怪地停下来："你们……都怎么了？看我作甚？"

"你没鸟？"闯北问出了小伙伴们的疑问。

"我没有啊！"击西认真地点点头，"不过九爷送了我，我就有了啊。"

"……"闯北拍额，"佛爷度人无数，为何偏生就度不了你？"

326

击西瘪瘪嘴，正待仔细询问个中内情，突然听见前方查测墓门的曹元大声叫喊起来："巨子，有点儿不对劲儿，这墓门有点松动——"

这一喊，什么鸟儿都飞了。

砰——

不待众人反应，一道沉闷的声音便落入耳中。

众人惊惧，墨九厉声问："怎么回事？"

"巨子，是机关鸟从石门上落下来了。"

那机关鸟先头飞到了墓门上方，撞在门梁的犄角旮旯里，这会儿才堪堪落地。原本是一个小动静，可在这样黑漆漆的地方，又是阴森森的古墓里，哪怕有一点异常的声音，都很容易引起人的紧张。

曹元说完，低头捡起破损的机关鸟，松了一口气，大家伙儿也放下心来，有说有笑。可曹元拎着风灯往上一照，双眸却突地瞪大，像看见了什么令他害怕的东西，下意识退后一步，凄声吼道："快退后——大家退——"

他示警的叫喊声，淹没在了一片飞溅的碎石中。

砰砰砰——

啪啪——

"跑！跑！快跑！"

墓门那一道原本应该很厚重的石板，竟然像粉碎的钢化玻璃一般，突然碎成了石头渣子，直接从门梁的位置垮塌落下，密集的石头相互碰撞着，在狭窄的墓道里四处飞散，那鬼哭狼嚎一般的声音，比爆炸声还要冲击人的耳膜。

碎石宛如厉鬼，铺天盖地地落下。

不仅墓门，似乎整个墓道都被震动了。

"小九，快跑！"墨妄以为自己是反应最快的人。

他自恃一身武艺，血玉箫往身前一横，不顾落下的碎石冲上前就要护着墨九离开。

然而，等他赶到墨九身边时，这才发现，击西推着的"残疾老萧"两只轮子居然比他的两条腿都跑得快，抢在他前面扶住了墨九。

"小九……"他怔了怔，伸手去抓墨九，手臂却被萧长嗣不着痕迹地推开了。

"爱妻，无事吧？"

墨妄傻呆呆地又是一怔。

那边萧长嗣不理会他，把墨九连人带脑袋一并摁入了怀里，一边抱着还在发蒙状态的她，一边在她后背上轻拍："不怕不怕，有为夫在，什么也不必怕。"

"咳咳咳！我去你的！"墨九在墓门裂开的刹那，本来就被落下的灰尘呛得喉咙发痒，再被他这么任性地往胸前一捂，正常呼吸都呼吸不过来，又在几近窒息的

327

状态下，被他强行往后带离好长一段距离，都不知道双脚怎么落的地。

等回过神来，看一眼已经停止"爆炸"的墓门，又看一眼站得笔直的萧长嗣，她愣了一下，怒火冲天而起："你不是腿脚不便吗？"

萧长嗣轻唔一声，缓缓抬手擦了擦她喷到脸上的唾沫星子，沙哑着嗓子镇定反问："为夫何时说过腿脚不便？"

"……"

墨九好久没有生过气了，自以为已经把忍术修炼到家。

可这会儿，那一股子逆气流在胸口咻咻往喉咙口蹿，按都按不住。

"你没有腿脚不便，坐什么狗屁轮椅？"

"我懒不行吗？"

墨九盯着面前黑黑的大毡帽，狠狠一眯眼，有点儿想直接爆了这颗头。

在心里默默念了几遍"我是墨家巨子，这里有很多墨家弟子"，她终于控制住紊乱的呼吸，阴恻恻地咬着牙，盯着萧长嗣："老萧，这个理由，很智残。"

"难得爱妻夸赞，也不枉为夫懒这一回了。"

"……"亏他听懂了"智残"是夸赞的话。

墨九又缓索着缓呼吸，正搜索着脑子里那些对付厚脸皮的法子，曹元小跑过来解了围："巨子，里头还有一道墓门。"

两人之间的尴尬气氛没有了。

墨九瞪了萧长嗣一眼，拂袖而去。

墓道里众人的注意力也再一次回到了墓门上。不得不说，这墓门的设计真是别具匠心。

墓门一共设有两道。先头机关鸟飞进来，刚触碰到第一道就撞在门梁上，成了折翼的天使，再也飞不动了。但这并没有破坏到"门后之门"的机关，当他们一行人靠近的时候，机关触动，直接以损毁第一道墓门的代价来击毁敌人。

"这祖宗，玩大了。这设计简直就是自杀性爆炸嘛！"

墨九仔细看了一下，墓门碎裂落地砸到的范围不远，经过清点，意外发生时，大多数弟子靠得都不太近，除了曹元手臂被碎石砸了一下，其余人都没有受伤。

不过，这事也给墨九提了一个醒。

一切看似简单的机关设计，也许暗藏着杀人夺命的玄机。

"祖宗啊，你这棋到底下得有多大？每个墓都玩命，不是整人吗？"

墨九恨恨地指责完，想了想，一拍脑袋，又双手合十，对着墓门不住作揖："玩笑玩笑，祖宗要打要杀都是应当的，弟子不该多话，也无意冒犯，祖宗啊，莫怪莫怪！"

"冒犯了又有何妨？"萧长嗣不知何时又坐在了他的"懒人椅"上，被击西推

328

到了墨九身边，那一副懒洋洋的样子，显得又"虚弱"又"慈祥"，"爱妻莫要害怕，有为夫在。"

"有你在顶个屁用啊！"墨九对着他，面孔几乎是扭曲的。

"赶紧给我闪一边去，不要挡住我做事。"

"遵命！"萧长嗣并不生气，好言好语地应完，一转头，"击西，没听见你家老板娘的话吗？"

这俨然就是唯妻命是从的妻奴嘛！

可你老人家的腿……不是没有不便吗，为啥要推？

墓室门口，大家伙儿都在风中凌乱。

被一干人的视线密切注视着的墨九完全不如萧长嗣从容自在，她的内心几乎是崩溃的。只觉得这个节奏根本就不是来探墓的，那萧长嗣简直就是进来喂人吃狗粮的啊——

"曹元！"墨九听见了自己咬牙的声音，"掌灯！"

"是！"曹元脊背一阵泛凉。

他总觉得巨子儿今日情绪不对，做事的速度就比往常更麻溜了几分，往碎石堆里望了一眼，拎着风灯上前，一直走到墓门前面，方慢慢停下。

这一回他没有喊也没有叫，只看着墓门前的景象不动弹。

众人在他高举的风灯光线下慢慢走近，也都看清楚了。

就在墓室门口，靠坐着四具死相古怪的尸体。

他们都盘腿而坐，后背紧紧抵靠着石门，尸体没有腐烂，面部表情还很生动，那一副栩栩如生的样子，就好像根本没有死去多久……或者说，根本就还活着。

一个在笑，一个在哭，一个在怒，一个在骂。

死人可怕，像活人的死人更可怕。

一阵抽气声里，墨九突地抬高了声音，惊喜地喊："我明白了——"

一听这话，大家伙儿的眼睛又探照灯似的看向她。

墨九神色凝重地上前，却没有马上回答，而是从温香手里接过一双手套，仔细戴上，然后蹲身检了一遍尸体的情况，然后才在众人的关注中脱下手套，一本正经地解释："依我看，设计两道墓门的目的，并不仅仅是阻止外来摸金者的闯入，更紧要的是保护这些尸体不被腐化。两道石门之间呈密封状态，效果嘛，相当于一口石棺。"

这么一解释，好像是个道理。大家的好奇心也彻底被勾了起来。

一干人的小声议论中，乔占平走近几步："一般而言，人死之前都会痛苦，即使面部表情不痛苦，也很难做出这般姿态。这四个人如何做到的？"

"乔工说得对。"墨九点点头，"不管一个人死得有多么安详，正常情况下，都不太可能呈现出这样古怪的面部表情。更何况，四个人四种表情，刚好凑齐哭、笑、怒、骂……会不会是在他们死之前，先做好了预备动作？"

死，还要预备动作？

几个胆小的弟子身上的汗毛都竖了起来。

曹元嫌弃地看他们一眼，吩咐两个胆小的家伙上去挪尸体。

弟子还未动，却听乔占平厉声阻止："勿动！"然后，他回头看墨九，"巨子，这四具尸体不可挪动。"

在这些人里面，乔占平在机关方面的造诣是极高的。甚至墨九心里也清楚，如果她不是依赖后世吸收了先人经过漫长岁月沉淀下来的学识与资源，说不定根本不如乔占平。

听他这样说，她亲自拎了风灯查看："是，他们四个就是开启墓门的关键。"

乔占平目色深深，像是一直在思考："巨子想到了什么？"

墨九侧过脸去，目光不经意扫过"懒人椅"上的家伙，那戾气又上了心："喂，你不是说万事有你吗？来啊，开墓门！"

那萧长嗣正做着吃瓜群众，安静地听着，似乎没有想到会被点名。

在众目睽睽之下，他踌躇地考虑了一下："这原也没什么不可以——"

墨九冷哼，轻蔑一笑："废话少说，有本事就上。"

萧长嗣垂下的毡帽遮了他丑陋的面孔，却遮不住他板正的身形。他整个人笼罩在风灯的光影中，身姿带着一种模糊的挺拔，一双手轻轻扶住轮椅的两侧，摩挲片刻，也不知想到什么，呛咳几声，又喑哑轻笑。

"开墓门不是难事，但太过耗费体力，爱妻得给个彩头我才肯的。"

小样儿的，还傲娇上了？

墨九对这厮的本事是毫无信任度的。

她唇一掀，声音带着满满的冷笑："你若是开得了这扇墓门，我把脑袋拧下来给你当球踢……"

"不可不可，万万不可。"萧长嗣急忙摆手阻止，"脑袋为夫是不敢要的，不过爱妻的嘴巴倒是可以借用一下。"

借用嘴巴？墨九听说过借钱借物，没听过还有借嘴巴的事。

大概这两日被萧长嗣气得糊涂了，加上她一直扑在"开墓事业"上，脑子也没有过多思考这个嘴巴的事，就瞪圆双眼嗖一下剜过去。

"你缺嘴巴？"

"……"

萧长嗣没吭声，四周却有人笑。

人家都听懂了，这个墨九爷到底懂了没有？

墨九嗤一声，懒洋洋道："一个嘴巴就够利索了，再来一个，你不得上天啊？"说到这儿，回头发现好多弟子都在看他俩，还压着声音低笑，她又想到了自己"崇高而伟大"的身份，轻咳一声，一本正经地负手望向墓门，"一句话，老萧，你行不行？"

"唔！"萧长嗣突然咳嗽不已，"试一试，爱妻就知道了。"

弟子们压抑的笑声更甚，就像看喜剧片里的旁白配音似的——

墨九想一想，自个儿也呛住，有点哭笑不得地扶额头："我是说墓门，你行不行？"

"我也是说墓。"萧长嗣的声音似乎带了三分笑意，可仔细一听，又分明没有笑，他还是那副要死不活的样子，吊着命，伤着神，好像喘气儿大了，下一秒就会没命似的，"吾妻只要肯借嘴，为夫就算拼了老命不要……也，也要开这墓门，咳咳。"

"借来何用？"

墨九终于问到重点。

"一亲芳泽啊。"

看他说得理所当然，墨九差点儿把肺气炸。

想不到啊，这萧长嗣竟然这般轻浮！

不经意地，她脑子里又浮现出冷漠疏离的萧六郎。再想一想这位整天活在萧家后院里像一个闺阁千金的萧大郎……讽刺之情油然而生。墨九不禁摇了摇头，勾唇冷笑："你若有本事，亲一下又何妨？就怕你也就光说不练，占了便宜不认账。"

萧长嗣并不生气她的冷嘲热讽，只轻唔一声，问："我若开得墓门，你可认账？"

他开得了？墨九打死都不信。

她抬高下巴，一个字说得霸气侧漏："认！"

"好，一言为定。"

"死马难追——"

"驷马难追！"

"都是马，你计较这么多！"

一个严肃的打开墓门的问题，从要不要亲嘴上升到"死马"还是"活马"，这两个人争斗激烈，恍若未觉个中诡异，却把旁观的弟子们听得高潮迭起，想笑又得忍着，憋得相当辛苦。

这些伴着墨九入墓的弟子都是墨家的骨干，可以近得墨九之身，也算是墨九在墨家培养起来的心腹了——所以她在与萧长嗣说话的时候，并没有顾忌太多彼此身份的隐讳。

于是，好些人心里都明白了，这个戴毡帽生着病的丑男人……十有八九就是失踪的萧大郎。

但他们心底有怀疑，却是不敢问的，只能眼睁睁看着妖娆如花的击西推着轮椅上的萧长嗣越过他们，一路叫着"借一步，借一步"，慢慢地靠近了那一道密封的墓门，停在曹元身边。

萧长嗣毡帽下的丑脸没有表情，却成功地冻结了众人的目光，所有人几乎不约而同地都在看他。

疑惑、好奇……大家伙儿都兴奋起来。

风灯的光线太弱，照耀的范围也太小。曹元与击西一人手里拎了一个，也不过只照得到萧长嗣周围一丈见方，在他的四周，光线都是黑黢黢的，只他一人独立于黑暗中的光源处，像走入了舞台上的聚光灯中，没有说话，没有动作，却耀眼得让人移不开视线。

如果不是这脸，这人也是很俊的吧？

可惜了——好多人心里都生出了这样的感慨。

萧长嗣却久久没有动静，盯着靠坐墓门的四具尸体，自己也像一具尸体。

"咳咳！"静寂中，他突然破着嗓子咳嗽。

那小冷风一吹，幽幽地拂过来，阴冷感顿时钻入了骨头缝里……

众人莫名身上发毛，紧张起来。一个胆大的墨家弟子打了个喷嚏，成功打破了这诡异的静默，多了一嘴："掌柜的，为啥还不动？"

这话也是墨九想问的。

她紧抿着嘴，双手抱着胳膊一直没吭声，也始终密切注意着萧长嗣的举动……可他根本没有举动，这已经让她心里对他仅存的侥幸心理都没有了。

这个人啊，压根儿靠不住。

于是她不再损他，也懒得再与他多话，敛着神色回头，看向同样皱眉的墨妄与乔占平。

"乔工、师兄，你们说咱祖宗搞这哭、笑、怒、骂人生四态，站台似的戳在这墓门口，到底想要表达什么意思？请咱免费看戏哩？"

呃……墨妄嘴角抽搐："巨子所言极是。"

这墨妄还真是唯她马首是瞻，说什么就是什么。乔占平瞥他一眼，沉吟着慢慢走到墨九身边，与她并肩而立，沉声问："巨子还记不记得，当初我不小心将墓道炸开，你是从什么地方确定它就是八卦墓之一的震墓？"

以往的墓被确定身份，都因有提示或者拿到了仕女玉雕。

可震墓一直未开，虽然他们看见了石壁上的仕女图，可以确定为八卦墓之一，可为什么它就一定是震墓而非其他什么墓？

这一点，乔占平其实一直想不通。

但墨九是巨子，本事比他大，她自然有她的想法，他也比较低调，一直没有询问，如今已经走到这儿了，为了相助开墓门，他才忍不住有些好奇。

墨九琢磨一下，挑着眉头："理由其实很简单，因为墓道是被炸开的——当时'轰'一声响若雷击！八卦之中，雷为震，震为雷，所以我便叫它震墓喽。"

乔占平："……"

这样的理由，也是太墨九式了——

除了她，真没人敢这么干。

墨妄也有点哭笑不得，接话道："如果它其实不是震墓呢？"

墨九奇怪地反问："不是震墓，是其他墓也无所谓啊，反正都一样，拿到仕女玉雕不就都明白了嘛。你们这些男人也真是，一个名字而已，想叫什么叫什么，不要这么严肃嘛。"

众人："……"

每天他们都在准备，一直称其为"震墓"。他们也一直以为，巨子确定是震墓，它就是震墓。

谁能想到，这么严肃的事情，墨九是胡诌的？

而且……只是因为"轰"一声……

也就是说，这完全有可能并非震墓，而是其他墓。

"爱妻……"这时，一直在状态外的萧长嗣突然出声。

先前大家都在热烈讨论，他一动不动，谁也没有注意他。如今听得他用那沙哑得仿佛有虫子钻骨头一样肉麻的声音唤墨九，众人的汗毛又倒竖起来。

"想到怎么开了？"墨九横竖看他不顺眼，可那"爱妻"两个字被他喊着喊着，她莫名其妙也就习惯了——毕竟每一次都去反驳他，也是很累人的。

"你过来看。"萧长嗣不像玩笑，众人皆以为他有所发现，不由得跟着墨九走近。

可墓门还是那墓门，四具尸体依旧怪异……

"发现了什么？"墨九慢慢靠近，没有看到异常，又低头望向他光晕中的脸……他抬着头，半遮的毡帽下脸颊的不平洼地外加挂着的小肉瘤以一种极其刁钻的角度出现在了墨九的目光中。

这脸……太惊心动魄了。

墨九心脏一悸，看他还不吭声，又避开眼神，有点不耐烦了："不行就闪开吧，别逗趣了。让我来——"

"你想到了？"萧长嗣显然有点吃惊。

"哼，我不想到，真等着你来想吗？"墨九没好气地瞪他一眼，抬一抬下巴暗示击西把他挪到边上去。可——击西居然没有动，而是请示般看向萧长嗣。

墨九突然就有点生气，厌弃般一斥："闪开！"

萧长嗣目光一动，凝视着她："你讨厌我？"

墨九一怔。

一般生着病的人，都会比较敏感。

她确实有点儿不耐烦了。但实际上，除了萧乾之外，任何男人这么调戏她她都不会耐烦。或者说，要不是因为萧乾的关系，她根本就不会这么好脾气地对他，早就一个巴掌三拳头，抛尸荒野了。

"你说得不对。"她微微眯眼，半真半假地哼声，"我不是讨厌你，而是厌恶得很……喂！你做什么？"

她话音未落，只听得轰一声巨响。

雷声！这一回真像是雷声。

只见墓门中间像被一道闪电劈开一般，突然一分为二，然后慢慢往两侧移动，而墨九在雷声到来的那一刹那，猝不及防地被萧长嗣拽入了他怀里，后腿弯碰到他的膝盖，脚一软，刚刚好坐在了他的腿上。

一个人的轮椅，就这样叠坐了两个人……

事发突然，大家都没有注意他们的变化，只震惊地看着徐徐开启的墓门——

黑黝黝的墓室一点点出现在面前，每个人都没有看见萧长嗣有半点儿动作——除了拉拽墨九。可那道纹丝不动的墓门真的被打开了……墓门是整体巨石，底部摩擦着凹槽发出来的声音刺耳、难听，尤其在这样的地底，更是震得人耳膜发痛。

"开了开了！"

"真的开了啊——"

"快看，里头就是墓室！"

一个令人意外的结果，让众人沸腾起来。

"掌柜的好厉害！"击西快活地拍着巴掌。

他从来不吝啬赞美任何人，对萧长嗣更不会例外。

可萧长嗣在众人的惊叹声中，没有半分骄傲，而是一字一顿清晰而认真地道："伟大的男人背后，总有一个伟大的女人。一切都是你们家老板娘的功劳，我哪敢贪功？"

墨九被他死死摁坐在腿上，有一种快被气死的感觉……

她使劲儿掐一把他的胳膊，站起身来："你如何开的墓门？"

"天机不可泄露——"萧长嗣拉长尾音，"除非爱妻再借一物……"

墨九的脸腾地一热。

刚才就已经要借嘴了，再借一物，会借哪一物？

334

她几乎不敢去想，只恨恨瞪他一眼，却听击西又在吼："快看，掌柜的！九爷！那里，那是什么？"

"呀……是什么东西？"

一波刚平，一波又起。

在八卦墓这种地方，从来不缺少惊喜与意外。

就在众人为打开墓门而欣喜的时候，只见石门移开之后的石洞里，有一群黑乎乎的东西，在微弱的火光中看着密密麻麻的，让人一身鸡皮疙瘩。

"快看！会动的！"

"它们在动——"

惶惶的声音里，满是惊恐。

那东西确实会动。之前可能就伏在石门，或者墓室门口，如今石门一挪开，就慢慢蠕动起来，就这一会儿工夫，有一些已爬出了石门下的凹缝……

"娘呀！是啥鬼东西？好瘆人！"

火光太暗，它们太慢。

除了直接看出像是什么虫子一类的东西，这蠕动的生物本尊到底是什么，谁也不知道。不过它们缓慢地贴着石壁蠕动，不像有攻击力的样子，石墓打开之后，也没有异常变化，只要没毒，不被咬上，想来也不可怕。

但杀不死人，吓死人！这种东西难免令人犯怵。

墨九心里也毛毛的，其实她也受不了这种密密麻麻的虫子。

可她是巨子，必须得不怕。

她眉头一皱，伸手去拿击西的火把，想走近看得仔细一点。

可火把刚刚落入手上，后脖子就被什么东西挠了一下，轻轻的、麻麻的、痒痒的……就像有什么东西从她的皮肤上爬过，钻入衣领子一样。

"啊！"

气氛原本就紧张，条件反射之下，她低呼一声，心脏骤然缩紧，手里的风灯啪一声落在了地上。人就怕自己吓自己，墨九以为是那虫子上了身，急得差点儿跳脚——

然而，她没能够跳起来。

那一只挠在她后脖子上的"虫子"，突然袭击了她的腰，狠狠一圈将她拉了过去——根本就是一只手嘛。

墨九气恨地转过头去，瞪向萧长嗣。

"是我，别怕！"他声音很低，宽慰似的拍她。

墨儿牙根痒痒："我知道是你，你几岁啊？玩这种把戏。放手！"

她逮住他的手就要丢，可萧长嗣根本就没有放开她的意思，在她带着愤怒的目

335

光中，好心情地将她轻轻一揽，半抱入怀里，抬手轻轻遮住她的眼。

"别看！让左执事放火烧了便是——"

话音未落，他突地低头贴上她的唇。

墨九眼前一片黑暗，只觉温热的嘴唇温柔地贴了上来，带着浅浅的呼吸，没有辗转与深吻，却让她心脏一突，好像被什么东西束紧，喉咙也像塞入了棉花，一句话都说不出来。

那是一种熟悉的感觉，很熟悉，在相贴的唇瓣间传递过来，抓挠着她的心脏……

她原本应当推拒的手停在半空中，原本该骂人的话都堵在了嗓子眼里。她的脑子里出现的是那个翩翩六郎，风华绝代，衣衫飘飘，一双眼眸幽深若井，他在吻她，温柔而缓慢地吻她……

被遮住的眼像是瞎了，她再不会动弹，被动地僵立着，直到头顶带笑的声音响过："好软——"

"唔！"墨九一惊，又羞又恼地回过神，挣扎着伸手就去推他，"神经病，你放手！"可萧长嗣这个要死不活的男人，力道却大得很，束紧她的手便将她勒紧在怀里："爱妻，这叫言而有信。"

他的声音是沙哑的，隐隐还带了一抹促狭。

墨九恨不得宰了他，可她更想宰的人是自己。

她竟然被他给蛊惑了？

不不不，是被偷亲了，还是被萧大郎偷亲了。

最关键的是……她居然没有反抗？

面颊噌噌发热，一种被人扒光了衣服展示般的羞耻感让她恨不得钻入地缝，也让向来从容淡定的她气恼攻心之下，居然抬手就去掐他的脖子，一副要拼命的架势……

"谋杀亲夫，不守承诺，爱妻……"

萧长嗣咳嗽不已，剩下的话怎么都说不出来了。墨九手上力道也大，两只眼睛瞪得铜铃似的："你以为姑奶奶的便宜那么好占啊？看我今儿不掐死你……"

说实话，她拼死一搏的样子——太难看。

半个身子趴在他的腿上，整个人都像倒贴，这样的动作……从外人的角度来看，真的不像掐死，倒像是小两口在打情骂俏。

弟子们在烧墓室里那些密密麻麻的小东西，都知趣地挪开视线，小声说着自个儿的话，不忍直视这个明显被愤怒左右了智商的墨九爷，只有墨妄……似乎真的看不下去了。

"小九！"他上前，寻了个话题，"那东西是水蛭。"

336

水蛭？蚂蟥？

墨九吸了吸鼻子，闻着那东西被火烧焦的味儿，脑子里迅速浮现先前那一片黑压压蠕动的阴影……几乎下意识地，她胃部狠狠一收，心脏发紧，不仅掐萧长嗣的手软了，还差一点儿呕吐出来。

这种东西……是她最恶心的，想一次难受一次。

"爱妻不识好人心哪。"萧长嗣得以喘气，像是整个人都不好了，咳喘着，虚弱得像在阴间里走了一回，说这句话喘了几回气，才表达明白，"为夫看见有水蛭，好心好意不让你看见，还牺牲自己转移你的注意力，你却半分不领情！"

扯什么犊子哩？墨九心里暗嗤。

就算他眼神好，能在黑暗里视物，看清楚是蚂蟥，可他又怎会知道她最害怕蚂蟥？

她冷哼一声："回头和你算账！"

墨九就是墨九，虽然刚才在月黑风高伸手不见五指的地方被萧长嗣偷摸着啃了一口，但她在震惊之后很快就平静下来，恢复本性，极为淡定地从他身上站起，掸掸衣袖，擦擦手心，就当先前的事不曾存在一般，镇定地问墨妄："东西都烧死了？"

"烧死了！"墨妄点头。

墨九嗅着空气里那种令人发毛的焦臭味儿，不由得有些纳闷。

石洞中怎会有蚂蟥……

在漫长的岁月里，它们又是怎样存活下来的？

她正思考着，耳边又听萧长嗣咳嗽："水蛭乃雌雄同体之物，极耐饥饿，墓室潮湿，极易生存。"

这厮会读她的心是怎么的？

墨九回头剜他一眼："说得好像水蛭是你家亲戚似的。"

这一击很有力，看他被噎住，她不再理会他，接着又道："这么多的水蛭在此处繁衍，墓门口这四个人居然能够保持身体栩栩如生？水蛭不是会吸血的吗？太奇怪了。"

萧长嗣又一次回答了她的问题："你脱掉他们的衣服，一看便知。"

脱衣服？墨九心里一凛，正要过去，墨妄已经抢在她的前面。四具尸体都穿着衣服，可那些衣服早分辨不清颜色，在烧水蛭时又不同程度受到火的熏烤，只轻轻一拉，便都损毁，露出里面的样子来……

于是众人可以清晰地看见，那尸体身上除了一层干皮包着骨头，哪里来的肉？

全被水蛭吸尽了？

墨九胃里再次不适，身子忍不住哆嗦一下。

"可他们的脸上，为何没有……"

"因为被药物浸泡过。"

回答她的人依旧是萧长嗣。墨九这才想起他自称"久病成良医"，是略通药理的。这时，她已不像先前那样对他轻视，虽然不像对萧六郎那样敬若神明，但也开始相信，在他生病这些年，真的在萧六郎身上学到了本事。

她轻轻回头，问："你何时得知的？"

"在看见尸体的时候。"

"麻烦说清楚一点。"

"哭、笑、怒、骂——酸、甜、苦、辣。"萧长嗣咳嗽着，像是真的有点心力不济在强撑着一般，语气比之先头缓慢了许多，"那浸泡尸体头部的药物为酸之五味子乌梅、甜之党参、杜仲、苦之黄连、木通、龙胆草，辣之麻黄、干姜、辣桂……加上水蛭本身，熬药浸泡，可至不腐。"

哭、笑、怒、骂——酸、甜、苦、辣？

这个解释与他对医理的掌握，让墨九稍稍震惊了一下。

"会不会太牵强？"

萧长嗣再次咳嗽一声，语带笑意："会比'轰'一声，就叫震墓更牵强吗？"

"……"

有弟子在低低发笑，墨九突然有点心塞塞的。

在这个王八蛋没有上山之前，她在兴隆山说一不二，哪里有人敢反驳她，还三番五次挑她的刺儿？

这分明是山大王的地位被抢了啊！

到底是她抢了他当压塞夫君……哦呸呸呸，当俘虏，还是她被他给压制了？

带着这个令人郁闷的难解之惑，墨九没有再多瞟萧长嗣一眼，更没有多问他一句关于他怎么打开的墓门——毕竟问得越多，越容易漏气，越是容易把这个半路杀出来的"萧咬金"捧得高。到时候，她岂不得要活生生被气死？

进入第一道墓门，在墨九的沉默中，其余的墨家弟子却没有闲着。

几个回合下来，他们被萧长嗣镇住了，也有一点被征服。

人类大多崇拜强者，虽然萧长嗣坐在轮椅上的样子虚弱不堪，但他的头脑、智慧、幽默……还有不卑不亢对付墨九爷的气度，让他们忽略了他那张脸，心底充满了钦佩。

当然，也有八卦与好奇。

"掌柜的，那墓门到底怎么开的？"

"雷劈开的。"

"呃，不是你？"

338

"今夜午时，夜有雷电，天象罢了。"

"我去，这也行！你咋知道的？"

"猜的……"

"不信不信，掌柜的不仅懂医理，一定还懂天象。"

"瞎猫碰上死耗子。"

"掌柜的谦逊……我等佩服啊！"

……

耳朵里的声音一直没停，墨九看萧长嗣白脸红脸都一个人唱了，还把她的便宜也占了，心里就堵得慌——那摸黑的一吻，也不晓得有没有人看见。

好在他不提，也没有旁人提，她墨九爷的脸也都还在——

但这件事，怎么越想越古怪？

墨九拨了拨头发，在这怪怪的氛围中，终于领着一行人历经九九八十一难，哦不，六条墓道与六个墓室，进入了另一条狭窄的墓道，顺利开启了墓主人的墓室。

然而，面前的景象再次让众人震惊。

主墓室里，只有一口毫无缝隙的整体铁棺——

"巨子！这玩意儿怎么开？"

一般来说，棺木多数为木质，便是石质也很少有，更何况这样铁造的棺材？

倒不是说以铁铸棺的成本与贵重性，而是这一口棺材实在太壮观了。

在这个十丈见方的墓室内，四周全是岩石，中间也是用岩石垒成的嶙峋高台，乍一看上去，有点儿人造假山的感觉。可能为了避免天长日久之后，墓室出现大量积水而损坏棺材，这一口铁棺高高地搁置在一堆岩石的上方，居于墓室正中——

更让人惊叹的是，它不像一般的棺材是长方形的，虽然不像艮墓的阴阳棺那么玄妙，却极有观赏性——因为它像极一条船。

"船棺？！"

"我第一次见，好神奇的工艺。"

"是啊，太漂亮了——"

由于离地较高，铁船棺并没有受到破坏，棺身镌刻的精巧图案都还栩栩如生，那整体布局简直就是一个巧夺天工的艺术品。

好一个八卦墓啊！

若不是见识过坎、艮、巽的独到之处……估计连墨九都得像那些弟子一样连连发出惊叹了。

古人确实了不起，尤其他们墨家的古人。

面对精致的船棺，也许是它没有大家在墓道时曾经担心的惊恐状或者一般墓室都会有的阴气，在这样具有艺术性的地方，人家都不约而同地放松了心情，一些弟

339

子甚至开起了玩笑。

"从未想过，棺材也可以做得这般美。"

"师弟，等我死了，你也给我来一副这样的棺材……"

"你要甚船棺？何不直接用床棺更好？"

"床棺？是也是也。知我者，师兄也……"

"哈哈。"

在弟子们窃窃的打趣声里，墨妄一直站在墨九身边，看见她微微蹙起的眉头，他冷冷扫了几名弟子一眼，又把话题扳入正轨："小九，我们进来时已过六门六道，这里是最后一间墓室，也就是主墓室。照目前情形看，仕女玉雕应当就在铁棺里面。可寻遍棺身也寻不到半丝缝隙，这铁铸的棺如何打开？"

墨九也一直在考虑这个问题。

像是心底已有结论，她回头望一眼墨妄，就简单一个字："推！"

推？

霎时，好多人都愣住了。

即便把墨九、墨妄和乔占平等人算上，这里统共就三十余人，想要把那一口像是整体嵌入岩石的铁棺挪开，几乎不可能。

更何况……把棺材挪开又能如何？

在没有氧气切割等现代科技的时代，想把这种经过柔化与淬火处理、几乎可以与坚韧钢材硬度相较的棺材切割开，比登天还难。

于是，对于墨九奇怪的命令，大家面面相觑一瞬，又都一脸发蒙地看向她，心里都觉得墨九爷今儿是不是受了萧长嗣的刺激？连脑子都不好了。

墨九感受到一众怀疑的目光，不由得挑眉："都看着我做什么？推啊！"

"巨子。"一个胆大的弟子小心翼翼地重复，"您说的，确实是……推？推上头那口铁棺材？"

墨九气结。

难不成这些人都把她当疯子了？

"恭喜你，回答正确！"

"……"

一群人都在踌躇，似懂非懂。

不承想，一直被击西安置在轮椅上做老太爷的萧长嗣却突然开口了："你们两个发什么愣，上去帮着推！"

那破锣似的沙哑声音刚落下，闯北率先挽袖子冲上前去："是！"

看闯北与击西都动了，其余弟子虽然仍有惊奇之心，好歹还是相信了这件事的可能性，于是不再犹豫，纷纷沿着岩石的台阶往上，各自寻找上手的位置推棺材。

看到这样的画面，墨九的内心几乎是崩溃的，这算啥意思？

她这个土匪山大王的位置，还不如萧长嗣这个冒牌的面首？

一偏头，她目光刀子似的剜向他。

接收到她意味不明却饱含杀气的视线，萧长嗣抬手捂嘴咳嗽几声，又"虚弱"地倚在轮椅上，那一闪而过的锐利目光没有落入任何人眼里，却让墨九对他的人品又添了一些鄙夷。

这厮！真有那么病重？

既然病得快死了，又何必上赶着凑热闹？

她双眸微微一眯，冷哼一声，似笑非笑地与他对视一眼，然后从容地走上台阶，站在铁棺的左手边开始挽袖子，要与弟子们一起使力，大干一场。

按理，"爱妻如命"的萧长嗣应当阻止墨九亲自干这种苦力活儿，可他双手"虚弱而慵懒"地搭在轮椅上，一副看好戏的样子，心疼地喊："爱妻仔细些……小心砸着脚。"

墨九心口一堵，气血上涌。

这样重的棺材能抬起来砸着她的脚？

她懒得理会他，低喝一声："我数一二三，大家伙儿一起往右方使劲儿——"

"弟子领命！"墨家弟子回答得异口同声，那恭顺的样子，让墨九心里稍稍安慰了一点点。

"一、二、三——起！"

"起！"

众人划桨开大船——可铁棺太重，推了老半天，依旧纹丝不动。

"一、二、三——再来！"

"起！呀！"

一个个吃奶的劲儿都使出来了，推得手背上青筋暴起，脸绷得像石头似的，急得汗水都出来了，那铁棺终于微微晃动了一下。

"动了，真的动了！"

众人大喜，得到鼓舞，也就更有信心了。

一二三，三二一，嘴里像在吼船工号子似的，一个个齐声呐喊着，让墨九热血澎湃，仿佛领着一群人在修万里长城——

一寸、两寸、三寸，铁棺缓慢地移开，露出了棺材底下的基石。

这个时候，大家伙儿终于知道墨九让推棺材的原因。

就在他们齐心协力推开的铁棺底部，居然露出了一条黑漆漆的缝隙。

"停！可以了。"墨九双手一松，大口喘着气去拿风灯，并对众弟子道，"你们都让到台阶下方去。"

341

"弟子遵命！"众弟子都听话地下去了。

可墨九刚刚拿着风灯手柄想要往前一探究竟，墓室里突然刮起一阵罕见的妖风……

这风带着一种鬼哭狼嚎般的尖啸，不知道从哪里卷来的，没头没尾，只一瞬就席卷过来。

风灯落地，人人回避，墓室里一片黑暗，众人瞬间陷入慌乱，谁也瞧不见谁，只剩一片呼喊……

墨九扑通一声，半趴在铁棺边上避风，正寻思这股子妖风来由，背上突地一沉——

有人倒了下来，扑在她的身上。

这风可真大，把人都刮倒了？

她这般想着，暗嗤一声，就要去掀那人，可手臂刚刚一抬，就被一只铁钳子似的手给箍住了。

"别动！"

这个声音，墨九今天已经听得耳朵都快起茧子了。

想到萧大郎那一张不能直视的脸，再想想他此刻正以一种极为诡（下）异（流）的动作趴在她的背上，她耳根子噌噌发烧。

"老萧，你在找死？"黑暗的风声里，她觉得自己喊得很大声，可萧长嗣似乎并没有听见，得寸进尺地往下一压，整个身子贴上了她，还趁机把她抱紧，低头凑到她耳侧："风大，爱妻不要说话！"

"老子……"

"再说话，我亲你了！"

他温热的呼吸就在耳侧，带着一种细细软软的喘……让墨九原就怦怦直跳的心脏几乎狂烈地躁动起来，呼吸也不太畅快了。

"你敢！"她道，"你再不放开，信不信我真的会宰了你？"

萧长嗣并不理会她的威胁，腾出一只手来，从她的面颊上抚过："你敢谋杀亲夫？不信。"

墨九被他压在身下，咻咻生气，恨不得咬死他，可他是男人，身子重，死死压着她，她根本就没有反抗的余地。

而且风声里，谁也顾不上她。

在他越拥越紧的肌肤相触中，墨九有一种被登徒子轻薄了的既视感，身上怪怪地发软发麻，嘴里也不由得恨恨吐气："萧长嗣，我墨九发誓，你再轻薄我，我就……"

"哎！哪有轻薄？为夫只是怕你被风刮跑了——"他低低的声音带了一丝笑，

从她耳侧传来，连带着压在她身上的身子也侧了侧，留给她一丝可以挪动的空间，却又把她的四肢压制住，用一种暧昧的姿势勾过她的下巴，挑逗一般问，"不过，若爱妻非要轻薄，为夫也可勉为其难——"

说罢他在她的唇角蜻蜓点水地一啄："这样轻薄，可好？"

墨儿像被蜜蜂蛰了脸，装一声脑门炸了，咬牙切齿地道："萧长嗣，不要把老子的话当成耳边风——"

"是！"他刮她的鼻子，极为宠溺地笑，"我都当成圣旨。"

"萧、长、嗣。"她不斗嘴了，只挣扎，"起开啦你！"

"叫你别动！"他控制住她，身子完全贴近她的背部，手掌慢慢从她的肩膀抚向她的脖子，触及她软而细腻的肌肤，好不容易压下了激流一般偾张的血脉，可喑哑的声音里，依旧带了一丝莫名的喘，呼吸加快，情绪热烈："你再动来动去，我就要做坏事了。"

要做坏事了？什么坏事？

墨九反应过来他所指，气得几乎可以听见自己胸膛汹涌的气流比那风声还大——哦，不对，风声已经停下了。

这念头一上脑，她激灵灵一抬头。

不仅风声停下了，就连熄灭的风灯都已经亮了。

她和萧长嗣身边围了一圈人。而他们两个还怪异地"叠"在一起，供人围观——

墨九在墨家弟子面前一直是意气风发的存在，哪像今天这样，一而再再而三地丢面子？

这光景，让她恨不得直接晕过去算了。

萧长嗣却镇定地扶住她的肩膀，回头望向瞠目结舌的众人，一本正经地道："此风太邪！这一刮，竟把我从墓室下方刮到这里来了。"

这解释太纯洁了。

他的样子也太纯洁了！

纯洁得众人几乎就要相信他——如果他没有趴在墨九身上的话。

"这风，确实太邪乎！"墨妄咳嗽一声，做着永远的解围童子，"还不快把掌柜的和巨子扶起来？"

在弟子们手忙脚乱的帮助下，墨九终于脱离了魔爪，得到了解放。

看见萧长嗣一直正经着的脸还有虚弱得好像下一秒就要死的样子，她真的恨透了这个扮猪吃老虎的王八蛋。

可他的解释，无疑给了她一个好台阶。

她总不能再去骂他，说是他轻薄了她，自己亲手把梯子拆了招人笑话吧？

343

墨九不得不忍下这口恶气，含糊地应和着众人对铁棺的询问，再次拿着风灯观察被妖风肆虐之后的墓室。

她惊奇地发现，铁棺再次挪位了。

如今居然高高地上升到了她头顶一米左右的位置。

四根铁柱分别支撑在铁棺的四角，像一口船鼎，也像后世的升降台。而铁棺下方先前出现的那一条缝隙没有了，只剩下一片平整的石面。

"噫！怎么回事？那缝隙呢？"

听见有人问起，击西也好奇地伸头看了一眼："大概也是被妖风……刮跑了吧？"

这个回答太调皮了！

墨九睐了睐眼，没好意思说话，只蹲下身，戴上一双"防毒手套"，在众人瞪大的双眼中，慢慢摸向铁棺的底部以及石台面。

火光，忽闪忽闪，她的视线也在火光中闪烁。

众人眼睛都舍不得眨，直直盯着她。

可很快，墨九的视线也凝滞了——

她不敢相信地慢慢抬起头，下意识望了一眼萧长嗣，又不死心地再次换个方向，继续摸……

"小九，怎么了？"问话的人是乔占平。

他显然也看见了墨九的焦灼："机关不见了吗？"

墨九没有马上回答他，再三确认之后，终于失望地慢慢起身，脱下手套愤愤然丢在地上，声音带了一丝浓浓的不悦："机关明明已经开启，怎么会突然刮风？这一刮，连机关也刮跑了！"

后面这一句明显为刚才把萧长嗣刮跑了在"解释"，乔占平听出来了，唇角微微一掀。

"船棺的机关触口在底部，我们原本就只差一步了——看来，是老祖宗不想让我们轻松拿到仕女玉雕，又多设了一重障碍。"

是啊！

一入墓室，墨九看见船棺时心里大概还是有数的。墨家古籍上曾有记载，这种棺材一般会把机关设在棺材的底部，而且他们挪棺之后的发现，也确实证明她的想法是正确的。

可……刮风是什么鬼？

从来没有在墓室遇见过刮大风，墨九有一种见鬼的感觉。乔占平似乎也不肯相信，与她先前一样，也对铁棺和石台研究了片刻。

结果一样，他也失望了："棋差一步了！"

墨九一边环顾四周，一边在脑了里搜索记忆。

可墓室就只有这么大，不论他们怎么找，都再也寻不到半点异常。

如果这个墓不是八卦墓，她几乎都要以为棺材原本就没有机关，不可能再打开了——毕竟人一下葬，棺材一合，就没有人想过有朝一日还要翻开盖来瞅瞅。

可八卦墓本来就是墨家祖先留下的考题，必然是可以打算的——要不然，又怎么拿到仕女玉雕？

对着这一口无法切割的铁棺，墨九突然觉得有点冷、有点烦。

"王八蛋！"她不知道在骂谁——

"巨子，"墨妄含笑上前，"我们入墓已有三个时辰，若不然先回去休整一下，再想办法？"

他是最见不得墨九为难的人，任何时候，他总会很快发现墨九的情绪，并且尽可能最快地为她分忧。

墨九感激地回头，勉强定了定心神："也好！"

开墓不顺，事到临头又出了岔子，众人一改先前雄心勃勃的精神头儿，一个个都有些颓废。

待鱼贯走出墓道时，天已经亮了。

与墓室伸手不见五指的情形相比，外面的景色让他们有一种从地狱回到人间的舒爽感……

吁！众人长长松了口气，很快放下了包袱。毕竟能活着上来已是幸事。

墨九没有看任何人，理了理衣领口，一个字都没有说就迈步从千连洞出去了。那一张凝重的面孔，让她的样子看上去比往常更为严肃。

弟子们见状，互相交换一个眼神，三三两两打着哈哈去吃早饭，谁也不敢去招惹这个时候的墨九。

巨子就是巨子，玩笑时和她说什么都可以，可一旦真惹得她生气发火，后果可不美妙。

人群中，萧长嗣的轮椅久久未动。

他看着墨九远去的背影，毡帽下的面孔上几乎没有情绪，也再没有在墓室里的幽默与玩笑，顿了一下，只吩咐击西："一碗白米粥，不加糖。"

"呃！"击西漂亮的脸蛋儿上满是愧意，"是……掌柜的，昨儿是放错了调料。"

"盐也不要。"

"那凉茶呢？"闯北比击西懂事，也瞄一眼墨九离去的方向，"要不要给巨子做一壶拿去？"

轮椅缓缓推动，萧长嗣却没有回答。

好一会儿，在清幽的晨风中，才听见他轻轻地嗯了一声。

众人的早饭都是在膳食厅吃的，墨九却没有去——她好久没有去瞧织娘了，今儿也不晓得哪根神经抽了，回房换了一身衣服，她连澡都没有洗，就钻入了织娘居住的"织苑"。

还未入织娘的门，里面就传来小孩儿咿咿呀呀的声音。

这是宋骛与彭欣的儿子——小虫儿。

小虫儿还没有大名，那一场与珲国的战争后，他也没有来得及见他的亲爹，宋骛就失踪了。

自打彭欣北上阴山"寻夫"之后，这小子就被寄养在了织娘的织苑里。织娘终日闲着，把孩子放在这里对她来说多了一个寄托，也能打发一下山上无聊的时间。而且，彭欣放心，墨九也就更放心。

"小虫儿，干娘来了。"墨九撩了帘子进去，换上一副笑脸。

小虫儿看到她，肉嘟嘟的小脸儿转过来，咧着小嘴巴笑，一串口涎顺着嘴角就滴了下来。

"瞧你，羞死了！还流口水——"墨九笑着，伸手就去戳小虫儿红扑扑的小脸。

可她的手指还没有落到小家伙身上，就被织娘拍了一下，还挨了一记冷眼："洗手了没有？"

墨九尴尬地收回手，在她娘略带责怪的目光中，有些后悔自己的失态。

也不晓得是八卦墓的失利让她心烦了，还是萧长嗣的出现……或者说墓室里莫名其妙的吻和接触，触动了她的心弦。从头到尾，她的情绪都处于一种极端焦灼的状态。

很想快速开墓，快速找齐八卦墓，快速打开祭天台，快速拿到千字引，好像只有这样快速解开那些秘密，她的人生才能完整，而她也可以……向萧六郎交代什么。

"吃了吗？"织娘问她。

墨九哦一声，回过神来摇了摇头，又随口问："娘，你们吃过了？"

"嗯。"织娘目光微微一闪，今儿看她的目光似乎不太友好，"我们早早就吃过了。你坐一会儿，我让蓝姑姑去厨房给你热一热，你将就吃一口。"

时人重孝道，墨九也重。若说她是兴隆山上的"土皇帝"，那么织娘就是兴隆山的"土太后"。不仅蓝姑姑和沈来福两口子形影不离地照顾着她，织苑的吃穿用度也一应是兴隆山上最好的。

"好啊，我也想吃蓝姑姑做的饭了。"墨九嘿嘿笑着，搓了搓手，心里痒痒——她想去摸小虫儿，可看织娘脸色不好，又不敢去碰，只试探着问，"娘，是不是我这些日子没来瞧你，你生我气来着？"

　　她对织娘堪比对待亲娘，可毕竟不是亲娘，相处起来还是差了那么一点点感觉，而且自从萧乾"去"后，墨九大多数时候喜欢一个人独处，不想接受别人同情或者其他复杂的怜悯，于是连带织娘这里也来得更少了……

　　织娘淡淡瞥她一眼，反应与她想的完全不一样。

　　她没有与墨九寒暄，而是吩咐奶娘把小虫儿抱下去吃奶，然后选了靠窗的一张紫檀椅坐下，严肃地喊墨九："你坐过来！"

　　墨九一愣。

　　织娘不像方姬然那么爱美，并没有戴纱帽遮盖她丑陋变样的脸，那张本就因失颜症变得不忍直视的脸加上她锐利的眼神，让墨九第一次发现，原来她这个和蔼可亲的便宜娘，竟然是一个极有威严的妇人。

　　"娘！"墨九试图撒娇换她的好脸色，"女儿哪里得罪了您，您待会儿要打要杀都行，现在……容我先吃一口饭再训示好不好？"

　　看织娘不言语，她摸一摸肚子，又嬉皮笑脸地挤眼睛："好饿！你晓得我是饿不得的。"

　　换作往常，她要这么乖，织娘早就乐不可支了。

　　可今儿她嘴皮微微一动，却没有被墨九的糖衣炮弹击中，只板着脸指向自己对面的一张椅子："坐下！"

　　这次墨九总算晓得织娘确实有事了。

　　可她这个娘整日弄花养鸟，不是从来没正经事的吗？

　　墨九打个哈哈，一撩下摆坐了下来："好好好，我乖乖坐好还不行吗？娘，您说吧！"

　　讨巧卖乖墨九很在行，可她显然低估了织娘的情绪控制力。

　　她一声不吭，抿紧双唇看着墨九，像在看一个"不肖女"，这让墨九更是丈二和尚摸不着头脑，感觉好像自个儿作奸犯科之后要接受审问似的……

　　该不会是萧大郎的事，织娘知道了吧？

　　为免她担心，一般大事小事墨九是从来不告诉织娘的，也一直像全天下的所有姑娘一样，对母亲永远报喜不报忧。

　　这么一想，她觉得一定是因为萧大郎！

　　想到那个人，想到黑暗墓室里双唇相贴那一瞬的失神，墨九戾气加重，不由得气恼起来："娘，您是不是听人说了什么？我告诉您啊，事情不是您想的那样……"

　　"我无须听人多说！"

　　织娘突然打断她，一脸母亲的威仪，老态龙钟的脸上带着一种失望的神色，连带那一头白发都憔悴了几分："小九，你告诉娘，是不是又去刨老坟了？"

平常不发火的人一旦发起火来，效果是惊人的。

织娘就是这样的人。

墨九先前最受不了她慈祥得过分的母爱，可今儿织娘不慈祥了，她更受不了。看她端坐在那张椅子上，眉目冷冽，一双锐利的眼睛在自个儿身上扫来扫去，墨九汗毛都竖起来了，不得不认真对待这个问题。

"娘，这个，这个不叫刨老坟——"

像盗墓这样的勾当一般被认为缺德，行业都会采用比较隐讳的说法，刨老坟疙瘩也是其中之一。

显然，织娘也是这么看她的。

但她的行为本质上并不是盗墓啊。

好吧，其实她也想上交国家的……

咳，想到这一句，她忍不住笑了，织娘一看脸更黑了："你还有理了？你以为你瞒着我做那些事，我就不会知道了是吧？小九，娘一直很少过问你的事情，因为我相信你是个有分寸的孩子。怎么也没有想到，你还是走上了这条路……"

一个还字，让墨九撇了撇嘴巴："我本来就是干这个的。"

她半开玩笑半认真，却把织娘给呛住了。

织娘瞪她一眼，几近语重心长："小九，咱家以前缺粮少米，穷得都快揭不开锅了，娘都没去做这种事，你晓得为什么吗？"

墨九拿眼瞄她，不吭声。

是啊，织娘也是有这个本事的，她差点忘了。

然而那个时候，他们典当首饰、变卖祖产，甚至沦落到靠蓝姑姑与沈来福这两个下人来养活，也没有去赚这大钱——确实极有节操与骨气。

"娘，若是缺粮少米，我自然不去。问题是，这并非缺粮少米的事……"

"那又有何不同？"织娘声色俱厉地一吼，自个儿又忍不住咳嗽起来，"小九，刨老坟疙瘩是丧尽天良的事，损九世阴德，是一定会遭报应的。娘宁愿你去杀人放火，也不愿你做这事。"

这都什么逻辑？

再怎么着，也不能和杀人放火相比吧？

墨九瞄一眼她盛怒的面孔，垂下头。

织娘看她不回嘴，样子似乎"老实了"，咳嗽完叹息一声，语气缓和不少："小九，回头就去给我把坟窟窿堵上，往后别再碰了！"

堵了？

老娘到底知不知道什么是八卦墓？

348

想这天底下多少人为了八卦墓和千字引而疯狂，她这老娘当真没有半点兴趣吗？

墨九观察她好半晌，索性也不隐瞒了："娘，我刨的不是一般老坟，而是……八卦墓。八卦墓，您一定听过的对不对？"

织娘目光微微一闪，像是很不愿意听这件事，连提起都恼火，声音再次沉重下来："我不管什么墓，总归埋着先人的就都是老坟……娘都不许你碰。"

呃！这么专制？

和老娘讲理真是一件费劲的事。

墨九搓搓一下太阳穴，斜着眼睛瞄见织娘没有松口的样子，又乖乖地走过去蹲在织娘身边，抬头看着她，嬉皮笑脸地哄道："娘，我答应您，等我把八卦墓找齐，从此绝对不会再碰。行吗？"

"不行！"

织娘说得斩钉截铁，布满皱纹的脸上一片青黑之色。

怎就气成了这样？墨九对于她这样的反应有些奇了。

"娘，您今儿怎么了？吃错药了？我记得你可从来不管我的事！"

这一次，织娘许久没有回答。

她目光深浅不一地看着墨九水嫩嫩的小脸，视线渐渐变得柔软，像是不舍，又像是怜惜一般，慢慢抬起枯槁一般的掌心，放在墨九的面颊上，轻轻摩挲一下，声音竟有些哽咽。

"小九，你能长成今日这般美貌聪慧，娘是开心的。可娘也一直担心你聪慧过头，误入歧途，损及自身——"

"娘……我怎会？"墨九哭笑不得，

织娘顿了一下，幽幽一叹："小时候的事，你可还记得？"

墨九狐疑："小时候？嘿嘿，我那时候不是傻子吗？哪有那么好的记忆力？亏得这两年人品好，终于二次成长了，要不然我也不能长得一个这么乖巧美丽能干睿智还重孝道的女子啊！"

织娘一愣，忍不住笑了，在她脑门上一戳，语气里全是宠爱："小丫头就是皮，哪有你这般夸自己的？"

"嘿嘿，难道娘心里不是这么想的？"

看她笑了，墨九也松了口气，继续引导她："说呗，娘，我小时候都做啥事儿了？"

织娘看着她明媚亮丽的双眼，迟疑一下，摇了摇头："不记得也是好的，又不是什么好事，就不要听了。不过有些事你也应当知道，盱眙人都说咱是盗墓贼的后人，咱这病就是遭了报应——这些话，娘听得太多了，实在不想子子孙孙都如我们一般——"

她混浊的目光，又暗了几分："小九，我们家，不刨坟。"

墨九紧紧抿唇回视着她，没有回答。

她不想让织娘难过，也没法儿欺骗织娘。

八卦墓，她开也得开，不开也得开，她都说服不了自己。

"小九，"织娘却很固执，坚定而几乎带着执念地望着墨九，整理了一下衣裳，突然指向堂屋正中摆放的祖宗牌位，严肃道，"去，给祖宗跪下，磕个头。"

墨九不喜欢跪，从来不喜欢，觉得那是违背人性的。

可入乡随俗，在必须跪的时候，她也习惯了。

她慢慢扶着膝盖起身，跪在牌位前的蒲团上重重磕了个头，一声不吭地看向织娘。没想到织娘叹口气，跟着也慢慢走过来跪在她身边，双手合十，对着牌位上的"祖宗"道："列祖列宗在上，是织娘教女无方，才让小九做出这等违背祖训的事来——请祖宗降罪织娘一人。若有报应，也当由织娘承受。"

她说了一堆，横竖就是揽责任。

墨九从来不信什么报应，但也从来不做亏心的事。关于八卦墓，老实说，之前她其实从来没有深想其他，今儿织娘一句"埋了先人的就是老坟"倒提醒了她——好像她的行为，其实与盗墓贼也没有什么两样。

诡异地，她的心脏倏地一下蜇痛。

难道萧六郎的离去……就是老天给的报应？

她双眸一暗，想了想，扭头道："娘，我向您保证，今后每开一墓，我必厚葬墓主，并将墓室还原。"

对于她的表态，织娘并不领情。

一个又一个，她连续磕了三个响头，又上完香，方看向墨九："小九，来，你跟着娘起誓。"

"起誓？"墨九惊了一下，看向黑漆漆的牌位，"起什么誓？"

"起誓，从此不再盗墓——"

"娘！"墨九打断她，突然从蒲团上站起来，认真地板着脸，"女儿承认您的原则是对的，可我并不是因为贪图什么而盗墓，而是——"话到嘴边，她又咽了回去，因为她还真不敢百分百地保证，自己没有半分贪念。

贪之一字，不止贪钱，对祭天台和千字引的好奇，又何尝不是贪？

"总之您放心好了。"她想想觉得语气太生硬，蹲下身来又扶住织娘，"娘，我会对自己的行为负责。"

"跪下！"织娘声音沙哑，生气了。

扑通一声，墨九再次跪在她面前，可嘟着嘴的样子，却是不肯服软。

350

其实织娘不知道，依墨九的性格，对谁都没有这么好的脾气，哪怕是萧六郎——若非织娘是她娘，她早就掉头走了，哪里还会向她解释这许多？

"你发不发誓？"织娘又严肃问。

"不发。"不是信不信发誓的报应，而是她不想撒谎和违背本心。

"好好好，娘是管不得你了。"织娘失望地颤抖着手指点她几下，又慢慢转过头去，向牌位磕了几个头，"列祖列宗，织娘无能，管不了这个不孝女儿，活着也愧对祖宗，还不如就这样去了……"

墨九头大如斗。

多大点事啊？至于要死要活？

"娘——"

墨九想去拉她，织娘却暴怒："出去！"

"娘！"

"滚出去——"

"……"

今儿什么日子？墨九心里一阵犯堵。

先是萧长嗣，现在是织娘，一个个都和她作对，她这是流年不利还是怎的？

悻悻然出门的时候，她正好碰见端早饭来的蓝姑姑。

显然，蓝姑姑早就过来了，是听见了她娘儿俩的争执才不敢进来。

这会儿见墨九垂头丧气地出来，蓝姑姑放下托盘，拽着她走到偏屋，一把将她摁坐在椅子上，没好气地道："小姑奶奶，你没事惹你娘作甚？她那身子本就不好，她说什么你听着，要你做什么你顺着，不就成了？"

墨九翻个白眼儿，有气无力地瞄她："成个什么！要是成，我还会不从吗？"

"瞧你这破嘴！"蓝姑姑拍她，"你呀什么都好，就是这性子不好，半分不服软。"

这一回，墨九只剩苦笑了。她这都恨不得掏心窝子了，还叫不服软啊？

她越发想念萧六郎了。他在身边的时候，不管她说什么、做什么，他都能理解她，并且支持她……也是这一刻，她更加深刻地发现，如果这个世上有那么一个人能理解你、纵容你，是多么难得。

只如今……有谁共鸣？

墨九淡淡一哂，也没心思吃东西了，拍拍蓝姑姑站起身。

"行了，你好好照顾我娘吧，我先走了，免得我在这儿惹她嫌，刺激到她……"

蓝姑姑也不晓得到底怎么回事，看墨九要离开，叹息不已："也不晓得造的什么孽，你一个，大姑娘一个，都来气娘了。她那破身子，再被你们姊妹俩这么折腾，我看是没几日好活了……"

大姑娘？墨九停下脚步，冷不丁回头："方姬然来过？"

"没大没小。姐姐不会叫吗？"蓝姑姑横她一眼，看墨九不以为意地笑，又道，"她倒没有过来。唉，从上山开始，你何时见她出过然苑？"

"那她怎么气着我娘了？"

"是灵儿姑娘来了，说大姑娘这两日更是不成了，整日以泪洗面、茶饭不思，这不，娘子咋儿晚上硬撑着身子去了一趟，回来就坐在那里生闷气。要不是有小虫儿闹着，估计她也以泪洗面、茶饭不思了。瞧这样子，可不是被气的又是怎的？"

蓝姑姑是个性子简单的，可墨九不是。

方姬然的身子不好不是一天两天，上兴隆山也不是一天两天，这突然"以泪洗面、茶饭不思"却是这一天两天。

如此，只能说明什么？

因为萧大郎。

萧大郎的身份在兴隆山上对大多数人来说是秘密，可对方姬然来说，想要知道不难——墨妄很难隐瞒于她。

想到萧大郎那张脸、那个吻、那些轻薄的笑语，还有萧大郎曾经和方姬然的纠葛，墨九也不知哪根筋搭错了，觉得特别胃肠肝脾肾都不舒服。

大抵用了人家的二手男人，都是这个滋味儿？

她润一下嘴角，看向蓝姑姑："好好照顾我娘，有事赶紧通知我。"

墨九灰溜溜地从织苑出来，罕见地不觉得饿。

看看头顶的烈日，再看看脚下的青草，她也不知道能去哪里，脑子里反反复复都在想方姬然与萧大郎的事。突然间，她发现自己其实疏忽了，真正应当做的是成全他俩。

既然一个失颜，一个重症，说不定两人在一起以毒攻毒，还能痊愈？

在她考虑好确实应当去撮合撮合的时候，她的人已经站在萧大郎的屋外。

萧大郎就住在她的"九号楼"里一个独院。

看到这个院子，她不由得叹息——确实她太单纯了。

怪不得人家说他是她的面首，怪不得方姬然以泪洗面、茶饭不思。

她拍拍额头，觉得自己的心确实太大了，居然没有想到这一层。

在外人看来，她这可不就是渣女的行径吗？

当然，她也忘了自己是萧大郎明媒正娶的老婆，怎么做其实都有道理，只把一颗心放在如何成全他们有情人终成眷属上头，大步不停地推开门，直接进入了萧大郎的内室。

他正靠坐在床头微微合着眼，一身浅蓝布衫让他看着清瘦不少，脸上的"洼地"似乎也渗了水，神色苦瓜一样难看，苍白得不见一丝红润。

这精神头儿，好像比在墓里差了许多？

这一刻，墨九几乎可以肯定——这厮确实生着重病。

"不好意思，我不问自来。"墨九看着愣愣望她的击西与闯北，自己找了一把椅子坐下，摆摆手，"你们两个下去吧，我与你们掌柜的有些私房话要说。"

击西手里端着一个碗，闻言垂下眸子，撇了撇嘴："可是九爷……"

"哦，还没吃药是吧？"墨九看一眼他的碗，理解地点头，"你先把药喂了吧。"

"我不是这个意思。"击西手上勺子轻柔地翻搅着汤药，一双水汪汪的桃花眼不时撩墨九，那表情像防贼似的，"掌柜的刚刚沐浴过，洗得很干净……"

很干净？啥意思？

墨九一脸蒙地看着他，然后就听见了一个滑天下之大稽的笑话。

"万一九爷趁机欺负了掌柜的，可咋办？"

气血一涌，墨九差点儿晕过去。

他居然害怕她会"欺负"那个病秧子？而且瞧那意思，还是床上那种"欺负"？

墨九阴恻恻一笑，露出白生生的牙齿。

"放心去吧——我只是给他带来了一个好消息。"

"可是掌柜的很虚弱……"

"……"墨九已无力吐槽击西，这脑子里都装的什么？

"还有，掌柜的喝醉了。"

喝醉了？生病的人还喝醉？

墨九瞥一眼床头那货，两眼往上翻，就在忍不住想要动武、对击西进行血腥镇压的时候，终于听到床上传来一声咳嗽："下去！"

"阿弥陀佛——"闯北收到指示，赶紧把击西带了下去，那一碗药却被他留在了桌子上。

而且他还意味深长地说了一句："九爷，麻烦你了——"

什么？让她伺候萧大郎吃药？

击西与闯北二人一走，屋子里就只剩下墨九与萧长嗣两个人。

虽然墨九来的目的很单纯，但看着那一碗热气腾腾的汤药，还有萧长嗣望着她时那一副理所当然由她"伺候"的大爷横样，让她冷不丁又想起那件糟心的事来。

明媒正娶，她是他明媒正娶的老婆。

那要怎样才能没有这层关系？

对！让他休了她。

墨九想想又兴奋起来，就连去拿药碗时的心情也都不同了。

只要能说服他，伺候他吃个药算啥？

"老萧……"墨九放软了声音，学着击西的样子拿勺子搅动汤药，摸摸碗壁觉得不烫了，才把椅子拉近，坐在萧长嗣的床头把碗递过去，嘴里带着笑，"来，试一下，小心烫着啊。"

从她进入屋子开始，表情一直在变。

这会儿从愤愤不平到热情体贴，也不过眨眼之间。

萧长嗣眼皮一眨，困惑地瞥着她，不去接碗，只道："你喂！"

"……"

墨九牙槽有点儿痒，可想到自己伟大的使命与计划，也懒得与他计较这点儿小事。她就着碗把药递到他的嘴边，可那货依旧不张嘴，虚弱地躺着，拿眼偷瞄她，又是那种好像下一秒就要死的表情，可怜巴巴地道："你扶！"

"……"

如果他不是病人，墨九真想拿药泼他。

"老萧，你好好一个大男人，就不能自个儿动一下手？"

"动不得了。"他声音有点轻、有点软，配着那一副瘦削的模样，还有他既狰狞又可怜的脸，任何人都难拒绝这样简单的要求。

墨九也不例外。

想一下萧长嗣患病以来的苦难情景，她同情心上来了。

"行行行，你是爷！"

一只手搂住他的肩膀，她使劲儿拽着他就要扶他喝药，可这个之前在墓室还生龙活虎的主儿，就像真成了一个软骨动物，身子根本不配合她使力也就罢了，墨九一用力，他整个人就朝她偎过来，大半个身子倚在她的身上。

"爱妻，是我连累你了。"话倒是说得动听乖巧……

哦不对，称呼不动听。

墨九眉一竖，严肃脸："老萧，有个事我要和你商量商量。"

萧长嗣轻唔一声，像是受不得光似的，微微眯眼："先吃药。"

墨九看他的样子好像挺好说话，目光亮了亮，也就不拘小节了。她半搂住他，把药碗端到他的嘴边，大概是她的动作太急切了，他低低嘶了一声，脸上似有痛苦之色。墨九奇怪地低头睨去，觉着即使自己是一条汉子，也不该会弄痛他才对。

"你哪里痛？不会是受伤了吧？"她问。

"并无。"萧长嗣并不去端碗，大爷似的就着墨九的手一口一口地喝药，那优雅的样子，若非他的脸太有碍观瞻，想来也是一个赏心悦耳的男人。

唉，可惜！

等他喝完，墨九顺手递上击西备好放在托盘里的白绢子："擦擦嘴。"

萧长嗣抬头，唇角微牵："你擦——"

墨九一噎。

先前对他那该死的同情心，全都化为乌有。这根本就是一个专门折腾人的主儿啊！

不过，初一都做了，又哪里会在意十五？

她哼哼一声，拿着白绢子胡乱在他的嘴巴上抹着，像擦桌子似的，力道大，说的话也重："你还真会享福！实话告诉你，九爷我啊还没有这么伺候过人呢。"

"爱妻受累了。"萧长嗣特别会顺杆子往上爬，"待为夫病愈，换我来伺候你。"

"病愈？你还想病愈呢？"墨九也没多想，嗤一声，一句话就损了出来。

毕竟萧六郎曾经花了那样多的心思都没能把他治好，如今一代神医萧六郎都已经没了，他靠什么来病愈？于墨九而言，他的话本来就是一个笑话，自然反驳得顺口。

然而，萧长嗣听了，目光却暗淡下来："你是不想我痊愈？"

"那倒不是。"墨九轻咳一声，把药碗收拾好，坐在椅子上瞟一眼他病色极重的脸，"老萧，我当然希望你能好起来。所以为了你能在养病期间有一个愉悦的心情，以期早日战胜病魔，我为你想了一个好法子。"

"哦。"萧长嗣浅浅应了，却不太在意她的话。

话音一落，他望向床边的一个大柜子："那柜子里有些吃的，你边吃边说。"

墨九的长篇大论被打断了。

对于吃她很少有抵抗力。

"嘿，老萧，你还挺懂事的啊！"墨九不客气地走过去拉开柜子，目光倏地一亮。

里面有不少干货，山核桃、干桂圆、栗子、葡萄干、柿饼……大多是外地的特产，在兴隆山本地虽然也能吃着这些东西，但看外形辨口味，想来不太一样。

墨九也没多问，先放入嘴里尝了一口。

"不错不错！"她半眯着眼睛细品了品，又躬着身子一样拿了一些放入自己兜里，回过头来，看萧长嗣眼睛一眨不眨地看着她，脸上还有一层未收的笑意，不由得咧嘴一笑，"谢了啊老萧。不过你咋晓得我喜欢吃东西？"

"嗯。听六郎说起过。"

得闻萧六郎的名字，墨九目光微微一暗。

"哦。"她慢吞吞坐回去，想要捡起方才的话题，"我刚才说到哪里了？"

"说有什么法子，能令我心情愉悦。"

355

看萧长嗣不甚在意的样子，墨九突然有点说不下去："对啊，事情关乎你自身，你怎么就不问？"

萧长嗣抿了抿嘴，满心信任地嘬着笑："爱妻为我着想，我自然都听你的。你说什么便是什么。"

这货不会是故意的吧？墨九下意识地这么想。

她生性吃软不吃硬，如果人家非得与她硬着来，哪怕把她的骨头打折，她也不会弯一下腰。可她怕就怕人家来软的。这么一瞅，她越发受不得萧长嗣无辜可怜的眼神了。

她微微垂眸，哼哼唧唧地打个哈哈："老萧，你说得对，不管我做什么，都是为了你好嘛。"

"嗯。"

这样的对话，太容易绵长。

墨九想了想，狠下心，抬眼直视他："老萧，你与方姬然在一起吧。"

她说得很快，说完就那么看着他，想听他的回答。可萧长嗣似乎没有听清，抿了抿嘴，嗓子哑得不能再哑："你在说什么？"

话已经说出口，接下来就轻松许多。

墨九盯着他情绪不明的脸，语重心长地一叹："我说你和方姬然两个人本来就是情侣，有深厚的感情基础，也有过一段缠绵悱恻、可歌可泣的感情故事。虽然后来在一些外在因素下分开了，可她心底一直有你，至于你……我想，心里也是藏有她的。现下你俩都在这兴隆山上，她又生着病，对你日思夜想，眼看病情加重，我似乎……没有理由不成全你们的。"

说到这儿，她顿了一下，不太确定地问他："老萧，你说，我说得对吗？"

萧长嗣一直没有动弹，目光就那般幽幽地、安静地看着她。

直到看得墨九都忐忑不安了，他才突地一笑："对。吾妻之心，都合理。"

"……"墨九翻白眼儿。

"我这也错了？"他不确定地反问。

"也……不算错。"墨九想了一下，也就不在意他的称呼了，"那老萧，不如咱俩商量商量，你先给我写封休书，结束我们两个的关系。然后，我们再择一个好日子，把你和方姬然的事办一办？"

萧长嗣依旧看着她，安静片刻，吐出一个字："行。"

这样就松口了？

看来人家确实是郎有情妾有意的。

墨九紧绷的心弦一松，不禁为自己之前的莽撞举动后悔——差一点点她就拆散一对有情人啦。都说宁拆十座庙，不毁一门亲，她这个孽幸好没有造大。

想到即将恢复自由身，她眸子里跳动的都是星光。

"那行，咱俩就这么说定了。老萧你放心，你和方姬然的婚礼我请我娘来做主，一定会给你们办得风风光光、体体面面，三媒六聘一个都不会少。到时候我再把然苑给好好修缮一番，给你们重新布置爱巢……"

她脑补着画面，嘴像抹了蜜，一直没停。

萧长嗣就那么看着她，连眼神都没有变过。

墨九说完，看他还没动静，又笑道："对哦，毕竟是你的婚礼，到时候这些事都要以你的意见为准。我刚才说的都是个人想法啊，你就当成笑话听一听算了。"

"嗯。"萧长嗣慢吞吞地躺下去，像是有些吃力。

"老萧，你有什么想法没有？"

"嗯，都好。"

墨九这才觉出他情绪不对。

她敛住一脸的笑容，润了润嘴巴，迟疑道："你不高兴？"

萧长嗣神色淡淡的："我如今是个废人了，总不能一直拖累着你的。你嫌弃我，要把我打发出去也是情有可原。再说，我这将死残躯，能在兴隆山有一隅之地，可了却余生，已是九爷你给的恩赐，我能有什么不高兴的？"

这话酸得啊，墨九的牙都快掉了。

可偏生他说得这么一本正经……一本正经地酸。

墨九叹息一声，有点蒙蒙的。

原本她想轻轻松松解决问题，可仔细一想，从萧长嗣的角度来看，好像她确实是嫌弃他生病，不想要他了。所以，他这是有被人抛弃的感觉？

不恶意伤害人的自尊心，是墨九为人之根本。

她考虑了一下，委婉地道："老萧你也别跟自己较劲。你这病不管好不好，我都不可能不管你的。我刚才说的这些并不是嫌弃你，确确实实是为了你的幸福，还有方姬然……听说整日以泪洗面、茶饭不思的，难道你就不心痛？"

问他的时候，她仔细观察着他的神色。

可大抵真是时间消磨了感情，听到方姬然的惨状，萧长嗣只淡淡嗯了一声，连眼皮都没有舍得撩开，不冷不热地道："我累了，你先下去吧。"

"那这事……"

"不急。"他打断她，"即便要写休书，也得待我能执笔之时。"

能执笔之时？墨九奇怪地看向他的手。

敢情他之前要他嗯药擦嘴，不是在矫情，是真的不能动？

可之前在墓地里，他不是好好的吗？能说能笑，虽然样子虚弱了一点，但完全不是一个连执笔都不行的废人啊！

357

墨九好奇心顿起，挪了挪椅子，凑近问："老萧，你这病，到底怎么回事？"

萧长嗣语气轻轻的："六郎不曾告诉你？"

一听萧六郎的名字，又是在自己"明媒正娶"的夫婿面前，墨九没来由地觉得又难过又尴尬，还有一种淡淡的无奈："你的事，他说得极少。"

"嗯，那便不说好了。"他没有看她，而是平视着前方无风而动的帐子，"其实我这破身子，想来也耽搁不了你多长时日了。待我去了，你要另嫁，不都是由着你吗？又何苦非得把我往外推——"

这……墨九突然有点语塞。

她不是推，而是撮合。

可对着这样"伤心欲绝"的萧长嗣，好像无论她继续解释什么，都无法让他相信她纯洁善良的内心，反而更得背上一口"渣女"的黑锅？

"小时候我听老人说，一个人死了，如果世间没有人惦记他，那么他在阴间就会受到诸多苦楚，如十八层炼狱，永无尽头。若有人时常惦记他，他才会轮回转世，得以脱离苦海……像我这样，在世时只剩孤孤单单一个人。便是死了，想来也是一个人，再不会有人惦记吧。"

他的声音幽幽沉沉，全是自苦之气。

没来由地，墨九打了个哆嗦。

她想到了临安萧家灭门那一日，滚落在地上的人头……也想到了如今的萧长嗣……确实再没有一个亲人了。

而她，不论怎样，都是他明媒正娶的妻。

墨九揉了揉太阳穴，那些话再也说不出口了。

她轻咳一声，想找个话题缓解尴尬："你……要不要喝点水？吃点东西？"

萧长嗣头也不抬："叫击西来吧，不劳烦你了。"

墨九没想到自己的"好心好意"，会搞成这样的结果。

看萧长嗣确实没有继续聊天的意思，她安抚他几句，只得唤了击西和闯北进来，然后在击西看淫棍似的审视眼神里，活生生憋着一肚子邪火退了出去……

却不知她前脚一走，后脚那个"伤心得手都抬不起来"的病秧子就坐了起来。

"闯北。"

他那张奇形怪状的脸上，泛着一种幽幽的冷光，让闯北脊背一凉，三步并作两步地奔了过去，低垂着手："掌柜的，有何吩咐？"

萧长嗣声音低沉而冰凉，带着一种隐隐的薄怒："声东和走南为何还没消息？"

"这个……"闯北偷瞄一下他的脸色，皱眉道，"汴京与漠北都不算近，这一来一回的怎么都得小两月，掌柜的，可是发生什么事了，这么着急？"

萧长嗣冷哼一声，突地有点儿咬牙切齿："再不把事解决了，我那媳妇儿都快要把我休了。"

"……"

"去，马上联络声东——"

听着他带着恼意的吩咐，闯北的头低垂得更低了："是！属下即刻去办。"

没能把自家男人嫁出去，又被老娘甩了黑脸的墨九觉得兴隆山上的天都是暗黑的。

想一想，如今唯一能安慰她的事，就是山底下那个老墓了。

只要开了墓，也许就能见到光明——

这么安慰着自己，她倒也睡了一个好觉。

次日早上爬起来，她来不及洗漱就去了千连洞。毫不意外，乔占平也在那里。他身边坐着温柔腼腆的大肚子尚雅，两口子亲亲热热地小声说着话，大清早就在烹饪狗粮，让墨九脚一迈进去就被一股浓浓的恩爱气流杀得片甲不留，打了个大大的喷嚏。

"阿嚏——"

看到她进来，乔占平从尚雅的肚皮上缩回手，随即站起："巨了，早。"

尚雅也跟着笑笑问好："小九，早。"

墨九看着眉开眼笑的这小两口，揉了揉鼻子："早。乔工，有什么发现吗？"

她走到乔占平对面坐下。

在乔占平面前的案几上有一张图纸，图纸上面，正是兴隆山的墓室以及尚未开启的铁棺。

不得不说，乔占平真的有本事。他用图纸的方式还原了墓室的情况以及铁棺的位置，再画上思维启发的线条用以研究有可能的棺材开启方法，这确实非常直观而科学。除此之外，乔占平还把已经开启的坎、艮、巽主墓以及机关布置等都罗列在另一张纸上，方便比对，找出相同的点儿或者线索。

"巨子，就目前来看，坎、巽两墓的墓主都是女子，只有艮墓为阴阳墓，葬了一男一女。八个仕女玉雕，八个女子的坟墓，我在想，若能知晓这八个人都是谁——会不会事半功倍？"

这说来都是废话，可目前他们确实还不清楚八卦墓里埋着的八个女人到底是谁。

一旦有了佐证，对于寻找八卦墓以及开墓，肯定是有帮助的。

"嗯。我也有一个想法。"这是墨九早早过来千连洞的目的，"我们进入墓室的时候，从铁棺外表看不到半点机关痕迹，像是整体的。可实际上我们都知道，仕女玉雕就在铁棺中，而且铁棺不能在损坏的情况下打开……那么，有没有一种可能，其实是我们看走眼了？"

看走眼了？

一个人看走眼，那么多人也会看走眼吗？

墨九摸着太阳穴，认真道："这世上有一种叫作变色龙的东西……就像萧长嗣那个人一样，表面一套，背后一套，很容易迷惑住别人。我昨儿晚上想到他，冷不丁就想到了这个事，也许是我们误读了某些信息。"

萧长嗣？这个比喻……

尚雅歪了歪嘴巴，想笑，又咽了回去。

倒是乔占平似乎听出点儿意味来，目光很冷静："巨子是说，机关设计者给了我们一个障眼法，让我们以为铁棺上面没有缝隙，棺材是整铸的？"

墨九点点头："我看了一下，那个棺材升起之时，应用的是液压原理。"想想乔占平未必懂得什么是液压原理，她接过笔来，画了个简易的草图，又道，"有时候，我们干这一行的人往往容易把很简单的事想得很复杂——正是这个升降台似的东西，让我们误以为机关另在别处。其实现在换一个思路，也许这个铁棺就容易了。"

"如何换思路？"

墨九道："我在想，会不会船棺只有外面一层是用铁水浇铸的，用来麻痹我们，把外面剥开，里面其实也是一般的棺材，而机关与棺盖也都会显形？"

乔占平目光一亮："我这就带人下去，再试一试。"

这么着急？墨九看尚雅张了张嘴，笑着指向案几上的早餐："急什么？它又不会跑。先吃饭，等晚上天黑了咱们再去。要不然啊，右执事又得怪我了。"

尚雅俏脸一红："哪有？我才不管他哩。"

一看两人又要开始"喂狗粮"模式，墨九直呼吃不消，匆匆起身，与乔占平交代了几句晚上入墓的准备，便退出了千连洞。可她人还没走到九号楼，就遇到急急忙忙赶来的墨妄。

看他一脸严肃的样子，墨九也没来由地神经一紧："师兄，出什么事了？"

墨妄左右一看，朝她点点头，等入了屋，把门关上才道："小九，有消息了。"

他声音很急切，墨九心里不由得咯噔一下："什么消息？"

墨妄从袖子里掏出一封书信递给墨九："有人用它来换相思令，还说巨子看了内容，不会不舍得一个相思令的——"

这么有自信的人，墨九很久没见到了。

她坐在椅子上，对着窗户照入的光线抽开信笺。

"南荣安王宋鹜，在北勐苏赫世子手中。"

第九章　云雨蛊残毒

宋骜？北勐世子？

当这两个名字放在一张字条上出现，墨九莫名觉得有点儿奇怪。

太有违和感了！

宋骜失踪有好些日子了，他们一直在寻找，却没有半点消息。

而北勐世子是什么人？北勐皇室啊，那这个报信的人怎么知道的？

还有，苏赫世子、苏赫世子……她怎么觉着这个名字好陌生？

坐在墨家巨子的位置上，墨九就得干点儿正事，所以，对于北勐皇室的人员她还是了解一些，却从来没有听说过有世子叫苏赫的。

奇怪地皱了下眉头，墨九转过头问墨妄："师兄，你听说过这个苏赫世子吗？"

墨妄摇了摇头："我问过报信的人了，他说，若想知晓苏赫世子的事，那是另一桩买卖，巨子还得给一个相思令才行。"要知道相思令得凑齐春、夏、秋、冬四个才有作用，故而拿到其中任何一个其实都是没有作用的。

"呵，他倒会谈生意。"墨九失笑地弯了弯嘴唇，扶着太阳穴，目光盯在那张字条上，反复琢磨了一会儿，像是想到什么似的，眉头突地一拧，"师兄，你派人快马加鞭，把安王的消息送往临安。"

墨妄一愣："你是说，让宋熹去解决？"

"是的，宋骜毕竟是南荣的安王爷，这件事，没有比南荣朝廷出面更合适的了。更何况，如今南荣不是在想方设法与北勐修好吗？这也算是一个契机，当九爷我成全他了。"

"好。"墨妄若有所思，却没有反对。

"还有……"墨九说到这里，牵着唇角又是一笑，晶亮的目光里，闪过一抹复杂的光芒，"你记得叫报信的弟子在去京城的途中，每经过一个地方换马匹时，必去拜见当地官吏，并且把找到安王的喜讯告诉他们。"

不管做什么事，墨九向来是信得过墨妄的，很少把每个任务都吩咐得这么仔细。那她既然这么说了，就必然有她的道理。这么一细思，墨妄心脏窒了窒，身上的汗毛竖起："巨子是担心南荣朝廷不愿意安王再回去？"

墨妄抿了抿嘴唇，叹一口气："但愿是我多想了。"

按理来说，宋骛失踪了这么久，南荣朝廷早就应当有动作了，可除了象征性地派人找寻一下，一个王爷失踪，居然没有掀起太大的波澜。

而且，如果事情真像报信人所说，宋骛一直在北勐世子手上，事涉两国邦交，北勐不可能不把这件事告诉南荣——毕竟宋骛虽然是王爷，却没有什么功勋政绩，也没有太大实权，充其量只是徒有虚名罢了，北勐把他交还给南荣，还可借机索要一些"答谢礼"。而留下一个王爷，除了给他管饭管女人，还会令人不齿，这么一合计，简直就是亏本买卖，只要北勐不傻，就不会干这样的事。

这是不是证明南荣其实没有尽力？

"无论如何，我得让宋骛'活'着啊！"

不为别的，只为宋骛喊了她那么久的"小寡妇"，终于活生生把她的六郎给咒死了的"恩情"，也得帮他这一把。

念及宋骛，她又想到了彭欣："也不知彭欣咋样了。"

一去阴山，她就再无音信，墨九想到她对宋骛的这份情也是唏嘘不已。所以，为了不让他们继续蹉跎，为了小虫儿能有一个完整的家，她除了让墨妄马上派人前往临安报信之外，又顺便差人去一趟阴山寻找彭欣。

一来告诉她这个好消息，二来嘛，也是看她平安与否。

墨妄带着一个给"报信人"的相思令离开了九号楼，墨九一个人坐了片刻，走过去推开窗户，深深呼吸了一口清新的空气，心底有些空落落的。

这些日子，她一直强迫自己忙碌、忙碌、不停地忙碌……

因为只有忙碌，才能少去回忆。

可有些事，不想、不念，并不代表就不在。

有时候只需要牵动一根弦，那痛处就会被连根拔起，扯得人撕心裂肺，濒临崩溃边缘——她对着窗闭上眼睛，压抑住涌动的情绪，冥想了好一会儿，等慢慢平静下来，才往内室走去。

晚上还要去开八卦墓，她得休息一会儿。

玫儿正在她的房间里收拾整理，看到她进来，赶紧笑着迎上去。

墨九心绪不宁，不太耐烦地摆了摆手，拒绝了她的伺候，就一头栽在了床上。没脱鞋子，没脱衣服，啥也没有做，啥话也不说，就那么安静地闭上了眼睛——在没有萧乾的日子里，她又恢复成了懒惰的性情。

反正也没有人会管她，何必麻烦？

把头深埋在被衾里，她像只鸵鸟，慢慢舔着自己的伤口。

宋骜有消息了，真好。

只要人还活着，总归是有希望的，真好。

可萧六郎，真的就那样没了吗？

她一直纠结在这个问题上并不是毫无依据的。虽然刑场上的情形让她很难相信他还活着，可不知为何，她心里总会隐隐抱上一丝希望，一丝荒诞的希望——因为他是萧六郎，是运筹帷幄的萧六郎，她相信他不会让自己走上这条绝路。

正因为信他，正因为这一丝丝希望，她才能在这些拼命不去回想他的日子里挺过来，继续做她的墨家巨子，继续那永无止境的等待——尽管有时她也觉得可笑，尽管有时她也觉得是在自欺欺人，尽管有时她心底那一些呐喊越来越强烈，她还是不想轻易断了那一丝希望。

没了希望，她就活不下去了。她知道……她得靠它活着。

沙沙——

风在吹窗？

不，是人的脚步声。

她冷不丁从被子里抬起头，还没转过头，背后就传来一声咳嗽。

是个男人。

墨九自忖警惕性高，平常也没有哪个男弟子敢随便进她的房间，但这人走得无声无息，这么突然闯入一咳嗽，吓得她差一点惊叫起来。

"什么人？好大的胆子！"她激灵一下回头，却发现居然是面无表情的辜二，看她一脸惊愕的样子，他一脸无辜地审视她："九姑娘，我吓着你了？"

墨九吁一声松口气，坐在床沿上恶狠狠瞪他："就算你走路没有声音，就不能先喊一声吗？"

辜二身穿黑色劲装外套黑色披风，手扶黑色剑鞘，一脸冷然的样子外加脸上那一条伤疤，很有江湖大侠的味道，也天生自带一种骇人的杀气："我说我喊过你了，你会信吗？"

"我会信就有鬼了！"墨九吸了吸鼻子，把充盈在鼻端的那一抹酸楚深深压了下去，撩起眼皮看辜二，"你突然跑到兴隆山来，有什么事？"

"我不是突然来的。"辜二认真道，"我是深思熟虑之后来的。"

"……"墨九无语地翻个白眼，"有事？"

辜二站在原地一动不动，良久才叹息了一声："我在外头待腻味了，近日入了伏，我怀念兴隆山的清爽，想来休息一阵，九姑娘不欢迎吗？"

"欢迎，怎么会不欢迎？"墨九打个哈欠，哼哼一声瞥向他，"可你辜将军不像是一个闲得下来的人。你不是要游遍三山五岳，走遍河山万里？行了，有事说事，没事找个合理的理由。"

辜二轻唔一声，点点头，突地眼皮上撩："我掐指一算，发现九姑娘有求于我——"

"滚！"墨九气咻咻地打断他，"说老实话！"

这货的脾气向来很好，辜二还没见过她大发雷霆。闻言，目光颇为复杂地凝视着她，终于软了语气："九姑娘果然聪慧，我确实有事找你……"

还用得着聪慧吗？他脸上就差没写上"有事"两个字了。

不过被人赞扬总归是好的。墨九敛了神色，恢复了一贯的笑容："早说不就完了？说吧，什么事？"

辜二看她没有请自己坐下的意思，看了看四周，选了一张离她稍远的椅子坐下，将长剑放在桌子上，然后双手搭于膝盖上，坐姿颇为端正，语气也极是严肃："我来找九姑娘换相思令——"

"相思令？"墨九奇怪地看着他，想了一下，阴阴地笑了，"准备拿什么来换啊？"

"北勐苏赫世子的身世。"

辜二的话成功引起了墨九的兴趣："你知道这个人？"

"嗯。"辜二简单地解释，"辜某数月来游历于江湖，四处行走，也曾深入漠北，对于这位世子的事，略有耳闻——"

墨九挑一下眉头，打个哈哈，不屑地冷笑："耳闻之事，如何换得了相思令？辜将军，你懂我的规矩。"

辜二眼皮垂下，一本正经地道："九姑娘莫非不懂什么叫谦逊？我说耳闻，那只是自谦而已。"

"辜二，你变幽默了。"墨九点点头，"好吧，你不谦虚地直接说。"

"相思令！"辜二不肯松口，"你先答应我。"

"得看我高不高兴，还有你的消息值不值。"

"那我不说。"

"噫，你还挺犟啊你？"

"一直如此。"

不得不说，辜二这个男人一直很有个性，即便在墨九面前也不例外。他似乎从来没有发现站在他面前的是一个倾国倾城的美人儿，只把墨九当成一根木头来对待，动手时不肯手软，讲起条件也从来不肯嘴软。

墨九咬咬牙，好半晌才点头。

"行，我答应你。不过你以后不许再不声不响地进我的屋子。"

辜二淡淡瞄她一眼："不是不声不响，是你没关门，趴在床上一动不动，好

364

像……一具尸体。我以为你出事了——"

一口老血差点儿喷出来，墨九生生压了回去，觉得自己最近不知道走的什么运道，遇上的全是毒舌外加神经病——难道是她颜值降低，智商缩水，时运撞煞？

她无奈地叹息一声，懒洋洋地抬手："说！"

辜二很快给自己倒了一杯水，半点不生疏地斜倚在她的椅子上，慢吞吞说了那个其实与墨九八竿子打不着却非得要她付出一个相思令的代价才能知道的苏赫世子的事……

"苏赫世子是北勐大汗的外孙……"

他的声音轻飘飘的，不带一点情绪，可"北勐大汗的外孙"几个字几乎霎时撞击到墨九的心灵，让她耳朵嗡的一声，心肝儿当即一颤，条件反射地坐直了身子。

然而——

她还没来得及插嘴，便听见辜二继续道："他是阿依古长公主的小儿子。这位阿依古公主是北勐大汗最年长的公主，是七公主塔塔敏的长姐，一共育有三子一女，而苏赫世子是最年长的一个，打一出生就体弱多病，阿依古公主怕世子殿下夭折，听信巫师之言，把他进献给真神，一直寄养在阴山脚下的巫师家中，多年来不闻不问，这才得以长成……"

"呃……"好离奇的身世。

古人都迷信，孩子身子不好便被说是触犯了神灵，所以，这个苏赫世子被寄养在外，也不奇怪。

墨九想了想，突然反应过来一件事："那么，你也知道是这个苏赫世子捡到了宋骛？"

一个"捡"字，让辜二无波无澜的黑脸终于龟裂了。

他嘴角抽搐一下，点点头："是，我知道。"

"你怎么知道的？"

"我说过，我游历漠北……"

"然后呢，为什么之前不来告诉我这个事？"

"我告诉你了。"辜二的样子一点儿不像说谎，看墨九一脸不解的样子，又很认真严肃地解释，"那个报信人就是我。"

什么？墨九有一种想要掐死他的冲动。

"为什么不直接来告诉我，绕什么弯子啊你？"

"咱们太熟了，我怕你不给我相思令。"

辜二这个理由太合情合理了，让墨九好半晌才回过神来，狠狠瞪着他，几乎无法压抑体内汹涌澎湃的一股子洪荒之力。

但她没有骂，而是突然甜甜地笑了："这么说，这已经是你得到的第二个相思

365

令了？"

"不。"辜二摇头，"第三个。"

"……"墨九竟然无言以对。

"上次给你们报信说南荣朝廷要降旨让古璃阳回京述职的人……也是我。"

"哈哈——"墨九真的笑了，笑得捶胸顿足，把床铺砸得砰砰直响，几乎瘫软在床上。

"辜二啊辜二，真有你的啊！简直把九爷我玩弄于股掌之中——"

辜二木着一张脸，由着她狂笑不止，不动，也不语。

好一会儿，墨九终于笑够了，几近抽搐般从床上爬起来："可我有没有告诉过你，相思令这玩意儿，如今墨家只生产了春令？"

也就是说，他拿到的三个……都是春令？没有秋、冬、夏。

那有什么用？

辜二噌一下从椅子上站起来，黑脸上满是震撼："九姑娘，你怎么能这样说话不算数？"

墨九咳嗽一声，揉了揉笑得生疼的脸颊，严肃地板着脸，语重心长地叹息："不要急，我相信以辜将军的本事，一定可以集齐春、夏、秋、冬四令的——当然，前提是，等我造了再说。"

让辜二愉快地下去"休闲"后，墨九好不容易等到夜幕降临，吃了一肚子汤水饭菜，再一次与乔占平一行人进入了墓室。

幸好，萧长嗣没有出现在千连洞，墨九悬了一天的心总算是落下了。

也不晓得为什么，每每想到今儿萧长嗣对她的"声声诉冤"，她的小心肝儿就麻酥酥的。不想见他，尤其不想在那个"犯罪现场"的墓室里见到他。因为那样很容易让她想起两人的"夫妻关系"和那个让她恨不得抹脖子的亲热之吻。

交代好注意事项，她打了个手势。

墨妄点点头，领着人上了岩石台。

乔占平是一个做事稳妥的人，在这之前他已经先派弟子下来对那口铁制的船棺进行过一番整治。所以在墨九到达时，可以看到那一口船棺的表面有着一种被人恶狠狠踩蹡过的伤痕——

"乔工，真有你的啊，这搞得……恐怕它亲妈都认不出它来了。"墨九玩笑着举起风灯靠近，在火光的寸寸移动中，看清了船棺尖翘的一头那条细得几乎无法肉眼识破的缝隙。

果然——

外面铁水封棺，里面确实有缝隙。

墨九眼睛一亮，感觉离又一座八卦墓的开启如此之近，心情几乎是激动的。她将风灯的光对准缝隙，正想进一步查找机关，这时，里面却突然传来一道幽幽的歌声。

"明月出天山，苍茫云海间。长风几万里，吹度玉门关。汉下白登道，胡窥青海湾。由来征战地，不见有人还……"

棺中歌声，绝对是刺激人神经的东西。

阴凉凉、浅淡淡的，歌声钻入耳朵，就像有什么尖锐的东西在轻轻触动心脏，纵是墨九前生后世钻过不少古墓，见过各种各样的诡异事件，也从来没有遇见过这么吓人的东西。

棺材里面怎会有人唱歌？

脊背麻酥酥的，那滋味儿太销魂了。

她鸡皮疙瘩掉了一地，尚能去思考科学解释，而从其余墨家弟子的脸色来看，他们能想到的，只剩下迷信一途。

"莫非有鬼？"

"你见过鬼吗？"

"这墓有些年月了，也许是僵尸？"

"别吓我啊！"

众人低低说着，情绪都不一样。

而棺中的歌声，还在继续——

"戍客望边邑，思归多苦颜。高楼当此夜，叹息未应闲……"

那歌声的主人唱得幽怨，像个被抛弃的姑娘——这倒是符合八卦墓仕女的特点。整个空间都是黑黝黝的，歌声与议论声里，似乎连空气都凉了几分。

墨九回头观之，每个人脸上好像都带了一点苍白的青色，虽然嘴上没说，却都疑似害怕。若墨九不是来自后世之人，恐怕也会第一时间有见鬼的感觉，想要拔腿开溜……

叫她是巨子，墨家巨子。

她克制着心悸的感觉，慢慢举着风灯凑近。

咚咚——她拿手敲铁棺："喂，谁在唱歌？滚出来——"

棺材里的人当然不会回答，继续重复地唱："长风几万里，吹度玉门关……"

"有意思！"墨九强自镇定着，低头捡起弟子放在潮湿石板上的一把铁锤，直接砸在棺材顶上，咚咚重敲，嘴里恨恨地道，"我让你唱，让你唱——"

铁锤敲在铁棺上的声音，很尖厉，很刺耳。

若里面真有鬼也就罢了，若是有人在"装神弄鬼"，那耳朵得多受罪？

墨九是聪明的，这一招对人绝对有用。

367

可若是对鬼嘛……

"由来征战地，不见有人还……"那鬼声幽幽半分不停，好像丝毫没有受到她铁锤重击的影响，照样将歌声从棺材里传入她的耳朵，让她脊背上那一层麻麻的感觉更添了几分沉重。

咚咚——

墨九心一硬，砸得更狠了。

"明月出天山，苍茫云海间……"

咚咚——

"高楼当此夜，叹息未应闲……"

歌声没受半点影响，一直在循环。

墨九有点儿蒙了！

难道是自动播放的音乐盒？

触发了机关，就不停地循环？

可那个时候哪有那样高级的玩意儿？

她不太相信墨家科技在那时能进步到这样的程度，嘴里念了一句"嘛咪嘛咪哄"，一双大眼睛闪着幽幽的光，紧盯着船棺上唯一的一条细缝，冷冷一哼："有鬼是吧？曹元，给我来一桶黑狗血。"

"黑狗血？"曹元一愣，"这会儿上哪里找去？"

墨九重重砸着铁棺，声音不停："没有黑狗，就去找黑猪，没有黑猪，就找白猪，总归给我拎一桶血来——我今儿非要把这只妖怪泼出来不可。"

曹元哭丧着脸："巨子，都这个点儿了——"

"也是。"墨九直起身子，像是想到了什么，突然环视众人，在黑漆漆的空间里一双锐利的眼闪着莫名的凉意，"这里人这么多，何必那么麻烦呢？这样好了，我回避一下，你们给我排着队过来，直接撒泡尿，我就不信妖怪不现形——"

"……"众人无语。

墨九的思维，从来不与常人相同。他们愣是没有想到，她会有这样的命令。

一时间，大家伙儿都愣住了。

墨九却不像开玩笑，说罢看没有人动弹，指着曹元道："你是乾门大弟子，你先来。来来，冲这儿，冲这条缝，给我撒——"她指着那船棺上的细缝儿，一只戴着手套的手轻轻摩挲一下，"我就不信，淋不着这龟孙子。"

"巨子！"乔占平突然喊她。

这一喊，差点儿把墨九的魂儿给喊掉。

她猛喘一口气，抬头看他严肃的脸："乔工，你要吓死我？怎么了？"

"这个地方是有机关的，咱们可以启开棺材来看看，不就都知道了？"乔占平

368

指着墨九摸索过的那一条细缝边上微微的一块凸起——那里看上去有着明显的机关痕迹，墨九自然也看见了。

可她并不去开机关。

墨九眉头微微一皱，狐疑地看着乔占平："那怎么行？万一真有什么不干净的东西，骤然打开棺材，不是害了大家吗？拿尿泼一泼总是好的。这是老人家说的，脏的东西，可辟邪——"

她一摆头，望向曹元："来吧。"

曹元："……"

未及他回答和动作，只听见啪一声脆响，棺中歌声戛然而止，而那一口铁棺在这时徐徐打开。

墨九眼睛微微一眯，看向棺材——

黑灯瞎火的，里头居然有活物？

确实是活物，他不仅在动，还在慢慢站起身子——是的，他是一个人，是一个大活人。不待墨九去细辨，这个人就出现在她面前。

"是我是我，九爷，莫要撒尿，千万不要啊！"

她高举双手，一个托盘高高摆在墨九眼前，托盘里装着一个大饼模样的圆形事物，中间是摆放好的仕女玉雕。在风灯的光影下，玉雕上的美人儿害羞地轻掩樱口，流光溢彩，栩栩如生，浑身上下通透得无一丝瑕疵，一出现在众人眼前，便令暗夜生香，凉气骤退。

高举托盘的是一个姑娘——哦不，其实她不是姑娘，虽然脸上的妆化得像一个戏子，可墨九还是一眼就认出来了。

可不是击西？

这个转折来得太快了。

从对棺中歌声的惊惧到棺材突然打开，再到击西出现和这样一个放着仕女玉雕以及写着"生日快乐"几个字的大饼，墨九好半晌才反应过来。

她指着击西，几乎是狂躁的："哪个能告诉我，到底是怎么回事？"

众人都傻傻的，不敢去瞧她。

个个样子都比她还呆，哪里晓得怎么回事？

击西似乎也蒙了，看看这个，看看那个，迈步从棺材中走出来："是我把歌唱错了吗？九爷怎么都不惊喜？"

惊喜？能惊喜才有鬼了。

墨九没好气地哼哼："说！到底咋回事？"

看墨九恶狠狠瞪来，击西想了一阵，又低头看看手上捧着的托盘，突然有点委屈，撇了撇嘴方道："其实击西也想唱九爷教过的那首'生日快乐歌'来着，可击

369

西忘了……还有这个蛋糕，击西也记不住九爷说过的法子，只能做成这样了。"

生日蛋糕？

墨九微微一怔。

想到曾经击西寸步不离跟着她的日子……

那些萧六郎还在，而她还是萧家大少夫人的日子……

她的心一点点被回忆浸湿。

过生日要吃蛋糕，亲朋好友还要唱祝福的"生日快乐歌"，这些"小故事"确实是墨九曾经亲口告诉萧六郎的。

而那个时候，击西一般在旁边玩耍，好像并未在听的样子，却没有想到，这小子其实有心，居然都还记得。

可……她愣了愣又问："今天谁过生日？"

说罢，她怔怔地环视四周，然后终于发现，众人的视线齐刷刷地盯着她。

她眼睛一瞪，指着自己的鼻子："不要说是我的生辰哦？"

"正是你。"这一道低沉沙哑的声音，极富辨识度。

墨九一转身，就看见从墓室门口被闯北推着进来的男人，依旧坐在轮椅上，依旧是颀长的身姿，依旧是大毡帽遮面，依旧有气无力得好像下一秒就要死翘翘了……可他的气质似乎丝毫未损。

怪不得都说萧大郎没生病前也是美男子。

墨九眉一挑，见到他心情就颇不自在。

一个在上，一个在下。

她环抱双臂，不高兴地问他："你又怎么知道的？"

萧长嗣轻笑一声："你是我妻子，我怎会不知？"

是啊！他们有合八字庚帖，上面清晰地写着两个人的生辰八字，他又怎么会不知道呢？这个事实让墨九有些不愉快，而且这个生日，连墨九自己都不记得——因为这个日子本就不是她原本的生日，她压根儿不在意，也从来没有人为她过过生日，她基本已经完全忘记了还有生日这一说。

墓室里许久无声。

这画面，让墨九突然觉得有点儿喜感……

能想到这样为她过生日的人，真是太有才了。

看众人脸上皆有笑意，她突然明白了什么："也多亏了你们配合表演……有心了！"

众弟子闻言大喜，纷纷抱拳，恭顺地施礼："恭贺巨子生辰！祝巨子年轮慢转，芳华永驻！"

年轮慢转，芳华永驻？

众人异口同声的话落入耳朵，墨九哭笑不得："若年年岁岁的生日都受这样的惊吓，我怕是得早早去了，哪里来的年轮慢转，芳华永驻？罢了——"说到此，她慢悠悠一叹，"谁来告诉我，这棺材什么时候启开的？击西又如何跑进去的？"

"九爷！"击西咳嗽一声，捧着那个比他脑袋还大的托盘，"我是钻进去的，不是跑进去的。"

"钻——什么时候钻的？"

"九爷你看。"击西指着船棺的下方，墓台的上方——

由于机关的开启，那里有两扇像窗户一般敞开的洞口，两尺见方，若非击西身娇体柔，怕是根本钻不进去。

"我便是从那里钻进去的，我家掌柜的说，我藏在里面给九爷唱生日快乐歌，这样九爷一定会感觉很惊喜。然后左执事和乔工都同意掌柜的意见，他们都觉着九爷最近神经绷得太紧，容易变成那个、那个什么神经病……"

他顿了一下，模仿萧长嗣的语气："嗯，是时候放松放松了。"

这货的声音听上去有些滑稽，一口气把萧长嗣、墨妄和乔占平都出卖了，却把墨九气得差一点吐血。

什么叫神经病？难道她的样子看着那么可怕吗？

想想自己最近阴阳怪气的表情，她又看看默默不语的乔占平和墨妄，觉得也真是够为难他们的——可再看看萧长嗣意态闲闲的模样，她心底的火气又顺不下来。

从击西的话来分析，这件事分明就是由萧长嗣主导的。

最可恨的是，这些都是她墨九的人。

她的人，她的墨家弟子，居然都同意了萧长嗣的调派？

这规矩不整治整治，天都要变了！

想着想着，她一口气提不上来，却突兀地笑了："谢谢诸位，这个生辰我很快乐。"

大家伙儿松了一口气，又隐隐觉得哪里不对。

只听她继续道："可我最大的乐趣就是开墓，亲自把仕女玉雕抱出来，捧在手心里，才是我真正的快活。我最讨厌人家帮我。"她瞥一眼那个大饼上放置的玉雕，牙齿一咬，"而且最讨厌人家把这么美的玉雕放在大饼上。"

"这不是大饼啊，是生日蛋糕。"全场就击西一个人敢辩解。

因为只有他不知道墨九其实在生气。

"九爷，这个蛋糕我们想了好久，也做了好久，掌柜的身子不好，还去灶上亲手和面了呢，就为了给九爷一个惊喜。你看你看，这生日快乐四个字，是掌柜的亲手写的。"

墨九瞥他一眼，狠狠从他手上拿起仕女玉雕，一眼也没看那个长得异类的"生日蛋糕"和"生日快乐"，嗤声道："你们家过生辰是在坟墓里过的？会感到很惊喜？"

"九爷不是喜欢墓嘛。"

喜欢墓，不代表喜欢在墓里过生日啊！

墨九扫他一眼，不再说话，转身对着众墨家弟子笑吟吟地道："这次开墓诸位辛苦了，明日山上给大家加餐，以示犒赏。"

"谢谢巨子。"

"不必谢，不必谢！应该的。"

墨九避开众人不理解的眼神，大步离开了墓室。

从仕女玉雕上的文字来看，很巧合——这确实是震墓。

只不过这看似寻常的震墓里还是发生了一件不寻常的事。从随后跟上来的乔占平嘴里，墨九知道了那口船一样的铁棺之中，并没有收殓尸体。船棺里埋葬的除了一个震墓的仕女玉雕之外，还有一张药方子。

根据当时在现场的萧长嗣说，那张方子正是门口的"哭、笑、怒、骂"四尸面部不腐的药材配方。

好端端的八卦墓，埋一个配方作甚？

墨九不解，觉得萧长嗣这厮不可信。可乔占平把方子呈给她时，她看了又看，除了药材的名字认得之外，其他都是盲人看大象——根本不知道几斤几两，到底多高多长。

"收着吧。"墨九吩咐墨妄收好了药方和仕女玉雕。

至此，他们已经找到三个仕女玉雕。

除了还未找到的"乾、坤、离、兑"四个八卦墓之外，艮墓的仕女玉雕由于有南荣朝廷的介入，当初出土的第一时间就被苏逸呈献给了至化帝——这也是最令他们头痛的事情。

艮墓的仕女玉雕，想来应当在宫中……或者说，在宋熹手上？

即使他们找到七个，要拿到艮墓玉雕又谈何容易？

次日的兴隆山，被一片愁云惨雾所笼罩。

被巨子犒奖的弟子们，一个个都在唉声叹气。

本来巨子给他们加餐，都以为是一件天大的好事。可如果加餐的食物是老鼠肉，又当如何？

墨九的脾气怪在兴隆山是出了名的。说了要给大家伙儿加餐，那就非加不可。

当天她就让弟子们去扒山鼠窝，一来为兴隆山的粮仓解决鼠患问题，二来就为了给他们烹饪香喷喷的老鼠肉——当然，墨九把它称为神仙肉。

巨子有赏，弟子敢不从？

吃着神仙肉，他们都没有变成神仙，却都知道自己把神仙得罪了——墨九是想让他们知道，谁才是坐第一把交椅的人，哪怕是给她过生辰，也不能听信外人。

外间的腥风血雨，九号楼里的萧长嗣也没有躲过。玫儿端着一盘老鼠肉入内的时候，他正在窗边看书。

"我们家姑娘说，为感激大官人昨日的盛情，今儿特地给大官人献上神仙肉一份，希望大官人能喜欢。"

神仙肉……

击西和闯北两个苦了脸。

萧长嗣却很淡定："替我谢谢你们家姑娘，就说我收下了。"

玫儿调皮地眨眨眼："只是收下可不行。"

萧长嗣哦一声，反问："还得如何？"

玫儿无奈地嘟着红唇："我们家姑娘说了，这神仙肉得趁热吃，您这会儿不吃，凉了就不好吃了。"一边说着，她一边将食盒放下，取出碗筷来，递给萧长嗣，"姑娘让玫儿伺候大官人用膳。"

"……"

萧长嗣目光一凝，回头看击西。

这时，击西已经偷摸着溜到了门口。

玫儿见状，晓得她家姑娘料准了，不由得掩口而笑："我们家姑娘还说，这神仙肉人人有份，击西和闯北的都留在灶上，待会儿用膳时，自然有人会给他们拿。大官人这一份，可是我们家姑娘亲自烹饪的，旁人又如何吃得上？大官人请吧？"

一句"亲自烹饪"，似是打动了萧长嗣。

他收回了落在击西身上的视线，转头看着盘中的"神仙肉"。

烹饪过的肉，哪里瞧得出来是出自哪里？轻轻一嗅，都是食物的香味儿。

"唉！"他拿起筷子，慢条斯理地夹了一片，咳嗽道，"娘子有心为我下厨，我又怎能拂她之意？莫说是老鼠肉，就是人肉，我也照吃不误——"

玫儿看他从容淡定地夹起老鼠肉往嘴里放，一副感动不已的样子，那长满肉瘤和坑洼的脸也一动一动的，让她瞅得胃里翻滚不已，小脸儿一白，似乎不忍再看，嘴里喃喃一句什么"疯了"，掉头就转了身："那大官人慢用，玫儿告辞——"

任务完成，小丫头害怕多看，跑得比老鼠还快。

萧长嗣慢慢放下筷子，连带那片老鼠肉一起放下："击西——"

门外的击西伸出半颗脑袋，惊恐地摇头："击西已死！有事烧纸！"

萧长嗣怪怪地一瞥："我让你拿去倒掉。"

击西松了一口气："哦。"

走了两步他又愣住："可它是九姑娘的心意。"

"所以呢？"萧长嗣刚刚问完，就见击西突然微笑着看向一直在装死的闯北，举着盘子朝他走过去："大师，老鼠等你来度——"

"滚！"

九号楼的后院传来惊天动地的吼声。

正在前院用膳的墨九竖起耳朵，望向玫儿："你确定他吃了？"

玫儿紧张地瘪了瘪嘴，点头："吃了，玫儿看着吃的。"

对于萧长嗣会这么听话，墨九倒是没想到。但总算还击了一次，还连带那些听他话的弟子一并"加餐"了，她想想心里暗爽，又忍不住发笑，捅了捅玫儿的腰肢，心情颇好地问："你与我细细说来，他吃神仙肉的时候，是什么表情？"

玫儿啊地噎住，神情古怪地看她。

什么时候，她对那个男人……这么在意了？

山中岁月快如梭，一转眼，七月过去，八月来了。

秋风送爽，徐徐沁人，兴隆山人都在忙碌着秋收。

中秋将临，山上一派喜乐祥和之气。

可就在中秋节前一天，派往临安的弟子回来了，与他同来的人还有当朝权相苏逸。

他被景昌皇帝宋熹派遣为特使，为墨九带来了一个消息——

山中的天气总是易变，白日里还是万里晴空，一入夜雷声一响，很快就雨声沥沥。墨九从墨妄嘴里听到苏逸带来的消息时，山风正疯狂地卷着帘子吹入九号楼，如同暴风雨的前奏一般，强烈地鼓噪着她的情绪，让她一颗心凉了又凉。

苏逸说，陛下已获悉墨家传入临安的消息。得知安王宋骜还在人世，陛下万分欣喜，当即任命苏逸为赴北特使，并派遣死士五十八人随同前往，协助苏逸的行动，先上兴隆山与墨九联系，然后再赴阴山，秘密寻找失踪许久的宋骜。

并且陛下再三叮嘱：为了安王的性命，此事断不可泄露。

乍一听上去，宋熹很重视这个弟弟，甚至不惜派出苏逸这个当朝宰相——可把事情往骨子里深挖，还是很容易看出来，朝廷不想正面与北勐交涉。

毕竟带走宋骜的人是北勐世子。

国与国之间交涉会简单得多，也安全得多……

吹了一会儿山风，墨九关上窗户，回头对墨妄一笑："煮豆燃萁！风大了，关窗。"

墨妄一怔，仰头望向墨九带笑的脸，接着刚才的话题："人间至亲无外乎骨肉……宋熹为人不该如此才对。小九，你可曾发现，宋熹似乎变了？"

"谁知道呢？"墨九轻轻一笑，拖着长腔一叹，"人总是会变的。"

不小心触及她的情绪，墨妄听她幽幽的叹声，瞄了瞄桌上的食盒，踌躇一下，轻声道："也许……也没有变，只是所处地位不同，身不由己。"

墨九奇怪他一会儿东一会儿西的反应，微微一挑眉："师兄何意？"

墨妄淡淡扫向案桌上面那一堆临安来的食物，捏着血玉箫的手紧了紧，半是感慨半是安慰地道："宋熹心里始终是有小九你的。你看，时过境迁，他也没有忘记你最爱的梨觞和桂花肉。苏离痕说，这菜是陛下亲自做的。"

当今天下，能让宋熹下厨的人——唯墨九耳。

那摆了满满一桌的东西，除了他亲自做的桂花肉，还有旁的临安特产，无一不是墨九爱吃的。

她爱吃，他一直记着的。

可墨九闻言微微一愕，便一笑而过。

在宋熹对宋骜这件事的处理上面，墨九心里对宋熹是存了看法的——对兄弟情薄，对女人再好又有什么用？男人对女人的好，很多时候无非荷尔蒙作用的下半身思维。

这般想着，她有些失神。

其实对东寂她从来不愿意失望，然而不知从什么时候开始，他做的事都是让她失望的了。

这次，苏逸这个特使不仅带来了墨九爱吃的食物，还为墨九、为兴隆山乃至整个金州的百姓带来了另外一个大喜讯——尊贵的皇后娘娘谢青嬗已有三个多月身孕，南荣江山也后继有人了。

专门专宠，果然……不负雨露之恩啦。

"师兄！"墨九唇角微微一掀，突然开口，墨妄赶紧上前："我在。"

墨妄总是在的，每次墨九唤他，他几乎都是一样的回答。墨九斜睨过去，看到他严肃清俊的面孔，心窝无端一暖，连带看他的眼神也柔和了不少，有感激，也有欣慰。

一个女人身边，若时时刻刻有一个男人在助你、帮你，随叫随到，那么，这个男人一定是贵人，是需要终生感激的恩人。

对于墨九来说，墨妄便是这样的存在，故而，她不论有什么想法，都从不瞒墨妄。

与墨妄交流着眼神，她突兀地道："我要亲自北上阴山——"

阴山？墨妄没来由地一惊："小九……"

阻止的话冲到了嘴边，他却没有说出口。

墨九的性子他了解，固执而坚持。既然她已经说出来了，就肯定是深思熟虑过的。

于是乎，他把那些前往阴山的风险和劝阻都咽回了肚子里，只浅声问："小九准备何时启程？"问完看墨九不答，他考虑一瞬，又道，"我以为，等前往阴山寻找彭姑娘的钟子然回来，我们再做打算。"

"嗯。"墨九揉揉太阳穴，竟是应了，"师兄说得对，此事急不得，当从长计议——"

阴山与兴隆山，虽然都是山，却完全是两个世界。阴山地界从东至西绵延一千多公里，是南北交通的巨大障碍，素来都是军事要塞。在肆人撤退之后，阴山现下

375

虽然属于北勐辖内，但由于它特殊的地理位置决定了它的战略地位为兵家必争之地，也注定了它的不太平。

然而，墨家在阴山并无分会。

巨子又是天下瞩目的人，若要前往，自当小心。

墨九想了想，脸上又浮上了笑意："师兄，还有一件事要拜托你。"

墨妄道："小九请吩咐。"

墨九沉声一笑，道："备上一些兴隆山上的特产，再挑几件咱们铺子上的玉石玛瑙，品相好点的，让人带去临安进献给皇帝，就说墨九恭贺陛下和娘娘喜得皇子！"

这番话她说得很轻松，墨妄听完，却沉默了下来。

她与宋熹之间的"往事"，墨妄大多知道。

他也知道，两人那些"湖上泛舟醉，夜下偷梨觞，临别赠信物，相送菊花台，千里带美食，相许永不忘……"的故事，几乎每一个都是可以让世间所有女人无法抵抗的温柔陷阱……

甚至他也想过，若无萧六郎，也轮不到他墨妄。

宋熹对小九来说，始终是一个特别的存在。如果她的生命中不是先出现了萧六郎，估计她也很难走出宋熹布下的天罗地网。如今，乍然听闻宋熹与谢青嬗有了孩儿，她应当也会难受的吧？

"小九——"墨妄猜测着墨九的心思，沉吟许久方道，"天远地远的，咱们不必专程贺喜了，他贵为皇帝，想来也不差那点……"

"那怎么行？这样的好事我怎么能不祝贺呢？"墨九笑得很自然，脸上并无墨妄以为的不悦。

不管怎么说，东寂能与谢青嬗成就姻缘，也算是肩负起了一个男人的责任——娶了她，不仅要给她尊荣，还得给她身为丈夫应尽的义务，当然也包括与她发生夫妻关系。

她先前面色沉郁，是冷不丁产生了一些联想。

谢青嬗怀孕三个多月了，当然不会是刚刚发生的关系。

那么，是不是可以推论出，在几个月前萧家灭门一案，其实有谢青嬗的插手？毕竟谢家与萧家是世仇，杀父之仇不共戴天；毕竟男人对于女人在床上的温声软语，在水乳相融时的恳恳相求是很难拒绝的。

更何况萧家本是政敌，可谓一举两得。

墨九盯着那一盘桂花肉，脑子里浮现的一会儿是东寂的脸，一会儿又是谢青嬗站在院内雪下的苍白面孔。

紧接着又是刑场上，萧家五百多口人滚落的头颅，还有鲜血汇成的小溪，像鲜红的蚯蚓一般淌在她面前……

她的拳头不知何时已经捏紧。

伏尔泰说：友谊是灵魂的结合，这个结合是可以离异的，这是两个敏感的人之间心照不宣的契约。

她与东寂，又何尝不是如此？

好像经了这些事情，感情已回不去了。

东寂是一个男人，他或者可以对他的妻子薄情，但对他的孩子一定会细心呵护，出于这样的考虑，他做的那些事情就不难理解了。

忽而，她又想起那一日，大红的花轿抬入了楚州萧氏国公府。从那一日起，不管她有心或是无意，她与萧家便有了千丝万缕的联系。还有萧六郎，那些暗夜里窃窃的私语，那些情浓时唇舌相贴的亲吻，那些纵使岁月流逝也无法纾解的刻骨相思，都是她的责任……

她相信，东寂也不会忘记她的话。

哪怕颠覆他半壁江山，也要复仇。

从临安来的苏逸苏大人，在兴隆山住了下来。

不仅如此，瞧他满脸红光的样子，似乎还住上瘾了。三五日过去，他绝山不提前往阴山寻找宋骜的事，整日里不是去田间看农人忙秋收、掰玉米、割谷子，就是扛着锄头亲自上山挖野菜，或者拎一根鱼竿，戴一顶草帽，披一件蓑衣，坐在河边垂钓。

这位宰相大人的日子过得好不悠闲。

一开始，墨家弟子们都防着他。

可几日过去，这位丞相大人不仅完全没有"朝廷重臣"的嚣张样，而且那张招人怜爱的俊美娃娃脸上布满了和蔼可亲的笑容，不管见到山上的墨家弟子，还是山下的老农都一副乐不可支的样子……

慢慢地，大家伙儿都喜欢上了他，会与他玩笑闲聊。

还有十里八村的大姑娘小媳妇儿，有事没事就往他身边凑，这货不负责，也不拒绝，不管来了谁都是笑眯眯的，把个兴隆山的姑娘们逗得春心荡漾，春情泛滥——

据墨家弟子不完全统计，几日来兴隆山镇那几家墨氏的胭脂水粉店、成衣店、鞋店……生意较之往常好了数倍，前往消费的大姑娘小媳妇儿数量大幅度上涨。

"巨子，这到底是好事还是坏事？"

曹元捏着掌柜们递上来的单子，说起这些事哭笑不得。

墨九看他一眼，不太在意地摇了摇头，懒洋洋地靠在椅了上："扮猪吃老虎啊！"

这个苏逸的德行旁人不晓得，墨九却了解得很——至少，他绝非表面上那么容易亲近、待人亲厚。甚至在墨九心里，他就是一个物极必反的典型。内心很孤冷，却总喜欢给人一种开朗的错觉。

念及此，墨九眼睛微微一眯，又慢条斯理地补充一句："曹元下去安排一下，就说我晚上要亲自下厨，请相爷吃饭。"

"啊？"曹元看她不像玩笑，又哦一声应下，然后不解地询问，"巨子不是说苏相爷是在扮猪吃老虎吗？为何还要亲自下厨请他？"

墨九抿了抿红艳艳的嘴唇，笑得诡异："是啊，他扮猪吃老虎——而你家巨子我专门吃猪。"

这天晚上的夜宴是墨九专门宴请丞相人人的。

所以，兴隆山上一片热闹喜气，众弟子也很欢悦。

在苏逸来兴隆山这几日，墨九不仅没有专门接待过他，甚至没有直接与苏逸见过一面，一直将他不冷不热地晾在那里。今儿乍然接到墨九的宴请，苏逸倒是没所谓，他身边的随从却都惊住了。

"相爷，此宴不对……"

"鸿门宴？"苏逸收起渔竿，笑眯眯的样子像一只道行高深的老狐狸，若不是了解他的人，很难相信他就是少年成名的天才丞相，"我等这一天等好久了，龙二你是不知道墨家巨子的手艺有多好。能吃上一顿，死都无憾了，鸿门宴又算得了什么？"

龙二："……"

相爷啥时候爱上吃的了？

鸿门宴的精髓在于——项庄舞剑，意在沛公。

当苏逸前往墨家大宴厅的时候，看到一行行着装整齐的墨家弟子，还有坐在高台首位上悠然自在、像一个女王般霸气十足的墨九时，目光也是幽幽一闪。

时隔数月，墨九变了。

以前的她多少有些少女的稚气，现在的她，少女还是少女，却无半点幼稚之气。

坐在众多英姿飒爽的儿郎面前，她英气逼人，毫不逊色，完全有让这些优秀儿郎向她俯首称臣的强大气场。

"相爷，这边请——"墨妄负责接待，礼仪周全。

苏逸含笑点头，却见坐于首位的墨九只是向他淡淡一笑，甚至都没起身——似乎在她眼里，当朝的丞相也不过如此，无须刻意结交，也无须讨好。

当然，墨九有这个实力与能力藐视他。

苏逸这么想着，余光又扫一眼满场武装在身的墨家弟子，切切实实地感受到了外间的传闻"兴隆山就是一个小朝廷"的真实性。

这个墨九啊……

378

他微微一笑，抱拳拱手，对上座的"女王"客气施礼："巨子好久不见，离痕这厢有礼了。"

"相爷久违。"墨九抿唇一笑，指向侧首的位置，"左执事，还不请相爷入座。"

"是。"墨妄低头。

这谱儿摆得——苏逸暗中一笑。

他晓得这叫下马威，却也不介意，在墨妄的指引下坐在墨九的下首——这个位置太巧妙，苏逸乃南荣朝廷第二人，在朝上，能坐在他首位的人只有宋熹。

墨九也真敢。

这般想着，他对墨九的佩服又添了几分。

不说旁的事，一个女人有她这份胆量与魄力，就值得他敬。

苏逸举起酒杯向墨九致意："巨子，离痕上山几日，只顾着游山玩水，赏兴隆风光，竟不曾前来拜会巨子，思之有愧，这一杯水酒离痕先干为敬，还望巨子原谅离痕的失礼，勿与离痕计较。"

"相爷过谦了。"墨九满脸是笑，"相爷来了兴隆山，原就该墨九做东的。奈何近日……"冷不丁想到萧长嗣"要死不活"的那副鬼样子，墨九握拳凑到嘴边，也学着咳嗽了几声，喘着气无力地望向苏逸，"近日偶感风寒，不便待客。还望相爷不要责怪才是。"

偶感风寒，这是电视剧的老套路。

她随口说着又举起酒杯，也敬苏逸："相爷，请！"

苏逸却是一笑："巨子病着，不宜饮酒，这一杯离痕饮尽便是。你我之间，本不必如此客套。"

一句"你我之间"，他说得暧昧，话毕，还冲墨九眨了一下眼睛。

那表情，好像他和墨九有多深的渊源似的……

墨九晓得这个人红面皮黑良心，也不在意旁人的侧目，只笑着顺水推舟地放下酒杯，等苏逸饮尽杯中之酒，示意玫儿递上干净的热帕子给他擦了嘴，方皱眉道："不瞒相爷，今儿请你来，是有个事儿……"

正题终于来了。

苏逸笑笑："何事？巨子可直言。"

墨儿低低一垂目，浅浅而笑，那微弯的眼角似有星光在闪烁。她本是世间罕见的美人儿，说一笑倾国再笑倾城或许夸张，可能够笑得让男人发怔，却是半点不虚假。

"相爷可能不知，兴隆山有个规矩，客人来了也不能白吃白喝，为了体现劳动的光荣价值，都得体验生活。尤其是官员，更得体察民情，与庶民共苦。所以我也为相爷安排了一个好机会——"

体察民情，好个体察民情。

苏逸隐隐嗅到了空气中的硝烟味儿。

果然，不待他问，墨九便道："山下要储肥种植，收集人畜粪便，正缺挑工。相爷身强体壮，正是合适。"

粪便？挑工？

让当朝丞相去挑粪？

站在苏逸身边的随从瞪大了双眼，几乎不敢相信墨九会提出这么不合理的要求。

更不敢相信的是，苏逸愣了一下，居然含笑点头应了："离痕虽为丞相，也断不能坏了兴隆山的规矩。"

"那这粪便……"

"该挑！"

"多谢相爷理解！"墨九微微一笑，满意地侧目，望向一脸无奈的墨妄，"师兄，你替我多敬相爷几杯，务必让相爷感觉到宾至如归才好——"

宾至如归是宾至如归了，可苏逸到第二天就后悔得想骂娘，千不该万不该，不该逞能让墨九如愿。那粪便之臭，那扁担之苦，比他在朝上与那些老狐狸的政治斗争残酷了不知多少倍。

更可悲的是，他是来"体察民情"的，墨九也是来"体察民情"的，凭什么他就要亲自下劳力在田地里担粪，而墨九就可以睡在山坳的躺椅上，让玫儿和沈心悦一人拿一把大蒲扇为她打扇？

这可不就是土皇帝了吗？

苏逸恨得牙根儿痒痒，墨九却半闭着眼，似睡非睡。

等墨妄走近山坳，她才睁眼，低声问："相爷挑了多少担啊？"

墨妄有点儿哭笑不得，伸出三根指头："三趟了。小九，差不多得了，苏逸毕竟是当朝宰相，这事儿若是传出去——"

"传出去了，他感谢我都来不及——与民同苦，这样的丞相自当名垂青史。"墨九眼皮都不抬，不温不火地小声道，"再说了，不让他去挑粪，难道就由着他拎着渔竿钓鱼，扛着锄头上山？你以为他不去阴山找人，天天在兴隆山招猫逗狗的，目的当真那么单纯？只是为了休闲休闲，享受享受？"

墨妄略一沉思："嗯，我也猜到了。"

他是为了八卦墓与萧长嗣的事来的。

兴隆山上开了震墓的事，虽然他们做得很隐秘，但山上有数千弟子，山下还有数万民众，兴隆山的环境相对来说又比较开放，朝廷的探子想要得到一些蛛丝马迹的消息，并非不可能。

从苏逸在暗中调查来看，他们并不是很确定，但肯定是收到了风声的。

还有便是萧长嗣的存在……

他是朝廷钦犯，虽然对外声称他是墨九抢上山的"面首"，但旁人或许不知，宋熹又岂会相信墨九是随便抢一个男人上山就睡的女人？能被她"看上"的人，宋熹必定会调查。

这个兴隆山，到底有多少宋熹的耳目？

墨九不知，墨妄不知，谁也不知。

所以，她收拾苏逸当然不仅仅为了玩他。

"唉，不过小九，我看算了吧——"墨妄是个"怜香惜玉"的老好人，看唇红齿白的苏丞相汗如雨下，满身恶臭，已于心不忍。

可墨九真是一个心狠脾气怪的姑娘，大白眼一翻，她与墨妄想的却不一样："今儿不收拾他，他会舍得离开吗？"

"小九想逼他离开兴隆山？"

"嗯。"墨九轻咳一声，没有否认，"世上没有不透风的墙，他待的时间越长，我们的事他知道得就会越多，苏逸这个人头脑之聪慧，古今罕见，天才少年之名不是白得的，哪怕给他寻到一点痕迹，他也能顺藤摸瓜——我不能让他抓到半点把柄。"

墨家现在不能与朝廷对抗。

而且对东寂，墨九已不敢保证——若他有她的什么证据，在一帮子老臣还有谢青嬗耳边风的鼓吹下，他不会为了他的江山社稷而把墨家给端了。

不主动的人，往往就会被动。

想到这里，她眯了眯眼睛，又慢吞吞地问："钟子然回来了吗？"

墨妄望一眼坡下农田里的苏逸，点点头："我安排他先下去洗漱，晚点儿去九号楼里见巨子，再交代情况。"

"好。"墨九慢慢站起来，"回吧。"

被墨妄派去阴山的弟子是这天晌午回到兴隆山的。他一路狂奔回来，风尘仆仆，还饿着肚子，等吃饱饭，换好衣服再到九号楼的时候，墨九已经在内室等他了。

这个叫钟子然的弟子是申时茂的徒弟，坎门的首席大弟子。

小伙子长得很精神，脸上黑瘦，一双眼睛却闪闪发光。

"弟子见过巨子。"抱了抱拳，他恭敬地行过礼，不待墨九细问，便竹筒倒豆了似的，把这次阴山之行的前前后后汇报得一清二楚。

他去了阴山，没有找到彭欣和宋弩的踪迹，却无意间打听到，阴山脚下住着一个叫那顺的大巫师。这个大巫师在当地很有名气，北勐皇室也敬他三分，而且他收养的一个叫苏赫的徒弟原来竟是北勐长公子阿依古的大儿子，是北勐世子——

"哦？"

这件事已经不新鲜了。

墨九也已经为此付出了一个相思令。

不过说来这确实是皇室秘辛，是一件大事。

可隐隐地，她总觉得哪里不对劲儿——

那苏赫世子二十多岁了，以前阴山来来去去那么多人，为什么就没有一个人发现这个秘密，始终没有半点消息传出来，如今不仅辜二"千辛万苦"地探查到了，就连钟子然这种刚去阴山的人，也知道了？

她狐疑地皱眉："子然，这件事你怎么得知的？"

钟子然愣了一下："事情怎么传出来的弟子不知，但阴山脚下人人都知道那顺巫师和苏赫世子的美事。就在前不久，阿依古长公主带着北勐大汗的手令，前往阴山拜见了大巫师，还见过苏赫世子。好像说是劫期已过，要接过去，为北勐朝廷做事……"

尽人皆知。

墨九默念着这几个字，气血又不顺畅了。

想到辜二那张神秘严肃的脸，她有一种被人算计了的错觉。

她揉了揉额头，问墨妄："辜将军人在何处？"

墨妄脊背一凉——替辜二凉的："去了汴京……"

走了？墨九一惊："什么时候的事？"

墨妄脊背又是一凉——替自己凉的："就在一个时辰前，对，子然回来的时候。"

墨九啪地一拍桌子，忍不住爆粗了。谁敢再说辜二老实厚道，她就跟谁急。

那货这是知道事情败露，提前脚底抹油——溜掉了啊！

敢这么戏弄她，到底是有人指使，还是他自己干的？

可怜了她的那个相思令——成了史上最不值钱的相思令。

墨九冷哼一声，顾不得多想辜二的事，只能等今后江湖再见时能扳回一局。而眼下她能做的、能考虑的，只有阴山之行——没有彭欣的消息，她已经有些急不可耐。

"师兄，把苏逸撵走，我们准备出发——阴山。"

不等墨九派人去撵，当苏逸第二日起来看见那个依旧未满的大粪坑时，就一刻不停地前往阴山去办皇帝交代的差事了。

为免再吃墨九的苦头，他没有亲自向墨九辞行。不过为了答谢墨九的盛情款待，苏丞相临行前也给墨九留下了一句"巨子恩情，来日再报"的吉祥话。

没了苏逸的干扰，阴山之行终于提上了日程。

这事墨妄早就有准备，倒不是很麻烦。

与往常出行一样，还是乔占平与尚雅两口子留守兴隆山大本营，并主持墨家事务，而墨妄陪同墨九前往。一切按部就班地进行着，墨九亲点了随行人员，对乔占平和尚雅安排好兴隆山的事务，很快便定下了行程。

这日晌午，墨九先去了织苑。

她原本是想向织娘问安，陪她吃顿饭，顺便告知自己要离开兴隆山的事，可织娘为了她"掘老坟"的事情还置着气，根本就不肯见她。

看娘儿俩都这样固执，蓝姑姑唉声叹气。

她说，织娘几天都没有出门了，整日跪在祖宗灵前忏悔……

可她不见墨九，求祖宗保佑的人还是墨九。

"姑娘，你娘这心里头最疼的人还是你啊！你说你何苦逆着她？不管她说什么，你先答应着不行吗？"

很显然，蓝姑姑根本不知真相。

墨九一叹，也不想跟她解释那么多。

眼看蓝姑姑又要开启"独门唠叨大法"，她赶紧拿双手堵住耳朵，往织娘那屋瞅了一眼，便大声嘱咐她好生照顾织娘，然后飞一般退了出去。

"我走了啊，娘！回头给你带礼物回来——"

"这孩子！"蓝姑姑话还没说完，她影子都没了。无奈之下，蓝姑姑叹息一声，依依不舍地站在门口，眼泪汪汪地不停挥手："姑娘，可要照顾好自己……"

她的喃喃声墨九听不见，但走出织苑大门的时候，墨九无意间回头一望，却依稀看见织娘的窗口有人影晃动——正是织娘在偷偷看她。

墨九内心一阵唏嘘。

这个娘是关心她的！

可她这个娘的脾气比她还执拗，哪里说得通？

离开织苑，墨九在阳光下溜达着，想到要离开兴隆山，也不知几时能回来，脚步不知不觉就晃悠到了方姬然的住所外面。

去看看她吧？她想。

毕竟是墨九儿的亲姐姐，而且她把萧长嗣弄到自己的九号楼住着，引外界猜测不已，这个做法也欠缺考虑。虽然她与萧长嗣算是"明媒正娶"的夫妻，可不管有意还是无意，也算是伤害了方姬然。

离开前，或许可以给她解释解释？

找到了理由，她的双脚很快就走到了门口。

然而她还没进去，就看见墨妄从院子里走出来。

"小九——"墨妄抬头看见她，先招呼了一声。

墨九与他诧异的目光对上，突然觉得自己踌躇的样子很难看。

她咳嗽一声，冲墨妄点点头："她怎样了？"

墨妄摇头："身子还是不大好，也不肯吃东西，整个人都瘦了一圈……唉。"

说到方姬然，墨妄似乎也很无奈。

看得出来墨妄对方姬然的关心，再想想他们之间的情分，墨九眉头一皱，主动建议道："若不然，师兄留下来陪她？我带着曹元他们去阴山也是可以的。"

"那怎么行？"墨妄当即反对，"此去阴山甚是凶险，我不放心。"

他语速很快，说这话时还板着脸，那慎重的样子似乎很不高兴墨九的想法，也很容易看出他对阴山之行的决心。然而墨九心里明白，方姬然肯定是不愿意墨妄随她离开兴隆山的——

方姬然是依赖墨妄的，在没了萧长嗣的时间里，墨妄几乎成了她的精神寄托。

这一点不仅墨九知道，墨妄自己也很清楚。

就在一刻钟前，当他为了离开兴隆山之事向方姬然辞行时，她情绪就不太好，当即饮泣不已。他哄了好久她才止住眼泪，但心里的落寞并没有过去。

可墨妄也不能因为她，就放任墨九自己去阴山。

不得不说，墨妄是一个大好人，做事有侠士风范，总会优先考虑别人的感受。

可再好的人，也不能永远只为别人而活。

方姬然拿他当寄托，他如今的心头朱砂却是……墨九。

若墨九有什么事，他又怎么能原谅自己？

人终归还得为自己的幸福而活。这一生能伴在墨九身边，便是他的幸福。

是他不能失去的幸福。

两人对视，各有所思。

墨九正考虑到底要不要劝他留下，门口人影一晃，墨灵儿匆匆走了出来，脸上满是慌乱的神色："左执事——"

冲口而出喊了一声墨妄，她看见墨九也在，稍稍愕了一下，小脸儿上刹那又添了一丝愉悦的光彩。可也不过转瞬之间又黯淡下去，勉强挤出一丝笑向墨九问了好，又慌忙回禀："巨子、左执事，姑娘她……又呕血了！"

又呕血了？

墨九记得萧乾说过，每次呕血都会让病情加重。

她心里一紧，与墨妄对视一眼就要往里冲。

"我先进去看看！灵儿，赶紧去叫田大夫。"

田大夫是金州远近有名的大夫，被请到兴隆山为医，也颇受墨家尊重，若是方姬然此时病情严重了，让田大夫来瞧病本是再好不过的事情……

墨灵儿却挡在了墨九面前："等一等！巨子……请留步！"

墨灵儿一身功夫，她要挡在面前，墨九不可能进得去。

老实说，这冷不丁被人拦住，墨九是有些愠怒的。很久很久都没有人敢这么挡她的道了。然而她很快就反应过来，方姬然是不想见她，尤其在这样重病之时，想来是更不愿意了。

墨九再张狂，也不想落下一个"气死亲姐"的罪名，有些浑水不蹚也是好的。她与墨灵儿对视一眼，看见她脸上的歉疚与紧张，嘴唇一牵，反倒笑了起来："那行，我就先不去看她了。左执事你进去吧，我差人去叫田大夫。"

说罢她没看任何人，拂袖离开。

墨九没有发脾气，这让墨灵儿绷紧的心脏松了一根弦。

可稍稍一转念，她虽然不想，又不得不出声喊住墨九："巨子，还有一事相求——"

墨九嗯一声，回头看她，没有出声，目光露出询问。

墨灵儿垂下头，有些不敢直视她目光里的锐利。这个巨子早已不是墨灵儿认识之初那个满脸堆笑的姑娘了，她浑身上下都是刺——凛冽、尖锐、脾气古怪，很难接近。也不知从什么时候开始，墨灵儿也不敢再像当初一样，高高兴兴唤她一声"姐姐"，只能与普通弟子一般恭敬地唤"巨子"。

这样的疏远无须言明，彼此心知。

故而这句话墨灵儿在喉咙口转了好几次，方慢吞吞出口："巨子，是这样的……听说九号楼里住着一位神医，医术高明，灵儿想，可不可以、可不可以请他过来给我们家姑娘瞧瞧病？"

神医，九号楼的神医。

方姬然与外界几乎没有接触，如何知晓的？

墨九看向墨妄，也在他的脸上捕捉到了一抹尴尬之色。

这情绪很微妙，不管是不是墨妄告诉方姬然的，墨九都很难拒绝这个请求。因为他们都知道，这不可能是灵儿的请求，而是方姬然的。

而且这个请求……关乎性命。

甚至想到萧长嗣与方姬然的旧情，连墨九也觉得既然萧长嗣师承萧六郎，懂岐黄，那么让他来给方姬然看病自然是最好的——

她笑了笑，懒洋洋道："灵儿有所不知，这神医的脾气比我还古怪几分。请他看病的事我可以做，至于他来不来，那就非我可以左右的了。毕竟来者是客，我也不好勉强……"

"巨子，"灵儿看她面带微笑，并没有生气，惶惶的心情收敛了几分，胆子也大了许多，"不如这样可好？我与巨子一同前往，亲自去请神医。这样应当更有诚意……"

巨子的脸，是不如她大吗？为何她去请更有诚意？

墨九只一默，便明白了个中内情。

当初墨灵儿是一直跟着方姬然的小丫头，那在方姬然与萧长嗣"情义两缠绵"的时候，墨灵儿大抵也都候在左右。所以，墨灵儿认识萧长嗣那是合情合理的。

不过，灵儿到底是想去亲自核实一下，墨九的"神秘面首"是不是萧长嗣，还是想让萧长嗣看见她这个故人，再想起与方姬然的昔日旧情，能够主动来看望？

墨九对萧长嗣无爱无情，想想也不太介意。

"这样也好！"她按了按被风吹乱的头发，莞尔一笑，"灵儿随我去吧。"

她转身便走，没有半点迟疑。

"小……九。"墨妄张了张嘴，似乎想说什么。

但她背影肃然而冷漠，让他把话又生生咽下。

"唉！"长叹一声，他掉头迈入了方姬然的院子。

墨九脚步生风地走在前面，并不去理会小心翼翼跟在后头的墨灵儿。

对于这个小丫头，墨九并无怨怼。一个忠心事主的丫头原本就值得尊敬，只不过人与人之间的情分就是这样，有时候无关其他，单单靠一个缘字。缘在时，彼此可以大声说笑，喝酒吃肉，亲如姐妹；缘去时，便再也剪不破中间那一层隔膜了。

"到了。"墨九径直把墨灵儿带到萧长嗣居住的后院，冲院子门口的两个守卫弟子点点头，沉声问他们，"掌柜的在吗？"

两个守卫都是坤门弟子，见到巨子前来，两人同时抱拳，恭敬不已："回巨子话，掌柜的并未外出。"

墨儿再次点头，望向墨灵儿。

"灵儿自己进去吧。请不请得动就看你自己的了。"

说一千道一万，也是人家方姬然与萧长嗣的感情问题，墨九不想过多掺和。所以把事情吩咐完，她掉头就走。可人还没有走几步，背后就传来击西柔如女子的温软声音："九爷，九爷，莫忙走，出大事了啊。"

墨九一怔，扭头看去："发生什么事了？"

击西提着裙摆，慌忙从门槛里迈出来，红唇雪肤，姿态妖娆，还是那样一副会勾男人魂儿的姑娘打扮，竟然没有半分违和感。而且大抵是看习惯了，墨九甚至觉得，击西原本就应当是一个姑娘才对。

"慢慢说，不急。"怜香惜玉之心，墨九也有。

击西被九爷"关心"，白生生的脸上添了几分感动。

"谢谢九爷，可我不得不急。我们家掌柜的突然病发，晕过去了。"击西又比画又跳，那样子真是紧张得很，"九爷，你快去看看吧。"

386

墨九头都大了。

方姬然病了，萧长嗣也晕倒了？倒还真是天生一对。

可她是巨子，不是大夫，也不是保姆，去了又有什么用？

她眉梢一沉，对两名守卫弟子道："去，赶紧找大夫——"

"不可不可。"击西急忙摆手阻止，"九爷，掌柜的晕倒之前声声唤着九爷，想来是相思成疾——相思病乃心病，心病只能由心药医，非九爷不能治啊。"

他皱着眉头，说得句句实在，却只换来墨九一句冷笑："你啥时候也成神医了？"

击西瞪大娇俏的双眼，看她一下，突然有点尴尬："掌柜的说兴隆山风水养人，想来是养着养着，我就会了。"

"放屁！"墨九怎会不知他打的什么主意？

可她一吼完，击西却瘪了嘴巴，像是要哭出来了："九爷，击西不敢骗你的。我们家掌柜的真晕过去了。你若再不去看他，恐怕……见不到最后一面了。"

最后一面？这么严重？

墨九半信半疑，但生死面前无小事，她冷哼一声，终究大步往里面走去，想一看究竟。墨灵儿见状愣了一下，也要跟着她进去。不承想先前还哭哭啼啼的击西却拦了过来，双臂一张，给了她一个大大的笑脸："小丫头，你可进去不得——"

墨灵儿认不出击西，愣了愣，往左边闪："麻烦姑娘让让道儿，巨子刚才许了我进去的。"

"刚才是刚才，现在是现在……"击西不是一个好说话的主儿，寸步也不肯让。但击西的脾气是极好的，微微笑着，一张脸美得让墨灵儿都有些不敢直视："小丫头，不如你随我去隔壁喝个茶、绣个花什么的，等巨子出来？"

"……"

墨灵儿说不过"她"，打不过"她"，又避不开"她"，只能踮着脚冲里头喊："巨子、巨子……她不放我进去……"

墨九刚刚进入里屋，听到墨灵儿的喊声顿了一下，尚没有回答，就看见屋内的床榻上，根本就没有一个人，又何来晕倒过去的萧长嗣？

"又骗我！"她恨恨咬牙，刚要转身退出去，腰上突地一紧。

"媳妇儿，你终于肯来了？"脖子上温热的呼吸让墨九浑身的鸡皮疙瘩都起来了。

"浑蛋！"她扭头一看，正好迎上萧长嗣带笑的眼神。

这个季节，两人穿得本就不多，原本单薄的衣服在她的挣扎中，与他的身子越贴越紧，哪怕他并没有什么猥琐的动作，却让墨九身上怪怪地发热、发麻，也不晓得是不是自己的心思邪了，她总觉得那双搂在腰上的胳膊不停往她鼓鼓的胸上

387

勒……

"王八蛋，你放开我。"为免外面的人听见，墨九的吼声很小。

"不放。"萧长嗣语带戏谑，紧紧圈住了她，低下头用嘴巴去蹭她白生生的脖子，含笑的语气很是欠揍，"除非你答应我一个条件。"

还有这样要挟人的？

在她墨九的地盘上，这厮也太嚣张了。

墨九气不打一处来，恨不得抽他一耳光。

奈何萧长嗣看着"要死不活"，胳膊却很有力，他又是从背后抱住她的，这让她像一只翻肚的青蛙，怎么都挣脱不了他的怀抱，只能两条腿不停地往前踢，那样子，她自己瞧着都滑稽，哪里好意思喊"救命"？

若外面的弟子进来看见她的糗样，她还活不活了？

墨九恼恨地用脚后跟踹他一下，低斥："说吧！你要什么？"

对她的妥协，萧长嗣似是很满意，低低一笑，把她搂得更紧，声音落在她的耳边："我要随你去阴山——"

墨九气哼哼地骂："你一个老弱病残，没事儿去阴山做什么？"

"老弱病残都挣脱不了的你都能去，老弱病残为何不能去？"

"……"墨九快被气死了，"阴山不比兴隆山，你去了只会给我添麻烦。"

"不会。"萧长嗣很有自信，"为夫去了，只会助你，不会误你。"

只会助她，不会误她？想到开启震墓的经过，墨九没有放弃挣扎，心思却活络了……这个萧长嗣虽然身子骨不大好，整日咳嗽不止，可似乎还真有点儿本事，尤其在医道上，他有独到的见解，倒像是得了几分萧六郎的真传。

她吸一口气，不再挣扎，而是去解他环住自己的手："你先放开我再说。"

"你先答应我再放。"

"无赖！"墨九恼了，"你先放！"

"不！"他依旧浅笑，"你先说！"

墨九看上去是一个大人咧咧的姑娘，却很少与陌生男子有肢体接触。这会儿后背被他抱得火辣辣发烫，脸也快要热得烧起来了，尤其这厮那双胳膊真就像墨九担心的那样，在她的挣扎里，不停磨蹭着她正在凶猛发育的两团，简直让她恨到了极点。

"好好好，我答应你。"

胳膊一松，他放柔了声音："这样才是乖媳妇儿——"

乖媳妇儿？墨九一口心头血差一点喷出喉咙。

终于挣脱了魔爪，她气哼哼地离开几步，指着他的脸："不过我也有条件。"

"说！"他很镇定，似乎并不在意她的条件是什么。

"你也要答应我，先去给方姬然看病。"墨九唇一勾，观察着他的反应。凝视一瞬，见他并无异样，她又补充："我来的时候，听说她病得很严重，你再不去，怕是见不着最后一面了。"

将他那个"最后一面"的说辞用来激他，墨九原以为这厮会傲娇地拒绝一下，没想到，他只斜她一眼，竟应下了："好，一言为定。"

想到他与方姬然的关系，墨九突然觉得有些亏。

她是不是白做好人了？说不定人家本来就想去看病的？

这么一想，她忍不住翻个白眼，又瞪向他道："还有，此去阴山，你不能擅自行动，凡事皆听我的，尤其不准再对我动手动脚！要不然，我马上派人撵你下山。"

"呵！"萧长嗣但笑不语。

他反手关上门，在墨九紧张的盯视里，突然刮了一下她的鼻子："便是爱妻不吩咐，为夫也唯你马首是瞻。"

他的动作很温柔，眼眸略带宠溺之色，手指从她的鼻梁上划过，慢慢落下，擦过她丰艳的嘴唇，像是喜爱那一抹温软之色，手指并没有急着拿开，而是用指腹轻轻地摩挲着轻掸一下，带了一点挑逗。那刹那的暧昧，触电一般，让墨九忘记了惊叫，下意识张开嘴，狠狠咬住他的手指。

"嘶——"

指上温软的包裹与轻轻的刺痛，一硬一软，让萧长嗣止不住轻呼一声，又在看见她嫣红的嘴咬着手指的画面时，心里微微一荡，而后笑开了眼，喑哑着道："爱妻这是……在暗示什么？"

暗示什么？墨九答不了话，只能牙齿用力。

这样的事实，她说得够明白了吧？

她就想暗示——她想咬死他。

她自以为用力很大，可萧长嗣这厮好像不知道疼似的，盯着她发狠的面容，一双眸子竟越发柔软，像是融入了万千的柔情与星光，让墨九在与他的对视中，似乎渐渐把思绪凝在了他的眼睛里，再也看不见他满脸的坑洼和肉疙瘩……

当然，也看不见自己嘴角的鲜血！

都说十指连心，她咬破了他的手，又怎会不痛？

然而他没有呼疼，一声未吭，只是温柔地看着她，然后慢慢抬起另外一只手，轻抚她的鬓角，温柔的视线像在看什么绝世宝贝似的，连眼睛都舍不得眨一下——

"阿九……"一声低低的呼唤，让墨九身子狠狠一僵。

不是爱妻，不是媳妇儿，也不是别的，而是阿九。

墨九被人唤过各种各样的称呼，不同的人唤法也不同，可唯有"阿九"，独属

389

于萧六郎。除了他之外，墨九都想不起来还有谁会这么亲热地唤她。

她一时愣怔，忘了继续咬他，也忘记了把嘴巴从他的手上挪开。

她轻含他的指，乌黑的双眼与他相对。

世界突然安静了，除了她与他，好像万物都不再有。

就连鲜血染红了她的嘴巴，她也浑然未觉。

在离开萧六郎数月之后，再听一声温柔的"阿九"，她的头脑里竟然不可抑止地产生了一种无法控制的思绪——她觉得萧六郎离她这样近，近得好像他从来没有离开过她一样。那低低的声音似在耳边，又不在耳边，低低地呢喃："阿九……阿九……"

像游离在梦境中，她恍惚了。

"你是谁？"她慢慢张开嘴，直勾勾地望着面前的男人，"你到底是谁？说啊！你是谁？"

"怎么了？"他柔声问，怜爱地抚她的鬓发，"阿九哪里不舒服？"

"六郎，你是萧六郎……是不是？"墨九厉声低吼，视线却像模糊了一般，那种许久不曾存在过的被"云雨蛊"控制之后的蛊惑感，再一次爬上了她的脑海，让她心脏怦怦直跳。

恍恍惚惚间，面前的男人，不是萧长嗣，而是萧六郎。

他的脸上没有坑洼与丑陋的肉疙瘩，一袭轻袍缓带，翩翩郎君，俊美无双，风华绝代。一双锐利的眸子带着炫目的柔软与温存逼视着她，还有他的嘴唇，一开一合，似乎一直在呼唤她——

六郎真的就在她面前！

"六郎！"她狂喜地瞪大了眼睛。如此，她的视线里就再也不存在其他东西了，除了这个男人之外，她什么也瞧不见，只有一个似梦非梦的他……

"六郎！你是六郎？"

面前的男人在说些什么，但墨九听不见。

她能看见的只有萧六郎，他高远若仙的容颜，他出尘远世的冷艳，还有他微微一笑时，总会有意无意从眸底流露出来的柔软与那一种独属于萧六郎的、罂粟一般的致命诱惑——来自云雨蛊的诱惑。

她不可自控地咽了咽唾沫，猛地扑入他怀中，双手紧紧环住了他的腰。

"六郎，你回来了！你终于回来了——"

她不知道自己受了什么蛊惑，可她又知道自己真的受了蛊惑。

嘴里干得没有一点滋润，喉咙也干哑得几不成言，一双眼睛像有烈火在灼烧，滚烫滚烫的，一种近乎狂乱的渴望束缚着她的心脏，让她紧紧抱住面前的男人不放，直到感觉他身上也慢慢变得滚烫，变成与她一样的温度，甚至一点点坚硬……

她终于把唇贴上他的嘴，胡乱地亲吻起来。

"六郎，我很想你。亲爱的，我真的很想你，你知道吗？"她带着哭腔的声音，轻轻发着颤。

她似乎不再是那个刁蛮任性的墨家巨子，在他面前还是那个爱吃爱玩爱闹爱撒娇的小姑娘……

她隐隐觉得这是一个梦，可她又不肯相信大白日发梦……

一个死去的人，怎会还出现在面前？

在真与假之间，她不愿意去思考这个逻辑……

毕竟她一直抱有希望——希望萧六郎还活着，一直活着。

"六郎，吻我！我这么想你，你为什么不吻我？"

她低喃着，狂热地吻着他的唇，将几个月来的思念、困扰、渴求……还有疯狂的炽恋，一并发泄般吻在他的唇上。声音颤抖着，身子颤抖着，一个吻也颤抖着，她贴上他的唇，呼唤他、抚摸他、渴望他……也想要得到他的回应。

"阿九！"萧长嗣目光深邃，束着她的腰的双手越发收紧。

"阿九！"越来越紧，越来越紧……

"六郎！"

"阿九——"两人紧紧相拥，像两只扑火的飞蛾纠缠在一处，共同奔赴那生命的尽头。

嘴上的温软是真的，女子的身躯是热的，一切的一切都是美好的。

可他盯着她近乎疯狂的容颜，终是慢慢闭上眼睛，双手一点一点加重力道，慢慢地、慢慢地把纠缠在怀里的身体推开寸许，扼住她，然后喘息着掐在她的"人中穴"上，沙哑的声音残忍地打破了她的美梦："墨九，你看清楚！我不是六郎，我是大郎——长嗣。"

"六郎？"

"我是大郎，长嗣啊！"

大郎？长嗣？萧长嗣？

人中上的疼痛让墨九的脑子从混沌中慢慢变得清明。

等她彻底看清面前的男人，看清他脸上的坑洼与满目狰狞的肉疙瘩，心里狠狠一窒……

"是……你？"她情不自禁地屏住了呼吸。

然后……然后她看见他被吻过的唇，突然哇的一声蹲下身去——开始干呕。

她并不是一个只看脸的女人，也不是很嫌弃萧长嗣。她这会儿发呕的主要原因是嫌弃自己，居然会突发癔症，错把大郎当六郎，还那么不要脸地主动拥抱他、亲吻他……

若非他掐醒自己，她会不会陷入那个"美梦"中，再也醒不过来？

"哕——哕——"

她真的恶心自己，恶心到吐。

是真的缺男人了吗？还是脑子抽风了？

她恨这种不受控制的感觉！

"哕……对……不起！老萧，对不起！"

萧长嗣眉头紧皱，低头看着她，目光里掠过一丝疼痛。

很快他又恢复正常，掌心抚上她的背，轻轻替她顺着气："别难过，刚才只是你的幻觉。"

"幻觉？"墨九抬起头来，顾不得擦拭嘴角的口涎，就那么满带期盼地望着他，希望听到一个可以安慰自己的"真相"——

而萧长嗣果然给了她一个"真相"。

他的声音缓缓的，依旧带着那种病态的沙哑："你什么也没有做，只是受了体内的云雨蛊残毒影响，产生幻觉。你没有亲过我，真的没有，什么也没有，什么也没有。"

似是为了肯定，反复说了几遍……

那哑哑的声音像带着某种难言的情绪，钻入了墨九的耳朵。

"真的没有？"墨九微微眯眼，看着他的唇。

他的唇已经恢复正常，上面并没有湿润的口沫。

"没有的。"他笑着抚她的背，"若你喜欢，为夫倒是可以来一次。"

"……"墨九缓缓直起腰，狐疑地看着他。

难道刚才真的是她看花了眼，一切都是幻觉？

她并不完全相信，但是这一刻她宁愿相信。

若不是幻觉，她眼前又怎会出现六郎？

她虚软无力地坐在椅子上，看向萧长嗣严肃的面孔："老萧，你……也知道云雨蛊？"

"嗯。"萧长嗣点点头，"你与六郎的事，我大抵知道一些。"

说到此，他缓缓抬高眼眸，又深深注视她："你是我明媒正娶的妻子，六郎是我的弟弟，他与你有情，自然会先给我一个交代。所以，这个云雨蛊的事，他原原本本告诉了我。当然，也包括你们墨氏的失颜之症。"

听他说到明媒正娶，说到他与六郎的关系，墨九垂下了眼眸。

虽然她是穿越之人，不是之前的墨九儿，但是她与六郎"有染"，多少还是伤害了萧长嗣的吧？尤其是在这样的时代，就算他并没有追究，也不代表心里真的就没有半分阴影吧？

这么一想，她的心更乱。

这样的萧长嗣，她怎么能再次伤害？

墨九烦躁不安地挪开视线，岔开话题："你说的云雨蛊残毒，是怎么回事？"

萧长嗣眸子微微一凉，并没有多说什么，就像他根本没有看见墨九的歉意以及她不愿意接近又无法抗拒的无奈似的，只淡淡道："六郎曾说，云雨蛊在特殊的情形下会突然发作，尤其易受鲜血感应……"

鲜血感应，这个好像是有的？

比如……坟墓里，就是例子。

墨九脑子有些乱，以至于根本没有去想——鲜血也必须是那个人的鲜血，才会感应到云雨蛊。

她这个时候只在想一个问题：当初萧六郎在她的脖子上咬了一口，说要把云蛊一并过给她，让云蛊和雨蛊都存于她一人体内……所以，萧六郎不在的这段时间，她并没有受云雨蛊的半点影响，也很少再去想这件事。可就在刚才，她无意间咬破了萧长嗣的手指，那么，云蛊会不会又过到他的身上啊？

想着想着，她鸡皮疙瘩起了一身。

"老萧……你，你没什么事吧？"

看她目光怪异，萧长嗣狐疑地皱眉："何事？"

"有没有感觉到哪里不舒服？"墨九轻咳一声，低头瞟一眼他受伤的手指，"当然，我是说，除了手指之外——"

"没有。"萧长嗣丑陋的一张脸上带着暖暖的笑，望着她摇头，"我没有事的，爱妻请放心。"

墨九一窒，紧紧闭上嘴巴。

不过，在这一瞬间，她似乎不那么讨厌他再喊她"爱妻"了。

她想，大抵是他脸上那一抹笑容太暖，像亲人一般吧？

想到先前的失态，她紧张地捋一下头发，不好意思地冲他一笑："没事就好！老萧啊，咱们后日就要出发去阴山，你看今儿时辰也不早了。若不然，你这会儿就去给方姬然瞧瞧病？"

萧长嗣不动声色地看着她，久久不语。

墨九与他目光相对，突然觉得捋头发也不能缓解她的尴尬了，那背上的衣衫紧紧贴在肌肤上，像是被溢出的汗水湿透，黏黏的，双颊亦莫名其妙地热了起来。

"毕竟你和她有过一段情，如今她思你念你，又生命垂危，你何必如此绝情？"

"爱妻以为，为夫真的应当去看她，是吗？"

听他沉沉的声音，墨九喉咙紧了紧，突然不知怎么回答。

393

不是当事人，不明当事情。

对别人的情感指手画脚，本身就是一种霸道无耻的行为。

她不愿意做这样的人，却又必须得开这个口："老萧啊，其实我也不想勉强你，但人命关天……"

萧长嗣低低一笑，幽幽道："好一个人命关天。可我若说，我这病是因她而起，那爱妻还会以为，我应该对一个将病气过给我、导致我生不如死的人，施以援手吗？"

墨九微微一怔。

若按他这个说法，萧长嗣的病当真是因为方姬然感染的？

那么如果方姬然事先知晓有病，还故意过给他……确实太缺德了。那与后世那些艾滋病人明知有病，还与人发生关系的行为又有何区别？

闷头看他半天，这回墨九真没话说了。

"那这个事，随你……"

"走吧！"萧长嗣双手撑着扶手，突然慢慢站起来，"阿花，来扶我。"

阿花是击西现在对外的称呼……

在兴隆山上，大家也都阿花阿花地叫他。

墨九习惯了，并不觉得奇怪。只是看着萧长嗣的身影时，心里怪怪地难受，也不知是同情还是无奈，那种情绪紧紧抓扯着她的心脏，让她突然产生了一种特别不希望他去看望方姬然的莫名想法，却又说不出口。

"那谢谢你了。"理智压制住浮躁的思绪，她看击西进来，背后还跟了一个满脸是汗的墨灵儿，莞尔一笑："灵儿带神医去然苑吧。我还有点儿事，就不跟你们过去了。"

"哦。"墨灵儿看看她，又看看萧长嗣，一双眸子反复在二人身上徘徊。

慢慢地，她似是有些失望，终是收回了视线："神医——请！"

墨九无法辨别墨灵儿脸上的失望是什么——事实上，她也根本没有注意墨灵儿。为了缓解那种尴尬以及不停在胸膛激荡的冲动，她飞快地迈开步子出了后院，往前方的小楼走去。

别人的事，让别人去处理吧。

她要去阴山，她还有很多事情要做。

萧长嗣是一个时辰之后回来的。

在他给方姬然看病期间，究竟发生了什么事墨九不知情，甚至也没有派人去打听。潜意识里，她不太想面对他们之间的感情。乱乱的、怪怪的，像是情绪不受左右，让她有点急躁。而这些好像都是这个萧长嗣来到兴隆山之后，才变得不受她掌控的。

然而，她不理事，事却主动来了。

第二天清早，墨灵儿就笑着来了九号楼。

她是代替方姬然来表示感谢的，顺便送上了一只姬然亲自绣的荷包。

墨灵儿说，那"丑神医"给方姬然看过病之后，又写了几个方子，昨儿姑娘才按方子吃了一剂药，病情就缓解不少，不再呕血了，精神头也好了不少，今儿早上起来还到院子里走了一会儿，情形大好……

萧长嗣有这么神？

方姬然不呕血，墨九却有点想呕血了。

果然是有情……治百病啊！

收下荷包，她也敷衍地叮嘱了几句，让墨灵儿好好照顾方姬然，然后便去了千连洞。

尚雅要生了，预产期就在中秋节前后。

可她此去阴山，想来是赶不及在第一时间给孩子见面礼的，所以她准备在临走之前先把早就预备好的礼物送上。当然，墨九能送的东西也没旁物，就是当初给彭欣家的小虫儿做的玩具，又重新"复制"了一套。

然苑里，墨妄也在向方姬然辞行。

经了这么多的事情，墨妄依旧在尽心尽力地照顾方姬然，可两人的感情……毕竟不如当初，不管是有意还是无意，疏远了就很难再拾起来。

"师兄明日什么时候出发？我早点起来送你。"

方姬然的声音里带了一丝莫名的伤感，帷帽下的脸隐在轻纱中，看不到任何表情，但毕竟是熟悉的人，她的一举一动，墨妄又怎会辨不出来？

"我们寅时整便要离开兴隆山，那个点儿太早……师妹身子弱，还是别起了。"墨妄担忧地看着方姬然，声音一如既往地平和。

方姬然却哑声笑了起来。

"师兄如今瞧我，是越发不顺眼了吗？连送都不许我送？"

墨妄怔了怔，突地一叹："师妹病体未愈，情绪不稳，可千万不要多想。你我兄妹一场，无论你变成什么样，我都是你的帅兄，都会一样地照顾你。这一点，永远不会改变。我又怎会瞧你不顺眼？"

其实，这些话墨妄已经说过不止一次。

病后的方姬然是敏感而多疑的。稍有一点风吹草动，都会让她产生各种各样的联想……这些事，墨妄心里都知道。

事实上，他也是一个心思细腻的男人，他懂得她，比如她不愿意见墨九，那是因为自卑；她再不像以前那般豁达开朗，总会有意无意说一些酸溜溜的话，那是因为气苦。

因为懂得，一直体谅。

可她的心病越发重了吗？

"唉！"墨妄重重一叹，温和的目光抚过她面上的轻纱，声音放柔不少，"师妹且安心养病吧，昨儿他不是说过了吗？你会好起来的，一定会的。但你也要调整好心绪，不要整日愁眉苦脸的，这样才有利于你的病痊愈。"

"呵。"方姬然轻轻一笑，没有回答。

好一会儿，她慢慢起身，推开窗户，望向外面的青山。

"师兄，有时候我在想，我活着到底是为了什么。"

墨妄一噎，想了片刻，居然不知如何回答。

而方姬然显然也不需要他的回答。

她愣怔片刻，叹气道："人不人鬼不鬼，无人怜爱，无人惦记，孤苦一世……活着，还不如死。根本就没有意义吧？"

"师妹怎会这般想，我和你娘……"墨妄眉头微微一蹙，"还有小九，我们都是关心你的。你这些日子闭门不出，小九可为你想了不少法子，也时常问起你的病情……"

"师兄别说了。"方姬然打断他，轻纱下的脸被笼罩在一片阴影中，"如今她贵为巨子，受千万人拥戴，意气风发，又怎会想起我这个姐姐？呵，哪怕一个娘胎里爬出来的，到底不是一个娘养大的，没有感情的，哪里能一样？"

对于她的想法，墨妄有些意外："师妹，小九并非不念情的人。"

方姬然猛地一回头："师兄是想说，我肚量狭小，在嫉妒她？"

墨妄微微抿嘴，久久注视着方姬然的脸。

对视片刻，他到底没有回答，只剩一声叹息："师妹好好休息吧，我还有些事，得去准备。"

说罢，他大步往外走，却在走到门口时，略略一顿，似是想到了什么，又转过身来，望向伫立窗边的方姬然和她在微风中轻轻飞舞的面纱，慢吞吞道："明日我一大早就要出发，就不来向师妹辞行了。你记得按时服药，下次回来，希望你已痊愈。"

"师兄……"方姬然声音哑涩。

"师妹，保重！"

墨妄不敢看她的眼，转身离开。

方姬然微微张嘴，却没有说出一句话。

许久许久，直到墨妄的身影消失在院子里，她才微微一笑："好。你们走吧，你们都走吧！"

次日寅时，天空刚露一丝鱼肚白，兴隆山便醒了。

早起的鸟儿叽叽喳喳穿梭在带着夜露的山林里，一边互道早安，一边低头啄着打湿的羽毛。天太早，山林里的雾气还未散去，一团团像白云似的弥漫在山顶，将这一片青翠的山峦，点缀得如同世外的仙境。

美景中的墨家广场上，人群挤得密密麻麻。

今儿巨子出行，墨家弟子早早等在了那里。

墨九每一次出行都很低调，这次也不例外。除了长老与执事，大多数弟子只知巨子要出一趟远门，至于她到底去哪里，有人敢猜，却无人敢问。

广场门口潮湿的青石板上停着一辆辆摆放整齐的马车，数十匹骏马打着响鼻，在等着执行任务。这些都是墨妄提前安排好的，等墨九领着玫儿步入广场时，看见的就是列队整齐的弟子，齐刷刷地向她行礼。

"巨子好！"

"巨子一路平安！"

"好好好，诸位保重！"

墨九拱手向众人示意："兴隆山就交给各位了。"

乔占平领着大腹便便的尚雅站在众弟子之前，闻言双双抱拳，再一次对墨九深深拜下。

"弟子等领命——"

"保重！"

墨九自己骑马，却好心地为萧长嗣准备了一辆马车。

与众弟子挥别，她跨上马背，那辆马车就紧紧跟在她身后，旺财那只会看眼色的狗摇着大尾巴追了她几步，左右看一眼，也刺溜一下钻入了车厢里，自在地享受起来。

"这狗，比人都精！"墨九打趣地说罢，瞥一眼背后华丽的大马车，再看看自己的马，突然觉得哪里有点儿不对，"噫，老子怎么搞得……像他家的马车夫？"

玫儿听见了，咻咻地笑，被墨九瞪了一眼，又赶紧缩回头去。

马车的帘子却在这时撩开了，里面传来萧长嗣略带沙哑的声音："多谢爱妻驾车，为夫不胜感激——"

墨九牙根儿又有些痒痒了，回头一瞪："滚！"

萧长嗣轻笑一声，缓缓拉下车帘，坦然一叹："马车上，滚不开。"

我的天！墨九狠狠闭上眼睛。

"希望我能平安到达阴山，而不是半路被他气死！"

这话在心里默默念叨，她当然不会说出来，长他的志气。

墨九吐一口气，望了望天，憋下怒火，啪地一扬鞭："启程！"

一行人马穿过兴隆山雾气弥漫的林间，像一条游走的长龙，蜿蜒盘旋在山腰上，煞是壮观，引来诸多百姓围观，指点，议论……

墨九高居马上，冲两侧民众点头招呼，看着前方那一面迎风招展的"墨"字旗，半眯的锐眸里有一种浓浓的坚定感，或者说使命感。这是墨家巨子这个身份带给她的，有着归属感与服务性的使命。

因为这个墨字，她不再是穿越之初那个没心没肺的墨九了。

当然，也不可以再做那个随性而为的墨九。

所以，刚过金州，她感觉累了，就不再随性而为地……主动上了马车。

累了就休息，她是这么想的。可马车帘子一关，又颠簸，又无聊，大眼瞪着晃悠的车帘子，那感觉比在后世坐公交车还要枯燥几分——路途太遥远，时间过得太慢。

于是乎，墨九闲得无聊，就想找人一起玩牌。

对，扑克牌……正是后世的扑克牌。

若说墨九对这个世道的贡献，除了军事上的火器，当属娱乐了，这个扑克牌的"发明"创造，就是其中一种。

兴隆山的日子缺少娱乐。不仅墨九这种习惯了网络信息化的穿越之人，便是那些墨家弟子在学习与工作之余，也是极度无聊与空虚的。墨九本着为墨家弟子多多创造先进性娱乐方式的使命感，让人制作了扑克牌，并教会弟子们许多玩法……

"来来来，师兄，赶紧上车！"

墨妄是了解墨九的，这趟去阴山办事，他没忘记带上几副扑克供大家消遣。而墨九一拿到扑克牌，闷了许久的情绪就兴奋起来，唤上墨妄，一起挤到萧长嗣那一辆最大的马车上。

"老萧，看我给你带什么好东西来了。"

三人围坐，中间放一个小方几，摆上一壶清茶，墨九大概与萧长嗣说了一下扑克的玩法，看他时而点头，时而皱眉，始终一知半解的样子，她的兴味儿顿时上来了，吆喝着要动真格的。

"玩扑克嘛，当然得赌钱才有意思。玫儿——"

她低唤一声，玫儿赶紧掏出银钱袋子递上去："姑娘。"

墨九啪一声把银钱袋放在小方几上，冲墨妄和萧长嗣笑开："来呗，舍命陪君子！"

墨妄瞥一眼她瘦瘦的银钱袋子，没有吭声。

在兴隆山上，她吃的、住的、耍的都有人安排妥当，平常根本用不着花钱，所以她身上能掏出来的银子确实少得可怜。而且，这一点钱，确实太对不起她巨子的

398

头衔了。

可他不扫她的脸，萧长嗣却没有放过她，只瞥一眼那钱袋，便摇头奚落："就这点钱，怎好出来赌？"

墨九大眼一瞪，哂笑："钱不在多，能赢就行！"

萧长嗣拎了拎她的银钱袋子，饱含深意地剜她："十两银子都没有，输了怎么办？谁能保证你不会抵赖？"

"抵赖？我是这样的人吗？"墨九飞快地从他手中抢回自己的钱袋，往小儿上一拍，"我说老萧，你啥意思？瞧不起人是吧？来！"

"不来！"萧长嗣病恹恹地躺着，"你找旁人玩吧。"

找旁人玩？这条道上有什么人可以找？想她怎么也是巨子，好意思找下属来赌钱吗？那么不要脸的事她干不出来，所以她能找的人，只有墨妄和萧长嗣。

"老萧，你给点面子成不？"

看萧长嗣意兴阑珊的样子，想想这一条漫漫长路的无聊，墨九郁闷了："眼睛长头顶上的家伙，我会赖你的钱？你等着啊。"说罢，她朝墨妄摆出一个笑容，"师兄，先借点——"

墨妄二话不说，懂事地把钱袋子递给她："省着点输，够了！"

双手捧着沉甸甸的钱袋子，墨九感动得恨不得痛哭："还是我师兄最好。当然，如果你重新组织一下语言，不说那个'输'字，一定会更加可爱的。"

墨妄长叹一声，哭笑不得地摇了摇头，而墨九赌兴上来了，早已按捺不住，拿着钱袋子就转头看向了"半死不活"的萧长嗣："老萧，这下可以了吧？赶紧来！"

萧长嗣眼都懒得睁："不玩，我不会。"

原来这货是怕输啊？墨九眉梢一扬，似笑非笑地道："我刚才不是都教过你了，那么简单都不会？麻烦你不要侮辱自己的智商好吗？"

萧长嗣喘·口气，捂着胸又咳嗽几声，方才懒洋洋看她："要玩可以，但事先咱得说好。若是你把身上的银子都输光了，怎么说？"

墨九还真不信会输得那么惨，至少不会输给他，她便白眼一翻道："你说！"

"相思令！"萧长嗣回答得很快，这让墨九不由得一怔，微微眯眼，考虑半晌，邪气地斜睨他："好你个老萧啊，原来你一直在打我相思令的主意。好，有出息，相思令而已，要多少有多少，这东西比银子来得快，来，一言为定。"

"不要春令！"

"……"墨九眯眼看他。

"玩不玩？"萧长嗣一副不耐烦的样子，"你看我这破身子，这才是真正舍命陪君子，不玩就罢了。"

"玩就玩，谁怕谁！"

反正都是娱乐，墨九不太在意——毕竟还可以耍赖嘛。

三人的战局摆开，墨九双眼观牌，全力以赴。她不相信自己一个受过现代"斗地主"熏陶和洗礼的穿越人士，会玩不过一个初学的古人。于是，她抱着必胜的信心，锐意进取，面前的钱袋子很快就鼓了起来，赢得眉开眼笑，就连在她身边数钱的玫儿都笑开了花，简直对她们家姑娘佩服得五体投地。

"姑娘，咱们又赢了！"

墨九得意地笑："好好珍惜吧，像我这种能吃能战、能赌博能撩男的主子，已经不好找了。"

"那是那是。"玫儿吐吐舌头，看着越来越多的银子，眼睛都快冒出绿光了。

赌博这玩意儿的吸引力，有时候不在钱财本身，而在输赢。

三个人斗地主，墨九一个人赢。墨妄打得保守，输了一点不多，而萧长嗣当然成了最大的输家。于是，又一盘结束，看到击西不高兴地掏银子，墨九再也忍不住了，幸灾乐祸地打脸："老萧，就你这水平，还好意思惦记我的相思令呢？对哦，我刚才忘了问你，你要是把银子都输光了，拿什么来玩啊？"

萧长嗣不温不火地瞄她一眼："我这一百多斤就交给你了。"

墨九赢了钱心情好，对他的调戏没那么在意："一百多斤啊！按市价来算，也值不了几个钱。"她笑吟吟转头问玫儿，"咱兴隆山镇的猪肉，多少钱一斤？"

玫儿想笑，又不好笑，抿着小嘴儿咻咻好几下，好不容易才正经起来："姑娘，玫儿又不去买肉，实在不知呢。"

墨九像是刚刚反应过来似的，哦一声，悠然道："没事，老萧毕竟是个老板嘛，名下还有一个茶饭庄子哩，这点银子不算什么的——就算真的全输光了，我也不是小心眼的人，只要他能学旺财走几圈，叫唤几声，就可以抵债了。"

这货损起萧长嗣来，毫不客气。

萧长嗣却半点不在意，漫不经心地出了牌，突然抬头问她："你饿不饿？"

他不提醒还好，一提醒墨九就觉得肚子有点不好了。

这货什么都能忍，就是忍不了饿，肚子一饿，全身都不舒服。

可撩开帘子一看，前不着村后不着店，哪里有吃的？

她撇了撇嘴巴，也跟着出牌："饿也没啥好吃的，这鬼地方！"

车队里是带有干粮的，可那种食物也只为饱腹之用，论起口味来，又怎么比得上墨九心心念念的那些美食？想到这个，墨九咽一下唾沫，像是突然反应过来什么："老萧，难不成你藏有私房菜？"

萧长嗣微微一笑，回头看击西："去，把爷的好酒好菜拿来！"

击西哎一声，在马车上翻找着，很快就拎出一个食盒——

400

墨九瞪大了双眼，真想不到萧长嗣这货居然带了食物，不仅有他茶饭庄上拿手的凉茶，还有卤牛肉和几样水果小吃。在饥肠辘辘的时候，莫说看入眼里，就是闻到那股子味儿，也能让墨九把持不住。

她顾不得出牌，伸手就去拿："老萧，你太有本事了，谢谢你嘞！"

"不急！"一只手轻按在她的手背上，阻止了她拿食盒。

墨九愠怒地抬起脸，紧盯着萧长嗣："老萧，你不会这么小气吧？你在兴隆山上吃我的用我的住我的，我可没跟你算钱……"

"性质不同，我是你抢去的，你该养我。"

墨九郁气还没骂出来，萧长嗣就把她的手挪开了，然后慢慢把食盒里的东西递到她面前，不疾不徐地道："不多，只需要你面前的一半银子。"

这是要与她交易？

墨九完全没想到萧长嗣会这么无耻，唏嘘了好一阵"人心不古"，想想自己高超的牌技，想着刚才大杀两方的威风，觉得面前的一半银子其实也不算什么，反正都是赢的他的，羊毛出在羊身上，大不了再赢回来就是。

她考虑了一下，伸手抓卤牛肉："成交！"

看她为了吃这么没有节操的样子，墨妄淡淡叹气，玫儿也心疼地数着银钱，默默地把它们放到萧长嗣面前去，击西则笑得脸上都开了花儿，觉得他家掌柜的这一手实在太高明，不费吹灰之力就把九爷赢的钱拿回来一半——只是，若九爷晓得这些吃的本来就是给她准备的，不知会不会哭？

不知是吃了东西，换了运气，还是经过半个时辰的历练，初学"斗地主"的萧长嗣终于掌握了规律，墨九美食一入嘴就开始输，输得一塌糊涂，原本稳赢的局面顿时兵败如山倒……不仅是她，就连一直打得很稳的墨妄都输得一干二净。

看萧长嗣稳坐钓鱼台的样子，墨九有点儿想哭。

她打一个饱嗝，歉意地看墨妄："师兄，咱俩都干不过他，这不科学啊。"

墨妄唔一声，望向她身边吃光的空盘子："很科学。"

墨九看玫儿哭丧着脸，把最后一块银子放到萧长嗣面前，再看他堆得高高的银钱，越发不服气，不高兴地瞪他："老萧，你没出老千吧？"

"老千？"萧长嗣显然不理解这个词，却听得懂墨九质疑的语气，"爱妻可是输了不服气？"

"废话！"从赢到输来得太快，墨九始料未及，言辞间不由得恨恨，"哪有这样的？一开始你不是一直输吗？现在总赢，换了谁能服气？"

"嗯。"没想到萧长嗣也同意地点点头，"爱妻言之有理，为了让你输得心服口服，我可以把银子都还给你，也不要你的相思令，我们从头再来。"

还有这样好的事？墨九几乎不敢相信自己的耳朵。

401

她斜着眼望他，唇角微牵："你不会这样好心的吧？说，有什么要求。"

"当然。"萧长嗣咳嗽一声，淡淡道，"你喊一声夫君来听，银子都归你！"

"做梦呢？"墨九怒目，"有志者不吃嗟来之食，懂不懂？"

"懂。"萧长嗣认真地点点头，推开木片制成的扑克牌，揉了揉太阳穴，漫不经心地对击西道，"阿花，算一算咱们一共赢了多少？除去爷的本金，余下的银子你和阿北二人分了去吧！"

那么多银子，就他和闯北分了？

击西不在意钱，却在意这种得利的姿势："好嘞，多谢掌柜的！"

这货说着就去收钱，可银钱袋子还没收拢，就被墨九摁住了。

"慢着！"墨九双目闪烁，紧盯萧长嗣，"啥意思，老萧，赢了就不玩了？"

开玩笑，从这里到可以住宿的城镇至少还要一个多时辰，如果不玩牌了，得多无聊？不管怎么样也得让他陪自己玩下去——再说，不赢回来，她今儿晚上都会睡不着的。

萧长嗣回视她，直戳靶心："爱妻还有钱玩吗？"

墨九看着自己空掉的钱袋子，又看看木着脸的墨妄，牙一咬："当然，你不是要相思令吗？给你便是——"

萧长嗣状似为难地考虑一阵，慢吞吞将自己面前的钱袋子拎到她面前，语气里带了一丝淡淡的笑："爱妻一个相思令换这么多钱，你不亏。"

不亏就怪了！墨九寻思着"认账不赖账，就是不还账"的精神，让玫儿点了钱，拨了一些给墨妄做赌本，又笑眯眯地招呼着两人开战了。

然而她的好运气似乎都在一开始用光了，依旧是怎么打怎么输。那萧长嗣就像有"赌神"附体，要什么牌来什么牌，打得又精，牌又拿得好，莫说她的智商越输越不在线，就算智商在线，一把烂牌也赢不了他。

终于，在到达投宿的小镇前，墨九再一次输光光了。

"不玩了不玩了！"她推开牌，气恨不已地下了马车，重新骑上马，就像根本没有输过一样。可萧长嗣哪里能这么放过她？拨开帘子，他哑哑的声音像催命符一般冲墨九甩了过去："爱妻莫忘了，一个相思令，不要春令！"

"滚！"墨九恨恨一咬牙，"明日再战，我就不相信赢不了你。"

对她的耍赖，萧长嗣并不在意："还是不战了吧？"

墨九冷哼："怕输？"

萧长嗣一叹："我是怕你输——"

想到他神乎其神的牌技，墨九有点恼火："你就嘚瑟吧，没听过三十年河东，三十年河西？牌场上哪有常胜将军？小样儿的，看明儿姐姐怎么收拾你。"

萧长嗣但笑不语。

看墨九默不作声，他像是心疼了，又怜香惜玉地一叹："不如这样吧，你给我唱一首小曲儿，明儿再战时，我替你出赌资一百两？"

"我去！"墨九看着他，"老子唱一首小曲儿才值一百两？"

这个价格墨九认为是对不住自己的身份，可正所谓一文钱难倒英雄汉，她不能拿公款来赌博，她自己的银子又都输光光了，如果明儿继续玩，确实没有本钱——

认真想了想，她冷哼一声："便宜你了，我唱！"

萧长嗣微微一笑，那副"我就知道"的表情，让那张丑陋的脸显得更可恶了几分。墨九望他一眼，又恨恨道："但我有一个条件，你得叫我的名字，不能再爱妻爱妻地胡乱叫唤。"

想到输掉的钱，墨九抿抿嘴，又笑着补充："毕竟，我怕别人以为我眼瞎——"

这话太损了！她嘴一顺就溜出来，过后有些后悔，怕伤害了萧长嗣，毕竟他的脸对不起观众也非他本意。可没想到萧长嗣似乎并不在意，反倒笑一笑，大度地安慰她："眼瞎没关系，为夫不嫌你。"

"……"墨九这一口气好半天才顺过来。

但为了明日的赌资，她鼓着腮帮子还是高歌了一曲。

沧海一声笑

滔滔两岸潮

浮沉随浪只记今朝

苍天笑

纷纷世上潮

谁负谁胜出天知晓

江山笑，烟雨遥

涛浪淘尽，红尘俗事知多少

清风笑，竟惹寂寥

豪情还剩了，一襟晚照

苍生笑，不再寂寥

豪情仍在痴痴笑笑

……

一首霸气侧漏的《沧海一声笑》没能拯救墨九的牌运，从金州打到阴山，这一路上，她屡战屡输、屡输屡唱、屡唱屡输，终于被萧长嗣赢得人比扑克还瘦——也就是到了这个时候，墨九才终于理解了为什么后世的人会说，赌博乃万恶之源。

403

好在，阴山在望了。

"天似穹庐，笼盖四野"的阴山脚下，这个时节正是赏北国风光的好时候。万里无云的天际，苍茫高远，一群群牛羊在绿波翻滚的草地中若隐若现，远处零星的几个圆顶大帐篷，将雄伟与豪迈的草原力量彰显无遗。

一行人置身其中，顿觉换了天地，胸襟开阔。于是乎，一群墨家汉子将墨九带着女气的《沧海一声笑》又改编了一下，用带着游牧色彩的腔调，翻唱成了草原小调——

"沧海笑，滔滔两岸潮……"

歌声袅袅中，墨九看着这一片生机勃勃的草原，不由得长叹："此番美景，若再赌一回，我必定可赢！"

微风中，送来萧长嗣的声音："爱妻还是先把欠的相思令给了再说吧。"

"急什么，早晚会给你。"

"我不急，只是怕你把人都输给我。"

"呵呵。"墨九赏他一记白眼，"老萧，你真不怕帽子绿啊？"

有这么说自己的女人吗？萧长嗣叹息，从帘子处望向碧绿的草原："绿色，岂不美哉？"

"……"

墨九真心没见过脸皮这么厚的人，打不过，损不了，关键还用得着他……这样的男人，除了耍赖，她能如何？

"行，老萧，你继续损着，欠你的，老子不还了。"

一队人马慢悠悠地走着，大家伙儿听着他俩你来我往的对话，都静默无语。这一路上，他们已经听惯了，不仅不觉得违和，反倒有些得趣儿。

至少有了这个叫老萧的"掌柜"在，他们家巨子变得开朗许多，再不是前一阵那种随时会任性搞一回、动不动就要收拾人的样子了。

人得有人样，会笑、会骂、会怒……这就是正常人了。

墨家这些心腹弟子，包括墨安都是看着墨九从临安萧家一案中走出来的人，他们对萧长嗣不仅没有排斥，反倒越发愿意亲近他。因为除了他，还真的没有人敢这样拾掇墨九，既拿得了她的短，又软得了她的心，既惹得她恨恨发火，也逗得她哈哈大笑——

这都是本事！

曹元打马上前咳嗽一声，打断了墨九的话，指着前方山脚下的一排毡制大帐篷高声道："巨子，看！我们快到了。"

在大部队进入阴山之前，曹元已经带着几个弟子先行进入阴山来安顿了。

这次到阴山，他们是行商的身份，并没有打墨家的招牌。当然，这是墨九的决定。虽然避不过有心人的耳目，但避开了墨家的身份，行事会方便许多。

墨九冲曹元点点头："辛苦了。"

"弟子不辛苦。"曹元这小伙子跟在墨九身边久了，对她越发恭敬，指引着墨九的马匹停在那一排帐篷外面，状若无意地瞥了一眼双眼骨碌碌看草原的玫儿，又小意道，"弟子为巨子和玫儿姑娘专门准备了帐篷，旅途劳顿，你们先去沐浴休息，弟子安排人看守。"

墨九哦一声，后知后觉地瞥他一眼，把马缰绳递给他："怪不得……"

她饱含深意的话，让曹元莫名有点脸红。

他低头接过缰绳，默默退下，正想招呼座下弟子过来，却见远远过来一骑。

那人戴着草原人常见的窄檐帽，人未到，声先到："敢问前方可是南荣来的朋友？"

墨九一怔，停下脚步回头望了一眼，冲曹元点点头。

曹元收到指令，大声道："正是，来者何人？"

那人哈哈大笑着，策马飞奔而来，待走近了，翻身下马拱手道："在下受人之托，捎信来的。"

捎信？曹元狐疑地看他一眼，上前问："何人来信？"

那人微微一笑，恭顺地呈上信件，慢声道："苏赫世子——"

"苏赫世子？"

墨九慢吞吞地抽出信笺，看完了微微一怔，方认真低头凝视那个送信的汉子。

面颊红润，额头宽，颧骨高，鼻大而勾，很平凡普通的一个草原人，丢到任何一个牧民人群里都找不出来。

墨九微微一笑，慢慢骑马走到他跟前，随口问："你是这里的牧民？"

"我是。"那汉子面带笑容，回答得很快。

"苏赫世子让你来送信的？"

那汉子想想又点头，咧嘴而笑："苏赫世子是我们的朋友，你们也是。"

朋友？这顶帽子未免戴得太早了。

墨九看他一副老实巴交的样子，不像能问出什么的样子，目光微微一动，轻嗯一声，又笑道："是这样的，我们打南边来，不知道你们这边的习俗和规矩，这苏赫世子的生辰，我们需要随点什么礼才好？"

"这个……"那汉子迟疑一下，笑道，"我们草原人没那么多讲究。你们是远方贵客，苏赫世子专门邀请了，想来是不必随礼。当然，贵客也可凭心意表示表示。"

"哦。"墨九笑着点点头，"多谢！"

答谢了那个汉子，待他离开，墨九才知道他正是这个村子里的牧民，也是这时才知道，原来那个苏赫世子与大巫师"隐居"的村落，就是目前她所在的地方。

405

第十章　最熟悉的劫匪

这是一座牧民聚居的村庄，名叫嘎查村。

它正正位于阴山脚下，由于水草丰美，有溪流贯穿其间，在这个时节很是热闹，有上百户牧民居住，一眼望去，圆形的毡制帐篷一顶接着一顶，高低不平地错落在草原上，很有壮观而辽阔之感。

曹元为墨九一行安排的帐篷在一个长长的斜坡底下，离嘎查村的牧民聚居地一里左右。相隔这样远，当然是出于安全与防御考虑。但他们的到来还是吸引了牧民的注意。

南方来的人，对草原人来说，还很稀奇。

听说他们是来这边做买卖的商人，牧民们热情地为他们送来了马奶酒和带着浓重膻味的羊肉，顺便也从他们手里拿走了一些大米与面粉做交换……

墨九一向对于美食没有抗拒力，可当她兴致勃勃地尝试马奶酒和羊肉时，却不太习惯这两道赫赫有名的草原美食，丢下一大桌子人早早逃回了自己的帐篷，让玫儿取出萧长嗣给的卤牛肉，又去炉子上烤了两个馒头，就着一起啃。

"我太想念南边了……"这是她的第一句话。

"也不晓得彭欣在哪儿。"这是她的第二句话。

"那苏赫世子生辰，为啥要请我们呢？"这是她的第三句话。

玫儿总觉得她家姑娘有点儿本末倒置。

从收到苏赫世子的邀请开始，她不就应当把注意力放在这个未曾谋面，但名已贯耳的苏赫世子身上吗？而她倒好，先是吃，再是朋友，最后才想起正事。

"唉！"玫儿重重一叹，为主子操碎了心。

把馒头外面烤焦的灰皮剥掉，她乖巧地将其递给墨九："姑娘，可要玫儿请左执事进来，吩咐他去打听打听？"

"不必了。"墨九吃着馒头和卤牛肉，看似浑不在意，心里却有数，"这些事，师兄自有分寸。"

相处习惯的人，自会明白彼此。

墨妄并没有辜负墨九的期盼，等嘎查村的牧民离去之后，他再来见墨九时，直接便向她交代了打听到的事。

苏赫世子确实住在嘎查村，已经有好些年了。

他不像草原的普通牧民那样，随水草而栖息游牧，而是一直跟着大巫师居住在嘎查村东北角的一个毡帐里。

前些年，这位世子一直默默无闻，牧民只知道大巫师收有一个小徒弟，但真正见过这个徒弟的牧民不多，更没有谁知道原来这个小徒弟居然是从阿勒刺来的世子。

苏赫世子的身份，是几个月前才被众人知晓的。

当时，阿依古长公主亲自过来，不仅与世子相认，还带来了工匠，在嘎查村为世子搭建了一座富丽堂皇的大金帐，以毡为衣，用柳编窗，以金裹柱。金帐位于蓝天白云之下，弯弯河水之畔，茵茵绿草之间，甚是华美，牧民甚至热情地领了墨妄出去，指着金帐的位置，言辞间极为骄傲……

可听完墨妄的讲述，墨九却觉得古怪："按理说来，像苏赫世子这样的人应当不问世事才对，为什么过一个生辰却要搞得这样高调？而且咱们刚入阴山他就知道了，特地派人来请？"

墨妄与她对视一眼，没有吭声，可彼此心中皆已明白了对方心中所想。

显然苏赫世子已然知晓他们的身份。

那么，这个苏赫世子到底是有心结交，还是为了宋骜？

考虑一下，墨妄皱了皱眉头，望向沉默的墨九道："为安全起见，不如我带人前去拜会，你且留在帐里，一旦有什么事，也有个退路……"

"那怎么行？"墨九眉梢一挑，"人家堂堂北勐世子，诚恳地邀请了我们去赴案，我若在这个时候打退堂鼓，怎么好意思说自己是墨家巨子？还有，让你去涉险，我自己留下来白吃白喝，我又怎么好意思说我认识你？"

"……"墨妄只剩叹息。

"明儿晚上是吧，去！必须去！"

这天晚上，嘎查村淅淅沥沥地下了一阵小雨，待次日天亮时，天晴了，雨后的草原空气清新，格外美丽。墨九站在山坡上，看牛羊成群、绿草成茵、毡帐点点、炊烟袅袅，有一种梦幻般的不真实感。

阴山……

她竟然又站在了阴山这片土地！

这个她前世最后驻足的地方。

同样的山脉，却不再是同一个世界。

这种似梦似真的感觉，让她久久找不到存在感。

山坡下，牧民们忙着赶牛羊去吃草，墨九瞧了一会儿，也领了墨妄几个四处去闲逛。

苏赫世子的宴请在晚上，白日无事，墨九有意无意地与牧民们交流，接触，就为打听一点彭欣的消息。果然，功夫不负有心人，嘎查的牧民还是很纯朴的，而且像彭欣这种南边来的异族女子，很容易受到牧民的关注。

有牧民说，确实有一位年轻姑娘来过嘎查，外貌与墨九描述的一般无二，可她早在一个月前就离开了。牧民们只知道她来阴山是寻找夫婿，而她的夫婿就消失在阴山那一个离奇的死亡之谷……

墨九隐隐有些脊背发凉。

宋骜领着的南荣大军是全军覆没的，据当时的线报，将士们的死状极其怪异，无伤无痕，显然并非死于完颜修之手，甚至有可能根本就没有与完颜修发生过遭遇战。

那他们是怎么死的？

苏赫世子又是怎样"捡"到宋骜的？

还有彭欣，她该不会也诡异地"消失"在阴山了吧？

望向不远处那高高的山脉，墨九微微眯眼："师兄，趁着天色尚早，我想去阴山走走……"

对于墨九的要求，墨妄向来言听计从。可这一回，他稍稍蹙了蹙眉头，竟然严词拒绝了："不行！"

"师兄……"

听她这么委屈一喊，墨妄的心又软了几分："至少等晚上见过苏赫世子，再做打算。"

墨九打的什么主意他当然知道。她一直对阴山好奇，对神奇的死亡之谷好奇。

而身为墨家传人的他，其实也很好奇。可好奇归好奇，却没有什么事比墨九的安危更重要，他不能让她任性而为——可拒绝完了，看墨九默不作声，墨妄又有些不忍心了。

他头痛地揉了一下太阳穴，正在想怎么规劝，便见击西匆匆过来，摆着绣花裙摆，一阵小跑："九爷、九爷，不好啦！"

一看这货，墨九就头大："又怎么啦？你家掌柜的又要死啦？"

墨九毫不避讳地说出死字，确实对萧长嗣的容忍已经到达了极限。可击西听完，却莞尔一笑，翘着兰花指道："九爷好生英明，连这个也猜到了。"

"……"墨九望天，有一种遇到无赖的无奈。

没想到击西见状，扑哧一笑："我逗九爷的呢，九爷还真信了啊？九爷都好好

408

的呢，我家掌柜的哪里死得过去？"

这话说的！

墨九眉梢当即挑起："有事说事，无事滚蛋！"

击西委屈地哦一声，赶紧收敛起嬉皮笑脸，打个哈哈道："掌柜的让我来捎个话儿，说他试着煮了羊肉，想请九爷去尝尝鲜。"

他一个将死之人，还煮什么羊肉？

而且，萧长嗣何时爱上烹饪的？

不仅煮凉茶、做卤牛肉，连羊肉都会煮了？

这事稀罕得很，墨九来了兴趣，暂时忘记了去阴山，甚至不等墨妄酝酿了许久的劝解说出口，衣袖一拂就急匆匆随了击西而去，只留墨妄一个人站在那里，迎风而望，欲哭无泪。

墨九是喜欢吃羊肉的，尤其东寂曾经做过的羊肉锅子，她偶尔还会想念。

可这草原上配料太少，羊肉的膻味儿好像也更重，之前牧民们拿来的羊肉她尝了一口就食不下咽。所以，对萧长嗣的手艺，其实她并没有抱太大的信心。

然而，钻入帐篷，一看见那小几上摆放的羊肉汤锅，再闻到那股子羊肉的香味儿，她的眼睛顿时就亮了："老萧啊老萧，真看不出来啊。"

她不待人家请就坐了下去，主动拿筷子："来来来，我先帮你鉴定一下口味。"

她塞了一块切成薄片的羊肉入嘴，那叫一个鲜、香、嫩，几乎没有膻味儿，却吃不出来到底加了什么作料一起煮的。最为神奇的是，羊肉里面居然还煮有草原上少见的白萝卜，再加上一些蘸水，简直就是美味。

"老萧，你太了不起了。"墨九乐疯了，竖起大拇指，赞不绝口，"这是怎么煮的？厉害！明儿咱再煮一锅呗。"

看她不太斯文的吃相，萧长嗣抿紧嘴巴，好半天突然开口："晚上带我一起去，我每天给你煮。"

晚上？去见苏赫世子？

墨九放下筷子，奇怪了："我说老萧，你这个人真的没病吗？千里迢迢跟我来阴山凑个热闹也就罢了，没事瞎掺和做什么？好好养你的病不成吗？还是，你想去，是另有隐情？"

吃人嘴软，果不其然。

墨九问这话的时候，语气完全不若以前那般尖刻。

萧长嗣一听，眉心添了一抹愁绪，连带那一张丑陋的脸都挤满了苦相。

"萧家满门之痛，算不算隐情？"

"你是想……"利用北勐的关系，为萧家报仇？

墨九没有问完，自己先摇了摇头："老萧，不是我不体谅你，而是那苏赫世子

409

不过是长公主新认的儿子，在北勐一无权势二无地位，能帮得了你什么？"

萧长嗣看她一眼："能递上话给北勐大汗就成。"

墨九注视着他狰狞的脸，踌躇一会儿，终于再一次吃起了羊肉："一天煮一次羊肉，直到我吃腻，然后——换一种口味。"

"成交。"见她同意，萧长嗣松了一口气，随即又云淡风轻地道，"但前往拜访世子之时，你得以夫称我。"

以夫称他？

墨九一块羊肉在喉，差一点噎死。

离上次南荣与珲国的战争不过数月，北勐在漠北大地上的势力就已经不可同日而语。现下，完颜修带领的珲国残余早已退居东北苦寒之地，北勐势头越发大，受其崛起阴影笼罩的不仅有珲、南荣，还有其余的四方诸国。

短短几个月时间，在北勐的打压下，四方诸国纷纷臣服，就连刚刚建国的完颜修，也不得不委屈俯首向北勐称臣，如今能与之抗衡的，似乎只剩下一个南荣。

而且这"抗衡"二字，还得打折扣，因为北勐始终未对南荣动真格的。

经了上次萧家一案，天下人都以为北勐会对南荣开战——毕竟当时南荣朝廷捉拿萧乾的借口中，曾暗指他是北勐世子，对北勐相当不友好。没有想到，北勐忙着扩张势力，却没有半分与南荣为敌的意思，甚至在宋骜失踪之后，再次动了与南荣联姻的心思。

只不过这一次联姻，是让南荣派公主远嫁北勐。

从嫁公主换成娶公主，两国暗中的政治较量已呈白热化趋势，可明面上，南荣与北勐这对盟兄盟弟关系一如既往地亲近。

所以苏赫世子在嘎查的世子金帐宴请南荣来的贵客，并不显得突兀。

于皇族之中，世子的地位不及皇子。但在民间，世子却位高权重。

因此苏赫世子的生辰不仅热闹了嘎查村，就连远近四处有头有脸的人物也都来朝贺了。据说，若非苏赫世子不愿意，阿依古长公主也要从哈拉和林赶来。

夜幕初升，金帐里灯火通明。

墨九踩着从金帐外面铺就的地毯，迈上高高的台阶，刚进入帐门，便被里头的奢华与气派晃得差一点睁不开眼睛。

金帐……果然是大金帐。

里面几乎全黄金打造，像一个华美的宫殿。

见识过南荣皇室的金碧辉煌，见识过后世的繁华，一般的建筑早就入不得墨九的眼，可这座金帐的布置，那带着浓浓民族风情的摆设，还是让墨九这个在奢侈堆里打滚的人都惊了。

410

"世子，贵客来了。"一个带笑的招呼，拉回了墨九的神思。

她抬眼望向帐中主位，微微错愕。

金光闪闪的大椅上，端坐着一个男人。

他不像普通草原人的打扮，身披一件黑色长袍，端坐高位，纹丝不动，脸上却戴了一个类似萨满巫师的面具，棱角锐利，造型古怪，几乎遮盖了他的整个面部，只留一双冷眼，冷冰冰地注视着她。

墨九汗毛一竖，只觉身上冷飕飕泛凉。

这个男人，就是传说中的……苏赫世子？

墨九不得不相信传闻了——阿依古长公主确实很爱她这个儿子。

这样奢侈的金帐，哪里像一个巫师的居所？他这派头，恐怕比哈拉和林的王室宗亲们的宫殿都有过之而无不及吧？不过，当母亲的人大概都这样，觉得亏欠了孩子，就恨不得把他失去的母爱都给补上。

这么一想，她又想通了。

没有与苏赫对视，她垂下头，领着墨妄等人施礼："草民等恭贺世子生辰——"

一番礼毕，她将一个金线绣好的荷包放在托盘里，让侍者呈了上去，态度诚恳地对苏赫世子道："得悉世子生辰，草民夜不能寐，苦苦思之，恐礼轻意薄，辱及世子尊荣。再三考虑后，特地用一夜的时间绣了这个荷包献上，望世子笑纳，莫嫌粗糙。"

这番话说得好生动听。

墨妄眉头颤了颤，把头垂得更低了。

若不是知道这个荷包是方姬然托墨灵儿带给她的，他一定会被她感动……

好在，苏赫世子显然是不知情的。他低头看一眼立在殿中的墨九，又看一眼荷包，一言不发地抬了抬手："贵客，请入席。"

几个字，淡淡的、凉凉的，细听竟无情绪。

墨九心里咯噔一下，对这个世子又添几分好奇。

一个从小被巫师带大的孩子，长在阴山脚下，从没有见过世面，怎会有这等尊贵气度，又能对情绪这样收放自如？

太不符合逻辑了！

被侍者引入矮几后方，墨九盘腿而坐，忍不住偷偷去观察他。

只可惜苏赫高居上位，从她坐的侧面望去，除了那一张冷厉又恐怖的萨满巫师面具，什么也看不见。

一番寒暄后，金帐里的人越米越多，更加热闹起来。

铺好的毡毯上，一左一右摆有两排矮几，矮几上摆满了牛羊肉、马奶酒，甚至还有漠北草原罕见的水果，以及粮食酿的水酒……

这样的招待规模，估计是北勐的国宾级别。

墨九与墨妄交换了个眼神，默契地缄默了。

阴山地区的人受汉文化的影响较深，墨九发现，不仅嘎查村的牧民大多会说几句汉语，从苏赫世子到入席的达官贵人，几乎也都会听会说，虽然音调听上去有点儿蹩脚搞笑，但丝毫不影响彼此的交流。

人多，嘴就杂。

墨九不喜欢这样的应酬，尤其在不知苏赫世子的目的的情况下。

一个人自顾自喝着水，她紧挨墨妄，一切应对都由着他去处理，自己只负责观察苏赫。很快，她就发现了一个更为惊人的事实——这些达官贵人对苏赫的尊敬完全不像对待一个普通的世子。

他们敬献的礼物，无一不是价值连城；他们的一言一行，无不顾忌他的脸色。

说句不好听的，这样的待遇比皇子高级多了。

可苏赫一个从小离家的世子，到底凭的是什么？

念及此，她好奇得心尖儿都是疑问，情不自禁地偏过头去看萧长嗣。

他是以墨九夫婿的身份来的，与墨妄一左一右坐在她的身侧。可这货今天也是奇怪，从进入金帐开始就一言不发，从头到尾不插半句话，完全没有半点存在感，俨然是一个宴上的吃瓜群众。加上那一顶大毡帽往头上一扣，半边脸没了，什么表情都看不清，与上座的苏赫倒有几分异曲同工之处——两人都不要脸。

"老萧。"她压着嗓子，低低唤了一声。

"嗯。"萧长嗣声音也低，似从鼻间哼出。

"你就没什么想说的？"对金帐里正在发生的事，墨九突然想听听他的看法，毕竟很多时候，老萧还是有些独到见解的。

"嗯。"他很老实，"没有。"

"……"这谈话还能继续吗？

墨九皱眉，不友好地冲他翻个白眼："你说他到底叫我们来做什么？"

"赴宴啦！"这货回答得理所当然。

"可这宴与我们有什么关系？他若有诚心，何不单独请我们过来？没了这些人在，说话不是方便许多？"

"嗯。"萧长嗣又是浅浅地应，"一会儿他会单独留你说话的。"

墨九往席上的苏赫世子瞄了一眼，撇了撇嘴，表示不相信他："你以为你是算命的？"

"算命的怎有我准？"

"去！信你就有鬼了。"

"赌，一个相思令。"

"赌就赌！"

412

"不要春令。"

"不来！"

两人小声说着话，头碰着头，看上去极为亲密，以至于先前不太相信墨九这样的美人儿会"一朵鲜花插在牛粪上"的人，也都相信了他们的"夫妻关系"，不由得纷纷向她投来惋惜的眼神。

毕竟哪怕她没怎么打扮，素颜青衣坐于席上，也是美中极品！

墨九对众人的视线恍若未觉，只专注地分析苏赫了。

老实说，之前她还有些想法，可如今看来，苏赫只把他们当成普通的宾客了，说不定真就只是出于对南荣人的友好，根本不像他们猜测的那样，知道她是墨家巨子。

这么被晾在这里，墨九特别无聊。

宾客们讨论的话题和拍的马屁，她都无感。

人家看他们不吭声，世子也不怎么搭理，慢慢也都不与之寒暄了。

这尴尬的局面，让墨九恨不得告辞离去，等宴会结束，再寻机会来拜访苏赫，问问他宋鹜的事……哪里知道，她正如坐针毡，那位世子却突地举杯，对她道："贤伉俪远道而来，本世子敬你夫妻二人。"

这是苏赫世子第一次主动举杯。

宴席上众人哗然。

墨九也有点儿惊讶，端起斟满的酒杯，瞄了萧长嗣一眼，示意他站起来回敬，那货却坐着不动，只慢慢端起酒杯，微微抬手一举，对苏赫世子淡淡道："在下腿脚不便，不好向世子行礼，先干为敬。"

一片乌鸦从墨九的头上飞过。

他腿脚不便？不便他是怎么走进来的？

明明那么多人看见他走入金帐，他居然好意思撒这样的弥天大谎？

不得不说，萧长嗣真乃神人也！

墨九恨不得告诉众人自己根本不认识他。她讪讪一笑，端起酒杯正要喝，不料手上突地一空，只见那个"腿脚不便"的人把她的酒杯一并拿了过去，又对苏赫世子微微一笑。

"世子，吾妻有孕在身，不便饮酒，我代她饮尽此杯！"

啥啥啥？有孕在身？墨九心肝儿都上火了，严重怀疑自己耳朵有问题。

这货还要不要脸了？她啥时候有孕在身了？

她憋着一股子气，目光凉飕飕地瞄向他。萧长嗣却只是轻轻一咳，顺便拍拍她的手背，拉她坐下，神色极为宠溺、温柔："为夫无碍。你乖乖坐下，勿要担忧我——"

担忧他？她是恨不得揍死他好不好？

墨九恨得牙根儿痒痒，萧长嗣却就势握紧她的手。

他的手心很暖和，明明病恹恹的一个人，却极为有力，指尖那样一下一下地摩挲在她的肌肤上，痒痒的、麻麻的，让墨九心里一乱，怒气淡下不少。

可莫名其妙就成了"有孕妇人"，而且还"娇弱"得酒都不能喝了，她不得不佩服萧长嗣——可真会得寸进尺。

在这样的场合，他清楚她不好当面拆穿他。

因为他们绑在一条船上，船翻了对大家都不好。

一肚子的火化成一个尴尬的笑容，她也亲热地握紧他的手，指甲恨恨地掐入他的肉里，然后"娇羞"地低头看过去——恶狠狠瞪他。

"多谢夫君——"

苏赫世子看他二人如此，慢慢饮下酒水，并不多言。

众宾客观之，又爽朗地笑着恭维起来。

虽然没人知道苏赫世子那一张诡异的面具下到底是什么样的表情，可经了这么一个小插曲，墨九"夫妻二人"的地位自然水涨船高，巴结的、讨好的、敬酒的，都上来了……

可她有孕、萧长嗣有病，都不宜饮酒，于是，可怜的墨妄就成了一个替死鬼。

一杯接一杯，他在笑声里应对得体。

墨九皱眉，心疼墨妄了，默默为他倒了水："师兄，喝不了就不必理会，咱也不必管人家。"

"无事。"墨妄冲她一笑，低低道，"咱们初到阴山，难免有找人帮忙的时候，有些结交的人总归是好的，小九不必担心我。"

墨九嗯一声，不再劝了，心里却是一热："师兄，有你真好。"

这句话她说得很小声，却是由衷之言。可刚刚说罢，就听见萧长嗣猛烈地咳嗽起来，又是那一股子"下一瞬就会死去"的劲头，让她身为"人妻"不得不转头去关心他。

然而，他脊背挺直，一眼都没看她，就好像刚才的咳嗽本是无意。

墨九一挑眉："你没事吧？"

"咳咳！无事。"他喘口气，眸色深深，"爱妻啊，有你真好。"

"……"墨九冷哼一声，懒得理会。

就这么一直挨到宴会结束，墨九屁股都快坐僵硬了，正准备跟着那些达官贵人一起道别离去，没想那个苏赫世子居然面色平静地抬了抬黑袍的袖子："南荣贵客，稍等。"

墨九一怔，下意识望向萧长嗣。

只见他姿态慵懒地坐在那里，那姿态、那气度，好像他才是这个金帐里的王，

414

丝毫不给苏赫世子脸面。这模样让墨九又好气又好笑，真真觉得带这样一个"夫婿"出来，太打击智商了。

不过，偏生他说对了，这个苏赫世子完全在按照他的剧本往下演。

果然，他单独留下了他们。

更让墨九没有想到的是，待金帐里的人都离开，侍者也都屏退下去，苏赫突然看向她，一字一顿地沉声招呼："墨家巨子，墨九爷，久违了。"

装了这么久，这会儿终于肯露狐狸尾巴了？

"世子这样说话，就简单多了嘛。"墨九弯唇一笑，也没有再伪装，抱拳一拱手道，"鄙人正是墨九，叨扰世子了。不过，咱明人不说暗话，世子特地让墨九前来，到底有什么吩咐，尽管直说便是。"

真是一个直接的女汉子啊。

她挺佩服自己的——因为太讨厌繁文缛节的交流了。

可座上的苏赫世子突然低低一笑："巨子果然巾帼不让须眉！"

这一笑，完全打破了他先前的高冷形象，让墨九大为意外。

捕捉到他笑声里那一抹熟悉，她微微眯眼，一眨不眨地看着他："世子过奖！"

"既如此，苏赫也不想再隐瞒了——"说到此处，苏赫面具下的眼从墨九扫视到墨妄，又掠过萧长嗣那一张比他更古怪的脸，慢慢地沉了声音，"阴山死亡山谷的事，想必巨子也有所耳闻吧？"

所谓"死亡山谷"，就是让宋骜大军全军覆没的地方。

这个事墨九早就已经调查过了，大抵是知道的。其实它原本不叫"死亡山谷"，根本就是一个无名山谷，也是在宋骜大军出事之后，它才有了这样一个霸气侧漏的名儿，当地人都叫它"死亡山谷"，牧民们从此无人再敢轻易靠近。

当然，死亡山谷到底为什么导致人死亡，也正是墨九好奇的地方。

那苏赫这么问，又是何意？

不好猜，她索性不猜，抿了抿嘴唇，意态闲闲地望着他，继续听下文。

对于她这副姿态，苏赫似乎并不意外，黑色的袍袖又拂了拂，端起面前的酒水再饮下一杯，方不带感情地道："全天下人都好奇死亡山谷，可很多人来来去去打探也没有什么发现——但不包括本世子。"

这么说，他有所发现？

墨九心里一惊，面上却不动声色："世子不必拐弯抹角了，我今儿出门没带智商，脑子有点转不过弯儿，您需要墨九做什么，有什么交换条件，咱们直接摊在桌面上谈吧？"

"咳咳！"世子像是呛住了，咳嗽不已。

这咳嗽一传染，连萧长嗣也跟着咳嗽起来。

墨九看看萧长嗣，再看看苏赫世子，有些奇怪："难道……我说得不对？"

"对极，对极。"苏赫世子清了清嗓子，突地抚了抚脸上的面具，沉沉一叹，"不敢相瞒巨子，今天苏赫请你来，正是为了死亡山谷一事。我北勐大汗对南荣安王全军覆没于死亡山谷也有兴趣，现下大汗责令我兄蒙合彻查此事……身为其弟，我责无旁贷。"

蒙合？

墨九对这位突然冒出来的苏赫世子不了解，对蒙合却很清楚。

根据相思令得来的线索，蒙合是北勐大汗的嫡孙，是北勐宗亲王族里的绝对权贵。在萧乾死于南荣之后，北勐大汗一直没有出兵报仇的原因，一直有两种说法。一个便是说北勐大汗年事已高，已无力再战。另一种说法便是说蒙合与其父达尔扎把持了北勐朝政，不愿出兵。

也就是说，达尔扎是北勐如今的实际掌权者。

可他长年征战，一直伤病缠身。

从北勐局势来看，他的嫡子——北勐大汗的嫡孙蒙合，将是汗位最有可能的继承人。

如今从苏赫的意思看，他与蒙合关系很是亲近？

怪不得宴会上那些达官贵人个个都讨好他！

但调查死亡山谷到底是北勐大汗的意思，还是蒙合的意思？或者说，只是苏赫自己的意思？

冷不丁一下接收到的信息太多，墨九脑子有些乱，思维像钻入了一团乱麻里，唯一清楚的就是，这位苏赫世子绝非外界传言的那样——除了不太简单的身世，一切都很简单。

她默了默，道："我能为世子做些什么？"

苏赫直视着她："听闻巨子通晓机关巧术，八卦易经也无一不懂。"

这顶帽子戴得有点高，墨九抿了抿唇："一般般。"

苏赫褪去高冷的尊贵姿态，又是一笑："不瞒巨子，本世子已派人调查过，死亡山谷有八卦机关布阵，故而进入的人都会遭遇不测……只是那布局无人能破。"

一听这话，墨九心里就激动了。

机关八卦、布阵之局，也是她的喜好。

若能一探，是何等妙事？

只不过她没得好处，怎肯同意苏赫的要求？

不冷不热地一笑，她毫不在意地道："世子能请我来，想必也是了解我的为人了。我从来不喜欢做亏本的买卖，死亡山谷凶险未知，我又何必去蹚这浑水？"

像是早料到她会这样说，苏赫也不恼，只是反问："巨子北上，不就为了此事？"

"不。"墨九坚定地摇头，"我是为找人而来。"

苏赫点了点头，像是相信了她的说辞，面具后的目光紧紧锁在她的脸上，沉吟好一会儿，突然道："此事一成，我不仅给巨子要的人，还……附送一人。"

买一赠一？

墨九心头一窒。

这么说彭欣也在他手上？

好不要脸，居然这样讲条件，让她为他卖命。

墨九唇角微微一牵，笑道："不必了！如果世子说的人是我的朋友苗疆圣女彭欣姑娘，那咱们或可一谈；如果世子所说的人是南荣安王宋骜，那么……国家大事，与我庶民何干？随便你处置吧，这货的生死，我向来不感兴趣。"

苏赫世子像是僵住，盯着她一动不动："巨子与安王有仇？"

"哼！"墨九淡哼一声，"我只能说，我没有亲自弄死他那是因为我为人善良，又怎会救他？所以世子怕是想多了。买一赠一我不要，除了彭欣，我想要世子一个承诺。"

苏赫世子怔怔看她许久后扶额，仿佛才从震惊中回过神："巨子请讲——"

墨九笑笑："不管事情成与不成，你得保证我们安全离开阴山。"

苏赫没有马上回答。好一会儿他方才端起水酒，一口一口轻抿着，淡笑问："巨子还真信得过苏赫的本事，你又怎知我护得了你？"

墨九哈哈一声，愉快地端起面前的酒杯冲苏赫示意一下，然后袖袍一翻，咕咚灌下肚子："就这样了！我们一言为定。"

离开苏赫世子的金帐有一段距离后，墨九才哈哈大笑起来。

从一本正经板着脸，到莫名其妙地笑，让随行众人汗毛都竖了起来："姑娘，你这是怎么了？啥事这样开心？"

玫儿显然是最关心他们家姑娘的人，第一个小步上前嘘寒问暖，而墨妄虽然口头上什么也没有说，关切的目光却没少，只有默默跟在身后的萧长嗣领着击西慢悠悠骑在马上，一副看傻子的表情。

"开心的事嘛，自在开心之处。"

墨九懒洋洋地牵着马缰绳，并不理会旁人的目光，突然抬头看天，驾一声，双腿一夹马腹，策马狂奔出好远，等几个人忙不迭地追上来，她才笑吟吟地回答："踏破铁鞋无觅处，得来全不费工夫！"

一转头，她冲玫儿眨巴眨巴眼，满脸狡黠地笑："你说，姑娘我该笑不该笑？"

玫儿搔搔头，一头雾水地看她："铁鞋？哪有铁鞋？"

先头她没有参与金帐里的"秘密会谈"，完全不知墨九所云为何物。墨妄却大抵是清楚的，原本她这次前往阴山便是为了那个神秘的死亡山谷，以及寻找宋骜和

417

彭欣而来。今日在帐里与苏赫世子的交谈，他虽然全程没有插嘴，但从苏赫的言辞中也听得出来，宋骜与彭欣都在他手中。

然而……他皱了皱眉头，问："小九以为，那苏赫的话可信？"

墨九哼着小曲儿，抬头仰望夜空上的星星，一副满面沉醉的表情，哪里来的半分担忧？

"信！我当然信！再怎么说，人家堂堂一个世子，戴那么一个面具扮成萨满巫师也怪不容易的，哪会随便砸了自家招牌？对吧？"

"……"这是一回事吗？

墨妄无语地瞥她一眼，静静跟随一会儿，看她小曲儿不停，身姿悠然，那情绪兴奋得有点儿不正常，又慢吞吞靠近她身侧，用小得不能再小的声音问她："小九以为那个苏赫世子是个什么样的人？"

"师兄以为呢？"墨九反问。

"不简单。"墨妄沉吟道，"轻易信不得。"

墨九眉梢挑起，看他严肃脸的样子，不由得失笑："师兄有没有发现，他有点儿像一个故人？"

"故人？什么故人？"对她的话，墨妄显然是错愕的。

墨九微微一笑，俏皮地道："严格说，是一个熟人。"

墨妄微微眯起眼睛，审视着墨九极为活泼的样子，反复回忆了金帐里与苏赫见面的过程，好半晌还是摇了摇头："恕我眼拙，没有认出来。小九，不如明示？"

墨九看他真的没有看出来，打个哈哈，随意拨了下头发："哈哈，暂时保密。因为我也不太敢肯定，但是我相信，很快就会水落石出的。"

草原上夜风正凉，墨九说罢又冲墨妄一笑，然后打马走在前面，上了河岸边的一个小山坡，看月光下的河水莹白莹白地泛着幽光，像一块镶了玉石的腰带似的，心情格外美丽，那一口已经在心底憋了许久的郁气终是吐出。

"师兄，这趟阴山咱们没有白来！我猜，接下来的事会越来越有趣的——"

这么久以来，她其实常笑。可墨妄很少见她这么咧嘴大笑，笑得白牙外露。

他弯了弯唇，也走上坡顶，绷了许久的脸上，露出一个笑容："小九喜欢就好。"

"啊哦——"墨九偏头，诧异地盯着他月光下的俊脸，"你笑了！你居然笑了？！"

墨妄微微一愕，脸上的笑容有些僵硬。可顿了一瞬，他又忍不住低笑一声，摸了摸鼻子，调侃道："我不是常笑吗？听小九的意思，我好像是不会笑的怪人一般。"

常笑？

墨九发出轻轻的嗤声："得了吧你，哪里常笑？好久不见你笑了。"

在她的记忆里，墨妄从前确实是一个爽朗爱笑的阳刚男子。也不知从何时开始，他的脸上好像总蒙上着一层阴霾，虽然看不见太多负面情绪，可也很少露出这样愉快的笑容……

不过究其根本原因，好像是随了她的情绪？

想到这个，她心头一窒，突地有些纠结。

一个大男人总受她的情绪影响，这好像有点……可怜？

大抵是心情好，她紧盯着墨妄，一双美眸在满天的星光下笑出一个弯弯的月牙儿，让她本就精致的五官在那一瞬间，仿佛拥有了女巫的灵力，快活而美好的迷之颜值，有着让人忘记呼吸的本事。

墨妄呆呆地望着她，眸子里倒映着她的笑容。

"小九？"他对她的笑不明所以。

墨九却笑得更为高兴，像个不谙世事的少女。

"师兄，我决定了，为了你能高兴，我每天都要过得开开心心的。"

为了你，我每天都要开心。

一个饥饿许久的人，冷不丁被人灌了一勺子蜂蜜，那是什么感觉？

墨妄愣了好一会儿，才反应过来墨九没有开玩笑，不由得忍俊不禁："疯了。"

他又笑又摇头，一脸无奈。

当然，他知道她说的"为了他"，与情爱无关。可哪怕是与情爱无关的"为了他"，也足够抚慰他那颗骚动的心脏了——

"哈哈哈。"墨九做了个鬼脸，"就知道你会是这样一副见鬼的表情。"

两人互相调侃着，目光里没有情愫，却又像是达成了某种一致的默契，心胸是开阔的，心思是单纯的，连半点儿男女间的暧昧都没有。然而，等两人开心地聊够了再回过头来时，山坡下除了几名弟子和玫儿，没有了萧长嗣和击西。

就在她与墨妄独上山坡时，他们便离开了。

墨九望了一眼空荡荡的草原，微微一怔。

这好像不是老萧的性格啊。

一般这种情况下，他应当高调地宣示主权才对啊！

念及此，她忍不住想笑。

"回吧！"

这片小山坡离他们的驻扎地不远，不过几分钟的路程，墨九领着几名弟子与玫儿，吹着夜风，放慢了脚步，一边欣赏着月光下的草原风光，一边与墨妄聊着天，就在快要靠近驻扎地的河边时，突然看见了萧长嗣。

他和击西把马停在河边，没有动弹。

墨九奇怪地挑了挑眉，正想招呼他，就听见风里传来一阵马蹄声。

她上过战场，很熟悉这样的马蹄声。

419

比起牧民们的马蹄来得更急、更劲、更有杀气。

她与墨妄互望一眼，加快马速走近萧长嗣："老萧，你在这儿做什么？"

萧长嗣回头看她一眼："不在这里，等着看你们打情骂俏吗？"

墨九翻个白眼："别胡说八道啊。"

萧长嗣不冷不热地哼一声，看墨妄也跟了上来，没有再说话，而是转过头去，将目光投向一望无际往前流淌的河水——

他也听见马蹄声了吗？

墨九观察着他的表情，抿了抿嘴，也没有吭声，向几名弟子打了个手势，示意他们安静下来，然后站在萧长嗣身边静静等待。

片刻后，在越来越近的马蹄声里，冲过来一群威风凛凛的北勐将士。

他们穿着甲胄，风尘仆仆，嘴里吆喝有声："前方的兄弟，这里可是嘎查村？"

大晚上的在草原上奔走，很容易迷路。也由此可见他们不是附近的人，而且远道而来。

墨九上前两步，看向说话那个将军模样的壮男，稍稍诧异于这些人居然都会说汉话，脸上却一脸漠然，点点头道："正是。"

那人的声音，露出喜色："兄弟，可知苏赫世子住在何处？"

墨九对"兄弟"这个词有些无奈——她分明就是一个打扮妖娆的美少女，这样被人明目张胆地叫着兄弟，多少有点儿不适。不过谁让她心地善良，又刚喝过苏赫世子的酒呢？

她回头往苏赫大金帐的方向一指，笑得好不娇俏："打这儿过去二里地便是了。"

"谢了！"那人抱拳致谢，一转眼，又领着人打马远去。

夜风里，墨九一行人久久没有动弹。据她所知，北勐骑兵纪律良好，绝不会大晚上前来骚扰牧民，若不得命令，更不可能私自前来会见苏赫世子。

那会是发生什么事了呢？

犹豫一会儿后，她看萧长嗣若有所思的样子，不由得疑惑地问："老萧，你是不是有什么发现？"

"嗯。"萧长嗣应声，提着马缰掉了一个方向，往驻地而去。

"发现了什么？"墨九一听有戏，兴致勃勃地跟上去，却听见他道："发现女人之心，真是不可测！"

女人心，不可测？啥意思？

墨九愣了两秒才发现，这货还在介意她和墨妄。

她哭笑不得地摇了摇头，也不知为什么，甚至都没有细想，就多嘴地解释了一句："你说你一个大男人，脑子咋这么方呢？我和我师兄的感情可没有你想的那么污秽。我们这叫作，叫作……"

想了好半天，她确实想不出一个好词来定位与墨妄之间纯洁的革命友谊，于是乎，这么一迟疑，就换来了萧长嗣强烈的鄙视："叫作什么？郎情妾意，还是吃着碗里的、看着锅里的——"

墨九怒了："老萧，你找死？毕竟我没有碗，也没有锅啊，你怎么能如此污蔑于我？"

听她狂吼，萧长嗣一扬唇，却是笑笑安慰："小声点，别让人听见产生歧义。"

"呃！"这些话让墨妄听见确实不好。

墨九冷冷一哼，磨着牙道："便宜你了，爱说不说。"

萧长嗣目光微凉，眼睛一眨不眨地盯了她片刻，突然又凑近一点道："北勐铁骑深夜前来嘎查找苏赫，一定是得了蒙合之令。可有什么事需要这大晚上的急急忙忙赶路？我猜北勐一定有大事发生。"

"……"墨九大白眼儿翻着，"能不说废话吗？"

"何来废话？"

"谁都知道是大事，关键是……什么大事？"

"我哪知道？北勐大汗又没向我禀报。"

"滚！"墨九恨恨瞪他，想了想又突然敛住表情，一本正经地盯着他狰狞的面孔，压低声音道，"萧长嗣，你与我想象中的萧大郎太不一样了。其实我一直有点儿疑惑……你老实告诉我，你到底有什么猫腻？"

萧长嗣一愣："突然变聪明了？"

墨九冷笑："我一直很聪明，不拆穿你而已。"

萧长嗣低低一笑，心情很好地摁了摁头上的毡帽，偏过头来，冷不丁拽着墨九的胳膊，只轻轻一跃便坐在了她的马背上，从背后一把搂紧她的腰往怀里一揽，不等墨九回过神来，驾一声，疾驶而去。

"爱妻若肯为我做一顿疙瘩汤，我便告诉你蒙合为什么到嘎查村，而北勐又发生了什么事，如何？"

墨九气不打一处来，人在马背上，又被他紧紧揽在身前，挣脱不开，扭动不了，还被他用条件要挟，老实说，她恨不得戳死他——可在见识过老萧的"神奇之处"后，她又有点儿相信他了。隐隐地她还有点儿怀疑，萧长嗣是不是接管了萧六郎的北勐关系与线报？

而且这些日子，他身边只有击西与闯北，不见声东与走南。

好奇心坑死猫，她眼珠子一转，就软了声音："你先放我下来，我可以考虑一下。"

"嗯？"萧长嗣拍向马背，马儿嘶叫一声，撒开蹄子跑得更快，"你确定现在要下来？"

墨九往左右一看，已离开墨妄等人老远。

如果现在下马，她是要一个人走着回去？

这王八蛋啊！

她仰天长叹一声，幽幽地道："老萧，上辈子我是不是欠了你的钱没还，你这辈子找我要债来了？我咋觉得，你不管做什么事，就专门为了坑我来着？"

背后的男人许久没有回答。

就在墨九以为这货已经哑巴了的时候，他却轻哼一声："没有。就算你有欠我，我也不会让你还。而是让你继续欠，欠更多，这辈子、下辈子、下下辈子都还不上。"

"……"

漠北草原的秋天来得特别早，次日清早起来，一片广袤草原上，天高地远，青草幽香。

在这样秋高气爽的季节，其实很适合……做饭。

为了从萧长嗣嘴里挖出真相，墨九冥思苦想了一夜，从自己的心考虑到自己的胃，觉得反正自己也喜欢吃疙瘩汤，多做一口给他就当是饲养小动物，举手之劳，既爱护了动物，也没有亏着自己，何乐而不为？

炊烟升起时，墨九早已忙碌开了。

她兴高采烈地哼着歌儿，高高撸着袖子，在搓揉面粉。

懒了好久没下厨，乍一下亲手做饭，她又找到了初恋的感觉。

"我爱做饭，心情好好！我爱做饭，心情好好……"

看她从昨天晚上开始就魔怔似的开心，玫儿小心翼翼地烧着柴火，时不时瞄她一眼，小心肝儿寒涔涔的，前思后想了许久，方忍不住问了一句："姑娘，阿花说这疙瘩汤是你专门为掌柜的做的？"

墨九的歌声戛然而止，她猛一低头，瞪着她道："胡说八道！"

看玫儿闭上了嘴巴，她拍打着手上的面团，又傲娇地笑起来："我啊，是自己想吃了，顺便赏他一口而已。"

"好吧。"玫儿默了默，"但我觉着，姑娘待掌柜的是与以前不同了。"

不同了？有吗？墨九揉面的手微微一停。

细想一下，她其实没有觉得有什么不同，但似乎在潜移默化间，慢慢就认同了萧长嗣这个男人的存在，由着他待在她身边，占她便宜，还是以她丈夫的身份占她便宜……

一念至此，她惊了惊，讪讪一笑，硬着头皮解释："我的乖乖，你不说，我都没有想这么多，不过你说得也有点儿道理。"她继续揉着面团，加大了力度，像在捏萧长嗣那张讨厌的脸似的，恨恨地咬牙道，"但我这一次确实是为了与他交换、交换信息。嗯，不算是对他好，更不可能专门做给他吃。"

"哦。"玫儿低头，"我说服了自己，相信姑娘。"

"闭嘴！"

墨九做饭动作挺快的，没一会儿疙瘩汤就起了锅，放在瓷碗里，香气扑鼻，让她自己都忍不住咽了好几口唾沫。等玫儿去唤了击西过来，端了一些给萧长嗣，她正准备吃一点就去找萧长嗣要"真相"，帐篷外面突然有了动静。

"左执事，早。"

是墨妄过来了，有弟子在给他请安。

紧接着，帘子扑一声被撩开了，进来的人果然是墨妄，他脸色有些严肃，看了墨九一眼还没有放下来的袖子，皱了皱眉头，三两步过来，小声道："小九，刚刚接到消息，北勐大汗薨了。"

北勐大汗……死了？

对北勐、对整个天下，这可都是惊天动地的大事了。

在心里默了默，她问："新任大汗是谁？"

墨妄摇了摇头，目光微微暗沉："大汗突然逝世，没有留下遗言。想来昨儿晚上蒙合派人来嘎查，必与此事有关……"

就墨九所知，北勐除了蒙合的父亲达尔扎之外，最有汗位竞争实力的人是北勐大汗的嫡长子、亲王拉木拉尔。如果老大汗一死，嫡长子即位也是一件天经地义的事。

那么，蒙合和他的老爹又怎会没有行动？

苏赫是蒙合的人，看来也是这场血雨腥风的参与者了……

"完了！"墨九冷不丁一声低喝，吓了墨妄一跳："怎么了，小九？"

他以为墨九是想到了昨夜在金帐答应苏赫一同前往死亡山谷的事无意中站了队，会不小心卷入北勐的内斗之中。

可墨九拍了拍额头，生气地道了一句："我的疙瘩汤啊！白让他吃了。"

"……"对她的思维的跳跃性，墨妄完全跟不上节奏。

墨九还在气恨，这一下亏大了。做了一个早上的疙瘩汤，什么消息都换不到了吗？她咬了咬牙，目光凉森森地盯着墨妄："师兄，对那个萧长嗣，可有什么内幕消息？"

其实，墨九从来没有放弃对萧长嗣的调查。

因为从他出现在兴隆山开始，他的一切都在颠覆性地发展。

墨九一直对他的事心存疑惑，可查了这么久，墨妄与往常一样，依旧摇了摇头："并无。在来到兴隆山之前，此人的一切都查无痕迹。"

查无痕迹？

423

雁过还要留痕呢，何况是人？

历史的经验告诉墨九，越是一片空白的人，往往越是复杂。她捋了一下头发，把袖子慢慢放下，拍拍墨妄的胳膊："走，我们吃疙瘩汤去。回头再找他算账！"

疙瘩汤端上桌了……

墨九吃得心疼不已，墨妄也沾光吃了一碗。

可没有想到，事情远远没有结束，精彩还在后面。

就在墨九准备让玫儿盛第二碗的时候，帐篷外面的原野上突然传来一阵阵尖啸声，牧民们用当地土话在呐喊着什么，惊恐不安的声音里，有着墨九哪怕一句也听不懂、却能感受到的危险。

她猛地站起身来，撩开帐篷的门。

"发生什么事了？"

"巨子，"曹元急匆匆赶过来，"有匪人袭村！"

匪人？那边北勐大汗死了，这边匪盗的胆儿就大了？

此次前来阴山的墨家弟子不多，但个个都是好手，曹元这么一吆喝，弟子们嘴上喊着"保护巨子"，纷纷抄家伙过来，把墨九护在中间，围得密不透风。

"……"

看这架势，墨九是幸福的。被人当成稀有动物来保护，那感觉其实蛮欣慰。

可她能那么自私吗？

这会儿工夫，嘎查村里的锣声咚咚直响，嘈杂声此起彼伏，而匪人的马蹄声哪怕隔了这么远也清晰可闻……由此可见，来的匪人必定不少。

事儿大了啊。

墨妄握紧血玉箫，大声喊曹元："你带巨子从东边离开，先避一避，我领几个人在这里拖住他们。"

"是，左执事！"

曹元领命，墨九却没有要走的意思。

她远远看着嘎查村里的骚动，眉头狠狠皱紧。

"匪人怎么会大清早过来？"

来阴山之前，她曾经做过功课，知晓由于阴山北方临近北勐，东北临近珲国，往南边有南荣，特殊的地理位置，让它属于三不管的地方，数十年来，匪人猖獗，盗贼横行，烧杀抢夺，无恶不作……

北勐也派兵剿过几次，可草原忒大，骑兵一来，匪盗便打马一走，等骑兵一走，他们又回来。这样流动作案，走一路，抢一路，黑一路，确实让人头痛。

然而，俗话说"做贼心虚"，再强悍的贼人，不都会选择深更半夜再外出活动吗？

424

哪有大白天这样猖狂的？

墨九隐隐觉得有些不对劲，可这时已经有弟子牵了她的马过来，要扶她离去，墨妄也在旁边焦急地催促。

嘎查那边的动静越来越大，匪人为数众多，他们区区二三十个人，到最后少不得吃亏。

弟子们着急，不想墨九冒险。

墨九却镇定地摇了摇头："不，我不能走。"

墨妄紧拽她的马缰："小九！别固执。草原上的匪盗不比咱们南边，他们凶残无度，杀人如麻……"

"我知道！"墨九听着嘎查村女人和小孩儿的哭声，从他手里接过马缰，飞快地翻身上马，冷静地对众弟子道，"兄弟们，准备好武器，咱们到前边看看，能帮衬就帮衬，实在帮衬不了，跑路便是——"

墨九这人看上去没心没肺，但做事还算谨慎。这次来阴山，人没有带多少，但火箭筒、火霹雳等小型火器带得不少。所以，哪怕无法击退匪人，逃跑的机会还是有的。她并非圣母，却不愿意在有能力做点什么的时候，袖手旁观。

一行人拿上家伙，骑上骏马，飞快往嘎查村的牧民聚居地奔去。

可还没有入村，就在牧民们的尖声喧哗里，看到了冲天的火光。

"着火了？"

"帐篷烧起来了！"

"可恶！贼人居然放火！"

游牧民族逐水而居，一家老小与所有的身家都在帐篷里。这么放火一烧，怎么得了？

"不要脸的，看姑奶奶怎么收拾他们！"

墨九双目冒火，打马奔在前面，众人一看，赶紧策马赶上，往火光处奔去。

着火的不止一个帐篷，那滚滚的浓烟与烈焰中，有号啕大哭的，也有得意、嚣张而肆无忌惮的笑声，那些左奔右突冲击在火光里的匪人，一律草原人打扮，夺了粮食，赶着牛羊，挥舞着大刀，喊着墨九听不懂的话。

草原上的牧民大多成群结队而居，也都有防身的武器，在匪人们疯狂的烧杀和抢夺中，男人们都拿着武器在反抗，小孩儿、妇人和老人偷偷躲在后面，撕心裂肺地哭着、喊着——

墨九初初一看，匪人竟有数百之众……

这样的人数，又哪里是匪？分明已经是草原上的武装力量了。

"太嚣张了！"她掏出一颗火霹雳，偏头招呼墨妄他们一声，趁着大乱就要冲上去，人群里的牧民却又一次高呼起来。

425

墨九微微一顿，还没冲到前面，便见一群北勐兵士冲了过来。

他们身披甲胄，手舞大刀，高声喊着什么，二话不说就冲上去，与一群匪人战在了一起。

"好像暂时不用我们出手了？"

有官方组织在，用不着他们这民间组织。

而且这么多人混杂一处，用火器容易造成误伤。

墨九挑高眉梢，打量那些着火的帐篷。

牧民们都是老邻居，把帐篷扎得比较近，这么一着火，一个连着一个，风助火势，很快便蔓延开来，一发不可收拾。

来了一趟，她也不能什么都不做。

墨九考虑一下，轻声道："师兄，我们组织人灭火吧。"

"好。"墨妄应着，便领着几个弟子过去了。

牧民们突遭袭击，早就乱了心神，人群嘈杂着、哭闹着，灭火的大事，反而没有人出来组织。墨妄过去，与牧民中的几位老者说了几句什么，牧民们便自发地在他的组织下抢救还没有烧尽的帐篷，阻止火势的蔓延……

墨九没有过去。她领着曹元，手上拿着一个火霹雳，远远地围观战局。

这一群与匪人搏斗的北勐将士都很生猛，其中有几张熟面孔。

那位将军模样的壮汉，正是昨晚向她问路的家伙。

很显然，他们都是训练有素的人。

可与这些草原盗匪相搏，却没见他们占到多少便宜。

而且贼人见到官兵，不都应该吓得屁滚尿流才对？

这些匪人却越杀越猛，哪里有撤退的意思？

他们真的单单是匪人吗？

带着满肚子的疑惑，墨九看人数不多的北勐将士渐渐落了下风，正寻思要不要前往助阵，嘎查村外面又是一阵迅疾的马蹄声传来。紧接着，在众人的喧嚣与紧张里，装备精良的大队北勐骑兵突然从天而降，似有数千人之众，很快就围住了嘎查村，杀入匪人阵中。

这反转也太快了吧？墨九不由得愕然。

就她所知，嘎查村以牧民为主，附近并没有什么北勐的军事驻地，除了临近阴山，以及是苏赫世子的隐居之处，与寻常的草原村子并没有什么两样。

这大批的骑兵打哪儿来的？

从他们的速度来看，相距肯定不远。

从他们的武力值来看，比先前的北勐将士似乎更加悍勇……

墨九紧了紧手上的火霹雳，看着神一样的反转，心中的疑惑还没想出结果，就

426

见围住匪人的北勐大军突然从中分开一条道来，一群着装整齐的骑兵挥起大刀，口中高呼苏赫的名字。

苏赫？她一怔。

只见苏赫世子骑着高头大马，从骑兵中间缓缓步出，那漫不经心的样子，配上他那张恐怖的萨满巫师面具，颇有几分威风，更多的是……肃杀之气。

"苏赫世子来了。"

"苏赫世子！"

牧民们也像见到了救星，纷纷高呼不止。

苏赫扫一眼乌烟瘴气的现场，无意间瞄到不远处的墨九，目光迟疑一下，又迅速转开，用温和的勐语安抚受惊的牧民。有了世子在，有了安全感，牧民们又感动又激动，喊口号似的举起双臂，高呼起什么来。

"不得了！这个苏赫是个人物啊！"墨九嘴里啧啧有声，盯着苏赫的狰狞面具，似笑非笑。

这时，墨妄也从人群中挤过来，抹了一把脸上的黑灰，冲她道："小九，火势已基本扑灭。不过有几个帐篷烧得太快，回天乏力了……"

"嗯。师兄辛苦了。"墨九微微一笑，将把玩许久的火霹雳往怀里一塞，"我们回吧。"

匆匆来帮忙，事还没结束，就这样走了？

墨妄怔了一下，却也没有多问，赶紧跳上马跟随在她身后。

"幸好北勐骑兵来了，要不然今日的局面还不知怎样收场。"

听墨妄庆幸的感慨，墨九微微眯眼，勾唇道："有苏赫世子在，咱们其实本不该咸吃萝卜淡操心的。唉，只可惜了我那碗疙瘩汤，还没有吃完呢，现在回去，也不晓得凉了没有。"

"……"墨妄看着她追悔莫及的样子，失笑道，"反正都来了，要不再等等看情况？"

架还没有打完，热闹也没过去，谁都舍不得走。

看墨妄和几个弟子都有留下来看稀奇的想法，墨九只是一笑，然后摇头："别了，该世子表现的时候，咱何必去抢人家的功劳？"

听她此话，墨妄面色一变："小九以为，这事儿与苏赫白己有关？"

扑哧一声，墨九笑着摇头不止："我又不是神仙，哪能猜到这个？不过匪人肯定不是真匪人。总归是神仙打架，凡人遭殃而已，只可怜了无辜的牧民。"

墨妄像是懂了，点点头："还好，有惊无险，有伤无亡。"

几人聊着先前的大火，离开了事发现场，慢悠悠往回走。墨九顺路骑着马去了河边，找了一处水草丰美的地方，让她的小枣红马饱餐了一顿，方从绿草青青的草地踱回帐篷。

把枣红马拴在帐篷外的木桩上，她与两名巡逻的弟子打个招呼，笑吟吟地伸了个懒腰，撩开帐篷的门，大步走了进去。

"好久不见了，我的小九儿。"一道带着戏谑的声音从背后传来，吓了墨九一跳。

没等掉头，她伸手就去摸火霹雳——

可那人动作比她更快，火霹雳刚刚入手，她的胳膊连同身子就被人紧紧勒住，连带落入敌人手的，还有她的嘴巴。

"别紧张，我不会伤害你。"来人轻缓中带着几分邪气的声音换了墨九一个大白眼。

"唔——王八蛋……"她含糊的声音换来他的又一声低笑。

"乖乖的，听话。"

墨九双眼几乎喷出火来。

她怎么也不会想到，竟然有人趁着匪人袭村、他们都离开前往嘎查救火的空当，偷偷潜入她的私人帐篷，直接控制了她。

这一招调虎离山，用得精妙至极……

但对于这个男人来说，其实不算什么，小菜一碟而已。

毕竟他是曾经纵横沙场，少逢败绩的珲国战神完颜修。

"这么看我作甚？"完颜修低头，深深注视着墨九的脸，灼热的呼吸喷到她的脸上，"就知道我的小九儿想我了，这才跋山涉水地前来相会。小九儿，有没有很感动？"

感动他祖宗！墨九懒得挣扎，只拿眼刀子剜他。

"小九儿想我放开你？"完颜修噙着笑，懒洋洋的样子，一点私潜入帐的紧张都没有。

这人简直不要脸到了极点啊。

墨九心里生恨，却诚实地点点头，示意他放开再说话。

"这样对你，我也心疼得紧。"与她小兔子般温驯的杏眼对视着，完颜修含笑的眼越发邪佞，"可小九儿那样不乖，我若放开，我怎生走得了？"

混账！墨九心里咒骂着，双眼带着刺剜在他的脸上，眼神写满了"你究竟要怎样"的恼意。可完颜修半点不急，轻轻一笑，大拇指调戏似的轻抚过她的脸，莞尔一笑，嗓音细绒一般好听，却满带讥诮。

"好歹夫妻一场，我千里迢迢而来，你怎么也得相送一下的，是不是？"

夫妻一场？

墨九心肝儿上都是火。

428

怎么个个都喜欢与她论这个"夫妻一场"的事啊？

想想她的名声啊，不都是这些男人给败坏的吗？

盯着男人满脸的笑意，她气恨不已，猛地抬脚朝他踹了过去。

"谋杀亲夫，好狠的心。"完颜修利索地躲开，笑吟吟地扼住她的腰往怀里一搂，安抚般低声威胁，"乖乖送我出去，很快你就可以自由了，但现在嘛，娘子暂且忍耐一下。"

不待墨九反抗，他突然将她的嘴巴一堵，撕开帐里的床单，三两下把她捆得像一颗肉粽子，然后往他宽厚的肩膀上一扛，大笑着撩开帐篷走出去，在外面众弟子吃惊的目光中，似笑非笑地警告："你们千万不要过来，我带我家娘子去叙叙旧，很快就会放她回来。"

几名弟子围了上来，墨妄撩开对面的帐篷，惊了惊，血玉箫中的剑也出了鞘："放下她，我们让你走。"

"呵，我信不过你。"完颜修狭长的凤眸审视着众人，目光豹子般凶狠、锐利，声音却婉转带笑，"丑话说在前头，谁要是不识趣冲过来，害得我不小心误伤了我家娘子，我可是会很心疼的，到时候，就没这么好说话了。"

"我呸，不要脸！放开巨子——"

几个弟子气得心头火起，说着就要冲上去，却被墨妄拦住了。

他将血玉箫一收，目光沉沉地盯着完颜修："堂堂珲国皇帝，竟然做这种令人不齿之事？完颜修，你就不怕天下人耻笑？"

完颜修哪里理会？这货莞尔一笑，径直过去牵了墨九拴在木桩上的枣红马，把墨九放在马背上，随即翻身坐在她的身后，紧紧箍牢她，回头朝墨妄笑道："皇帝也是男人嘛。是天下人耻笑重要，还是找自家娘子重要？"

"无耻！"墨妄咬牙切齿，恨不得上前生扒了他的皮，可看见他勾在墨九腰上那一柄闪着寒光的弯刀，又生生停下脚步，眼睁睁看着他带着墨九策马离去。

"哈哈哈，回见了！"

完颜修的笑声从风中传来，墨妄拔剑咬牙："跟上去！"

"弟子领命！"

"小心些，切莫让他发现，伤了巨子——"

风声在耳边呼啸而过，墨九慢慢闭上眼睛。

既来之，则安之，她这人随性惯了，既然动弹不得，她也懒得折腾，索性先休息一下脑子，看完颜修这厮到底要如何。

他一开始没有伤害她，想来性命应该没有大碍。

只要有命在，就可图后计。

河流、山脉，被远远地甩在了后面，周围全是陌生的景色，墨九已经不知走了多远，就在她忍不住想打瞌睡的时候，头上终于传来完颜修的声音："小九儿，怎么不说话？"

她的嘴是自由的，可从嘎查出来，她却安静得可怕。

这样的墨九太过陌生，也让他有点儿不适应。

墨九打个哈欠，头都不回，不冷不热地笑："奇了怪了，我被人掳了还能说什么？难道非得与你唠唠嗑，问你今天吃了吗撒了吗爽了吗脑子进水了吗，这样才算正常？"

完颜修一愣，呵一声笑了，随即低下头，下巴挨着墨九的头顶，温热的呼吸就那样落在了她的发上："傻子，女人咿咿呀呀地哭上几声，男人会心软的……"

墨九嫌弃地偏了偏头，避开他亲热的举动，冷笑道："完颜修，你怎么能傻得这么可爱？简直萌出我一脸血——"

哭？让她墨九在这样的情况下哭，不如杀了她好了。

可她的讽刺，完颜修似乎没有听懂。束着她的腰的双臂越来越紧，他的呼吸也越来越热，那眼神、那动作，像抱着稀罕的宝贝似的，完颜修声音里甚至带了一点示弱的请求："小九儿，随我回阿勒锦去吧？阿勒锦比这里更美。"

"不，你想得更美！"

这句淡定而冷漠的话，不是墨九说的。

声音的主人，在他们的斜上方。

一片绿茵茵的草坡上，有一个骑在马上的黑色身影。

头戴毡帽，手挽利剑，高居骏马之上，一头瀑布似的黑发松松披在肩后，外罩一件飘逸似绸的大披风，随风而舞，让他颀长孤冷的身姿显得雍容而华贵。

在他身侧，跟着三个人。

一个击西、一个闯北，还有一个墨九许久不曾见过的声东。

许是草原上的风太大，眯了眼；许是天空中的云太低，遮了光。

在看见那人的瞬间，墨九仿佛看见了萧六郎。

没错，死去的萧六郎。

两人梦里依、绕指缠，把盏贪欢，朝夕相伴的岁月，催生出来的除了生死不移的感情，还有熟悉的感觉——不是皮囊，而是灵魂。一种不管你变成什么样子，我都能熟悉的感觉；一种哪怕你死了，不曾存在，那些熟悉的瞬间、相视而笑的瞬间、再无旁人可代替的瞬间，都深深印在脑子里的感觉。

可有时也会走眼。在太过思念时，看到熟悉的场面时。

风卷起那人的长发，在秋意浓浓的风中，他慢慢转过头，声音沙哑地又道了一句："若你识趣，放下我妻，我准你离去。"

430

病态的声音，狰狞的面孔。他不是萧乾，而是萧长嗣。

前一刻还在幻想重逢，下一瞬就坠入冰窖。

墨九眼里的失望是明显的。

然而，待她接受现实，反应过来是萧大郎救她了，心里也有片刻温暖。这个男人虽然不是六郎，可与六郎一脉相承，同宗同祖，和他一样精明。

当下，完颜修一比四，就算他萧长嗣不出手，单单击西、闯北与声东三个人，就让他逃不掉……除非他真能狠心杀掉墨九。

而这种可能性，墨九觉得也挺小。

前一刻，他还在对她温言软语呢。

不管这情有多深，想必也舍不得杀的吧？

完颜修在她的背后，被绑成活粽子的她无法回头看他，因此也不知道被萧长嗣拦在此处，完颜修会是什么表情。只知道他许久没有吭声，过了好一会儿，才语带嘲弄地问："你不是死了吗？这是魂来了，还是人来了？"

墨九一怔。看来完颜修也把萧长嗣错认成了六郎。

她心底当即便是一酸。

萧长嗣却皱着眉头做了自我介绍："敝姓萧，楚州萧氏大郎。你怀中妇人是我妻室。"他略略一顿，加强语气，"敢问后珲完颜国主，这般强夺人妻，是为何故？"

他没有回避自己"逃犯"的身份。

当然，完颜修是珲人而非南荣人，也无须回避。

对他的话，完颜修似乎没有太大的诧异，只顿了一下，那略带邪气的笑声里，讥笑半点不减："有意思，有意思。听闻萧家五百余口一朝毙命，却跑掉了一个萧大郎，不知去向，朝廷通缉数月，毫无所获。没有想到，竟被墨家巨子收留——"

"关你屁事！"墨九不太喜欢他用这样的语气来说萧家这件事，在马背上挣扎起来，"完颜三，你积点口德啊！"

被"训斥"了的完颜修也不恼，只微微一笑，应了一声，接着道："不过，我有一个疑问。萧家大郎，你可介意你这妻室不止你一个男人？甚至在她的男人里，还有你的亲弟弟……和我？"

男人对绿帽都接受不了。尤其在古时候，简直难以容忍。

完颜修显然明白男性心思，也利用了男性心思来打击萧长嗣。

不得不说，毒！

这听上去像玩笑，杀伤力却致命。

四周安静了许久，除了云更低、风更急，许久没有人声。

完颜修也不急，好脾气地笑看前方，搂紧了墨九。

431

萧长嗣立于山坡上，身姿挺拔，却久久未动。

墨九看不清他的表情，心却莫名地紧张。

不管如何，她是不愿意伤害这个男人的。

正当她搜罗了一堆恶毒的话，准备再骂一骂完颜修这厮时，却听见他沙哑而沉稳的声音，漫不经心地从对面传过来："只要她还是她，她不止我一个男人又如何？她配得上那么多男人喜爱。"

墨九差一点呛住。

什么叫不止一个男人又如何？这厮的意思是她可以三宫六院？

嗯，听上去倒是不错。

但这厮对女人的宽容简直到极点有没有？

不过，这样稳稳地把一大碗带肉的狗粮端到完颜修面前也是够够的了，不是招人笑话吗？

完颜修果然哈哈大笑："怪不得萧六郎与嫂子苟合，身为大哥的你竟能视而不见地纵容，原来萧兄有这样的爱好？"

说到此，他抱紧了不能动弹的墨九，将弯刀置于她的腰上，一只手却从她的头上往下轻缓地抚着她柔软的长发，声音邪佞而骚气十足："实不相瞒，我也喜欢极了这个妇人。既然你不介意，我又正巧与她有过大婚之礼，也算得上是她的夫婿，如此，我们何不相逢一笑泯恩怨，一妻二夫其乐融融？"

啥啥啥？莫不是疯了？

墨九怀疑自己耳朵有问题，身子僵硬着。

而完颜修似笑非笑的声音里，却满带正经："萧兄，朕的阿勒锦景美地阔，邀你同往，如何？"

墨九喉头腥气上涌，几近抓狂。

不等萧长嗣回答，她已经吼了出来："完颜三，少惹姑奶奶！"

完颜修微微一笑，掌心抚过她的脸，低头温柔地低语："乖乖别动，摔下马去，或是被弯刀割伤，我和你家大郎可都会心疼的。"

墨九听见了自己磨牙的声音："赶紧放了老子！"

"傻姑娘，我做得了你夫婿，你可做不了我老子。"

他一边笑，一边毛手毛脚地在她身上摸来摸去。墨九受不了这样逗小孩儿似的调戏，脑袋极大限度地歪着想要脱离："滚远点！"

"不乖！"完颜修低低一笑，将她的身子屈成一个狼狈的弧度，离那把削铁如泥的弯刀不过寸许，吓得墨九汗毛都竖了起来。

腰斩可不是闹着玩的！神经一紧，她低骂道："完颜三，赶紧把我扶起来。"

"早让你乖点，不要动嘛。"完颜修幽幽一叹，却不管她。

显然他是故意做给萧长嗣看的，就为让他害怕，不敢轻易冲过来营救墨九。他看一眼僵硬着身子、眼睛一眨不眨盯着弯刀的墨九，然后邪邪一笑，话是对她说的，凉凉的目光却望向了不远处的萧长嗣："小九儿，男人间的事，女人可千万别插手。要不然，醋意上来伤了你就不好玩了。"

在玩笑中威胁人，这货总这么干。

墨九懂，却宁愿不懂。

她盯着那把近在咫尺的弯刀，倒提着一口凉气，不敢松懈半分，心脏悬得老高，连一句话都不敢多说，就怕一不小心泄了气，身子直接砸在弯刀上，小命休矣。

两个男人对峙，为了一个女人。

这场面有点儿狗血，狗血得老天都看不下去了。

几人不过侃了数句，原本低沉的乌云如滚滚浓烟般压了下来，天际一片乌黑，狂风大作，随即轰的一道雷声炸响！

要下雨了！

对峙的气氛，更添紧张。

完颜修抬头望望天，轻轻一笑，不温不火地道："萧兄，不要低估我对小九儿的感情，可你也不要高估。若你再这般像围剿猎物一样守着我，我可不敢保证会不会失手杀了她。"

"……"

围猎？亏他想得出来。墨九心里恨恨，却不好言语。

萧长嗣目光灼灼，也不知所想。

下雨前的天空，似乎更为昏暗。

人人都不言不语，只有完颜修，很是悠然自得，声音也极其轻缓："萧兄，给你两个选择。第一，你随我去阿勒锦，我们'一家三口'好好过日子，享尽人世繁华。有你，有我，何愁这天下无驰骋之地？第二，成全我与小九儿今生之缘，虽不能同日生，却可同日而死。或许我们死后，你还可以跟着殉情，这样，我们'一家三口'还是可以在地底相会。嗯，倒也是美事一桩。但到底少了一段繁花美景的人间盛事，那又何必？"

将"一家三口"重复了两次，这货也是不要脸了。

墨九歪着缺血的脑袋，诅咒着他以后找老婆真有"一家三口"，老婆给他戴顶大绿帽，心里却还是有点儿害怕萧长嗣被他说服，放任他带她离开。

完颜三这厮久不相见，好像越发变态了。

若被他捉去阿勒锦，鬼知道会经历什么。

死死撑着不能弯下去的身子，她好不容易才抬起头来，就像交代后事一般，眼巴巴看着那边不动声色的萧长嗣，语重心长："老萧啊，你可别相信他！"

她眨巴眨巴眼，声音软软的，似嘲弄，又似在笑："其实完颜三这家伙爱惨了我，他是舍不得动我的。不信你试试，真的，老萧，你赶紧杀过来救我，我用我的脑袋担保，我一定会好好的，绝不会吻上这把刀……"

萧长嗣什么表情，墨九看不清，但她身后的完颜修身子却明显一僵。

良久，像是忍不住了，他爆发了一阵大笑："极是，极是，我爱惨了你。"他咬牙切齿地把她的身子往弯刀上又一摁，在她的惊呼声里，低低一笑，"爱到恨不得陪你去死。"

"完颜修！"无波无澜的声音带着病气的沙哑，是萧长嗣发出来的。等完颜修看过去时，他披风猎猎，满脸冷冽，手上的长剑剑尖直指着完颜修："你猜，是你的刀快，还是我的剑快？"

完颜修微微一怔。

若对面的人是萧乾，他不敢保证。可如今对面的是萧长嗣，一个神秘得无人知其底细的废人。

卧病久矣，好几次差点病死，这些都是传闻中的他。

然而，他本该手无缚鸡之力，却骑马拦在了他前面。可就算眼前的他气度不凡，威风凛凛，但那一副病恹恹的样子任谁都看得出来他病得不轻，甚至已是病入膏肓之态。

摸不透他的底，完颜修弯唇一笑："当今之世，我完颜修服气的人只有一个。"说到此，他忽地收敛表情，不屑地高高扬起眉头，"可惜，他已经死了。"

萧长嗣黑眸紧盯着他，哑声一笑："所以，你欲一试？"

完颜修也是语带笑意："试又何妨？彼命非我命。"

墨九忍不住了："你们拿我来试，有没有问过我同不同意？"

萧长嗣抿唇，默然无语。

完颜修却煞有介事，摸宠物似的摸她的头："乖，你同不同意不重要，重点是好玩。"

"完颜三，你大爷的！"

"我爹是老大，我没大爷……"

爷字微微一拖，完颜修突然闭嘴，表情猛地一变。

感觉到他的异样，墨九也竖起了耳朵。

在狂风乱飞的河岸上，一阵沉闷的唰唰声传了过来。

越来越近，越来越近。

紧跟着，牛叫声、羊叫声，惊恐而尖锐。在昏暗的天光下，另一股更为恐怖的嗷嗷声一阵阵传来，如山呼海啸一般，喧嚣而至。

墨九瞪大眼，只见呼号的狂风和雷声中，草原的河岸上奔过来一群狼，它们在猛烈地撕咬牛羊，那野性的、嗜血的狼眼，像尖刀般直插入她的心脏。

"嗷——嗷——"

整个大地仿佛都受到震动，在剧烈地颤抖。

草原狼个头不大，却最凶残。

它们成群结队，踏过的青草地花残草损，黄泥翻滚。

天地间，仿佛瞬间成了炼狱。

然而，吃掉几头牛羊，除了勾出它们的馋涎和凶性，并没有喂饱它们的肚子，一双双绿油油的眼睛显然已经发现了就在不远处的新猎物，在领头狼的指挥下，速度极快地冲了过来。

"狼，狼群来了！"墨九大惊。

遇上这样的狼群本就凶险，更何况她身子被缚，浑身上下没有一个地方可以动弹。

无法掌控命运的情况下，眼睁睁看着这样一群奔跑过来的草原狼，她的声音都带有颤意。

"别怕！"完颜修沉下面色，紧紧抱着她，手上的弯刀也换了一个方向，"抱紧我。"

"滚你娘的！老子没手——"墨九大吼。

草原狼已经冲过来了！凶残的草原狼，天性嗜血。尤其在追击猎物时，其野性与凶残，尤为可怕。

它们疯了一般，如同那天边滚滚的乌云，大举压了上来，那眸中的冷光像阎王的刀子，似乎要把他们撕成肉片。

"嗷！"领头的几只狼距离几人不过两丈开外——

而这时，山坡上的萧长嗣与击西、闯北四人已手握长剑快速地俯冲下来。萧长嗣面色还算平静，声音却似在嘶吼，让那点带病的哑气，更为破碎："带着她，走！"

他的话是对完颜修说的。

"来不及了，只有杀出去。"完颜修厉声大吼，单手紧紧抱住墨九，弯刀一闪，唰地割开了墨九身上的布条，手忙脚乱地道，"一会儿你找机会，骑马跑！"

墨九一窒。

他不会杀她，她有信心。可他会让她独自逃命，她真没想到。

"别找死了！"萧长嗣目睹他的"深情厚爱"，不屑地冷哼一声，"我们留下断后，你们快走！"

让萧长嗣这样留下，墨九怎么肯？

"不行，老萧！"她在马背上剧烈地挣扎起来，"完颜修，你放开我，我们一起想办法。"

435

"闭嘴！"完颜修恼极，看击西几个在杀掉了冲在前面的几只狼后，后面的狼群不仅没有吓得后退，反而带着复仇的恨意越逼越近，越来越不要命地往前冲，不由得双臂一紧，揽紧墨九，"萧兄！"他深深看一眼萧长嗣，迅速整理一下墨九在马背上的位置，将随身包裹一丢，又沉声道，"此处往东三里地便是阴山，可暂时躲避，我们且战且走！"

"不行，你先走。"

萧长嗣炯炯的目光盯着狼群袭来的方向，手起剑落，一只狼哀号一声，死在他的剑下。

他当然希望大家都能逃命。当然，一起且战且逃也有机会生还。

但又怎么能够保证没有武力的墨九能在狼群的伺机捕杀中活着逃命？要知道，狼是很精明的动物，它们很懂得挑弱者下手。

"她的安危最重要。"带着一种悲怆说罢此话，他回头看见完颜修拽着马缰还在原地不停踏步，甚至试图参与进他们与狼群的搏斗，他突然长剑一挽，"快走，没时间了！"

又一次手起剑落，可他没有杀向扑上来的草原狼，而是割开了自己的衣袍与胳膊，在鲜血滴落时，极快地打马朝山坡的另外一边奔了出去，哑哑的声音带着疯狂的执念散在了狂风之中："走！完颜修，照顾好她！"

"萧长嗣！"墨九抓住马鬃，大喊一声。

悲愤之中，她急得心潮翻滚，耳朵嗡嗡作响，如有乱剑穿过，整个身子不管不顾地朝前方扑了上去。

"疯女人！我还治不了你？"完颜修两道剑眉紧紧蹙起，铁一样的双臂束抱住墨九歪斜的身子，往上一抬，置于怀中箍紧，猛一夹马肚，驾一声，往东疾驰而去。

"萧长嗣！老萧——快逃啊！"

"击西！"

"闯北！"

"声东！"

"你们快逃——走啊！"

墨九拼命回头，把每个人的名字都喊了一遍，一双几欲喷火的眼死死盯着越来越远的人狼大战。

声音，终是越来越弱。

草原狼雨点一般密密麻麻、漫山遍野地往猎物处集中。不过转瞬之间，就把那四个男人与马淹没在了狼群里，从墨九的角度，连衣角都看不到一片。

"老萧——"这一声，撕心裂肺。

噼啪——天边闪电伴着惊雷。

呼啸的风声，如同她的哀号，在苍穹间凄厉地回响。不多一会儿，积压了半天的倾盆大雨劈头盖脸地落下来，湿透了草地，也湿透了她单薄的衣衫。

"驾——驾——"

马儿见着了狼群，驮着两个人也逃得矫健。蹄子落在地上，泥水四处飞溅。昏暗的天地间，阴冷的风透心地凉，在凶残的狼嗥声与嗜血的嘶吼声里，如同一幕最原始的疯狂炼狱……

"老萧！"墨九一直在暴雨中嘶吼，嗓子哑了，可她也没什么知觉了。

"怎么会这样？怎么会这样？"事情发生得太快，她喃喃着，不太能接受这样的结果。

萧六郎已经没了，萧家五百多口也都没了，萧长嗣是萧家仅存的独苗。可他现在为了保护她，以身涉险，与狼群搏斗，若是他也遭遇意外，让她如何自处？

欠人命比欠人情——更难心安。她墨九欠不起，她甚至宁愿死的是她。

"完颜三！你浑蛋！你为什么要带我走？为什么？"她难以纾解的郁气都发泄在了完颜修身上。

可无论她怎么挣扎，他都不放手；无论她怎么咒骂，他也都不还嘴。

"你们这些男人，混账男人……"墨九嘴唇都在发抖，"为什么都喜欢用自己的方式对我好，也不问问我要不要接受、能不能承担？这样的人情债、人命债——你们以为是为了我，岂不知，其实是在害我！这难道不是要我背一辈子包袱，痛苦一生吗？"

这个"你们"，不知道她骂的谁。但她拼命捶打着的人，是完颜修。

一边打，一边骂。嘶哑的声音发出来的怨怼，像一头被人遗弃的孤狼，有咬牙切齿的凶狠，更多的，是一种濒临绝境般的无奈与绝望。

萧六郎没了之后，她憋得太久了。借了这个事情，她把情绪悉数发泄了出来。

"墨九！"完颜修紧紧抱着她，难得没有讽刺，也没有嘲笑，而是一本正经地喊她的名字，伸出另一只手轻轻抚摸她的头，在暴雨的冲击中，慢慢地放慢了马速。

"你不是男人，不了解男人。"

"男人又何尝了解女人？完颜修，你是男人，就赶紧放开我！"

完颜修一愣，盯着墨九的脑袋，眉头皱得更紧。

在这之前，他从来没有听说，也没有想过——男人也应该去了解女人。

他一出生就是皇子，何曾需要、何曾必要去了解女人？

可此刻，他突然愿意去了解。

手搁在墨九的肩膀上，他感受着她双肩在轻轻颤抖，不由得叹了一声，怜香惜玉地放软了声音："放了你，你能做什么？跟着他一道去送死，还是浪费掉他的一番好意？在他死了之后，喂狼殉情，以全贞节？"

"放你娘的屁！"墨九骂得又急又狠。

看她憋得脖子上青筋暴起，完颜修没有还击她，而是脱下身上的披风，甩了甩雨水，将墨九紧紧裹在身前："如果骂了舒服，你就骂吧。"

说罢，他慢吞吞往回望了一眼，心里莫名有一种微妙的情绪——属于一个男人应当有的情绪："小九儿，若我说，换我也会如此，你信吗？"

墨九脑子里一片混乱，心也如同绞了一团乱麻，这个时候让她相信这种话，比相信母猪上树还难。

"呵呵。为啥？就为你嘴里的'喜欢我'？你就可以放弃你的性命、你的国家、你的臣民？完颜修，如果你当真如此深情，当初也不会为了两座城池，就把我还给萧六郎了。

"当然，你不要以为这样说我就能原谅你今天做下的事——告诉你，不是人人都是萧六郎，也不是人人都是萧长嗣，你做不到就不要说出来惹我笑话。懂吗？"

她真的在笑，冷笑。完颜修听出了她声音里的讽刺，甚至还有恨。

他知道，如果不是他今日劫了她出来，不会发生这样的事，所以，她这是把恨意转移了。他当然也知道，如果萧长嗣真有什么三长两短，他这就是断了萧家唯一的血脉，这个女人说不定真会找他拼命。

"小九儿——"幽幽一声唤后，完颜修许久没有说话，眼底有一抹稍纵即逝的无奈，以及痛苦。

"当初的两座城池是我捡的，或者说，是萧六郎赠予的。"良久，他的声音才又响起。

在暴雨里，他的声音有些模糊，但一字一字都落入了墨九的耳朵。

"你以为我不同意他用两座城池换你，他就会罢手吗，我最终就真的留得住你吗？其实，那两座城只是萧六郎给的'小意思'，还有同为男人他给我的尊重。"

尊重？同为男人的尊重？

墨九冷冷听着，不说话。

完颜修手拥她更紧，语气里却有着对萧乾离去的惋惜与难过："是英雄，方懂得重英雄。我说过，当今天下我只服一个人，他就是萧乾，你的萧六郎。而他对我——"

他考虑一下，又苦笑补充："他对我想必也有那么几分同为沙场战将的尊重吧？若他直接从我手上夺走了女人，我完颜修颜面何存？要知道，对真正的男人而言，丢了女人比丢了天下更难堪。"

丢了女人，比丢了天下更难堪？两座城池，是萧六郎给他的尊重？

这个论调很新鲜，墨九第一次听见。

她的脑子里，无须刻意去想就已闪过萧乾的样子，铁甲在身，披风猎猎，凛然

438

的身影，紧绷的薄唇，还有坚毅面孔上那一双锐利的眼……

实际上，除她之外，萧乾对任何人都疏离而冷漠。可相处时日久了，她却是了解他的。

那个男人，外冷内热，这一点，从他对萧家的态度就可见一斑。

他的心肠其实很软，所以，他会那样对完颜修也不算奇怪。

念及过往，墨九盯着雨雾的眼里闪过一点哀凉。她紧紧咬住下唇，红着眼眶，看着眼前被风雨肆虐的草原，不停地往远方延伸……泪水无声地滑落，与雨水混在一起，无人看见。

"完颜修，"她仰着头，低低地道，"你松开我，我不会跳马。"

这样冷静的请求，可以听出来，她平静下来了。

完颜修默了默，慢慢地放松胳膊，把她扶坐好，又拢紧她身上的披风，目光柔软地盯着她的侧脸："想哭就多哭一会儿吧。"

"你眼瞎了？那是雨。"墨九用袖子狠狠抹一把脸，转过头冷着脸看他，"我们回去看看吧。"

人与狼，数量上反差巨大，哪怕萧长嗣真有过人的本领，也难免……落入狼腹。

完颜修以为根本就不必回去看也可以预见结果，而且再跑回去一趟，容易招狼群盯上不说，就算狼群已经离开，再让墨九看见也不过徒增伤心，根本就没有必要。

然而，墨九很坚持："你若害怕，放我一人回去，你在这里等着，我会回来继续做你的俘虏。放心好了，我墨九说话，从来……"

"不算数！"完颜修沉着脸补上。

少顷，看她黑着脸，他弯唇一笑，缓缓掉转马头："我陪你回去。"

没有想到他会这么好说话。墨九紧紧抿唇，慢吞吞抬头，望向雨雾："谢——"

后一个"谢"字还没有落下，她目光一凝，就见完颜修突然勒马停下。

墨九瞥他："怎么，后悔了？"

"稍等一下——"完颜修似乎听见了什么，凝重地竖起耳朵。

很快，墨九也听见了远处传来的马蹄声，急而快，透过风雨声，让她心里涌起了希望。

不多一会儿，她的视野里就出现了几个黑点。

"难道是他们追来了？"

黑点越来越大，越来越近，那迎风狂舞的披风，将最前面的男人衬托得如同一个战场上浴血归来的将军，哪怕衣服已经破损不堪，依旧气势逼人，在昏暗的雨雾里，看得墨九双眸一片晶亮。

"老萧——"她高扬手臂，嘶声呐喊。

萧长嗣没有回答。

不过转瞬间，他就已经领着击西几人打马过来，手上的长剑还闪着寒光，狼狈的脸上有几条被狼爪或者狼牙伤到的地方，狰狞、恐怖，让他本就丑陋的面孔更是不堪入目……

可在墨九眼里，对他已经没有颜值概念。或者说……他长什么样，已经不再重要。

他是老萧，救了她的老萧，让她心疼的老萧，仅此而已。

在她喜极而泣的目光中，萧长嗣骑马走到完颜修跟前，拔剑与他对峙着，那冷冷的目光里，满是与草原狼搏斗之后残留的浓浓杀气："放了我的女人。"

他一身狼狈，没有多余的话，可谁都看得出来，这个从狼嘴里逃生的男人，已经彻底被狼激发了野兽的凶性。若是完颜修不放人，这一片雨水四溅的草地上，将要流下的，就会变成人类的鲜血。

墨九欣喜于萧长嗣能活着追上来，所以她之前根本就没有去想，自己还是俘虏的身份。

如今闻言，她愣了愣，回头看完颜修，冷笑着讽刺："刚刚不是表忠心说为我死都可以吗？呵呵，完颜国主不会连放我自由都做不到吧？"

完颜修眼眸凉凉地眯起，慢慢地，他松了松手臂，却没有放开她。

"老萧，我敬你是条汉子。女人，你可以带走。"他稍稍停了一下，突然回头瞥向前方，"不过，草原狼还在后头，这会儿又狂风暴雨，我以为你们不适合现在回去，尤其这满身的血腥味儿，一旦被盯上，就不一定有那么好运能逃命了。"

"你待如何？"萧长嗣唇角有擦伤，话说得简洁。

完颜修道："前方就是阴山，我知道有一处落脚的山洞，我们不如过去避避雨，叙叙话，等雨停了，再做打算。"

他能这么爽快答应放人，墨九有些诧异。

更诧异的是，几乎没有考虑，萧长嗣就同意了。

"就依你之言。"

一行人结队前去避雨，这样的队伍显得有些古怪，但队伍里的人全都不动声色地沉默以对，就连一向聒噪的击西也好像没有从杀狼的"刺激"中回神，始终抿着嘴巴，不高兴地摸着脖子和脸上那两条抓痕，郁郁寡欢。

这货一直爱美，想来他是怕破了皮相，不美了吧？

墨九扫他几眼，他都没有回头。迟疑片刻，她道："阿花，我那儿有萧六郎以前留下的美容方子，回头给你试试，应当不会留下疤痕。"

"哼！"击西不理她。

这货脾气咋的突然大起来了？墨九纳闷，不晓得哪里招惹他了。

想了想，她奇怪地问："我得罪你了？怎么跟我使上劲儿了？"

"我心疼掌柜的。"击西又轻轻抚了抚自个儿受伤的脸，才小心翼翼地侧过头，望向身侧不言不语的萧长嗣，为他抱上了不平，"掌柜的本来就够丑的了，现在脸上又添了新伤，怕是更遭九爷嫌弃。还有，九爷既然有主上留下的方子，为啥早些时候不拿给我家掌柜的，把他变美一点？你就是嫌丑爱美。"

　　这逻辑也是醉人。

　　墨九不懂医术，可哪怕普通人也看得出来，萧长嗣的那张脸——没救了。而且，若是用美容方子有用，萧六郎早就用了，又怎会任由他变成如今这副德行？

　　"我若真的嫌丑爱美，又怎会没爱上你？你长得那样美。"

　　墨九不冷不热地还了击西的嘴，还不着痕迹地为这货灌了一勺蜜，击西果然高兴起来。

　　她却突兀地叹一口气："当然，我也从未嫌弃过他。"

　　此言一出，几人都亮了眼睛。击西满脸喜色，萧长嗣的目光却很复杂。

　　墨九强忍心中起伏的波澜，淡淡道："可以过命的交情，岂能看脸？老萧，从今往后，只要有我墨九，就有你萧长嗣。任何时候，我这条命都是你的。"

　　她这条命可以是他的，可她的感情是萧六郎的。

　　潜台词她没有说，可有心人都懂。

　　完颜修微微一勾唇，似笑非笑地将目光投向远处的阴山山峦，萧长嗣却微微一笑，透过雨雾的眼，像有一丝牵着彼此的情线，注入她的眸中。

　　"你不欠我的命，我又没死。"

　　"……"这话让墨九无言以对。

　　他确实没有死，又如何欠命？可难道他没有死，她就可以说没有欠情？

　　萧长嗣似是看透了她的想法，哑声一笑："若你过意不去，给我一个相思令便可。"

　　"……"墨九再次无言。

　　若非她亲眼看见萧长嗣以身搏狼的凶险，一定会怀疑这厮此番举动就是奔她的相思令来的。但有了先前那一遭，她真的连命都可以给他，还了这份情，莫说一个相思令了。

　　"好，给你相思令。"她爽快地应下，又冲他挤了挤眼，"不是春令。"

　　"爱妻当真豪迈汉子，如此，就一言为定了！"

　　当真豪迈汉子？这……她该高兴吗？

　　她脸颊微微抽搐，萧长嗣却有点儿高兴，拖长的尾音里，也有着说不出来的喜悦，一转眼，眸中有灼灼的流光闪过："不过，此举爱妻切勿模仿。我可以这样做，原因有二。其一，我是男人；其二，我有把握。你身娇体弱，可做不得。"

　　有把握？墨九抓住重点，疑惑了。

"我有个问题，老萧。"

"问。"萧长嗣也是会耍酷的男人。

"先头那般凶险，你是怎样击退狼群的？"墨九可不相信那漫山遍野的草原狼，单凭他和击西、闯北、走南四个人四把剑就可以杀得一干二净，还只是受了这些皮外轻伤。

"嗯，问得好。"萧长嗣抬袖一挥，手指抚过长剑，朝她莞尔一笑，"地狱太远，人间有妻，老萧怎舍得死？"

"……"油嘴滑舌！

"当然，那不是答案。答案只有一个，听好了。老萧靠的是脸。"

"……"这是不愿意告诉她的节奏了？

墨九眼睛眯起，凉凉看他："老萧，你一定要告诉我，这里面没有阴谋，草原狼也不是你叫来的，你更不是故意演戏给我看，就为了骗我一个相思令——否则，我估计会忍不住阉了你。"

阉了？萧长嗣稍稍一怔，轻笑着竖起两根指头："为了我家二掌柜的，我发誓，我家绝无姓狼的亲戚。"

墨九被他暧昧的目光一烫，哼一声转过头去，假装在看滂沱大雨中的阴山："哼，相信你了。"

只要他不是故意，一个相思令哪够报答这份情？

一行人在低压的云层中穿行，大雨始终没有停。他们走过一段泥泞的草地，山峦近了，阴山到了，崎岖的山路间，可见层层叠叠的岩石被植被覆盖。

就着昏暗的光线，可以看见山脚就有一个山洞。

"到了！"完颜修手挽剑鞘，往前一指。

赵声东看了萧长嗣一眼，默不作声地打头前去探路。

然而他还没有入内，里面就传来一道弱弱的凄哀叫声。

天色迷离，暴雨如注，风卷云低……

葫芦似的窄小洞口处，隐隐有冷风透出来，吹得人骨头缝里都是凉的。这样见鬼的天气里听见这般凄恻的哀叫声，不免让人心头压抑。

一时间，几人停在洞口交换着眼神，面色各异。

赵声东抖了抖湿透的袍角，掏出一个火折子："掌柜的，我进去看看。"

萧长嗣点头时，声东的身影已经钻入了洞里。

他是个办事稳健的人，一步一顿，走得极慢。

洞里黑乎乎一片，他的火折子光线太弱，好半晌没瞧清里面的情形。

"嗷呜，嗷呜，嗷呜……"

弱弱的哀叫声又一次入耳，赵声东循声小步踱到山洞的右上角落，就着火光看

442

了一眼，微微一怔，不由得松了一口气："是你啊！"

他看清了是什么东西在叫唤，却没有理会它，而是举着火折子打量石洞的环境。

洞里不算宽敞，但干燥通风。想必常有牧民累了在此歇息，里面放有干柴。

他速度极快地收集了一把干柴，熟练地扎成一个火把，点燃又仔细查探一遍山洞，没有发现什么危险，方重新回到洞口，招呼众人进来避雨。

墨九一头钻进去，便四处寻找："是啥东西在叫？你们听见没有，还在叫——"

不等赵声东回答，她自己就已经看见了，就在石洞的角落里，有一个用柔软干草与柴薪搭成的小窝，一只瘦瘦的小家伙像小狗似的探出头来，圆圆的眼睛映着火光，望着众人凄哀地唤。

"可怜的小狗——"她搓了搓手，待双手有了热度，才蹲身抱了它出来。

顺着它的皮毛，她往窝里随意一瞅，然而这一眼让她倒吸了一口凉气。

那个窝并不像普通的狗窝那么浅。在窝的里侧还有一个小小的洞口，想来是小狗的父母为了保护它们的孩子刨出来的"家"，小洞有多深不知道，但如今这个家里摆放着三具蜷缩的尸体——一只大狗，两只小狗。

显然这是一家遭了难。

"啧！"墨九同情地叹气，"这也太可怜了！一家都死光光了，就剩了你这小小的一只独苗苗。"

她抚了抚怀里的小脑袋，问："你是哪家的狗呢？主人在哪里？"

"它不是狗。"背后，萧长嗣声音沙哑，"是狼。草原狼。"

草原狼？以嗜血、凶残著称的草原狼？

墨九低头打量着不停往她怀里钻的小家伙，眉头轻轻皱起。它这么萌、这么软、这么可怜，怎么也无法与先前那些恨不得撕碎她的草原狼联系在一起。

"怎么办？"她慢吞吞站起，回头看萧长嗣，"我怎么突然很想养它呢。"

"别发疯！"萧长嗣难得严肃地板着脸，让他的面孔看起来格外恐怖，"这种狼养不熟的。"他慢慢地伸出手，盯着墨九的眼睛，一字一顿，"来，给我。"

给他是什么意思，墨九懂的。

他是怕她下不了手，想拿去处理了这个小家伙。

可这么软萌的一个小生命，她怎么做得出来？

墨九抱着小狼退后一步，摇摇头，严肃地看着萧长嗣，为生命抗争："老萧，它还小，是条命。"

萧长嗣眉头紧皱，手停在半空："乖，给我。"

在她面前，萧长嗣从来不是那么执拗的男人，只要可以，什么事他都会依着

443

她。故而这一次他的坚持，让墨九稍稍动容。

引狼入室的成语，她懂的。东郭先生与狼的故事，更是她小时候就听过的。

她知道，狼就是狼，与人是没有感情可讲的。

墨九狠了狠心，终于别开眼，慢吞吞伸出手，把小狼递了出去。可那小崽儿像是懂得危险似的，哀号一声，两只爪子拼命揪住墨九的衣衫，尖尖的指甲都挂入了她衣衫的纱里，脑袋还使劲儿往她怀里钻……

这绝望的挣扎，这求生的欲望……

墨九心一软，手又飞快地缩了回来："老萧——"

她通红的眼里，有一种情绪叫执着。

萧长嗣与她对视着，微微一叹，晓得再说不通她，终是转过头去，寻了一处东西打扫干净的地方盘腿坐下，一副懒得掺和她的闲事的无奈样子："先养着吧，等大一点再处理。"

"好嘞！"绷着的心弦一松，墨九顿时兴奋起来，轻轻搂着小狼，像捧着一个脆弱的小生命，往有火光的地方靠了靠，坐下看闯北念着"阿弥陀佛"，默默地收拾另外三具狼尸。

看到同类和家人的尸体，小狼哀哀地刨着前爪，一双眼睛润润的，像被世界遗弃的孤儿……这幅画面，让墨九冷不丁想到了父母飞机失事时，自己的心情与处境。

那会儿的她，可不与这只小狼一般吗？世界那么大，却只剩她一个。

而如今没了萧六郎的她，与小狼又有何区别？

依旧是世界那么大，只剩她自己。

"别怕，乖！有我在，别怕。"她把小狼放在胸前，慢慢闭上眼睛，听着外头瓢泼大雨击打在岩石上的声音，心软得一塌糊涂。手指抚摸着小狼的头、脸、背毛，她觉得在这个大雨滂沱的山洞里，其实是做了一件极有意义的事——她救了只狼，收养了一只狼。

"老萧，有吃的吗？"

跑了这么久，又奔又逃的，早上的疙瘩汤都消化完了。

想想，她都饿了，想必小狼更饿。

也不知这小家伙多久没有吃东西了，先前她观察了一下，那头母狼的奶头塌塌的，不知死了多久了，肯定没有奶水，要不然另外两只小狼也不会活活饿死。

"它饿了，肚子都是扁的。"她盯着老萧要吃的的样子，像一个为孩子要奶的娘。

那一瞬，萧长嗣目光深深，却无法拒绝这样的请求："声东，去村子里找点吃的来。"

嘎查村离这里并不太远，打马来去也要不了太久，但这会儿下着暴雨呢。赵声东看看那小家伙，也不免有了怜悯之心。

"是！"他领命出去，可未到洞口，又听见萧长嗣吩咐："记得装点羊奶。"

赵声东微微一怔，忍不住笑："好的，掌柜的。"

拿羊奶肯定是喂小狼的，这小东西命可真好。

轰一声，惊雷响过，接着，一道闪电划过天际，把洞口照得雪亮，也把墨九的脸照得雪白一片。她衣服湿透了，其实有点冷，这么一闪，更觉得凉意砭骨，不由得缩了缩身体，受不住地嘶了一声。

阿嚏——她打了个喷嚏，吸了吸鼻子，这时，手背上微微一热。

她低头看去，只见嗷嗷待哺的小狼脑袋拱着她的胳膊，怯生生地用温热的舌头舔着她的手。那讨好而可怜的姿态，看得她特别不忍心，更加坚定了要收养它的决心。哪怕养大了放它离开，也比杀死它好。

心生喜欢，她越发觉得小狼生得可爱，尤其那一双圆圆的大眼睛，若别人不说它是一只狼，怎么看怎么像一只狗，又萌又懂得讨人喜爱。

"小东西，爱死你了！"她想了想，又好奇地拎着小狼看了一眼。

"噫，母的，正好。"

"好什么？"萧长嗣不知道她在喃喃什么。

"嘿嘿！"在弱小的生物面前，墨九满脸都是母性的光辉，那单纯的笑容、那软软的声音，又娇又脆，简直瞬间化身为软萌的美少女，"我家不是还有一个未娶的翩翩公子吗？正好，我收养这个小闺女，可以带回去给它做童养媳。"

童养媳？她说的是这只草原狼？

从萧长嗣到完颜修，几个男人都哑了声。这样的思维简直太奇葩了，他们很难接受。

好一会儿，击西才弱弱地问："你家公子指的该不会是……"

"旺财啊！"墨九大眼珠子一瞪，眼里满是笑意，"除了旺财谁配得上我闺女，难不成指望你吗？"

击西："……"

众人："……"

"好玩，可爱的小家伙，太可爱了，我得给你起一个霸气的名字。嗯，你男人叫旺财，那我给你起个啥名好呢？来福、兴禄、长寿？好像太男性化了，没点娇软的女性样子——算了，就叫你狼儿，好吧？"

她一个人叽叽咕咕，高兴得完全不知道把一只狼"许配"给狗是何等惊世骇俗，自个儿与小狼玩得不亦乐乎。

445

这么一来，萧长嗣实在看不下去了，估计是怕一不小心就给草原狼的儿子做了爷爷，他清了清嗓子，端正脸色朝墨九伸出手："你去烤烤火，我替你抱一会儿。"

不得不说，击西、闯北等人的办事效率是很高的。

就这么一会儿工夫，闯北不仅处理好了狼尸，还捡了一堆柴薪回来，架起火堆生起了火。如果再烤上一只山鸡，那简直就是完美了。

墨九咽了咽唾沫，把跑偏的思维拉了回来："也好。老萧你变善良了。"

衣服湿了是需要烤干的，而小狼身子太弱了，如果太靠近火源她怕它会受不住，想了想，她眼神一瞟，给了萧长嗣一个"照顾好我闺女"的暗示，就把钻到了胳肢窝里的小狼给拎了出来："狼儿，先去你老萧叔叔那里玩一会儿啊，乖。"

老萧叔叔？萧长嗣对这个称呼似乎不太满意，皱了皱眉，不屑地哼了哼，还是僵硬着手臂去接小狼。而小狼对他似乎更不满意，这小东西一眼都没有看萧长嗣，再次紧紧攀附着墨九，害怕得瑟瑟发抖。

"这……"墨九的心都被萌化了，她温柔地抚摸着小狼的脑袋，把它从她湿漉漉的怀里抱出来，"别怕别怕！老萧叔叔只是长得丑，心地还是很善良的。"

萧长嗣："……"

这是安慰了一个，却伤了另一个啊。

击西瘪了瘪嘴巴，似乎看见了他家掌柜的滴血的心。为了安慰主子，顺便为自己的容貌正名，他哼了一声，扭着腰肢走过去就要夺墨九怀里的小狼："来，姐姐长得美，到姐姐这儿来，姐姐抱——"

这声"姐姐"倒说得敞亮。

墨九敬他是一条"女子"，笑着松开小狼："去吧，阿花姐姐那儿去。"

原本以为小狼害怕萧长嗣是因为先前的"过节"，对他有了警戒心。可是，它并没有因为击西的颜值而靠近他，反而惊恐地哀叫着，声音更加尖厉，像见到了什么恐怖的野兽，小身子抖得比先前更为厉害，拼命在墨九怀里挣扎、惨叫，就是不肯离开——

"呃！"墨九又好笑又好气，抱歉地抬头看击西，"狼儿太小，还不懂得人情世故，总是天真地依靠本能来判断——谁长得好看，它就喜欢谁。"

"……"

这是打击一片的节奏？

"击西姐姐"打了个嗝，苦着个脸，一脸闷闷不乐。

好在"老萧叔叔"没有被打击到，淡淡瞥了一人一狼一眼，十分正经地解释："别想太多，物以类聚而已。"

这攻击力够劲儿啊！

墨九噎了噎，目光冷飕飕地剜过去："老萧，小看你了啊，你骂谁畜生呢？"

"不敢——我在说我自己。"萧长嗣低头咳嗽一下，捂着嘴唇，很快脸色就咳得青白不已，一副只剩下半条命的模样。

"……"墨九无奈了。这一招屡试不爽啊，人家是病人，她能如何？

"不舒服就少说话，咳死了，没人给你收尸。"

她这讽刺方式的关心，萧长嗣听懂了。他用白绢子优雅地擦了擦嘴巴，淡淡的目光扫过墨九愤愤的脸，又望向一言不发面带冷笑恨不得瞎掉双眼少吃狗粮的完颜修，丑陋的脸上慢腾腾绽开一个"狰狞"的笑容："你们不是想知道我是如何击退狼群的吗？"

说到这里，看墨九眼里果然钻出了好奇，他慢吞吞从袖子里掏出一个长颈瓷瓶，在她眼前一晃："这个叫失魂粉，人闻着并无异常，可对于狼这种嗅觉灵敏的东西来说，简直生无可恋——"他停顿一下，转过眸子，又"慈祥"地看向瑟瑟发抖的小狼，"想来是先前驱狼时撒出的粉末沾在身上了，让这小东西嗅到了。"

是啊！他和击西身上都有这味儿，怪不得狼儿不愿意靠近他们。

然而，听完解释，墨九整个人都不好了，也有些生无可恋。

说好的以身搏狼呢？

说好的舍身救美呢？

说好的英雄大义呢？

老萧这厮明明可以靠一瓶药就解决的事，为什么偏偏搞得那么惊心动魄？还害得她差一点儿就要与他同生共死。

她扶了扶额头，抱住小狼，声音比小狼还要哀怨："老萧，你好残忍。"

"……"

"骗了我的相思令也就罢了，为什么还要告诉我真相，侮辱我的智商？我宁愿不知道事实——那样我也不会这么亏啊。"

"好。"萧长嗣把药瓶收入袖子，"我从来没有说过。"

"……"墨九哑然。

看她瞪大双眼，一副恨不得捏死他的样子，萧长嗣又偏过头严肃地望向击西、闯北二人，冷声问："你们快告诉九爷，掌柜的是怎样驱狼的。"

两人齐刷刷回答——

"靠脸。"

"正是。"

真是够了啊！墨九瞠目结舌地看着三人，简直被他们的智商给感动得无以复加——

"我来抱吧，你过去烤烤。"完颜修先前一直披着外袍在烤火，这会儿终于有

447

了表现的机会，便好心地坐到墨九身边，伸手去抱那头小狼。

果然，这孩子缺爱。

完颜修身上没有药粉，它好奇地张望一下，一开始有点儿害怕，可当墨九在它脑袋上抚摸几下之后，它就温驯地转移了目标，乖乖趴在完颜修的怀里。

墨九高兴地摸它的头："狼儿好懂事，不认生了。"

完颜修呵呵一笑，得意了："果然是一家人。狼儿，乖，等会儿给你肉吃。"

这货简直与萧长嗣一样，抓住点机会就会占便宜。

墨九坐下，双手放在火堆前烤着，冷笑一声："国主真是说了一句大实话，你这心性啊就是属狼的，歹毒又凶狠，阴阴地躲在角落里，一有机会就钻出来咬人一口……"

"狼儿，你娘在骂你。"完颜修回答得很坦然，半点亏不肯吃。

得，墨九算是服气了，男人一旦不要脸，怎么说话都是占便宜，女人与他们斗嘴一不小心就得落下风。有啥办法？脸皮不如人家厚呗。

"啧，狼儿，叫你完颜三舅好好疼你。"

完颜三舅？完颜修无端多了一个亲戚，一脸木然。

墨九哼哼一声，不冷不热地瞥他一眼，好半晌不再吭声。

如此一来，山洞里的气氛突然就尴尬了。

不是朋友的一行人凑在一块儿，不管是谁家的叔、谁家的姐、谁家的舅，又没有一桌可供消遣的麻将，久久没有话题，那真是度日如年了。

墨九没有说话的兴趣，萧长嗣半合着眼养病，完颜修好几次试图说点儿什么却都没有成功。于是，整个山洞陷入一片安静之中。

呼呼——

风声。

滴答——

雨声。

轰轰——

雷声。

啪啪——一道闪电。

这时，寂静的空间里突然传来完颜修的低呼："嘶，你这畜生，竟敢咬我？"

他意外的喊声未落，墨九就抢步过去了。

她怕完颜修一个不小心就把她的狼儿给捏死，同时也有些奇怪，先前一直乖乖缩在完颜修怀里的狼儿怎么会突然咬他呢？按说这么小的东西，也没有野性才对啊。

瞅了一眼完颜修，见并没有咬伤，她松了口气："狼儿，来，我抱——"

小狼有些躁动，但还是乖乖地趴在了墨九的怀里。墨九微微一笑，一个"乖"字没有落下，突然觉得背后有一阵细微的沙沙声。

什么东西？她警觉地转头一看，不由得怔住。

蛇！狼窝里，全都是蛇。

它们吐着芯子，一条一条地爬出来，嗞嗞地示威。

"娘呀！"她最恶心的动物就是蛇了。

鸡皮疙瘩爬了一身，她抱紧小狼，下意识朝萧长嗣的方向靠过去。这个举动本是不经意的，或说由于之前他的保护所产生的安全感，是人性本能，但落在众人眼里，却是几家欢喜几家愁。

"这一次，换我来断后吧，你们出洞去避一下。"完颜修抓住腰上锋利的弯刀，缓缓出鞘，挽出一抹寒光，然后身姿潇洒地立于蛇群前，漫不经心地随手一舞，把一条爬在最前头的蛇斩成了两截……

"走不了了！"萧长嗣的声音格外淡定冷静，却成功地把众人的视线转到了洞口。

然后，所有人都惊住了。

先前一直敞着的葫芦形洞口，就在完颜修挥刀杀蛇的瞬间，轰一声，被上头落下来的一块巨石封住了出路。

"完颜三！"墨九咬牙切齿，"你最好不是故意的！"

完颜修一脸无辜，手上的弯刀还沾着阴冷的蛇血："大家同处一条船上，别喊得这么生分。你们走不了，它完颜三舅不也走不了。"

簇昏黄的火光下，完颜修星眸里闪烁着坦然的光芒，便是不懂得微表情心理学的墨九，大概也看得出来，他应该与这件事没有关系——除非还有更大的阴谋，或者他是天生的影帝。

"愣着干什么？"墨九偏一下头，又缩到萧长嗣后面。

完颜修一柄弯刀在手，看她与萧长嗣亲近的样子，身体微微一僵，目光却有些疑惑，好像在问："老子是劳工吗？"

墨九又探出头，连带还有一颗小狼的头："它三舅，杀蛇啊！"

那一堆蛇嗞嗞吐芯子的声音，让墨九浑身都是鸡皮疙瘩，简直度日如年。若不是抱着瑟瑟发抖的狼儿，她估计自己也得抖上一抖。但好歹做了"娘"，在狼儿面前还得端住点架子。

嗞嗞——嗞嗞——

咻——

完颜修手起刀落。闯在蛇群前面的"英雄蛇"就归了天。它们冰冷的尸体一条一条堆在狼窝的外面，甚是惊悚！

但即便如此，后面的蛇却丝毫未惧，还源源不断地继续从那个窄小的洞口中涌出来。一股一股地往外耸动，那场面简直就是密集恐惧症患者的克星，恶心得墨九一眼也不敢直视。

完颜修是杀蛇主力。

可奇怪，蛇也不知是有灵性还是怎么的，谁也不找，专门挑他，就好像看不见他是屠夫、手里有刀似的。哪怕击西和闯北两人也睁着炯炯的双眸，防备地挡在蛇群前面，那些蛇就是不往他们那里去。

"调皮了！"这情况……墨九偷瞄几眼，一开始觉得大抵是完颜三舅长得太英俊，招得天怒人怨连毒蛇都反感，后来突然想明白了。

失魂粉！

这几个货身上都有失魂粉，蛇估计与草原狼一样，也怕这个东西，都不敢靠近他们，所以这才一条条前去围观完颜三。

"老萧！"她转过头来，看向面无表情的萧长嗣。

"我觉得吧，咱得有点人性啊。"

"嗯？"萧长嗣低头，淡淡看她，"怎么讲？"

"你看啊，它三舅其实也不容易，一个人举刀杀蛇，手估计都砍酸了，万一不小心被咬上一口，咱还得费劲地给他治，不是找事吗？"

"你关心他？"

这话从何说起？墨九微微一愕，晓得男人有时候也会像女人一样拈酸吃醋，不由得感慨一声，抚着狼儿的背毛，摇头失笑："不，我只是善良。"

"哼！"萧长嗣若有似无地哼了一声，也不知相信她没有，唤了闯北过来，就把身上那一瓶失魂粉递了上去，"撒上去。"

袖手旁观这么久，闯北的手也酸了。

接了任务，他走过去念一声"阿弥陀佛"，先为蛇群超度，然后再一手握剑，一手拿失魂粉，抢在完颜修前面把粉末撒在狼窝的窄洞口，再配合完颜修把外面的蛇杀光，然后双手合十，默默无言。

这假和尚，装得挺像样！

墨九摇头失笑，再看那洞口，没有蛇再出来了。

不过，蛇尸还在。一股子浓重的蛇腥味让她的胃阵阵翻腾，特别不舒服。

得想法子出去才成，要不然没被蛇咬死，也得被臭死。

就着火光四处打量了一下，光源太小，她始终看不清完整的石洞环境，索性从柴火堆上抽出一根正在燃烧的木柴，将狼儿递给"它三舅"抱着，自己前后左右仔细探究。

450

第十一章　最远的距离是人心

墨九的影子映在地上，一团漆黑，那严肃的面孔让几人都不敢说话，就怕影响了她。寂静的空间里，只有她一个人的脚在挪动，那沙沙声，显得紧张而惊悚。

"九爷，有什么发现吗？"击西是个急性子，看墨九来来去去在山洞里走了好几圈，连半句话都没有，再也憋不住了，"您倒是说句话啊！这样黑着脸走来走去的怪吓人，我都想要……尿尿了。"

"嘘！"墨九冷不丁回头，做了个噤声的手势，"想出去吗，诸位？"

废话不是？几人都不吭声。

"嗯。我也想出去……尿尿了。"墨九点点头，说了第二句废话。

然后，她把手上快要烧尽的木柴往火堆上一丢，重新换了一根，举在面前，那火光挡住她半张脸，在她阴气沉沉的声音衬托下，样子格外吓人："接下来，你们得听我的。"

遮住葫芦形山洞口的是一块平整的巨石，而且，巨石一落下来就与洞口进行了严丝合缝的对接。

这只能说明一个问题：这不是普通的山洞，很有可能是有人设计好的机关……

在机关巧术方面，没有人比墨九更专业，所以，大家对她的判断都无异议，一个个看着她，就等一声吩咐了。

她却突然啊了一声，高声大吼。

众人："……"

不知道她在搞什么鬼，索性都不说话。

"啊——啊——"

墨九的声音冲击着众人的耳膜，她像吊嗓子似的啊了一阵，突然闭嘴，从地上捡起一块石头，猛地朝石壁砸过去。山洞的石壁在年深日久的风化中，每一面都格外平整，以至于上面各种造型不一的坑洼小洞都显得极有艺术感。

石头砸上去，当一声，又弹落在地，可山洞没有发生任何变化。

在搞什么？几个人都疑惑地看着墨九。

击西大着胆子问："九爷这是作甚？"

墨九回头瞥他："我先练练手。"

击西瘪嘴，不高兴道："我以为你在开机关。"

"开什么玩笑？"墨九眼一瞪，"这里的机关怎么能靠我一个人开？想得可真美。"

原来她在玩啊？

不对，原来她在玩他们啊？

击西一颗崇拜九爷的小粉红心脏，顿时碎了一地："不是说要出去吗，现在要怎么办？"

墨九眼风一扫，道："找！"

找什么？所有人的脸上都是一个大写的蒙字。

墨九这回没有卖关子，举着烧红的木柴走到几个人面前，说了一个开机关的规则。

大概意思是，这个山洞里原本是有机关布置的，但是由于岁代久远，机关已经被人为破坏，或者说，是布局之人故意打乱了布局……

"太绕了！我还是没有听懂。"击西不停地挠脑袋。

"笨！我举个例子啊。"墨九指了指石壁角落里的一个小凹坑，然后在四周寻找了一下，又把她先头掷出去的石头捡回来，往那个小凹坑里一放。

咔一声，严丝合缝，刚好凑成一对。

击西噫了一声，觉得好玩，可抬头看了看，石洞还是石洞，洞口也没有打开，又不免失望："九爷，这机关也没有开啊！"

"笨！"墨九敲一下他的头，手指在面前一划，指向整个石洞，正色道，"这样的石坑当然不止一个，所以我才说，我一个人完成不了，需要你们的帮助。"

"九爷，我们要怎么做？"闯北接了一句，"是像您这样，找到石头与相配的石坑，放进去吗？"

"孺子可教也。"墨九满意地点点头，"闯北说得极对，我们要做的就是把石洞还原——也就是说，这个葫芦形的山洞原本是两边对称的整体，可布局的人把机关布好之后，又把对称性打乱了，我们要做的，就是让它再次对称……

"像这样的石坑可能十个、二十个，也可能有无数个，有的比较容易找，像我刚才放的，有的可能会比较难。嗯，到了考验你们智慧的时候了。我们找到它的原配，合在一起，拼成机关布局，那么，机关也就破了。"

这样说来不免啰唆，毕竟她用了"对称"这种来自后世的词，太复杂。

古人就是古人，她口水都干了，他们才明白意思。

"对称！还原！"似乎对这些词感兴趣，萧长嗣和完颜修都意味深长地看着她。

一个在左，一个在右，这两个男人看得墨九汗毛倒竖："都这么含情脉脉地看九爷我干吗？动起来啊！不要再问我对称是什么意思了。嗯，就像你们俩，现在就很对称。"

她叉着腰站在中间指挥着众人，想了一下，又从完颜修手里把狼儿抱了回来，然后对萧长嗣语重心长地道："老萧你身子不舒服，就在那里坐一会儿，不要动来动去的影响大家干活了。"

萧长嗣眉梢动了动，果断地坐了回去，咳嗽一声："有劳大家。"

可怜的完颜三舅，看着空空如也的双手气不打一处来："敢情把狼儿抱走，就是让我干活儿的？"

"你是战神。"墨九很冷静，"力气大，适合干活儿。"

果然亲疏有别啊！

暗暗骂了一句脏话，完颜修挽起袖口："算了，谁让我是它三舅呢。"

几个人忙碌着，石洞里除了石块挪动的声音，再无其他。

不得不说，都是聪明人，领悟到了墨九的意思后，在搬石块的时候，摸索出了门道，速度就快了起来。而且这活动有一点像拼图游戏，不管是击西、闯北，还是完颜修，找着找着，就有了乐趣，尤其把一个地方还原时，是极有成就感的。

看他们安静做事，墨九笑吟吟地抱着狼儿巡视，那模样像工地上的包工头："兄弟们，感觉咋样？"

从一开始的抵触到找到乐子，击西满脸都是笑："好玩，九爷。好好玩——"

"哈哈，九爷没亏待你吧？"

"哼！"完颜修嗤之。

可他声音刚落，石洞外面就传来了声音："有人吗？"

众人停下手里的活，安静下来。

果然是声东在喊："掌柜的、九爷，你们在里面吗？"

"声东哥？！"击西的声音比谁都快，喊罢又飞快地跑到洞门口，对着那块巨石拍得咚咚响，"我们在这里面，我们在。我们出不去了。"

外面的赵声东回了一句："你们等着，我去找人帮忙！"

他的脚步声越来越远，很快消失在雨中。

击西背靠着巨石，失望地嘟着嘴巴："可怜的声东哥，冒雨去拿个吃的，回来就进不了山洞了。唉！"

这逻辑！缺心眼儿的。

墨九朝他翻了一个白眼儿："傻子，到底谁比较可怜啊？"

"哦，是他可怜，玩不了找石头。"击西瘪瘪嘴巴，突然就不像先前那么有找

453

石头的兴致了，又在门口捡了一块石头，默默地在山洞里找它的原配，不高兴地哼哼，"怎么找了这么久，还没找完啊？"

这货的心情还真是孩儿的脸，说变就变。

墨九走到他身边，笑道："你们已经很快了。要知道，打乱容易重组难，看这情形，咱们很快就可以脱险了哦。"

哦字未完，只听见轰的一声巨响。

这动静把正在放石头的闯北吓了一跳，连退三步。

嚓嚓——

机括声里，葫芦形山洞的底部慢慢挪出了一个石门，甬道似乎很深，里头黑漆漆一片，这样的火光根本看不透。

机关开了！

只可惜……他们期盼的外面那道门纹丝不动。

击西抬起手看了看自己手上的石头："九爷，这，这是怎么回事？"

他手上还有一块石头。也就是说，并没有完全还原。

"这个嘛……"墨九想了想，看地上还有好些石头，不由得莞尔，"那个正好是多出来的吧。本来就是麻痹闯入者之用，并不与机关相干。"

"不能吧，人家找得好辛苦。"击西不信邪地找了一圈，真的没有找到它的"原配"，瞧着石头又有点舍不得，还不甘心。于是，他把那小小的石头塞入怀里揣着，与众人一样，看着墨九，"九爷，咱们现在怎么办？"

墨九想了片刻，目光幽幽一闪，望向萧长嗣："老萧，你看呢？"

什么时候，她这么信任他了？

完颜修的目光略有不满，击西与闯北却是一脸古怪，又像兴奋，又像失望，很是复杂。至于萧长嗣，很淡定。

他看了一眼抱着小狼的墨九："那得看你有没有把握。"

墨九微微一怔，双眸里荡出一抹笑来："无十足把握，但可一闯。"

这一问一答，听得旁人莫名其妙。

可完颜三舅到底是它舅，只默了默就明白了。

他望向那个阴森森的石门，冷冷一笑："你们是要往里闯？"

墨九毫不迟疑地点头："我们清理狼窝时触发机关，导致蛇群涌出，进一步触发了山洞机关——其实从那个时候开始，就已经没有退路了。"

她顿了一下，又笑着睨向完颜修："哦不，也不算完全没出路。声东不是离开了吗？他或许会搬来救兵，这堵门的巨石虽说厚实，但也并非完全不能凿开的，你可以在这儿等。"

是等，是闯？

454

闯，里面不知什么情形。而等呢？石门究竟能不能凿开也不一定。

并非一路人，这种与人身安全有关的事难免有分歧。当然，这分歧主要来自墨九、萧长嗣与完颜修三方。

如今萧长嗣与墨九心有灵犀一点通达成了共识，就差一个完颜修了。他是后珪国主，身上系着无数人的身家性命，肯定舍不得去冒险。

这一点上，墨九完全能够理解他。

可是——她正准备告诉他留下来也许同样有危险时，完颜修却微微点头，唇角荡出一抹暧昧的微笑，黑眸深深地看向墨九："我家小九儿在哪里，我就在哪里。"

"呃！"墨九只当没听见他的"暗撩"，严肃道，"那大家一起走吧，反正闯关最缺下力的人，它大舅它二舅都是它舅。"

深入未知石门，墨九也很忐忑，尤其那甬道好像没有尽头一般。

地上也很潮湿，一脚踩下去，提起来全是泥。

而且那泥太黏了，走到后来，鞋子都快要抬不起来了。众人不得不一边走路，一边找石头刮鞋底的泥巴。

这罪受的，大了去了。

墨九一直走在萧长嗣后面，看击西和闯北时不时扶一把他的胳膊，在微弱的火光下，他的背影也确实显得憔悴而瘦削。

她心里突然有些难受。

这个老萧，身体确实有疾。可即便这般，他还是幽默风趣，能说会笑，除了讹诈她的时候，从来不会刻意表现出病态来。这个男人，应当是不喜欢别人同情的。

"老萧，需要我帮忙吗？"她好心地问了一句，怕他累着。

"要。"一个字说完，萧长嗣就用行动告诉了她，他转过身来，将一只脚抬了起来，凑到墨九面前，一脸平静且理所当然地说，"给我刮一刮脚上的泥。"

"……"墨九恨不得扇自己耳光。

她眼一斜，看向闯北。

闯北眼一斜，看向击西。

击西眼一斜……斜了一圈，又斜了回来。

"哦。"他默默蹲下身，把泥刮干净了，刚刚直起身，突然发现周围一下子变得安静下来。

几个人都没有说话，一动不动地站着，好像雕塑。

中邪了？

击西刚想问，突然听到一墙之隔的地方，好像有什么东西窸窣作响——像人的脚步声，又像铁链在拖曳。

墨九屏气凝神地听了半晌，突然兴奋地蹿过去，拍着石壁："喂，有人吗？"

455

石壁传来空响。

虽然没有人回应他们，但是凭着她的经验，从声音判断，这堵石壁非常薄。所以她判断，在一堵石壁之隔的地方，应当有其他石洞。也有可能，是出口。

肚子饿了的人，潜力是无穷的。肚子饿了还想尿尿的人，潜力是无穷的二次方。

墨九这会儿对探险都没有兴趣了，就想出去。

咚咚咚——

她抓住石块拼命砸石壁，想找一处最薄弱的地方。

"大家跟我砸，这个石壁可以击穿的——"

"让我来吧！"完颜修走过来，手上握着刀柄，"不是需要下力的人吗？下力的人来了。"

墨九原本只是与他开玩笑的，见他自己说出来，又有点想笑："好，它舅，小心些，别伤着自个儿。"

从完颜修把她从嘎查村劫出来到现在，墨九就没有对他说过半句好听的，一路上，不是讥，就是讽，这冷不丁得到她的关心，完颜修差点儿以为太阳打西边出来了。

愣了一下，他陡然增添了力气："好！看我的。"

高高举起手上的弯刀，不等出鞘，他便砸了上去。

在大珲国未灭前，完颜三不仅是漠北草原上的战神，是最有战斗力的皇子，还是大珲国的第一勇士。

砰砰砰——

不过撞击了几下，那一面石壁便开了花，有了些许裂缝。

墨九惊叹一声："看不出来啊，它舅，你这一副瘦骨嶙峋的身子，居然这么大的力气。"

完颜修没有回头，声带哼气："说得好像你见过我没穿衣服似的。"

墨九抬了抬狼儿的爪子，一本正经："耍流氓，也不怕你大侄女笑话你。"

完颜修哧的一声，忍不住笑了，那一弯刀砸在石壁上，半点力道都没有。

"我们来——"闯北对击西示意一下，两人齐齐发力，咚一声，身体同时撞了上去。啪啪声里，裂开的石壁上，石块四分五裂，齐刷刷掉下去，露出一个三尺见方的窟窿来。

里面有光——还有一个人，受惊地看着他们这群闯入者。

"谁？"

那是一个奇怪的人，一头长发披散及腰，袍子被他折腾得瞧不出颜色，邋遢地拖在地上。

如果不是他那一身比女人更高大的骨架子，估计一时半会儿连性别都分不清楚。这会儿看着闯入的几个人，这人已吓得飞也似的逃了——一个人躲在一根柱子后面，只伸出半个头来，紧张地审视着他们。

"这什么鬼地方？"击西抱紧双臂，声音里带着一丝惶惶，"我怎么觉着身子有些冷？"

"阿弥陀佛！"闯北走过去，把袍子递给他，"度你一次。"

"哼！"击西傲娇脸，还是接了袍子过来穿上。

不得不说，这个地方确实很冷。

墨九观察了一下，除了因为它太过宽敞之外，肯定还与地质、位置等有关系。不过，从上辈子考古到这辈子开墓，她大大小小的石洞见多了，还真心没有见过这么大的。整个地方宽得像一个寺庙的大殿，上下左右距离很远，顶高、周宽，人站在里面显得极为渺小。

石室的中央，有一个巨大的平台。

平台是两个圆形连接的，一共三层，有台阶一级一级往上。在顶层的中间伫立着一根巨大的石柱，柱子的顶端很高，几乎撑到了石室顶上，在柱子的外围，依稀可见石匠雕成的规整图案。

距离太远，她看不清楚图案，却能看清盘踞在石柱顶端那一圈令人眩晕的夜明珠。

先前发光的，正是这些珠子。

它们嵌在石柱顶端，用作石室的照明。

在夜明珠光线的衬托下，那根柱子尤显巍然。

可不晓得为什么，墨九看着那柱子，心里莫名就污了。

下面两个圆，上面一根柱，柱头还是那样的形状。这看上去，怎么像一个男性的……器官？

她咳了一下，脸有点烫，换了一个位置。

"不对啊，不是角度问题——"不管她从哪个角度看，脑子里浮现的都是那"污"物。

"爱妻看什么？"萧长嗣的声音莫名靠近她耳边，吓了她一大跳。

没好意思抬头看那柱子，她回过头，皱眉、启唇，一本正经地道："在想那个怪人，被锁在这间石室里，是怎样存活下来的？"

是的，那个怪人是被锁住的。

铁链子的一端锁在他的脚踝上，另一端就拴在石柱的底座上。不过铁链子很长很长，除了让他无法离开石室之外，可以由着他在里面随便行动。

一刻钟后，墨九脑子里不污了。

因为石室的设计精巧得太过令人惊叹，她都不忍心去玷污它。如果一定要评论，她肯定得写上大大的三个字——艺术品。

堪称经典的艺术品。

石台的最上面一层估计是卧室。

有石床、石椅、石凳，还有别的家什。

石台的中间一层是客厅和书房的组合体。

那成排的石制精美书架上，摆满了密密麻麻的线装书。

石台最下面一层，则是最基本的……排污泄水所用。

太神奇了！

众人都没有说话，沉闷的呼吸声在这一片安静的空间里让气氛显得有些压抑，还有一种令人心颤的冷。

"呵呵呵！"率先笑出来的人是墨九。

就着石室内的夜明珠光线，她又往前走了几步，似乎也不太害怕那个角落里发抖的怪人，由衷地啧啧赞叹几声，然后回头对众人莞尔一笑："老实说，我还是第一次遇到葬活人的地儿呢。"

葬活人？

一句话就把众人整蒙了：这里不太像一个古墓啊？

从青砖地面的洁净程度，以及有活人生存来看，石室肯定是可以与外界互通有无的，要不然，那怪人吃什么？

大家伙儿都不太理解。

但他们很清楚墨九并不是会乱说话的人……尤其她笑得那么灿烂，肯定有什么想法的。

"九爷！"到处溜达了一圈的击西，披着闯北的衣裳，又凑过去看了看那个怪人，兴冲冲地走过来对墨九道，"我知道什么叫葬活人了。"

墨九诧异，一挑眉："哟，说来听听看。"

击西开心得不行："我们不就是活人吗？我们若是再也出不去，就得被葬在这个鬼地方了。这样，不就是葬活人了嘛。"

墨九："……"

这理解能力也是醉人。不过也不算没道理，至少对一半。

"傻子。"墨九指着石台下方的一个供案，上面有祭祀用的香、烛，还有供品等。然后在众人的注视中，冷静而肯定地说："这是一个祭祀腾格里的祭台。"

腾格里？祭物？

击西是个好奇宝宝，嘴一嘟，又是他问："九爷，腾格里又是什么？"

"这个解释起来比较复杂——"墨九下意识望向萧长嗣，好像潜意识里觉得这货可能会知道一点似的，然后与他交换了一下目光，缓缓道，"腾格里是萨满信仰的中心神灵，也是北勐人信仰的天神。在他们的思维里，地上的人所拥有的力量、地位，乃至皇帝国主等至高无上的权力，都是由天神，也就是腾格里所赐予的。"

北勐人都信天神，这个人人都知情。

但墨九简单一看，就能看出是祭祀天神的祭台，还是相当令人佩服的。

完颜修看她的目光里，就有暖暖的光芒在流动："那这个人为何会在这里？葬活人又是啥意思？"

墨九刚才也一直在思考这个问题，这会儿听到他问起，再看向那个被长发遮了大半张脸、缩在角落里不动不喊、身子一直在瑟瑟发抖的怪人，她眼微微一闭，突然觉得胸口有点发闷。

她有一种强烈的感觉——这个人正是真正的苏赫世子。

因为那个她见过的苏赫世子，太像一个熟人了。

如果那顺巫师已经在嘎查村生活了几十年，很多事情就不好相瞒世子，那么，阿依古长公主的苏赫世子也就一定是存在的人物。如果有人要干掉真正的苏赫世子取而代之，肯定得有妥善的地方安置他。

墨九心里有了想法，但在完颜修面前，她不能说。

这个男人虽然现在是战友，却也是后珏国主。彼此立场不同，该忽悠的时候，还得忽悠。

她轻轻笑了一下，抚着狼儿的脑袋，斜他一眼："它三舅没长眼吗？铁链子拴着，石室里关着，他当然是被人囚禁在这里的啊。至于囚禁做什么，我刚才已经解释过了。既然这里是一个祭台，而他嘛，也就是一个活着的祭物，被生葬的活人。当然，你千万不要再问我他是谁，因为我师父没有教过我算命。"

他问一句，她噼里啪啦就吐出一串。这样率性的墨九看上去爽利又美好，很得完颜修的心意。

他轻笑一声，也随意地摸了一下她怀里狼儿的头，拿着弯刀转悠起来："把好好的人囚禁在这样的地方，也不知是谁这般狠心。"

墨九撇嘴，不置可否。

斩草不除根，春风吹又生——实际上，她认为那个囚禁他的人，没有直接把他弄死，就已经是很善良了。

于是，她唇角勾起，不温不火地揶揄："它三舅有时候吧，还真挺善良的。可当初在金州囚禁我的时候，你怎就没有这样的觉悟？"

"囚禁？"完颜修挑挑眉，目光含情，"分明是诚心迎娶——"

"滚！"墨九想到那事气就上了头，"少扯这一套。说到这事我就想揍你，它舅你记好了，那些账我没跟你算，不是过去了，而是都记心上呢。等我把事儿都弄明白了，有你的好果子吃。"

"……"完颜修扬眉看着她。

她对当初被下药的事一直耿耿于怀，这个他知道。

459

想到那一晚在帐篷里，她差一点儿就毁在几个野蛮士兵手里，对于发脾气的她，他连半句嘴都舍不得还。终于，只剩一句示弱的叹气："小九儿凶杀我也！其实，我就只想知道我们该怎么出去。"

"正巧，我也想知道。"墨九哼哼。看完颜修拿着刀鞘四处敲敲打打，她却没有动弹。当然，不需要去敲打她也知道，刚才"破壁而入"的办法不可能再用了。这里是囚禁人所用，四周肯定铜墙铁壁，哪是说敲开就能敲开的？

"这里不是囚室。"萧长嗣的声音永远极富辨识度，沙沙的、哑哑的，像敲着破锅的底子——其实很难听。

但这些日子听得习惯了，墨九反倒觉得亲切悦耳。

她回头奇怪地抬高下巴："你又知道了？"

萧长嗣不慌不忙地走过来，挽了挽长袍的袖口，指向那个拖着铁链缩在第二层平台角落里的怪人，平静地道："不信你问他。"

"问他？"墨九拔高嗓子，笑了，"老萧，开什么玩笑呢？"

很明显啊，那个怪人从他们进来开始就东躲西藏的，不论击西和闯北怎么哄，一句话也没有说。哪里会告诉他们这个？

"爱妻没有发现吗？"萧长嗣又指了指自己的脑子，"他这儿有问题。"

"你怎么晓得？"

"目光呆滞，行动迟缓，感知极差。"

"这观察力，可真仔细啊。"换到后世，这老萧可以去做警察了。

墨九腹诽着，也不敢全信。可当她就着夜明珠的光凑过去仔细观察时，还真如萧长嗣所说，这个人一看确实是有智力障碍的人，傻傻的、笨笨的。只不过他这会儿吓坏了，头垂得很低，不注意还真瞧不出来。

"厉害！"她回到萧长嗣身边，竖了个大拇指，又瞄一下完颜修的身影，压低声音对他道，"那你倒是猜猜，他是谁？"

需要避讳完颜修的话，她不用避讳萧长嗣。

这样的亲疏态度是潜意识的，她并未细想究竟为何。

萧长嗣黑眸深深望她，好像知道她想什么一样，那张丑陋的面孔上缓缓牵出一抹怪异的笑容来："为夫所想，与你一样。"

"呃。"墨九一惊，没太在意又被占了便宜，"那你还说此处不是囚室？"

"当然不是。"萧长嗣慢吞吞从地上捡起一个指甲盖大小的东西，在手里掂了掂，严肃地道，"不仅不是囚室。相反，这里原本是诊疗所用。"

"诊疗？"墨九快被他弄疯了，"这话从何说起？"

萧长嗣笃定地道："爱妻说得不错，那石台确实是祭祀天神之用。但为何祭祀？也是为了给活着的人祈福。为谁祈福？把这个人天天关在这里，当然是为他祈福。"

"太牵强！"

"如果加上这个药丸呢？"他摊开手，微笑着看墨九。

"也不够……"墨九拆他的台，"药丸能说明什么？真为他祈福，怎么会把他关押在此？"

"嗯，确实不够。但万一他有隐疾，见不得光呢？或者说，有见不得人的理由呢？"

看墨九不信，冲他翻白眼，萧长嗣笑了笑，一边看似不经意地把那颗药丸放入袖口，一边动作极慢地偏过头来，嘴唇紧挨在她的耳边，用几近呵气的声音轻道："若不肯信，爱妻可到石台第三层看看，说不定还有残留的药丸、祈福的经文等可供你证实的东西。"

二人离得这样近，那温软的热气，呵得墨九耳朵痒痒。

她咬一下唇，斜睨着他。

他的脸很丑陋，一双眼眸却泛着点漆般的光彩，滚烫而热辣地看着她，让她身子冷不丁一个痉挛，突然就想到了那些不可告人的深夜情潮，那些曾经与萧六郎一起做过的闺房私密，整个身子突然热热的、麻麻的，有一种莫名的紧张感。

"你远点——"她猛地推了萧长嗣一把。

他一愕，却用力抓紧她的手，望入她迷离的眸子："怎么了？看着我……"

墨九没有抬头，心脏怦怦跳着，呼吸不匀，喘息中，她仿佛听得见自己激烈的心跳声——这突如其来的欲念让她又羞又愧，原本泛冷的身子，居然汗涔涔的，这让她怎么好意思看他？

好一会儿后，她慢慢回复神志："讨厌得很，看着你干吗？"

她将手从萧长嗣的掌心抽离，迅速侧过身子。

似乎看透了她的尴尬，萧长嗣张了张嘴，正要说点什么，墨九却突然转过身来，煞有介事地冷嘻一声，指向石台的第三层："你先前那话说得就好像你亲眼看见过一样。如果没有那些东西，你怎么说？"

她聪明地转移了话题。

萧长嗣一笑，也无奈地跟着应道："还你一个相思令。"

"好，就这么办。"

他神一样的推测，自然不能让她完全相信。可事实证明，萧长嗣这个人还真就神了。

一切都如他所说，上面不仅有药丸，还有祈福的经文，都是为了求此人康复痊愈的，而这个人的名字……经文上相关的一页被撕掉了。

那么，这个怪人到底是不是真正的苏赫世子？

事情太过复杂，她来不及想，也来不及管那么多。这会儿，她只顾得上这群人的安危。

然而，众人问疯子问不出所以然，顺着石室找了一圈也什么收获都没有。于是，墨九无奈地发现，这阴山确实是一个很玄的地方，从她在二十一世纪穿越之前发现的阴山古墓就可以看出来了，这里面有着庞大的石室群和机关结构。

如果她没猜错的话，应该是他们先前触发外面机关的时候，也连带触动这间石室的机括，同时断绝了这个怪人的"生路"——他的给养通道。

这间天神祭室的石门，被封堵了。

墨九搓一下脸，恨恨地瞅着完颜修："完颜三，你说你出门打劫，就不看看皇历？"

嘎查袭村之事她已经可以确定是完颜修的调虎离山了。只不过究竟是只为了她一个人，还是有试探苏赫世子之心，那就不得而知了。

但劫就劫吧，一出门先是遇到草原狼袭击，再到蛇群、机关，好不容易以为找到了出口，结果又闯入了另一个匪夷所思的石室，一样是一条绝路。

"我怎会知晓？"完颜修一脸无辜，"我又不会算命，没事看皇历作甚？"

"得了吧你。"墨九翻个白眼，继续找寻机关，"说不准就是你干的。"

"唉！"完颜修握刀长叹，"我怎么升了辈分，这脸面却越来越小了？再怎么说三爷我也是堂堂的一国之主啊！小九儿在怀疑我之前，能不能尊重一下我的身份？"

听声音，这人甚是委屈。但整个石室内，没有一个人理他。

除了那个疯子……

不知完颜修哪个词触动了他的神经，原本一直缩在角落里的他突然像看见了救星似的，拖着链子，健步如飞地扑过来，冲到完颜修面前，跪下就咚咚磕头。

"饶命啊！饶命啊！放我出去！"

完颜修目光微微一移，瞄到墨九娇俏的背影，直勾勾凝视片刻，垂下眼帘低低一叹："都没有人饶我，我怎么饶你？"

"啊！"那人猛地抬起头来，看完颜修不笑不怒时一脸威严的样子，也不知想到了什么，突然又爬起来飞奔回石台的第二层，然后拼命在那成堆的书籍里翻找着。很快他又啊的一声，欣喜地抱着一个皱巴巴的册子，从台阶上跑下来，殷切地递给完颜修："饶了我……饶了我……这个给你，给你……"

这疯子要拿这个东西换命？

知道他脑子不止常，众人哭笑不得。然而，一瞬后，个个都愣住了。

比脑子不正常更令人恼火的是，那本册子不是旁物，而是一册画工精美的《春宵秘戏图》。

册子上有多幅图。

或男女二人相依，或荡于秋千之上，或旁有小婢助战，或靠在榻上，每翻一页，便是一图，每一幅图的画工都极为精湛，简直就是集古往今来春宫图之大成也。

"啊呀！"

"哦？"

这样的东西本就夺人眼球，一出现，顿时吸引了众人的注意力。虽然不一定人人都知道《春宵秘戏图》的出处与由来典故，但册子上面栩栩如生的图案和肢体语言，大家却是看得懂的。

为什么祭祀天神的地方有这样的册子？为什么这里的布局和那根柱子会长成那样？这个册子与破解机关有没有关系？

墨九默默思考着，耳边却传来各种声音。

大家都被《春宵秘戏图》逗弄了神经。

闯北闭目静心，双手合十："阿弥陀佛，罪过罪过。"

"假和尚，别装了。"击西冷冷一嗤，兰花指一翘就戳到了他的胸膛上，"你别以为你念两句，我就不知道你早就开荤了。"

"一派胡言！"闯北红了脸，"小僧怎会干这勾当？"

"哼！"击西哼了一声，瘪嘴，"那回在倚翠楼……"

"放屁！"闯北真急眼了，"我奉命行事，只是办差。"

"与小娘睡了一夜，还干净得了？"

"小僧怎的就不干净了？"

听着两人奇怪的争吵，墨九眉头皱了起来。

这……两个男人这样吵架，当真好吗？

尤其其中一个还是和尚，为这样的事争吵，当真不觉得奇怪吗？她瘪了瘪嘴，好整以暇地托着下巴看热闹，萧长嗣却摇了摇头，突然咳嗽起来。

闯北和击西一怔，都住了嘴。

"掌柜的，我们错了。"

萧长嗣并不言语，转而看完颜修："国主可知，此乃何物？"

完颜修一愣，嘲笑一般牵唇而笑："萧兄当真不知这个？"

"咳咳咳！"萧长嗣喘一口气，摇了摇头，一副"我很纯洁，不如你学识深广"的样子，淡定地看他，"只知其一，不知其二。至少，我不知他为何非要把这本册子交给你。"

对啊！墨九也反应过来。为什么那个疯子谁也不理，就理完颜修？为什么那么多书他不拿，就拿这本？

完颜修眉头蹙了一下，看墨九的目光不太友好地注视过来，心头明白萧长嗣厮在故意恶心他，脸上却完全没有什么表现，只是风流倜傥地把《春宵秘戏图》合于手上，邪邪一笑："宫中行乐秘，料得少人知。《春宵秘戏图》乃宫中之秘事，孤乃国主，又长得俊美，自然会引来注意。"

这解释……真是什么时候都忘不了赞美自己啊。

墨九翻了个白眼，不给脸面地戳他脊梁骨："它三舅是想说，你和画上人物长得极像，与他一样淫荡？"

众人闷笑不止，完颜修却严肃一叹："小九儿好眼力，竟然还记得我榻上风流的样子。"

什么叫记得他榻上风流的样子？

完颜三又占她便宜，吃她豆腐！

墨九斜睨他一眼，做了个往上翻眼的动作，然后懒得理会他，又转过头来，笑眯眯地看着还跪在地上的疯子："你好，这位，这位……公子。"

他胡子老长，其实墨九有点儿看不出他的年龄，之所以叫他"公子"，完全是推测。

那疯子肩膀抖了一下，紧张地看着她走近，喃喃着摇头："饶命！饶命！"

他弱弱的声音，让人心生同情。

不过由此也可以推论出来，他曾经受到过惊吓。

墨九微微一笑，蹲身扶起他："公子别怕，我不是坏人。我就是想知道你的事。你困在这里多久了啊？是谁把你困在这里的？为什么你要把这个册子给他？"

疯子似懂非懂地看着她，摇头："我不想死……不想死……"

"相信我，我不会害你。"尽管墨九放软了声音，然而结果还是失望。

女主光环和金手指什么的，都只存在于小说里，现实太过残酷了。不论她怎么询问，那疯子除了摇头，还是摇头。哦不，他还垂下眸子对了对手指。

"我要……饶命……我不死，不死……"

不想死，害怕，一直求饶……墨九观察着疯子眼睛里的迷茫，突然站起身："老萧，你说你会不会猜错了？那个人并非给他治病，而是打着给他治病的幌子，不停给他服药，目的就是让他的脑子一直糊涂？"

萧长嗣微微一怔，双唇紧抿。

沉默了一会儿，他反问："那这个册子又何解？"

墨九咳了一声，瞟他一眼，不得不卖弄学识。

"《春宵秘戏图》，是唐代画师周昉所作，描绘的是唐皇和杨贵妃二人……丰富多彩的闺房秘事，但真迹早就失传。这个嘛，也不知是不是赝品。"

身为女子，她坦然说着闺房秘事，也不觉得羞涩。说完了，似乎为了验证真假，还相当自然地从完颜修手里拿过册子，翻了一页，还翻一页，看得饶有兴趣，完全看不见击西等人诧异的目光，侃侃而谈："绢粗而厚，有独梭，纸色淡而匀，薄而不裂，乃为真。画中贵妃，弱骨丰肌，姿态娉婷妖媚，温柔之容似玉，娇羞之貌如仙，行前含情仰受，其志忐忑之心，跃然纸上。私以为，乃真迹。"

众人："……"

用不用说得这么详细?

"噫!"墨九合上册子,递还给完颜修,挑高眉头问,"都看我作甚?我说得不对吗?"

众人："……"

这些人太老古董了!墨九望了望天花板,纠正着他们的封建思想:"你们这思想啊,这叫专业,专业懂不懂?有考古专家为你们解惑,你们就偷着乐吧,还敢用这样不怀好意的目光看我……"说到这里,她像是突然想到什么似的,停顿一下,双眼突然一亮,"有了。"

"什么?"都以为她想到了出去的法子。

"我突然想到一件事。"

"何事?"

"我们再去看看上面那些书,说不定还会有什么古董名画,那可值大价钱啦!"

"……"

这个时候想这些,会不会太奇葩?

其实墨九也觉得奇葩,但书架上既然有《春宵秘戏图》,难免就会有其他东西嘛。万一找到破解石室机关的线索呢?万一掏出来一把钥匙呢?所以,抱着美好的希望,她抱着狼儿就上去了。

众人一怔,摇头失笑,笑完了,也都跟着她上去。

翻书架,翻书,几个人站在石书架前的样子,看上去——很爱学习。

狼儿可能有些饿了,在墨九翻找机关与线索的时候,不太乖地动来动去。墨九无奈地拍拍它的头,换了一只手臂,小家伙却逮着机会就舔她的手背。

"小坏蛋!"墨九失笑,左右看了看,正想找一张石凳坐一下,就见萧长嗣挺直脊背,严肃着脸,手上捧着一本书,站在一排书架前发呆。

她抱着狼儿走过去,随意一瞄,那书上就俩字——祭心。

什么鬼?她狐疑地低头去瞅。

"老萧,有发现?"

"没有。"萧长嗣把书一合,道,"浪费工夫。"

"不要这么说嘛,至少免费看了这么多古籍藏书啊。"

萧长嗣淡淡抿了抿唇,不以为意:"我老萧看过的藏书没有数万也有数千,这一点算什么……"

萧家是百年世家,他以前的生活可谓宝马香车,富贵荣华,看过无数的藏书并不奇怪。不过,与现在颠沛流离的生活相比较,这货的命运也是悲惨。

她也是一叹:"若是能回到萧家灭族之前,你会不会劝他们不要从楚州搬到临

465

安去？或者干脆早早投靠了珪国？"

那样历史也就重新书写了。

萧长嗣眉一皱："不要胡说。"

完颜修却探过头来："好像投靠珪国屈了你似的。"

萧长嗣冷哼一声："当然。"

这两个男人为了墨九，同处一室时始终有点儿不对付，言语之间夹枪带棒，明嘲暗讽，已是寻常，但这会儿针锋相对的情绪，似乎比先前重了许多，看那眉目间的黯色，若非墨九在这儿，说不定能直接干上一架。

果然，萧长嗣说完，完颜修当即黑了脸："你真来投奔，我大珪国还不稀罕呢。"

"国主，大珪国已亡。现在，你只有小珪国。"

"……"完颜修原想讽他一句"总比家破人亡"好，可大概碍于墨九在场，不想撒这小孩子脾气，又生生把话咽了回去，只撒气似的把手上那一册《春宵秘戏图》往书架上重重一塞。

砰一声，书架受震似的，突然移动。

"小心，有机关——"

墨九刚刚喊完，那书架后面就传来一个笑声："你们的问题，我都可以回答。"

谁在里面？墨九一惊，侧目看去，差点失声惊叫。

书架移开，里面霍然出现一个两人宽窄的暗门。从门里走出来一个男子，眼眸飞扬，笑靥如花，发冠束玉，斜插一支簪花，身穿一袭赭红色锦袍，玉树临风，缓缓走入夜明珠下的石室，简直亮瞎了墨九的狗眼。

最不可思议的是——他居然是失踪许久的宋骛，一直以为在苏赫手上的宋骛。

谁能想到，他会从这个暗室里面出来？

"小王爷？"墨九不太确定地低声轻呼。

宋骛唇角一勾，微微一笑："小寡妇，是我。"

事发突然，墨九一时没有回过神来。她看着宋骛松快的神色，又往他身后的暗道看了一眼，狐疑地问："你怎么会从这里出来？彭欣呢？"

提到彭欣，宋骛目光一暗："她不是与你在一起？"

"我？"墨九心里更惊。

这事情太反转了，完全出乎意料。难道说宋骛还没有与彭欣接上头？

她扶了扶额头，莫名觉得脑子不够用了，像塞了一团乱麻似的，怎么都理不明白，入山洞、蛇群、机关、甬道、破壁、疯子、《春宵秘戏图》、书架、宋骛……宋骛！

她猛地抬头，直视宋骛，而他正好在看她身侧的萧长嗣。

"小王爷，"她心里一凛，问，"你说你可以回答什么？"

宋骜轻轻一笑："你们想知道的一切。"

"我们想知道的东西就多了。"墨九也笑，"不如就从你怎么会在这里开始吧？"

宋骜抬手托了托袍袖，又指了指书架后面："我正在寻找出路，你们就开了机关。"

这也真是巧妙了。墨九眯了眯眼："你当初消失在死亡山谷，很多人找你都没有找到，那么，你一直在死亡山谷，没有出来？也就是说，这个地方，与死亡山谷是相连的？"

"小寡妇就是聪慧。"宋骜笑道，"我一直在死亡山谷，得亏苏赫世子，每隔三日就派一人送食物入谷，我这才得以活了下来。死亡山谷能入不能出，乱入者，必死无疑，当初我麾下南荣大军，便是如此……

"山谷处处有禁锢，我侥幸未死，却不敢乱跑，藏于一处石洞中，数月来苟且偷生。可在一个时辰前，死亡山谷的禁锢与机关布局突然被破解，我顺着打开的石门与甬道，就走到了这里——"

这么说，苏赫那天找她合作，要破死亡山谷的机关布局，就是为了救受困的宋骜出来？

那么，死亡山谷的机关又是如何开启的？

似乎看出她的疑惑，宋骜又摸了摸鼻子，笑道："我猜，是你们的闯入误触机关，解开了死亡山谷里的机关，却不小心把自己陷在里面了。"

这么解释也说得通，可墨九还是觉得哪里不对劲儿。

下意识地，她侧目望向萧长嗣："老萧……"

话未说完，墨九抱着狼儿的手突然一紧，看着中间那一根巨型石柱，低低一吼："不好了，大家快跑！"

书架突然移开和宋骜的出现，让大家伙儿都太专心了。

谁也没有注意那根巨型的石柱就在他们叙话的当儿随着那一排书架匀速移动的�咛声在慢慢地旋转，就在墨九喊出声音时，它速度正在加快。

而后，越转越快、越转越快，转动间，还有浓密的黑烟从柱上石缝中渗出……

"快跑！"

众人惊声大叫，四处寻找出路。

当真正的危险来临的时候，人的自我保护机能便会启动。大多数情况下，为了活命，其实来不及思考，身体已经做出了最快的反应……当然，有一些人，会为了别人而舍弃自己。

"保护掌柜的！"

467

"好，你保护九爷——"

这是击西和闯北在叫喊。

"他娘的，怎么没有人来保护三爷？"

这是完颜修恼恨的愤愤不平。

而此时，在黑烟的肆虐下，石洞里的光线越来越弱，以至于飞速转动的巨柱顶端那几颗夜明珠皎洁的光芒完全照不透地面。

一丈开外不见人，多拖一刻，就多一分危险。

"快点，原路返回——"在心悸般的惊悚中，墨九大喊了一声。

"大家别乱跑！"这时，宋骜俯身捡起一颗被旋转的石柱甩下来的夜明珠，指着书架后方那一条甬道，大声喊，"都不要慌，从这里走！都跟我来——"

"那条甬道不是连着死亡山谷吗？"墨九疑惑。

宋骜重重点头："对，但我说了，我过来之前，死亡山谷的禁锢就已经被你们破坏了。至少我过来没有遇到危险。"密集的浓烟中，他用手扇了扇，站在石门前大喊，"快着些，再不走，来不及了！快啊！"

他的话很有道理，至少他是安全到达这里的。

很快，这个方案得到了众人的附和。

"走！"

"跟上！"

事情突发时，大家一开始不约而同想到的都是他们"破壁而入"时敲开的石洞，所以都在往台阶走。在宋骜的招呼下，几个人又全部反身。结果，在不太看得清楚的情况下，击西和闯北猛地撞在了完颜修的身上。

"哎哟！"

砰——一个挤一个，一排石书架就这样倒下了。

众人都看不太清，拥挤声里，完颜修大骂："都他娘的没长眼啊！"

"长眼了，可烟太大，蒙住了。"

"滚蛋！"

一般人在这样的情况下，脾气都会变得暴躁。可完颜修这会儿的脾气，好像特别火暴。先头和萧长嗣针锋相对，现在和击西也能骂上几句。

墨九心里一紧，隐隐觉得不对劲儿。但比起突然涌上心头的那种不舒服的感觉，又不算什么。

看不清四周，她动作也变得缓慢，何况还得兼顾着怀里嗷嗷叫唤的狼儿。要保护一个脆弱的小生命，她走起路来跌跌撞撞，左撞一下书架，右撞一下石椅，仓皇间，突然觉得头顶黑影一晃。

"呀！"等她看清石书架砸过来时，已离她不过两尺！

完了！难道今天要被砸死在这里？

电光石火那一刹，她抱紧狼儿，身子侧倒就准备扑出去。

可这时，手臂突地被人抓住，往边上一拖，紧接着，怀里的狼儿也被人抱了过去。她没有偏头，没有挣扎，也没有抗拒——这么久的相处，她已经熟悉了这个男人——他是萧长嗣。

砰——砰——石书架倒下，断成两截。

看着它不太清晰的阵亡场面，墨九心里生寒。

“老萧，亏得有你……”她吐出一口气，扶住额头。

“来！”萧长嗣紧抓着她的手，也从地上捡了一颗石柱顶端落下来的夜明珠，顺势塞在墨九手上，嘱咐她拿好，然后牵着她踩过倒下的书架，走向宋骜他们出去的甬道。

“低头！”他突然低吼。

墨九脑子都一团糨糊了，举着夜明珠也看不清路，他喊低头，她就低头。

目光里影子一闪，被他的大手一带，她就入了甬道。

门外，击西手上也举着一颗夜明珠。这会儿，他们几个人都在等着她和萧长嗣。

都说关键时刻，人心最直接，感受也最强。

在这些人里面，能不顾性命来保护她的人，是老萧。

墨九鼻子突然一酸，没有开口，却紧紧握住萧长嗣的手。

危难之时见真情，不管是什么情，她都要珍惜与感恩。

萧长嗣一愣，低头看向二人交握的手，又慢慢抬头看她眸子里突然浮现的一片水雾，黑眸微微暗沉，却没有多说什么，只是默默地回握她。

“这他娘的都是什么邪门的地方？”宋骜回头看了一眼，低低骂道。

其余人没有回答，也没有动。

其实他们也被石室里那个画面震惊了，就算这会儿他们已经离开了石室，可那里头依旧传来惊天动地的哐哐声。

而他们逃命的甬道口，也已被浓烟封锁，那样子，似乎比他们离开时还要密集。

“赶紧的，跑吧——”

“别耽误！”

“快看，那劳什子的鬼烟，跟着涌过来了——”

“护着掌柜的和九爷跑！”

墨九盯着那乌云压顶似的浓烟，呼吸一提，噎在了喉咙口。

“老萧……”她心脏怦怦直跳，一迈脚，却腿软。

这样的感觉是她以前从来没有过的，就好像欠了一万年的瞌睡没有睡过一样，又累又疲倦。明明有巨大的危险在后面，正常人都应当攒足精神头儿，铆足了劲儿逃命，可她却像受了周公的召唤，想紧闭双眼，倒在地上睡一觉……

"怎么了？走！"萧长嗣又拉她。

墨九跟着走了几步，可身体无力的瞌睡感来势汹汹，几乎不由她控制。看着萧长嗣微光下模糊的面孔，她死死咬住下唇，用疼痛让自己清醒一点，然后紧了紧他的手："老萧，你别管我，和他们先走！"

"闭嘴！"萧长嗣声音冷静，"跟着我！"

"我有点跑不动了，真的，我不太舒服。"

她捂着胸口，声音突然虚弱，那表情不像是装的，萧长嗣低头审视她一眼，眼睛危险地眯了一下，突然将号叫不停的小狼往它三舅怀里一塞，也不管他乐意不乐意，转过来就蹲身背对着墨九："上来！"

他要背她？

墨九内心大震。看着老萧宽厚的背部，她很想趴上去。

可一瞬后，她还是斩钉截铁地摇了摇头："不行，你身体也不好！你走在前面就是，我自然会跟上，你放心，我没事。你了解我，我猫儿一样有九条命，不是那么容易出事的人。"

"哎呀，别犟了，我的九爷！"击西举着夜明珠扭着身子走过来，看了萧长嗣一眼，也蹲下了身，背对着她，拍自己的肩膀，"来，我身体好。我来……背……你。"

后面两个字，他说得缓慢而模糊，怪异得哪怕与他相距两丈的闯北都听出了不对劲儿："你怎么了？也不舒服了？"

击西蹲在那里，头低着，捂住胸口，一动不动。

突然，他手一软，拿剑鞘撑住地面："是，我也不舒服，好不舒服。"

其实他也不知道怎么了，就在他蹲身那一刻，头部突然充血一般，双耳嗡嗡作响，好像瞬间就进入了一种快要失聪的状态，听得见闯北和众人的询问声，也听得见甬道里呼呼的风声，却怎么听怎么遥远，像从天际传来。

"快，快些着走吧。这烟，这烟好像有点问题，我怎么，怎么这么难受。这儿难受，好闷，好想睡……"

萧长嗣面色一变，剜向闯北："扶好他，走前面。"

说罢，他也不管墨九乐意不乐意，反手勾住她的膝盖窝就往自己背上一带："抓紧我。"

墨九身子软绵绵的，也无法抗拒，索性趴在了他的背上。

他的背宽厚而温暖，在这个透着凉风的甬道上，给了她一种莫名的安全感，还有……内疚感。她好像从来没有为这个男人做过什么，可他一直在全力保护着她。

一双手扣住萧长嗣的脖子，听着他粗粗的喘息声，墨九思绪有些飘，剩余的理智却让她恨不得能减轻自己的体重，甚至想干脆喊完颜三来背她。

石壁他都敲得穿，会背不了她吗？

可她到底没有说出口。

对男人来说，这种事肯定是不假人手的。不管怎么说，她是这个男人名义上的妻子……如果因为他生着病背不起她，让别的男人来背，那是对男人最大的侮辱。

"好难受，我的头好晕，不会走路了。"甬道的前方，击西一个人在低低喃喃，"我也要背背，假和尚，你背背我。"

在他有气无力的哀求下，闯北叹息一声："再度你一回！"

他俩之间的烂账扯不明白，谁度谁一回，这时候也无人去管。

其实，听着击西的声音，墨九心知，他们的感受是一样的。只不过她不像击西那么叫唤而已——毕竟要脸。

那煎熬的滋味儿很难受，想睡，疲倦，但并不是真的可以睡过去。

那憋闷也不是被浓烟熏过的窒息感，而是来自神志。

好像神经元突然受损似的，人瞌睡，还有些飘，恍恍惚惚如荡在云端，最可怕的是，还有一种莫名其妙爬上心扉的，不受人理智催动的燥热，缓缓从下腹升起……

甚至之前看过的《春宵秘戏图》的画面，都诡异地浮上了她的脑子，主角变成了她和萧六郎，像电影似的，一帧又一帧，在她脑子·里放映。有画面，有声音，有场景，让她浑身燥热得有无数个细胞在狂热地叫嚣，与她的理智做着殊死搏杀。

口干舌燥，目光染雾，勒住萧长嗣脖子的手心也汗湿一片。

"老萧，那烟……是不是有毒？"

她与击西的反应最为强烈，相比之下，萧长嗣、完颜修、宋骛、闯北的反应还算平静，除了完颜修脾气变得不太好，其余人目前没有什么异常。

"是，烟有毒！"萧长嗣应了她的话，声音还算冷静，"你忍一会儿。"

"有，有药吗？"墨九满怀希望。

"解不了。"他这么一答，墨九就绝望了。

她问的有毒，可别人未必知道是什么毒。她虽然也不知道，却很清楚自己目前的情况，受云雨蛊控制的身体，耐受能力极差。

"好，我忍着，一定。"生怕在这么多男人面前被云雨蛊催生成一个欲望娇娃，她强撑着残余的理智，死死咬着卜唇，生怕失态于人前。

"快，快一点，都跟上我！"宋骛走在前方，指着黑漆漆的甬道，"过了前面这一道弯儿，路会变得窄一点，九曲回环似的弯弯绕绕。距离很长，想来黑烟一时半会儿过不去。我们到了那边，就安全了。"

"好！"

"速度快一些。"

471

一行人在宋骛的带领下，沿着那条甬道往下走。

背后，浓烟还在往门外涌，没有味道，也不像炊烟那般呛人，但黑云一般涌动的影子，却让人有着被野兽逼近一般的压抑感。

暗夜一般的甬道里，几人的脚步声阵阵回响。

良久，再无人说话，只有无声的汗水在淌。

突然，墨九拽着萧长嗣的手臂，问了一句："老萧、完颜三，你们见到那个疯子没有？"

萧长嗣顿了一下，没有吭声，完颜修却又一次炸了："一个疯子而已，这个时候你还管他做什么？"

墨九："……"

她好像没有说要管他，只是突然想到问一下。

人首先得顾自己。她已经有了不正常的状态，哪里还管得了别人？哪怕那个疯子确实是真正的苏赫世子，在她心里，也比不上这里任何一个人的性命重要。

"走！"

一行人继续摸索前行。

确如宋骛所说，风越来越疾，路越来越窄。

墨九软软地伏在萧长嗣的背上，头慢慢垂到了他的颈窝，一双手也软软地耷拉着，没有了抱住他的力气。她意识模糊了，但萧长嗣的头发时不时擦着她的脸，他粗重的喘息也有节奏地落入她的耳朵，搅动着她强烈的生理反应，也刺激了她近乎崩溃的神经。

"六郎……"逸出口的，是熟悉的名字，一个她喊了千百回的名字……

"嗯。"微光中，背着她的男人低低回应。

"六郎？"墨九像神经被刺了一下，身子猛地一颤，她的头偏开，灼热呼吸的唇一点点挪到萧长嗣的耳边，"是你吗，六郎？"

他没有躲开，呼吸更急，声音粗哑："抱紧我。"

"我想你了，六郎！我真的好想你。"神思不正常的时候，智商就不在线，这个时候的女人，比任何时候都要脆弱。墨九也一样，她喃喃诉说着思念，一个吻慢慢从他的耳朵辗转到他的额头。

贴着，亲着，靠近着，她似乎完全不知身在何处，只细碎而认真地亲吻着他。

"你回来了，回来了……"

这像一个由无数个梦境串成的真实，她身处其间，不知幻还是真。

只觉得在她的亲吻里，在她与萧六郎的贴近中，她的灵魂在燃烧，身体也在燃烧，烧得她甚至顾不得羞涩，情不自禁在他的背上不停地蹭着，声声唤着"六郎"。

"墨九。"萧长嗣粗粗喘着气，突然停步放她下来。

472

正是那个宋鳌说的转弯处，他把墨九放在一个石壁可以隔挡的地方，一只手撑在石壁上，抬高她的下巴，从怀里的瓷瓶里掏出一粒药丸拈在指尖上："张开嘴巴！"

　　他带着命令的声音，有些冷厉。

　　可墨九已听不清了，熊熊燃烧的火焰在烧她，云雨蛊在尖锐地叫唤她，一个英俊带笑的萧六郎一直在呼唤她。

　　"你，喂我……六郎，我要你喂我……"

　　娇羞的声音是如何从嘴里发出来的，她并不知道。但萧长嗣一听，锐目却沉了又沉。

　　暗淡光线里，闪着他复杂的表情。可他不再多说，只扼住她的下巴一抬，大拇指撬开她的嘴巴，就将药丸塞了进去。

　　墨九却不晓得吞咽，就那般傻乎乎地含着药丸子，含娇带媚地看着他："六郎，我要你喂我……"

　　"墨九，"他又唤她，声音喑哑如失调的琴声，"看着我。"

　　"唔……"墨九皱了皱眉头，好像不太习惯他这么凶悍的样子，目光里露出短暂的清醒，可很快她又抗拒真实地闭上眼，妩媚的唇微微翘起，"乖，别说话，吻我。"

　　走在前方的几个人停了下来，他们都听见了墨九的话，所以，停下来后却没有人转身。

　　甬道里静静的，只有风声。

　　看着不肯吞药，也不肯睁眼，甚至不听他说话的墨九，萧长嗣几乎是崩溃的。似乎真是为了灌药，又似乎是受不了那佳人一笑只求一吻的诱惑，他的目光久久凝在墨九的脸上，没有挪开。

　　"唉！"他幽幽一叹，双臂一展，终是将她娇软的身子纳入怀里，然后抬高她的下巴，闭眼覆上她娇艳欲滴的唇，"我为何总拿你没有办法？"

　　墨九当然不会回答他。

　　她看不见他的面孔，也听不进他的话。可双眼闭上了，触觉就更灵敏……

　　她清晰地感觉到他温软的唇贴上她的，有力的舌探进她的口腔，寻找着那一颗药丸，滑过去，又死死堵住她的嘴，硬生生把她的嘴塞得满满的，让她不得不将药丸咽入喉中。

　　清晰的吞咽声让他无奈一笑："真是个傻子。"

　　他抽离她的唇，侧身又要背她。

　　不知是药丸的作用，还是那一吻的作用，墨九望着面前的男人，目光似是清醒了一点。她抬头看看萧长嗣，又看看七拐八绕的甬道，双目恍惚中，突然勾出了身为墨家巨子的直觉。

　　一种强烈的不安紧锁住了她的心脏，可她目前的精神状态不足以支撑她足够的

473

判断力。

"这是哪里？不走了。六郎，我不要走了，你扶我到处看看……"

"还看呢？！"宋骜一愣，直笑，"中毒不轻了。"

连人都认不出，还能认出道儿？

萧长嗣眉头紧皱："把她扶到我背上来。"

"我来吧！"宋骜抢步过来，把着墨九的胳膊，将她扶到萧长嗣的背上趴好，叹口气，顿了一下，又望向前面深深长长却透不出光的甬道，"很快就到了，完颜国主打头，我断后。"

目前闯北管着击西，萧长嗣顾着墨九，似乎只有他俩最为精神了。

完颜修闷闷地嗯一声，二话不说抱着狼儿拔腿就走。

夜明珠闪着灼灼的光，一路往前，像要把人都照穿似的。

可人终究是人，怎么都透不了光。那微弱的光线照不太远，只把萧长嗣和墨九两人的影子重叠在一起，拉得老长。一行人的身影影影绰绰地映在两侧的石壁上，有一种难以描述的阴森和悚然。

墨九的身体早就已经不是自己的了。

她趴在萧长嗣的背上，就像一只漂荡在海上的小舟，脑袋晕头转向地摆来摆去，亏得后面的宋骜不时扶她一下，要不然根本就没法儿行走。

"吁！"久无人声的寂静里，宋骜突然松了口气，"到了！"

最前面的完颜修噫了一声："这间石洞，好像有点熟悉？"

没错，那也是一个葫芦形的石洞，可惜墨九努力睁了睁眼，却什么都看不清，只突然感觉后背受到一股巨大的推力，让她连同背着她的男人，收势不住，冷不丁就往前跟跄着蹿入了石洞中……

下一秒，耳边传来砰的一声巨响。

完颜修惊疑地大吼："宋骜！你在做什么？"

石洞落了门，外面传来宋骜低沉的声音，夹杂着某种尖锐却没有喜怒哀乐的情绪，平静得完全不像以前的宋骜："送你们到死亡山谷啊——"

"小王爷？你怎么了？"

"宋骜，你他娘的疯了？"

被关在石室里的这些人都认识宋骜，即便不熟悉，也大多知道他的个性。他虽然算不得一个顶顶好的男人，但从来不会是这么有心机的一个人，一个会把他们带入死亡陷阱的敌人。

他风流轻佻，但无害，重感情。

这一瞬的反转，太令人震惊。

惊雷之下，就连中毒颇深的墨九都被刺激得清醒了不少——当然，也有可能是萧长嗣强喂那颗药丸的作用。

总之，她半靠在萧长嗣的怀里，瞪大的眼睛里虽然还是雾蒙蒙的，却可以看见隔了一道铁栅栏的宋骛那张清傲的面孔。

是的，千真万确是宋骛的脸。

他举着一颗莹白生辉的夜明珠，唇角挂着冷笑，如烟似云，缥缈而不真切，但脸上也绝无半点戾气，甚至眸底深处还有悲哀。

一种深深的悲哀。

就好像到了这步田地，他才是受伤的那个人。

"唉，小，小王爷——"墨九试图直起身子，可试了一下，软得马上宣布失败，她也就不挣扎了，老实地靠着萧长嗣，犹豫着试探，"好歹咱们认识一场，你与六郎又是生死兄弟……"

"别跟我提那个人。"

他咬牙切齿的样子，就好像萧六郎曾经杀过他全家一样，宋骛眸子里的恨，是真切的，随着呼吸和起伏的胸膛带了出来，那声音里的凄凉，让人听了几欲窒息。

"这个世间，我最恨的就是萧家。但凡萧家的人，都该死，都该去死！"他的拳头重重砸在那一道铁栅栏上，震得嗡嗡作响，而他的面目，也刹那间变得狰狞，赤红的眸子里满是猩红的恨意。

这一瞬的他，似乎从来不是他们认识的那个宋骛。

墨九呆呆的，天旋地转间，竟有做梦般的错觉——

"他不是宋骛。"一个清冷的声音从耳后传来。

墨九余光回扫，就看见了萧长嗣毡帽下表情不明的脸。

"可你装得很像，我也被骗了。"萧长嗣用的是斩钉截铁的肯定句。

出于对他的信任，墨九相信了。再一次，她凝起全部心神，审视宋骛。

他怔怔地站在铁栅栏外，似乎也在诧异萧长嗣的话。眼睛一眨不眨地盯了萧长嗣许久，他突然呵呵冷笑："我是不是宋骛，重要吗？并不重要的，是也不是？如今重要的是，不会有任何人知道——我不是宋骛。"

宛如惊雷袭耳，众人震惊不已。

萧长嗣怀疑他不是宋骛，和他亲口承认不是，毕竟不同。

那他又是谁？怎会长了一张与宋骛几乎一样的脸？

少顷，石室里再次响起萧长嗣的声音："宋彻，你回头吧。来得及。"

众人再一次震惊，尤其是墨九。

不仅是对宋彻的身份，还有萧长嗣，他似乎知道得太多了，多得她经常消化不了，一个长期患病、足不出户的人，怎么可能知道那么多事？

她怔怔地看着他，咬着下唇的力越来越重。

475

栅栏外，宋彻也在吃惊。

慢慢地，他退后一步，再一步，夜明珠莹莹的光线下，他的黑发在甬道的冷风中被轻轻扬起，遮了半张脸，也有了一种不同于宋骜的陌生的狰狞与扭曲。

"你是谁？你怎会知道我？"

原来他一直不知道萧长嗣是谁？

墨九怔了一下，但中了毒的脑子实在不能支持这么高难度的思维活动，一时半会儿也顾不上去想那么多。她此刻能做的只是捂着怦怦直跳的心脏，死死咬唇，用疼痛来抵抗袭上脑子的药力。

然后，竖着耳朵继续听。

宋骜、宋彻……如此相近的名字、相似的长相，不用说，他们是兄弟，他们的故事一定牵涉极广。

墨九很好奇，好奇心让她——不能倒下。

"你不必问我是谁。"萧长嗣沙哑的声音很淡，却无受困的焦躁。整个石室，他一直是最冷静的人，虽然脸丑，虽然他已经落魄至此，可一举一动间丝毫无损世家子弟的高贵与优雅。

真男人当如是也，胜可纵横天下，败可东山再起，高可九天揽月，低可下水捞泥。

墨九莫名地这么想着，又想到了萧六郎。然后就听见萧长嗣沙哑的声音再一次淡淡掠过耳侧："宋彻，萧家已亡，人死如灯灭，恩怨情仇都已了断，随风去矣。你又何苦执着？"

这句话太有禅意。

栅栏外的宋彻久久没动。

好一会儿，他幽冷的声音才期期艾艾地传进来："过去了吗？可我这一世苦痛，谁来偿我？"

萧长嗣轻叹一声，像颇有感触似的，揽紧墨九的肩膀，若有似无地摇了摇头："命运自有天定，怨得了人，还能怨得了天？"

"哈哈哈——"宋彻突然狂笑起来，指着萧长嗣，"我知道你是谁了，我知道你是谁了。"

这么一看，他才像个疯子。

墨九紧紧咬着唇，可他这么说是什么意思？

宋彻没有继续说下去，突然收敛笑容，恨恨不已道："你也有今日，想不到吧？你，还有你——"他的手又指向一直冷脸默然的完颜修，又哈哈大笑起来，"没想到吧，你们都有今日。确实是天意，让你们都落到了我的手里，落到了我的手里。"

"怪不得！"完颜修抚着狼儿的背毛，突然自嘲地笑了一下，"当初在金州初

476

见宋鹜，我唤他小王爷他却认不出我——原来，是你个冒牌货。"

"胡说八道！"宋彻恼了，恨恨地盯着他，"他才是冒牌货，他才是。"

像是偏执狂在强辩一般，他怒视着众人。然后，又突然双手捧着夜明珠，举过头顶，看着它仰天长笑着，几乎笑出眼泪来："哈哈哈，我终于要报仇了，终于报仇了。"

明明一个芝兰玉树的男人，这般癫狂到底为何？

众人都在发愣，萧长嗣却在此刻问出一个关键的问题："宋鹜被你弄到哪里去了？"

很显然，宋彻之前告诉大家的离奇故事不完全是假的。当初宋鹜领兵追击完颜修到死亡山谷，确实全军覆没于此，再也没有出来。是嘎查村的苏赫世子每三日派人送入食物一次，才保得他性命……

如今宋鹜变成了宋彻，那本尊在哪儿？

"你猜！猜啊？你们猜猜看？"宋彻俊美的脸上带着一种不太正常的笑意，双眼鼓得极大。

可一秒后，他面部又恢复正常："不要担心，你们很快就要相聚了。你们所有人都会在阎王殿里相聚的，相信我，到时候再寒暄，就什么都知道了。"

这个人的脑子似乎不太正常，迷茫中，墨九如是想着，不由得抓紧了萧长嗣的手臂："老萧，到底怎么回事？"

萧长嗣皱了皱眉头，脸上浮现出一抹少见的倦容："此事，说来话长——"

一件尘封许久的往事，说来确实复杂，也不是一句两句可以说清楚的。而且事情的真相也牵涉太多的人、太多的事，有完颜修在这里，也不方便说出来。

萧长嗣与宋彻想的，似乎有点不谋而合。两人对视着，好一会儿宋彻又笑了："你和我是一样的人，一样可悲。"

"不，我和你不一样。"

"有什么不一样？都是被遗弃的可怜人。"

他幽幽的叹息，让墨九听不太懂。可这一刻，她分明感受到他好像是一个身在地狱、得不到救赎的孤魂野鬼，在生拉硬拽着，要把所有他恨着的人一起拉入地狱，为他陪葬。

"疯了，这个人疯了。"她小声喃喃，有气无力。

可这句话激怒了宋彻。

他狠狠一睨眼，直射过来的目光里，有一种野性的、充满攻击性的冷意，像……那些草原狼，恨不得扑上来生生撕碎她的肉。

"你才是疯子，我不是。我不是——"他大声喊着，突然抱紧头，不堪痛苦似的摇了摇，又抬眸直视他们，"你们待在这里吧，尝一尝死亡山谷的滋味儿——哦对了，那个冒牌的苏赫世子是救不了你们的。你们以为他的人为什么可以送饭进

477

来？那是因为我，我让他们进来的。我还是不想让那个浑蛋死。"

那个浑蛋指的是谁？宋骜？

"呵呵。"墨九无力地抬手指他，"就凭你，死亡山谷？呵呵呵——"

她一副不太相信他有这能力的样子，嘲弄地笑着。

这显然是激将法，很简单的激将法。

宋彻却中招了，他恼羞成怒地看着她："我打小在这里生活，这里的每一条甬道、每一间石室、每一个地方，我闭着眼睛都可以来去——"

说到这里，他蓦地闭了嘴。

可一席话却惊了众人。

看着他冷冷的双眼，墨九突然有了想法："你才是苏赫世子？那个祭祀天神的石室是为你准备的？有人一直在为你治病对不对？还有……那个，那个疯子，那个疯子，他就是小王爷宋骜，对不对？"

最后几个字，她是惊怒的，也是咬着牙说的。

不仅因为之前与宋骜的当面不识，还因为他们在逃离浓烟时，并没有顾得上带他，甚至也没有回头，而是任由他在里面自生自灭……

同时，她也想了许多。

石室里的药渣、萧长嗣捡到的药丸，还有，关于苏赫世子的传闻——打一出生就体弱多病，阿依古公主怕世子殿下夭折，听信巫师之言，把他进献给真神，一直寄养在阴山脚下的巫师家中。

传闻有多少能信不知道，但这一切都不会只是巧合。

现在她不懂的是，他如果是宋骜的兄弟，就是南荣的皇子，是萧妃娘娘的儿子、萧家的外孙，又怎会成为北勐阿依古长公主的苏赫世子？

而且，他那么憎恨萧家，是不是与身世有关？

在这件秘辛中，萧家是不是充当了不光彩的角色？

甚至这个宋彻怎会知道他们那么多的事情，还能毫无压力地扮演好宋骜的角色，让他们都没有发现异样？

太多疑问，她想不明白。

可她的话得到了宋彻的确认："果然是一个聪慧的小寡妇，墨家巨子之名确不虚传也。可惜你还是嫩了点，终归落在了我的手上。说来，千字引没出，我还真舍不得你死呢。"

千字引？墨九心里一凛。

她微微一笑，尽量让声音清晰："那你放了我啊，我拿到千字引就给你。"

"不。"宋彻摇头，再摇头，木然的脸上有着深深的痛苦和悲凉，"我不会相信女人的话，女人都是骗人的，一个一个都是会骗人的。"

478

他几乎是用吼的。

"你相信我，我从不骗人。"墨九发现他的脑袋确实不若正常人，试图诱哄，可宋彻喃喃着"女人会骗人"，目光一凛，再看向她时，眸底却又清澈，只剩冷冷一笑，"等着吧，等他们都死了，我或许会放了你……一个人。"

他哈哈大笑着，转身离开，脚步声慢慢地消散。

石室里，只剩紧张的呼吸声。

墨九强撑许久的身体终是无力地瘫软，苍白的脸上全是困惑以及未解的谜题。她望向萧长嗣，试图从他的眼睛里看出点什么，他却移开视线，望向了石室："想不到他有这般本事……"

这个他指谁？这般本事又是什么意思？

墨九千般头绪万般想法缠绕在一起，冷不丁却怪异地想到了一个人——彭欣。

彭欣当初与一个酷似宋骜的男子在苗疆相好，有了一个孩儿，可那个男子一去不回，她苦找之下才到了临安，得遇宋骜，阴错阳差，又生下一个儿子……

那么问题来了？

当初与彭欣偷欢生子的男人……到底是宋骜，还是宋彻？

若宋骜离开京城去过苗疆，萧乾会不知道吗？

她心肝儿猛地一颤："完了。"

墨九死死抓住萧长嗣的胳膊，被突然袭上的慌乱撞击得头昏眼花，缺血一般的眩晕感搅得她胃气上涌，又慌又想吐，眼前金星闪过，很快她就昏了过去。

宋彻几乎是跌跌撞撞着前行的。

穿过两条不长不短的甬道，他再一次站在了一间一模一样的石室外面，久久地一动也不动，专注地看着盘腿坐在里间的一个女子怔怔出神。

嘴巴张了又张，他想唤她。可试了好几次，都没有发出声音。

直到那女子清冷的双眼慢慢睁开。看向他时，她的目光里有恨，也有同情："你捉住他们了？"

宋彻在她担忧的目光中，慢慢走近："是，一个不漏。"看着女子的脸，他在冷风中挑高唇角，苦笑着踌躇良久，终于打开石室的栅栏，一步一步走到她面前停住，居高临下地看着她，声音悠悠，"欣儿，我们还回得去吗？还能吗？"

"能的。"彭欣苍白无神的脸上浮现出一抹笑，一抹与他一样悲哀的笑，可眸底最深处，更多的是一种难以描绘的无奈，以及带着希望的试探，"你放过宋骜，放过他们，我们就重新开始。"

见他不答，她又一字一顿地补充："就我，和你，没有别人。"

"不！你不会了。"宋彻幽幽地叹息一声，看着满眼期待的女人，想抚摸一下她的头，可最终只是软绵绵地垂下双手，低低道，"他们夺走了属于我的一切，杀死了我们的孩子。而你……也背叛了我，和他生了一个孽种！"

彭欣垂目，眉头紧蹙，表情似痛苦，却久久无语。

空荡荡的石室中，回荡着他空茫的声音："欣儿，我爱了你那么多年，那么多年，我等了你那么多年，那么多年……为何结果是这样？苍天为何待我如此不公？"

"到底为何啊，哈哈哈！"他悲凉的喊声浑浊悠长，响彻山洞，带来阵阵回声……

可这个世道本就多舛，谁又是谁的救赎？

生死之事，从来参不透。命运轮转，更是一个难解之谜。

哈哈大笑着的宋彻，整个人都是癫狂的。

他笑，一直笑，全身上下都在颤抖。

直到他笑得泪水顺着双颊流下来，滴在了彭欣的脸上，直到他的身体无力支撑他的笑容，终于软倒在地上，他那一双狭长深邃的眸子，方定定地看着她："欣儿，我有一事问你。"

彭欣略略蹙眉，但并未显得不耐烦。

她的声音很淡，听不出情绪，也不辨情感："你说，我在听。一直有听。"

这样的她，似乎让宋彻安心不少。

他缓缓地将头靠在她的腿上，像个孤独的孩子终于找到了失散多年的母亲，害怕地紧紧和她相依，声音有着害怕再次失去的惶恐："你心里还有我吗？"

彭欣侧眸看着靠在她腿上的男子。他很英俊，但那种仿佛刻在骨头缝里的忧伤与郁积，哪怕事过多年，还是会对她造成影响，似乎就在那么不经意间，就渗入了她的心脏，让她恨不起来，也怨不起来。

这个男人，一直是那样让人怜惜。当年是，现在……其实也是。

她点点头，一个字说得很轻："有。"

像得到了某种安慰和鼓励，宋彻从她的腿上抬头，黑漆漆的眸子在夜明珠的光线下，像天上闪烁的星光："那欣儿，你告诉我，他重，还是我重？"

彭欣身子一僵，怔怔地看着宋彻的脸……

可那张脸慢慢模糊，变成了另外一个男人的脸。眼前是那个男人爽朗的笑、矜贵的面容、坏坏的眼神、温厚的嘴……以及尝遍万花后在女人面前那种游刃有余，因为懂得而造起的情浪。

还有他们的儿子——小虫儿。

他那么小、那么软，还没见过爹，没起大名。

宋骜是重的。

虽然他很混账、很霸道，有时候让她恨不得毒哑了他，可她此时想到的是他离开临安出兵北上时，在那个酒楼里，他给儿子的见面礼，那个至今戴在小虫儿胖胖的小手上的小金手镯，还有他诉说的即将做父亲应有的担当，说要为他们母子安排好的生活。

她甚至记得他还说过，如果他能活着回来，想要试一试……

他没有说要试什么，可那一瞬，彭欣是懂得的。

他也想要一个家，要一个女人，和他们的孩子一起，正正经经过日子。

所以在她心里，宋骜确实是重的。

而宋彻，也是重的。

那一段活在苗疆的青春年华里，热情似火的苗疆圣女与年少翩翩的忧郁公子之间，一场情殇之恋，除了留下一段难忘的回忆、一场唏嘘的结局，毕竟还有一个世间留不住的孩儿，如今也不知灵魂飘荡在哪里。

不管是宋骜还是宋彻，都是重的。他们都不是彼此，都无可替代。他们都在她不同的年岁里，成为她的男人。

可……他们是双胞胎兄弟，是你生我死的敌人。

天神！她也想问一问，这到底是为何？

彭欣觉得头隐隐作痛，看着石壁，恍惚间觉得整个石壁都像在旋转。

"石头，我无法告诉你答案。"她低低地唤着宋彻曾经的名字。

那个时候在苗疆，他只告诉她，他叫石头。

以前她不知道他为什么叫石头，问过他，他也不肯说。以前的她想不明白，一个长得那样好看的男子，斯文有礼，儒雅温文，为什么要叫这样土气的名字。

可在阴山这里，她好像突然懂得了。

石头是他从小的伙伴，他每天面对的，都是石头。

那顺巫师是一个古怪的人，养着他，也只是供给他吃喝，哪里肯花时间陪他说话，那时候的他，可不就是石头吗？

宋彻三岁才开口说话，六岁才知道原来在这个世界上还有一种人，名字叫"父亲"和"母亲"——

而那个时候，小王爷宋骜正在临安京城的皇宫里，过着骑太监、逗宫女、上树掏鸟窝、下树打弹弓的皇子生活，养尊处优。

宋彻是可怜的。

彭欣想到他，心也是酸的。可谁又能同情谁呢？

这罪恶的世道，无处不可怜。

"石头，你是重的，他也是。"彭欣是个诚实的女人，任何时候，她都是这样，冷的脸，软的心，不肯撒谎。

481

宋彻看着她在夜明珠光线下的苍白面容，久久没有说话，可慢慢地，他嘴唇颤抖着，身体也跟着抖了起来。然后，他双手慢慢地抱住了头，痛苦地低下头，却在笑。

"呵呵呵呵，我就知道，我就知道……欣儿，你为什么不肯骗骗我，哪怕骗骗我也好啊！你为什么非要让我知道，其实我早就被你埋葬在过去了，而他……是你的新生。"

一个过去，一个新生？是这样的吗？

彭欣紧紧攥拳，好一会儿，才缓缓握住宋彻的手："石头，我不知。"

她垂下眼睑，真的不知。

因为不知，也没法回答。

在彭欣的心里，宋骛是大大咧咧的，神经大条，豪爽而坦荡。宋彻却是敏感多疑、小心翼翼的。

也因为如此，与他们相处，感受是完全不一样的。

一母同胞的双生兄弟，性格却天壤之别，一个住在阳光里，一个生活在黑暗里。

宋骛可以气得她鸡飞狗跳，却可以肆无忌惮地在她面前做自己，最真实的自己。而宋彻会让她时时刻刻为他担心，也时时刻刻害怕伤害了他，为此不得不隐藏，小心翼翼地隐藏自己的情绪。

可她真的说不出来，哪个重，哪个轻……

她的心，已经乱了。就在她到达阴山死亡山谷寻找宋骛却见到宋彻的时候，就已经彻底乱了。

"这是命，宋彻，都是命。"

"是吗？是命吗？"

"是，你躲不过，我也躲不过。"

"谁人安排的命？"

"谁知道呢？也许是天神，也许是造物之主，也许是我们自己……上辈子造的孽。"

"可我偏想搏一搏命。"宋彻喃喃着，像一个不知未来、不知前程的迷茫孩子，极力压抑着头痛，固执地想要追求那一块不属于自己的美玉，"欣儿，你愿意陪我试一试吗？我们试一试。"

"试什么？"彭欣低头，母亲似的探手抚着他的头。

宋彻心里一暖，脸却突然沉下，他一字一顿坚定地说道："我要做北勐大汗，做这世界之主。欣儿，你相信我，这个世上，没有人比我更聪明，天神祭坛难不住我，死亡山谷难不住我，没有任何人难得住我。胜，我君临天下，必给你如花锦华。"

彭欣一怔，手顿在他的头顶，看着宋彻一句话都说不出来。

宋彻还在说："欣儿，我无法选择出身，难道真就无法改变命运吗？你叮能还不知道，我不是在空想，我的机会来了。"

彭欣紧紧抿着嘴巴，还是没有回答。她只是看着他，怜悯而同情地看着他，眼睛一眨不眨，像看着做了错事的孩子，也愿意倾听他所有的故事……以及计划。

宋彻慢慢抓住她的手，在手心里握紧："欣儿，你知道吗？萧乾没有死。"

这句话的震撼，对彭欣来说，更是巨大。

关于萧家的事，以及萧乾的死亡，她都知道得一清二楚，对于墨九所经历的一切痛苦，她也都感同身受。可作为朋友，她以前唯一不能做的——就是同情墨九。

墨九不需要同情。就像她当初不需要同情一样。墨九没有同情过她，她也不会去同情墨九。

她们都是坚强的女人，也是难得的知己。

所以，她可以肯定是因为萧乾死了，墨九才会变成那样。如今宋彻却斩钉截铁地告诉她——萧乾还活着。

这又是为了哪般？

她轻声地试探着问："你是怎么知道的？"

她听见自己的声音有点颤抖，不是为自己，而是为墨九高兴。

"我看见他了，欣儿，我看见他了。我敢肯定，一定是萧乾，不会再是别人了。别人又怎么会害得我如此？"

宋彻痛恨一般嘶哑地吼着，看彭欣脸色沉沉，又慢慢蹲在她面前，目光里带着一股子燃烧的火焰，灼灼看着她："原来他一直没有死，那个假苏赫利用那顺巫师狸猫换太子，轻轻松松就取走了属于我的一切，还取得了蒙合和达尔扎的信任，我始终没有想明白为什么，如今我总算知道了。这个世上，只有萧乾可以做到，只有他清楚和熟悉北勐的一切。"

彭欣的双唇绷得紧紧的，一颗心七上八下，仿若擂鼓。

却听宋彻又沉声道："我有个直觉，一切都是萧乾策划的，除了他也不可能再有旁人。我这些年吃的药，那顺为我治疗的药，最开始是出自陆机老人之手，可狸猫换太子之后的，肯定出自萧乾。若不是萧乾，怎么可能轻易控制住我？"

彭欣没有言语，对此半信半疑，毕竟萧乾是神话般的一个人。

哪怕他死了，也是一个神话。南荣的神话，北勐的神话。

也许宋彻并没有见过萧乾，他只是需要用这样的神话来安慰自己的失败——输给了那个假的苏赫。

而且，这不是狸猫换太子，不应该是狸猫再换狸猫吗？

"不过不要紧，我还有机会。只要我再次做回苏赫世子，他们的末日就到了。

这一切，北勐的一切、萧乾的布局都是帮我做的，我会把他们牢牢捏死在手中——欣儿，你不信我？"

宋彻似乎察觉到了她的情绪，有些急躁。

彭欣摇了摇头："没有，你说。"

宋彻揉了一下额头，似是想到什么事生了恨，又猛地抱住头，双目戾气涌动，像要喷出火来："我甚至怀疑，那顺巫师不是被收买，而是一直就是萧家的人。从当年安排我入阴山，神不知鬼不觉地换了北勐阿依古长公主的儿子。毕竟苏赫世子一出生就被称为'遭天神厌弃，有夭折之险'的话，全是出自那顺之口——"

听到这里，彭欣也好奇："他们为何要相信他？"

"那顺巫师是漠北草原上最有名的巫师，是可以通灵的人，可以与天神对话，而且，还可以代表天神传达旨意。"

世上还有这样的人吗？

彭欣突然很想笑，却心苦得露不出一丝笑容。

她自己也是苗疆巫女，是打从出生就被赋予神识传说的灵女。

可事实上呢？

她是个俗人，是个普通的女人，参不透这世间的情情爱爱，也悟不透这些恩怨情仇——这些都不是圣女该做的。

"我恨！欣儿，我恨！"宋彻还深陷在他的痛苦里。

"他们从来都是把我当成一颗棋子，从来都是，只有你，欣儿……"看着彭欣苍白的脸，他握紧她的双手，"只有你，曾经把我当个人。"

"石头，别这样说。"彭欣润了润唇，"我们是人，不管别人怎么想，我们都是人，堂堂正正的人，从来不会是任何人的棋子。"

"哈哈，是吗？"宋彻歇斯底里地笑，"那是你不知道。"

吼完，他顿了顿，又放柔了声音："我的母亲，南荣的萧妃娘娘，她何其狠心，为了萧家的家族荣辱，竟舍得抛弃亲子，让我出生不足一个时辰就被人抱离皇宫，不远千里辗转漠北。"

这件事彭欣已经知道一些。

这些天的相处中，宋彻情绪不好的时候，总会断断续续地向她讲述一些往事，一些几年前他来不及讲，也不可能会对她讲的往事。

他是南荣至化帝的儿子，身世煊赫，本该一生富贵荣华，可命运捉弄，却身若飘萍，下场如斯。

这样的恨，彭欣懂得。

曾经，她也疯狂地恨过一个人。被亲人背叛的痛，被爱人离弃的伤——无法弥补。

风幽幽地吹过，把宋彻絮絮的声音吹得散而绵长："欣儿，我并不一开始就是阿依古那个'被天神厌恶'的嫡长子的。"

他初到阴山时，真正的苏赫世子还活着。不仅活着，还活蹦乱跳的……

因为他根本就没有得罪过"天神"，他的病全是那顺巫师搞出来的，而刚刚把心爱的儿子遣到阴山，跟着一个连脸都看不见的巫师生活，阿依古长公主又如何能放心？

尽管那顺再三说，不要惹得天神怨怼，最好不要打扰世子的生活，但世间的母亲并不人人都像萧妃娘娘，为了萧家的百年功业，舍得狠心丢掉儿子的。

阿依古长公主隔三岔五就会派人来送东西，当然也会偷偷看一眼苏赫世子，再回去禀报。

在这样的情况下，那顺巫师没法换人。他们只能等。

等着苏赫世子的身子衰病下去，等着思子心切的阿依古长公主不得不狠心与苏赫世子切断一切联系，再也不派人来嘎查。

那些年，宋彻就住在阴山的山洞里。

人家活着，他也活着，像老鼠似的活着。一直在活着中准备死——做苏赫世子，让宋彻死掉。

那些年，在他慢慢知事时，他甚至在心里默默向天神祈祷过，祈祷他老人家快点收去苏赫那个小破孩儿的命——

这样，他就可以做苏赫。这样，他至少可以活在阳光下。

那个时候他还小，虽然有怨、有恨，可对父母和自己的身世是模糊的。

六岁那年，那顺巫师第一次告诉他的身世，就是在那个祭祀天神的石室里。

因为他小时候爱闹、爱哭，还总是跑出去，而且他还聪明，那顺开过几次门，他就会自己打开了。

有一次他跑出去，还差点被人发现。

后来，那顺巫师烦透了，用铁链子拴住了他的脚，每天像养狗一样养着他——

在那些生不如死的日子里，萧家没有任何人来看过他，没有任何人知道，他过的究竟是什么日子。

为了避免嫌疑，萧家人又怎会自掘坟墓，与他们扯上关系？

那些年，那顺告诉他们什么，他们就信什么。

在宋彻心里，那顺巫师就是一个魔鬼。

那顺教给他识字，教给他知识，教给他这世间的一切，也会给他饭吃，可那顺从来不会给他一点点温暖。除了，哄他吃药的时候。

那顺说，他一出生就有疾，所以得吃药。

那药真苦啊。吃药的时候，他也曾想过，那个在临安皇宫里的弟弟，与他长得

485

一模一样的弟弟，也会吃药吗？

他吃药的时候，有没有母亲温暖的手摸着他的脸，喂他吃甜甜的糖果子，一口一口哄着他吃？

他从来没怀疑过自己有病，因为他的头总是痛，一直会痛。

一开始是很久才会发作一次，后来时间越来越近，以至于虽然他很讨厌那顺巫师，却总是巴巴地盼望着那顺来。

他来了，就有药吃。再苦的药，也不会比头痛难受。

被锁在那个祭祀天神的石洞里，他每天都在祈祷。也许他的祈求真的传入了天神的耳朵，就在他十岁那年，苏赫世子无病无痛，就连漠北草原最有名的神医陆机老人都检查不出毛病来，可他的身体差得见风就喘，越发衰败。

阿依古长公主终于彻底从苏赫的身边消失了。身为母亲，她为儿子做到了极致。

那个时候，宋彻也曾狠狠地嫉妒过苏赫——那个弱不禁风的破小孩儿总是微微笑着，站在天神的祭台前，上香，祷告。

他说，要母亲健康长寿。

他说，要北勐国强民安。

他说，希望天神让他的病痛快快好起来，他想要亲自伺候一次母亲，为母亲倒一次马奶酒，为父亲牵一次马，还想骑上马儿在碧绿碧绿的草原上奔跑，像牛犊子似的强健地奔跑。

他说……

他还说了很多很多。

可一个人怎么能什么都要呢？

宋彻总是躲在黑暗中冷笑。

他已经得到了父母亲全部的爱，怎么还能要求这么多？所以，他太贪了。宋彻想，他太贪了，所以他该死。

就在那次祭祀天神回去的第二天，苏赫死了。

他还记得那天晚上，天上打着雷，震入山洞嗡嗡作响，那顺巫师冲入洞口，狠狠揪住他的衣领，把他训了一顿。

那顺巫师问他，为什么沉不住气，为什么要杀了苏赫？

宋彻记得，当时他笑了，很天真地笑了。

然后，他还很天真地问那顺巫师："他只是偷吃了我的药而已，为什么他死了，而我一直吃药却没死？"

当时，那顺脸上的表情他看不透。可宋彻没有再问什么，一句都没有问。

他只是默默走过去，抱住那顺巫师的双腿，用小小的双臂抱住他，恳求的声音带着孩子的稚嫩，却也有浓浓的坚定与不甘："那顺巫师，请你相信我，我比苏赫更适合做苏赫，我会听你的话，达成你的愿望，而不是萧家的意愿——我恨萧家，他们利用了你，还想要利用我。那顺巫师，我不是他们的子孙，从此，我就是苏赫，是你的徒儿苏赫……"

彭欣听到这里，整颗心都是透凉的。

她问："这些事，萧家从来不知道吗？"

"他们知道什么？他们只知道苏赫世子早就变成了宋彻，那个活蹦乱跳的小孩儿就是宋彻，就是他们栽培在北勐的棋子，就是他们巩固萧家地位的最后利器——"

"为什么你后来自由了，却不告诉他们？"

听到她的问题，宋彻像听了一个笑话："我为什么要告诉他们？哈哈哈，我傻吗？我就是要看他们的失败，看他们败得彻底——"

提到往事，宋彻的样子几乎是癫狂的："他们设计了一出好局，只可惜，一开始就定错了人。如果他们选择的是我，如果是我留在临安，又怎会让宋熹得到南荣江山？萧家又怎会一败涂地，被满门抄斩，永世不得翻身？"

彭欣闭上眼。

有些事，谁能知道？当初抱孩子的时候，谁能知道后来的事？

宋彻冷笑着看着彭欣，一字一顿，每个字都带着彻骨的恨意："萧家人可能到死也想不通，为什么他们一心培养的储君会是一个不务正业、整天寻花问柳的浪荡皇子吧？哈哈，这就是报应！报应啊！"

看他恨恨咬牙的样子，彭欣突然闭眼，然后一只手慢慢抬起，抚上他的头："傻子，难道你就没有想过吗？你的母亲，还有你所憎恨的萧家，也许他们一直想要保全的人——就是你。"

彭欣这话自然不是无端猜测的。

当年的事虽然时日已久，但那个时候萧家和谢家斗得昏天黑地，不死不休，南荣各方争权，后宫更是乌烟瘴气。

那些年，至化帝的皇子几乎就没有一个能平顺长大的，不是死就是残，不是痴就是傻，就连皇后都没能幸免。

而且，彭欣还听人说起过一桩南荣秘辛。

宋骜的母亲萧贵妃生他时，是不足月的，那晚上她突然破水，差一点就丢了性命。后来，虽然孩子的小命保住了，可她从此也再不能生育。

有人说，她的早产与谢家有关。

事情真假且不论，就说当时的萧贵妃，拼着一死生了两个儿子，一对双胞胎兄弟，究竟把哪一个留在敌人的屠刀下，把哪一个送到安全的地方？

手心手背都是肉，谁也不会比母亲更痛。

或许萧家安排宋彻去漠北有为萧氏家族的利益考虑，为萧家的皇权争夺考虑，但归根到底，不也是为了保住萧家皇室血脉做的两手准备吗？

同样身为母亲，彭欣也很难相信，萧贵妃会忍心让儿子遭受这样的痛苦。

也许她会觉得更亏欠的是宋骛。当时把宋骛留在宫中，那才是龙潭虎穴吧？

一个不小心，宋骛就得一命呜呼啊！

而这大概也就是她后来为什么那么纵容宋骛，以至于"慈母多败儿"，生生把儿子培养成了那样一个不着调的荒唐王爷。

"石头，你的母亲一定是爱你的。"彭欣肯定地抚着他的脸，眼中满是母性的光彩，"我也有儿子，我了解做母亲的心情。她一定不知道你受了这么多苦。如果她知道这些苦、这些罪，她肯定生不如死。你相信我，好吗？"

夜明珠下的人影，影影绰绰。宋彻盯着她，像被什么刺了眼，一动也不动。

彭欣道："还有萧家，我与他们并无恩情，我不会为他们说话，只是就事论事。石头，你和萧家本是一体的，从你孕育在萧妃娘娘的肚子里，就已经打上了烙印——你与萧家一荣俱荣，一损俱损。萧家把你送到阴山，看似是留下了宋骛，其实是保护了你。他们的目的，说不定是想让'那顺'巫师培养你，有一天，有一天……"

说到这里，她像是说不下去了，垂下眸子，心里痛了痛，突然咬了咬唇，才继续道："有一天，那个被培养得毫无争权逐利的斗志、不爱江山只爱美人的宋小王爷突然死亡，你才可以接他的手，重振萧家一脉在皇室的基业。"

这样的猜测，其实也惊了彭欣。她是在说到这里的时候，突然想到的。

南荣皇室为什么出了一个荒淫无度的宋骛？那么多皇子，为什么只有他始终活得好好的？

虽然他到底从阎王手底捡回了命，可也并非平顺的。

他阅女无数，日日买醉，比谁都逍遥……这当真是他愿意的，是萧家愿意看到的吗？是萧妃娘娘愿意的吗？

换个角度想，宋骛何尝不是一颗棋？一颗用来麻痹谢家、麻痹至化帝的棋？

冷风拂起彭欣的衣袖，她心惊胆战，再难多说一个字。

皇权之下，焉有完卵？

宋彻、宋骛、他们，谁又为了自己在活？

良久，石室内再无声响。

宋彻怔怔地望着她，像个孩子……目光有怒，也有惊，还有无助。

天知道他多么想要信任她，相信他的母亲爱着他，相信萧家从来没有想过要害他……可是，这些年的诸多苦、诸多痛，还有现在，萧乾密谋那顺巫师，把他苏赫

488

世子的身份生生替下——连一颗棋子都不让他做，他为何要原谅？

他们都不曾信任过他，他为何要信任他们？

"不。欣儿，我做不到。"宋彻慢慢地捧着她的脸，轻轻抚摸，双目里的暗光如蛇一样毒，也冷，"我要他们死，所有害过我的人，都必须死。"

彭欣一怔。

心魔！

她把他的手拿下来，握在手中，双目专注地看着他，眸底清澈得宛如两汪潺潺流动的小溪，便是世间再冷硬的心，也会沉在其间，化为流水。

"石头，看着我。这是心魔，是执念。"

宋彻感觉到了她的关切，反握住她的手，恨不得时光就此停顿。

"不。欣儿，我有太多的恨。你想要我做的，我做不到。你……不要恨我，好吗？欣儿，不要恨我。我放不过，放不过他们。"

狠心的宋彻，也是多情的宋彻。

人与魔之间不过一线之隔。

彭欣没有回答，沉吟片刻，却又轻声问他："石头，你可还记得我们那年初遇？"

宋彻怔怔的，目光混沌着，像在记忆中翻找了许久，才找到那个好不容易获得了自由、偷偷瞒着那顺巫师南下的白衣少年。

"欣儿，我记得的。"

多少年了？他一直记得。

在他的头最痛的时候，有时候也会忘记时间，可无论怎样，他也忘不掉初见彭欣时，那一颗怦怦跳动的心脏，还有她美如玉兰的清冷容貌。

那一天的她，坐在那个莲座一样圣洁的高台上，供苗寨众人朝拜，面无表情，不言不语，圣洁得好像从九天下凡的仙女——

可宋彻只一眼就看穿了她。这个女孩儿不快活。

就像他一样，成功做了苏赫世子，也得到了那顺巫师的信任，可他从来没有一天快活过。

他的快活，被禁锢在阴山。

而她的快活，也被禁锢在这个高台上的圣女宝座上。

那一刻，他很想知道，坐在高台上的彭欣会想些什么呢？

他在阴山时，就常常幻想，靠着幻想打发漫长的光阴——

幻想临安城的繁华，幻想那个令人向往的皇宫是怎样辉煌。会比阴山更高吗？会比草原更广吗？会比哈拉和林的宫殿更金碧辉煌吗？

他想去临安看看，想到更远的南边看看，看看那些书上写的，完全不同于北国

489

风光的南国胜景。

所以他偷偷跑了。

他一个人南下，沿途游玩，看到了秦淮的风月，看到了金陵的城郭，看到了不同于草原的西湖美景、鱼米之乡的江南温婉。小桥、流水、人家、园林……仿佛人间仙境。

当然，也看到了很多很多漂亮的美人儿。

她们穿着精致的衣饰，行止皆宜，完全没有草原姑娘的粗糙。

可他从来没有见过一个女人，像彭欣那么美，像彭欣那样只需要一眼，就入得他的心，让他只需要一眼，就能看见她孤寂的内心。

他们是同一种人。

外壳是属于别人的，灵魂是受到禁锢的。他们的不快活，在于完全无法做真正的自己，他是一个玩偶，彭欣也一样。

那一天，是苗疆的龙船节，盛大而热闹。

苗寨人都去"咋瓮"（划龙船），初到的宋彻也挤在人群中——

他来自草原，不识水性，对划龙船也只是看个稀奇，跟上去的真正目的，是想多看一眼圣女。

圣女坐在一艘特制的龙船上，宋彻只能远远看她，也没有机会靠近，可他是多么聪明的人？一个从小靠自己过活的人，从来不缺脑子。

在圣女的船靠近岸边的时候，他落水了。

是的……他落水了，而且他根本就不会水。

用生命去赌博，当然不是他会做的事。

人命越贱，言行越谨。他做什么事，都会事先思虑周全。

那里龙船很多，会水的人更多，众目睽睽之下，哪里会让他淹死？更何况他在沉入水底的刹那，看见了圣女看他的目光，带着悲悯，还有……惊艳。

宋彻自然是长得好看的。

苗寨的小伙子，没有一个人及得上他的容貌，所以他到这里来求药治头痛，那些小伙子但凡见到他，目光就没有一个友好的。

最终，他确实被救了。

救他的不是圣女，而是圣女的师父。

那是一个慈祥的老人，他住在一栋两层的木质小楼里，地方不大，但收拾得很干净，他会用毒，会养蛊，楼下的院子里养着各种各样让宋彻身子发麻的毒物……

师父告诉他，他的头痛是长期服毒所致，而且此毒很霸道很刁钻，不能直接解——越是急着解，越是容易要命——

宋彻知道，当初的苏赫便是这样没的。因为那顺巫师急着救他，于是他死了。

490

他问师父："那便真的没有法子了吗？"

如果他的头痛好不了，又怎能肖想圣女？

在他近乎绝望的无奈中，师父笑了，说可慢慢调理，但需要一个极为漫长的过程。他有十几年的用药史，毒性早已透过五腑，浸透四肢百骸，非一朝一夕可成的。

为了治愈的希望，为了圣女，他选择隐姓埋名地留了下来。彭欣的师父是一个苗疆奇人，苗药的精华在他手中得以发扬，在他的调理下，宋彻的头痛症状果然有所减轻。

最幸运的是，他也如愿与彭欣相熟。

他们气场相融，初初见面，不需要很多话语，好像就都知晓了对方的情绪。

那一天，在小楼的竹篱边，他握住彭欣的手，把那句等了三个月的话，说出了口："欣儿，我喜欢你。"

彭欣没有马上回答。

她走到竹篱外面，才问他，何谓喜欢？

他面红耳赤，支支吾吾的样子像一个寻常少年，像大千世界中每一个情窦初开的毛头小子，在心爱的姑娘面前，紧张得手足无措。

"喜欢就是，喜欢就是我想和你在一起，用我的一生来守护你。"

后来每每回忆，他都想笑。

这么稚气天真的话，是一个被囚禁的灵魂该说的吗？他连自己都守护不了，拿什么守护心爱的姑娘？

可谁也无法预知未来——

那时的彭欣，微微低头，羞涩地递给他一根用彩线编织的花带，却不好意思看他，然后提着裙子跑出了小院。

他心乱如麻地将花带小心地系在了腰上。

那花带，是他们的定情信物。那一天，也是他们两个人的开始。

彭欣不是一个多话的人，宋彻也不是，但两个人相处并没有半点不适，有时候哪怕一句话不说，对视一眼，心里也能涌起浓浓的温暖。

那时的日子真美啊。

宋彻想，如果能永远住下来多好！就住在师父的小楼里，再也不要回阴山，不要知道什么那顺，什么萧家，什么南荣皇室……也不要知道，世界上还有一个和他长得几乎一模一样的男人。

他从来没有告诉过彭欣自己的事。并非不信任，而是难以启齿。

他说他叫石头，就想一直叫石头，也想一直做彭欣唯一的石头。

这样幸福的日子，持续了一年。

就在他的心静静安定下来、以为自己再也不会与那些人和事产生关系的时候，萧家的人终于找到了他。

他们是收到那顺的消息，开始暗中寻找的。

可这个世界太大了，这么辗转找来，竟足足用了一年多的时间。

后来的后来——被关在不见光明的石洞中时，宋彻常常想，这一年是老天赐给他的最为美好的一年，是他偷来的一年，梦幻般的一年。

他被萧家人偷偷带走了。神不知，鬼不觉，连跟彭欣道别的机会都没有。

所以他恨萧运长——他的舅舅，萧乾的父亲。

宋彻第一次，也是唯一一次见到萧运长，是在被萧家人送回阴山途经楚州的时候。

那天，萧运长语重心长地告诉他，请他为了他娘，为了萧家和他自己的前程，不要任性。

萧运长还告诉他，从他出生那一刻起，他就没有权利再任性了。因为他的肩膀上担负着他所有亲人的性命与希望。

宋彻一句话都没有说。

这么浑蛋的话，他能怎么反驳？

更何况，哪怕他有千般嘲弄，万般痛恨，萧运长也没有时间留给他说。

就在见面的当晚，萧运长就派人将他送过淮水——淮水以北，是珲人的地方。

也是在那里，宋彻第一次见到了完颜修。

为了摆脱萧家人的看押，以便潜回苗疆去找彭欣，他冲到完颜修面前，谎称自己是南荣的小王爷宋鹜，被奸人所害，难以脱身——

那时候，南荣和珲国在休战期。虽然敌对状态未解除，但不管出于什么考虑，南荣的王爷到了珲国的地盘，正常情况下，完颜修不会袖手旁观。

他想等完颜修对付萧家人，自己再想办法离开。

结果——事情完全出乎他的意料。

萧家人居然说服了完颜修——说他是一个疯子。

或者是他当时的样子太癫狂，赤红的双目太瘆人，或者是完颜修压根儿不相信南荣那个终日无所事事的小王爷会出现在珲国境内。

结果，他没能摆脱萧家人，反倒惹恼了他们。

他是被迷昏带回阴山的。再睁眼时，看到的就是那顺阴森森的巫师面具。

对，那顺也戴巫师面具的。

除了熟悉他的声音，其实宋彻也很多年不曾见过他摘下面具，小时候的记忆模糊了，他甚至都已经不记得那顺的脸究竟长什么样子。

他后来想，在那次之后，那顺其实就对他失望了。

492

当然，那个时候他不怕那顺失望，只怕不能离开。

他疯狂地想念彭欣，想念那段他一生中最快活的时光。

而且他知道，他是南荣的王爷，是至化帝的儿子，是萧家的棋子，那顺一定不敢弄死他，这样没法向萧家交代。

所以，他有恃无恐地和他对着干，就为回苗疆。

可他再也没有机会了。

那顺不能弄死他，却再次把他锁在了天神祭洞——这一锁，整整两年。

两年后，当他再次在那顺的药物饲养下重见光明时，头痛的症状比以前更严重了，甚至有些事情想起来也模模糊糊的。

好在，他还记得彭欣，记得她的脸，她的温存……也记得他们初尝禁果那一晚，湘潭边的大石下，落花吻流水。还有那一抹白月光下，她洁如明月的身体——那是他此生唯一的救赎，是他穷尽一生也要追寻的果。

然后，未见果，只有业——业障的业。

那顺告诉他："她给你生了个儿子，一岁多了。"

宋彻还没有从惊喜中回过神来。

那顺又告诉他："可他死了。"

从狂喜到狂悲，短短一瞬，他经历了世间距离最近也最残忍的悲喜两重天。

那顺还说："这是你最后的机会，如果你再敢胡来，你儿子的今日，就是她的明日。"

他知道，是那顺或者萧家人杀死了他们的儿子。

他知道，那顺告诉他的目的，是威胁他让他妥协，让他继续做他们的棋子，做一个没有思想没有情感的怪物。

可他们不知道，从那时起，他已经不想离开了。

既然此生已得不到救赎，那就一起沉入地狱吧。

为了重新得到那顺的信任，做回萧家的棋子，他乖顺起来，戴上了巫师面具的脸上，再也没有出现过任何叛逆表情。但他在暗地里偷偷换药，偷偷用彭欣师父给的方子为自己调理身体，以保证自己能多活几年——可以有机会报仇。

蝼蚁般苟且，只为报仇。这股执念，缠绕得他几乎疯魔。

可他要报仇，却无法摆脱那顺……不仅仅因为药物的控制，还因为他需要苏赫的身份。

如果失去了这个身份，他怎么报仇，又哪里来的力量？

然而，除了那顺，没有任何人能证明他就是苏赫世子——

为了名正言顺地活在光明中，他给自己制订了几步计划。

首先，要摆脱"遭天神厌弃"的身世，让世人都知道，他长大了，不会再夭折了，可以堂堂正正地做回北勐世子了。

于是在他有计划的安排下，他用在苗疆学到的蛊术控制了那顺身边的小徒弟托托儿，然后，他行事方便了许多。漠北草原上，慢慢也就有了风言风语传出来，阿依古长公主也开始关注这个可怜的儿子，甚至有人偷偷进言给她，怀疑那顺……

有了托托儿的帮忙，他行事很顺利。

然而，他千算万算，没有想到那顺那么狠。

在决定与那顺斗法的时候，他对药物的摄入已经很小心，而且苗疆师父的教导和他吃了一辈子药的经历，让他对药物虽不能说精通，但已有所了解。

可他还是低估了那顺。

察觉到他的企图后，那顺再一次用药物控制了他。

不是以前常服的药，而是一种他从来没有试过的药，无色无味——这也是他先前突然怀疑萧乾的原因之一。

那顺把他关了起来——还是那个天神祭洞。

他不知道那顺是怎么和萧乾勾搭上的，突然出现的"假苏赫世子"到底是谁他也不知情。

只是他被关入洞中时，还没有那个"苏赫世子"，一切好像突然间就脱离了最初的设想，他被那顺彻底关在了这个不见天日的地方。

一个人的一生，有多少年？而他的一生，大多数时候是在囚禁中度过的。

在最为艰难的时候，他也曾想过，如果那个生活在南荣的浪荡小王爷暴毙，萧家人会不会想到他，让他——李代桃僵？

哦不，他本来就是王爷，不是桃李之代。

有时候天神也是眷顾他的，南荣与珺国的战争爆发，宋骛居然主动请缨领兵北上，而且单独追击完颜修来到了阴山——

宋彻的血都是热的。

死亡山谷，是那顺禁锢他的地方。

可他多么聪明？他在天神祭洞里博览群书，二十多年幽禁光阴的潜心研究，这里的机关他早已摸得熟透。

更何况他还有托托儿，隔三岔五给他送饭来的托托儿——

他想方设法让托托儿引宋骛入死亡山谷，造成了南荣大军的全军覆没，却又在关键的时候，救了宋骛一命，并以宋骛的名义"活"了下去，让前来寻人的"假苏赫"看见了他。

他让托托儿告诉那顺，"假苏赫"看见的人，其实是他。

他赌对了，那顺没有告诉"假苏赫"死亡山谷的秘密，也没有告诉他，里面关押了南荣的另一个王爷。

494

来去自由的他，神不知鬼不觉地扣住了宋鸷，竟没有引起任何人的怀疑。而那顺巫师有了新的"苏赫世子"，又自信死亡山谷的布局无人能破，对于成为弃子的他就少了戒心，根本就没有想过，自己亲手培养出来的棋子，早就参透了这里的秘密。

天神眷顾，他的机会又来了。

一个宋鸷的出现迷惑了那顺，也送来了彭欣，送来了墨九、萧乾、完颜修……他相信，那个"假苏赫世子"也一定会来。

这一次，他不会再失手。

世子金帐已修好，路也都已铺好。为他人作嫁衣的，又何止是他。还有萧乾，不是吗？

他终究有了报仇的希望——

"可有一件事，我还是想不明白。"他对彭欣道，"欣儿，你说为什么呢？我明明想宋鸷死的，想了那么多年，可为什么就在他即将死去的那一瞬，我仿佛看到了自己的脸，在挣扎、在痛苦……"

他救了宋鸷，让他代替了自己，也让宋鸷尝了他吃了二十多年的药。

可宋鸷的身体状况和他不一样，他是二十多年从少量摄入到渐成习惯，宋鸷突中猛药，虽然没有像真正的苏赫世子一样吃死，却吃疯了。

大概这就是报应吧。

看着疯掉的宋鸷，他并没有感觉到快活。

很多次，他就坐在天神祭洞的台阶上，看着疯疯癫癫的宋鸷，与他说些乱七八糟的话。

甚至……也跟他说彭欣。

"欣儿，我比他更爱你。"说到这里，宋彻眼里有亮亮的颜色，"哪怕我被药物折磨得生不如死，也从来没有忘过你——可他，你看，他把你忘得一干二净，不知道谁是彭欣，也不知道你们还有一个……儿子。"

看不到彭欣眼中的失望，他失望了，幽幽一叹，将背抵在石壁上："他是这样一个男人，为什么你还要想着他？欣儿，你这么好这么好，他拈花惹草的破烂身子，怎么可以碰你，而你怎么可以为他生下孩儿……生了他的孩儿，却忘掉了我们的孩儿。"

谈到孩子，彭欣身体微微一僵："石头，我没有忘，从来没忘。"

"没忘？"宋彻冷笑，"那你为什么不为他报仇？为什么要阻止我为他报仇？"

彭欣目光凉了凉，头慢慢垂下："因为害死他的人，是我。"

第十二章　九死一生

宋彻震惊地看着她。

无视他的怀疑，彭欣像是回忆起不堪的往事，声音幽幽的，带点儿吵哑，眼睛一动也不动地看着石壁上的光影。

"石头，我们的孩儿很可爱，很聪慧，脾性不像你，也不像我，反倒很是调皮……"

说到很是调皮，两个人都怔了怔。

宋彻想到了宋骛，而彭欣想到了远在兴隆山的小虫儿。

只有做母亲的人，才知道儿子到底有多重要，也只有做母亲的人，才会不遗余力，哪怕有一丝希望，也要让儿子得到幸福。

小虫儿不能缺了爹，宋骛得活着。他活着，小虫儿才不会遗憾。

垂了垂眼，她使劲咽了咽唾沫："都怪我，是我没有看好他，让他被毒蜈蚣咬了。那一天……是我们相识两年的日子，我情绪不好，去了河边，师父也恰巧上山采药去了，只有一个看顾的婆婆看着他。等我们赶回去的时候，没有来得及救他。"

"不！"宋彻目光惊痛，声音凄厉，"你骗我。欣儿，你在骗我。你想让我忘掉仇恨，放掉他们，对不对？"

他果然是聪明的。

可彭欣闭上眼，摇了摇头："我没有骗你，我是母亲，不会拿孩儿的事撒谎。如果有人害过他，不需要你说，我也早就让他生不如死了。可事实就是这样，从来没有任何人害过我们的孩儿。"

看宋彻呆在当场，彭欣缓缓牵开唇角，像是在笑，可仔细看，却是比哭还难看的一张笑脸："在你不声不响地离开之后，我们的孩儿虽然没有父亲，但苗寨的每一个人都爱他、宠他，尤其是师父他老人家，更是把他当成了亲孙子。所以，石头你不要难过，在他短暂的生命中，一直是个幸福的孩儿，并不曾吃过苦。

"如此，不是很好吗？石头，他不受这世间诸多的苦痛，不懂得生离死别，不知道爱恨情仇，来过一遭，也度过了一生，是多好的事。"

是好事吗？

想到自己的一生，宋彻狂笑。石洞冷冷的风中，他的笑声幽冷嘶哑："欣儿，你真无情。"

她不知道他是靠仇恨而活着的，为了报仇，再多的痛苦他都强撑着，像狗一样活下去。她却告诉他，他的仇恨错了。

他的母亲是爱他，萧家是要培养他，他们的孩儿也没有被任何人害过——那么谁都有一番苦心，他的今日，到底是谁害的，该由谁来负责？

那顺？除了那顺，就没有旁人了？可那顺到底是谁的人？他不该算到萧家的头上吗？

"石头，如果你一定要有一个仇人，那么应该是我。"彭欣温柔地看着面前这个无所适从的英俊男子，慢慢仰起下巴，露出雪白的脖子，"你杀了我吧。"

她的目光，是那样凉，凉得好像钻入了宋彻的心里，撕扯着他的灵魂，让他涌动的千般仇万般恨都没了宣泄的地方。

他呵呵凉笑："你明知道的，我哪怕杀了自己，也不会动你一根手指头。"他冰冷的指尖顺着彭欣纤细雪白的脖子慢慢滑动，"欣儿，我爱你，比宋骜，比任何一个人都爱你，我的爱胜过他十倍、百倍、千倍。"

彭欣没有动弹，就那般仰头看着他，也没有挪开他的手，就那般由他滑着，滑着，像一条蛇游走在脖子上一样。她慢慢地说："石头，在我们苗疆有一种传说。死去的人是需要世间亲人为他积德积福的，他们在阴间需要福德以延来生，如果得不到，就投不了胎，或者下一世，亦悲苦难熬……"

宋彻目光微怔。

彭欣继续道："如果他们的亲人作恶多端，他们就会遁入六畜之道，生生世世受轮回之苦，做猪、做狗、做老鼠，就是做不了人。"

做猪、做狗、做老鼠……就是做不了人？

这句话重重击在宋彻的心上。他的手猛地顿住，眯眼看着彭欣。

随后他一点一点收回手摊开，看着自己的手心，又慢慢合拢，仿佛从中看到了他曾经做猪、做狗、做老鼠的一生。

"会吗？"宋彻怔怔地喃喃出声，脸色很白。

彭欣能感受到他心里起伏的波浪，虽然不忍，但仍闭了闭眼睛，坚定地告诉他："相信我，我是圣女，我也可以通灵的。我甚至可以看到我们的孩儿在哭，小

497

鬼们缠着他，大鬼们也欺负他，他还那么小，要是投不了胎，做不了人，是多么可怜。"

咚一声，宋彻跌坐在了石板上。

彭欣知道触动了他的良知……石头又何尝不是善良的？

她蹲下身来扶住他，用力握住他的双肩，一双清澈的眸子定定地看着他，在氤氲的光线下，浑身上下像染上了一层圣洁的光，仿佛多年前，宋彻在苗疆第一次看见她那般，喃喃诉说："他想要的，只是他的父亲做个好人。"

好人……好人？

宋彻双目通红，急急辩解："我没有害过人，从来没有害过人，我只是不想人家害我，我只是想活着，我只是想像个人一样活着……我是好人，我是好人！"

"是，你是好人。"彭欣双眸中满是流光，她轻轻环住他的脖子，将头靠在他的肩膀上，"既如此，我们又何苦为孩儿造那诸多业障？"

"欣儿，欣儿——"宋彻双臂一伸，紧紧拥她入怀。

"你终于肯抱我了，我以为，我以为你永远不会再抱我了，不肯再原谅我了。欣儿，我等这一天等了好久，等得好苦好苦。"

他双臂越来越紧，闭上眼睛，仿佛在回忆多年前的情深似海，又仿佛在感受这幽禁岁月中再次由彭欣给他带来的一抹温暖。

哪怕短暂，他也不愿放手。

"欣儿……"喊着她的名字，抱着她的身体，宋彻像个孩子般，将头垂在她的肩膀上，轻声哽咽起来，"你还是我的吗？你告诉我，你还是我的吗？"

彭欣知道他要一句话，一句可以影响他决定的话。

她其实可以骗他的，真的可以。但她看着夜明珠光线下两人重叠的影子，这一刻却无法违背那颗不远千里前往阴山的心。

她没有骗他，也没有骗自己，就那样简单真切地告诉了他："如果我还是当初的彭欣，如果你还是那时的石头，如果我们还在苗疆，如果没有离别，如果没有宋骛，如果没有小虫儿，如果……我们还有一丝半点的机会，我愿意陪你一生一世、生生世世，死亦无怨。"

宋彻没有说话，泪水滴在彭欣的肩膀上。好一会儿，他突然重重地抱了抱她，然后疯了一般冲出石洞。

"石头——"彭欣不知道他要做什么，也不知道先前的话他究竟听进去多少，现在的情绪又如何，看石洞的门没有上锁，她想都没想就急匆匆地追了出去。

前方的甬道是漫长的，也是黑暗的。

宋彻在这个地方待了一辈子，对地形熟悉得就像在自己家，他速度很快，老鼠似的，要不是那一颗闪着微光的夜明珠，彭欣根本就寻不到他的踪迹。

即便这样，她追得也有些吃力，跌跌撞撞，气喘吁吁——

一段甬道，又一段甬道，交错复杂的黑暗中，绕得彭欣头都晕了。

终于，前方出现了一点光明。不，不是一点，是一团冲天的火焰。

伴随着震动力的火焰，砰一声蹿了出来，灼人的热潮不过霎时就扑上了面孔，哪怕隔得这样远，她也能感觉到那燃烧的巨大威力，以及空气中一股呛鼻的脂粉香。

跟着，便是宋彻长长的嘶吼声："不——"

"石头！"彭欣冲了过去，看宋彻扶着石壁，身体颤抖地看着前方的一片火海，嘴里喃喃，"不是我，不是我做的，不是我……"

彭欣抬头，火光照亮了她的脸，也阻止了他们的去路——

然后，彭欣像是想到了什么，双目突地瞪大："谁在那边？"

"那些人，你要救的人，他们在，他们都在。"

彭欣身体微微一颤，痉挛般抽搐着双手，慢慢蹲身捂着双颊，整个人软了下去——

"欣儿，快跑，火烧过来了！"

火光冲天时，墨九慢悠悠醒转——

浓烟熏得眼睛生疼，呛鼻的胭脂味儿……又是哪里来的？

昏迷了许久，她睁开眼睛，看见眼前有淡淡的火光，不清楚这是哪里，只知道自己好像趴在一个男人的背上——

"六郎！"她下意识唤他。

半弓着身子的男人微微顿住，随后他慢慢地回头，腾出一只手，安慰地抚了抚她狼狈的小脸儿："乖，没事的，抱紧我。"

"六郎，我们在哪里？六郎……"

墨九的脑子已经不太清楚了，宋彻离开之后的事，她都有一点云里雾里，好像经历了，又好像没有经历，要不是这场突如其来的大火，她估计还在晕晕乎乎做梦。

火是突然燃起来的——

就在他们被困在那个葫芦形的石洞中，正准备寻找出路的时候，那一道铁栅栏突然动了起来，然后缓缓升起，石洞的门大开。

出现在他们面前的人，是那个疯子——天神祭洞里的疯子。

"宋骛？"萧长嗣第一个喊出声。

可疯子满脸污垢与黑灰，依旧认不出他，嘴里喊着"饶命啊，饶命"，迅速往外面跑去。

499

跑了几步，他又像害怕什么似的，叽里呱啦叫着飞奔回来："救命啊，救命！"

他是怎么从那个地方逃出来的，没有人去管，因为他们也是那样跑出来的，疯子会跟着跑也不奇怪。这个时候，他们只来得及看见在疯子背后有一条冒着火的引线，不停往甬道上延伸——

"那是什么？"

"鬼知道啊！"

"是这个疯子带来的？"

"鬼知道啊！"

千钧一发之际，谁来得及想那么多？也许是宋骜触动了机关，无意中把关押他们的葫芦形山洞的铁栅栏打开了，同时触发了引线似的火苗；也许是宋彻干的，毕竟他一心想要他们的命。

"快踩熄它！"萧长嗣低喝一声，完颜修左右一看，萧长嗣要护着墨九，闯北要管击西，而这个还不知道究竟是不是宋骜的人，也是一个不晓事的疯子。

娘的，办差的人，只剩他自己？

来不及多想，他抱着狼儿就冲了过去。

可他的脚踩上去，那燃烧的火线居然没受半点儿影响，嗖嗖蹿动着，还在继续往前燃烧，差一点点就点燃了他的袍角。

这位伟大的后珏国主也爆了粗："你他娘的害我。"

吼完了，他脾气也暴怒到了极点，提起手上的弯刀就砍了下去。

当一声，火星四溅，火苗却没有丝毫变化，还在往甬道那一头蹿——

"什么鬼东西？"

萧长嗣稳稳扶住墨九，冷冷的眸中映着火花："撒尿，淋它！"

什么？完颜修猛地回头。

在没有水的情况下，好像只有这么一个办法。

"可老子是珏国国主——"

"尿！"

萧长嗣冷冷的声音带着斩钉截铁的威严，让完颜修身子震了一下。然后，他咬牙切齿地拿刀指了指萧长嗣，眼看那一点火星越蹿越凶，还邪门儿似的坚挺，怎么都弄不灭，双眼一闭，哐当一声丢了刀，拿胳肢窝夹住吱吱叫唤的狼儿，单手去摸裤腰："行行行，老子拼了——"

以国主之尊撒尿灭火，完颜修也算是拼了。

嘘嘘——这种声音，大概不会有人觉得动听。

可在这个时候，却是众人的希望所在。

然而——这么淋上去那火苗不仅未灭，还嘲笑般咻了一声，以更旺的燃烧趋势继续往前蹿去。

　　完颜修蒙了，众人也没了声音。

　　"啥玩意儿？老子撒的又不是桐油！"完颜修收拾好裤子，咬牙回头，指着那火苗吼，"来啊，都他娘的来尿！"

　　那疯子好像有点儿怕他，瘪了瘪嘴就要走过去。可不等他掏出鸟鸟，萧长嗣双眼一眯，突地俯身抱起了墨九："够了，大家跑！"

　　那火苗引子不大，如果淋尿有用，一个人就够了。淋不灭的火，再多人去尿也无用。

　　萧长嗣让完颜修帮他把墨九扶到背上，然后撕了外袍结成条，紧紧绑住她，深吸一口气，指着火苗蹿动的方向："往那边！"

　　完颜修脸色微变，咬牙切齿地骂，显然是一尿未成，愤怒到了极点："你傻吗？火苗是往那边去的，我们还往那边跑？是去送死，还是找地儿安葬？"

　　"随你自愿！"萧长嗣淡淡望他一眼，没有解释，只托着墨九扶着石壁顺着火苗跑，"其他人跟我走！"

　　待他的手挪开，完颜修才发现，他扶过的尖利石棱子上，有长长的一缕血丝……分明是他划破了手，或者说他在用疼痛来克制着什么情绪。

　　完颜修皱了皱眉，啐了一口，还是抱着狼儿跟了上去。

　　置之死地，才有后生。越是危险的地方，往往才是出路。这时候，大家只能把死马当成活马医了——

　　一行人离开了栖身的石洞，顺着火苗的方向跑，就像在和火苗赛跑似的，追着，跑着，始终与火苗并进。

　　甬道宽窄不一，不是太好走，却也没有遇上什么危险——

　　就这样，大概走了半刻钟的工夫，背后突然传来砰的一声，震天的响动里，众人回望去，发现就在他们先前待过的地方，冲天的烈焰在熊熊燃烧——

　　完颜修回头看了一眼，抹一把汗涔涔的额头，后怕地望向萧长嗣："有你的啊，萧兄，我服你。"

　　就差那么一点点，死亡就与他们擦肩而过。

　　如果他们没有听萧长嗣的，而是凭直觉往另一个方向跑，这会儿说不定已经葬身火海了。一般情况下，人的正常思考不是往火燃烧方向的反面跑吗？谁会知道，那火苗往前蹿，爆炸的却是后方？

　　"别高兴太早！"萧长嗣背上伏着墨九，他似乎有点疲惫，可目光深了深，看着还在不停往前燃烧、也不知究竟要烧向何方的火苗，眉头紧锁。

　　这个机关设计原理到底如何？这个地方还会发生什么？

鬼知道啊！

现在他们能做的，只有一件事。

"跑——继续跑！"

这一行六个人。

萧长嗣背着墨九，闯北扶着击西，而疯子神神道道的，害怕得又蹦又跳，死死拖着完颜修就是不放，搞得完颜修愤怒、扭曲、骂娘不止——他好好一个国主，怎么就变成了奶娘？

若非那厮有可能是宋鸷，他肯定先把他掐死。

"六郎，这是哪儿啊？"

墨九晃晃悠悠被萧长嗣捆在背上，颠簸得头昏脑涨，眼睛半睁半合，眼前影影绰绰，模模糊糊，什么都看不太清，而与她相贴的男人的背上全是热汗，像被雨水透过似的，透过衣裳传过来，把她也热得仿佛随时会被化掉。

"嗯……我好难受……"

天知道，她宁愿一直昏迷。太难受了！太煎熬了！

原就热得挠心挠肺的身子，被烈焰一烤，五脏六腑仿佛都是火，深藏已久的云雨蛊好像刹那复苏，在她身体里狂躁地叫嚣着，试图主宰她的神经，比以往任何一次都要凶狠。

哪怕墨九并不清楚云雨蛊的完整毒性，或者说云雨蛊的最终后果会是什么，却深深地恐惧着，怕自己这一次再也控制不住自己，会彻底陷入欲望深渊中，无法自拔。

人控人，就是人；欲控人，就成魔。

所谓"强大的意志力"，人人都会说。然而真正做起来，只是空谈。

"忍忍，墨九。"萧长嗣在安慰她，"我们很快就逃出去了——相信我！我不会让你有事的，一定不会的。"

这样的安慰，原是给人力量的。

可墨九的脑子里哪里还受控制？他粗重的喘息、流着汗的身子、沙哑的声音、温柔的话语，无一不是撩动她情潮的催化剂，让她额头的汗也大滴大滴往下落。

老萧？

六郎？

这两个名字其实不停在她脑子里打着旋儿。有那么一刹，她是清醒的，可更多时候，她的脑子里只有零星而破碎的片断，让她抓不住，想不透，所有听到的、看到的、想到的，都好像只是自己的意识，而与这个世界无关……

"不！六郎……老萧？"

忽而焦躁，忽而激动。

她终于像一只被惹急了眼的斗牛似的，拼命在萧长嗣的背上挣扎，双手重重砸他的肩膀："六郎，你放开我，我难受，我难受。"

"我们很快就出去了。"萧长嗣喘着粗气，安抚地搂住她的臀拍了拍。

"我……等不及很快了……"

墨九像一条缺水的鱼儿似的，嘴一张一合，带着某种仿佛从心上爬出来的渴望，倏地咬牙，紧紧搂住他的脖子，像在寻找解渴的甘泉，拼命凑到他的脖子上，一边亲一边呵气，字字沙哑："我想，我想要你。六郎，我想……"

萧长嗣身躯微微一震，脚步停顿一秒，他没有多说，扳开她的头："忍一忍，墨九，忍一忍。"

他的声音比她更哑，他的喘息比她更重。

两人这样的状态，惹恼了拖着个疯子的完颜修。他哼哼一声，脸不红气不喘地奚落："老萧，你身子不好啊？要不，咱俩换一换？她就不必忍了，我身体好，我行——"

"滚！"萧长嗣吼他一声，掂了掂墨九狂乱的身子，却听见背后的击西突然嘤咛一声，扑通一声倒在石壁上，一脸狼狈地晃了晃头，又狠狠抱住使劲儿敲："我不行了，我不行了……"

他武力值远远强于墨九，所以这么一路逃亡下来，一直坚持着自己行走，闯北不过搭了把手。然而跑到这里，看着似乎永远没有尽头的火苗，他终于崩溃一般趴在石壁上，喘息不止。

"假和尚，你帮掌柜的去，你们走，别，别管我了。我……我要休息一下，休息一下。不要走了，再也不要走了。"

"胡说八道！"

他们相处这么多年，生死关头，怎么可能轻易抛弃伙伴？闯北身上穿着僧衣，一颗光头上也有亮晶晶的汗，可他并没有放弃，而是死死抓住击西的胳膊，拉拽着击西："站起来！你给贫僧站起来。"

"站……站不了。"

"起来，我可以度你。"

"度个鬼，你哪次度了我？"击西迷蒙着双眼看他，突然露出一抹黏黏糊糊的笑，"滚，滚吧，不，不管你是什么僧，我都站，站不了啦！而你，也度，度不了我。"

话音未落，只听见啪嗒一声，别说站了，他连扶石壁都扶不稳，整个人软在了地上。

火苗引线越蹿越远，生怕落在了火苗后面，一会儿又燃烧起来，闯北紧紧咬着牙，拽住击西就要往背上背。

503

可击西趴在地上，身子老重不说，还在这个时候趁火打劫，紧紧扣住闯北的手臂，就那么抬头看他，眼睛里有一种野兽看见猎物般的饥渴欲望。

"假和尚，我想，想睡了你。"

闯北怔住，傻了。

噗一声，这是完颜修的笑声："老子真是长见识了，这都是什么鬼地方？人不是人，火不是火，色也不是色……男人都想睡男人了。"

要不是在这样的场合，恐怕大家伙儿都得把这件事当成一件笑料来打趣。可毕竟不合时宜——

萧长嗣看了一眼，眉头狠皱着，冷冷低斥："捆住他，扛走！"

"不，不走！"击西发了疯似的，又啃又咬，力气恁大，趁着闯北弓身抓他的时候，双手突然狠狠束紧他的腰往自己身上一拉，然后脚下一绊。

可怜的闯北，就那么摔倒在地。

击西却没完，一个利索的翻身，就骑在他的腰上："假和尚……帮，帮帮我……多谢你啊！"

"混账！你疯了？"

"是是是，疯了。假和尚，回头你想吃什么，什么都由着你，你说让我做什么，就做什么。这一回，你帮我，就这一回，我受不住了，谢谢你啊……真真受不住了。"

击西重复着"谢谢你"，伸手就去扯他的僧衣。

"击西！"闯北扼住他的手腕，看着坐在身上的人，快疯了，"你在发什么神经？"

甬道里的火光不太耀眼，但足够闯北看清击西的表情——脸是红的，眼是红的，那目光中燃烧的欲念强烈而又执着，娇羞的脸蛋儿竟有那么一丝丝——一丝丝妩媚。

见鬼了！他也疯了，疯了！

"阿弥陀佛！"他喊了一声佛号，拼命扼紧击西的手，"起来！给我起来！"

"不，不起来，我，我来，我来就行，不用你动！"击西嘴都不利索了，还相当"不好意思"地拒绝了闯北的"劳动"，然后手麻利得很，三两下就剥开了闯北的僧袍，直摸向他的裤腰带。

"……"闯北挣扎着，满身是汗。

击西哪肯放过他？头一低，又摁住他，啃向他的脖子。

"嗷！"闯北呼呼喘气。

击西意犹未尽，吧唧几下，四处寻找他的唇。

佛祖！闯北的眼也彻底急红了！

504

完颜修第一次看这样精彩的戏码，不知该笑还是该哭，而那个疯子也看得傻傻的，眼睛直直的，双眼都不会转了——

只有萧长嗣，看着面前这一群"老、弱、病、残"，猛地抽出鞘里的长剑，凌空划过石壁，铿铿声里，剑与石壁摩擦得火星四溅，再伴着他冷冷的怒吼，顿时震惊了众人："都给我清醒点！逃命要紧——闯北，带他走！"

"是，掌柜的。"闯北与击西搏斗得气喘吁吁，大概他也没有想过，这辈子会差点儿被一个男人——不对，一个长得像女人的男人给强了。

而且，这个人还是他的哥们儿击西。这事来得太突然，他的样子很崩溃。

击西缠他缠得实在太紧，疯狂得简直就是以生命在索欢，但萧长嗣下了命令，他必须执行，于是也不再手下留情了，全力对付，紧紧扼住击西的肩膀，顺势就翻了身。

啪一下，这回击西摔在地上。

"痛……"他哀号，"假和尚，痛死击西了。"

痛就对了！闯北咬牙切齿，都恨不得扇他耳光了，哪里还顾得上他痛不痛？

终于翻身，他扯着击西的衣裳就要把击西拎起来。哪知这一扯，刺啦一声，击西身上的裙子竟应声而裂——

他一直扮成女人，身上穿的是女人的裙子，这原也没有什么奇怪。然而，闯北出力太大，把他的外衣撕开不说，还把他的里衣也扯开了。

于是，闯入眼里的画面，震得他身体和眼睛都直了——在击西的胸前，缠着一圈厚厚的白布条。

不知道缠了多少圈，把肌肤都勒出了深深的印痕，却没能阻挡住那白布条中若隐若现的沟壑，刺激着他的眼球。

击西……居然是女人，而不是喜欢假扮女人的妖人！

同行十二载，不知击西是女郎！

"阿弥陀佛！"闯北双眼一闭，飞快地将她的衣服合拢，然后像裹粽子似的缠住她，在众人诧异的目光看过来时，面红耳赤地垂下眼，不管她怎么吼，打在肩膀上就跑。

"假和尚！你放开我——假和尚，啊啊啊啊！"

击西又踢又打，嘴里呜呜不停。

但她拧不过发了狠的闯北，无奈只能任由他扛着跑，然而心里那股子火，却没有因为被他扛着走就熄灭下去，反而越燃越旺——

燃烧着，不寻常地燃烧着……烧得她快要焦渴而亡了——

"快看！"这时，走在最前面的完颜修突地惊喝。

众人视线一凝。

面前是一个巨大的空间。在这样的光线下，以他们的肉眼，根本无法确定这个空间的宽度、深度，以及高度，只知道空荡荡的空间里，人说话都有回响，但中间隔着若干柱子，柱子之上，似乎缠绕着什么东西，看不清楚，但柱子之高，几不可攀。

"这又是什么鬼地方？"完颜修的样子，看着极为崩溃。

这一天一晚的时间，他们的经历太过跌宕，一波未平，一波又起，换了谁都得骂娘吧？

"火！火！火啊！"那疯子突地呐喊起来，藏到了完颜修背后。

火苗蹿动的速度很快，众人灭不了它，只能眼睁睁地看着火苗往前飞速蹿去，爬上一根又一根柱子，像蛇一样盘旋着绕行，越蹿越高，越蹿越高……

终于火苗蹿满了每一根柱子的顶端，啪一声，如同烟花绽放——千朵万朵同时盛开，惹亮了众人的目光。

这画面，美到了极致，也妙到了极致，整个空间都被烟花一般的火花照亮了。

然后，大地开始剧烈地震动，空间里的一切都在拼命地晃。

柱子在晃，人也在晃。地动山摇的晃动，令人头昏目眩。

紧接着，这一个精致的巨大石洞中，火苗开始遍地开花，以极快的速度蔓延，映得空间通明一片，也让这一片人间地狱以最惨烈的方式，极大限度地震撼了众人的心和眼。

好像世界末日，空间开始土崩瓦解。他们踩着的地面上，也出现了无数裂缝……人间炼狱一般的场面，颠倒了世界。

电光石火间，这一片天地翻天覆地地变化着，脚下的裂缝越来越大，一条一条纵横交错，深不见底，仿佛一只吃人的怪兽，伸出尖利的爪子，张着血盆大口，要把所有人吞吃入腹……

来不及多说，也来不及交代，因为根本就没有人知道他们这一次将得到的"特殊恩宠"又将是怎样触目惊心的一个经历，也不知道他们还有没有明天。

"抓紧我！"混沌中，不知谁在喊。

萧长嗣和墨九、闯北和击西、完颜修和疯子，还有惊恐叫唤的狼儿，被分离在了三个不同的地界内，用鸿沟隔离，已无法走到一起。

地面在不断分裂，他们也离得越来越远……

一切都来得太快，这个空间以迅雷不及掩耳的速度，以无人能反抗的巨大能量分割着。

吼声、喧嚣声入耳，墨九摇了摇被汗水浸透的脑袋，分不清现实与梦幻。

她太热了，头发紧贴在额头上，眼前模糊一片，除了一片朦胧的火光与烟火，她什么都看不见。

"热！"她艰涩地张开嘴，幽幽说着，抱紧了眼前唯一的生物——萧长嗣。

"六郎，热！"

萧长嗣高高仰头，扯了扯她的手："阿九，不要怕，有我在。"

"哦，我热……"

炽烈的高温仿佛是从地底升起的，把她整个笼罩在里面，逃不掉，也躲不了。

好在，墨九依稀听见了萧六郎的声音。

可是，那巨大的热量不仅夺走了她眼前的一切，就连视力和听力似乎都在消失。

"我热，六郎，好热……你不要走……"

脑子里太乱了，太可怕了，是地球爆炸了吗？

"阿九，别说话了！我不会走，我一直在。"

"六郎，真的是你，六郎……"墨九喃喃。

那个酷似萧六郎的声音，似乎又在对她说话了。可萧六郎不是已经死了吗？怎么他会唤她呢？

难道是……她也快死了？

"六郎，是你来接我，我们要去投胎了吗？"她被热火和烟熏过的嗓子哑哑地一叹，带着一种奇怪的松快感，好像要死了并不是什么极可怕的事情，而失去眼前这个可以庇护她的男人才真正令人惊恐。

"六郎，不要离开我了，不要了。"她湿透的额头滴着汗，一双眼睛却亮晶晶的，声音像个天真无邪的孩子，说着说着，她突然狠狠抱着他的脖子，又去缠着他要亲——

"墨九！"

这么热，这么热啊！

萧长嗣脸色都变了，看着她猪肝色的脸："不要乱动，抱紧！"

话落，裂开的地面突地下沉，两人像捆绑在一起的粽子，齐刷刷滑入地底深渊——

"啊！"

砰——

哗——

他们的身体不断往下滑，速度很快，不由人控制，也来不及看清其他人的处境，萧长嗣唯一能做的，就是反手搂住捆在身上的墨九——这样，哪怕下一刻就是坠入死亡绝境，至少他们还可以同生共死。

火光卷着岩石的影子，一片片飞过，噼啪作响的燃烧声如在眼前，忽而明，忽而暗，场景不停转换，飞掠。

507

奇怪的是，他们身体下沉的过程中，并不是悬空落下的，四周仿佛有一层细沙一样的物质在流动，托着他们的身体，也控制了下滑的速度……

然后砰一声，细沙没了，两侧变成了坚硬的岩石，似乎快要落到底了。

萧长嗣托着墨九，低头往下一看，地底下竟是一片火海。

如果二人这样落下去，焉有命在？

"墨九，抓紧我！"萧长嗣紧张地低吼一声，袖袍一拂，忽地抽剑出鞘，在一道与岩石撞击出的火光中，将削铁如泥的宝剑插向侧壁。

他想借剑之势，停住下落的身体。试了好几下，剑身终于插入了一条岩缝。

呼！萧长嗣大口大口喘气。

定了定神，他往下一看，离火海冲上的烈焰不过数丈，而他们的立身之地，正好位于两道夹缝的岩石中间，上方三尺左右，有一个崎岖不平的石台，大概可容二人通过。

他目光一凝，一只手搂住墨九，另一只手借剑跃起。

铿——铿——剑身插入岩缝。

好不容易，他双脚踏上了石台，底下的火海还在狰狞地吐着巨焰——

他们离死亡，只差那么一点点。

不过，虽然没有落入火海中被活活烧死，但他们栖身于此，却不得不饱受烈焰的炙烤，如同两只被放在蒸笼里的肉包子，在烈焰冲击出来的热气中，汗流浃背。

他们的衣服和头发早已湿透，那样子，就像两只从水里捞出来的落汤鸡——

萧长嗣左右四顾，窄小的地方不见旁人，也不知完颜修和击西、闯北他们几个如何了。

萧长嗣目光幽暗，观察着四周的地势。前有烈焰，后有岩石，这么热的地方，不能久留。

他们唯一的出路，就是中间的夹缝了。

"阿九。"他偏头拍了拍背上的女人，想确定她的身体状况。

可这么一转眼，他发现墨九汗涔涔的脑袋下，一双眸子竟然锃亮，一眨不眨地盯着他，不像先前那么癫狂，但两片唇干焦缺水，双颊通红似血，精神头儿也出奇地兴奋——整个人都有点不对劲儿。

"六郎？"她失魂般喃喃，"萧六郎？"

萧长嗣抿了抿唇："你醒了？"

"我一直醒着的，我就是，好热……好热。"

她像在做梦似的，说的话很清晰，却似乎不太清楚目前所处的环境，不停地扯着身上汗湿的衣服，然后想要从他的背上挣扎下来。

"六郎，我为什么这么热？快，放我下来啊！"

她脸上是一片嫩嫩的红，将她本就美艳无双的五官衬得更加妩媚动人。

萧长嗣几乎语言缺失："阿九，我们掉入了地缝中间，目前还不知身在何处。你且忍一忍，我定会带你出去的……"

"六郎，我很热，你也很热，对不对？"

墨九神志已是不清，答非所问地说着话，一只手就那么抚上萧长嗣的脸。

一触上去，她皱了皱眉头，似乎有点不满意，又噘着嘴，将手撑在他的肩膀上，试图拉开彼此相贴的距离："六郎，快放我下来，我快要热死了，热死了啊！"

"阿九，忍一忍，我这就带你离开。"萧长嗣目光灼灼，观察着她的情绪，从怀里掏出一粒保筋护脉的药丸塞入她的嘴里，可无论他怎么哄，她就是不肯吞咽。

不仅如此，还调皮地用舌头把药顶了出来，皱着眉头撒娇："六郎喂吃药，是要喝水的，这么苦……"

水？这里的一切都快要被烤焦了，哪里来的水？

萧长嗣疼惜地揉了揉她湿漉漉的头发："乖，咽下去，我这就带你去找水喝。"

"不要。"墨九像个小孩儿似的，一下咬住他的手指，双眼怪异地盯着他，像带了某种欲语还休的渴望，舌尖还刮了一下他的指头，"要六郎喂。"

这娇嗲。云雨蛊竟控制了她的心神吗？

萧长嗣想了片刻，见底下浓焰虽猛，但此处的温度并没有继续往上攀升，也便是说，最多也就是这么热了，短时间内并不会把他们热死。

而且，中了毒和蛊的墨九汗涔涔地趴在他身上，就像背了一个大火炉似的，他其实很难受。于是，看她不肯咽药，他不得已叹息一声，解开了身上的衣带。

"这就放你下来，要乖。"

"呼，我一直好乖。"

"……"

"你给我吃，我就更乖了。"

"……"

"我要吃你，热死了，要吃你。"

"……"

萧长嗣扶着胡言乱语的墨九靠坐在滚热的岩石上，抹一把额头上的汗，蹲身为她把了把脉，皱紧眉头，又将药丸含入嘴里，就着舌的力度推入她口中——

墨九嘤咛一下，终于咽了："好苦。六郎，药好苦——"

她这会儿燥热得理智都快没有了，又哪里能想那么多可不可以？她含混地低吼两声，尝到他的舌与唇，激灵灵地哆嗦一下，双手就势缠了上来，吻着他，啃着他，直接就去扯他的衣裳。

"这么热，为什么不脱？"

那迫不及待的动作，那急促的呼吸，像一只磨利了爪子的小猫儿，揪住他就不放，又亲又吻又啃，不停在他身上蹭。

干柴遇烈火，一旦烧起来，耳鬓厮磨怎够？

墨九双眸像着了火，赤红一片。

她缠着他急急地喘着，越亲越不够，越抱越害怕，内心里似乎有一处空洞在生生撕扯着她，越扯越大，让她疼痛，让她难受，越来越需要他来填满……

"不够，不够，六郎……要了我。"

她猛地抬头，灼灼盯着他，一张红扑扑的脸上不是娇羞，而是一种被渴求控制的急切冲动，像是渴得急了，好不容易看见一盅水，不灌入嘴里又怎么受得了？

她扒拉着他的衣裳，双手在微微发颤……那猴急的模样，似乎要把他的衣服撕碎。

"墨九！"萧长嗣咬牙切齿，感受着怀里的小野猫，不敢推，不敢打，又不能真的由着她胡来，只能紧紧扼住她的双手，徒劳地挣扎呐喊。

"你清醒一点，乖，清醒一点。"

"我很热啊，六郎，我还很渴……我要你解渴。"

这会儿除了一个萧六郎，墨九可能连自己是谁都不知道了，又哪里听得进去他的劝阻？她挣脱了他的手，探在他结实的肌肉上，舒服地叹了一口气："六郎，你的身子好凉，好舒服呢。"

萧长嗣的身体确实比她凉。至少在这样炽热的地方，温差对比很明显。

这样的认知，让墨九恨不得整个贴上去，把她的热量都传给他："六郎，快，我热，你凉，我们中和一下就好了。"

什么是"中和"一下？萧六郎能理解的自然不是那个意思。

"乖，阿九，你会后悔的。不行。"

"中和一下我就不热了，不会后悔……"这会儿脑子都被狗吃了，墨九哪里还辨得清那样多？她半闭着眼睛近乎疯狂地啃着萧长嗣的脖子，像只小狗似的在他身上磨着蹭着，不满足于浅浅的接触，想要更多更多。

"六郎，我想要更多的，更，更舒服的……"

"阿九，如果我不是六郎呢？"萧长嗣突然扯开她，拂了拂她湿湿的发丝，又捧着她滚烫的脸，让她惺忪的双眼直面着自己丑陋的容颜，"你看看我，阿九，看看我是谁？"

是谁？墨九脑子里只有一个大写的名字——六郎。

她像只猫儿似的眯着眼，将脸贴在他的掌心，媚眼如丝地问："六郎，你不要

510

阿九了？"

她真的变成了一只猫，一只迷人的猫，也是一只完全丧失了理智的猫，说得难听点儿，就是烧糊涂了，只顺应着自己的心去理解，而不去管真正情形如何。

"六郎……"看他怔怔的，墨九不死心地扯住他，在又一波热潮汹涌而来之前，将他的手放在自己身上，"你这样，这样，阿九就舒服了。阿九很热，好多好多汗……"

嗡！萧长嗣耳朵里有刹那的嘈杂声，一股燎原的火自腹中生出，几乎不受控制地升腾。

可怀里的小丫头却不知他忍得有多辛苦，笨拙地缠在他的脖子上，拉着他的手在自己身上到处折腾，不停地哼哼："六郎，阿九是不是很美，你看看，阿九是不是很美？你不要吗？"

"是很美。"萧长嗣声音沙哑，哑得近乎不能言语，每一个字都像从喉中挤出，"可我，很丑。"

"丑？六郎怎么会丑？"墨九撑着身子，仔细地端详着他的脸，在他渐渐暗沉的面部表情中，哧哧笑了一声，就去捏他的丑脸，"我六郎美冠天下，医冠天下，哪里丑？论容貌，你若说丑，谁还敢活？"

萧长嗣狠狠闭眼："阿九，我已不是六郎。"

墨九却不管他说什么，又去扳他的眼睛："别装蒜了，我就要你。不管你什么样，我都要你。"

"阿九……"萧长嗣生生扳开在他嘴边乱啃的脸蛋儿，忍受着拆骨似的痛楚，控制住她娇软的身子，冷冷盯着她，"我也很难受，但我们现在必须先离开这里，要不然，会很危险。"

"可你不要我，我现在就会很危险。"墨儿双颊已是滴血一样的颜色，像是急坏了，纤细的眉头蹙着，再去捉他的手，拉住他覆在自己身上，然后一扯，仰躺在岩石上，"六郎……"

滚烫的身子、红得能染胭脂的脸、美好如斯的容颜，这一切都近在咫尺，近得萧长嗣可以看清她面颊上浅浅的绒毛，一切都是那么水到渠成……

可此时的墨九，是迷糊而不知事的，他怎能乘人之危？

"阿九！"他拍她的脸。

"六郎，你还在等什么？！"墨九身子热得要死，有些贪恋他身上的凉意，不管他说什么，又把他拉下来覆住自己，然后猴儿似的利索地往他怀里钻，紧紧贴着他、蹭着他，将燥热的火传递给他。

"六郎，你是不是嫌弃我？"墨九双眼半闭半睁，吐气如兰地说着，"嫌弃我……变得不像我了？这么坏，这么坏……可我也不知为何变得这么坏，这么想要

511

你，想得都不行了。今天不要你，我一定会死的……六郎，你舍得阿九去死吗？"

"别说傻话！"萧长嗣自是知道她为什么会"变得那样坏"。

可他舍不得她受罪，又不想在这样的情况下轻易占有她、冒犯她。他双眸沉沉地看着虫子般挣扎的姑娘，终是一叹，把她拉入怀里，手覆上她的身体，然后狠狠啄一下她的额头："你乖乖的，我帮你。"

这样的接触，不是抵死相缠，但到底让墨九缓解了一些燥热。

"好些了吗？"他哑哑地问。

墨九睁大双眼看着他，大口大口喘着气，摇着头，双手死死掐住他的胳膊，两只脚像蛇一样缠在他身上。不一会儿，她突地尖厉一叫，闭上双眼，身体如同濒临死亡般扭曲着，从缓到急，一颤再一颤，然后猛烈地抖动起来。

"阿九？"萧长嗣停手，"难受了？"

墨九盯着他的脸，一张嘴，喉头气血上涌："噗——"

一口鲜血喷涌而出，悉数喷在了萧长嗣的身上。

"阿九！"萧长嗣冷厉低吼。

受到巨大的热量灼烤，又被蛊催欲，双重逼迫要命似的袭入她的身体，虽然她在他的"帮助"下稍稍缓解，但浪潮推来那一瞬，五脏六腑还是免不了受刺激——吐血了。

萧长嗣揽住她的腰，将她软绵绵的身子搂在怀里："阿九，你怎么样？"

墨九慢慢睁开眼，嘴边滴着血，像是刚刚"醒转"一般，从上到下打量着他，脸上的表情慢慢地由迷糊惊诧，变成了看见他们凌乱的衣裳时剧烈的震惊——

"老萧……你？我？我们……啊！"

墨九呆怔的表情刺痛了萧长嗣的眼，如果可以，他多希望告诉她，其实并没有什么……

然而，二人凌乱得几不蔽体的衣裳、汗淋淋的身子，一切都那么无情地摆在眼前，让他无从狡辩。

"阿九……"他嗓子喑哑，想要扶起跌坐在地的女人。

"我没事。"墨九无力地推开他的手，将他从上到下打量一遍，神色比他以为的要好，双眉紧蹙着，她捂住胸口又呕了一口血，再抬头时，晶亮的眸子似乎比先前更加幽深了几分。

"老萧，我中毒了。所以，你不要有心理负担。"她说得很镇定，反而让萧长嗣不知道怎么接下去。

"更何况，我们有夫妻之名，莫说这点肌肤之亲，就算再多一点夫妻之实，也不为过……"

墨九的样子不像在开玩笑，也不像在安慰他，就像在陈述一件事实，那语气清

512

幽得让萧长嗣心里不由得一紧，双手扶住她的肩膀，心疼不已："阿九不要说话了，我刚喂你服过药，但毒气攻心，恐伤及肺腑，现在我教你，抱元守一。"

"噗——"墨九喉咙一痒，唇角又溢出鲜血。

像是流过热汗之后受了风，她哆嗦了一下："这个时候，还抱什么元、守什么一？"

她虚软的身体就那么倚在岩壁上，神色却有一种超乎寻常的冷淡，闭了闭眼，她不哭不闹，唇角似乎还带一点淡淡的笑，就好像刚才的事根本就没有发生……不，就像她与萧长嗣之间发生什么都不足为奇一样。

她的淡然，让他的心越发沉入谷底："阿九，我对不住你——"

他拥她入怀，心脏激烈跳动着，想解释什么……

"老萧……"墨九冷不丁从他怀里抬头，打断了他的话，目光炯炯地盯着他满是坑洼、狰狞而又丑陋的面孔，眸子深了深，笑着抹一把嘴唇上的鲜血，有气无力地拍拍他的肩膀，"松开些，再抱这么紧，我的胸都快热化了。"

"……"这个时候还能开玩笑？阿九她……真的没事吗？

萧长嗣目光一深，脸上有淡淡的失落。

可她的话丑，理却正。他们两个先前有"肌肤之亲"，又位于这么一个高温炙烤的地方，如果再挤压，那汗涔涔的身体一会儿真会黏得分不出彼此。

得到了自由，墨九双眼看向四周："咱俩成锅里的肉了，早晚得煮熟。"

她似乎在竭尽所能地转移彼此的注意力，从尴尬的暧昧中拉离出来，萧长嗣心里却不是滋味儿——

他捋一下她额头汗湿的头发，微微眯眼："阿九果真不在意？"

"在意啊！"墨九回答得很快，一根热成粉色的手指尖儿轻轻戳在他的胸膛上，一双忽闪忽闪的眼里似蕴了万千诉之不出的情愫，"可我能拿你怎么办呢？杀了你，砍了你？或者，你希望我大哭一场，哀悼一下自己的贞操……"

说到这儿，她似乎想到什么，觉得好笑，唇角一弯，又睁着水汪汪的眼看他："再说了，我还有贞操吗？"

嫁过两次人的她，其实直到现在也没有搞清楚，到底有没有被男人破过身……

"行了，我都不在意，你就别一副受欺负的委屈样子了。如果你实在想不通，或者我吃点亏，也帮你一次？"墨九咯咯笑着，几声之后，又忍不住咳嗽，咳得泪都出来了。

高温的空间里，气氛怪异地凝滞了。

萧长嗣眉头紧蹙着，似乎已经完全闹不懂她在想什么。

沉吟许久，墨九肩膀斜靠着岩石，忽而又抬头望向萧长嗣："老萧，你可还记得，我们第一次见面的情形？"

这话问得很是突然，萧长嗣显然没有料到，或者说，从墨九呕血醒转，他就失去了主动权，思维与情绪一直被她带着往前走。

他微微一怔，没有回答。

而墨九显然也不是要等他回答，又接着笑了："可能你已经忘了，也可能你第一次见我和我第一次见你不在同一个时候吧？"她一边自说自话着，一边扯着黏在身上的衣裳，扇啊扇啊，像个没事人似的，虚软的声音带了几分调侃、几分落寞，"老萧，你不是个糊涂人，为何要办糊涂事？"

她莫名的话，萧长嗣越发听不懂："阿九，我真是糊涂了——"

他哑声应着，去握她的手。墨九并不拒绝他的靠近，低下头，视线落在他的手上。

那是一双修长的大手，骨节分明，指节匀称，手心里有一层薄薄的茧——常年拿粗糙的武器磨出来的薄茧。墨九凝视着那只手，唇角微微一勾，指尖在他的手心划着，忽而戳他的掌心，忽而又摩挲一下那层薄茧，不轻不重地笑："有时候，糊涂比不糊涂好。"

萧长嗣微微一怔，越发不明白她。

"所以啊，"墨九冲他莞尔，"你且继续糊涂着吧。"

"阿九，你心里不舒服，怨我恨我都可以，千万不要为难自己，不要闷在心中，郁而生结，结而生疾。"萧长嗣脸上满是担忧，不管他糊涂还是不糊涂，都看得出来墨九不对劲儿。

墨九却很清醒："老萧，不要逼我。"

逼她？何谓逼她？

"阿九，你说明白。"

他双手去扣她的腕脉，生怕她有什么不对。墨九不仅不躲避，反倒顺势扑入他的怀里，双手揽紧他的脖子，紧紧偎在他的胸膛上，然后抬头，眼睛一眨不眨地盯着他的脸，在呼吸交织中打量……

忽地，她凑过去，蜻蜓点水似的吻了一下他的唇："这样，明白了吗？"

萧长嗣几乎是震惊的，一向镇定的他，高大的身躯僵硬得一动也不动。

好一会儿，他低头凝视墨九，像失去了魂魄："阿九？"

"这样看我做什么？"墨九唇角微弯，那妖艳的容颜被烈火一灼，娇俏得像一颗汁水饱满的鲜桃儿，一颦一笑间全是风情与妩媚，"你很奇怪我的反应是不是？"

他紧紧抿唇，没有否认。

墨九却笑："你没听过一句话吗？呵——是我傻了，你怎会听过这句话哩？"

也不知想到了什么好玩的事，她咯地笑了一声，又靠近他，不顾火一样的温度，与彼此紧贴时蒸笼般的炽热，紧紧束着萧长嗣的腰，半开玩笑半认真地道："有一个女人在一本书里写过一句话，她说，通往女人心和灵魂的通道是——"

她抛了个眼神，笑得媚态十足："你做到了。"

萧长嗣眉头紧蹙，面露赧然："阿九，不要开玩笑了。我知道我不好，我不该……"

"傻不傻，我哪有开玩笑？"墨九似乎真的没有开玩笑，一本正经地凝视着他的脸。

"你看着我的眼睛，老萧，我像在与你开玩笑吗？我说的都是真的。我，墨九，今日不仅要把身体交给你，还要把心和灵魂交给你。你听明白了吗？"

一字一顿，她说得掷地有声。

可事情转得太快，萧长嗣一脸愕然："你，六郎……"

"六郎？六郎是什么鬼？"墨九脸上带了一点讽刺的笑，望着通红的岩缝，"一个不顾我的劝阻，执意去送死的男人？一个不管我活得是好是坏，以己之意决定我的命运的男人？一个永远打着为我着想的旗号，却生生将我隔绝在他的世界之外，甚至将我弃之不顾的男人？"

她一点一点转过脸，眼睛一眨不眨地望着萧长嗣："老萧，你说这样的男人，我为什么要惦着他？"

"阿九……"萧长嗣满脸震惊。忽而，他抬手摸向墨九的额头，探了一下，不死心又去把她的脉搏。

墨九动也不动，就那么看着他、由着他。

等他都探完了，见他一脸死灰的失意，她轻笑："他怎么比得过你呢？震墓随行，阴山共死，任何时候都会陪在我身边，狼来了揍狼，火来了避火……"

萧长嗣哑口无言，墨九却笑得凄艳："老萧，真正的爱是陪伴，你懂吗？是陪伴。就像你，对我。"

"别——阿九——"

"不要紧张。"墨儿又咳嗽一声，低低笑道，"我这破身子，还能不能出去也不知道，我又怎会硬拉着你陪伴到死，硬拉着你给我垫背呢？所以呀，唉，这一刻，我突然又理解那个死鬼了……"

"阿九，我并非此意——"

"我管你什么意思？"今儿的墨九特别强势，处处打断萧长嗣说话。

看他怔住，她又漫不经心地眨了眨眼，靠在他身上，沙哑而坚定地道："老萧，现在，我是你的。"

咚一声，萧长嗣听见自己心脏在剧烈坠落。

墨九说他做糊涂事，可他似乎不知道自己究竟哪里糊涂，又哪里不对……然而，实际上一切都不对了。

他以为墨九会又哭又闹，也会伤心难过，毕竟她爱着萧六郎的，不是吗？

然而……她并没有，她对萧六郎放了手。

就这样，在这个被烈火炙烤的地方，她用平淡的语气说起萧六郎，就那样轻描淡写地说着，然后把他从心里拎出来，放在了另一个地方。

"怎么了？你不高兴吗？"墨九抚着他的胸膛，歪着头，脸上布满了淡然的笑，"为何这般失落？老萧，嗯？"

萧长嗣深深吸一口气，苦笑："我配不上你，阿九。"

"没有关系啊。"墨九唇角一牵，露出一个惨白却绝美的微笑，似勾了天地灵气，让整个空间的一切都在她这一笑中变了色，就连那燃烧的火焰，都为这一笑而臣服，发出一种极为锐利的嚣声，而她，就在这嚣声里，慢悠悠地道，"这天下，本就没有男人配得上我墨九。"

这话太狂了。莫说她是一个女人，就是男人也少有这么狂妄的。

可墨九不仅说了，还说得理所当然："我的情、我的真、我的好，无人堪配。"

萧长嗣看着她，良久无言。

是的，她说得对，无人可堪配她。

她的情、她的真、她的好、她绝世的姿容、她倾国的才气，一切一切都美好得好似他的一个梦，一个从此不可匹配的梦。

墨九淡淡合眼，看着这短暂的一瞬萧长嗣脸上不停变幻的神色，他的无奈、失落、自嘲……还有那一抹心碎的绝望。

她看着，良久未动。

然后，就在他颓然坐下时，她又在妖异的火光中一点点靠近他，黑黝黝的大眼睛里，清澈得仿佛两汪可见鱼石的小溪，慵懒地浅眨着，像普通人家的妻子那般唤他："夫君，你在想什么？"

萧长嗣狠狠蹙眉，闭了闭眼："在想，要怎样离开这里。"

"急什么？我们暂时是安全的。"墨九嘴儿微微一抿，红扑扑的脸蛋儿上带了一点狡黠，似天真，似害羞，又似妖媚，宛如妖精的化身，每一个动作都挠着男人的痒痒处。

"我们何不趁光景正好，圆了房？"

萧长嗣身躯僵硬，良久，似是低低一叹："阿九，我们得寻出路——"

"我说了不急。"墨九看他身子想要缩开，一把拽住他，双臂紧紧一搂，像是不解恨似的一口咬在他的肩膀上。他抿着嘴，不肯喊疼，她像是更为生气，小尖牙又隔着薄薄的一层衣服细细碾磨、撕咬。

"唉！"他叹。

"你怎么不叫？"墨儿有些生气。

"你能出气便好。"他语气幽幽，带着无奈。

"你——真是可气！"墨九又气又急，猛地拉开他的领口，看着他结实的肩膀上那两排红红的牙印，也不知是恼他还是恼自己，骂咧了两句，又一头低下去，在自己咬出的牙印上轻轻地吻、细细地吮。

"夫君，为何执意不肯与我圆房？"她一边吻，一边问，声音哑而带情……

萧长嗣偏头看着她妖精似的侧颜。这样一个妇人，吻得那样认真，问得也那样认真……

真得他心里那根刺又冒了出来，刺着他的心，生生作痛。

"我不能。不能。"

"真的不能吗？"墨九强势地搂住他，一串吻从他的伤口上起，慢慢滑过他的脖子，又落到他的唇上，霸道地撬开他的牙关，横扫向他的口腔，"我非要不可。"

"阿九……"

"闭嘴！"

墨九把吃奶的力气都使上了，又是亲又是啃，直到把这个男人折腾得够呛，气喘不止，她才重重地喘着气，抬起头来，睁着猫儿一般惺忪的眸子，勾着唇角问他："夫君为何还要做无谓的抵抗？从了自己的心吧，你是要我的。你瞧，你多亢奋？"

萧长嗣看着被她拉开的衣袍下，那一片狼狈……暴露无遗。

他半眯着眸子，眸底的光一片猩红："阿九，找出路要紧——"

"你真是不听话啊。"墨九无力地吐一口气，忽而惨笑，"亏得姑奶奶使了老劲儿了。吁！老萧，你真的没有看出来吗？就算找到路，我也不行了，你何不先让我喘口活气，寻点人生乐子，再去死？"

"……"萧长嗣静静看她，一双眼中似有火烧，"我不会让你死的，我发誓。"

"你发誓有什么用。"墨九有气无力地躺在他如同火灼般的胸膛上，"我不要你发誓，我也不需要你为我做任何事，只需要完成我的一个心愿便成……"

萧长嗣不言不语。好像知道她的"心愿"是什么一样，他把她从怀里扯出来，稳稳地靠在岩石上，又从自己怀里掏出几个瓶瓶罐罐放在岩石上，蹙着眉头琢磨起来。

这个男人的执着，与萧六郎一样；这个男人身上的药物，也与萧六郎一样。

墨九通红的双颊像染上了一层艳粉的桃花，披散着湿漉漉的长发，身前的衣服

517

被鲜血染红，全身上下似乎带了一抹妖艳的美。

墨家女，艳压四方，倾国之色。这话虽有夸张，可也足见她的美貌。尤其是这个时候，云雨蛊残毒下的她，更是妖艳之容。

"老萧。"她突然喊。

"嗯？"萧长嗣头也没抬。

"你可知，我最遗憾的是什么吗？"

"什么？"

"我还没有试过与男子苟且是何滋味儿。"墨九幽幽叹着，那模样正经得就好像说没有吃过临安的桂花肉，没喝过萧家的酒。

萧长嗣皱眉："静心，不要胡思乱想。"

她又懒洋洋地笑："你不觉得我美吗？"

萧长嗣眉头皱得更紧。

她不死心："我问你话呢，我美吗？"

萧长嗣喉结一动："美。"

他声音低沉沙哑，却饱含了欲与渴望。

墨九听得出来，凭着直觉，或者说凭着此刻她也正受着的煎熬，感同身受着，又怎会感觉不出来——这个男人是想要她的！

她指尖触向他的唇，媚眼如丝："想吗？"

他偏开头："不想死就敛住心神，别胡思乱想。"

墨九勒过他的脖子，将汗涔涔的身子完整地嵌入他的怀里，摩擦着他，用着全力逼他正视她的脸："夫君，看着我说，真的不想吗？"

萧长嗣良久没动。

灼热的呼吸、滚烫的热量，在彼此的身体间传递。

仿若过了一个世纪那么久，他闷哑地吐出一个字："想。"

墨九妖精般莞尔："那你为何不要我？"

"傻丫头。"萧长嗣拼着一股子力，把她从怀里扳出来，抬起她的下巴，大力拨开她头上湿湿的乱发，又拨开自己黏在额上的头发，将完整的面容展现在她面前，面对面地一字一顿地冲她低吼，"看清楚了吗？你怎么就不懂？我不是不要，而是不能。"

不能吗？墨九星眸迷蒙："人都要死了，还有什么不能的？更何况，我们有名有分，圆房也只是坐实夫妻之实，这样人生不就圆满了吗？"

人生圆满了吗？

萧长嗣身子一僵："墨九，这样你真的能圆满吗？"

"老萧，你不懂女人，真的不懂女人。你没看出来吗？我是认真的，我没有那么大的抱负，只是一个普通的小女人，也只想做一个完整的女人，在我离开这个世界之前，完完整整地将自己交付给你。你为什么就不肯满足一个女人最后的心愿？"

墨九的声音有一种哀哀的无奈，此情此景，绝对有打动男人的撩人魅力。毕竟她是那般妩媚，那般惹火，那般勾魂摄魄——

可萧长嗣没有动。

身后是炽热的火焰，身前是妩媚的女人。前进一步也许是深渊，可后退一步也许就是终结。

如果死亡之前他们能在一起，不会孤单赴黄泉，这本来就是上天的恩赐了。

可他……这样的他，如何能够？

"都这个时候了，你还是不肯吗？"墨九看着他，在他阴沉沉的面孔上寻找着什么，一字一顿，不疾不徐，却饱含深情，"六郎——萧、六、郎！你真的不肯吗？"

萧长嗣回头，丑陋的面孔瞬间褪色。

火焰的余光斜照在他的脸上，一面白，一面红，两种颜色交织，说不出地狰狞与苍凉。

但墨九并没有因此放过他，或者说她不想放过让他正视自己内心的一次机会。

她用足全身的力气，拉着他慢吞吞地一同走到岩石夹缝的边上。往下一望，可见翻腾的火焰卷着红艳艳的火舌，大片大片的红似乎没有尽头，壮观也恐怖，如同炼狱。

"萧六郎，"墨九指着下方的火焰，"生死不过一瞬而已，这世间哪里有那么多值得计较的东西？这里只有你和我，有什么事是不可以对我说的？也许下一秒，我们都会被这里的火海吞噬，什么都没有了。你一定要留下遗憾给我吗？"

萧长嗣紧紧闭上眼："阿九，对不住。"

"扯淡！我不想听这些。"墨九恨恨咬牙，声音沙哑而凄厉。

"萧六郎，你从来没有对不住我，你对不住的人只有你自己。你委屈自己、压抑自己，每天跟在我身边，却不与我相认，对于我这个不知情的人来说，你这个知情人，痛苦只会比我多一百倍、一千倍。"

火光映着萧长嗣的脸，那上面弹道似的坑坑洼洼，如果他不是萧六郎，墨九想，自己可能也会害怕多看一眼。

"六郎，我知道你心里苦，也相信你做的一切都有你的苦衷。可为什么你回来了，却不愿意告诉我，不愿意让我与你一起承担？你为了我好，为我着想，可你为什么不想想，我墨九怕什么？我天不怕地不怕，风来，我挡风，雨来，我挡雨，死亡来了，我就陪你去死。"

说到这儿，她动了情，凑过去在他的面颊上亲了一口："六郎，你承认吧——"

萧长嗣身子一僵，没有动弹，也没有承认。

见状，墨九又黑了脸："不乐意我碰你，是不是？觉得自己变得难看了，见不得人了，是不是？萧六郎，你太瞧不上我墨九了。我若是以貌取人的女人，我爱上的就不会是你，而是……"说到这儿，她嘻嘻一笑，又俏皮地扯他的袖子，"先得爱上我自己不是？毕竟我比你美——"

这样的笑话用在此时此地，一点也不好笑。可萧长嗣牵了牵唇角，还是配合地僵硬一笑。

然后他抬手轻轻顺着墨九腮边的湿发，抚着她潮红的脸："阿九，你现在不宜妄动情绪，云雨蛊在这般炙烤下，随时会卷土重来——"

墨九差点儿气得掉下去。她说了这么多，就等来他如此理性的一句分析？

"去他的云雨蛊。"墨九飞快地拨开他的手，虎着脸看着他，"萧六郎，我要你的解释。"

不知道是气温太高，还是太生气，吼他的时候，她觉得身子一阵激灵，有点不受控制地哆嗦了一下。

"不要动气，乖。"萧长嗣似是发现她的不对，伸手搂住她，柔声安抚，"你想知道什么，我都告诉你，我都会告诉你，但你答应我，不要动气，也不要动情绪，抱元守一……"

又来了！抱什么元守什么一？抱个屁啊！

墨九每一个细胞、每一根神经都在呐喊——萧六郎没有死！

一万遍他没有死！

他叫她不要动情绪，可她的每一丝情绪都是鼓胀的，都在无法控制地翻腾、颤抖、痉挛，在兴奋地跳跃……

心怦怦跳着，墨九靠过去，紧紧扣住他的腰："萧六郎，你为什么不肯正面回答我的问题？为什么就不肯告诉我，你就是萧六郎，你回来了？"

他静静地看着墨九。这一刻，仿佛没有了火，也没有了高温，空气里，冷寂一片。

隔了好久，好久，仿佛一个世纪。他突然狠狠一闭眼，喟叹着，猛地将墨九搂入怀里："阿九，是我，我回来了。"

紧贴的身体在颤抖……墨九忍了许久的泪，哗地冲出眼眶。

混账东西！她等了这么久，他才说这么一句话。

她瞪着他，咬牙低斥："狼心狗肺的东西，你可真敢做啊，这般欺负你的女人，你怎么就敢啊？"

墨九骂骂咧咧地捶着他，笑着，咳嗽着，使劲地流着泪，然后又抬起染血的袖子擦拭干净脸，睁着一双点漆般明亮的眸，灼灼看着他，像个初遇情郎的小姑娘，每一个字里，都是情意："萧六郎，你回来了，不亲亲我吗？"

萧乾喉咙一紧，看着哽咽的墨九，那眼神像个无助的孩子，是墨九从来没有见过的样子。

印象中的萧六郎是意气风发的，是不可一世的，是千军万马面前也不会变色的，从来没有任何事情可以打倒他。可在墨九面前，在他最深爱的女人面前，这一刻，他却像个受伤的孩子，有无数的话却不知从哪一句说起。

"阿九……"一字一顿，他的声音也在哽咽，"对不住，六郎对不起阿九。"

除了对不住，他说不出其他。

"王八蛋，我不是为了听你说对不起的。"墨九猛一把抱紧他，不让他挣扎，就那样抱着，鼻涕眼泪全往他身上招呼，连吃奶的劲儿都使出来了，直到萧乾握住她的手，正色道："阿九，我们必须想办法出去。"

"出不去了。"墨九抬头，泪脸上又有笑，又有泪，一副梨花带雨的样子，却也妖艳十足，"你是医术无双的判官六，难道看不出来吗？我的毒已行入肺腑，哪里还有命出去？"

萧乾低头看着她，答非所问："阿九感受如何？是否口干舌燥？"

墨九一怔，点点头，又润了润唇："是啊。"

"身子是否发烫？"

废话！在这样高热的地方，不发烫就奇怪了。

墨九心里这般想着，可嘴巴都热烫得不利索了："是，但这不影响我的耳朵……你可以说，我能听。"

萧乾扶她坐下，扣住她的脉搏，半闭着眸子，静静待了一会儿："阿九，我们已经等了这样久，不急这一会儿。"

他的声音低哑而柔和，一个吻也跟着落在她的耳边："阿九，你愿意相信我吗？"

墨九像被蛊惑一般，点点头："相信。"

他微微一笑，轻轻抚着她的脸："乖。闭上眼睛。"

也不知是云雨蛊的原因，还是她一向依赖他，墨九几乎没有考虑，就紧紧闭上了眼睛，压抑着快要跳出心窝的心跳节奏，静静地等待萧六郎为她讲述前情……

然而，双手突地被他一束，等再睁开眼，只剩下欲哭无泪的份儿了。

他居然捆住了她？

"萧六郎……你个浑蛋，这是要做什么？"

"阿九，我知道你有很多话想说，也知道你有很多疑问。"萧乾抚着她灼烫的

521

小脸儿，眉头狠狠蹙着，"但你现在毒气入体，先头已经呕血了，我们耽搁不得。现在最重要的是寻找出路。我说过，不能让你有事——"

墨九知道拗不过他，却也不愿意折腾他本就不好的身子："行，我们出去。你，你先放找下来！我自己走！"

"不，我背你。"萧乾二话不说，固执地把她捆在背上，开始用长剑探路，沿着夹缝往前走。

墨九热得受不住，恨不得像旺财一样吐舌头降温。

但她身体虽然受了云雨蛊影响，可脑子从来不笨："你呀，还是不肯面对。萧六郎，你觉得那些外在的东西对我来说，重要吗？我要的是你这个人，不是那张皮！"

确定了他是萧六郎，墨九其实揣了一肚子的怨气。

他的深沉，他的城府，他的隐瞒，他所做的一切，如果不是因为此时此刻他们随时会有生命危险，她根本就不会和他说这么多话，甚至都不会主动原谅他。毕竟他一声不响就"死得彻底"，然后再以另外一个人的身份出现在她眼前，还一直瞒着她，她真的很难接受的。

但再多的怨怼，也不该此时发作。

尤其这个男人哪怕千般不好万般不是，但他在任何时候都会把她的性命放在他的性命之前，任何时候都是一心为她的。

这个世界这么大，人那样多，但他这样的人，又有几个？

人活着，比一切都重要。有生之年还能与他对视一笑，紧紧拥抱，她宁愿将恩怨都抛掉。

"阿九——"他握住剑柄的手紧了又紧，欲言又止，"你为何如此确定我是六郎？万一我不是，你那样做……该怎么办？"

还是为她对"萧长嗣"放电的事耿耿于怀吧？

墨九有气无力地将脑袋耷拉在他的脖子间："你以为你骗得了别人，就骗得了我吗？"说到这儿，她狠狠喘了一口气，咳嗽一声，"是我傻，是我太傻了。其实我早就该明白的。除了萧六郎，有几个人会待我这般好，为了我连命都不要？还有，你下腹上的伤疤……那特征太明显，还有你的手，那样一双手，我怎么就给忽略了。"

她似是有些懊恼，萧乾却始终不语。

墨九偏头看向他的脸，突然心疼地一摸："你是因为这张脸，不肯认我吗？"

萧乾身子微弓，往前行走，良久没有回答。

"六郎，这脸是怎么回事？不能治了吗？"

墨九关心的询问，换来萧乾身体的再一次僵硬。

"萧六郎！"沉默一会儿，她低低喘气，声音幽幽，"如果我是那样的墨九，又如何值得你倾心相许？"

夹缝很窄，也很低矮，萧乾身形高大，要驮着一个墨九紧挨着岩石的夹缝间行走，不得不弓着身子，可想而知，那滋味儿有多难受、有多吃力了。所以听着墨九的话，他喘着粗气，一直很少答话。可听了这话，他黑沉沉的眸子里却浮上一抹复杂难辨的情绪，似内疚，又似无奈。

"是我不好，等我们出去了，你要打要罚都由着你，可这会儿你先休息，不要说话，也不要多想，知道吗？"

"萧六郎！"墨九紧紧勒住他的脖子。

突然有一滴鲜血从她的唇角滴落，一滴滴往下，落在他的前襟上。

萧乾一怔，盯着那滴鲜红的血，就听见她在背上轻声发笑："我支撑不住了，我很热。你现在不说，我怕我，怕我往后都听不见了。"

"阿九，不要再想那些事了，现下先控制情绪，抱元守一。"

他的汗水与她的鲜血一样，都在往下滴，他的脚步也越来越快。

墨九的声音却越来越弱："六郎，我，我做不到。我开心……我太开心了……"

她确实是开心的，因此脸上一直带着笑。

可那样的声音落入萧乾的耳朵里，却比千刀万剐还要令他难受。

如果因为她发现了他尚在人世而催动情绪，损及性命，那他这么久的努力全都白费了，他想要争取的一切，也都转眼成空。

没有了阿九，其他的一切又有何意义？于他而言，又情何以堪？

"阿九，你撑住，一定要撑住。"他声音喑哑，低低地吼着，双目冷鸷如鹰。

如果可以，他宁愿代她受此苦楚。然而此时此刻，他除了背着她拼命地往前奔跑，寻找可以隔热的地方，什么也做不了。

"阿九，撑住——你一定要撑住！"不停重复着这句话，他声音渐渐狠戾，混合着绝望般的呐喊，"阿九……噗！"

突然，他嘴一张，嘴里也喷出一口鲜血。

猩红的血滴落在地面上，可墨九看不见，她趴在他的背上，什么都看不见。

"好热，六郎，是出去了吗？出去了吗？"

周围的一切对她来说，都有些麻木、失真。

对萧六郎失而复得的狂热，不仅让她的情绪一直无法降温，还带动了她的欲，以及渴望，那种仿佛从身体里灼烧出来的热让她口干舌燥，身上仿佛有火焰在盘旋燃烧，那种火将她卷在空中，一会儿翻飞，一会儿落下——

她的意识似乎也在火焰中，被烧得灰飞烟灭。

颠簸着，萧乾一直在跑，仿佛要用尽生命里最后的力气一样奔跑着。

突然，他停住了。

"六郎……"墨九感受到他身体瞬间僵硬，微微睁开眼。

面前没有了岩石的夹缝，也没有任何一个出口，这是一个五六丈宽的平台，但也是一条死路。

"阿九……"萧乾喃喃，"我对不住你。"

墨九视线模模糊糊地看着眼前这一切，看着看着，她眼波一转，脸上突然荡漾出一抹笑来。

"也好，咳咳，也好……咱们就永远在一块儿了。"

萧乾心里一窒，放她下来，为她把了把脉息："感觉怎样？"

"唔，难受，很难受。"

是难受，可墨九一直在呵呵地乐。

笑声止，她突然抬手抚着萧乾紧皱的眉头，顿了一秒，娇憨地小声问："反正也出不去了，我们做吧？"

萧乾愕然侧眸，见她神色笃定，并无玩笑，皱了皱眉头，单手扣紧她的腕脉："可还知道我是谁？"

毒物入脑，偶尔会丧失神识。这个墨九之前已深有体会。

可她这会儿脑子清醒着，又怎会不知道他是谁？

她张了张嘴，看着他紧锁的眉和阴沉的面孔，又闭上润了润唇，呵呵地乐。

乐着乐着，在萧乾越发冷漠的目光中，她突然双手盘紧他的脖子，嘴里呼呼喘着热气往他脸上吹："老萧……我知道你，你是老萧……"

说是老萧的时候，她非说他是六郎。如今他承认自己是六郎，她却说他是老萧。

萧乾那张木就难看的脸更难看了几分，一句话，说得又冷又硬："阿九，你看清楚——"

"我看得很清楚，你是老萧，你就是老萧。"墨九半趴在他身上，双手捏住他的胳膊，"老萧，我们先头已经亲热过了，你现在可不许再跑掉，你答应我的，要完成我的心愿。老萧啊，我还没做过女人呢，让我做你的女人，好不好？老萧，我想要做你的女人。"

一席话，她都不带喘气儿的。

萧乾的脸，越听越黑。

可他的脸越黑，墨九越说。

她应是天生为了气人而生的，身子都有些不受控制地东倒西歪，还八爪鱼似的攀在萧乾的身上，低声气他："老萧你不知道吧？我喜欢你好久了……从那天把你抢到兴隆山开始，我就喜欢上你了。还有，我们在震墓里亲热，你还记得吗？你抱着我，吻我，你的身上香香的，很好闻，你的嘴也好热，我很喜欢……老萧我喜欢你好久好久了，你要了我吧，现在就要了我，完成我……我最后的一个心愿。"

"墨、九！"萧乾把她放在地面上，不知是不是湿透的衣服受了凉，那手竟微微一颤，"你闭上嘴，不要再说话。"

"我要说，我必须告诉你，老萧……"墨九挣脱他铁钳一样的手，揽住他的腰，脑袋在他的胸膛上蹭着，"不说我怕没有机会了……还有你也要珍惜，你再不要我，也都没有机会了，老萧，别犹豫了，来吧，我很喜欢你的。"

萧乾看着她满脸的红，长叹闭眼："你是要活活把我气死才甘心？"

"没关系，反正都是死。"墨九有气无力，"气死了，你才会记得我，下辈子还来找我，总比，总比被火烧死的好。"

萧乾又好气又好笑，然后从怀里掏出药瓶："躺好！我喂你吃药丸，再坚持一下，肯定会有办法的。"

"不要吃药！我都回光返照了，你没发现啊？"墨九娇嗔地扳开他的手，精神头儿特别好。

不过萧乾一生看病无数，还是第一次听见有人说自己"回光返照"的。

这一刻，他也不知该难受、心酸，还是该笑一下她的幽默。

墨九浑然不觉他的情绪，贴近他的身子，一双眼晶亮地盯着他，身体又朝他怀里靠，那一脸妖精似的风情，在这样的绝境之中，美得令人窒息："老萧，我很开心……可以和你在一起死，还可以和你做第一次和最后一次，实在是，实在是幸福至死，一不小心就白头偕老了。"

"……"

"嗯，这里其实是个好地方，可以免费汗蒸、桑拿。老萧，回头我们死了，就在阴山修一座陵墓。这个地方也要利用起来，修一座石楼，就叫，就叫，回光返照楼，怎么样？"

回光返照楼？

这个时候，没有人会知道墨九一语成谶，在数百年后的回光返照楼，会有那样两个人闯入，发生一段那样惊心动魄的故事（详见《御宠医妃》，赵樽and夏初七）。

只不过这一刻，萧乾听着她颠三倒四的话，眉头都快要拧成"川"字了。

一会儿回光返照，一会儿她还要给自己修陵墓。

这个墨九啊！

他喟叹着，将一粒药丸塞入她的嘴里："咽。"

"不咽。"

他无奈，将她抱坐在腿上，束起她的腰，凑过唇去，如法炮制地喂她吃下。

"呜呜，说了不要吃。"墨九挥着手，咽下药丸，咳嗽着，用通红的眼苦巴巴地看着他，"老萧啊，你为何就不肯对我好点? 像我家六郎一样对我好。"

萧乾怔住，而后只剩苦笑: "阿九，你真糊涂了还是在装糊涂?"

"我不装，也不糊涂。"墨九靠着他，口干舌燥，周身滚烫地偎过去，冷不丁地突然又掉下一滴泪来，像是神志不清地喃喃，"我怎么舍得糊涂呢，我好不容易等到了你。六郎，你终于回来了，我不会糊涂了，再也不会糊涂了，更不会像你一样犯糊涂。"

萧乾将她脸上的泪水拭掉，静静抱着她，手臂紧紧的，与她一起升温、沸腾。

"是，我回来了，不分开了。"

"呵呵——真好，我们可以一起死了。"

"是，可以一起死了。"

"上次没死成，这次终于可以死了。"

"……"萧乾哭笑不得，竟无言以对。

墨九就像一个疯子，说着疯疯癫癫的话，又哭又笑: "我高兴，我就是高兴。六郎，我高兴啊。"

半失神的墨九是天真的、单纯的，每一句话也是出自内心的。

这样的她，总让他忍不住怜惜，也让他有些难受，没能给她垒好城堡，让她做她嘴里那种——童话中的公主。

他低头，唇贴在她的耳垂上，轻吻着: "阿九，你高兴就好。"

墨九嘟一下唇: "难道你不高兴吗?"

"高兴。"萧乾身上越来越燥热，看着神游一样的墨九，眉头紧拧着，"阿九，此处温度在升高，我们得离开。"

墨九这会儿除了"渴"和"做"，对其他的事，似乎都没有什么特别感受。

"温度高好啊，这样就可以一起死了。"她摇着头，拽着萧乾的手，模糊地看着下面不太清楚的一片火海，"机关开启，火就燃了，可火燃烧也是要靠能源的，它终究是会灭的……"

说到这里，她突地张臂抱住萧乾: "六郎，若是有机会，你不要管我，自己去逃命。"

"不要胡说。"萧乾顿了顿，抚她的脸，"你不是说，要一起死吗?"

"可我想和老萧一起死，又不是六郎。"

"……"萧乾哑然。

"我是想和老萧一起死，却想和六郎做。"墨九笑着，唇角挂着一抹怪异的坏笑，似乎非得在世界毁灭之前，与他来一场亘古难找的情感破茧，不顾他紧拧的双眉，不顾他僵硬的胳膊，不顾他若有似无的抗拒，双手像狐狸爪子似的，四处点火

526

试探，"你就这么宝贝吗？守了二十多年的贞操，是时候交给九爷了。"

"阿九……"

"放心，九爷会对你负责的。"

她搂着他一扯。

萧乾本已没有什么力量反抗，垂死挣扎，终是徒劳无功。

在她的力量下，他顺势一倒，便落在了她软若棉花的身体上。

"这样多好。"墨九看着身上的男人，与他黑眸中跳跃着的火光对上，轻笑着捋他的湿发，"不管什么事，总会有开始的，不要紧张。"

"……"到底谁紧张啊？整个身子都在抖的人，是谁？

萧乾被她这样挠心挠肺地一逗，喉咙像被堵住了一般，嗓音哑得不行："阿九，你这么调皮，是要挨收拾的。"

墨九眨眼睛，那表情媚得一塌糊涂："不是越调皮，越招你心疼吗？"

"唉，傻丫头。"萧乾看着她一张仿若沾了红胭脂的俏脸上那夺人心魄的媚，一双黑眸微微眯起，迷蒙而深邃，潋滟的波光在眼眸深处，忽而明，忽而暗，思绪深深——

这一刻，怀里的人儿就这么痴痴地望着他，让他似乎也受了蛊惑一般，有些迷糊。

他不想在这样一个简陋的地方要了她的第一次。在他心里，她配得起世间的最好。

华贵喜房，精美婚榻，那才是他应当给她的。

可她这般坚持，这般需要他……如何能忍？

他们的结局，从中了蛊毒那一日起，他其实就已经有了一个全盘的预想。所以，他从来不希望那凄恻的一日到来，不希望他们或死或伤，或神魄俱无，或失颜潦倒。

那样的结局太辜负墨九，这么美好的墨九。

因此他一直在想，不仅要给她一个堂堂正正的媒聘之礼，还要给她一个健康的身体、一个美丽的容貌，让她永远活在云端，受世间女子羡慕，抑或嫉妒，永远都活在世人的景仰之中，做高高在上的墨九爷，而不是像他现在这般，以丑陋之颜，无法示人。

人若从来生得丑，也就罢了。从美到丑的痛，非常人能忍受——

可他要给她这些，仅仅一个帝王之尊，是不够的。

为了治她的失颜之症，为了不让她受蛊毒影响……天知道他到底忍受了什么，做了些什么。

可他是个男人，是她的男人。是男人就得受人所不能受，忍人所不能忍。

在自己的女人面前，不能诉一点苦，不能有半点怨怼。

是男人，就得把自己的女人宠得无法无天，可上天入地，睥睨天下。

"六郎……"墨九张了张唇，那一抹红艳，媚得近乎妖治，"吻我。"

萧乾心神激荡，捋了捋她散乱的长发，紧紧搂住她的身体，唤着她的名字，轻轻抵上她的唇："阿九……"

带着叹息的吻，有无奈，有感伤。

墨九却不许他逃离，吻了上去："六郎，我们就这样在一起吧？不管结局如何。"

"好。"他噙住她的唇，"相伴到死。"

"相伴到老，胜于偷生。"她嘤咛一声，接纳着他的唇，火一般热情地回应着。

"嗯。"他似乎怕岩石硌了她，眉头突皱，揽住她的身体，突地翻转身子，让她趴在他的身上，大手抬起，温柔地抚摩她烧成了红辣椒似的脸蛋儿，满足地叹息，"有阿九在，便是死，又有何憾？"

墨九眼皮一翻，额头抵住他的："当然得憾。咱还没生儿子，还没到天荒地老哩。"

阿九总是这般……

下一刻都不知能不能活，她却想到生儿子，想到天荒地老。

"六郎。"墨九看着他深邃浮沉的眼眸，就像知道他心里所想似的，一只手细细描绘着他的眉、他的眼、他的鼻梁、他的唇、他的喉结……一点一点地移动，就像在弹奏什么优美的曲子，表情专注而认真，撩拨，再撩拨，"你还在等什么？非得逼九爷自己动手吗？"

心里一荡，萧乾再难忍受："小妖精。"他扼住她的后脑勺，一抬头，嘴就含住她近在咫尺的妖艳红唇，吮了一瞬，深深探入，舌尖一扫。

缠裹间，便是两人的天荒地老……

墨九身子微颤，拳头突抵上他的肩："六郎，我怕……"

"不怕。交给我。乖，我会好好待你。"他的声音喑哑而温柔，不经意就拂开了她的顾忌，引领了她的天上人间。

实际上，不论墨九嘴上说得有多厉害，不论她把"九爷"的名头喊得有多响亮，于床第之私上，到底也只是一介妇人，再多的理论知识，都不足以支撑她在面临实战时尽情表现从容和自在。

她僵硬而紧张，偶尔的口齿伶俐早已见了阎王。

说到底，她只是一个女子。

他温柔而怜惜，从来不粗暴，懂得节制还照顾她的情绪。

在床第间，他是一个无可挑剔的丈夫，任何时候，都会优先于她的感受。

他并不急于征服，也不急于占有，只尽可能地挑弄她的情绪，缓解她的紧张，哪怕他蓄势待发的小野兽早就叫嚣着要出栏，要张开大口撕咬，把她吃入腹中，他也没有半点急切，一张脸上满满的都是爱怜。

在这种时候，能够控制自己的男人，如果不是性冷淡，就一定是爱惨了那个女人。

萧乾显然是后者，他额上青筋鼓起，一颗心早就被撩拨得快要蹦出胸腔，但他依旧不慌不乱地等着她准备好了再以迅雷不及掩耳之势指挥大军进犯，如征伐沙场的将军，不给她任何思虑，也不给自己半点犹豫，一杀到底！

"嘶。"墨九微微蹙眉，觉得有点儿难受，她微微弓腰，低低地喘息着去啃他的下巴，"讨厌！"

"嗯，我……讨厌。"他大喘一口气，扶住她的腰，在一串急切得破碎般的音符中，突然又看向面前神志涣散、紧紧咬唇的墨九，"阿九，我丑吗？"

"丑！"墨九毫不留情，恨不得鞭挞他，"丑死了。所以我要惩罚你——"

她猛地按住他的双肩，像一条美丽的蛇，在他身上缠绕。

这样的时刻，销神损魄，以至于谁也没有去细想……

那个已经无数次"回光返照"的墨九，为什么还有力气继续"回光返照"，收拾得他喘气不止，实在忍不住不得不回按住她，然后狼狈地撤离部队，定了定心神，稳了稳情绪，才重新一捣敌营。

"阿九，你个小妖精，这是要我的命啊。"

"就要你的命。"墨九咬唇笑道，双眼晶亮得如一头发疯的小母兽，"你的人是我的，身子是我的，命当然也是我的，不给我，要给谁……"

萧乾轻呵一声，双目灼热，像有浓浓的岩浆在燃烧。

他顺了一下她垂下的发，在她的嘤咛声中，将她抱了起来："小东西，差点害爷一世英名毁于一旦。"

他猛地将她抵在平整的一块岩石上，重重呼吸："看我怎的拾掇你。"

"来啊，九爷何曾怕过你？"

"小浑蛋，不收拾你，不知道爷的厉害。"

两人像原始丛林里奔出来的两头野兽，谁也不肯服软，谁也不会让谁，也不知为了抢夺什么样的堡垒，斗得你死我活。他惩罚她，她也要惩罚他。互相惩罚着、撕咬着，都极为凶狠，极为猛烈，恨不得下一瞬就把对方撞入那个盛满了鲜花的人间天堂。

男女之斗，总归女的吃亏。不论是体力还是耐力，"回光返照"的墨九显然不如"奄奄一息"的萧乾，一战罢，她占了上风，可不待她喘口气，他竟卷土重来，无须刻意，就掌握了她身体的全部密码，让她乐极，也让她尖叫崩溃，时而将她抛入云端，时而又将她拉入地狱。

"六郎，我怎么觉着，我不是自己了。"

"我也不是。"

"那你是谁？"

"云蛊。"

"那我岂不是变成了雨蛊？"

"不。"他喘气，"你是小野猫。"

"你个大野兽！"

"大吗？"

"啊！"

恍恍惚惚中，她早已分不清彼此，分不清情绪到底是自己的，还是那两只蛊的游戏，唯一能做的，便是任由心绪飞转，与她心爱的人一起徜徉在天堂，尽情地笑，尽情地叫，尽情地飞扬，在极乐世界里四处乱窜。

妖精，真的是妖精。没有妇人的内敛，只有倾国的柔情。

毫不掩饰快乐的墨九，是极其撩人的存在。

与时下女子不一样，她热情回应，她快活就叫。

男子大多需要这样的热情回应。

这样的她，让他感觉到极致的征服感，比征服世界更让他热血沸腾的感觉。

天地玄黄，宇宙洪荒……

石室平台的空间早就变了颜色，可似乎没有人感觉到了……

墨九并不知道到底过去了多久，只知道自己声音哑了，身体疲了，快要不会呼吸了，神识亦都麻木了，继续下去真的要"回光返照"了，那个化身为兽的野蛮人才扶着她一起飞向天际，酣畅淋漓地结束了又一场天荒地老的搏斗。

"要死了！"

"要死了……热死我了！"

墨九有气无力地躺在岩石上，用手扇风。过了半天，她才又忍不住笑。

这个"死"字，今天好像已经说过很多次。

饿死、烧死、累死、毒死，而这一次，是差一点被他做死。

她斜眸瞥一眼闷头喘气的萧乾，忽而扶着酸涩的腰转过身，给了他一个意味深长的笑："九爷很满意。"

"嗯。"萧乾呼吸很重，"辛苦九爷了。"

墨九撩起他的一缕头发，含笑瞥着他，随后像是又寻思到什么乐子，她冷不丁地又翻身骑了上去，八爪鱼似的缠在他的脖子上。

"九爷不辛苦，可以再来一次。"

墨九最后还是没有再来一回。

她太累了，也太饿了。从被完颜修掳出嘎查村，她所经历的事情，无异于进行了一次逃命似的长途奔徙。在这个过程中，向来好吃懒做的墨九爷一口水都没有

530

喝，能熬到把萧六郎吃入肚腹才昏过去，用她事后的话来解释——那全靠一口必吃萧六的恶气撑着。

但吃干抹净了，她就撑不住了。

这一闭眼睛，连个梦都没有，完全不知道睡了多久。醒来时，幽暗的光线让她几乎看不清面前那张脸。

没有了烈焰的光线，但灼人的温度还在。

汗水湿透了她的身体，溢了一脑门儿的汗。

她嗓子都快要冒烟了，干巴巴咳一声，望着背光而坐的男人："萧六郎，这是哪里？"

萧乾扶着她的背，拿了个什么东西凑到她的唇边："回光返照楼。"

墨九来不及分辨他的话，就感觉到了水的滋润，然后还闻到一股子食物的香味儿。

人在饥饿的时候，对能入腹的东西有着天生的敏感："水？还有鱼肉？"

"嗯。"萧乾没有否认，"阿九能坐起来吗？"

"能能能。"为了吃喝，她有什么不能的？

"萧六郎，你太伟大了，在这个几乎烧成了废墟的地方，居然能搞到水和鱼肉，噢天……我怎么能这么爱你。"

有吃有喝，饥肠辘辘的墨九甚至来不及问这些东西哪里来的，对萧乾示了爱，就毫不迟疑地要自己动手。

然而——与她兴奋的神经不搭的是她超负荷运转之后的身体。

不等她坐起，腰就像拧了似的，酸痛得她嘶一声，又躺回了萧乾身上，嘴里呼呼喘着气，只剩一双乌溜溜的黑眼睛瞪着萧乾。

"算了，还是你喂我吧。看你把我给折腾的，就剩一口气吊着命了——"

萧乾盛水的东西，是他的剑鞘。

墨九喝入嘴里，觉得有一股怪味儿，水很热，还有一点烫嘴。但这个时候没法讲究，她抱着剑鞘咕咚灌了几口，眼睛又盯向了躺在岩石上的鱼——

烤焦的鱼。不要太美味！

看她口水咽个不停，萧乾将焦掉的鱼皮剥掉，再仔细挑了刺，才喂入她的嘴巴："仔细些，小心还有细刺。"

"嗯嗯嗯。"墨九拼命地点头，吃了一口，根本就没有尝出什么味儿就咽了下去，那恨不得连舌头一起吞掉的馋样儿，取悦了萧乾。

他笑叹一声，又给她拿了一条："不急，还有。"

"你太可爱了，萧六郎。"

墨九红扑扑的脸上，闪着快活的光芒。吃东西的她，格外有灵气。

就这般一口气吃掉了两条鱼，等她终于解了一点馋，填了一下胃，这才有力大喘气。

"萧六郎，我发誓，这辈子都没有吃过这么好吃的鱼肉——哦不，这辈子都没有吃过这么好吃的东西。阿弥陀佛，感谢天，感谢地，感谢佛祖，感谢伟大的六郎，你们没有让我活活饿死——"

她平生最怕什么？饿！

有吃的东西时，她就会格外幸福。

可噼里啪啦说了一堆感恩的话，她突然打住，歪歪头，看向萧乾长发半遮下那一张黑沉丑陋的脸："话说，你吃了吗？"

亏她终于想起来了，也算是一个善良的孩子。

萧乾唇一勾，像是在笑："我不饿。"

不饿，他是神仙下凡吗？墨九哪里会相信他的鬼扯？

来不及问别的事，她看了看剩下的一条鱼，把鱼肉里的刺剔掉，学着他的样子，温柔地递到他的嘴边，又情不自禁地咽了一口唾沫，目光亮晶晶地看着他："尝一口，味道很不错的，很嫩，很鲜，也不知这到底是什么鱼。老实说，就算我不饿的时候，也一定会觉得鲜美至极。"

萧乾眉头紧皱，看看她，又看看她手上的鱼："我真的……"

"闭嘴，赶紧吃！"

看她横上了，萧乾象征性地吃了一口，又就着她的手递回去，"阿九喜欢，就多吃一点。"

"我喜欢，你也要吃啊！办那事儿最耗费体力了，你又是主力，这要不补充补充营养，很快就被榨干了。"

"……"

萧乾又好气又好笑，抿唇看着她，还没有接话，墨九就用手指拈下一小块鱼肉，往他嘴里一塞，然后看他咀嚼的样子，又迅速扑过来，小舌在他唇上一舔，馋猫似的，亮着眼睛问他："怎么样，是不是很鲜美？"

"嗯。"萧乾看着她妖艳的唇，"很鲜，很美。"

意识到他不同寻常的视线，想到两人之前的颠鸾倒凤，墨九双颊一热，又飞快地吻他一下，嘻嘻笑："是鱼好吃，还是阿九好吃？"

"小坏蛋！"萧乾揉她的脑袋，目光满是宠溺。

"问你话呢！"墨九凑近，昂头笑望他，汗湿的轻衫半敞着，那白皙的脖子、柔软的身体，便妖冶而野性地撞入了他的视线。

恩爱时的起伏、颠簸、契合……那艳靡的画面，冷不丁浮上脑海。

萧乾呼吸一窒："再不吃鱼，你就吃不成了。"

墨九看他这般，目光里满是成功撩到他的小得意："没事，不吃鱼，鱼还在这里，不吃你，我却怕你跑了……"双手柔柔地缠在他的腰上，两条鱼的能量让她再一次生龙活虎地开启了撩汉模式，"毕竟我郎比鱼好吃多了。"

萧乾眸中幽光暗闪。她的笑，她的美，她的艳色，麻酥酥地乱了他的心。

"阿九……"

若非顾及她的身子不好，他的自制力恐怕在这一刻已经崩溃，然而墨九全无自觉，初尝滋味儿，本就最美，她俏生生地笑着，像一个招猫逗狗的野孩子，手指烙在他身上，轻缓不一地交替着，听他困兽似的低低喘气。

"六郎，别挣扎了，反正闲着也是闲着……"

"妖、精——"萧乾一字一顿，一把扯过她的身子，紧紧裹入怀里，便是一阵铺天盖地的热吻。墨九身子本就发软，这么落入他刚硬的怀里，魂魄很快便轻轻荡漾上了天空。

男人火一样的怜爱这么诱人，便是没有一张好看的脸，萧六郎之于墨九也是很有魅力的男人。

她低低喘气，轻轻回咬他的唇，野性十足地挑衅："这一回管饱不？"

她这模样娇娇的、媚媚的，简直要人命。

萧乾逮住她作怪的手指，低头拿胡子蹭她的嘴："管饱！"

"嗷嗷，好！"

一个强势一个闹腾，两人为了一条鱼的归属权，这一折腾又是不知多久，等墨九终于精疲力竭地从他强势的占有中喘着气挣扎出来的时候，直呼受不了："我去，萧六郎，你属牛的啊！"

他斜睨着她微带嗔怪的粉脸，半合着眼，似乎真的有些累了，只笑不答。吃饱喝足的墨九精神头儿却不错，拿起剩下的一条烤鱼，翻身又骑在他的腰上，笑得那叫一个风情万种，含笑间催魂夺魄："来，换我喂你了。"

"小浑蛋！"萧乾勾住她的后脑勺，在她下巴上啃了一口，"等我休息好，再来收拾你。你吃——"他并不想接那条鱼。

"先吃饱再收拾呗。"墨九红扑扑的脸儿水嫩得仿佛能溢出水来，一双美眸饱含深情，一副被男人狠狠怜爱过的娇俏模样，将鲜美的鱼肉递到他的嘴边，"乖，张嘴，这回，九爷也管你饱！"

"你吃。"萧乾移开嘴，"我不饿。"

"你不吃，我也不吃。好啦好啦，我们一起吃。"

萧乾无声一叹，只得闭上眼睛，享受她的伺候。

两人你一口我一口，那么小的鱼，吃了老半天居然只吃下了一半。

墨九愣了愣，忍不住笑了起来："这样吃下去，这条鱼估计能吃到天荒地老。"

谁都舍不得损耗食物，都想把吃的让给对方……这样的心照不宣，又多添一抹患难中的深情。

墨九笑着，将那条焦鱼一分为二："来，一人一半，谁也不许耍滑……"

看着她亮亮的眼，萧乾终是接了过来。

沉默中，墨九把最后一点鱼肉咽下肚，恨不得连手指都舔一遍，伸了伸脖子看着萧乾，她想着鱼肉的美味，怀念似的咂咂嘴，终于想到了一些严肃的问题。

"噫，不对啊！这鱼哪里来的？这个地方不该有鱼才对啊！还有，六郎，我怎么觉着我这心火突然没了，身子也舒坦了很多？"

萧乾倒没有她那么意外，他反扣住她的手，示意她不要急着动情绪，然后将手指搭在她的脉上，半闭着眼切了老半天脉，再睁开眼时，似乎也有些难以置信："余毒还有，但脉象平和了不少，这是好转的迹象——"

"哈哈哈！我就说嘛。"墨九高兴得像个孩子，要是可以，她恨不得跳起来狂奔五公里以示愉快。

"人逢喜事精神爽，意志力的作用是很强的。再说了，中医不就讲究一个阴阳调和吗？你想想啊，你是至阳至刚，我是至阴至柔，你四柱纯阳，我四柱纯阴，我俩的体质本就比较极端，这么中和一下，采阴阳调和之道，说不定真的就不药而愈了。"

"……"萧乾静静看着她，像在思考，没有回答。

墨九拉着他的手，唇角弯弯："来来来，先不要想那么多了。反正咱俩做了，人也还活着，没出什么坏事，那就是好事，暂时琢磨不透你就不要琢磨了，来日方长，我们可以继续试验嘛，我很喜欢做你的小白鼠，随时欢迎你以身试药。现在我们要做的，就是先找吃的，有了吃的，活下去，再寻找出路，继续开启我们愉快的试药人生。"

萧六郎的再次归来，像是为墨九注入了生命的活力，从吐字的速度，到丰富的表情，无不表现出她的心情相当之好。

而且这货一兴奋，话就一串串地往外冒。

萧乾看着她，压根儿插不上嘴。

一直到她宏图大志说完了，主动停下来问："噫，不对哦，你还没告诉我，鱼哪里来的？"

萧乾低头看她，像是好笑，又像是无奈，捏了一下她的鼻子："你啊，性子急的。且听我慢慢说来——"

"快说快说，鱼很好吃，还想多弄几条。"

"……"

很快，萧乾告诉了她事情的经过。

就在她昏睡过去的时候，他发现正如墨九所言，石台下方的火焰渐渐燃到了尽头，温度虽然没有降下去，但除了零星的一些火苗，整个空间都变了颜色。

他转悠一会儿，看上方已无出路，就试探着从崎岖的岩壁到了底下。

这一看，他大惊失色。

那一片烧焦的空旷之地上，原本应当是储有水的。

地面上有被烤焦的水族类，不过大多已经焦得吃不了，他仔细搜寻了一圈，在离岩缝二三十丈远的角落，发现有一口小小的深潭，那潭面并不宽，只一丈来许，想来在没有"着火"之前，它的水面是和整个地面连在一起的，但机关开启，水面都被抽干，那一处却因为水太深，而得以幸免……

"所以我们吃的鱼，就是那里来的？"

"是。"萧乾点头。

"也就是说……"墨九瘪瘪嘴，几乎要哭出来，"再也没有了？"

"也许……是。"

"啊！"墨九猛地趴在他的怀里，揪着他湿透的衣裳，可怜巴巴地抬头，"我们居然把所有的鱼都吃掉了！如果上天再给我一个重新来过的机会，我一定慢慢吃，再吃一回……"

"……"萧乾捏捏她的小脸儿，"馋！"

墨九嘿嘿一笑，又皱了眉头："我在想，水是从何处出去的？那般深的水，在短时间内流走，地面再被别的燃物渗入，燃烧，那肯定不是从地底慢慢渗透可以办到的。嗯，下面肯定有出口。"

残毒虽然未清，但看到了希望，墨九整个人都精神了，身为墨家巨子对机关的敏锐力和自信心又回来了，她勾住萧乾的肩膀，皮笑肉不笑地分析着，模样俏得不行："老萧，你只要把我喂饱，要出去不成问题——"

"还喂？"萧乾脸都黑了，"你是要把你男人榨干？"

"不会的。"墨九摇头，认真地说，"我只会把你吸干。"

"……"萧乾黑脸，再刮她的鼻子，"好，等会儿吸。还有，别叫我老萧。"

"习惯了，我也喜欢这样叫。"墨九毫不在意，弯着月牙似的眼笑看着他，"你不觉得，这个称呼很有老大老妻的感觉吗？"

老夫老妻……

可他会吃自己的醋怎么办？

可想归想，只要墨九乐意，他只能默认。

两人再次来到岩壁边上，墨九低头往下看了一眼："老萧，我给你两个选择。"

"嗯？"萧乾始料未及，诧异地抬头看她。

"第一，我们先坐在这里，你给我讲讲你的故事，从临安一别开始，或者从很久以前，你开始布局的时候说起——我想，你一定有很多故事需要对我讲。"

萧乾眉头紧皱："第二呢？"

墨九瞥着他幽深的眸子里那一股子欲说还休的涩然，又往前走了两步，看着岩下那些没有燃尽的零星火苗，冷不丁张开手臂："来吧。"

"怎么？"萧乾狐疑。

"抱着我，飞下去啊。"

"你以为我是鸟？"

"不是有武功吗？"

"你想多了。"

墨九侧眸，幽幽地笑："那你就选第一个。"

萧乾抿了抿唇，走到岩边，长长的发被风撩起，那一片坑洼不平的脸颊上，有一丝幽暗的恻然。他搂住墨九的腰，将她带到石台的角落，指着下方锯齿一样的小凸石片："我们从这里下。"

末了，他又望着她的脸，淡淡补充："你想知道的，我会告诉你的。"

墨九点点头，又望向那悬崖一样的深渊，咂咂舌："我办不到啊。"

这样的高度，一眼看下去，就像在直升机上俯视大地，借她一百二十个胆子，也不敢就这么走下去的。

可如果不下去，如何找出路？

她吁一口气，负手而立："萧六郎，我给你一个表现的机会，背我下去吧。"

这样的机会换了别的男人，除了吐血之外，肯定不会愿意，也办不到。可萧乾面对这只母老虎的指令，却是乐于执行的。他轻唔一声，回头捡起先前背她过来的布条，如法炮制，将她背在后背上，以剑为支撑，一步一步往下爬。

这个过程很艰难。他屏气凝神，没有说话。

墨九趴在他的背上，时不时看他的侧脸，也沉默了许久。

短短数个时辰的经历，一直处于黑暗之中的他们，根本不知过去了几天几夜，在一个没有白天和黑夜之分的地方，自然也就感受不到时间的流逝……

一片寂静中，墨九突然一叹："也不知他们怎样了。"

萧乾身子微微一顿，没有回答。

从与完颜修、击西、闯北他们分别到现在，彼此间完全无法联系，但当时那样危险的情况，能够为他们想到的最好遭遇，就是像他们一样，虽然艰难，但还活在哪一个岩洞中……

咚一声，物体落地。哦不，萧乾背着她落在了地面上。

墨九借着微弱的火苗，在地面上到处寻找着。空间里，除了一股子灼烧之气，充斥在鼻间的就是焦味、煳味和臭味。地上也是一层坚硬的岩石块，有沙砾混在其间，高低不平，面积一眼望不透，但每个地方都已经被火烤得失去了最初的颜色。

"六郎！"墨九突然低声叫唤。

"什么？"察觉到她声音里的小小兴奋，萧乾条件反射地搂住她的腰。

"这地面有问题……嗯，容我先跳一跳，冷静一下。"

跳一跳，冷静一下？她的反应，萧乾显然不懂。

不过墨九从来不是一个有正常思维的女人，他看她兴奋地在烧焦的地面上走来走去，不时跺一脚，也只是抱剑立于一旁，随时观察着她的动向，而不阻止。

墨九每走一步，都像在试探什么，踩一踩，又换一个地方，再反复踩。

仔细看着，萧乾慢慢明白了——她走的是八卦位。

一个人走了一圈又一圈，她终于停下，望着他的眼中有细微的光亮："六郎，下面是空的。"

空的？萧乾之前下来，顾念着上头的墨九，来去匆匆，并没有注意到这个。

他走到她身边，学着她用力地踩，果然明显可以感觉出有的地方不一样。

没有想到墨九心细成这样，他不由得投去赞许的眼神："阿九真是聪慧。"

被表扬的墨九乐得咧嘴，拱手一揖："不敢当不敢当，我吃的就是这口饭，专业能力只比一般人强一点点。"

这还叫不敢当？萧乾无声地笑。

"依我看，机关开启时，水源便是从这种突然打开的地洞渗出去的，而后又迅速合拢……"墨九说到这里，低头审视片刻，又抬头，然后惊叹一声，"乖乖，这上上下下，到底是有多深，果然只有大自然的能力，才是万能的。"

"大自然？"对于她嘴里的名词，萧乾总是需要时间消化。

墨九点点头："这里虽有机关，但结构是天然形成的，做此布局的人，不过是在天然结构的基础上，略加改动——"

说到这里，她突然敛住眼神："老萧，我怀疑这里又是一座八卦墓。"

又一座八卦墓，又一番惊险刺激的开始？

（本书完）

537

姒锦 作品

孤王寡女

3

相思令

[上册]

青岛出版社
QINGDAO PUBLISHING HOUSE

图书在版编目（ＣＩＰ）数据

孤王寡女. 3, 相思令 / 姒锦著. — 青岛：青岛出
版社，2017.9
ISBN 978-7-5552-3504-0

Ⅰ. ①孤… Ⅱ. ①姒… Ⅲ. ①长篇小说－中国－当代
Ⅳ.①I247.5

中国版本图书馆CIP数据核字（2017）第018226号

书　　名　孤王寡女3相思令
著　　者　姒　锦
出版发行　青岛出版社
社　　址　青岛市海尔路182号（266061）
本社网址　http://www.qdpub.com
邮购电话　010-85787680-8015　13335059110
　　　　　0532-85814750（传真）　0532-68068026
责任编辑　郭林祥
责任校对　耿道川
特约编辑　崔　悦
装帧设计　苏　涛
照　　排　梁　霞
印　　刷　北京市平谷县早立印刷厂
出版日期　2017年9月第1版　　2017年9月第1次印刷
开　　本　16开（700mm×980mm）
印　　张　34
字　　数　550千
书　　号　ISBN 978-7-5552-3504-0
定　　价　59.80元

编校印装质量、盗版监督服务电话　4006532017　　0532-68068638

建议陈列类别：畅销·古代言情

目录 CONTENTS [上册]

目录 CONTENTS [下册]

第一章　墨九的桃花源

墨九不是一个感情用事的人，等渔棚外再无动静，南荣大军悉数过江，她才慢慢出来。望着浩浩江水，她独自坐了半个时辰，回到宅子，一头钻入萧乾的房间，栽倒在床上，抱住他用过的被子蒙头大睡。

有人说，睡觉喜欢夹被子或者抱东西的女人，内心缺乏安全感。墨九在拥住被子闻到熟悉的气息那一瞬，终于认同了这个观点。想到这是一个没有萧乾的金州，她内心有点儿空。可昨夜没有睡好，这么蒙头睡下去，便睡过了晌午。睁开眼睛的时候，看到熟悉的床帐，有那么一瞬，她恍惚以为萧六郎还在，会温柔地问她："醒了？"

可没有。

房间里空荡荡的，除了她自己，没有一个人来打扰。她无奈地闭上眼睛又翻滚了一圈，当她发现再无睡意的时候，终于感觉到肚子饿了。

什么都可以不做，东西不能不吃。

墨九穿好衣衫出来，看到击西倚在门口望天。

见她出来，这货苦着脸拭眼睛："他们都走了，只剩下击西了，都不带击西去，击西的命好苦。为什么主上偏偏留下我？而不是走南，不是闯北，不是声东……"

墨九挑了挑眉头："要不要我告诉你原因？"

击西猛点头。

墨九说："交换消息是要银子的。"

击西默默塞给她一个银袋。墨九掂了掂便塞入怀里，拍拍嘴打个哈欠，漫不经心地道："多简单啊，因为只有你不像个男人呗。你家主上把你放在我的跟前，觉得安全。"

萧乾到底有没有这份心思，她并不知情，这话全是她瞎掰出来逗击西的。可听完这句话，击西却腾地红了脸，撕心裂肺地呐喊一声："不！苍天哪！击西分明就是女人好不好！"

"呃……"墨九大笑。

"不不不，分明就是男人好不好！"

"悔改无效！"墨九拍拍他的肩膀，双手负在身后，大摇大摆地往庭院里走，"击西姑娘，跟上！九爷肚子饿了，陪我去吃东西。"

"呜！"击西乖乖跟在她身后，比她还忸怩。

这两个人走在一起的画面有点儿奇怪，墨九却恍然未觉。同样一段路，因为没了萧六郎，她总觉得缺少点儿什么。虽然脚步一如既往地轻盈，脸上也依旧带笑，可内心始终沉重。

午饭早就准备好了。

膳堂里坐着宋熹。

桌上摆着一壶清茶，他靠在窗边，手里拿着书卷，一身简单的白衣，长发束起，微暖的天光映在他白皙的肌肤上，似点缀了一层薄薄的暖意，看上去如同一个翩翩佳公子，哪有半分帝王的凌厉？

墨九咳了咳，见他微笑抬头，笑着问："东寂吃了吗？"

"吃过了。"宋熹回答得很散漫。

"那再吃一点儿？"墨九随口问着，坐了下来。

她以为他肯定不会再吃，哪晓得那货莞尔一笑，应声道："也好！"接着，他径直坐在她的对面，依旧捧着他的书卷与清茶。

墨九翻了个白眼："不是吃过了？"

宋熹微笑，眼角带着淡淡的戏谑："不是让我再吃一点儿？"

墨儿扑哧一声："你还真不客气。"

宋熹再笑："我自己做的，为何要客气？"

墨九微微一愣。他从临安为她带食物过来已是够仗义了，到了金州还亲自下厨做饭？虽然这所宅子里晓得他身份的人不多，可从他出入的排场，还有其他人对他的恭敬来看，哪个不晓得这位从临安来的"公子"，不是皇室子弟，也是达官贵人？

这时，灶上的李婆子正好过来摆饭，看到墨九就念叨，"公子"一大早就起来做饭，差人去叫姑娘的时候，才晓得姑娘不在宅子里，"公子"的心意也就白费了。但到了晌午，"公子"不辞辛劳再一次下厨。

"我老婆子活了这么大岁数，还没见过下厨的郎君哩，莫说公子这么俊俏的人儿，便是我家那个粗糙汉子，让他下厨做点儿什么，不如直接杀了他来得好。"

大抵李婆子夫妇也是和谐的，说到自家汉子的时候，她嘴上骂咧着，眼睛里却有着异样的光彩，但说到"公子下厨"的事迹时，对宋熹的肯定与褒赞也是千真万确的。

当然这一点，墨儿从来不否认。

便是萧六郎待她如此之好，若说下厨，恐怕也做不到。

她目光带笑，感激地瞥宋熹一眼，正想为了肚皮对他说上一万字的吃货感言，他却别开眼，笑着望一眼李婆子。

"婆婆别夸我了，我喜欢下厨，便以此为乐而已。"

"呵呵呵。"李婆子把汤盅放在桌上，摸了摸耳朵，笑道，"老婆子一把岁数了，哪里会看错人？公子啊，真是值得托付一生的良人，长得俊、没架子、对下人好……唉！也不晓得哪家的丫头有福气做公子的妻室。"

这婆子念叨着离开了，墨九与宋熹对视一眼，都笑了笑没有再说话。两人心底都不期然想到了那个远在临安府的"有福气女子"——当今皇后谢青嬗。

宋熹对谢青嬗是有愧疚的。

至于墨九，也有那么一丝丝同情。

李婆子说东寂是良人，可托付终身。可于谢青嬗而言，她又何尝不是所托非人？所以，任何事情都有两面性，每一个人站的角度不同，感受与看法也就不同罢了。但强行捆绑的婚姻，勉强不了的感情，也怪不得东寂，只可怜那无辜的姑娘了……

"尝尝这个！"

似是为了打破尴尬，宋熹率先开口。

可墨九不是先听见的声音，而是先闻到一阵酱料的香味儿。她抬头看去，只见宋熹手里用油纸拿着一个包子……严格来说，不是一个普通的包子，是一个类似于肉夹馍的包子，包子里面夹了肉馅，抹上一种加了葱花的酱料，闻着就勾人食欲。

"谢了啊！"她笑吟吟地接过来，听见肚子咕噜一声，不好意思地撇了撇嘴，不客气地咬了上去。味道比她想象的更美，可能是饿了的原因，她三两下嚼了嚼咽入肚子，含糊地笑道："我能说这是我吃过的最好的包子吗？东寂自己做的？"

"嗯。"宋熹轻声应了，又包一个包子给自己，优雅地咬了一口，笑道，"为了这个馅儿，我精选了牛肉，将其剁碎，再放到女儿红里腌制一刻钟，热油入锅，放入切碎的豆豉和姜末等作料翻炒。晓得九儿喜好酸辣，喷上一点儿醋，再配上我特地从临安带来的酱料，等食用时，再撒点儿葱花，便好吃了……"

莫说吃入嘴，就听他说，墨九就觉得是人间美味了。

又啃一口松软的包子面儿，她吸了点馅儿在嘴里，嘴和胃都舒服了，方吐口气，笑问："话说这个包子叫什么名儿？"

宋熹想了想，微笑道："你就叫它肉夹包子没错。"

墨九嘿嘿一声，点头道："肉夹包子、狗不理包子……"

嗷一声，一条大尾巴擦过她的腿，刺溜一下，桌子底下就多出了一个东西。墨九低头一看，发现旺财这货不知何时钻了进来，正望着她吐舌头。

她目光一亮："财哥，你怎么回来了？"

旺财这货见天儿跟着萧乾，秤不离砣的，对她始终要比对萧乾少上儿分"主子情"，为此墨九还吃过醋。没想到萧乾离开了，它却留了下来。

一个人等待归期的孤单里，有旺财在身边，日子肯定会好过一些。她心里美美地想着，而旺财无法回答她的话，却一直吐着舌头望着她的手。

她看一眼手上的包子，歉意地问宋熹。

"可以给它吃一个吗？"

这个包子宋熹原也没有做几个，听他"精心"制作的过程就晓得费了不少工夫，拿来喂狗对墨九来说没有什么，旺财与她兄弟一般，可对于宋熹这个做食物的人来说，未必会有同理心。她得先征询他的意见，免得他心里不舒坦，怪她糟蹋东西。

旺财大抵晓得她的意思，不满地嗷一声，两只前腿趴下去，紧紧抱着她的小腿，撒娇一般将嘴筒子在她腿上擦刮，蹭了两下，索性又抬起脑袋来，把长长的嘴筒子搁在她的腿上，可怜巴巴地望向她，就差张开嘴讨要了。

"馋狗！机灵得你！"

墨九嗔怪地睨它一眼，宋熹却笑了："这狗精明，与它主子萧六郎简直一个模样儿。九儿快给它一个吧，不然一会儿该掀桌子了。"

狗与萧六郎一个模样儿？

墨九隐隐觉得这句话哪里不对，可瞥宋熹一眼，见他说得自在轻松，除了玩笑之外，并无别的情绪，也不好多想，只笑着抿了抿唇，重新拿了一个包子塞入旺财的狗嘴里，又怜爱地顺了顺它的背。

"便宜你了，乖点儿啊！"

旺财叼着包子，趴在她的脚边，不吭气了。

果然狗还是狗，一个肉包子就喂乖了。墨九失望地摇了摇头，心里暗骂一句"没节操的"，又抬眼看桌上丰盛的饭菜，笑眯眯地对宋熹道："肉菜素菜一样不少，点心汤煲样样齐全。东寂啊东寂，你可真是一把灶上好手，要天天有这样的美食，那日子简直赛过神仙啊！"

宋熹接过李福递来的白巾子擦了擦手，又执筷为墨九夹了一块酥香鸭，轻轻笑道："等回了临安，虽然无法每天下厨，但隔三岔五为你做上一桌，也是办得到的。"

墨九一愣，抬起头来，把注意力从碗里转移到了他的脸上："东寂要回临安了？"

"嗯。"宋熹应着，笑了一下，"我出来有几日了，不能再耽搁。呵，纵然不能像萧六郎一样驰马边疆报效家国，我也不能书生意气，误国误民哪。"

国家大事相比儿女情长，哪个轻哪个重？这个时候的男人，总得分清楚。一件件要事都迫在眉睫，尤其今日萧乾北上，对于南荣朝来说，大后方的稳定尤为重要。一切与战争有关的事情，粮草辎重、兵马物资的补充，都需要他这个皇帝来定夺。

一日两日朝中可无君，但三日四日五日呢？他登基本就不久，若长期不上朝，惹朝中非议不说，就怕政局不稳，引出二心来。那个时候，内忧外患，恐将再无清闲日子过了。

这些道理他不说，墨九也懂得。

她点了点头，慢悠悠一叹："你确实该回去了。"

听出她的弦外之音，宋熹微微蹙眉："你不跟我回去？"

墨九再次点头，脸色凝重："我要留在金州，哪里也不去。"

对于她的固执宋熹早有领教，可尽管如此，他还是放下筷子，轻声规劝道："金州离临安府甚远，又刚归南荣所有，龙蛇混杂，三教九流都有。你逗留在此，难保安全。"

"最危险的地方，不是最安全吗？"墨九笑了笑，又瞥一眼倚在门口无聊得玩手指的击西，微笑道，"萧六郎留了人保护我，你且放心去吧，不管遇上什么事，我自有法子应对。"

"不行！"

这一回宋熹倒是难得地强势，可遇上墨九，再强势的男人也终归无奈。墨九没有直接反驳他，而是随手为他盛了一碗汤，轻放在他面前，言辞不乏轻柔："东寂莫非忘了我的身份？"

宋熹的手指轻抚在汤碗上，轻轻一声："嗯？"

"我是墨家巨子呢！"墨儿吃一口东西，又微微挑眉，"我把祖师父的担子接了下来，还没有为墨家做过什么事呢。你知道的，我墨家弟子千千万，却没有在这金州城发展。如今金州归南荣了，又是战略重地，众家都虎视眈眈的地方，各个朝廷都想染指，我墨家自然也不能瞪眼看着。我准备建一个金州分舵，好好在此地发展一批墨家弟子，亲自调教。终有一日，我要弘扬祖师父的遗愿，让墨家弟子遍布天下，墨家思想源远流长——"

宋熹默默听着。

等她的高谈阔论说完，他轻轻一笑。

5

"这些，只是托词。"

墨九一噎，大眼珠子望着他。

不待她说话，他微微启唇："你是为他在此守候？"

"东寂……"察觉到宋熹微哑的声音，墨九轻轻润了润嘴唇，吃了人家的总觉得嘴软，连严肃出口的几个字，也显得不太利索，"对，对不住了！"

"无妨！"宋熹轻声一笑，"青山不老，绿水长流。今日别过，总有一日你我还会相见。到时候再把酒言欢，共庆萧使君得胜归来。无妨，真的无妨。"

一连三个"无妨"，听得墨九有点儿心酸。

可问题出在感情上，她的答案永远只能有一个。一早就对不住宋熹了，却也只能一直对不住下去。尽管她为此非常难过，可大家都不是小孩子了，可以随便玩过家家，换新郎。取舍已定，该狠心时，就得狠心。

用膳完毕，宋熹先离桌。

朝中之事十万火急，刻不容缓，他等不起。

可驻足看一眼墨九，他终于慢慢伸出手，抚了抚她的头。

"想吃好的了，随时回临安。"

"嗯。"墨九笑吟吟地抬头，"说不准哪天就回来了。"

"回来前派人知会一声，我来接你。"

"你那么忙……"

墨九刚想拒绝，他却重重补充："风雨无阻！"

这句话似乎成了他们分别的常态了。墨九与他对视，发现他晶亮的眸子里，竟有着浓浓的逼视光芒，就好像她不去吃他家的饭，他便生无可恋了一样。这让原本不喜欢送别的墨九，不得不在今日经历第二场送别。

为了赶时间，宋熹没有乘车，依旧一匹黑马，一袭白衣，飘飘然离去，不若帝王。墨九也骑了一匹马，领着击西跟在他的身侧一路朝城外走，二人却再无膳堂里那样的欢天喜地。

不管是送情郎，还是送故友，总归有些离愁。

私心里，墨九对这个擅长庖厨的男人评价很高，得此一友，也委实是她的幸事。如此，她感恩戴德地把他送至金州城外。

想他落寞自去，她着实有些不忍心，脸上却不得不表现得愉快，还不时哼上一首曲子，一副女汉子的悠闲与自在样。

"路上仔细些啊，小心山匪路霸！"

"嗯。"宋熹勒住马，看一眼延伸往远方的官道，又回头望着远去的金州城，微微一笑，"九儿已经离城很远了，不要再送。回去吧！"

"哦。也好。"墨九冲他抱拳，严肃道，"一路平安，别后珍重。"

"珍重！"

墨九看着宋熹掉转马头时，那一双微暖的眸子里浮上一层不舍，突地有些不忍心再看。她笑着抬头望向蔚蓝的天际，看着雨后初绽的阳光，觉得今天肯定不是一个好日子。若不然，为何送走了一个，又要送另一个？

想到离别，她一时间不免黯然。

宋熹却在这时回过头来，环视一眼官道旁的民舍菜畦，野花碧树，淡淡一笑："河畔青柳，塞上人家，弄梅采茶，粗衣淡饭，似比那玉楼金阙更为得意几分。"

"……"

墨九撇了撇嘴，未置可否。

帝王艳羡百姓的简单，百姓又何尝不艳羡帝王的荣华？

看宋熹凝目久久不语，她挥了挥手臂："你再不启程，太阳快下山了。去吧，送君千里，终须一别。此生又不是不再见了，别娘儿们似的了……"

"呵！"宋熹被她逗笑了，目光微凝，扬起唇角，"这回我真的走了，九儿珍重！"说罢不待墨九再道别，他猛地挥鞭，一声重重的"驾"出口，那一匹宝马良驹便驮着他撒丫子冲上官道，扬起尘沙数丈。

一群侍卫紧随其后，不多一会儿，就消失在官道上。

墨九收回视线，看向马下摇尾巴的旺财。

"财哥，我们也回了，干我们自己的大事。"

南荣至化三十一年四月初八，萧乾领南荣兵二十万余从金州渡汉水，在京兆府路与珲国发生遭遇战，珲国名将迪古不敌来势汹汹的南荣兵，珲兵骇于萧乾威名，一败再败，退至临兆府。

出师大捷，南荣兵士气大盛。

萧乾乘胜追击，率兵于三日后破临兆，随后沿江而下，收复淮河以北邓州、唐州、蔡州、颖州在内的大片土地，迫使珲国朝廷于南荣至化三十一年五月初遣使南下，将其所占徐州、许州、泗州等地归还南荣，修书一封，遣使南下临安，欲与南荣和议停战。

在这纷繁的战乱期间，迫于萧乾大军的步步紧逼，珲兵三易主帅，从四皇子完颜筹到二皇子完颜丰，再到素有"镇国神柱"之称的皇叔完颜志业，经历三个月血腥鏖战，皆不敌萧乾。

帅旗几易，对珲兵而言，本就是内伤。

更何况，据线报，珲国在内乱。

完颜修于南荣至化三十一年四月底返回珲国，不仅没有得到其父的再度"恩宠"，反倒在第一时间被押入大牢，进行甄别。其中珲国几位皇子夺位的风起云涌暂不多说，这个倒霉催的完颜修，一直到珪国向南荣请求和议，依旧在大牢之中过他的苦日子，没能再度执掌帅印。

一个风云人物的倒下，不仅是完颜修的悲哀，也是珪国人的悲哀。就此，外间众说纷纭。

有探子称，珪国皇帝其实在完颜修被墨九掳后不久，就身染重疾了。其后虽多方医治，一直没有痊愈，如今珪国内部斗争如火如荼，甚至多个以珪国皇帝名义下达的旨意和做出的决策，都非珪国皇帝本意——包括对完颜修无限制地囚禁。

在这个节骨眼上，在攘外与安内的选择面前，完颜修的哥哥和弟弟们，哪怕眼睁睁看着萧乾领着南荣兵一步步蚕食土地，也不敢再把兵权交还到完颜修的手里。内政的混乱，加上北勐骑兵与南荣兵的合力打击，珪国江山已岌岌可危。

珪国内乱，这便是大好时机。

不管南荣还是北勐，都不会错失这样的机会。

烽火燎原，兵戈铮铮。

多少鲜血遍洒大地，多少白骨堆积成山。日月轮换之间，这一场旷日持久的战事，一直持续到南荣至化三十一年八月。

对于珪国多次请求议和的国书，南荣景昌帝宋熹的态度就两个字——不议。

带着这样的羞辱，八月初一，珪国皇帝因病驾崩于汴京皇城，其大儿子完颜叙登临帝位。而那个一直是珪兵顶梁柱的三皇子完颜修，终究无法再掌帅印，被新帝一纸诏书永久幽禁于汴京天骄台。

初登帝位的完颜叙，上位的第一件事不是组织大军对抗萧乾，而是大力地剪除完颜修及完颜筹、完颜丰等人的党羽，挖数个深坑，以"谋逆、叛国"等多项大罪坑杀了数万人。

八月初三，一些负隅顽抗的完颜修余党联络了完颜修在军中的旧部，当夜在汴京城发动兵变，血洗汴京城，从天骄台救出被幽禁的完颜修，杀出重围，直奔东北方向而去。

至此，持续数月的珪国内乱结束。

八月上旬，天气已转入秋季。可黄叶未落，天气未凉，穿着厚重甲胄的南荣兵走在骄阳下，汗流浃背，吃尽了暑气。

珪国的内事，下层的士兵所知不多，但大抵晓得完颜修是完蛋了，如今的珪兵就是反包。从开战至今，他们一场都没有输过，节节胜利，也节节推进，用不了多久，打下珪国皇城汴京，覆灭珪国政权，于他们来说都是大功，往后的吃穿用度哪里还用发愁？

相较于珪兵的颓废，南荣兵个个都是乐观的。

8

帅旗所在之地，萧乾骑在马上，看着士气高昂的禁军，眉头皱了皱，突地转头对迟重低喝："传令下去，休整片刻！"

"得令。"迟重双颊都是汗水，闻言抱拳应了。

很快，行进的大军停了下来，休整、喝水、侃大山，嘴里无不是把珒国人打回老家，自个儿再回家娶媳妇生儿子那点乐事儿，一个个踌躇满志，也一个个都显得有点儿过分乐观与盲目自大……

"大帅，喝水！"薛昉端着一个牛角袋递到萧乾面前，看他慢腾腾接过去，冷峻的脸上情绪似乎不太好，便轻松笑着缓和气氛，"看咱们军队这气势，想来不出两个月，便可以攻入汴京城了。"

萧乾默默回头看他一眼："你也这样想的？"

"是呀！"薛昉笑吟吟道，"打了四个月了，咱这队伍打仗完全就是收割一般，那些珒国的王八犊子遇到咱们，跑得比兔子还快，就这样的战斗力，拿什么和我们打啊？"

萧乾紧盯着薛昉，心里的隐忧更甚。

俗话说："骄兵必败、哀兵必胜。"四个月前，珒国是骄兵，南荣是哀兵，如今四个月的仗打下来，两国将士的心态几乎颠倒了个儿。从前看见威猛的珒兵就有点儿发怵的南荣兵，不再惧怕珒兵不说，还个个自大得紧，好像珒兵都是豆腐块子做的。

可珒兵真是嫩豆腐吗？当然不是。

一旦南荣军中产生了这样的念头，那就危险了……

萧乾看了一眼身侧的几个将校，再优雅地喝了一口水："北勐可有消息传来？"

"正式行文未到，不过探子有消息。"专管情报的赵声东从后方上前，小声道，"北勐乘着珒人与南荣为敌，加上珒国内乱，人心浮动之际，已率领北勐骑兵于古北口进入，径直攻入珒国中都，同时与我左翼大军相策应，相信很快便能南下汴京，与我军会合……"

听得这样的好消息，几个将校纷纷抱拳。

"大帅！破汴京，覆珒国，我等定会旗开得胜！"

互相恭维的大笑声里，几个将校竟然争执起来，都想争当下一场战役的先锋。

薛昉见状，皱了皱眉头，瞥向萧乾。

萧乾罕见地没有吭声，而是默默掉转马头，望向远远的山峦……

独自沉默了许久，他突地唤了一声："薛昉！"

薛昉骑马小跑过去，却听见他的声音化在幽幽的风声里。

"不知兴隆山上的树木，今年绿了没有？"

9

薛昉听懂了他思念墨九的弦外之音，却又纳闷地摸了摸头。

"使君，据说兴隆山，四季常绿。"

"……"萧乾慢悠悠道，"没有远虑，必有近忧哪。"

萧乾的忧虑果然成真。令南荣将士没有想到的是，从泗水以西和陈留地界逼入珪国占领的汴京，短短一段距离的推进，他们竟然历时四个月才完成，从至化三十一年八月一直打到景昌元年正月初一。四个月里，他们经历了出兵北上以来珪兵最顽强最血腥的抵抗。

好在损失虽然不小，汴京却也在望。

南荣景昌元年正月初一，萧乾大军抵达汴京城外二十里，与即将会师的北勐骑兵近在咫尺，对珪国都城汴京形成了合围之势。

南荣、北勐、珪国，三军对峙，这一场历时八个月的战事终于进入了白热化阶段。

短短八个月的时间，汴京已物是人非。曾经威慑千里的草原之狼从内部瓦解之后，虽然回光返照了四个月，但颓废之势再不能逆转，大厦将倾的覆灭之态已呈现在世人面前。只是瘦死的骆驼比马大，完颜叙刚登帝位，怎肯将江山拱手相让？他能在夺嫡中胜出，也是一个狠角色，一场破釜沉舟的大决战摆在面前，他不肯束手就擒，组织了珪国最精锐的骑兵，号称三十万之众，加上伪军，与南荣和北勐拉开对峙，准备做殊死一战。

风雨将至，阴云密布。

一场关乎国运的战争让初冬的天气更为阴霾。

自古光脚的不怕穿鞋的，完颜叙是孤注一掷，对南荣来说，在这个时候，却面临着一个与之前的珪国同样可怕的问题。先前南荣与北勐，一个在北，一个在南，分别吞食着珪国的占地，他们共同的敌人便是珪人，自然合作愉快。可如今眼看胜利在望，一个虽然还没有摆上台面，却已经在无数人心里酝酿扎根的问题如鲠在喉。

最大的胜利果实，当由谁来摘取？

这个世界没有永远的朋友，也没有永远的敌人……只有永远的利益。

在利益面前，哪里还能称兄道弟？

当萧乾和他的南荣虎师到达涧水河驻营，准备与珪国最后大决战的时候，正月的兴隆山一片喜气洋洋，掩在一片碧海绿波之中。冬风乍起，山间天气幽冷无常，一道道连绵起伏的山峦，树木漫山遍野。位于兴隆山上的千连洞，如一片广袤绿毯间的明珠，山洞前早已不是成片的树林，而是拔地而起的屋舍。时而有马儿穿梭林间，悠然行走，时而有汉子嘹亮的山歌，为这一片土地添了更多的烟火气儿。

如今的兴隆山，早已不像当初。

墨儿答应萧乾留在金州，也告诉宋熹要一直留在这里，可她不想与自己的小命过不去。金州城那个龙蛇混杂的地方，有太多人的眼线，确实不利于她的存活。而且，虽然她对外说兴隆山上没有八卦墓，可上次在兴隆山上的发现，一直让她耿耿于怀，心里的疑惑，始终没有落下去。

当然，萧乾虽然离开了，但除了留下击西之外，也留了相当多的人手保护她。

只不过萧乾晓得她讨厌被众人围拥，故而这些人只受击西的调令时才会出现。

但墨九又怎会是个省油的灯？

就在宋熹离开的第十天，来了一群人。

这是收到她的消息领人过来的墨妄一行。这一行人阵容相当强大，除了墨妄自己，还有尚雅、乔占平、蓝姑姑、玫儿等一干墨家弟子。墨九手上有"巨子令"，金州、均州附近的墨家弟子也都前来投奔，加上左右执事，墨家巨子在金州城的事儿，很快就不再是一个秘密了。

墨九是故意的。

她知道，她所在的地方想要成为一个秘密本来就难。

既然如此，何不大大方方地告诉世人：老子就在金州，来啊来抓我啊！

话说这么一群人久不见面，墨九又是被"抓"走的人，再次见面，自然免不得唏嘘感慨一番，说说各自的近况。尤其是蓝姑姑，那叫一个声泪俱下，哭得墨九那叫一个肝肠寸断——被蓝姑姑粗大的嗓门儿震的。

有了人，又有资金支持，墨九的"金州分舵"便这般轰轰烈烈地干了起来。

可墨九这厮向来是个古怪的人儿，人家为图便利，选分舵的地址肯定会优先选择城镇，她却以兴隆山的千连洞为基地。不喜欢吃苦的尚雅是第一个跳出来反对的，两人当场掐得差点儿打起来。

结果自然是尚雅反对无效。

墨九只一个理由就打败了她——想当年墨家祖上选总院不都选了神农山吗？这说明山上好，咱得遵循老祖宗的格调来办事儿吧？

于是，千连洞附近的建设就拉开了序幕。

为此墨九见天儿忙得脚不沾地。忙着按自己的想法规划金州分舵的建筑、装修房屋；忙着做自己美美的巨子规划；忙着找乔占平唠嗑，试图从他嘴里撬出什么不一样的新鲜的词儿；忙着与墨妄喝酒，以不辜负萧六郎的交代……可她的一切都很好，却似乎都与萧六郎无关。至少，她嘴里从来不会提到萧六郎的名字，甚至她都不常打听关于南荣北征的战事进展。

很多人都以为，她是一个凉薄的女人……她这分明是把萧六郎忘了啊。

前方在流血牺牲，墨九自己的事儿也没闲着。八个月的时间，兴隆山上的建筑

11

一座座拔地而起，占地面积也越来越大，不仅如此，这个墨家金州分舵的建筑极有特点，新奇、明亮，一个个都是大窗户。而且，在绿树成荫的分舵周围，墨九还在环山的三面建筑了高高的城墙，墙下挖了深沟蓄水，说是为了种植业，可分明可以起到防御的作用。

被高城墙围起来的金州分舵，共有三道出入的门，日夜有人把守，在正对兴隆山的方向，还有一座特大号的古堡式城门，门外有长长的防御线，若非有墨家弟子指引，想要好脚好手一点儿都不受伤地进入分舵内部，那简直难如登天。

墨家金州分舵，成了一个神秘的所在。

可尽管如此，八个月来，投靠墨九的人却越来越多。

一开始墨儿搬过来修房造屋的时候，附近砍柴的樵夫、打猎的猎户以及山民，只是喜欢过来走一走，或讨一口水喝，或顿步看一下稀奇，到后来，看到墨家的欣欣向荣，好些人干脆花上一袋白面把家里的小子送过来拜入墨家门下，只为讨个好的营生做。

可慢慢地，他们的目的不一样了。

平素里，墨九所在的金州分舵时常备有各种糖水、瓜果，附近过路的人来，墨家弟子都会热情款待。而且每隔三天，墨家左执事墨安会亲自在分舵大校场讲解墨家思想，闻名而来的墨家弟子越来越多，千连洞前的房屋面积也越来越大，这让墨九不得不"对外扩张"。

兴隆山上的变化，一传十，十传百，十里八乡的老乡们都震撼了。

先是男人上来探一探，领了些稀奇的糖果回村，说说那里的变化与见识，慢慢地，也有小媳妇儿老婆子没事儿来兴隆山凑热闹。可不管男女老幼，墨九都让弟子分发自家用制糖机做出来的糖果，甚至容他们又吃又带。

渐渐地，孩子们一听说去兴隆山就欢天喜地，尤其一些半大的孩子，更是心心念念想做墨家弟子，仿佛成为墨家弟子比中了秀才举人还要值得骄傲。便是大人们，也慢慢对兴隆山恋恋不舍，回去对邻里街坊一宣扬，好像兴隆山的泉水都要甜得多。

于是乎，这兴隆山仿佛成了一座独立于世的小世界，墨九俨然成了这个小世界里的王。她把兴隆山当成了她理想中的桃花源来建设，"墨家九爷"的大名也慢慢在金州一带变得童叟皆知。即便后来很多人知道，"九爷"是一个俊俏的小媳妇儿，也丝毫不影响人们对她的态度——从畏惧到崇敬，加上由心的喜欢，墨九花费了整整八个月。

山下的耕地慢慢变成了茶棚、酒楼与商铺，两边搬来修房居住的人越来越多。

山上的荒地有人开垦了，荒坡上被种满了各类果树，这一片三十多万亩的兴隆山，终于在南荣景昌元年到来的前一天，收到朝廷正式下的公文，改称"兴隆山镇",独立于金州之外,并且免除该镇的田税与徭役。

这简直就是一个大喜讯,但凡勤快肯吃苦的人,在这里就没有活不下去的。再加上墨家对搬到镇上的人给予的各种"高科技"支持——如机动铁犁代替传统牛耕,如半工业化的各类设备,让每一个人都蠢蠢欲动,恨不得变成兴隆镇的人。

一来二去,这里就成了一个率先发展起来的半工业重镇。

提起墨九,无人不竖大拇指,无人敢说半个"不"字。

这一日是正月初三,新年头还没有过去,兴隆山镇一片张灯结彩。

晌午过,一匹快马到达兴隆山脚下的"林氏茶舍",来人正是薛昉。他原想喝一口水继续赶路,顺便问一下上山的道儿,可茶舍姓林的掌柜一听说他是来给墨九送信的,茶钱也没有收,让人伺候好了吃喝,便把自家店里的差事交给小二,要亲自领他上山。

难道他们认识他?薛昉觉得这人热情过度。

可更热情的还在后面,一路上,林掌柜都在给他介绍兴隆山——这个他看着完全陌生的兴隆山,早已不是当初的荒林野地了,像极了一座精心修建的山间城池。

薛昉有一种走错了地方的恍惚感。

见林掌柜骑着毛驴,他不得不放慢了马速,小声问道:"大爷,这里真的是兴隆山吗?"

"不是兴隆山是啥?"看着两侧的桃林吐出一个个嫩嫩的绿芽,林掌柜笑得合不拢嘴,"小哥是外乡人吧?来兴隆山也不是送什么信,而是想投奔九爷,做墨家弟子?"

这老头儿似乎有点儿自以为是。薛昉不便辩驳,含糊地唔了一声,再看一眼郁郁葱葱的山间那一条条平整的道路,怪异地摇了摇头,又揉了揉眼睛,答非所问:"大爷,这确实是金州的兴隆山?"

林掌柜觉得这小伙子好生奇怪,也不知想到了哪一出,他敛住神色,停下小毛驴。

"小哥,你打哪儿来的?"

这老头儿反倒盘问起他来了?薛昉哭笑不得,老实道:"打汴京来。"

听说汴京,林掌柜脸色更难看了:"上山做什么?"

薛昉无奈一叹:"找九爷,给九爷送封信!"

林掌柜上上下下打量他一阵,冷笑道:"你莫不是珪国那边的人,想上山做什么伤天害理的事儿吧?"

薛昉:"大爷,我是地地道道的南荣人。"

"南荣人也不行!南荣人也干不得伤天害理的事儿。"林掌柜一脸严肃,捋着胡子看他半晌,大抵看他风尘仆仆的样子还算老实,又哼了哼,"小哥,做人得讲点儿良心，老夫领你去拜见九爷，你可千万不要怀了什么歪心思。若不然，你上得了山，下不来山，就怪不得我了。"

薛昉木人虽然也崇敬墨九，但觉得这个林掌柜对九爷的态度似乎有一些"神化"了。

想了想，他慢悠悠打着马儿，围着林掌柜的小毛驴转了一圈，认真地问："大爷受过九爷的恩惠？"

林掌柜轻嗤一声，用一种不太待见的眼神儿睨着他："小哥这话问得奇怪，这十里八乡居住的人，哪一个没有受过九爷的恩惠？没有九爷，哪里有大家今儿的好日子过？"

看薛昉沉默不语，他又道："八个月前，我这糟老头儿还是山上的樵夫，一家老小八口人，吃了上顿没有下顿，九爷来了，兴隆山变成了兴隆镇，有了布纺机、机耕犁、榨糖机，朝廷还给免了赋役……大家的日子可不都好过了？小哥，说一句不中听的话，你不要笑话小老儿，莫说附近的州县，恐怕就连都城临安，也没有咱兴隆山的人过得好呢。"

临安的富庶天下闻名，一座兴隆山再好，又怎么比得过临安？

薛昉心里不认同，可就在这时，旁边的桃林里钻出一颗黑黝黝的脑袋来。

"林掌柜！"那是一个矮小精干的黑脸汉子，他笑着与林掌柜说了几句，听说他要去山上的墨家分舵，二话不说又钻回桃树林子，不消片刻工夫，便驶着架子车，拉了一车新鲜鸡蛋过来，要与他们一同上山。

"新鲜着呢，正好给山上送去。"

薛昉瞧了一眼，这一车子鸡蛋，若换钱能换不少了，这是白送给墨九的？

他不敢相信地问："大哥怎么不留着自家吃，或拿到镇上去换钱？"

那汉子嘿嘿笑了，给他一个"你没见识"的同情眼神，得意地说："如今日子好过了，鸡蛋又不是什么稀罕物，换钱又能换多少，换钱比得上九爷的情义？不瞒你说，我听说九爷最近正在找工人新修一个什么'消凉亭'，就寻思着把这些鸡蛋拿上去，慰劳一下工人们，让他们卖力给九爷干活哩。"

不缺？一车鸡蛋也不缺了？再不缺也不该舍得送墨九吧？

薛昉纳闷，墨九的影响力竟然这么大？

他回头望一下那片桃林，道："你家不缺鸡蛋，还能不缺鸡吗？留着鸡蛋孵崽儿也好啊。"

那汉子又笑了，指着架子车上的鸡蛋道："大兄弟是第一次来兴隆山吧？这一车鸡蛋，是我家鸡舍一日的产量罢了，送了九爷，也穷不着我。"

说到这里，他大抵觉得衣甲有点儿破损的薛昉可能是寒酸苦户出身，同情地叹了一口气，从架子车上拿了一个布兜，抄起鸡蛋就往里塞，然后把布兜递到薛昉面前，认真道："大兄弟，咱也是穷苦出身，现在托了九爷的福，过上好日子，也得学着九爷的样儿，能帮衬着就帮衬。这些鸡蛋你拿着吃，回头啊，把家小都接到兴隆山来，若没地方落地儿，大哥的鸡场还缺人哩，来了肯定饿不着你。"

薛昉看着手上的鸡蛋，无语凝噎。

八个月的战争，把他一个白白净净的帅小伙子变成了小黑脸，这是不争的事实，可他的样子看起来真有那么落魄吗？一个开鸡场的汉子都同情起他来了。

可怜的萧使君，还以为墨九在兴隆山上吃苦受寒、饮雪披霜呢，他哪里知道，人家墨九过的简直就是神仙日子！

想到这里，薛昉突地咧了咧嘴，笑着把一布兜鸡蛋慎重地放在马上，回头对黑脸汉子鞠了一躬。

"多谢大哥，让我长了不少见识。"

黑脸汉子觉得他的笑容有点儿古怪，皱眉问："小兄弟不信我的话？"

"信，我信得很哪！"薛昉挠了挠脑门儿，大声笑道，"我回头把这兜鸡蛋带回去给我家主子尝尝，再把兴隆山上的事告诉他，他指不定得多高兴哩。"

"唉！"黑脸汉子想了想，可能觉得他们一家老小都寒酸，连家里主子都寒酸，又怜悯道，"要送人的话，等你下山的时候，再到那片桃林来找我。桃林往里，走一里便到，反正你有马也方便，索性多捎带些鸡蛋与鸡崽儿回去，让天下人都知道咱的兴隆山，都知道咱兴隆山上的墨九爷……"

薛昉怔了怔，咧开嘴大笑："哎，好嘞，大哥，我一定会的！"

反正他们军中将士多，马上要大战了，他不愁鸡蛋没有人吃。

与林掌柜和黑脸汉子上山的路上，薛昉一直东瞄西瞄，看着兴隆山八个月来的变化，看一些正在修建还没有完工的古怪建筑，看满带笑容穿梭林中的乡民与墨家弟子，他们脸上真实轻松的笑，与这座山融合在一起，正如传说中的世外桃源，与那个烽火万里的战场简直截然不同，仿若两个世界。

可怜的萧使君，他念念不忘墨九，可九爷活在与他完全不同的世界里，舒服得头上都快冒油了吧？

想到涧水河边饮马擦剑的萧乾，再想想八个月来只字片语都不给萧乾捎去的墨九，他突然没有信心了——如今的九爷收到使君的信，还能好好对待吗？她是不是早就已经把萧使君给忘了？

薛昉心里正在发愁，就被林掌柜拽了下手。

"小伙了，看到那扇人堡门没有？金州分舵快到了！"

薛昉定睛一瞧，远远地便可看见山上有一扇巨大的城门，上头有几个烫金的字。

"墨家金州分舵"！

正月是天寒地冻的季节，冷风把树叶上的积雪吹落，有一些雪花被卷到窗户上，便发出簌簌的细碎声响。墨九瞥一眼半开半合的窗户，往红彤彤的炉火边靠了靠，打了个哈欠，又慢腾腾地拿起了书。

这本书是墨妄给她带来的——《墨子 备城门》，她每天要看无数遍。

今儿吃过早膳她便窝在屋子里，懒得出门了。天气太冷，她为人性懒，乐意做蜗牛。可春节的喜庆还没有过去，院子里好几个年纪小的弟子正在愉快地打雪仗，不时传来几道脆生生的欢笑，天际似乎也添了一抹光彩。

青葱岁月，最是烂漫。

说来墨九年岁也小，比这几个小家伙大不了两岁，可这八个月煎熬下来，她却有一种心累得老去了的错觉。

看她耷拉着脑袋提不起精神，玫儿把去年在临安做好的青梅羹盛来一碗，在炉子上温热，端到她面前："姑娘，你最喜欢的青梅羹，吃一点儿提提神再看书呗，免得伤了眼睛。"

墨九懒洋洋地接过来，刚吃了一口，原本趴在地上的旺财便吐着长舌头站了起来，与往日一样，看墨九没反应，它便将长长的嘴筒子搁在她的腿上，眼巴巴地望着她，像个吃不到糖的孩子似的。

旺财这个小动作屡试不爽，不仅每次都能讨到吃的，还能把墨儿逗乐。

"财哥你这猥琐劲儿，真有几分狗类风骨啊！"墨九让玫儿找来旺财的碗，放了一些青梅羹进去，看旺财吃得直舔嘴，不由得失笑摇头，"越来越馋嘴了，惯得你！到底跟谁学的？"

玫儿却掩嘴笑道："什么人养什么狗，可不就是跟姑娘学的？"

墨九慢悠悠喝一口青梅羹："我有那么馋嘴吗？"

玫儿撇撇嘴，不敢说她就没有见过比墨九更馋嘴的姑娘，只道："爱吃、能吃是好事儿。姑娘正长身子呢，该吃的。"说着她便去搂旺财的腰身，使足了劲儿，愣是没有抱起来。

"旺财，我都抱不动你嘞！"

墨九哈哈大笑："财哥，你再这么混下去，神犬得变成肥犬了。"

两个人的笑声把蓝姑姑引了进来，她手上拿着一个竹编的筐子，里面装的都是给小孩儿做的衣服、小鞋，还有小袄子。她找了一个靠近炉子的地方坐下来，一手拿针钱，一手拿布料，比画比画，笑眯眯地道："回头过了冬，姑娘也该把娘子接过来了。如今这兴隆山不像咱们刚来的时候，要什么没有什么，这好日子过着，可不能忘了娘。依我看，这地方最适合娘子养病……"

先前墨九就想过把织娘接来的，可墨妄来的那会儿，兴隆山还一穷二白，金州城又不安生，她连自己的生存都不能百分百地保障，哪里敢连累便宜娘？可眼下不同了，兴隆山的安保比金州城都要好，居住环境与空气质量也好，确实适合织娘过来。

墨九点点头，咔嚓咬到一个青梅仁，龇了龇牙把它吐掉，看旺财恶狠狠地扑过来叼去玩耍了，抚了抚它的背，笑着对蓝姑姑道："这么久不见，我也怪想她的。不必等到过完冬了，就这两日吧，我让击西亲自跑一趟临安府接我娘，顺便把彭欣接过来养养身子。"

蓝姑姑嗯一声，拎了拎手上的小衣裳。

"姑娘看，这个做得怎么样？"

"好看好看。"墨九唔一声，"姑姑的手工不是一般人可比的，你要继续发扬奋斗精神，这样等我的干儿子来了兴隆山，就不愁没有衣服穿了。"

这些衣裳全是蓝姑姑受墨九吩咐为彭欣的儿子做的。

就在一个月前，临安府传来消息——彭欣生了一个大胖小子。

墨九得到消息，高兴得跟什么似的，好像儿子是她的，连婴儿房都布置出来了，就等彭欣满了月子，把人接到兴隆山陪她。

蓝姑姑笑着直起身，捶了捶酸痛的腰，又叹气道："那小王爷竟是个有福气的，半点儿力气没出，就平白得个大胖儿子！只可怜了彭大姑娘啊，名不正言不顺的，也不晓得在临安遭了多少唾沫星子。若回头小王爷能给娘儿俩一点儿好处也就罢了，若他还是那没有心肝儿的混账样子，那彭大姑娘就得遭老罪了！"

墨九默默听着蓝姑姑的唠叨，在椅子上换了一个方向，手上的书也跟着翻了一页。

大抵是天气太冷，她最近常常觉得身子倦怠，恨不能像动物一样冬眠。可越是这样的日子，她越是不能懈怠。北方的战事，她看上去不闻不问，可无人知晓，一直有击西的特殊渠道为她传来消息，所以萧乾那边的情况，她其实很清楚。

只不过，她阻止了击西传递她的消息给萧乾。

为此击西抗议了好久，也弄不明白到底为什么，但墨九总有她的理由，一句不想他分心堵住了他的嘴，击西也拿她没有办法——相处这么久，击西渐渐了解她的为人，甚至也像当初不敢忤逆萧乾一样，根本不敢再忤逆墨九。

于是，击西无奈地成了她的眼线。

坎儿又添了一回炭火，墨妄就过来了。

他手上拎了大大小小好几个包袱，无奈地笑着说，都是弟子上山时，山底下的乡民们托他们捎来给九爷享用的。包袱里面大多是吃食，山下好多人是外乡来投靠的，各地又都有自己的特色吃法，墨九是一个吃货的事儿尽人皆知，于是那些人为了感谢她，总喜欢换着花样儿给墨九做吃的，就希望能得她一个高兴。

墨九摸了摸一个汤盅，发现盅里的汤还是温热的，不由得摇头笑了起来。

"也不晓得我墨九何德何能，居然吃出了自己的一片天地。"

"巨子自谦了！"墨妄道，"这片天地，又哪里是吃出来的？"

八个月时间，旁人不清楚，墨妄又怎会不清楚她到底做了多少努力？

墨九并不多言，朝他轻轻一笑，把手上的书放到桌案上，把汤盅递给玫儿："放着我一会儿做下午茶吃。"说罢她又瞄了蓝姑姑一眼，"你们两个先下去吧，我与师兄说说话儿。"

看墨妄站在边上唠嗑好久都没有走，她就晓得他有事说。但玫儿年岁小不经事，蓝姑姑的嘴巴大，墨九又不太信得过，所以好些事情能避着她们两个的时候，她都避着。

果然，蓝姑姑与玫儿一离开，墨妄便抱拳道："巨子，前线有新消息。"

前线这个词是墨九率先说的，也不晓得为什么，她的语言感染力极强，经常从嘴里飘出一些新鲜词。然后用不了几日，从玫儿、蓝姑姑、沈心悦、墨妄到麾下兄弟，很快都能学会。于是，新鲜词慢慢也就不新鲜了，几乎很快就发展成兴隆山的语言特色，镇上乡民使用起来也毫无压力。

墨九唔了一声，回头看他："萧六郎又打胜仗了？"

一个又字，道尽了这些等待的日子有多长。

这八个月来，她眼看着萧乾从一个地方打到另一个地方，终于逼近珪国人的都城汴京，除了欣慰之外，一直没有流露出什么情绪。可今儿她听墨妄把萧乾目前的处境以及珪国与北勐间复杂的关系说完，却皱了皱眉头。

"事情不妙啊！"

"不妙？"墨妄不解。

从发兵之初就一直打胜仗，虽然最近四个月不太顺利，可最终的胜利是可以预见的。南荣与北勐的联兵，很快就会把珪人撵回北方老家去，甚至全线歼灭，这样的不朽功绩，将会永载史册，事情又能有什么不妙的？

"巨子是指？"墨妄问。

墨九凝眉片刻，突地走到窗边推开窗户。

积雪覆盖的山林间，鸟儿穿梭觅食，几个小弟子把谷糠撒在扫开了雪的青石上，鸟儿可能饿极了，见四周没人，便飞下来觅食。小弟子当然不会白给谷糠，像少年闰土那般拿了竹篾编好的笼子便要抓它们。一只鸟儿逃脱了，惊恐地叫唤一声，狠狠在少年的脸上啄了一口，等少年痛得放下竹篾，一群鸟儿从笼中挣扎出来，轰一下飞上高空，久久盘旋欢庆胜利。

墨九莹白的侧颜微微一凝。

沉默良久，她徐徐道："都说兔子被逼急了会咬人，今儿却见鸟儿被逼急了也

18

会啄人。"

停顿一瞬，她回过头认真看着墨妄："一来如今珲人已被逼到这个份上了，与这些鸟儿一样，肯定会垂死挣扎，与萧乾来一个鱼死网破；二来凡事不破不立，珲国之前一直在破，如今反倒归整顺了，万众一心，当是立的时候了，便是萧乾拿下汴京，珲人一旦北去，凭着他们多年的经验与大草原的复杂局势，萧六郎想彻底覆灭他们，并不容易；三来北勐，他们……真的甘心吗？"

她没有提北勐与萧乾之间的关系，更不知道当北勐与南荣翻脸的时候，萧六郎当如何去做，或者说他原就有自己的计划。但这些道理，墨妄也懂得。经墨九一说，他思虑片刻，给了她一个激赏的眼神。

"还是巨子思虑周到，我没有深想，只看到了好的方面。"

被他表扬了，墨九却并没有往日的得意，脸紧绷着，神色似比之前更为凝重。

她再一次将视线投向窗外，幽幽道："一会儿吃过午膳，左执事陪我去洞中瞅瞅那些家伙都做成什么样了。"

"那些家伙"是什么，墨九没有说，墨妄的表情却严肃起来。

其实，早在墨九偷偷摸摸在千连洞里做"那些家伙"的时候，他就预感到了她的目的，只不过他从来不说，一次都不主动提起萧乾，似乎对战事并不关心，他也就不好多问。但他晓得，一旦"那些家伙"面世，一定会影响南荣、珲国与北勐之间的战争大局，甚至扭转乾坤。

"好。"墨妄点头应了，却见墨九走回桌案边上，从先前在看的那本书里翻出一张字条来，默默看了好半天，慢腾腾地把字条递给了墨妄。

"看完烧掉吧！"

墨妄狐疑地接过，只见那字道劲有力，笔墨间的风韵非寻常人可书，上面写着："你若安稳，我便宽心。以退为进，化明为暗，方为大善。我上阵杀敌，你后方结网，是为夫妻。"

字条上没有署名，可墨妄知晓是萧乾所写。

同时，他也再一次确定了八个月来墨九所做的一切，到底是为了什么。

她不提萧六郎，可处处为了萧六郎。她吃喝玩乐，无一点忧思，可她没有哪一天哪一刻不曾想念他。她常居兴隆山，哪里都不去，为的便是她"安稳"、他"宽心"。

得她如此心许，萧乾上辈子一定拯救了全人类。

墨妄慢慢瞥她一眼，见她只微笑，不吭声，默默将字条放到了炉子上。

呼一声，一道火苗从炉子上蹿起，字条慢慢化为灰烬。

墨妄不知是心疼她，还是感慨这事儿，忽而幽幽一叹："小傻子！"

墨九轻笑一声，看着被热气冲起的纸灰，脑子里盘旋着字条上的字，浅笑道："是为夫妻，何为夫妻？萧六郎，网已结好，你何时归来？"

既然是为他结网，那么萧乾在前方冲锋的时候，她在后方可半点不敢闲着。

只有这样，她才能有底气——在他不需要她的时候，她可以默默无声地等待，一旦他需要她的时候，她便可以给他交上一份最精彩的答卷。

看她眼中泛起的思念，墨妄抚了抚腰上的血玉箫，轻声道："巨子别想太多，今儿我吩咐灶上给你做了些新鲜的吃食，你去瞧瞧看，可合胃口？"

"多谢师兄！"墨九朝他吐了吐舌头。

八个月来的点点滴滴，其实都装在墨九心里，墨妄虽然带了方姬然一同上兴隆山，对方姬然也一样嘘寒问暖，可他花在她的事情上的时间确实多得多，而且每一样都很用心。

以往的芥蒂，早就散了。

她发现墨妄此人确实是一个重情重义的男子。

而且墨九很清楚，没有墨妄，单她一个人的本事，短时间内统领不了大墨家。

正是因为墨妄对她毕恭毕敬，甚至对她唯命是从，从不问究竟，这才让那些有异心的长老歇了心思。再加上尚雅，经了艮墓里的事儿，她得回乔占平，解去了媚蛊，似是想明白了很多事，到底只是一个妇人，对权力之争也淡了。所以，她对墨九的归顺也带动了墨家右系，如此一来，几乎整个墨家无人再反对墨九。

于是八个月之后，曾经风起云涌的墨家左右派之争，烟消云散了。

墨家在墨九的带领下，终于出现了罕见的一统之局。

可这八个月里，也是墨妄，无时无刻不在她身边支持她。

想到这里，墨九回头看了墨妄一眼，又补充了一句："天气越发冷了，你上山时也没带多少衣服，回头我让蓝姑姑给你量量身子，做两套冬衣。"

"巨子客气了！"

"客气的是你好不？"墨九瞪他，"分舵的事，大多是你在跑，辛苦你了。"

"其实我也没有出什么力，只是唯你马首是瞻来的……墨家能有今天，全是九儿你的能力与努力！"

"好了，吃饭吧，我们别互相夸奖了，哈哈。"

"好。"

出了小楼，两旁的房舍中间，是格局很宽的校场。

墨家弟子各司其职，有些在学墨匠，有些在做墨工，有些在读书，有些在习武，他们都穿着统一制式的衣服，制服上有金州绣娘们绣上的一个"墨"字。颜色大气、简洁，看上去与时下的衣服略有不同，但又不会显得突兀，尤其当无数人穿上统一制式的衣服体现出来的气势，使这大墨家已不同于往常的江湖游侠，似乎比朝廷兵卒还要有组织纪律。

这些自然是墨九的功劳。

制服的事也是她的想法，并且已督促墨妄，拟向全国的墨家弟子进行推广。

墨九其实从来没有想过自己会有经商头脑，但没吃过猪肉，也看过猪走路。自从她执掌墨家之后，墨家在原有的经营模式上，已经有了很大的变化。她不仅扩大了墨家的经营种类，对墨家的情报系统进行了有序整理，使之比以前更高效了，还搞起了一个"墨家物流"。

如今，这个"墨家物流"已覆盖全国，对南荣经济的发展有着巨大的帮助，对墨家的情报收集也更为有利。为此她准备等战争结束，把墨家的物流业发展到珺国、北勐、西越等国。

物流这个事儿，是她偶然想到的——因为缺钱。

现下的驿站转送大多由官方垄断，速度极慢，而且信件与货运的东西由于路途遥远容易丢失。墨家在各地都有分舵与小堂口，几乎覆盖整个南荣，有这样人的资源不利用，那就是傻子。

所以，有此依托，物流业很快就搞了起来。

以前的墨家弟子大多为了信仰，除了少数参与经营墨家产业的人，大都各自做着自己的差事与营生，不会从墨家支取银钱度日，但如今墨九做了巨子，做了改革，相当于她聘用了他们，再利用墨家在民间的威信，形成了墨家统一的产业链。物流、镖局，从墨妄开始试运行到如今初具规模，她很是满意。有时候甚至觉得，以后应当撺掇东寂开银行，把时下人喜欢挖窖埋银的储蓄方式变一变，让资金真正流通起来……

想法很多，做起来却难，而且需要太多时间来等待人们的观念转变。

她目前不能等的便是洞里的"那些家伙"。

自从萧乾离去，她搬到兴隆山开始，就在暗中研制火器，为了不引人注意，对外界一直示以"暴发户"的形象，看起来她大兴土木，在兴隆山修房造屋，简直就是一个安于享乐的女人，可无人知道，墨家让墨妄带过来的，不仅仅有乔占平等资深长老，还有墨家所有最优质的墨匠。

墨匠，是墨家具有制造技术的一批人，也算是墨家的精锐。

墨九把他们称为"工程师"，给他们足够的尊重、极高的报酬，然后与他们没日没夜地关在千连洞里，以设计"金州分舵"的建筑为由，默默研究新式武器——包括火器、床弩等应用于大面积作战的极端装备。

轰　声！

两人还没走到饭堂，千连洞的方向就传来一声巨响。

紧接着，轰轰轰响个不停，大量的黑烟从白茫茫的雪松上冒了出来。

墨九一怔，与墨妄互望一眼，便要往那边去，正在这时，林掌柜领着薛昉过来，那巨大的声响旁人不熟悉，薛昉却清楚，这一定是火器的爆炸声。

巨大的爆炸声惊动了整个金州分舵，弟子们往千连洞蜂拥而去，从校场通往千连洞的青石路上很快便拥挤不通，直到人群里有人高呼"九爷来了"，一群墨家弟子才回过神来，从中间让开一条路，翘首看着大步过来的墨九。

"九爷！"

一道道热情恭顺的招呼掠过耳边，还带着弟子们对千连洞的疑惑。她从人群中间走过，冲弟子们笑着点了点头，又顿住脚步往四周扫视一眼，眉头微微一蹙，清丽的脸上便有了一抹让人敬畏的凝重。

"肯定是哪台机器出故障发生了爆炸，墨匠们会解决的。大家过去也帮不上什么忙，反倒添乱。都回去吧，该做什么做什么去，别在这儿碍事儿了啊！"

她这么一阻止，好多人都打退堂鼓了。

尽管他们不太相信只是机器爆炸会有那样大的动静。

看有些弟子还在迟疑，墨妄瞥一眼她的脸色，拦在前面跟着摆了摆手，一些原本想挤过去再瞅几眼热闹的弟子都应诺着，从原路返了回去。这种从统一着装到令行禁止的纪律性，让薛昉叹为观止。

可他没有随着众弟子离去，反倒朝墨九的方向挤了过去。

"墨姐儿……"

林掌柜本拽着他往后退，看他如此发疯，吓了一跳，赶紧抓住他的胳膊。

"小伙子，你在作甚？没听九爷说不许过去啊？"

"大爷，别拽我。我认识九爷的！"

"不行！"林掌柜很固执，"这里谁不认识九爷？走你——"

"我……"

薛昉回头瞥他一眼，看这老头儿横眉竖眼的样子，若是自己再往前一步，说不定他就得让人把自己当成小贼给抓起来，不免又好笑又好气。为免山师未捷身先死，薛昉无奈，只得对着墨九与墨妄离去的方向，踮着脚又喊了一句。

"墨姐儿，墨姐儿！是我！是我啊！"

以前都是墨九找他，现在见墨九竟像朝贺皇帝？这阵仗，薛昉略略不适应。

离开时拥挤的人群太过喧闹，他喊了好几声都被人潮淹没了……就像被水流冲击的鱼儿，他不得不使出吃奶的劲儿，扒开林掌柜，越过几名墨家弟子，翻上左侧的屋顶大喊。

"墨姐儿！是我！"

"墨姐儿！是我！"

这两声实在太过高昂，不仅墨九听见了，在场的无数人都听见了。

众人纷纷抬头，朝站在屋顶上的他投注目礼，满是疑惑地观望着。

22

"这个人是谁啊？"

"噫，怎么跑屋顶上去了？"

"是你？"墨九一见薛昉出现，便想到萧乾，心跳顿时加快。可她脸上表现得很平静，甚至有些冷漠，淡淡地审视着他："啥时候属猴子了？来我山上找存在感，也不必爬上屋顶吧？"

"嘿嘿！"与墨九对视一眼，薛昉不好意思地从屋顶上跳到地面，在众人的审视下，朝墨九走过去，"喊不应你，实在没法子，墨姐儿见谅！"

"哼！"墨九白他一眼，"说吧，什么事？"

薛昉朝四周看了看，抱着头盔，搔了搔脑袋："墨姐儿别来无恙？"

"有恙无恙，与你有何相干？"墨九依旧不给他好脸，不过没有像撵旁人那样把薛昉一起撵走，反倒摆手让旁观的人都退下去。

当只剩下他与墨安两个人时，墨九审视着薛昉无辜的样子，扑哧一声，总算换了副神色，长嘘一口气："他让你来的？"

"嗯。"薛昉张了张嘴，刚想说话，便看见了千连洞方向的黑烟，忙道，"边走边说吧。"

墨九点点头，也心急千连洞里的情况，不由得加快了脚步。

若说金州分舵防守严密，那么千连洞，就是严密中的严密了。

外界很多墨家弟子都知道，兴隆镇上那些先进的工业机械都是从千连洞里研究和制造出来的，可除了墨家长老以上的几个人，很少有人知道，千连洞真正研制的东西是战争武器。不仅有重型远射的床弩、火铳等物，甚至还有一门近期研发出来的大口径炮。

千连洞的门口，几个墨匠正在窃窃私语。

看见墨九过来，一个脸上被黑烟熏得看不清样子的墨匠咳嗽一声，扇着浓烟走过来。

"巨子来了。"

墨九蹙着眉头，望一眼黑烟的方向："乔工，出什么事了？"

那个墨匠正是被墨九任命为"总工程师"的乔占平。

他捂着嘴巴又咳嗽了一声，脸上浮上一丝喜色："说来也是好消息。"

说到这里，他瞥薛昉一眼，看墨九没有阻止的意思，他便不再藏掖了，直接道："今儿试验大口径炮的时候出了一点儿岔子，炮口没有对准地方，把 面石壁洞穿了，可弹药的发射障碍却解决了——"

大炮发射的角度、精准度，一直存在一些问题，对于初期来说倒不稀罕，主要是发射障碍，时而能发射，时而不能发射，这个问题始终没有找到好的解决办法。听了乔占平的这句话，墨九也不免高兴起来，顾不得是不是洞穿了一面石壁，笑容满面。

"走，我们过去看看。"

"巨子，这边！"

乔占平顺从地在前方引路，并不怎么抬头。

一路上，都有与他一样穿着工装的墨匠和守卫打招呼。

于是，薛昉见到了不可思议的一幅画面。

这里原本一个个空空荡荡的山洞都被墨九利用了起来，从一个个山洞间穿梭过去，他看见了许多自己从来没有见过的器械。有一些用于工业的，有一些用于战争的，还有一间石洞里，堆满了密密麻麻的弓箭，有满满一屋子。

据乔占平解释，这些箭头都是用精铁制成的，比普通弓箭准头大，穿透力强。

身为军人，见到这样的好武器，薛昉几乎是惊喜的。

"墨姐儿，你太了不得了！若是使君看见，不知会惊讶成什么样子哩。"

薛昉赞叹着，情不自禁地看了一眼墨九美如玉石的一双纤纤素手。简直无法想象这样一双小手能带来这么大的改变，会创造这样多的奇迹。这个墨九，简直就是一个神话般的存在，莫非真如她所说，她是天仙下凡、玉帝的女儿？

想到这个，薛昉怔了怔，又不由得失笑摇头。

放置大口径炮的地方位于千连洞靠右的一处深洞，墨九过去的时候，那里没有旁人在，一门大炮静静立在洞口，黑黝黝的铁铸洞口似乎还弥漫着硝烟的味儿，那一面被击穿的石壁下方，横七竖八地倒着不少碎石块。

"这炮真狠！"

她轻轻叹口气，望一眼石壁。

石壁被炮弹轰得露出一个幽深的洞口来，黑乎乎的，一眼望不到头……

墨九抚着大口径炮的炮门，俊俏的脸上渐渐绽放出一抹微笑来："里面可查探过？"她问乔占平，看他不语，她自己慢慢走向石壁，拿过桌上的风灯往洞里面照了照。

乔占平瞥她一眼，点头："我察看了一下，里面是一个甬道，有些长，估计连着另外的石壁，我忙着大炮的事，还未细探——"皱了皱眉头，他看着墨九的脸色，想了想又道，"为免多事，我暂时封锁了消息，没有让人随便过来。"

"做得好！"

墨九对乔占平的能力极是赞赏，而且他做事总是恰到好处，明知道墨九对他并未完全放下戒心，却从来不问，永远知道什么话该说，什么话不该说，什么时候该适时止步。

墨九举着风灯，从被弹药轰开的缺口处慢慢踏入黑漆漆的甬道。

正如乔占平所说，甬道很长，她一钻进去，便有冷飕飕的风吹来。

墨九闭上眼，深深吸一口气，嗅了嗅，往前踏出一步。

"小心！"墨妄跟着进来，扶了扶她的肩膀。

"好。"墨九感激地一瞥，"师兄感觉出什么没有？"

"嗯。"墨妄并不多话，只望一眼没有尽头的甬道，"大概你的猜想是对的。"

"是。我闻到了它的味道。"墨九声音幽幽的，又与墨妄往前走了一段路，只觉甬道越来越狭窄，空气也越发稀薄，头脑都有一点儿发晕，她不敢再往前走了，"师兄，先出去吧！"

"好。"不管她说什么，墨妄永远无条件执行。

有时候墨九甚至觉得，如果她的决定会危及性命，他是不是也会这般？

她叹一口气，问："你怎么从来不反驳我的决定？"

墨妄慢慢看了她一眼，在黑乎乎的幽暗空间里，墨九看不见他的眼神，却被那一股子逼仄的气氛压得有点儿喘不过气来。

"师兄怎么了？"她问。

他不答，低头凝视着她，突地抬手拂了一下她的头发。指尖传来的温度冰冰冷冷的，却有一种酥麻的触觉，在这样诡异的氛围下，让墨九身上骤然爬满了鸡皮疙瘩，她过电似的哆嗦了一下："师兄你可别吓我，我胆小——"

墨妄摇了摇头，失笑："你是胆小的人？"

墨九吐了吐舌头："偶尔胆小一下嘛，莫怪莫怪！这地方阴气森森的，让我突然想到小时候听姥姥讲过的鬼故事了！"

"要不要我再给你讲一个？"

"不要这么残忍啊！"

"哈哈，九儿墓都敢撬，居然会怕鬼故事？"

"这有什么，我是个正常人好不好？"

"嗯，一双眼睛一个鼻子一个嘴巴两只耳朵，是挺像人的。"

"去！拐着弯损我？胆儿肥了？"

两人说笑着又从缺口钻了出来，外面等待的薛昉长长松了一口气："总算出来了，还以为你俩被厉鬼捉去了——"

"噗！"墨九一听"鬼"字，觉得脖子凉飕飕的，飞快跑到墨妄前面，耸了耸肩膀，"师兄你看，又一个吓我的来了。"

墨妄哈哈一笑，瞪了薛昉一眼，气氛便和暖起来，那甬道里窒息的感觉总算没有了。墨九收回风灯放在桌上，朝乔占平示意一下，吩咐了几句，留下他一人善后，便领着薛昉与墨妄出了这个山洞，七弯八拐地进入另外一处有窗户对着山间流水的石洞。

25

"坐吧！"墨九招呼着，"坐下说！"

这一间石洞里面没有机械，却有桌、椅、床等日用物品，显然是墨九平常休息用的。薛昉四周看了一圈，坐在墨妄的对面朝墨九道："墨姐儿，你们先前进去半晌才出来，可有什么发现？"

又一个好奇宝宝！

墨九柔和的眸子眨了眨，扫视一遍他的脸，眸底掠过一抹令人惊艳的波光。

"又一座八卦墓出现了！"

"什么？"薛昉差点儿从椅了上跳起来。

老天！他只是来送一封信而已啊！可自从他到达兴隆山地界，这墨九给他的"惊喜"是一个接一个，他都有点儿应接不暇了，居然出现了八卦墓？

神经一下子兴奋起来，他看向墨九的目光有点儿像在看猎物。

"什么时候去？"

"去哪儿？"墨九剜他一眼。

薛昉嘿嘿一笑，挠头道："我是在想，难道我天生与八卦墓有缘分？墨姐儿你看啊，哪一次出现八卦墓没有我？尤其这一次，我刚来就发现墓了，可不就是我的功劳！你若要入墓，千万得带我一道啊，若不然使君也饶不了我……"

"不！"墨九摇头，抿了抿唇道，"我不仅不会入墓，还会让人将洞口堵死。"

"啊？为什么？"薛昉惊讶地问了出来。

不仅是他，便是连墨妄也有些不解她这样做的原因。

墨九笑着对他们两个挑了挑眉，小声道："今儿这么一炸，火器的事恐怕瞒不住人了。在这样招摇的情况下开墓，我傻吗？还有，开墓之后，八卦墓肯定就在下方，到时候，墓基一毁，千连洞中的一切，岂非要化为乌有？"

经她这么一提醒，薛昉想到先前过来看见的洞中景象，又想到他自己经历过的艮墓山摇地动与地底的变化，觉得墨九说得大有道理。若毁了千连洞里的机械与火器，那就不仅仅是可惜了，简直就是作孽嘛。

他叹了一口气："那得等到啥时候？"

"你还急上了？"墨九翻了个白眼，朝他摊开手，"旁事休提，你给我带的东西呢？"

"哦哦。"薛昉这才从怀里掏出一封折叠得整整齐齐的信递给她，"使君让我交给墨姐儿的。"

八个月来，萧乾并非没有消息过来，但从来没有派薛昉来送过信。

当然，像薛昉这样重量级的信差，不是随便什么事都值得使唤的。墨九看信里除了嘱咐她的日常生活、询问她的身体状况之外，并无其他东西，便随手把信合

26

拢，目光切切地望向薛昉。

"他还有没有旁的交代？"

"有的。"薛昉如实道，"使君派我亲自过来看看，墨姐儿到底好是不好。"

"哦？"亲自看看为哪般？

"这八个月来，击西每次传来的消息都是好，好，好，多几个字都不肯说。我们都觉得击西已经叛变了……"

"嗯？"墨九不喜欢"叛变"这个词。

"哦不！"薛昉嘿嘿一笑，换了个说法，"已经被封口了。"

"封口是啥意思？"墨九厉目一扫，仍然不满意，可薛昉已经想不出可以用的词了，只含糊地笑了笑，接下去道："使君担忧墨姐儿，心里不放心，这不，又要与珪国大决战了，他恐是想念得紧，生怕墨姐儿出什么事，这才令我快马到金州，一定亲眼看看。"

墨九听罢，久久无言。

她以为萧六郎是需要用她结的网了，可并不是。

"告诉他，我很好。"墨九微微一笑，目光透过薛昉，像看见了兵临汴京城的萧乾。他骑在马上，从远方看向她，一双深目里分明布满了愁绪，她在虚空里与他默默对望，眸底划过一刹那的凉意："我只怕，他不太好。"

"是不太好！"薛昉接过话来，瞥了墨妄一眼，小声道，"不瞒墨姐儿，我发现使君这些日子时常出神，而且南荣与北勐之间的关系……好似也有点儿紧张！"

萧乾与北勐的关系，墨妄并不知情，所以薛昉用了一个"有点儿紧张"来形容。墨九大抵可以明白其间的微妙之处，而墨妄听了也不会觉得突兀——毕竟一山不容二虎，没了珪国之后，北勐与南荣之间，哪个该做老大？

"所以这个珪国，灭了好，还是不灭好哩？"

有了珪国的存在，北勐与南荣就能达成抗珪协议，搁置争端，共同进退。一旦珪亡，这二虎相争之后，接下来还不一样民不聊生？而且最可怕的是，经过这些年的发展，从草原兴起的北勐势力，一点也不比老态龙钟、腐败丛生的珪国差。

从南荣的角度来说，赶跑了一只豺狼，真正迎来了一头猛虎。

更可怕的是，南荣最大的军事领袖，竟是北勐世子。

若萧乾的心向着他爹——南荣，那南荣兴许还有翻盘的机会。

若萧乾的心向着他娘——北勐，那南荣可以说没有半分胜算。

而萧乾的焦灼与痛苦，想必是来自到底该向着爹还是向着娘的抉择吧？

墨九思考片刻，慢慢起身，看着薛昉道："走！去吃饭吧，吃完好上路。"

薛昉："……"这句话听着好像不对。

墨九看他一动不动望着自己发呆，翻了一个白眼："肚子不饿？可别怪我没有

27

提醒你啊，我兴隆山上的美食别具一格，过了这个村儿，可就没这个店儿了。等下了山，你想吃还没的吃呢。"

来的路上，薛昉已经见识过兴隆山的不一样了。

对于美食，他自然也没有什么抵抗力。

抚了抚桌子底下旺财的脑袋，他笑吟吟地道："来了我怎么能不吃？可墨姐儿，我这还不想走哩，这山上这么有意思，我怎么也得到处转悠一番，再睡上一宿吧？"

墨九挑了挑眉梢，冷眼睨他："没地儿给你睡，吃完就得走。"

"别，别这么绝情呀！"薛昉笑叹一声，再次拍拍旺财的脑袋，"旺财，你欢不欢迎我留下来睡一晚？"

以前薛昉长期给旺财洗澡，它与他自然是熟悉的，听了他的话，不免兴奋地摇头摆尾。

薛昉喜道："墨姐儿你看，旺财多有人情味儿，你就不能通融一下？"

"行！"墨九回头剜他一眼，"那今儿晚上你就和旺财睡狗窝好了。"

"……"薛昉哼哼，拍拍衣袖站起来，不满地咕哝，"是是是，我走还不成吗？！可墨姐儿，就算走，咱能不能不要说上路啊，怪硌硬人的。咱马上就要上战场的人，最怕听见'上路'两个字了。"

"怕什么？"墨九唇角微微上扬，笑道，"我不得陪你一道上路吗？"

一道上路？薛昉大吃一惊："墨姐儿是说？"

墨九看一眼石洞外的山涧："这些玩意儿造出来了，不得实践检验一下成果吗？"

检验成果？薛昉想到了那个炮、那些箭，润了润嘴巴，目光紧紧盯着墨九。

"你、要、去、汴、京？"

听着他略带颤意的声音，墨九淡淡一笑，慢条斯理地回过头来，肯定地回答："没错，我要去汴京。他不想念我，我却想念他了。"

薛昉在兴隆山上吃的这一顿饭，比除夕那一晚军中的伙食还要丰盛。墨九特地让玫儿给他打了点儿自家酿的小酒，这小哥一喝，美得浑身舒坦，只觉得这山美、人美、菜美、酒也美，与那烽烟四起的汴京相比，简直一个天堂一个地狱。

"墨姐儿啊！"

他看着墨九，感动的样子像要痛哭。

"这兴隆山的日子才叫日子啊。等啥时候不打仗了，我能不能把我老娘接来享享福，住上个十年八载的？"

墨九偏了偏头，眼眸浅眯："那得看你表现。"

薛昉每次看见墨九这样狡黠的眼神，都有点儿头大——因为这个时候的墨姐儿，一般没安什么好心。

他小心防范着，嘴里嘿嘿一笑。

"只要不拆萧使君的台，墨姐儿说什么，便是什么。"

"去！"墨九翻个白眼儿，"我好端端的拆他的台做什么？你想得太复杂了。我的意思，其实很简单——"

拖曳出一道长长的声音，她面带微笑，看得薛昉呆了呆，还没反应过来，砰的一声，就像鞭炮在耳边炸响一般，震得他想也没想便从椅子上跳了起来。

"哎呀妈呀……这是作甚？"

一个皮糙肉厚的大老爷们儿，这个样子确实有点儿滑稽，饭堂里嗡一声，响起几人的大笑声。

薛昉晓得被捉弄了，回过头来四处察看。

外头下着大雪，饭堂里光线不算太好，薛昉找了半晌，什么也没发现，只有空气里充斥着一股子怪味儿……

还有他的身侧，有一个掩嘴而笑的玫儿。

是这小姑娘弄的？薛昉大窘："玫儿姑娘，是、是什么东西炸了？"

玫儿笑道："这个叫作'惊喜炮'，每一个上山来的朋友，姑娘都会赠送一个，你不必感谢我的。"

"惊喜炮？"薛昉的第一反应是火器，可再次朝四周看了看，就是没有发现"惊喜炮"在哪里。

他狐疑的目光又落回玫儿身上："这个炮在哪里？玫儿姑娘，我怎生没有发现？"

玫儿瞥墨九一眼，唇角带笑地抿了抿："这个炮是耍着玩的，已经爆过了，当然就没有了！薛侍统还想再试一个吗？"

"哦，不用不用。嘿嘿！"薛昉傻乎乎地笑着坐下来，一摸额头，居然一脑门冷汗——果然长期在战场上的人开不起玩笑。

"墨姐儿……"他冷静下来，便琢磨起了墨九先头那句话是什么意思。可不待他问出口，墨九便接过话去："薛小郎不是想把老娘接上山吗？这个就是考你临场表现的。"

"啊！"薛昉一脸纠结，"那我的表现岂非不好？"

墨九嗯一声，点点头，看他脸都垮了下来，又抬眉笑道："不过虽然表现不怎么样，可看在我们关系不错的分儿上，你的要求我同意了。"

薛昉大喜："多谢多谢，先代我老娘感谢墨姐儿了！可这样的考验，也太出乎人的意料了。"

"不出意料，还叫考验？"

"那是那是！"薛昉又道，"那惊喜炮有点儿意思，回头墨姐儿也给我两个拿回去玩玩？"

"没问题啊！"墨九点点头，含笑的目光突地一变，幽幽地望向反射着白雪光芒的窗口，停顿了好一会儿，才猛地转头盯着薛昉，"你一会儿走的时候，多装一些带在路上用。"

这个"惊喜炮"原本是她们为了过新年专门做来给弟子们放着玩的，经这么一想，觉得指不定真能有点儿旁的用途。

想想，连薛昉这样功夫高的人冷不丁听见都会吓得跳起来，换了旁人，还不得直接吓尿裤子？

墨九别过头对玫儿道："一会儿多给薛侍统一些，余下的，都给我装上！"

"哦。"玫儿应了，又小心翼翼地瞄墨九，双手绞着指头，"这一次，玫儿可不可以随同姑娘一道去汴京？"

墨九原想说"不可以"，但猛地偏头，发现薛昉一双眼睛还在瞄玫儿的手，不由得抬了抬下巴："这个事我做不得主，你没见我都是跟着薛侍统混的，你得问他。"

玫儿哦一声，可怜巴巴地望向薛昉："薛侍统……"

"这个……"薛昉被小姑娘甜腻腻的声音一唤，脊背瞬间挺直，连声音都有些不自在了，"恐怕不好吧？战场上不能留女人。"

"可姑娘也是女人。"玫儿看着柔弱，胆子却大，尤其据理力争的时候，很有力度，"而且姑娘过去了需要人照顾，没有玫儿在身旁，万一又碰上一个心涟那样的人，可不害了姑娘吗？"

想到上次的事，薛昉还有些愧疚。

他瞥墨九一眼，没有吭声，寻思着怎么婉拒不得罪墨九。玫儿一双眼里便生出了希望来，朝他福了福身，笑吟吟道："谢谢薛侍统！姑娘，薛侍统同意了！"

"啊，我哪有……"薛昉申辩一声。

可不等他申辩结束，墨九便点头起身："同意了就好！"

声音未落，她的人已走出老远，薛昉睁大一双眼睛，声音卡在喉咙里，眼巴巴看着她衣袂飘飘地离去，无奈低喃："这……墨姐儿……"

"薛侍统，一会儿见喽。"玫儿咯咯笑着，俏生生地从他身侧走过，还调皮地冲他挥了挥手，"同意了，可不许赖皮！"

小姑娘开年才十四岁，声音里还有一丝奶气。可她干净白皙的俏脸、灵活的眼珠子、甜丝丝的笑容……也不知何故，竟然跳入了他的心底。

十八岁的薛昉，第一次感觉到心脏不同寻常的跳动。

30

等目送墨九与玫儿主仆离去，他回过神时，发现双颊火辣辣地发热，连耳朵根都滚烫。

这一日是南荣景昌元年正月初三。

晌午过后，天上飘起了鹅毛般的大雪，飞雪沉沉压在兴隆山的山涧、树林与房舍上，像为这远近闻名的金州分舵穿上了一件银白色的外衣。

吆喝声里，墨家弟子来来去去。

他们在准备前往汴京的事宜——

若墨九自个儿去汴京其实简单，可她不能空着手去。那些准备好的武器，说什么都得让萧六郎卅开眼界。

那么，她需要一支辎重队伍同行。

好在兴隆山上不缺人。

八个月的发展，可供她派遣的墨家弟子很多，单单兴隆山就有数千人。她让墨妄从中挑选了一些精锐，把箭支、弓弩与火器等一样样装箱，放上马车。

等一切准备就绪，天都快黑了。

薛昉一直在唉声叹气，不时看看天色。

"墨姐儿，天都快黑了，不如明儿一早再走？"

"你还惦念着旺财的狗窝？"墨九瞪他一眼，招手让乔占平过来，随口道，"你不懂！不入夜，九爷还不走哩，可不就是趁着月黑风高才好上路的嘛。"

又说"上路"……

薛昉撇了撇嘴，见她似乎有事与乔占平交代，转身带着旺财玩雪球去了。一人一狗在风雪中你追我赶，好不快活，看得玫儿也嬉笑不已。

墨九瞟他们一眼，对乔占平道："我离开之后，千连洞与分舵的事就拜托给乔工了。"

这一次墨妄要跟随她前往汴京，留下来的人里，职务最高的便是右执事尚雅。

然而，尚雅虽是三十好几的女人了，经了艮墓的事，却俨然变成了一个恋爱中的小女人，依旧担任着右执事的职务，可里里外外她根本就唯乔占平马首是瞻。与其交代尚雅，还不如直接交代乔占平，还能落下一个"用人不疑，疑人不用"的好风评。

她对乔占平确实从未放下戒心。

但是，哪怕她闹不清楚乔占平到底是谁的人，却一直没在他的目光里发现敌意，至少她可以确定这个男人暂时不会害她。

更何况，千连洞这些武器的出炉，乔占平功不可没。他与墨妄一样，是墨九有力的帮手，这样的人才，不用白不用，可既然要用，就必须要信。

31

乔占平并不多言，听完她的交代，微微诧异一下，便抱拳称是，默默接受了。

"巨子路上小心。"

"我会的。"墨九点点头，想了想又道，"你和尚雅说一声，我姐姐的身子，拜托她多多照顾，有什么事，及时派人知会我。"

"好。"乔占平再次点头。

方姬然被墨妄带到兴隆山后，便一直卧病在床，八个月的时间里，她几乎没有出过门，看她目前的情况，似乎比在临安府的时候还要糟糕。

可惜的是，萧六郎人在战场，不能给她诊治，只能这般一直拖着。好在这个病的病程极长，不见好转，一时半会儿也没有明显恶化。

这些日子，墨九很少去看方姬然。不为别的，就怕看见她的"失颜之症"联想到自己，从而影响心情。

她是一个乐观的人。宁肯相信萧六郎的"醉红颜"可以预防"失颜"，也不肯相信自己有一天会像织娘与方姬然一样，陷入这种梦魇一般的恐怖疾病中无法医治。

风雪没有影响众人的行程。

墨九慎重地与众人告别，在玫儿的搀扶下踏上马车，车队便在风雪中慢慢地下了兴隆山。

这个夜晚，山风很大，冰冷得如同咆哮的野兽，伸出它仿若蘸了盐水的爪子，刮在人的脸上，刺骨般疼痛。

"这妖风，真晦气！"押送的墨家弟子头上都戴着厚厚的风雪帽，可在这一波又一波的风雪袭击下，仍然有些受不了地低低骂娘。

墨九坐在马车上，用手撩开帘子看了一眼，顿时觉得被风吹得眼睛都睁不开，赶紧放下了帘子。

"姑娘就该明儿早上再走的！"玫儿坐在她的身侧，轻声道，"这么大的风雪，看他们这般赶路，好生难受。"

墨九淡淡瞥她一眼，调侃："你是心疼薛小郎吧？"

"我哪有！"玫儿双颊泛过一丝红霞。

"害臊了？"墨九继续揶揄。

"不与姑娘说了。"玫儿低垂着头，不好意思地娇嗔。

墨九勾唇一笑，双手随意地搭在车窗上，懒洋洋地靠着，合上眼睛想了一会儿，也不晓得想到了什么，倏地睁开眼睛，撩帘子喊了墨妄过来。

"师兄，在我们的每一辆车上都放一盏红灯笼，标上序号，若不然中途走失一辆都不晓得。"

"好的,巨子。"墨妄依言照办。

一行人连夜山行,从兴隆山到金州城,再从金州渡口上船过汉水。墨九像是极为着急,不管走到哪里,都不肯多停留一刻,马不停蹄地穿过重重风雪,在这个寒冷的季节里,赶赴汴京。

这么日夜兼程,到初十的傍晚,他们一行已进入汴京地界,离萧乾驻扎的南荣兵大营仅仅几十里路了。

寒风中,墨妄哈了哈冻僵的手,走到马车边上,小声问道:"巨子,前面有一座小镇,要不要打个尖儿再走?"

雪花还在簌簌往下落。

无数弟子眼巴巴地看过来,可墨九探出帘子的长发在风中飞舞了一会儿,环视四周,居然直接摇头。

"派人去镇上买点好吃的带上,继续赶路!今儿晚上,一定要赶到萧六郎的大营。要不然带着这么些东西,多不安生。"

"是!"

车队停了下来。

一些弟子去小镇上买东西,墨妄安静地陪在墨九身侧,看她下巴尖瘦,不免绉了绉眉头:"已经到了这里,巨子应当放心些才是。这样连轴转地赶路,怕你身子挨不住。"

墨妄是担心她的。

这八个月里,墨九看上去抽了条,长高了,可确实瘦了不少。很明显大了眼睛,尖了脸蛋儿。可墨九对此不以为意,严肃地问他:"这一路上,师兄没有发现有人跟踪吗?"

"发现了。"墨妄点头道,"可赶了几日的路,他们都没敢动咱们,这都到汴京了,想必他们更不敢动手了。"

"未必,也许他们有旁的原因。"墨九嘴角轻轻一扯,看把墨妄说得愣住了,淡淡一笑,"师兄放心吧,再辛苦也只剩这 晚上了,累不着我。反倒是你,一路顶风冒雪地过来,还好吗?"

墨妄朗声一笑:"我一大男人,自是不惧。"

"那就好!"墨九懒洋洋地靠回车壁,捋了捋垂落耳畔的一缕头发,手指轻轻撑住额头,半边姿容犹显媚艳,"今儿这条通往南荣大营的路,肯定不会平顺,师兄吩咐大家吃饱点儿,打起精神准备迎战。"

也许是上天眷顾,每一次她的直觉都很准,基本判断也很少失误。

墨妄与她对视片刻,眉梢一扬。

"晓得了。"

一支带着武器装备的辎重队伍，想要完全避开敌人探子的耳目，那几乎是不可能的事儿。可墨九一路上高调走过来都没有遇到"劫匪"，这让原本有些紧张的墨家弟子都有些松懈了，正三三两两地凑在一起交头接耳。

经墨九的提醒，墨妄看这情形，也不免后怕。

轻轻拍了拍手，等众人看过来，墨妄大声道："兄弟们，都给我打起精神来！待把东西送到地方，咱们的差交了，也就妥了，想怎么睡就怎么睡，想怎么吃就怎么吃！但今儿晚上，还得辛苦大家！"

话虽然说得客气，但墨妄一双眸子在风雪下却闪烁着一抹锐利的光芒。被他这么一刺，想到马车里的巨子，弟子们调侃的声音停下了，轻松的面容也收敛了。

整肃衣裳，众人异口同声："弟子领命！"

墨妄满意地点头："好，大家先吃饭吧！"

一行人靠在路边短暂休憩，没有花费太久时间，很快，车队再次启程。似是感觉到了空气里的紧张，旺财趴在墨九的脚边，眼睛炯炯有神。就连玫儿也握紧了拳头，眼睛一眨不眨地盯着马车门。

墨九淡笑："玫儿害怕？"

玫儿回头，严肃道："有些怕，可我一定会保护姑娘的。"

墨九微微抿唇，舒服地伸了个懒腰："好吧，你保护我！赶了几天路，我困得眼睛都睁不开了，先睡一会儿啊，等快到了，你再叫醒我。"

玫儿一怔，弱弱地哦一声。

可墨九说睡就睡，很快就传来均匀的呼吸声，那香甜的样子，似乎半点都不担心接下来会发生的事情。

车队缓缓前行，雪花扑簌簌落在马车篷顶，外面偶尔有一阵嘚嘚的马蹄声掠过，玫儿与脚边的旺财一样，虎视眈眈地观察着，揪心不已，只墨九依旧呼呼大睡，一会儿换一个姿势，娇俏的面孔上，只有舒适与放松，没有丝毫紧张感。

这让玫儿有些无奈。

她家姑娘到底是有心，还是没心啊？

正寻思着，从道上路过的马蹄声突地增多了。

哪怕玫儿是一个外行，也察觉了不对！

"前方何人挡道！？"

墨妄的声音被风雪送来，格外冷厉。

"左执事，久违了！"

官道中间，一群人黑压压地拦住了前行的道路，中间一个黑衣人骑在马上向前走了两步，高高扬了扬手。

风雪帽下的面孔看不分明，但显然是劫道那一伙人的头儿，手臂一场，官道的两侧便钻出无数执刀的黑衣人，将车队围在中间。

"左执事放心，我们与墨家无冤无仇，不想害尔等性命。留下东西，你们便可走人！"

黑衣人说得很有江湖道义，墨妄却笑了。

"那我们还得感谢你？"

"不必谢！"来人缓缓拉开马刀，指着墨妄，沉了声音道，"但若是左执事不识时务，也怪不得兄弟们手下不留情了——"

"外面在吵什么？"墨九似被喧闹吵醒，睁了睁眼睛，看着玫儿问，"到地方了？"

"没呢！"玫儿惊道，"姑娘，果然有人来劫掠了……"

"哦。"墨九打个哈欠，似乎只听见了前面两个字，不等玫儿说完，她双眸微微一闭，好似又要沉入睡梦之中。

玫儿的内心几乎是崩溃的。

"姑娘……唉！"

除了汴京城，整个汴京地界已被南荣与北勐占领，这个地方便是萧乾的占领地。这些黑衣人虽来势汹汹，显然也不是为了与墨妄打嘴仗的。两句话不对，彼此都知道今日除了真刀真枪地干，不能善了。

"上！"

冷风掠过，刀兵的铿然声尖锐刺耳。

飞雪里，一群人混战在一起，墨妄手执血玉箫护在墨九的马车边上，一双幽暗的眸子如暗夜之狼，冷冷地扫视着前方的黑衣人，将箫中之剑舞得风雨不透。

密密麻麻的雪花在空中舞动，有些眯眼。

来的一伙人数量不少，从身手上来看，不像寻常的匪徒。数百人一个个训练有素，队伍张弛有度，攻防互守，竟与墨家这一批精锐弟子不分伯仲。

墨妄冷哼一声："果然非一般劫匪！"

这时，几个身材高大的黑衣人绕过前方的墨妄，从马车的后方摸了过来。他们很小心，目标也很明确：马车上的墨九。

"嗷——汪！"旺财第一个发现，矫健地从帘子处扑了过去。

它是神犬，智商撼人，可终究也是一只狗。

一个纵步，黑衣人马刀高高挥出，从旺财的腹部掠了过去，若非旺财翻滚得快，只怕这一下得把它连肠带肚地划出来不可。

"汪……汪汪！"

旺财滚了两滚，又冲上来咬人。

一个黑衣人低啐一口，劈刀吓开旺财，极快地扑向马车，在旺财疯狂的狗吠声

35

里，马刀劈入帘子，那一下干脆利索的动作，一看便是杀招。

他想置墨九于死地。

"汪！"

旺财还在狂吠。

"啊！姑娘小心。"

玫儿看见刀的寒芒，想也没想便扑了上去，挡在墨九前面，可她刚瑟瑟发抖地抱住脑袋，闭上眼睛，耳边便响过砰的一声。

"好大的胆子，敢欺负姑奶奶的狗？"墨九手上拿着一把短柄火铳，平举着面对来人，怒目而视，"说，做错了没有？"

当一声，黑衣人双目圆瞪，刀身落地。

雪夜的弱光中，只见他的额头上有一个血窟窿，往外汩汩冒着热乎乎的鲜血，一双眼睛好像也被霰弹扫中，浑浊地大瞪着，不可思议地盯着墨九的方向，身子慢慢倒了下去。

"呀，认错也不必行大礼吧？"

墨九先前没有看太清，等徐徐收回火铳，这才发现那个黑衣人变成了一具尸体，倒在她的马车外面。

"呃，这就死了？"

她拨开玫儿发颤的身子，保持着握火铳的姿势，慢腾腾地下了马车，站在墨妄身侧，看着那个倒在雪地上、在雪上染上小红花的黑衣人，觉得那几种颜色……实在太诡异了。

"阿弥陀佛，别怪我！不是你们想见识一下新型武器吗？姑奶奶就给你们瞧瞧厉害了！"

墨九话音未落，后方又一个黑衣汉子冲了过来。她二话不说，火铳激射出去。

砰——

又一道枪声，黑衣人再次倒了一个。

这回墨九自己都被吓住了。

她抬起火铳瞅了瞅，奇怪地低喃："不会吧？就算火铳的准心不错，我的枪法也不应该这么好啊！"

"娘的，吓死老子了！"那个倒地的黑衣人发现自己身体无恙，抹了抹额头，慢悠悠站了起来，再次走向墨九。

"这回不吓你——"墨九怔了怔，再一次举起火铳。一道短促的枪响，黑衣人胸口中枪，痛呼一声，倒了下去。

"兄弟们，这玩意真的邪乎，能杀人！"

他留下了在这个世界的最后一声呐喊与遗言，身子挣扎了几下，终究在众人震

36

惊的目光中，慢慢地没了知觉。

人最深切的恐惧，都来源于未知的事物。那一伙黑衣人紧张地看看墨九，又看看被火器击中的同伙的两具尸体，不免有些胆怯了。

"如此神器，怎生对付？"

"老子从未见过如此邪乎的东西！"

黑衣人的人群里顿时响起一阵窃窃私语声。然而，墨九这支队伍里，当然不止她手上一支火铳。那些墨家弟子不用，一来是习惯了真刀真枪地拼杀，二来有些舍不得用那样的好东西。如今看火铳一现，把劫匪们吓成这样，一个个都笑了起来。

"墨爷的东西也敢枪？畜生们还不报上名来？"

"小心他们开跑！兄弟们拦住他们！"

"直接开宰吧！一看就不是好东西！"

风雪浓重的夜色里，响过一片肃杀声。

墨九有火器在手，勇气倍增，也不管前方的持刀劫匪有多凶悍，她冷笑一声，目光如炬地站在墨妄身边："师兄，看来咱们还得多给萧六郎带点儿礼物了！"

墨妄问："巨子是说？"

墨九唇角一勾："抓几个活口。"

闻言，领头的黑衣人身子一僵，望向飞雪下衣袂飘飘的墨九，突地暴喝一声。

"杀！"

一个杀字他喊得热血激昂，有着令人心脏乱跳的力量。一群黑衣人似乎得了某种命令，虽然依旧畏惧，却一改先前想要逃命的状态，掉过头来，与墨家弟子厮杀在一起。

刀剑碰撞，铿锵有声，墨九脚步移了移，看着墨家弟子渐渐占了上风，围着中间的黑衣人，双目浅眯着，那美艳的样子，像一个不谙世事的少女。

"这些傻子，怎么就不肯束手就擒哩？"

"嗯。"墨妄道，"他们是死士！"

"哦？你怎么看出来的？"

"那个杀字——"墨妄眉头蹙了蹙，"便是告诉死士，不管前进还是后退，都是杀，都是死。前进还有生的希望，后退，只能死。"

"我说了要活口，他们也不怕被掳？"

"你问不出什么的。"墨妄很肯定。

对于时人的气节，墨九深有体会，可她还真不相信世上有撬不开的嘴。再说了，只要逮到人，总能查出一些蛛丝马迹。

其实，她对于谁来劫武器不感兴趣，因为想要这批武器的人太多了。

可上来就对她痛下杀手的人，她真的好奇。

37

雪地上厮杀不断，冷风骤起，将雪末子拂过来，幽冷而惊悚。黑衣人的数量也越来越多，战斗力非普通劫匪可比。他们得到支援，斗志更高，一个个凶悍地围向车队，目光里带着嗜血一般的疯狂，目标显然是稻草覆盖的辎重车——里面装的都是武器。

"他娘的，这哪里是匪，分明是兵哪！"

以命搏命的人，对武器有着天然狂热的崇拜之心。这些人的占有欲如熊熊烈火在燃烧，疯狂地杀将过来，一浪接一浪。

砰——

墨家弟子使上了火铳。可这样近距离厮杀，对方人多势众的情况下，火铳这个东西还不如大砍刀来得方便。

"杀啊！"

黑衣人惊叫着，刀光、冷风伴着他们的惨叫声阴冷地透入耳膜，还有寒风刮得雪花呜呜的声音，混在一处，狰狞得宛如地狱厉鬼在哀号，令人骨头缝里都渗凉。

"巨子快走！"

墨妄看对方人数越来越多，蚂蚁似的密密麻麻地拥过来，拽着墨九就想走——

"好想知道他们是什么人。"墨九回头瞅了一眼，急急道，"我就说嘛，为什么不在路上动手，这是晓得自己吃不下，等到了地盘上才敢干哪……"

墨妄暗暗一惊。

听墨九的口气是北勐人？

他们过来的路上，是南荣的占地，墨家这支辎重队伍的人数本来就不少，加上在南荣的地盘上，北勐人不可能派重兵出动，引起南荣的注意。如今到了汴京地界却不同，南荣、北勐、散落的肆兵，鱼龙混杂。出现一支劫匪，也很难坐实到底是谁。

墨妄思忖着，把墨九扶上马背："走！"

"怕不好走呢！"墨九微微一笑，声音略带凉意。

墨妄一凝，只见黑衣人的后方出现大量弓箭手，箭矢嗖嗖地往他们的方向飞。

看来北勐先前一直用马刀，是想扮演成真正的劫匪，斗到这个份上，墨家弟子这般能打，墨家火器这么厉害，他们索性也就不要脸了——

昏暗的飞雪中，箭矢如雨。

有中箭的弟子倒下，有受惊的马匹嘶鸣着，撒开蹄子四处乱跑，场面混乱一片。

"左执事，带巨子走——"

几名墨家高级弟子围拢上来，以身做挡箭牌，示意墨妄赶紧带走墨九。可墨九本来就已经暴露在众人的目光之下，这个时候想要从人群里逃离，谈何容易？

38

"杀！"

"杀啊！"

墨九冷哼一声，一双眸子亮得惊人。

"他们要的人是我，怎肯放我走？"

"兄弟们！誓死保护巨子！"喊杀声中墨妄大声嘶吼着鼓舞士气，高大的身子挡在墨九面前，手上的血玉箫格开一支利箭，迅速把墨九放在马背上，自己也翻身上马，将墨九紧紧护在怀里。

"九儿坐好了！"

寒冷的风雪中，他的胸膛火一般热，心跳擂鼓一般激烈，令墨九很感动。可哪怕她晓得他有以命相护的决心，却不愿意就这样离去。

"师兄！"她拽了拽他的袖口，意有所指地道，"不走，我们再撑一会儿。"

"嗯？"墨妄微微一怔。

在他面前，墨九从来不会说无用的废话，尤其是在这样紧张的时候。墨妄只愣了一下，就放弃了拼死带她突围的想法，勒住她的腰，把她抱到地上，用马匹做掩护，把她放在背后。

"左执事，怎么不走？"

一群墨家弟子将他们围在中间。

"走不了！与他们拼了吧！"

"好，大不了一死！杀！"

墨家弟子有近千人之众，加上有火器助阵，黑衣人虽然多，可短时间内想要杀上来，也不容易。

墨九手拿火铳，看准位置，时不时伸臂甩上几颗"惊喜炮"，配合墨家弟子杀人，动作行云流水，脸上未见丝毫惊慌，哪怕她不会武艺，可冷静凌厉的样子，让人无端生畏。

"惊喜炮"是个好东西，炸不了人，吓得死人——黑衣人仍然没有习惯那突然响起的爆炸声，而且至今不知道那到底是什么，只知道每有响声起，就有人死。他们不知到底是被炸死的，还是被砍死的，每每听见炸响就紧张，也就免不了挨冷刀子。

凄厉的惨叫声弥漫在风雪下的苍穹间，激烈的搏杀中，白色的雪、红色的血，交汇在一起，变成一种令人作呕的颜色。

可在"惊喜炮"的威慑下，墨家弟子抱成团，竟然把人数数倍于他们的黑衣人挡在了外围，直到远处传来一阵急促的马蹄声。

"不好，又有人来了。"

墨家弟子是慌乱的，生怕又是对手的援兵。可随着马蹄声越来越近，慌乱的却变成了黑衣人。

"头儿，不对劲儿，不是我们的人！"

黑衣首领抓着缰绳往官道上看去，只见夜色里一群人黑色浪潮一般蜂拥而来，高高飘动的旌旗上，写着一个大大的"萧"字，其人数上于他们几乎形成碾压……

他目光一凝，惊道："是南荣兵！"

"是萧乾来了？"

"头儿，怎么办？"

若是萧乾亲自带了南荣兵来，三方打下来，莫说劫武器，恐怕他们真的连人头都保不住了。黑衣首领额头冒着冷汗，急切地掉转马头："迅速撤离！"

"得令！"一群黑衣人如释重负，趁着萧乾的人马还没有近前，开始有序地撤离。

"狗东西想跑！"墨九岂能便宜了他们，她冷冷一哼，"兄弟们，抓几个活口玩玩！吓跑了姑奶奶的瞌睡，哪能这般便宜了他们！"

"杀！"墨妄短促地命令一声，墨家弟子便呐喊着朝溃逃的黑衣人扑了上去。

然而，谁也没有发现，在逃窜的黑衣人中，有人趁着人群混乱，缓缓举起了弓箭，箭尖指向正是墨九。

这样的距离，墨九根本就看不清。

可对于一个神射手来说，足以命中目标。

嗖——凌厉的箭矢破空而来，等众人发现时已然阻挡不及。

"巨了！"墨妄低吼一声，握紧血玉箫跃身而起，扑向墨九。那支疾速飞行的箭矢却没有射过来，而是叮一声，在空中遇到阻碍，转了个圈便斜斜地飞了出去。

墨妄缓缓吐出一口气。

墨九却越过他的肩膀，望向那个骑在马上手执弓箭的男人。他目光幽凉似水，像一只等待撕碎猎物的豹子，深邃、冷漠，声音响彻官道。

"一个不留，格杀勿论！"

雪野之上，他的声音久久回荡，卷起翩然的雪花，落入众人的耳中，令人生惧，也让人诧异。

他不要活口了？

墨九眉梢微微一扬，抓紧火铳一跃上马，"驾"一声，奔向自己想念了八个月的男人。

两人之间相距不过五丈。

风雪高高扬起墨九的长发，她一张俏艳的脸上没有情绪，却再难保持先前的平静。也不知到底是喜还是郁，她策马直接冲向萧乾的马，朝他狠狠一撞，厉喝道："为什么不留几个活的？你怕知道真相，还是已然知道真相？"

40

萧乾望向她，肃杀的目光瞬间柔和："阿九——"

"说啊！"

"唉！"

一道叹息后，他一只手拉着缰绳闪开墨九再一次的"撞马"，另一只手拽住她的胳膊，把她拎到马背上。这个动作太突然，墨九始料未及，差一点跌下去。

"我去！做什么？萧六郎，八个月未见，你就这般待我？"墨九满腹怨气，侧目瞪着他，"亏我有好事儿就想到你，为了你差点把命都搭上了，你却是个没良心的家伙——"

"薛昉都告诉我了！"

半个时辰前，墨九要薛昉运送的武器已经送达南荣大营。可得到了武器，萧乾的脸上却无半分欣喜。

他低头看着墨九，目光灼灼间，是诉不尽的情意，声音却低沉冷冽，略带责怪。

"傻子，下次不准冒险。你当知晓，于我而言，再精锐的武器也不如你紧要。怎能拿自己来调虎离山？"

"嘿嘿，谁让我聪明？"墨九扬了扬手上的火铳，样子颇为得意，可她心底很冷静地知道，这一招太有必要。

她的目标本来就大，要将那样多的武器运到汴京，实在太招摇，定会引来无数人的垂涎。

所以，她自己带了一堆装着石头的车队明修栈道，却让薛昉带着真正的武器辎重暗度陈仓，走另外一条捷径，交到了萧乾手上。

想想今儿干这一出，确实危险！

然而，哪怕来的途中有再多的惊险，在看见萧乾的一刹那，墨九心里都已然释怀。

八个月了。

她居然整整八个月没有见过他的人，没有听过他的声音，没有闻到他身上的味道了……念及此，她深深吸一口气，在空气中隐隐捕捉到那一股子淡淡的薄荷味儿，觉得舒心极了，整个人都平静下来。

"六郎，你把我拎上马做什么？"

萧乾不言不语，淡淡扫她一眼，突地重重拍向马背，在青骢吃痛的长嘶声中，他不管仍在厮杀的数千人，骑着马儿，带着墨九，从密密麻麻的人群中狂奔出去，迅速窜到了官道之上，离厮杀声越来越远……

"咱们上哪儿去啊？"

寒风拂面，飞雪如雨，墨九紧紧揪着萧乾厚厚的甲胄，声音在绵绵雪风里，显得悠然而自在。

官道上只剩下他们二人了。

萧乾低头，抚上她的头顶，喟叹一声，狠狠搂住她的腰，突地掉转马头，奔入官道边一处茂密的树林里。

"呀！"墨九惊，"做什么？"

萧乾并不回答她的话，走了几步弃了马，牵着她的手便往树林深处去。林子里面积了厚厚的雪，两人一前一后踩在积雪上面，发出一道道咯吱声，在暗夜里别有一番情调。

"萧六郎……"

除了呼吸，他一声不吭。

墨九瞥着他的侧颜，也噤声不语了。

两个人无言地穿梭在林子里，枝头的积雪被碰到，掉在墨九的头上、肩膀上，萧乾看她一眼，将她没有戴上的风帽扣在头上，胳膊伸过去，把她护在臂弯里。

无声的关怀，也暖人心。

墨九低低一笑，靠在他身上。

走过一条弯弯长长的小径，墨九惊诧地发现，里面原本有一处废弃的住宅。想来屋主人为了躲避兵燹之祸举家离开了，铁将军把守着门房，但院门口有一株高大如同伞状的榕树，将积雪阻挡在外。

萧乾牵着她的手走到大榕树下，用一个墨九认为狗血而帅气的"树咚"动作，将她护在自己与榕树宽大的躯干之间，低头专注地看着她。

银白的天地间，光线昏暗，可他掌心炽热如火，专注而热切的眸子里带出一抹淡淡的暧昧，让墨九心如小鹿乱撞，不由得紧了紧他的手。

"萧六郎，你该不会是想……"

墨九这个人吧，嘴上经常会耍点儿小流氓，可本质上还是一个保守矛盾的姑娘，尤其是面对一向"清心寡欲"的萧六郎，她觉得自己那样猥琐的念头都不该问出口。

她怎么好意思问：久不见面，他该不会是憋不住了，把她拖进来想在这里欲行不轨之事吧？

不对！那也太不像萧六郎的风格了。

"阿九！"

他看她半晌，总算出声。

可那声音喑哑得要人命。一双眸子也如同暗夜里等着食人的野狼，泛着幽幽的寒光，切切地盯着墨九风帽下巴掌大的脸，然后掀了掀帽子，顺顺她脸颊边的发丝，低低道："我只是想……亲你。"

墨九啊一声，傻眼了。

大晚上把她拖入漆黑一片的树林子里，拿旺财盯骨头般的眼神瞅她半晌，他竟然拘谨地告诉她，只想"亲她"？

如果萧六郎说的是真的，除了亲一下就没有了旁的想法，那不得不说古人的闷骚程度，简直叹为观止。

"阿九，"萧乾见她出神，紧了紧她不盈一握的腰，往自己身上一摁，头低下，一张沾了风雪的冰冷面孔便贴在了她的脸上，暗哑地问，"好不好？嗯？"

暗夜里，连呼吸都很清晰。

墨九感受到他怦怦的心跳，仿佛受了带动，也跟着心跳加速起来。在他渐渐急促的呼吸里，她耳朵根也越发滚烫……

毕竟好久不见，好久没亲热了。

冷不丁这么热情，她有些不好意思。

咳一声，她手足无措地揽住他的脖子。

"好！"

踮起脚，凑上唇，她嘟着嘴巴正要亲他，似是突然又想到什么，猛地退了回来，冷眼瞥着他问："说真的，只为亲一亲？"

萧乾眉梢一扬，笑容竟有一些邪邪的魅气："不然阿九以为我还要做什么？"

墨九高昂着脖子盯着他，戳了戳他的嘴巴，又拿指头在上面揉了揉，弯唇笑道："嗯，嘴唇很软，很温暖，很适合接吻……可你不会让我亲了这里，还要亲其他地方吧？"

萧乾剑眉微微一竖，轻笑揶揄："若阿九想要，我恭敬不如从命。"

还恭敬不如从命哩！这个禽兽！

墨九冷眼瞪着他，嘴里啧啧有声："萧六郎，你啥时候学坏了？难不成这八个月里，你除了打仗，还有什么艳遇？或者南荣大营里新添了什么歌妓舞姬，偷偷给你开过荤了？又或许哪位师妹甘愿献身给你？"

"……"他抿嘴无言，似笑非笑。

"坦诚一点！"墨九厉目，"说！"

"……"萧乾看她双目发亮，一脸认真的样子，无奈地抿了抿唇，目光沉下，严肃道，"阿九，你先亲我一下，我定会坦诚。"

"嗯？"果然学坏了。

"阿九说过，男人常会下半身思考……唉！我也犯了天下男人都会犯的错误！"萧乾严肃一叹，脸上忽而掠过一丝笑，像徐徐的春风，化开了寒冷的风雪，让二人之间充斥一片旖旎，"不过你亲一亲我，兴许我就会用上半身思考了。"

"……"

43

第二章　有心与无心

墨九真的好想戳死他。

八个月不见，这个男人好像不仅变坏了，还变得油嘴滑舌了。难道是宋骜那厮教坏了他？嗯，也有可能是他饿得太狠，把骨子里的狼性都奔放地显露了出来。

毕竟以前有她在身边的时候，他时不时就能过一下手瘾，或者嘴瘾，虽然没法子真刀真枪，到底可以解解馋。而如今离开整整八个月了，他如果未近妇人，心里的焦渴也就可想而知了……

到底是男人啊！

她表示理解地点点头："懂了！"说罢，她似笑非笑地撇了撇嘴，善良地把着他的领扣，"可六郎穿这样厚的战甲，还真是不方便哩。"

"这个……"萧乾似乎狠了狠心，"我脱掉！"

墨九微微张着嘴，盯着他像看怪物，若非喝了一股子冷风呛着了，恐怕再也合不拢。

果然节操这玩意儿，会随着底线被越扒越低。

"萧六郎啊萧六郎，你果然学坏了。哼！说，到底是谁把你教得这样坏的？"

萧乾蹙眉，一脸正经地不解问道："不是阿九说要与我坦诚相见吗？"

看来他不是变坏了，是真的变得更加坦诚了。他严肃地盯着她，想了想又疑惑地问："不把战甲脱了，如何与你坦诚相见？"

"……"换墨九无奈！

太过厚重的战甲，确实不利于彼此坦诚。莫说坦诚，就连拥抱一下都嫌硌得慌，只要他不怕冷，墨九其实还是赞同他脱去那一身恼人的铁皮的。

至少这样她可以直接感受他的体温。

"阿九，我好了……"萧乾紧紧地拥着她，没有了战甲的阻碍，二人似乎贴得更近了。

可今儿的墨九穿得不少，厚厚的夹袄，外面搭了一件长长的斗篷，他抱来抱去似乎有些嫌弃，从斗篷领子伸进去，握住她纤弱的肩膀，力道重重一紧。

"阿九高了，却瘦了……"

他低沉沙哑的声音、深邃幽暗的眸子、若隐若现的艳美容颜，近在咫尺地落入墨九的眼睛里，俊得几乎瞬间就谋杀了她思念他八个月的心。

"萧六郎！"

墨九吸了吸鼻子，双手环住他的腰，清晰地感受到他坚实的肌肉与自己隔着布料相触，那一种平常只能在梦里相见的朦胧终于消失殆尽。可分明是现实，却又美好得不像真的。

她喜欢与他这样亲密，喜欢与他这样靠近，甜蜜的话也就腻歪着出了口："我想念你了，天天想你。六郎可有想我？"

"嗯！"他胳膊一紧，墨九便被他更深地纳入了怀里，二人像连体的婴儿般紧紧相贴着，恨不能融入对方的骨血，成为一个人。

这种"不够，还爱不够"的拥抱，需要进一步的关系来激发彼此的情绪。然而，哪怕墨九很清楚地感觉到他激烈的勃动，也不能往那方面多想一点。

"我还是先亲一亲你吧。"她小声说着，带了一丝娇俏与媚色，风雪帽下的脸柔美得让人恨不得狠狠掐一把。

"阿九！"

他一叹，紧紧拥着她，挤压着她的身子。她心跳如擂鼓，却还是大方地再一次揽住他的脖子，凑在他的耳边低低道："我要亲了，闭上眼睛！"

命令式地说罢，她的唇贴上去，噙住了他的耳。

亲一下，裹一下，慢慢地，她眼含柔波地睨着他，火一般滚烫的唇便从他的耳际挪到他的侧脸、鼻子、眼睛、嘴巴……

久不近她身，他已十分敏感，哪经得起她这么耍弄？萧乾呼吸急促，俊美的面孔微仰，后背抵靠在树干上，如同一只困兽，发出粗重的喘息声。就在这关键时候，外面却传来一阵紧张的呐喊。

"大帅！"

"巨子！"

官道上的战事解决了，独独不见他们两个，薛昉与墨妄担忧着，沿路寻了过来。

"大帅、巨子，你们在哪儿？"

"噫，马儿都在这里，人哪里去了？"

很快，众人踩在积雪上的咯吱声便清晰入耳。墨九一怔，又听薛昉大喊："大帅的马在，人不在，怕是不妙！此地北勐、珲人混杂，大家不能掉以轻心，快！分头找！"

墨九与萧乾互望一眼，只觉头上飞过三条黑线。

如此香艳的时刻，这些家伙来得也太不凑巧了，若是伤到萧六郎的身子，那可怎生是好？

就在墨九祈祷他们不会往这个方向来的时候，外面又响起一阵惊呼。

"将军，快看！雪地上有脚印！"

"萧使君他们一定在那边！"

"快，过去看看！"

说时迟，那时快，一阵脚步声踏雪而来，清晰地响在墨九耳边，距离近得仿佛就在身边。萧乾脸上欲色未退，慌忙摁住墨九的手，拉好裤腰，飞快地往头顶的榕树冠看了一眼。

墨九侧耳倾听，又紧张地望向萧乾几乎着火的厉目，用口型问："郎啊，怎么办？"

怎么办？这个地方在宅子的院门口，若是出去，必然会碰上那些人，而且他们要走，时间也来不及了。他们脚步太快，这时已近得能瞧到火把的光线了……

可他们二人衣冠不整，萧乾的甲胄还丢在地上。

那甲胄又厚又重，短时间内根本没法子穿上身。

这个样子的他们，是不能被人看见的！

不论是为了墨九的名声，还是为了他的声誉与军中威仪。

在墨九焦灼的目光注视下，萧乾还没得到舒解的欲念让他喘息得像一头陷入困境的野兽，身上满是戾气与冷意，手上的热量却烫得让墨九吃惊："萧六郎……"

她哆嗦一下，小声唤他，还未反应过来，身子已被他抱离了地面。

就在火把光线闯入宅子的前一瞬，他抱着墨九极快地攀上了大榕树的树冠。

大榕树枝叶茂密，又是在夜晚，藏两个人还是很容易的。

两人小心地缩在树冠里，不敢发出任何声音。

既然已经躲了，一旦被人发现，比没躲更加耐人寻味……

黑暗的四周不时传来禁军说话的声音与踏在积雪上的咯吱声，墨九一动不动地僵着身子，一开始还好，时间稍稍一长，就觉得难受了——树高风大，她又冷又饿，身子都快要冻僵了。

她微微缩了一下肩膀，手不老实了，顺着萧乾的腰便往下探。他身子强健，不像她那么冷，墨九摩挲几下不太满意，索性扯着他的裤腰，便往里面探。

萧乾身子狠狠一僵，怕被人发现，一动也不敢动，只淡淡瞄她一眼，给她一个警告的眼神。

46

可树冠里光线太弱，墨九看不见。

男人肌肤上的温度让她冰冷的身子舒服了，她暗叹一声，想到他经历的八个月战事，手指探索般寻找着，掠过他温暖的肌理，很快便寻到了他腹部上那一道旧伤疤。摩挲一会儿，她的手很快就暖和起来，她却不满足，心里的恶趣味又悄悄生出，指头一戳一划，不断在他身上温暖的地方挠着，拿他来取暖。

"噫！"察觉到他的变化，她微微一惊。

这么冷，这厮身子也能这么坦诚？

她目光带笑地瞥过去，萧乾却表情狰狞。

"墨、九！"

他没有喊出声，墨九却从呼吸声辨出来了。

"不，怕，没，有，人，看，见。"

她凑到他的耳边，一个字一个字地说着，目光狡黠而调皮。

萧乾眉梢挑了一下，恨不得把这小混账狠狠揍一顿。可如今被困在这个地方，他不仅不能揍她，动作幅度都不能太大……而且她的小手太温暖，那暖意与外面的寒冷形成一种激烈的冲击，让他有些忍耐不住内心的悸动。尤其听见下方还有无数人说话的声音，那一种闯入禁区的邪恶感冲刷着他的理智，哪怕他极力压抑，也无法控制那微妙的快感。

"呃……"闷闷一声低呼，他搂紧了墨九的肩膀。

"小浑蛋！"

墨九费力在他怀里挣扎一下："舒服了还骂人？"

"……"

他没有说话，这么冷的天，额头竟渗出了细汗。

"嘘！"

先前就狼狈，如今更是狼狈，他怎能让人瞧见？

墨九在心底暗笑一声，这会儿老实了，一动也不动地靠着他。

一群禁军来来去去地翻找着，把整个宅子团团围了起来，一直不曾离开。可树上的墨九等得越久，心里越发凉。先前她与萧乾亲热着，身子火一样烫，如今凉下来，还不敢动弹，被冷风一吹，骨头缝儿里都生了寒意。

野战一时爽，被抓毁全家。

墨九心里正哀悼着，几个禁军就往大榕树走来。

"应当就在这附近啊，大家快找！"

他们似乎找到了萧乾的甲胄，加上脚印，已确认人就在附近，所以不停徘徊。

"不对！"这时有人惊呼，"难道大帅已遭不测？若不然，为何久久不回应？"

不得不说，这位兄台的想象力很丰富，也很容易引起旁人的"代入感"。经他这么一提醒，其他人也都觉得他的话有些道理。附近有萧乾的马、萧乾的脚印、萧乾的甲胄……如果萧乾没有出事，他怎么会不回应他们？

禁军头目脸色一变，紧张得舌头都打结了。

"快！把这方圆三里地都围起来，掘地三尺，也要把祸害大帅的人给老子找出来。"

方圆三里，掘地三尺？

若由着他们这般折腾下去，不得把树上的两个人冻死？

墨九饿得不行，也冷得不行。她咽一口唾沫，试探性地捏了捏萧乾坚硬的胳膊，就着树冠间微弱的光线，看他一双布满清辉的冷眸还算镇定，又稍稍松一口气，小心凑在他的耳边道："萧六郎，我好冷……我熬不下去了。"

她体质偏弱，又没有功夫，在这样的天气，本就耐不住……

萧乾目光一沉，大手勒紧她的腰，重重将她搂在自己的臂弯里，想了想，又松开她，试图去脱自己的衣服。墨九惊了惊，却阻止了他"自杀性"的保护行为——他没有甲胄，就两层单衣，哪里能再脱给她。

而且就算脱给她，也抵抗不了太久的寒意啊！

无奈地呼出一口热气，她蛰伏一般趴在他的怀里，往树冠外头指了指，附在他耳侧小声道："这样下去不行，我在这里等你，你赶紧趁他们不注意，跑出去找到薛昉，把这些家伙都弄开——"

围到宅子来的禁军越来越多了，他们甚至把守门的"铁将军"都给劈开了，入了人家的屋子里翻找。看这架势，他们已经确认萧乾"出事"，不找到他是不可能收兵的了。

如今的情况，墨九的法子最妥当。

萧乾冲她点点头，抿紧嘴唇，示意她抓紧树干，慢慢挪动身子。

树林里光线昏暗，大榕树上更弱，萧乾里头是一身黑色的袍服，就更加不引人注目了。他镇定地轻撕下一片衣摆，往头上一裹，身子便如鹰隼一般掠了出去，抖得树上的积雪扑簌簌往下落，同时也引起了禁军的注意。

"快看，那里有人！"

"原来躲在树上，追！"

"快追！别让他跑了！"

没有人发现大榕树上还藏了一个墨九，更不会有人想到从大榕树上"飞"出去的那个人是萧乾——毕竟正常人都不会往他身上想。好端端的不出来，他与下属捉什么迷藏？还"飞"什么"飞"？

"帅啊！"墨九在树上默默赞了一声，外面已大声喧哗起来。

48

一群禁军找到了"敌人"，寻人也有了眉目，自然兴奋起来。

他们嘶吼着、叫唤着，吆三喝四，风一般朝萧乾追去。

可他们快，又怎么比得上萧乾的速度？

树丛里，一群人追来追去，连萧乾的衣角都摸不上。

"腿脚还挺快！"

"看他那样子像蛮子！"

"别废话了！追吧！"

听见下面一片骂萧乾的话，墨九哭笑不得。

恐怕这还是萧六郎第一次听他的下属骂他吧？

不过还好，不管他们怎么骂，一群人终于被萧乾引离了大榕树，她可以稍稍自在地动弹一下了。墨儿长松一口气，不像先前那么紧张，双手抱着胳膊，探了探头，原本寻思着先跳下去，整理好衣裳为萧乾解解围，可看一眼高度，她还是乖乖地缩了回去，抱紧了冰冷的树干。

她可不想出师未捷身先死，或是落下一个残疾的命运。

她就这么等待着，越来越冷，不得不咬着牙关，瑟瑟发抖。她心里不停呼喊萧六郎快回来，甚至有些后悔先前的决定了。多大点事儿啊，被人家发现就被发现吧，哪家的两口子不恩爱的——呃，不过好像他们还不是两口子……而且人家在那边打仗厮杀，他们两个竟然默默钻树林搞这种事儿，若传出去确实于萧乾名声有碍，也容易动摇军心！

好吧！她忍——

这边她左等右等萧乾没有回来，那边萧乾正与一群禁军玩"猫和老鼠"的游戏。

禁军们兵分几路对他围、追、堵、截，他却游刃有余地绕着他们，一边跑，一边寻找薛昉。

然而薛昉这厮也混账，平常不想见他吧，他总在跟前晃，这会儿要找他吧，却愣是找不见。如今与他在树林里穿梭兜圈子的人都不是他的亲兵，无法在短时间内让人识别出来，并且为他遮掩。

萧乾冷冷蹙眉，一张俊脸在雪夜里尤为冷峻。

时间一点一点过去，他从来没有一刻像此时这样抓狂。

墨九可还在树上等着他回去。那棵树太高，四周都是积雪，她一定很冷，也一定很饿。那人原本就是一只野猫，又懒又馋，若她饿着了、冷着了，会不会从树上摔下来？

神思游离间，萧乾绕着禁军在林中又跑了一阵，还是没有见到薛昉，脑子里墨九挨冻的样子越发清晰，可怜得生生撕扯着他的心脏——而且云雨蛊的感受那样强烈。墨九那边越冷越颤抖，他心脏便跳动得越快，情绪越难自控。

算了！

只要他走出去，就不需要跑了，墨九也不必挨冻了。

就算有人胡乱猜测、胡乱议论又如何？

再怎样说他，也比让墨九挨饿受冻强吧？

念及此，萧乾横下心决定放弃抵抗。他绕过一丛树林，想找一个禁军头目过来。可他还没走出那棵被积雪覆盖的树，竟然迎来了宋骜的脸……

他的后面跟着薛昉，两人的神色都有些凝重，似乎是得到消息赶过来的，脚步匆匆，嗓门也大。

"找！哪个王八蛋带走了长渊，今儿小爷非得把人抓出来生啖了不可！"

看来他们也以为萧乾"出事"了，这才大动干戈，恼怒至此。

看他们严阵以待的样子，想到自己与墨九干的那些事儿，萧乾又好气又好笑，喟叹一声，手指屈起吹出一声响哨。

这个口哨声，宋骜与薛昉都很熟悉。

两人愣了愣，脚步停住，转回头互视一眼，宋骜低喝："谁在树后面，出来！"

萧乾自然没有出去，只低低道："你们两个过来，不许旁人靠近！"

这是什么意思？宋骜眯了眯眼睛："长渊，是你？"

萧乾嗯一声，道："过来！"

两人熟悉得很，相互也还算了解。可尽管如此，宋骜还是不明白他为什么要躲藏在树后面。

难道他被人劫持着？

想到这种可能，宋骜唰一声拔出腰刀，朝薛昉使一个眼神，两人一左一右慢慢靠近，小心翼翼地朝萧乾的方向围了上去。然而，当他们看见身着单衣、依旧玉树临风站在风雪中的萧乾时，微微张着嘴，简直不敢相信自己的眼睛。

薛昉惊愕不已："使君！这是作甚？"

他到底是年轻儿郎，还不晓什么事儿。宋骜不同，他是一个老江湖了，稍稍在心里默了一瞬，便想明白个中缘由，不免哈哈大笑起来："萧长渊哪萧长渊，好样儿的啊，居然浪成这样……"

"闭嘴！"萧乾恶狠狠地瞪他一眼，目光又凉凉望向薛昉，"脱！"

"啊？"薛昉一惊，结巴起来，"使君，脱，脱什么？"

见他凶悍冷漠的样子，宋骜也吓得不行，伸手就想去摸萧乾的额头："长渊你不是吧？是不是中毒了？"

萧乾牙关紧咬，冷飕飕地剜向宋骜："不然你脱？"

被他的凉目一剜，宋骜哆嗦一下，手上的腰刀便落在了雪地上。然后，他双手环住胸口，用一种防备的目光小心审视着萧乾，苦着脸摇头道："长渊，你连我都要下手，莫不是疯了？小寡妇呢？快点让小寡妇出来治一治你！"

萧乾冷冷抿紧嘴角，抬头望一下天，深呼了一口气，等他再低头看宋骜二人时，脸上已恢复平静。

"你俩划拳决定，谁来脱！"

还有这样的？非脱不可了？

薛昉一脸苦相地瞥向宋骜："这个……"

"我是王爷！"宋骜比他更苦，不得不搬出特权来保住清白，"姓薛的你脱吧，为了长渊，我不会把事情说出去的，而且我会为你把风，不会让任何人过来看见——"

宋骜慢悠悠说着，给了薛昉一个"保重"的遗憾眼神，一步一步地退出树林，也适时阻止了围拢过来的禁军，并且善意地把他们遣散出了树林。

寒风呼啦啦地吹，宋骜的心冰冰凉凉的。

一刻钟后，萧乾甲胄整齐地走了出来，气定神闲。薛昉默默跟在他后面，身上穿着一件单衣，双臂环着胸口，低垂着头，在风雪中冷得牙齿发抖，样子楚楚可怜……

宋骜感慨一声，上前安慰地拍拍他的肩膀。

"不要伤心了！你也不算亏，毕竟长渊是南荣第一美人……"

"小王爷！"薛昉抬头望他，"你同情我？"

宋骜重重点头："本王也不是没有人性的。"

薛昉唔一声，冷得牙齿咯咯作响："那……你脱一件衣服给我穿吧？"

这一晚上的树林闹剧，最后以薛昉被歹人抓去扒了外衣，差一点被"欺负"，幸亏萧使君及时赶来相救，他才保住了清白这样的故事版本结束。而且，在之后的好长一段时间，薛昉都没有就这个离奇故事的真实性进行反驳，以至于每一次他出现在人前，大家都会向他投去一个同情的眼神……

自从墨九被萧乾从大榕树上"解救"下来，再送回营里，就一直喷嚏不断，鼻涕不止。当天晚上，她早早扒了几口热饭，便倒在萧乾临时为她安排的小帐篷里，连洗漱都忘了，整整昏睡了一夜，直到次日早上薛昉送热水进来，她的脑子还是昏的。

"薛小郎，怎么了？"

这是她再次见到薛昉说的第一句话。

她发誓，绝对不是她眼花了，确实今儿的薛昉有点奇怪，像一个受人欺负的小媳妇儿似的，不像平常见着她就有说有笑，不需要她多问就能唠上几句。

"墨姐儿慢用，我，我走了——"

这厮几乎不敢与她对视，把热水放下就溜了。

"这个人真奇怪！"

等晌午后萧乾过来给她诊脉喂汤药的时候，墨九如实问了。可萧乾黑着脸嗯了一声，也没有给她一个明确的答案。

她总觉得中间有什么事，却一直被蒙在鼓里，有些莫名其妙。

好在，营里还有小王爷宋骜。

晚上吃饭的时候，他就把那天晚上的事在脑补了许多情节之后，添油加醋地告诉了墨九。末了，这货重重揽一揽墨九的肩膀，用一种低沉而悲痛的语气告诉她："小寡妇，趁着长渊现在中毒不深，你好好治治他这毛病吧。唉，此念不杀，出事的就不止薛昉了，说不定小爷我……都难逃他的魔爪！"

墨九怔了怔，呛得咳嗽起来："哈哈哈——"

事后，她差一点笑趴在桌子上。

等萧乾晚上再来帐篷找她的时候，她果然心灵纯洁地规劝他："萧六郎，我看薛小郎这两天都不好意思见我了，走路低着头！你说你吧，也不要总顾着我。既然做下了，也得对人家负责才是！"

萧乾冷眼剜她，深深吸了一口气，一字一顿道："墨、九！"

"嗯？"墨九认真问，"怎么了？"

"你再说一次！"

"你还想听？"墨九奇怪地挑眉凝视他，一本正经道，"不是吧，你怎会这么变态？大冬天跑到小树林里要亲一亲也就罢了，居然连艳史都要再听一听？"

"墨九！"

萧乾一声暴喝，随即帐篷里便传来一阵扑腾扑腾的异响。

也不晓得两人之间究竟发生了什么事，外面的侍卫只时不时听见墨九短促的惊叫、桌椅的嘎吱声，还有萧乾重重的喘气声。侍卫们不敢问，也不敢乱猜，更不敢乱劝——结果天亮后发现墨九的嘴肿了，萧乾的嘴皮也破了。

于是大家都正直纯洁又善良地想：肯定什么事都没有发生。

这么一晃，墨九住在南荣大营的三天就过去了。

三天的大风雪，将汴京城笼罩其间，汴京城像被推入了野兽的嘴里。可雷声大，雨点小，南荣、北勐与珲国这一场久违的大决战迟迟没有开始。

就在墨九到达汴京的前一日，被珲国皇帝完颜叙急召驰援汴京城的完颜济、速也二人率领十五万珲兵回京，袭击了北勐五丈河的营区。北勐人没有想到珲兵都穷途末路了，还敢主动挑衅，仓促应战，竟然溃败。而珲国这两个久负盛名的名将都曾是完颜修的得力部将，也算名不虚传，紧接着就成功地占领了汴京以东和东北

52

方向，掳杀了不少北勠人。

有消息称，完颜济、速也其实是完颜修的人。

这十五万珲国援兵也是完颜修派来的，包括完颜叙也知情。

可事到如今，既然完颜修念及家国之谊主动援救，完颜叙也只能睁一只眼闭一只眼，把死马当成活马医，希望借助他们的力量，挽救一难。

消息未经证实，不知真假。

但若是完颜修插手此事，他手上又有东北部的旧兵，确实不好应付。

形势一日一变，气氛也一日比一日紧张。

三日来，墨九看萧乾每天忙碌到深夜，也不去打扰他。她闲着没事儿的时候，就养养自己的小病，逗逗可怜的薛小郎，领着宋骘去试试火器，做一点儿美食犒劳萧六郎的胃。

这般行走在全是男人与汗水的兵营，她竟然如鱼得水，觉得日子挺美。

唯一不美的地方便是那个陆机老人总会出现。

他并不住在萧乾的大营中，却一直阴魂不散，时不时就过来给南荣兵做一下"义诊"，顺便看看自己的宝贝徒弟，与萧乾唠上几句，尤其是晓得墨九来了汴京之后，他来大营就更勤快了。

当然，他来也就罢了，墨九不爽的是他身边永远跟着那个"贴心侍女"温静姝。旧事哽在心里，她与温静姝之间已无法回到纯粹的关系了。而且墨九心里有结，瞅着这个女人就不太舒服，更是连客套都省了。温静姝见着她还会笑上一笑，墨九却要么是　个大白眼，要么直接望天而过。

她我行我素惯了，从不管人家怎样想她，只管自己活得舒坦。

可大抵是送入那批武器的缘故，不管她多傲娇，也听不见半句闲话。

毕竟九爷是有本事的人，怎能与俗人的性子一样？

于是乎，墨九越是张扬狂妄，人家越是觉得自然。

第四日，大雪初霁，天际难得明亮起来。

墨九走出自己的小帐篷，伸了伸懒腰，又忍不住回头踢了一下帐篷，让篷顶的积雪飞落……

为了顾及影响，萧乾并不让她住入他的营帐，只吩咐薛昉另外为她准备了一个小帐篷。离他居住的地方还稍稍有一段距离。这种掩耳盗铃的行为，让墨九很是嗤笑了他一回，却也没有反对。

在营中有一个私人空间，自然好。这样，她就可以想睡懒觉就睡，不必跟着萧乾的作息而活动了。

"阿嚏——"

一道冷空气扑来，让她打了个喷嚏。

感冒还没有好啊？她揉了揉鼻子，无奈地抬头看天。

帐篷上的积雪被她这么一踢，雪末飞过来落入了她的脖子，凉丝丝的，激得她一身鸡皮疙瘩。她缩了缩脖子，微微眯眼，却觉得这个被银白覆盖的世界像一朵朵白顶子蘑菇，悬在一片冰雪世界里，因为有了萧六郎的存在，一切都美得不像话。

"好漂亮啊！"

墨九愉快地掸了掸肩膀上的雪末，正准备去找萧乾，一阵马蹄声从营门的方向传来，伴随着吆喝，引起了她的注意。

她抬高下巴，远远一眺。

营门口的纛旗下，一群身穿貂皮大衣、头戴遮耳皮帽、腰带上挂着大刀的家伙气势汹汹地入了大营。他们的中间，有一辆挂着黑布帘子的马车，车轮子滚过潮湿的地面，轧出一道道深深的车印。

车上的人是谁？气势还不小！

一阵冷风吹来，墨九捂着鼻子，又眯了眯眼。

距离太远，她看不太清面相，仅从打扮上看，应当是北勐人。

她猜测着，看南荣守卫没有阻止，任由这群人直接驶向萧乾的中军大帐，不由得撇了撇嘴，笑一笑，换了一个方向。

北勐人来了，这个时候萧乾肯定有事，她准备去找宋骜算了。

宋骜那厮这几天心情好得很，临安来的消息到达了兴隆山，自然也到达了汴京府。于是，这个一直都是风流浪子的小王爷，冷不丁有了一个大胖儿子，那个兴奋劲儿就甭提了。自打墨九到了营里，他便揪着她不放，一定要让她帮忙想法子给他的儿子准备一个特殊的礼物，托人捎回临安。

墨九快被他烦死了，恨不得避着他。

可这会儿她没处去，就有了逗他的兴致。

"小王爷！"

重重拍拍宋骜的帐篷帘子，墨九大声唤他。

"起来没有？出大事儿了！"

宋骜没有露面，两名重甲侍卫却吃惊地出来。

"巨子，出了何事？"

墨九挑了挑眉："你们王爷呢？"

侍卫微微垂头，似乎有些不敢面对这个问题，连声音都像是咬着舌头说出来的，极为含糊："我们家主子在，在雕小人儿……"

"雕小人儿？"墨九往里探了一眼，便哈哈大笑着往里走，"哪个吃雷的人得罪他？雕小人是要背地里诅咒人家，顺便扎扎针吗？"

"胡说八道！"坐在椅子上专注于活计的宋骜闻言不高兴地抿紧嘴巴，回过头来瞪着墨九，"我送给我儿子的玩具，什么诅咒扎针的，呸呸呸！晦气，不要了！不要了！"

噫！这脾气还挺大！

说不要了，他还真就把手上的木头丢在了桌子上。

墨九狐疑地上前一看，当即傻眼了。

她盯着那块木头，隔了一瞬点点头："不要好，换我也不要。不然拿着这么一个玩意儿去临安，我真怕会影响我干儿子对新生事物的认识，思想观与价值观严重畸形！"

"啥意思？"宋骜听不懂，挑了挑眉，"你是想说小爷雕得不好？"

"不不不。"墨九意态闲闲地瞥着木头，"挺好，挺生动形象的——"

躺在桌上的那一块木头确实是一个玩具小人。虽然从木头的五官上面不太看得出来到底是人还是动物，但有腰、有腿、有臀……尤其宋骜还特地雕了一个比例严重失调的小鸡鸡，让她想说那不是一个人都不能。

不过这小王爷心理阴影面积是多大啊？

这么小的一个小人儿，小鸡鸡用得着那么大？

思索一阵，墨九客串了一回心理专家，恍然大悟。

她对宋骜投去同情的一瞥："人家都说越缺什么，越想补什么……唉！"

被她阴阳怪气的目光看得脊背生寒，宋骜微微眯起桃花眼。

"小寡妇，你到底啥意思？小爷怎么听不懂？"

墨九弯起娇俏的唇角，手指戳了戳那个木头小人儿，似笑非笑："我的意思是，这事儿啊，还真是够为难彭欣的了！"她瞥一眼宋骜，眉眼生花，"这回懂了吗？"

宋骜分明没有懂，可他思考了一会儿，又好像懂了什么，严肃地点点头，拉来椅子靠近墨九，小声道："小寡妇你说得也对，这一回确实为难她了。一个妇人自个儿怀孕、生子，我也没能帮上点儿什么，确实太不容易。那么一个大胖儿子啊，她怎么就给生出来了？"

"哟！"墨九斜睨他，"太阳打西边出来了？小工爷开窍了？"

宋骜横她一眼："老子关心儿子，心疼儿子的娘，有什么大惊小怪的？"

对别人来说，那确实不算什么事，可对于宋骜来说，绝对值得大惊小怪。这位小爷从来都是唯我独尊、老子天下第一，只要老子看不顺眼，谁也不要来惹我的主儿。对女人虽然不算刻薄，但绝对谈不上温柔体贴。这一回彭欣生个儿子，难不成就把他的心绑住了？

墨九觉得不可思议，奇怪地道："若你以前那些女人晓得，只要给你生一个儿子就能得你高看一眼，恐怕个个争先恐后地为你生。如此一来，安王的儿子没有一百一十，也有一百零八将了……"

"滚！"宋骜咬牙，"老子又不是种马！"

"嘿，你总算为自己找到了合适的标签，恭喜你。"

"小寡妇！"宋骜牙根儿痒痒，"你这张嘴咋就这么刻薄呢？"

"多谢王爷夸奖！我这算客气的了。"墨九白他一眼，想到过去，又有些哭笑不得，不由得挑高眉头，酸他道，"不晓得小王爷还记不记得，当初是哪个哭着喊着要让彭欣落胎的？哦，现在大胖儿子生出来了，就是你的儿子了？依我说，那小子是人家彭欣的，关你干爷啥事儿啊？"

"喂客气点啊。"想到那件事，宋骜也有点不自在。

"对于一个差点杀害我干儿子的刽子手，我这已经算很客气了。"

"……"

宋骜黑着脸看她，一脸无言以对。

当初逼着彭欣落胎的事，他做得不厚道，可私心里确实没有墨九以为的那么龌龊，不都是为了彭欣着想嘛。不过如今儿子都有了，墨九找他碴儿、挑他刺儿，好像也没有亏着他，儿子能保住，还不多亏墨九吗？

这么一想，他扫一下墨九奚落的表情，清了清嗓子，又换了一副讨好的笑脸。

"我说小寡妇，不不不，大巨子、墨先生、墨九爷，你和我说说，刚出生的小孩儿能玩什么玩具？不如你帮帮我吧，我晓得你会做很多东西，帮我给我儿子做一些独特的小玩具怎么样？多少银子都行！"

墨九扑哧一笑，哭笑不得。

"我不会做玩具。"

"那些奇技淫巧，你不是最在行？"

"再说一遍奇、技、淫、巧试试？"

"好了好了，你说是什么就是什么了……"

"这还差不多！"墨九弯唇笑了笑，然后把早在兴隆山上就做好的拨浪鼓、积木城堡、小木头车等小玩具画在纸上，给宋骜一个个解释完，摊开手道，"就这些玩具，不差吧！"

"不差！"

"一千两不多吧？"

哪怕宋骜贵为王爷，也从来没见过这么稀奇的玩意儿。他端详着纸上的玩具，一遍一遍抚摸着，狭长风流的一双眼睛几乎眯成了细缝，好半晌他才点点头："不多，完全不多！"

"我说的是黄金。"

"呃……"宋骜见鬼似的转头，"那有点多！"

56

"迟了！"墨九敲了敲桌子，莞尔道，"而且我小本生意，不喜欢赊账！"

这是要让他马上给钱？宋骜怒了："小寡妇，你别过分啊！"

墨九挑了挑眉梢，一脸"老子过分你怎样"的表情。二人大眼瞪小眼地对视片刻，到底还是宋骜拿人手短，不得不败下阵来，一脸无奈地道："行行行，谁让你是我儿子的干娘呢！爷写张欠条给你，成了吧？"

"啧啧，堂堂王爷，还写欠条？"墨九鄙视着他，看他脸上有些挂不住，又一本正经地叹息道，"行行行，谁让你是我干儿子的亲爹呢？写欠条就写欠条吧，回临安就给啊？不许赖账。"

"看老子像赖账的人？"宋骜瞪着她，哼一声，盯着玩具图想了想，突然又道，"可是小寡妇，这些玩具吧，稀奇是稀奇，好玩是好玩，却没有一个是我做的，是不是少了点诚意？"

墨九瘪瘪嘴："好像是……不如我教你？"

"好。"

"一千两！"

"……"宋骜眯眼抬头，咬牙应了，又专注地盯着她，"还有一个事……"

"说！"墨九奇怪他的反应。

他像是有点儿不好意思，目光闪烁片刻，才低低道："彭欣有没有和你说过，她喜欢什么东西？"

"呃……"墨九阴阴地回视她，"你要如何？"

"她生儿子也挺辛苦的，我不能白得一个儿子，不犒劳她一下吧？"

墨九与他眼对眼，鼻对鼻，观察他半响，见这个男人脸色很正经，不像一时兴起，更不像在开玩笑，也不想在这件事上与他胡扯，扰乱了他的心思——至少她得趁此机会为彭欣争取一点什么，做一点什么。

她认真问："小干爷，你真想送东西给她？"

宋骜认真答："当然，快点说！"

墨九一本正经："她需要一个男人！"

宋骜恼了："你啥意思，是想让老子送一个男人给她？小寡妇你个缺心眼儿的，莫不是疯了？"

"疯的人是你！"墨九瞪他一眼，冷哼道，"她不缺吃，不缺喝，更不缺钱，要什么东西啊？她只缺一个男人，一个有心的男人待他们娘儿俩好。"

"有心的男人？"宋骜思考一阵，"谁还能没心怎的？"

"……"墨九觉得与这个男人说这些"风花雪月"就是对牛弹琴。

可哪怕是对牛弹琴，不也得弹一弹吗？不弹牛又怎么听得见？她无奈地叹息一声，道："所谓有心，是指有心地靠近、有心地对待、有心地生活、有心地接受她

57

的喜怒哀乐。所谓无心……小王爷，一个人在没有情爱的情况下放纵情欲，就是无心。无心的人，与畜生何异？"

盯着她严肃的眼睛，宋骛久久不语。

看他如此，墨九觉得自己说得有些深了，又是一笑。

"总而言之，彭欣要的是一个男人，一个有担当、有责任心的男人。如果你明白了，我也有一个礼物要送给你——"

宋骛一惊："礼物？"

"你明白了吗？"

"明白了。"

"……"墨九哈哈一笑，站起来拍拍桌子上的木头，"我已经安排东西回临安接他们了，想来用不了多久，他们就会到金州兴隆山。到时候，王爷抽个空子过去一趟，不就一家团聚了吗？"

"真的？"宋骛一脸激动。

"不要太感激我！"墨九笑得眉眼弯弯，"一千两。"

"银子！"宋骛赶紧抢话，"不能是黄金。"

"好。哈哈哈——"

一不小心发了大财的墨九从宋骛那里出来，心情久久不能平静。她愉快地哼着小曲儿，捏着雪团，准备去找萧乾分享一下这件天大的喜事。

还未走近，便见北勐那辆马车停在帐门口不远处。

墨九皱了皱眉头走过去，微风便从马车上送来一股淡淡的香味儿。

噫，这不像男人会用的香啊？

恋爱中的女人都非常敏感，墨九也一样。

马车里飘来的淡淡女儿香，像一颗石子投在她平静的心湖上，顿时破坏了她愉快的情绪。尤其想到当她在教育宋骛如何做一个有心的好男人时，萧乾竟然在大帐里与美人"约会"交谈，她便脑补了无数个眉来眼去的画面，一颗心像泡在了沸水里，咕噜噜冒酸泡儿。

当然，她相信萧六郎不会轻易对别的女人动心，可这个男人长得俊、有魄力，而且他刻意与女人保持疏离感，让他尊贵的气质更显高华若仙，也更加招姑娘喜欢……所以，他无心，难保别人不对他生出歹意嘛。

墨九甩了甩袖子，迈步过去。

大帐外站了两个侍卫，都是熟人。

墨九走过去，抬了抬下巴，其中一个侍卫扶刀的手摩挲了一下，原本像是想拦住她问一下的，可墨九冷冷扫他一眼，他的脚就没有勇气迈出来了。

"九姑娘，大帅在里面谈事——"

58

"我知道啊。谢谢！"

墨九唇角一扬，给他们一个笑容，便负着手，春风得意地从他俩中间横穿过去，径直撩开了帘子。

大帐中果然有一个女人。

她穿了一身宽大的血红色长袍，头发没有像中原女儿那般梳上漂亮的发髻，一头缎子似的黑发松松披散着，仅仅在头顶束了一撮，用同色系的皮质发束高高扎起，像戴了一顶古怪的帽子，很是精神。

更引人注意的是，她饱满光洁的额头中间贴了一个形如鹰隼的血红色图形，显得气势逼人。一张棱角分明的脸，肤色不白，却健康、匀称，不算艳色，却颇有风姿。尤其她那一双炯炯有神的眼睛，隐隐透着一种时下女子身上少见的锐利。

总而言之，她不算生得极美，但一举一动很有英气风骨，是墨九在这边见过的最有个性的女人。

她是北勐人无疑，可她找萧乾做什么？

墨九从她的身边慢腾腾地走过去，闻到了同在外面马车边上嗅到的一样的熟悉香味儿，微微蹙了蹙眉，又深深瞥了她一眼。

那女人也正好望过来。

二人目光对视，都没有说话。

萧乾咳了一声，笑着问墨九。

"你怎么过来了？"

这话说得，她不能来？墨九挑了挑眉，意味深长地望了他一眼。不过，她平常的行为虽然偶尔不着调儿，在正式场合却不会随便让男人为难，哪怕心里存了疑惑，也绝对不会让萧乾难堪。

她轻轻笑道："我在小王爷那里坐了一会儿，被他讹诈了无数血汗，原本想来萧使君这里透透气儿，没有想到你有客人……"

说到"客人"，她有意无意地瞄向那个女人，并对她微微含笑致意，算是正式打个招呼，然后又笑吟吟望向萧乾。

"快要晌午了，你们是准备吃饭，还是要继续谈正事？若要谈正事，我便先告辞了，不打扰你们。"

"无妨！"萧乾急急地否定了她的想法，也看了那个女人一眼，迟疑一瞬，对墨儿道，"这位是北勐七公主塔塔敏。"

北勐七公主？好大的来头！

墨九对北勐不太了解，可但凡沾了"公主"两个字的人，都很容易被她贴上"傲娇"的标签。

她微微一怔，在心底思忖了一下塔塔敏与萧六郎之间的关系，稍稍放下心

59

来——毕竟他们是有亲戚关系的，虽然是表兄妹，好像也不应当随便乱来的吧？

她正脑洞大开，塔塔敏却不等萧乾为她介绍墨九，便朝墨九轻轻一笑，大方地道："这位想必就是大名鼎鼎的墨家巨子了？"

墨九唇角微微一勾。

不晓得她口中的"大名鼎鼎"，究竟是好名，还是坏名？

"好说好说。"墨九笑吟吟地朝她抱拳致礼，像个男子似的与她客套。

没有想到塔塔敏也与她一样，抬腕抱拳道："墨家巨子，久仰大名，塔塔敏失敬了！"

墨九微微一笑："七公主过誉了，墨九吃货一枚，游戏人间，哪来的大名，怕是污名吧。"

"巨子过谦了。"塔塔敏审视的目光放在她的脸上，锐利的眼眸刀子似的，似乎恨不得扒开她伪装的表皮，看透她真正的心思，"当今天下谁不知道，墨家巨子姿容无双，艳绝天下，一双巧手堪比鲁班……"

噫，还挺顺口！

墨九心里嗤一声，脸上却挂着笑。

"七公主这般说，墨九愧之，愧不敢当哪。论姿色，七公主也是美人一个，只是身上这个颜色嘛……"墨九盯住她血一般艳红的衣袍，淡淡一笑，"确实不大适合你。乍然一看，还以为你被人捅了一刀，鲜血流了一身哩。"

"哈哈！"被墨九损了，塔塔敏不怒反笑，言语似乎也畅快不少，"巨子说得对极，可这般又有什么不好呢？就算我受了伤、流了血，也不会被人看见。"

噫，有点儿意思？

这女人倒不像玉嘉公主之流，那般矫揉造作。

人与人相交，有时候得看眼缘的，气场不合的人，不管怎么努力也揉捏不到一块儿。比如墨儿第一次见温静姝，虽有同情，却怎么也喜欢不上来。可这个塔塔敏，墨九却无法全然对她反感——哪怕她是来与自己抢萧六郎的。

墨九笑了笑，收起敷衍的贫嘴，紧挨萧乾身边坐下来，对塔塔敏投去意味深长的一眼，又对萧乾道："你们正事谈完没有？不然一起去吃个饭，边吃边谈？"

有外人在的时候，她比平常要小鸟依人得多，性子柔若春水，看上去挺像那么回事儿。当然，萧乾也很享受她给他的"夫权"，一本正经地严肃脸："已然谈好！阿九是饿了？"

墨九重重点头："饿！"

萧乾失笑："想吃什么？"

一说到吃，墨九的脸就变成了苦瓜。

在金州的兴隆山上，她好吃好喝的日子过惯了，冷不丁住在南荣大营里，别的东西都还可以将就，唯独对于吃，墨九觉得将就起来有点儿虐脾胃。

有塔塔敏在场，她不好意思反问萧乾，吃什么根本就没的选，只垂目喃喃道："随便吃什么都好。你晓得的，我又不挑嘴，给什么就吃什么了……"

不挑嘴？给什么吃什么？

这么乖的墨九，连她自己都不认识，又何况萧乾？他微微一愕，忍不住失笑，声音轻缓道："七公主特意送了一些新鲜食材过来，阿九一会儿去看看。若是愿意，可以亲自做点儿。若不想做，想吃什么便吩咐下去。"

巧妇难为无米之炊，这几天墨九虽然挖空心思想要为萧乾改善伙食，奈何大军驻扎涧水河这么久，附近百姓该跑的全跑光了，营中伙食仅够度日，食材来来去去也就那么几种，哪来那样多的花样给她翻新？

如今有了食材，她岂会对不起自己的肚腹？

别人都把下厨当成一件烦躁的事，墨九却对偶尔捣鼓一桌饭菜极有兴趣。没等萧乾再问，她便愉快地应了，还热情地邀请塔塔敏一会儿共进午餐，尝尝自己的手艺。

然后她便小鸟似的飞走了。

萧乾望着她的背影，久久无言。

敢情吃比他重要？他分明看见她担心自己与塔塔敏的关系，酸味儿浇头来着。可一听说有吃的，竟然跑得那么快，就这样放心把他丢给别人了？

塔塔敏待墨九消失在帐篷外，方回过头。

"巨子很可爱……"

萧乾敛住墨九在时的温柔笑意，凉薄的眸子瞥她一眼，嘴唇抿了抿，思虑一瞬，方正色道："联姻之事，还得报往临安，禀报陛下，正式行文方可。"

"萧大帅不必担心！"塔塔敏脸上带出一抹浅淡的笑意，云淡风轻的样子，似乎谈的完全是旁人的婚事，"几日前，皇爷爷便已将此事上呈南荣皇帝。昨日阿合也带回了南荣皇帝的手谕，已然应允。"

"如此……唉，罢了！"

萧乾深深看她一眼，慢慢起身。

"薛昉，领七公主下去歇一会儿。"

塔塔敏看他要离开，唇角弯弯地笑问："萧大帅要去哪里？客人还在，哪有主人先行离去的道理？你这待客之道，有问题。"

萧乾已经从她身侧走过，闻言回头一瞥。

"我去看她做什么吃的。"

塔塔敏握住茶杯的手僵住了。

这个萧乾与传说中杀人如麻、见死不救、冷漠无情的"判官六"哪里是同一

61

个人？

哪有南荣男子会特地跑去厨间看妇人做饭的？

当然，若塔塔敏晓得不仅有南荣男子会下厨观看妇人做饭，连南荣皇帝都烧得一手好菜，估计她的眼珠子会惊得掉地上。

萧乾去伙房的时候，墨九正挽着袖子在一个陶盆里和面。她向来不喜欢被众人围观，伙房里的人大多被她打发走了，只留了一个为她打下手的火头兵，看见萧乾，赶紧迎了出去。

这小子年纪比墨九还小些，人生得又黑又瘦，伙房里的兄弟都叫他"黑竹竿"。他真名叫小浩，性子腼腆得像一个大姑娘，随萧乾出征便一直在伙房里做事，平常却很少见着枢密使本人，冷不丁看见萧乾的英姿，吓得大半个身子趴在地上，声音都哆嗦起来。

"小的，小的见过大帅……"

萧乾抬了抬手，示意他出去，便大步越过他的身子，走到墨九身后，负手而立。

"来了？"墨九头也不回。

萧乾嗯一声，目光噙笑地看着她雪白的小拳头在面团上舞动，灵活得像在表演杂技，甚是好看。

他低头凑近她的耳朵："准备做什么？"

墨九盯着面盆，长长的眼睫毛扑闪着，笑得很得意："我清点过了，食材确实很丰盛，还有一只整羊呢。不过哪能给她机会吃回去？好东西咱得留着，所以，今儿中午我就做一顿酱肉包子款待她好了。"

"呃……"萧乾头大。

"回头我也做个羊肉锅子。"想到宋熹做的那羊肉锅子，墨九咽了咽唾沫，"嗯，就这么办，一定会很好吃。"

看她的馋样儿，萧乾轻笑着拍拍她的脑袋。

"这般一说，我都受不了了。"

"怎么，饿了？"墨九回头瞥他一眼。

"嗯。饿！"灶间无人，萧乾笑着说罢，突地从背后搂紧她的腰，把下巴贴在她的肩膀上，轻轻磨蹭着，暗哑的声音里，带着丝丝缕缕浓得化不开的魅惑，"饿得很了……阿九准备什么时候喂饱我？"

墨九被他磨得肩膀痒痒的，而且腰上被束，双臂也有些不灵活。她没好气地回头瞪他一眼，见他根本没有收手的意思，哭笑不得地横他。

"想吃啊，那你还不找个地方坐着？不要打扰我，自然会快一些。"

他喟叹一声，声音幽幽的。

"可阿九，我饿……"

这是在撒娇啊？墨九手上一顿，像白日见鬼般望向萧乾美得不似凡尘男子的面孔，觉得俊美如他，真的只需要稍稍把声音放得软一点，把情绪搞得轻松一点，就很有"傲娇小公举"的潜质啊！

强忍着大笑的冲动，她安慰地拍了拍他的手："乖乖坐着去，一会儿就有的吃了。"

"一会儿是何时？"他固执地不放手，身子在她身后慢慢磨蹭着，哑声道，"这都饿四天了，真是一刻也等不得。"

"……"

墨九觉得自己还是太单纯了啊。

先前忙着和面没往深了想，如今一听不对味儿才晓得萧六郎此"饿"非彼"饿"，简直就是兽类体质！

可男人这种生物也太奇葩了吧，不是要清心寡欲、高冷到底、不近女色的吗？他到底什么时候变得这么饥渴的？

把面团轻落在盆子里，她又徐徐倒入一点清水，拿筷子搅拌一下，又重重揉捏起来，嘴里也没忘了戏谑他。

"这么饿，你又跑过来作甚？大帐里头不是有一个国色天香的北勐公主等着吗？就算做不得正餐，当饭前甜点吃吃也是好的。"

这鬼丫头损人可真毒！

萧乾摇摇头，勾唇一笑："阿九面前，何人敢称国色天香？"

墨九嘿一声，愉快地挑了挑眉，拳头重重砸在面团上，啪啪作响："这句甜言蜜语我很受用——不过，你把人家公主丢下了跑到灶上来哄我，也不怕人家瞧见了笑话吗？"

这姑娘的心说大也大，说小也就针尖儿那样小。她分明想问塔塔敏的事，却不正面相问，非得绕着弯地损他。

萧乾笑着曲起指节，轻叩一下她的额头："阿九以为她是我什么人？"

墨九想了想，淡然一瞥："表妹啊！你的母亲与她的父亲是兄妹？嗯，是挺亲的。不过表哥表妹，天生一对，好像你们都是这么干的吧？亲上加亲，多好！"

"你是久了没挨收拾，皮子痒痒了？"萧乾叹口气，也不与她客气，径直抱着她的腰便扯过来，面对着自己，低头在她的唇上嘬了一口："再胡说八道一个试试，看我怎么治你！"

这爷们儿横上了？

墨九双手都沾了面粉，想要推他吧，又怕把他的衣服搞脏，可不推他吧，这货还不老实。说要治她便真的治她，一双手在她身上捏捏、掐掐、捻捻、揉揉，好像她才是那个面团儿，搞得她三魂六魄跑了一半，身子又麻又痒，咯咯笑个不停。

"停！停！痒！"

"哼！"他哪里会依？

"好了好了，萧六郎，我认错还不行吗？"

"错哪里了？"

"哪里都错！"

"认真一点。"

"不该胡说八道，让你吃甜点！"

"严肃一点！"

"不该说表哥表妹，天生一对。"

"还有呢？"

"没了……"

"真没了？再好好思量思量！"

那天从榕树上下来后，两人便再没有机会亲近，萧乾整整憋了四天，好不容易找到一个治她的由头，那里肯轻易放手？

一捻二捏三摇摆，他越发恣意张扬，墨九的笑声也就越发憋不住，嘴里叽叽的，小老鼠似的。

"萧六郎……放开我！"

"快想！"萧乾脸上已有隐忍不住的笑意。

平常他在人前端着脸，可在墨九面前，他不得不一次次把底线放低，慢慢地，也就习惯了为她一个人甩开那层包裹在外的世俗表皮，做回了最真实的自己。

"好了啦，老实说嘛，你到底要怎样？"

墨九被她磨蹭得浑身发痒，笑着撑住他的肩膀，使劲儿捏紧他的下巴，抖了抖手上的面粉，又把手扬起："再不老实，我就把面泡丢你脖子里信不信？"

"你敢！"

萧乾半眯着一双危险的眼睛，咬了咬她的鼻尖，又把她拉近一点，贴在自己身前，用饱含情意的声音道："四天没近你身，我饿得紧！"

"……"

这个人真变坏了！

居然敢这般直言不讳，也不怕害臊了？

墨九扁了扁嘴巴："讨厌！"

萧乾低笑一声，看墨九双手高举，不敢沾在他的身上，那样子又可爱又滑稽，心里一荡，便有些不好受了。

64

"敢骂你男人讨厌？看我治不治你的毛病。"几乎没有多想，萧乾猛地抱紧她的腰，把她的身子托起来，走到灶房门口，砰一声把门踢得合上，回头时换一个方向便把她放了小浩收拾干净的青石台案上，紧紧把她圈入怀里。

墨九心里怦怦乱跳。

清幽的蔬菜香气充斥鼻间，伴着他温热的呼吸扑面而来，让她的整个天地变得昏暗了，一颗心顿时失守，热血冲脑，情绪便不受控制。

相爱的两个人，恨不得时时腻在一起。

墨九其实也是一样，要不然也不会大老远从兴隆山赶到汴京，她估摸着这个男人也差不多。而他平常在营里怎么也得装一个正经人，营中又每时每刻都有人跟随，为了顾及影响，他便是想偷一下腥都不行，一直忍着呢，现在好不容易得了机会，抽个冷子也想吃点儿豆腐解解馋，想来真的是合情理。只不过，他到底什么时候从仙人化身流氓的？！

"萧六郎！"墨九抬头瞥他，一双眸子亮晶晶的，满带笑意，"你该不会想把厨房变成战场吧？"

从大树上转移到厨房，这厮口味也重啊。

萧乾默了一瞬才听懂她的意思，清俊的眉梢往上一扬，嘴角带笑。

其实他哪舍得在灶上这样的地方动她？不过看这人说得那般荡漾，他心尖莫名一触，又忍不住想要逗她了。

"阿九想了？"

"哪有！"墨九很无辜。

"阿九若求我，我可以应允的——"他修长的手指捋一下她的领口，一点一点扳扯着，她腻白的肌肤便微微露出了一点，墨九低头一看，激灵灵打了个战，浑身都燥热起来。

"我呸！你个大尾巴狼！"

她赶紧拢好领子，瞥一眼紧闭的灶房门，晓得这厮其实也不敢做什么，又稳了稳心神，拽着他的衣裳袖子，微微眯眼道："你东扯西扯做什么？到底是害怕承认与那个七公主的关系故意转移话题呢，还是真有那么闷骚饥渴？"

"阿九在吃味儿吗？"

他温暖的大手再次扶上她的腰，身子微微挪了一下，便将她柔柔的身子整个纳入怀里，与她紧紧贴合着，哪怕是隔着衣衫的亲近，也让他焦灼的思念得到了一些缓解。

"亲我一口，便告诉你。"

"……"墨九翻白眼，"四天而已！"

"是哩，四天了！"

65

其实四天很短。

以前她不在营中的时候，他整日带兵打仗，整肃军务，冥想战术，根本就没有机会去考虑那些事，偶有夜深人静的时候想起她来，他会偷偷把她临别赠送的"礼物"拿出来，睹物思人一会儿，很快便被疲惫淹没在睡意中。

可如今不一样。

活生生的人就站在他面前，晃来晃去，娇艳、明媚，每一个笑容都真实而灿烂，她会甜甜地唤"六郎"，会把胳膊挂在他的脖子上撒娇，会小猫儿似的在他怀里挨挨擦擦，让他为她顺毛……两人寻常的亲近除去最初的悸动，好像比以往又添了一些什么，不若亲情，却似比亲情更近，恨不得连成一个人似的。

这种情绪，让他血液躁动不已，情绪也时常不安。也不晓得是自己的想法还是云雨蛊的催化，那种想要与她做成真夫妻的念头越来越强烈。

这样的事，他虽然不能做，但这样强烈的感情状态下，他又怎么舍得让她产生一点点误会？

"阿九……"

见她水雾似的大眼直勾勾地盯着自己，萧乾坚硬的心顿时化成了一摊水。他慢慢抬起她的下巴，与她对视着，小声道："七公主不是许给我的女人。"

不是许给他的？

那她跑到南荣大营来做什么？

墨九抿了抿嘴唇，思虑一瞬，带着一丝不祥的预感，试探性地问他："难道她是……许给宋鹜的？"

萧乾目光微微一闪，没有反驳。

见他默认了，墨九低啊了一声，整个身子僵硬着。

"不行！这怎么可以啊？宋鹜都有儿子了啊，他好不容易对彭欣产生了一点情意，想要一家三口团聚，走向幸福快乐的康庄大道，冷不丁横插一个公主进来，算什么事儿？"

她是一个为了朋友可以两肋插刀的主儿，说到彭欣的事，她比自己的事还要激动，连眼圈儿都急红了。

萧乾见她如此，怜爱地揽了揽她的腰，掌心顺着她的后背，慢慢道："你知道的，这是无可奈何的事——"

无可奈何的事，也就是国事了。

墨九默默望着他，良久不吭声。

就算她没有亲自参与这些事，心里却明镜似的。北勐与南荣迟迟不对汴京出手，一直围而不攻的原因，说白了，便是分赃问题，还有对未来局势的估量与自保。

66

南荣怕北勐，北勐也紧张南荣。

这种感觉就像两个匪徒合伙去抢劫，眼看大批金银财宝就要到手了，最后与对方搏杀的一击却不敢上了。他们不怕守财宝的人，却怕自己动手的时候，冷不丁被同伙从背后捅上一刀，陷入万劫不复之地，而对手坐收渔翁之利。

纵观历史，国与国之间每每遇上需要维持稳定与同盟的事情时，最常用的手段便是联姻。

在他们看来，只有姻亲关系才可以让彼此暂时放心，而且联姻绝非平民可为，只能是皇室。

北勐居于草原，南荣稳扎临安，各自的势力如何，得打过才知道。不过，五丈河北勐吃了亏，这回主动献上一个公主示好，对南荣也算有诚意。

既然如此，南荣也得表现自己的大度。

公主不能随便许配给普通男人，无论如何也得与她的身份相等。可南荣的成年皇子里面，只有宋骜一人至今还没有王妃。

于是，把塔塔敏许给宋骜就顺理成章了。

本来如萧乾所说，这是国事，根本无关感情，但墨九听了心里莫名堵得慌——为了彭欣，也为了她的干儿子。

两人相视一会儿，她润了润喉，盯着萧乾问："东寂也已经同意了？"

不喜她嘴里对宋熹那样亲热的称呼，可萧乾晓得墨九的为人，虽然有小小的酸味儿，也不会就此小题大做，只不舒服地蹙了蹙眉，为她整理好衣裳，低头又在她的唇上啄了一口。

"没许给我，你就偷着乐吧。"

"……"墨九无言：这人在幸灾乐祸？

"宋骜早晚要娶王妃，塔塔敏在北勐素有美名，也不算辱没了他。指不定成了婚，也能让他收收心呢！"

看墨儿脸上的神色一会儿一变，萧乾怕她胡思乱想，叹一口气，又宠溺地刮了刮她的鼻子："我晓得你为彭姑娘不平。可这件事……"顿了一下，他加重声音，"我不许你掺和！"

在一些无关紧要的事情上，只要不影响大局，萧乾向来惯着墨九，由着她折腾。可一旦他动了真格，他说过的话就板上钉钉，没法更改了。

可墨九还是为彭欣意难平。

宋骜阅女无数，可情感领域其实一片空白。她好不容易为彭欣在他脑子里的白纸上写满了金玉良言，想让他从此走上正轨，如今便要拱手相让，由着他把对彭欣的那点儿好感擦去，任由另外一个女人——一个看上去很厉害的女人去书写，描绘成她想要的样子，变成她的男人？

67

这本与她无关，可彭欣怎么办？

依彭欣的性子，绝不可能做小。

那么，她的干儿子不就没有爹了吗？说不定到时候两人还有一场夺子之战，亲人骨肉之间，弄得老死不相往来……

墨九越想越心寒，冷哼一声，像口渴了似的润了润唇角，冷不丁扑上去，恶狠狠咬住萧乾的嘴，直到听见他嘴里嘶地低呼，方松开嘴，像一头愤怒的小狼崽子，一直盯着他，就是不说话。

萧乾哭笑不得："怎么变成旺财了？"

之前被她咬破的地方还没有好呢，又来一次。他摸着嘴巴，看墨九嘟着嘴委屈了好久还是不肯吭声，不由得软下身段，搂了搂她的肩膀。

"好了阿九不生气，我陪你做菜可好？"

墨九仍然没有顺气："你不都吃饱了吗？还做什么菜？"哪怕无力回天，她也要发发火儿。

"没饱！"萧乾轻轻笑着，意犹未尽地搂她一下，"今儿晚上，我去你的帐篷……慢慢吃！"

墨九对灶上之事从来不马虎，尤其晓得了塔塔敏要与宋鹜联姻之事，更是上了心，即便只是一笼酱肉包子也比普通厨子多费许多心思。先是肉馅，清洗、切丁，加上料酒、姜葱汁、蛋清、酱料、糖，以及少许盐一起搅拌，末了把葱头、香葶切成碎末儿，一起拌入肉馅里，淋上一点儿香油，放在陶瓷盆里腌着备着，这才算完事儿。

萧乾看得眼花缭乱。

在这之前，他从来不曾想过做酱肉包子居然需要这么多道繁杂的工序，叹为观止地看完，他对墨九心疼不已，情真意切地道："九儿，从今往后除非是我想吃，否则你别下厨了！"

"噗！"

墨九真想一巴掌拍飞他。

"萧六郎你也太鸡贼了！秩序不要太颠倒好不好？我想吃的时候，我才会下厨。我管你吃不吃？"

萧乾淡淡一笑，给她一个柔柔的眼神，根本不信。

"你当真从不为我？"

墨九哪里肯承认？翻个白眼，将发好的面团擀成一张张薄软的面皮，嘴里嗤道："我啊，只知自己的胃金贵。"

被"自作多情"了的萧使君也不生气，微微一笑，继续慢条斯理地在灶上给她打下手。一个说，一个听；一个笑，一个乐，却是难得休闲的时光。

可二人一起下厨的事，被火头兵往外面一说，整个营地都快炸开锅了。南荣将士一听说萧使君亲自下厨烧火，几乎个个凌乱在了风中，傻了。

谁能想到堂堂枢密使会帮女人烧火？

可不论他们怎么不信，在萧乾"热情似火"的帮忙下，蒸个包子受到骚扰无数的墨九爷总算把酱肉包子端出锅了。

那香味儿飘出灶房，馋得人流口水。

这些长期在外打仗的大老爷们儿，哪一顿吃食不是将就应付，有什么吃什么？火头兵大多不是专职厨子，做出来的饭菜吃不死人就成了，也就那么回事儿。如今那精致的酱肉包子盛在白玉似的盘子里，圆圆的、白白的、香香的……让人禁不住馋、馋、馋，都指望吃上一口。

然而有口福的人，是少数。

墨九蒸的包子，当然不是大锅饭，总共也就蒸了三十几个，用灶上的大蒸笼蒸了两笼，就累得她快趴下了。私心里，她倒也希望营房里的人都能吃上一个，可这怎么满足得了？

当热气腾腾的包子端上桌时，在路上看见眼巴巴的南荣将士，墨九总算明白为什么行军打仗粮草最为紧要了。

这么多张嘴要吃，一人一个包子都得多少个？每个人每天都要吃饱，吃饱了才有力气打仗。伙食问题，是真正的大问题啊。

塔塔敏并没有随薛昉去休息。

在南荣的大营里，她自然也不可能真正放松心情。自打萧乾离开后，她就待在薛昉为她安排的帐篷里，等着吃墨九做的美食。

墨九进去的时候，她正负着手东看看，西看看，似乎对帐篷里头的东西很感兴趣。

长期居住在草原上的人，对于中原的繁华美丽自然是心向往之的。这个帐篷说来简陋，可里面的布置无不充斥着浓浓的中原文化，哪怕一个小小的楠木笔筒、青瓷茶壶，都让塔塔敏看得眼睛发亮。

"咳！"

墨九站在门口提醒了一声，让侍卫进去把装包子的盘子放在桌上，看塔塔敏回过头来，便笑吟吟对她道："七公主饿了吧？来来来，尝尝我做的包子。"

包子？塔塔敏目光沉了下来。

"你不是说要做美食？"

墨九唔一声："包子难道就不能是美食了？"

塔塔敏到底是一个公主，怎会稀罕几个包子？又怎会把包子这样的普通食物当成美食？她早就听说过墨家巨子爱吃，还会做美食，所以墨九下厨的时候，虽然她

69

面上没有流露什么，心底对这餐饭却有着极大的期待。

结果……只有包子。

望着白胖胖的包子，她嘴角抽搐了一下。

"多谢巨子。"

来者是客，主人一脸是笑地热情款待，哪怕塔塔敏对"包子"不太舒服，脸上却没有流露出嫌弃的表情，拉开椅子便坐了下来，顺手夹起一个包子，慢腾腾地放入嘴里……

香气浓郁，肉馅鲜美。

一入嘴，她便愣住了，惊喜地停顿了一下，咀嚼速度加快了。

虽然这只是一个包子，却是她吃过的最好吃的包子。

"唔，好吃！"

她素来向往中原文化，其中就包括"精致的美食"这一项，可从来没有机会深入汴京、临安这样的繁华城镇，也没有机会品尝那些传说中的美食。如今墨九的一个包子，让她大开眼界，满心的舒坦，甚至对即将嫁入临安之事，也没了那么多的烦躁。

没有顾及公主的形象，塔塔敏吃得很快。墨九看她如此，对她的为人也更欣赏了。她最受不得温静姝那一类的淑女小口小口吃东西的样子，就喜欢这样大快朵颐，肆意享受食物带来的快感——

"七公主慢着吃！"墨九轻笑一声，拿汤碗给塔塔敏盛了一碗自己做的老鸭汤，轻轻放在她面前，"别噎着！来，趁热喝一口！"

"谢谢！"塔塔敏对她投去感激的一瞥。

今儿两人的吃食除了酱肉包子，只有老鸭汤。可汤汁鲜美的老鸭汤最是开胃养生，配着酱肉包子吃，最是美味不过。塔塔敏喝了一口，目光一亮，再次低头喝了几大口，方舒服地叹一口气，抬眸对墨九一笑。

"巨子巧手，果然名不虚传。"

"七公主过奖了！"

墨九笑着又为她盛汤，塔塔敏从清亮的汤面上看着她娇媚的笑脸，唇角抿了抿，目光微微一闪："巨子真是一个活得有趣的人。"

得到她的真心称赞，墨九情绪却很淡。

"食物是上天赋予人类最平等的享受，能吃的人、有机会吃的人，都可以活得有趣。"

塔塔敏低了低眉眼，又不客气地拿起第二个酱肉包子，默了默，慢慢啃上一口，叹道："大概我真是饿了，怎觉得这个包子这样好吃？"

听她这么说，墨九只是笑笑。

坐在对面，她也默默拿着包子吃，心里却一直在寻思怎么探一下塔塔敏的口风，问问她关于与宋鹫联姻的事，也算是为彭欣略尽绵薄之力了——虽然萧六郎嘱咐她不许掺和，可打听打听，不算掺和吧？

这么想着，她唇角的笑容更大了。

"七公主慢慢吃，吃完了还有。"

两个包子入了肚腹，塔塔敏的动作已斯文了许多。拂了拂袖口，她似乎想到什么，瞥着墨九，漫不经心地问："巨子可知先前在大帐里，我为何一眼就认出了你？"

墨九微微一怔。

这事她根本没有考虑过。因为她与萧六郎之间的关系，想必塔塔敏也会知晓一二，那么她在萧六郎的大帐里与他说说笑笑，塔塔敏能猜出她的身份根本就不奇怪。

可如今听塔塔敏的意思，难道个中还有隐情？

她微微眯眼："我愚钝得很，望七公主明言——"

塔塔敏顿一下，笑开："我见过你的画像。"

画像？墨九头皮微微一麻。

对于时下画匠所作的人物画像，她从来不抱希望，也根本没有想过哪张画像能把一个人画得传神。可既然塔塔敏能够一眼认出她，想必那画像真的很像了——

可画像是谁人所画，目的又是什么？

她目光沉了一下，笑道："陋颜能入公主之眼，是墨九的福气。只是，不晓得七公主是在哪里得见的？我与北勐向来没有交集。"

塔塔敏唇角微微一挑，并没有被她装糊涂的姿态所迷惑："真人面前不说假话，巨子是明白人，我也不糊涂，我们又何必绕圈子？"

墨九紧盯着她的眼睛。

好半晌，她才淡淡一笑。

"七公主这么说，我想我明白了。"

从天隐山开始，北勐皇帝对她就有成见，也是一早就想对她动手了。在临安府画舫上时，若不是阿息保的人耍了个滑头，说不定她已经落到北勐人手里。还有那一日她刚入汴京府遭遇的刺杀，不也是北勐的杰作？那么，他们要收拾她，却并非人人认识她，故而，画像也就可以解释了。

唯一不可解释的是，塔塔敏的想法。

她问："七公主为何要告诉我？"

考虑一瞬，塔塔敏半合着眸子，目光像藏了许多难言的秘密，动作却很坦荡，带笑地指向桌面："因为我吃了你的包子。"

"还有呢？"墨九挑眉，也在笑。

"还有，我想继续吃下去。"

"……"她什么意思？

墨九莞尔，一双凉凉的眸子带着审视睨向塔塔敏，却没有想到，她端坐在椅上，大言不惭地道："我想好了，你做的包子这么好吃，我得在南荣大营多留儿日。"

看墨九的脸猛地一黑，塔塔敏修长的眉梢扬得高高的，声音却压得极低："巨子何苦拉着脸？放心，我不是来与你抢萧大帅的。"

"你当然不抢他，可你要抢宋骜。"

她性子直接，墨儿也直接。然而这句话一出口，差一点儿把塔塔敏噎着，一口包子卡在喉咙里，她重重咳嗽几下，呛得眼泪都出来了，喝了一口汤才缓过劲儿来问墨九："宋骜竟然也是你的男人？"

也什么也？好像她有好多似的。

一个"也"字，让墨九不悦地挑了挑眉梢："当然不是。"

"那我抢不抢他，与你何干？"

"与我无关，却与我的朋友有关。"

墨九想让塔塔敏知难而退。毕竟到目前为止，她觉得这个姑娘为人不错，实在不值得一朵鲜花插在牛粪上，配给宋骜那么一个混账。

想了想，她决定把彭欣的事如实相告，由着塔塔敏自己去考量，如果她能想法子与北勐皇帝闹上一闹，成不了这桩婚事，那就更好了。

可等她把彭欣的事说完，塔塔敏却意态闲闲地拿起第三个包子，语气波澜不惊，好像根本就不在意："巨子是说，他不仅有很多女人，还有一个儿子？"

"嗯。"墨九重重点头。

这样的男人，她贵为公主当看不上吧？

"还有旁的吗？"塔塔敏眼风一扫，又去看盘子。

"没有了。"

"呵，女人、儿子？那算什么？"

墨九狐疑："七公主就不思量思量，这样的男人，可是公主的良配？"

"我思量什么？世间哪个男子不是如此？我的父亲、叔伯、哥哥、爷爷……他们的女人和儿子难道就少了？宋骜才一个儿子，根本不值一提。"

说到此，她唇一弯，也不晓得是褒是贬，语气带了一点酸涩："还是巨子有福分，能得萧大帅一心相护。我就未必有那好命了……"她目光低垂下去，望着手上的包子，声音略显低落，"嫁谁不是嫁？能嫁一个有酱肉包子吃的人，也算老天厚待了。"

72

墨九无语至极。

堂堂公主对婚姻之事也如此消极？

她都没有嫁过人，难道对爱情就没点幻想？

墨九在桌下暗暗搓了搓手指，小声试探道："七公主心里，难道就没有自己心悦的男子？"

"心悦的？何谓心悦？"

真是迟钝啊！墨九心里暗自嗟叹，脸上却带着舒缓的笑容，向塔塔敏解释道："便是那个你想与他在一起，且只与他一个人共度一生、白头偕老的男人。"

塔塔敏良久未语。

也不晓得是不是错觉，墨九在她挪开眸子的那一瞬，捕捉到她眸底有一抹浓得化不开的惆怅，像是求而不得的失望，更像是无力改变的绝望。

寂静一瞬后，她便听见塔塔敏低沉的声音。

"我与他，今生是无缘了……"

果然有这样一个人？墨九高兴得快拍大腿了。

既然她心里有喜欢的男人，那么宋骜就该配给彭欣嘛。

她大发善心地凑过去，认真道："七公主，世上无难事，只怕有心人。你不曾努力过，又怎知与他无缘？我看不如这样好了，你说说与他的事，我来给你出出主意。"

"多谢巨子好意！"塔塔敏打断她，目光微微转开，拿起筷子指着盘子里的包子，"不知这包子的馅儿是怎么做的？巨子，可不可以教教我？"

"不行！"墨九黑着脸，"除非……"

"你不教我，那我只能每天缠着你吃了。"

墨九："……"

她以为塔塔敏只是说着玩的，没想到这个女人竟然执拗得紧。吃了她四个酱肉包子，从此便爱上了酱肉包子，下午的时候，非得缠着她去灶上教做包子。

墨九在同一天真的不想做同样的食物。

于是她没有教塔塔敏做包子，却教塔塔敏做了羊肉锅子。

比起宋熹上次做的羊肉锅子来，由于材料与器具等都不充足，味道也差了不少。墨九苦巴巴地涮着锅子，心里叹息着，便有点儿想念宋熹了。可哪怕塔塔敏从小吃羊长人，却从来没有吃过这么好的羊肉锅子。她再一次赞不绝口，几乎忘了自己到南荣大营来的目的，愉快得恨不得与墨九黏在一起。

这顿羊肉锅子也是分开吃的。

男女有别，萧乾与宋骜和一群高级将校在一边儿吃，墨九为了陪塔塔敏，没有与他们一起，两个女人相对而坐，自然冷清不少。

73

为此，她心里对塔塔敏怨念不已。

更生气的是，这个七公主不仅今晚不走了，还要与墨九同睡一个帐篷，气得墨九想把她一脚踢出去。可墨九想拒绝，也不晓得塔塔敏哪里来的本事，居然说服了萧乾，连他都默认了她的逗留，墨九又能怎样？

当然，她并不真心讨厌这个公主，唯一讨厌与遗憾的就是……萧六郎原本与她约好了晚上在帐篷"慢慢吃"的，如今看来，这个七公主不走，两人是吃不成了。

整整一晚，墨九都沮丧不已。

次日又是漫天大雪，她顶着个熊猫眼从帐篷里爬出来，刚撩开帘子，就被小王爷挡住了。

墨九看他偷偷摸摸的样子，就气不打一处来。

她冷哼一声，猛一把拽住宋骛的衣袖，把他拉离帐篷很远的地方才停下，恶狠狠地瞪着他，斥道："肉都放到你锅里了，早晚你都吃得成，到底在急个什么劲儿？"

被她劈头盖脸一顿吼，宋骛丈二和尚摸不着头脑。

他黑着脸瞅她半晌，猛地抬起巴掌拍在墨九的脑袋上："小寡妇，你什么毛病？怎么你的话老子一句都听不懂？"

墨九不悦地冷哼着，看着他狭长的桃花眼，就自动脑补了这个色狼看到塔塔敏有几分姿色，又是许给他的女人，就跑来撩骚的猥琐样子，嘴里更没有什么好话了。

"我还能不知道你？出征八个多月了吧？一直没机会见着姑娘是吧？急了吧？臭德行！"

宋骛瞪她："你头痛不痛？"

什么意思？莫名其妙！

墨九微抬下巴："关你什么事？"

啪一声，宋骛再一次拍在她的脑袋上："不痛老了给你打痛。小寡妇，你看小爷是那样龌龊的人吗？哦，你以为我大清早冒着风雪过来，就是为了看那个娘儿们？"

"难道不是？"墨九撇嘴，为彭欣不值。

"当然不是！"宋骛委屈地哼哼一声，"你也不看看她那个样子，长得像男人婆似的，脸比我还黑，浓眉大眼，整个一爷们儿，我能喜欢她？晚上抱着睡，老子都得做噩梦……"

"喂，你的嘴别太损啊！"墨九瞪过去，为塔塔敏申冤。

这一下宋骛彻底蒙了，噎一声，剜着墨九红扑扑的脸蛋儿："我说小寡妇，你到底是哪一国的？你不是彭欣的好姐妹吗？干吗替男人婆说话？"

"干卿何事？"

墨九确实是彭欣一国的，可她对塔塔敏并不讨厌，至少不喜欢宋骛这样以貌取人地奚落一个姑娘。尤其塔塔敏的样子看上去也像一个受了情伤的女人，她本不该受这样的对待。联姻之事，无非她生成了公主，无奈而已。

"反正不许你骂她！"

"行行行，你说什么就是什么。"

看她傲娇固执的样子，宋骛点点头，冷不丁又叹了一口气，目光直勾勾落在她的脸上："我其实是来找你的。"

墨九微微眯眼，不屑地瞪他："找我何事？"

"我不想娶这个男人婆……不，这个女人。"

像宋骛这种风流浪子，抱惯了娇俏小娘，不喜欢塔塔敏这种英气十足的女子倒也正常，可宋骛至今没有王妃，他也逃不过皇帝的指婚，所以，他来找她，是想让她帮忙喽？

墨九抬头望天……

若她有法子，又何必那么烦躁？

"小寡妇，你说话啊。"宋骛低头，作势又要拍她的头，"你不是最有法子的吗？什么歪门邪道的，都给小爷使出来！"

墨九后退一步，躲开他的魔掌："为什么你不愿意娶塔塔敏？"

"不愿意就是不愿意，哪来的为什么？"

"不愿意当然有原因。"

"没原因。"

"再给你一次重新组织语言的机会，到底有没有？"墨九心里暗自决定，只要宋骛能够勇敢地承认，他不想娶塔塔敏为妻是因为彭欣母子，是因为想与他们娘儿俩一起好好过日子，从此做一个好男人，那么，她就算拼着让萧六郎不爽，也要想法子把这桩婚事给搅黄了。

宋骛却愣头愣脑地道："真没有，我只是不喜欢她而已。"

墨九心里叹息一声。

看来她确实不好插手了。

是她太天真了！她怎能期待浪子回头金不换？又怎能以为宋骛想给儿子和彭欣送点东西，就是真正收心了呢？如他所说，他不想娶妻，只是不喜欢塔塔敏，只是单纯不喜欢她而已，根本与彭欣无关。

听见宋骛还在嚷嚷，她默了默又认真问："不喜欢塔塔敏，那你可有喜欢的人？"

她再一次希望他会说起彭欣的名字，可宋骛负手站在她面前，目光严肃而专注地看着她，却古怪地道出一个字："你！"

宋骜此言简直惊世骇俗，哪怕墨九神经大条，听完也愕然不已，以为自己听岔了："你说什么？"

然而，他的样子很严肃。

"我说我喜欢你。"宋骜目光专注，除了没有感情之外，他那双眼睛里蕴藏的情绪太多，以至于墨九好半晌才从惊讶中回过神来。

"咳咳咳！小王爷……"

想想，墨九又忍俊不禁。她完全无法直视宋骜的脸，低垂着头，咽下那口差点把她呛死的唾沫，才抬头迎上宋骜的目光，上前便去探他的额头："你是脑子发烧了，还是被门夹了？"

"墨九，我是认真的。"宋骜依旧严肃。

墨九唔一声，奇怪地瞥他一眼，总算敛了神色。

"小王爷，你可别吓我！"

"你看我像与你开玩笑？"

墨九审视着宋骜狭长的桃花眼，抱紧双臂，冷不丁哆嗦了一下。她后退一步，再一步，狠狠皱了皱鼻子："我怎么嗅到一股子臊味儿？你不觉得臊得慌吗？"

"我怎么没有嗅到？"宋骜无视她的揶揄，眼睛一眨不眨地盯着她的脸，一张严肃的俊脸紧绷着，慢慢朝她走过去。

她退，他便进。

她再退，他就再进。

一步又一步，两人僵持着，直到墨九无路可退，后背紧紧抵靠在了冰冷的帐篷上，激得她瑟缩一下，宋骜才微微眯眼，站定在她面前。

"我只闻到一股子酸味儿。"

"酸味儿？"墨九眯眼，再吸鼻子，"没有。"

宋骜眉梢一扬，也不解释，猛地低头凑近她的耳朵，将手撑在帐篷上，沉着嗓音非常肯定地告诉她："小寡妇，你给小爷记好了。若要我娶那个男人婆，我就喜欢你，一辈子缠着你。"

一辈子？喜欢她？

不不不，这句话逻辑不对！

墨九蒙了，完全不明白这厮的脑回路怎么长的。

愣怔片刻，她有点儿智商欠费。可宋骜痞气地勾了勾唇，用一双略带笑意的眸子盯着她，似笑非笑地挥一挥袍袖，掉头就走，很快消失在风雪中……

耍帅啊？

在她面前耍帅的人，还是宋骜吗？

"疯了！都疯了！"墨九总觉得自己眼花，摇了摇头，恨恨踢一脚地上裹了雪的石子，准备回帐篷再补一下眠，可冷不丁一回头，却意外地对上一双冷漠的眼睛——

萧乾就站在她背后不远处的风雪中。长身玉立，甲胄森然，披风在冷风中猎猎翻飞，一双淡漠的眸子像蕴了万年没化的冰川，盯着她眨也不眨，却活似下凡谪仙，美得风华绝代。世上有那么一种人，一言不发也可以用气场给人造成强烈的心理压力。

正好萧乾就是这种人。

而墨九就倒霉地成了被他压迫的人。

可他这是在生气，还是吃醋？

天！墨九仔细一想，拍拍脑门儿，有点哭笑不得。

她总算明白了！宋骜那厮先前的举动分明是故意的。

他晓得萧六郎过来了，故意向她示好，与她亲近，甚至产生肢体接触，就是为了报复一下萧乾的不仗义，便以此威胁她，如果她不把联姻的事给他办妥，他这辈子都不会让她与萧六郎过好日子。

毒啊！亏他想得出来。

墨九听过各种各样的要挟方式，却从来没有听说有人这么干过。

宋骜果然不是个正常人！

她想笑，可看萧乾的目光越来越冷，又笑不出来了。

墨九搓搓额头，有点崩溃。

"你们这些男人再这般神经下去，我肯定会抑郁的。"

出乎她的意料，萧乾什么都没有追问，冷着一张黑脸慢慢朝她走过来，理了理她的风雪帽，怜惜的动作没有改变，声音也一如既往地温柔。

"这么早起来作甚？睡不着？"

"呃！"墨九当然不肯承认，因为昨天晚上没有与他"慢慢吃"，心里始终惦念着，像少了点什么似的，烦躁得慌，确实没有睡好。为了维护尊严，她不在意地莞尔一笑，伸了伸懒腰。

"早睡早起精神好。我睡饱了，出来透透气。"

紧抿的唇角微微一扬，萧乾像是看穿了她似的，冷哼一声，

"什么时候你才会老实？"

"我一直老实着！"

"老实？也不嫌害臊！"萧乾剜她一眼，上前逮住她的手腕，紧紧捏在手心里，大拇指挠了挠她的手心，脚步放大，带着她迎向了飘然而落的雪花。

"喂！做什么？"墨九问。

77

他不答，一张冷峻的面孔几乎没有表情，深邃的眸底却隐隐泛着一种冷冽的气息，让几个侍卫远远见之，行个礼就脚底抹油了。

墨九小步跑着才跟得上他。

气喘吁吁走了一段，她抬头瞪他："萧六郎！"

"嗯？"

"你要带我去哪里？"

"回营帐！"

来到南荣大营好几天了，墨九"从了军"，却始终没有得到睡他的床的准许，每天都只能窝在小帐篷里做蜗牛，而萧乾向来注意形象，更加不肯在下属面前与她过分亲近，不会公然让她睡在他的帐篷里，所以，她虽然想念他的床的味道，却一直没能得逞。

不承想，宋骘这么一闹，他竟然破了例。

从漫天的风雪中将墨九拉进去，萧乾便把她丢在铺着厚厚褥子的床上，居高临下地审视着她，一本正经地冷斥："眼圈都黑了，还不肯承认没睡好。"

"所以呢？你待如何？睡了我？"墨九眨眨眼，觉得这厮可爱得很。

"睡！"他的回答简洁而冷漠，与一贯的形象符合，能说一个字，绝不说两个字。可他的表情完全没有墨九以为的醒龊，一个睡字说完便转了身，坐在不远处的书桌旁开始处理公务，半丝眼风都不瞄她。

酷死了好吗！

墨九星星眼，觉得生着小闷气的萧六郎比寻常更接地气，更帅气逼人。但她虽然昨天晚上没有睡好，这会儿却根本没有睡意。而且美色在前，哪能一个人独睡？

她嘻嘻一笑："喂，萧六郎！"

"……"没有人回应。

她也不急，双手撑着床沿，懒洋洋坐着，双腿直晃悠，嘴上不停地说："你既然心疼我睡得不好，为什么要同意那个什么七公主留下来？若没有她，又哪里能影响我的睡眠？"

萧乾抬头看她一眼，又收回了视线。

什么人哪？墨九瘪瘪嘴巴，继续道："唉！你都不知道这个女人有多么麻烦。她霸占了我的床不说，还会挖鼻孔、掀被子、睡觉打呼噜……最关键的是，她霸占了床，还想霸占我的人。啧啧，怪不得小王爷不肯娶她。换你，你肯娶吗？"

一句话里，断了两次层，萧乾听完嘴唇抽搐。

"你究竟要问什么？"

"为什么留下七公主啊？"墨九严肃脸，"后面那个问题，我只是随便一问。当然，你也可以随便一说。"

萧乾扶额，平静的表情终于有一丝龟裂。在墨九面前，他越来越难以保持平淡无波的心态。她是火一样的女子，热情、爽利、冲劲十足，哪怕他是一块坚冰，也能被融化了。

与她眼神交会，他的唇角慢慢爬上了笑意。

"为了让她陪陪你……"

"陪我？"墨九冷哼，"我有玫儿在身边，需要她来陪吗？一个北勐公主，与我一无交情二无故旧，陪什么陪啊！她只会打扰我好不好？"

"打扰你当然好！"萧乾眼中噙着笑意，用一种揶揄的语气，冒出一句邪佞十足的话来，"若不然，你岂非要天天缠着吃我？"

"你……"墨九万万想不到萧乾会说这样的话，一个字吼出来，想到他说的吃，双颊又不免有些发烫。然而，再冷漠的男人骚起来脸皮都比女人厚。任凭她睁大眼睛瞪半天，他都意态闲闲，面无表情。

终于，她朝他竖了竖大拇指。

"一个字，服！"

"服谁？"他问。

"你呗！"墨九唇一扬，哼哼道，"行了，你不说，我自己也能猜出来。你晓得宋骜不想与塔塔敏成婚，可那厮在女色上没有什么底线，而塔塔敏也小有姿色，只要把她留在营中，整天在宋骜面前晃来晃去，就算两个人培养不出感情，但在一个全是爷们儿的营房里，小工爷难保不犯点儿什么错误！一旦生米煮成熟饭，也就由不得他抗拒了。"

萧乾黑眸灼灼地盯着墨九的眼，一直没有说话。

墨九斜了斜眸子："我说对没有？"

萧乾想想："你说的都是对的，我不敢说不对。"

"……"墨九没好气，剜他一眼，"你还有不敢的？"

"在阿九面前，我胆小。"他正色的样子没有半分玩笑的情绪，逗得墨九哭笑不得。可他倒好，脸色平静，一本正经地走过去捏了捏她冰冷的小手，又蹲身为她脱下鞋子，抬起她的双腿放到床上，拉被子盖住她。

"做什么？"墨九被他的温柔弄得没了脾气。

"乖乖睡一会儿，补眠。"他低头，一个温热的吻落在她的额头。

墨九怔了怔，慢吞吞道一声："哦。"

从带着风雪的冰冷室外转移到温暖的床上，又被喜欢的男人柔情似水地抱放在被子里，还有一双温情脉脉的眸子注视着自己，墨九即便不困，也舍不得这样温暖的时光，想要合上眼睛睡一会儿。

她慢慢闭上眼睛，原本只想养养精神，可周公来得悄无声息，没过多久，就把她召唤了去。

萧乾的被子里，有他独特的味道。

这是一种墨九从来抗拒不了的味道。

她喜欢，很喜欢，更喜欢在这味道中入眠。

于是浅浅呼吸着，她这一觉睡得极酣，紧张的神经放松了，冰冷的身子也暖和了，等她被一道低低压着的声音闹醒的时候，浑身上下都舒坦而自在。

她打了个哈欠，睁开眼睛。

床前有一道帘子，已经被萧乾拉上了。

所以她睡在里面，与外面就隔成了两个空间。

在纸张翻动的窸窣声里，她听见萧乾问："何人送来的？"

薛昉回道："巡查在校场的箭靶子上发现的。"

校场的箭靶子上？

那里的箭靶子是用稻草扎成的人，与营区围栏的距离至少有十来丈，有人能把这封信射在箭靶子上，若他不是在营房里面射的，而是从外围射入，只能说那不仅是一个神箭手，还是一个大力士。

静寂一会儿，萧乾摆手道："下去吧。"

薛昉轻道一声是，脚步慢慢挪动。

可刚转身，便又听见萧乾在背后吩咐。

"脚上轻点。"

薛昉："……"

他晓得墨九在里面的床上睡觉，但他的脚步已经尽量放轻了，他自己什么声音都听不见，他的主子却从他进来到离开，把这句话重复了三次。

"变了！变了啊！"他低声喃喃。

"什么变了？"帐篷内太安静，萧乾耳朵好，竟入了耳。

薛昉被他吓了一下，回头看他，想想又瘪着嘴巴，幽怨地道："我说使君变了，以前你不是这样的……"

"咳！"墨九听见薛昉憋屈的声音，不由得想到这些日子来关于那天的风言风语与传闻，忍不住有点儿想笑。可是她没笑，硬生生憋着，重重叹了一口气道："六郎，薛小郎也怪不容易的，你就算要变心，也多少顾及他一点……"

萧乾："……"

薛昉一张脸涨得通红："墨姐儿……"

萧乾打断他，目光一沉："还不下去？"

墨九又一次幽叹："唉，六郎，你变了，变了心了……"

"呃！"薛昉被他俩耍得团团转，委屈得要死。

80

可此处不宜久留，他苦巴巴闭着嘴，退了出去。

墨九趴在床上咯咯笑了一阵，又踢踢被子，伸个懒腰，懒洋洋从床上爬起来，觍着一张睡得红扑扑的小脸儿，慢吞吞走到萧乾身边，带着刚刚睡醒的慵懒，像个小姑娘似的向他展开双手。

"六郎，抱——"

与萧六郎在一起，她是越活越回去了，心里有些鄙视自己装嫩，可她实际年纪还小，在萧六郎看来也不过正常罢了。

大抵男人都喜欢柔情似水的女人，萧乾对墨九软绵绵的娇俏模样很是受用，把她接过来安置在腿上，便怜爱地圈住她的腰，说话的声音比薛昉在的时候，降低了不止八度。

"吵醒你了？"

"没有。"墨九摇头，"谁给你写信了？"

她是一个精明的女人，从先前的三言两语与蛛丝马迹也能判断出大致情况。想想萧六郎的招蜂引蝶，她目光有意无意地瞄向桌上躺着的信函，扬眉道："是哪个妇人给你写的情信？"

萧乾好笑地刮刮她的鼻子："傻子！"

"我就傻。"墨九拨开他的手，很享受这样的二人世界，"快点交代，到底是哪个狐狸精？"

萧乾宠溺的眼神落在她的脸上，沉了嗓音。

"我也不知……到底何人所写。"

不知？墨九一惊："信上说什么？"

"约我去浣水镇。"

浣水镇是离南荣大营约莫十里地的一个集市。由于毗邻汴京，附近的百姓日子都极为好过，在三国没有开战之前，浣水镇很是繁华热闹。然而战事一起，估计好久没有开集市了。

好端端的，那人为什么要约萧乾过去？

况且，他是有多大的脸、多大的自信，来这么一封不署名的信，就以为可以约到萧使君？

墨九轻轻嗤之："你不会去的吧？"

"不！"萧乾低头，望入她的眼眸，"我去。"

墨九啊一声，不敢相信地咽了咽唾沫，不解他打的什么算盘："为什么，你傻了？浣水镇虽是南荣的占地，可如今这些地区，哪里不是鱼龙混杂？万一是人家布好的陷阱呢？你去不是白投罗网吗？"

萧乾淡淡一笑："人生在世，何处不是陷阱？"

81

墨九："……"

看她不语，萧乾慢悠悠转过头，端起桌上的瓷杯，拿杯盖轻撇着水面上的浮沫。良久，他低头抿一口茶水轻笑道："再说，再有几日便是上元节了，带你去买些东西过节，也是好的。"

墨九才不相信他心思这样单纯。

再次带着怀疑瞟了一眼那封信，她几乎可以确定，关于那个写信的人，萧六郎心里肯定有谱了，因为他从来不是鲁莽的人。但他不说，她也懒得问，只要他愿意去的地方，哪怕刀山火海，她跟上就是。

"成！"她双手搭在他的肩膀上，笑吟吟地啄一口他的脸，愉快地道，"这仗一打起来没完没了，烦都烦死了，去散散心也是好的。只是不晓得凉水镇有没有花灯卖？嗯，还有糯米粉子咱也得买一些，过节的时候做元宵吃。"

萧乾目光带笑："好。"

两人顶着风雪上了马，领了几个侍卫，原本是准备悄悄出游的，可宋骛那厮说到做到，他们的马匹还没有出营，这货就懒洋洋地跟了上来。

不论墨九如何瞪他，他都无丝毫自觉性，一言不发地跟着她，那样子俨然已是墨九的"追求者"，时不时用一种让墨九毛骨悚然的"爱慕"目光注视她，令她几乎抓狂。

"小王爷，你能不能高抬贵手？"

"我喜欢你。"宋骛一脸正色地表白。

"好好好，我知道了，你乖点，回去呗？"

"我喜欢你！"

"小王爷，你嫌不嫌丢人？"

"我喜欢你！"

他面无表情，不论墨九说什么，只回这一句，完全像一台复读机，一板一眼地向她表达着爱意。墨九扶额呻吟，无语地瞪着宋骛，眼看萧乾的脸色也越来越黑，不时又有南荣兵走来走去，她一个头两个大，有点惹不起他的感觉。

"行行行，九爷允了！你喜欢就喜欢呗！"

宋骛满意了，优哉游哉地跟着，墨九无奈地翻个白眼，听萧乾哼了一声，无辜地看过去，撇了撇嘴。萧乾回她一记意味深长的眼神，仍然没有多的言语。

如此墨九算明白了，萧乾为什么啥也不问。因为他心里很清楚宋骛是个什么样的人，他这样做的目的是什么。这种混世魔王，不予理会才是王道，只好由着他去。

于是二人行，变成了三人行。

82

可事情远远没有就此结束。

三人走了没多远，就变成了四人行。

这小王爷作也就罢了，刚刚从墨九的帐篷里爬出来的塔塔敏公主居然也骑着她的高头大马跟了上来，非得跟着他们去，就连借口也与宋骜一模一样。

"墨九，我喜欢你！"

墨九望天，只觉今儿的风雪更凛冽了，声音都带着颤抖。

"可我不喜欢你……们。"

"无碍！"塔塔敏不是复读机，可态度与立场比宋骜更加坚定，"南荣与北勐是盟友，你们去得的地方，本公主自然也去得。你既然无法拒绝，不如就愉快接受吧！"

墨九："……"

有那么一刻，她觉得塔塔敏与宋骜其实也般配。

一样倔，一样不要脸，一样耍流氓。

寒风席卷，风雪弥漫。

四人骑马走在前面，后面一群侍卫紧紧跟随。

一路上，墨九与塔塔敏有说有笑，说着当地的风土人情，说着遇见的美食与趣事，却绝口不提其实一直逼压在头顶的这一场血腥战争，以及南荣与北勐之间的敏感关系。

都是年轻人，谈起来也算投缘。

可她们其乐融融，两个男人却无声无息。

萧乾不动声色，面上凉薄、冷漠，从头到尾一言不发，俊美的容颜却让他存在感极高，墨九甚至好几次发现，塔塔敏在偷偷瞄他。

长得好看的男人，就是招惹人。

虽然宋骜长得也极是英俊，但在萧六郎卓绝无双的风姿面前，他到底还是青涩了一些，气质上少了一种普天之下的女子都极为看重的稳重与安全感。

这样的画面，让墨九有些想笑。

塔塔敏也是有点儿意思，她不应该多瞅宋骜几眼吗？

一个不小心，他就是她未来的夫婿啊！

还有这胡乱勾搭人的萧六郎，回头要不要做个面具把脸锁起来？

她在胡思乱想，宋骜却紧绷着脸，像谁都欠了他二百吊钱似的。

自打带上了塔塔敏同行，宋骜的表情就没有舒坦过。但他的心思与墨九极为不同。他看见塔塔敏瞄萧六郎，心里几乎是窃喜的。好几次，他都恨不得吼一句：萧六郎鸟大，塔塔敏爱他去吧！

这样一喊，看他们两口子还横不横了！

"小王爷……"

一道清亮的嗓音，把宋骜的心思拉了回来。

他回眸一看，差点儿噎死。

为什么男人婆在喊他？她居然注意到他了？

宋骜微微蹙眉，斜着眼睛看塔塔敏，冷声问："有事？"

塔塔敏一愣，感觉到他不友好的态度，她伸手摸了摸鼻子，微微低垂头，哈出一口白气，淡淡道："你的风氅穿反了！"

宋骜像被人踩了尾巴，脊背顿时僵硬了。

等他看清楚披在身上的裘皮风氅确实穿反了之后，一张俊脸窘得恨不得钻地缝儿。他回过头瞪一眼无辜撇嘴的墨九和事不关己的萧乾，又看向自己的侍卫。

跟在后面的侍卫紧张得声音都颤了。

"小王爷，小的想提醒您来着，可您让小的闭嘴，您还说……小的再多说半个字，就要铰了小的的舌头——"

"滚！"宋骜横他一眼，镇定地脱下风氅，反过来披好，再系上带子，不冷不热地瞥一眼塔塔敏："公主还是省省心思吧，不要以为你向小爷示好，小爷就会看上你。这一次联姻对小爷来说，就是个笑话！不管你嫁不嫁入安王府，爷都不是你要得起的人。"

塔塔敏嘴唇受了冷风，红扑扑的有点干燥。

闻言，她润了润嘴巴，像看怪物似的看了宋骜好久，方慢吞吞道一句："正好，本公主也有此意。"

"哼！"

"哼！"

话不投机半句多。两人各自别开头，互不理睬。

墨九与萧乾互望一眼，叹一声，也闭上了嘴。

浣水镇比墨九想象的更为热闹。可能是快到上元节的原因，虽然空气里还弥漫着硝烟，可老百姓也乐观地走出了家门，呼朋唤友，准备着上元节的祭祀用品。街道上，那些和平时代最热闹的酒楼、茶肆、布庄都还没有开张，但祭祀用品、日常用品以及售卖的花灯摆满了长街。

"哇！不错不错，好漂亮！"

墨九对这些玩意儿很感兴趣。之前八个月她都居于兴隆山，已经许久没有感受过人世间的烟火气了，这样接地气的古街小镇，几乎是萧条的战争年代里为数不多的繁盛之所。

"萧六郎，我们去买几个花灯吧？"

"嗯！"

萧乾把马交给侍卫，陪着她，慢慢走在人群里。

宋鹜与塔塔敏两个人互瞪一眼，也一左一右跟着他们。

虽有两个跟屁虫在，却没有影响墨九逛街的兴致。路上的行人不算很多，但街道并不冷清，正合她的口味。她乐呵呵笑一声，扯着萧乾的袖口，看了看四周，又低低问："那个人约你在哪儿见面？"

"浣水镇！"萧乾回答得很轻。

"浣水镇的哪里？"

"没说。"

"……"墨九呼气，"这样你也敢来？"

"有何不敢？举目天下，哪里我去不得？"

"你牛！"墨九瞥一眼他俊美的面容，很想不为他操心，可她虽然不知道那个人是谁，还是觉得如今他们在明，人家在暗，如此招摇过市，实在太过冒险了。

"萧六郎！"她忽地唤他，"要不然我想个法子把他引出来？"

浣水镇，顾名思义是一个临近水边的小镇。河风大，湿气重，就连温度似乎也比南荣大营里要低得多。滴水成冰的天气里，墨九搓着双手挤入卖花灯的小娘摊位前，冷得打了个哆嗦。

"老板，买花灯嘞。"

卖花灯的小娘生得好看，白生生的双颊，圆溜溜的大眼，细板似的腰身，鼓囊囊的胸脯，往摊前一站，被五颜六色的花灯一衬，水灵得像一朵带了露水的花骨朵。

所以长街上卖花灯的不少，她家摊前围的人最多。

小娘忙着招呼客人，没有听见，墨九又大喊一声。

"老板，花灯卖不卖？"

小娘正与一个青袍公子说话，依旧没有回应。见状，宋鹜有些不耐烦了。

他完全不能理解墨九。到处都是卖灯的，她为什么偏偏要挤到这里来？说小娘长得俏吧，可墨九是个女子，显然没有这个爱好。说小娘的花灯做得好吧，宋鹜撇撇嘴，觉得与旁边摊上的也没什么两样。

"小寡妇，让开。"

他挤到墨九身边，给她一个嫌弃的眼神："看我的。"

墨九唔一声，未及反应，便听得啪一声，一锭白花花的银子拍在了小娘用旧木板搭成的摊案上方。

"哇！"一群人低呼起来。

也不晓得是宋骜的长相勾人，还是银子惹了眼，一直忙活着的花灯小娘回过头来，看见宋骜，愣了一下，俏生生地红了脸。

　　"这位公子，要买什么？"

　　"除了灯，你还有什么卖的？"宋骜似笑非笑地勾了勾唇，不太正经地扫了一眼她妙俏的前胸，那小娘感觉到他的视线，当即脸一红，垂目道："公子说得是，敢问公子，要买哪个灯？"

　　"嗻。"宋骜努嘴指向墨九，"并非我要买灯，是她要买。"

　　果然"小姐"不如"公了"惹花灯小娘的眼睛。尽管墨九认为自己长得比宋骜漂亮好多，可小娘看见她，态度断断不如面对宋骜时那么娇媚小意了。

　　"不知小姐要买哪个灯？"

　　墨九微微一抿唇："我不买灯，也看不上这些灯。"

　　看不上，那她买什么？

　　不止花灯小娘，摊旁的人都愣住了。

　　她这语气，不是成心找碴吗？

　　花灯小娘的脸色不太好看了，还好有宋骜放在摊案上的银子，看在那一锭银子的分上，她脸上还勉强维持着笑容。

　　"小姐不要与我玩笑了，我这里只卖灯……"

　　"嗯。我知道。"墨九不像开玩笑的样子，严肃地瞥她一眼，把那一锭银子夺过来，在手里掂了掂，诚恳地望向花灯小娘，"可我不买灯，就想买你。"

　　花灯小娘顿时怔住："姑娘……"

　　墨九扫一下围观的人群，笑吟吟地绕过摊案，走到花灯小娘身边，揽住她的脖子，一副"姐俩好"的样子，把她拽到旁边，低头道："我有一事要你相帮，事成，那一锭银子就是你的……"

　　她不时掂银子，惹小娘的眼。

　　小娘的目光随着银子起伏，眸底暗光闪烁。

　　墨九知道，一锭银子在时下是一大笔钱，能平白得这些钱，一般人都抗拒不了诱惑。

　　花灯小娘眼睛一眨不眨地盯着银子，目光慢慢放软。

　　"小姐，有什么事，你请说……"

　　墨九莞尔一笑："就知道你是个好姑娘！"

　　约莫一刻钟后，墨九从卖灯小娘的摊位上走了出来，在萧乾、塔塔敏和宋骜几人的注视下，轻松地耸了耸肩膀。

　　"搞定！"

　　"你做了什么？"

宋骜与塔塔敏异口同声地问。

墨九回视他们两个，抿嘴而笑。

"不告诉你们。"

她不告诉，是因为不需要告诉。很快，那个卖灯小娘就脚踩绣花鞋，颤巍巍地站在了自己的花灯摊案上方，手上执了一根长长的竹竿子，竿子上面挂了一个花灯，灯的一面画着没有穿衣服的全裸仕女，另一面写着几个大字。

"萧乾在浣水镇"。

花灯小娘不知道墨九为什么要这么做，但那一锭银子足够她卖十年的花灯了，哪怕这样的行为很出丑，但比卖身的干净多了，权衡一下，她自然很乐意为墨九效劳，不仅举灯，还热情地吆喝。

"快来看，快来瞧！极品花灯出售了！"

"走过路过，不要错过！过了这个村就没这个店了！"

这些台词是墨九教她的，她虽然觉得很古怪，可喊出来，见无数人被吸引过来，心里却有些惊喜——往后做生意，也得这般喊才成。

有美人、有怪事，自然会引起众人的注意。

花灯小娘的摊儿本来就热闹，如此一闹，长街上的人都拥过来看热闹，一个小小的花灯摊前，拥挤不堪。

这条街上认识字的人不多。

但在两国交战之际，识字的人都知道萧乾是谁。

经他们一宣扬，很快，"萧乾在浣水镇"的事就传得尽人皆知了。可萧乾到底在浣水镇哪里？人人都在猜测，人人都在找……很快，鹤立鸡群的萧乾一行人就引起了众人的注意。

俊男美女的组合本就惹眼，先前墨九与花灯小娘那一出，也有许多人瞧见。

很快，人群就沸腾起米。

"快看，那个是不是萧乾？"

"你见过？谁知道。"

有人猜出来，却没有人敢上前求证。

萧乾眉头狠狠蹙着，不回应任何人的任何话，只紧紧拽着墨九的手腕，从人群中挤出来，黑着脸问她："你这就叫化明为暗？"

"不。"墨九笑道，"这叫，化明为更明。如此一来，整个浣水镇的人都会特地注意你。你的一言一行都会落入众人的监视中，那个人想要接近你，就不会不顾及——"

"……"

萧乾深呼吸一口气，一脸纠结，墨九却怀疑地凑近，小声问他："你是不是晓

87

得那人是谁？要不然为什么这样一副便秘脸？"

萧乾没有承认，也没有否定。

他几乎是无奈地长长叹了一口气："走吧！四处逛逛——"

寒风猎猎，花灯被吹得左右摇晃，卷起花灯小娘的秀发与长裙，但她依旧高高站在摊案上，一直举着竹竿，那画面有点违和，却也有些美感。长街上看热闹的人换了一批又一批，每一批过来都指指点点，发出猜测声，却无人注意，密集的人群中，一个面目清俊的年轻男子双眉紧蹙着，负手而立，目光锐利得宛若刀尖，冷冷地盯着化灯上面的那几个字。

"少主，萧乾这是什么意思？"

站在他身边捋着胡子的中年汉子小声问。

年轻男子摇头，唇角紧抿。

这样奇怪幼稚的行为，根本就不像是萧乾干得出来的，除了墨九，他不做第二人想。而且，他虽不能完全猜出墨九的用意，却也知道，这里人人都盯着萧乾，他行事会更麻烦。

浣水镇上都有些什么人，谁也不知道，他的身份却不能暴露在天光之下。

若他与萧乾接触，萧乾暴露了，他便很容易暴露。

所以，必须速战速决！

"这个惹祸的女人！"

低低冷嗤一声，他眼睛微眯，一只手紧紧捏住腰间的马刀，手背上隐隐有青筋浮现，眸底时隐时现的凛然，让人觉得他似乎把想口中的女人千刀万剐。

"少主？"他身侧的中年汉子见状，低低喊一声。

"嗯？"

"不然，属下找个机会除去她？"

年轻男子唔一声，低头眯眼剜他，声音宛若冰霜。

"不准任何人动她！"

"少主，为何？"中年汉子显然不解。

"我喜欢的女人，要动，也只能是我自己出手。"

年轻男子慢慢放开握着马刀的手，望向熙熙攘攘的人潮，紧紧蹙着眉头，过了好一会儿才慢慢叹气。

"去告诉萧乾，浣水楼见。"

古时的楼阁，为登高远眺，大多建在临水之地，浣水楼也不例外。它建在浣水镇北面临近涧水河的地方，并不宏伟壮观，可小则小矣，却精巧秀俏，楼上还留有无数文人墨客的字迹。

以前的浣水楼兴盛得紧，人来人往。但随着战事打开，早已人去楼空，平常几乎寻不见人影。

萧乾是领着几个侍卫前往的。

原本墨九死乞白赖地也要陪着他去，但由于有塔塔敏在侧，萧乾自然不会让她涉足这些事情，迫于无奈，墨九也无法去见那个"邀约人"，只能拽了塔塔敏在街上瞎逛。

待萧乾赶到的时候，浣水楼外停了几匹马。

萧乾淡淡扫了一眼，把几名侍卫都留在楼外，独自一人踩着被白雪覆盖的小径，踏入了浣水楼。

楼内正厅里挂着轻雾似的薄纱，一阵寒风吹进来，撩得帘子胡乱飞舞，一缕薄纱拂到临窗的男子身上，让他宛若沐浴在柔和的天光之中，将外面的一片冰天雪地都隔绝在外了。

"王爷久等了。"萧乾清朗的声音徐徐响起。

那年轻男子回头，棱角分明的五官高贵雅俊，笑容略带邪佞，却真挚得好像他与萧乾并非敌人，而是久别重逢的朋友。

"我也刚到！"他笑道，"萧使君别来无恙？"

"托王爷的福，还活着。"

"萧使君福大命大，修怎取此福与你？"

萧乾清俊的脸上并无表情，他睨着完颜修，唇微微一扬，冷冷道："我时间不多。"

他的意思是不想与完颜修客气与废话，有事赶紧说事，可完颜修显然没有快要做亡国奴的自觉，脸上依旧带着轻松的调侃与戏谑。

"急什么？有的是时间给萧使君建功立业，不差喝这一壶茶的时间。"

说罢，他拍拍手，里间便施施然走出一个妙龄少女来。她体态婀娜，手上托着一个冒着热气的茶盏，款款走近靠窗的茶几，弯腰将茶盏放下，朝完颜修施个礼，又慢慢退下。

"萧使君，请上座。"

完颜修客气相邀，萧乾瞥他一眼，终是慢慢走近茶几旁的椅子，撩袍而坐，脊背挺直，眸子宛若修罗之眼，冷飕飕落在完颜修的脸上，却一言不发。

呵！完颜修笑了，慢吞吞坐了萧乾对面，端茶吹水，闲闲道："我为何请萧使君至此，想来使君心里已然有谱了？"

萧乾皱眉，淡淡剜他一眼："不知。"

旁人或许不知，但完颜修绝对不敢幻想能瞒过萧乾的耳目。他轻慢地笑着，审视萧乾不动声色的面孔，好一会儿，见萧乾始终没有反应，无奈地摇了摇头。

"萧使君素来算无遗策，又怎会错过这一桩？你知道我能从完颜叙的虎口逃离

89

汴京，就当知道，我早就留有后手。"

这是一个肯定句，根本由不得萧乾反驳。

萧乾若有似无地瞟他一眼，抬盏喝茶，不回答。

可言辞少的人，往往会有一种威仪，让人很难猜出他真正的心思，越发琢磨不透，萧乾也是如此。完颜修原本邀他过来，是有把握说服他的，但看萧乾此番的表现，却对后续的话有些拿不准了。

思量一瞬，完颜修试探地笑问："萧使君，可有想过与我合作？"

萧乾冷笑，说话毫不留情："败军之将，何以为谋？"

完颜修怔了怔，哈哈大笑："萧使君还真不给人留脸子。"他顿了一下，敛住表情，似笑非笑地揶揄，"可你为何又受了败军之将的邀请，来了浣水镇？修以为，这便是彼此友好合作的基石。"

萧乾放下茶盏，微微一笑："我若知是你修王爷邀请，绝不敢来。两国交战，我私下与敌国王爷在浣水镇相见的事若被人传出去，说不定得落下一个通敌叛国的罪名。"

他当真不知？

完颜修已无法准确判断这个人。

可仔细一想，事到如今，他也犯不着与萧乾扯这些闲篇了。清了清嗓子，他直入主题道："在萧使君面前，修也就不隐瞒了。修执掌珪兵帅印时，在军中也颇有威望。当年朝廷迁都汴京，留了大批军队在上京（原国都），那些驻守的将士也都是修的部下。完颜叙不仁不义，修逃回上京之后，得到了原部众的拥护，如今只需登高一呼，必有珪北的将士前来投靠……"

完颜修所说，萧乾自然清楚。

论权术政治，完颜修可能不如完颜叙，这才在皇位角逐中被完颜叙斩于马下。但论及在珪兵中的威望，十个完颜叙也不及一个完颜修。

尤其如今哪怕南荣与北勐兵临汴京城下，但珪国国土分布较广，东北部的大片土地还在珪人手中，完颜修得到上京旧部支持，若组织起珪北部的将士，与南荣和北勐抗衡，其战斗力绝不输于任何一个国家，尤其他还是赫赫有名的战神。

届时，又将是三足鼎立的局势。

萧乾微微眯眸："可王爷的大军驰援了完颜叙，已经南下兵抵临安，欲与萧某等决一死战。萧某还以为，王爷与完颜叙手足情深，不忍看他城毁人亡！"

完颜修轻呵一声，笑睨萧乾一眼。

"若我不在五丈河突击北勐人，让萧使君看看修的本事，又如何拿实力说话，如何有底气与萧使君在此喝茶叙旧？"

今日完颜修邀他前来为何，萧乾心里已有猜测。

五丈河那一役，珲兵以少胜多，打了北勐一个措手不及，让北勐损失惨重，而完颜修自己根本没有出面。他本是珲国的神话，这个"战神"之名虽是美誉，却也是用鲜血堆积而成的，是一场一场战役打下来的……

这些事，萧乾都知情。

他的心底，也从来没有小看过完颜修。

"恭贺王爷东山再起。"萧乾淡淡道，"可萧某是个安分的人，朝廷让怎么战，萧某便怎么战。与王爷喝口茶是可以，但结盟之事，萧某万万做不得主……"

完颜修静静坐在椅子上，唇角带着浅浅的笑意，就像看穿了萧乾的底子似的，眸底浮动的那一抹邪佞久久未退。

"萧使君不与我合作，就不怕我另找结盟对象？"

他嘴里这个另外的结盟对象是谁，不用猜想，也知是北勐。

从完颜修的部众突击了五丈河开始，当今天下的局势就已经变得更加微妙了。一个脱离了珲国统治的完颜修部众，也由此役起，成了这次大会战的关键与奇兵。

他若与南荣结盟，北勐势必被吞。

他若与北勐结盟，那么南荣更惨。

可他千算万算，就是没有算到萧乾与北勐的关系。

萧乾清俊的面孔冷冽非常，一双冷漠的眸子，仿若钢刀般穿过完颜修的眼睛，一字一顿道："萧某无能为力。"

嗯？

这样的结果是完颜修没有想到的。

可他又怎会是容易放弃的人？

狭长的眸子微微一睐，他再开口时，俊脸上已隐隐浮上了戾气，可嘴唇上的笑容一直未收。

"修敢找上萧使君，又怎会只有这一个筹码？"

萧乾锁紧眉头，目光凉凉地看着他："你的筹码是什么？"

完颜修浅浅一笑，回视他的眼睛，目光坚毅。

"当然是萧使君感兴趣的东西，也是让你我双赢的东西……"

第三章　风月之疑

　　浣水镇真正热闹的就那一条长街，墨九来回走到第三遍时，就完全没了兴致。看了看身侧的宋骛与塔塔敏，她叹了好几次气，终于忍不住了。

　　"我说二位，难道咱们就一直这样逛下去？"

　　宋骛狭长的眸子微微一挑："不然呢？"

　　墨九四顾一眼街道："这镇上也不知有什么好玩的没有。"说到这里，她眼珠子一转，贼溜溜地盯着宋骛，"小王爷是风月场中的老手了，对这些东西肯定不陌生。依你之见，这浣水镇上，可有……那种地方？"

　　那种地方当然指的窑子。

　　宋骛听懂了，却莫名不喜欢她那句"风月场中的老手"。他撇撇嘴，不太愉快地扫一眼塔塔敏，冷哼道："你若把这个男人婆弄走，我便领你去。"

　　"男人婆"这个称呼，在三个人逛第二遍长街的时候，宋骛就已经毫无压力地出口了。而塔塔敏不仅衣着中性，连性子也豪爽大气，闻言丝毫不与他计较，只一副跟班的样子，不置可否地盯着墨九。

　　"你去哪儿，我便去哪儿。"

　　墨九扶额，只觉头皮发麻。

　　她究竟什么时候成了万人迷？

　　不论男女，这都是见到她就爱上她的节奏？

　　尤其这个塔塔敏，到底为什么……一见钟情？

　　念及此，一丝邪恶的想法入脑，她打了个冷战，目光古怪地盯着塔塔敏："七公主，你该不会是有那什么倾向吧？"

　　"什么倾向？"

　　墨九不好解释，轻咳一声，换了个问法。

"你喜欢男人还是女人？"

塔塔敏毫不犹豫地回答："我喜欢你。"

墨九望天："看她一脸真诚，我允了！"

有人喜欢到底是好事，尤其塔塔敏看她的目光，好像也没有那方面的意思。墨九慢慢平静，相信塔塔敏对她只有纯洁的情感，也就不那么纠结了。

她笑吟吟地扫了宋骛一眼，道："走吧，小王爷，带我们去逛窑子！"

"什么？"宋骛差点儿气得跳脚，指着塔塔敏道，"不仅要带你去逛窑子，你还让我带她去？"

"有何不可？"

墨九翻个白眼，突然才想起他们两个之间的"关系"，又不免想笑——让宋骛带未来的妻子去逛窑子，好像确实有点不靠谱。

可宋骛不是不打算娶她吗？那有什么！

她想了想，又哼哼道："我们都不在意，你为难什么？除非你……"她眼睛一眯，贼兮兮地看着宋骛，意指他在乎自己在塔塔敏面前的形象，就是对塔塔敏有点儿意思。

宋骛大呼冤枉，苦巴巴地道："我是不晓得一会儿如何与萧长渊交代。小寡妇，他若知晓我带你去逛窑子，一定会生扒了我的皮。"

"这有什么可为难的？好办得很！"

墨九挑了挑眉头，回眸向一个侍卫招了招手，待他恭顺地走近，她吩咐道："麻烦小哥去浣水楼告诉萧使君，就说我带小王爷与七公主逛窑子去了。"

侍卫大张着嘴，说不出话来。

哪有女人去逛窑子，还说得这样大声的？

她这是害怕旁人不晓得吗？

塔塔敏与宋骛也呆住了，愣愣地看着他，神色古怪。只有墨九自己自在地笑了笑，盈盈眨眼，挤眉看向宋骛。

"走吧，是我带你们去的，他不会找你麻烦的！"

不管刮风、下雪、天晴、冰雹还是战争，这个世界最不能毁灭的地方便是风月场所。而且，越是战争时期，人们越会向往最低等最容易满足的欲望，故而这样的特殊时期，反倒会催生这种场所的生意。

浣水镇自然也少不了这样的地方。

墨九几人经人提点，走向了街口一个叫"金银坊"的小楼。其间，塔塔敏一直很高兴，那兴致勃勃的样子，比提议上窑子的墨九还要亢奋几分，这让宋骛非常怨念。

然而他一个男人对上两个女人，不管怎么说都有点儿吃亏。更何况他还得靠小寡妇帮他退掉这门亲事，哪怕恨透了塔塔敏，也只能时不时瞪她一眼，不敢真把她怎么样。

三个人怪异的组合，一入金银坊就引起了骚动。

老板娘殷勤地迎上来，看宋骜身侧带着两个姑娘，满是热情的脸当即耷拉了下来。

"这位公子，本楼小本经营，谢绝自带姑娘……"

"滚！"宋骜不喜欢与塔塔敏扯上任何关系，闻言瞪了老板娘一眼，伸手入怀掏出了银袋子递给她。

"找个上房，我们是来喝酒的。"

只要有钱，老板娘自然不会管他们是米喝酒还是找姑娘，脸上马上阴转晴，哎哟地应着，眉开眼笑地领他们上二楼。

大抵快到上元节了，今日的金银坊很是喜庆，还没有入夜，到处都是喝得颠三倒四的客人，伴着姑娘们的娇声艳语，这风月之地果然名不虚传，处处散发着荷尔蒙，让墨九莫名其妙就想起了战争时期的上海滩风月场。

"几位，里面请。"

老鸨乐呵呵地撩了帘子，请他们进去。

塔塔敏不客气地负手走在前面，宋骜嫌弃地落于后面，墨九看着他们两个，预感这不会是一次欢快的酒席，无奈地摇了摇头，正要迈步往里，不料眼一斜，瞥到了从另一个包房出来的阿息保。

居然在这里遇见这厮！

墨九对于当日被他掳至金州的事念念不忘，对于那个暗地里想害她，并且差一点就害得她失身的人更是耿耿于怀。可那个人一直没有浮上水面，她心里有怀疑的人，却没有机会核实，如今得见当事人阿息保，她又怎肯罢休？

她侧行几步，低喝一声："站住！"

阿息保面上有着怪异的红润，却不像是喝醉了酒，于是那微醺的表情便很容易让人联想到他刚才在包房里做了什么。

"将军好久不见。"墨九似笑非笑，负手上前。

阿息保打量她一眼，微微眯眼，眸底精光一闪而过，露出一副不认识的样子："这位姑娘，在喊我？"

墨九冷笑一声，锐利的目光钉子似的钉在他身上，并找机会朝宋骜使了个眼色，示意他专心一点，莫让这厮寻机会跑了，自己则大步过去。

"阿息保将军，当真健忘！金州一别才数月，你便把我忘得干干净净……不过也无妨，我可是把你记得清清楚楚，你啊，就甭想跑了。"

阿息保一窒，与她对视片刻，抿紧嘴不言不语，手却微微攥起，眼里流露出一抹浓浓的警觉。

墨九晓得以珏国如今的局势，阿息保出现在浣水镇这种地方，为安全计，心里

94

肯定有些紧张，尤其他对她做过亏心事，当然更怕她"鬼敲门"了！

墨九笑一笑，把语气放得柔和了许多："将军放心，我不是朝廷的人，国家大事与我无关，我与你本身也无甚私怨，你上次掳我也是为公事，我可以完全不计较。所以，我喊住你并不是为了兴师问罪……"

阿息保之前确实担心她寻事。

闻听此言，他不由得一愣，反倒诧异与抱歉了。

他尴尬地一笑，双手抱拳致歉，说话时，下巴上的胡子一翘一翘的，看上去似乎整个人都在发窘："当日之事，是阿息保居心不良，姑娘要怪，我亦无话可说，却没想到姑娘大人大量，不与我计较，阿息保在此谢过……"

"不用谢！"墨九严肃脸，"因为我没打算就此原谅你。"

"……"阿息保抱拳的姿势僵硬着，更为窘迫。

"别紧张！"墨九笑笑，"我只是想问将军一件事。"

阿息保如释重负，松了一口气，想了想，又露出一副"就知道没那么简单"的无奈表情，小心地问道："不知九姑娘想问何事？"

墨九唇角凉凉一勾，觉得堵在楼道口说那些话极是不便，回头瞥一眼站在门口环臂而观的宋骜，忽地从怀里掏出那个海东青的图腾，在阿息保面前一晃，又迅速合拢掌心，笑吟吟挑唇："我请将军喝一杯如何？"

虽然墨九是在询问他的意见，可阿息保知道自己别无选择。一来浣水镇是南荣的地盘，若墨九与他较起真来，他真的有可能会把小命儿断送在这里。二来她手上拿着完颜修的信物，只是问问话这样的小事，他完全无法推辞。

阿息保一言不发地随了墨九进入包房，目光东瞄西瞄，却不敢沾墨九倒的酒，一个人默默坐了片刻，灰蒙蒙的眼里像染上了无奈的秋霜，不停唉声叹气。

"姑娘有什么想问的，但问无妨。"

墨九笑吟吟地看着他，并不急着问，慢吞吞推了推他面前的酒盏，道："不急，将军先润润喉咙。"

阿息保抬头瞄她一眼，并不碰酒。

墨九恍然，眉梢一挑："哦，你怕我下毒？"

"九姑娘说笑了，不敢不敢——"阿息保微带窘意，却依旧不敢喝酒。墨九冷眼扫视着他，弯了弯唇角，笑道："以我们两个的交情，其实我不敢保证阿息保将军告诉我的答案是真话还是假话。所以，为免将军说谎，你还是先喝一杯吧。"

这么说，酒真的有问题？

想到江湖上关于墨九的那些传闻，阿息保面色微微一变，抱拳道："姑娘放心，你只管问，阿息保定然知无不言。"

墨九噗一声笑了，神色里带了一抹促狭。

"我只是想说，一般情况下，酒后吐真言——"

阿息保一怔，不好意思地笑了笑，看墨九轻松自在的样子也慢慢放松下来，可他到底还是没敢碰那杯酒。而墨九当然不会真的在酒里面下毒，她之所以先搞这么一出，劝他喝酒，一来是为给阿息保一个警示，让他不敢随便糊弄她。二来嘛，如果她上来就问，谁知阿息保会不会有所保留？

如今不一样，阿息保两次拒绝她倒的酒，从礼节上来说，便是失礼，从心理上来说，他对墨九也就有了那么一点点因为防备造成的亏欠，若墨九所问与他干系不大，他犯不着隐瞒。

念及此，墨九笑道："当日把我从临安掳到金州，是将军自个儿的主意？"

阿息保胡子微微一抖。

原来她还没有放下这件事？

他踌躇了一下，点头："是我的主意。王爷痴迷墨家机关之术不是一天两天，我亦时常关注九姑娘的动向。那时候，我想讨好王爷，便想出了这么一个下三烂的招数。"

墨九嗯一声，不疾不徐地笑着，淡淡剜他："下三烂的招数是你想的，那么……下三烂的药，又是哪里来的？"

阿息保考虑一下，肯定地回答："陆机老人。"

这个答案墨九不意外，为什么要问他，无非想核实一下，看阿息保到底会不会说真话。如此，她点了点头，问出最关键的一点："是陆机找你的，还是你找陆机要的？"

阿息保迟疑了一瞬，突地挠了挠头，答案有些模棱两可："算是我找他要的吧。那日我与一个属下喝酒，无意中听他说起此药。他也是无意间从陆机老人嘴里听来的，于是我便动了心思，跑去找他……"

这中间的环节还真是复杂。

陆机老人无意中对一个校尉说起，校尉告诉了阿息保，阿息保又去找陆机老人拿药，可像"酥筋丸"这样的虎狼之药，陆机老人竟然二话不说就给了他……

"有点意思！"墨九眸底微闪寒光，"除此之外，还有旁的什么吗？将军再仔细想想，有没有什么要告诉我的？"

阿息保并不是蠢人，墨九反复询问，他已经明白她到底在怀疑什么。实际上，仔细一想，他也有些脊背发寒。事情说来确实凑巧，一开始向他建议把墨九献给完颜修的人也是那个校尉，有意无意透露"酥筋丸"的人也是他。当晚差一点侮辱墨九的三个兵士，更是莫名其妙被人引去的……

他思考一阵，为免多生事端，摇了摇头。

"并无什么遗漏之处。"

"好吧！"墨九笑吟吟瞄他一眼，"看在将军这么友好的分上，我们之间过往

96

的恩怨便从此一笔勾销了。为答谢将军告知往事，今日我请客！"

在宋骜与阿息保等人惊讶的目光下，墨九笑眯眯地把老板娘喊上来，然后小手一挥，便重重拍了板。

"去，把你们金银坊的漂亮姑娘都给找过来，今儿好好把这位爷给我伺候好喽！"

"啊！"阿息保当即腿软了，"姑娘，不必……"

"将军就别推辞了！一定要的，要不然怎么表达我的诚意，我又怎能安心？"

"……"阿息保无言以对。

什么一笑泯恩仇，全是哄人的。

她根本就没有介怀，这是变着法儿整他呢！

而且，还整得这么令人哭笑不得。

"九姑娘……"阿息保哭丧着脸，"这好意阿息保真是领受不起……"那不是要他的命吗？哪个男人经得起这般摧残？

"将军休得拒绝！再拒绝我就生气了，不拿你当朋友了！"墨九严肃脸，转头对怔怔的老板娘道："安排去吧，这里我说了算。等你把这位爷给我服侍好了，好处少不了你的。"

说罢她勾勾手指头。

等老板娘凑过耳来，她含笑说了几句。

老板娘微微一愣，端详她片刻，见她不像开玩笑，嘴里高声应了，便眉开眼笑地下去安排了。

除去无奈的阿息保不表，墨九如此豪爽大气的举动，把宋骜这个风月浪子都给惊住了："我的乖乖，财大气粗啊！小寡妇，你可知这得花多少银子？"

"很贵吗？"墨九懵懂地问。

"很贵！"宋骜重重点头。

"贵就好！反正不用我给钱，于我何忧？"墨九笑眯眯地拿狐狸眼瞄他，似笑非笑道，"咱来金银坊之前可是说好的啊，今日的一切开销全算小王爷你的。这个开销嘛当然也得算。"

宋骜啊一声，差一点当场吐血。

在老板娘的长声吆喝里，金银坊比先前更加热闹了。有钱不赚，纯粹扯淡！精明的老板娘风一样把坊里的空闲姑娘都给找了过来，恨不得把送茶小妹都算上。因为墨九说了，只要与阿息保成了好事，有一个算一个，按三倍的价格算银子。

兵荒马乱的年代，这可是千载难逢的好事儿。事情一传开，坊里都在议论到底是哪个冤大头干出这等荒唐事儿来。今日，客人们无意去嫖，心思全变成了八卦。

于是，萧乾急急从浣水楼赶过来，便见到了这沸沸扬扬的一幕。

墨九是被他拎着领子从金银坊里拽出来的，当然，对于罪魁祸首宋骜，不论他

97

多么无辜，萧乾也没给他半分好脸色。

回营地的路上，几人顶着风雪，除了墨九，一个个闷不吭声，就连先前见到什么稀奇事都兴奋的七公主塔塔敏也蔫了。

墨九想了想，靠近她问："怎么了？"

"嗯？什么？"

"逛一趟窑子，怎么变成一只锯嘴葫芦了？"

塔塔敏望向漫天的飞雪："嗯。"

"装酷！"墨九淡定地笑了笑，目光顺着她的视线绵延向一望无垠的风雪天地里，很肯定地道，"你认识阿息保吧？"

若她没有看错，塔塔敏是在见到阿息保之后，才变得失神寡欢的，那么，塔塔敏的情绪自然也是受了阿息保的影响。她虽然不敢想塔塔敏嘴里那个"今生无缘"的人会是已到中年的阿息保，却可以肯定与阿息保有些联系……

塔塔敏没有反驳，也没有继续这个话题，只懒洋洋拉着缰绳，任由狂风卷着她的风帽，慢悠悠道："也不晓得这场仗，要打到何年何月……"

这句话墨九已经听无数人说过。

很多人将幸福寄托在外部环境之上，认为自己的不幸全是由外因引起，故而每日的嗟叹都是这场战事，可她不以为意。

"人活着是一个过程，怎么活都只有那些时间。不管战争什么时候结束，咱们每天都要活得开开心心的，这才不负此生哪！"

塔塔敏望一眼她眉开眼笑的样子，目光一闪，冷不丁笑开了："我突然很期待嫁往南荣了……"

墨九呃一声，扶额道："为何？"

塔塔敏答得很干脆："为你。"

两个女人相视一眼，忍不住哈哈大笑起来，可这些话让旁边一直被无视的宋鳌哇哇乱叫，一副誓死保卫贞操的狠戾模样，让原本紧张的气氛又松缓下来。甚至墨九突然觉得，如果没有彭欣，其实塔塔敏与宋鳌在一起也是挺好的……做不成爱人，肯定可以做哥们儿。

回到大营，墨九径直去了自己的小帐篷。

她今儿没去缠萧乾，甚至都没有问他与完颜修谈了些什么，当然不是因为她改了心性，而是她有自己的小算盘。

从阿息保的嘴里得到的消息，让她怎么都咽不下那口气……

陆机老人？！温静姝？！

到底哪一个是害她的人？他们到底与那件事有没有直接关系？

其实到如今，她也拿不准。

温静姝或许有作案的动机，可墨九怀疑她有没有作案的本事与路子。而陆机老人给她的感觉，其实不像是那么无耻的老头儿。

但是甭管他无耻不无耻，至少他间接对她造成了伤害——更何况，他还在持续伤害，想要影响萧六郎对她的感情，甚至把温静姝硬塞给萧六郎。

不行，这老头儿必须整治整治。

连续三天，墨九都没有与萧六郎打照面，不过却会在他去营里办军务的时候，偷偷溜进去就火炉子看会儿他的书。其余时间，她都领着玫儿陪着塔塔敏，或者说被塔塔敏阴魂不散地跟着，看上去忙碌得很，也乖巧得很。

那日与完颜修谈完，萧乾也很忙。所以墨九究竟在忙什么，他大抵是不知情的。

如此一晃，便到了上元节前一日。

大抵是为了早一点过来与徒弟过节，陆机老人在缺席了几天之后，带着温静姝到了南荣驻兵大营。一上午他泡在营里，为将士们义诊，快到晌午时，才躲入薛昉为他安排的帐篷里，吃小茶，喝小酒，享受一会儿空闲。

陆机老人不管什么时候过来，都是不会主动与墨九打照面的，彼此都不喜欢，自然能避着就避着，尤其大过节的，他可不想讨那没趣。

"丫头的茶，泡得越发好了。"

"多谢师父夸奖！"

温静姝微微一笑，娴静地立于一旁，在炉子上为他温酒："一会儿师父尝尝这酒，可有比上次好吃一些？"

这老头儿没有旁的嗜好，就喜欢酒与茶这两样，温静姝伺候他那么多年，自然明白他的心思，投其所好，把茶泡得极香，酒也温得极醇，加上平素里的嘘寒问暖、照顾有加，俘获这种老头儿的心，一点儿也不难。

吃了一杯酒，陆机老人眼睛盯着书页，蘸了唾沫翻了翻，余光不经意扫见温静姝眸底淡淡的落寞，又放下书叹息一声："丫头，还没看开？"

温静姝怔了一下，手指慢慢从酒壶上收回，像是烫着了似的，指头来回搓揉着，朝陆机老人一笑，低声道："师父是明白我的。"

这些日子，她与陆机老人更亲近了。

往常她还不是他的徒弟，也从来不敢唤"师父"。后来看她苦闷，陆机老人便正式把她纳入门下，当关门弟子来悉心教导了。而温静姝也不负所望，比之多年前学习医理更为刻苦，陆机老人看在眼里，也是将她疼在心里。

"你这孩子，就是心思重。唉！苦海无涯，若是放不下，又如何拿得起？你打算把一辈子都耗进去？"

温静姝弯了弯唇角，浅笑不语。

帐篷里安静了一会儿，炉火的温度让气氛有些闷。

好一会儿，温静姝忽而问："恕徒儿冒昧，师父……可曾有过喜欢的女子？"

陆机老人杯里的酒轻轻一荡。

似是想起前尘往事，他浑浊的眼里有那么一丝光，转瞬却又消失不见。

在温静姝带笑的视线里，他低声喃喃："也不知算不算。"

温静姝目光微灼，似是想笑，却又变成了疑惑："师父此言，静姝不解。喜欢便是喜欢，不喜欢便是不喜欢，什么叫不知算不算？"

陆机老人并没有马上回答。

他双眼略略一合，瞳孔映着炉火变成了一种火红的颜色，仿若沉浸在一段漫长的回忆里，他似乎整个人都被拉入了岁月的长河中，目光沉沉浮浮，连精气神都没了，像是瞬间老了十岁。

"我不知她是谁……"

这一句诡异的开场白，让温静姝愣了好久。

她奇怪地瞥着老人花白的头发与胡子，却没有打断他。而陆机老人似乎已然忘了身侧还有一个温静姝，在自己的世界里挣扎着，声音干涩得仿若快要脱水。

"在她之前，我从未喜欢过哪个妇人；在她之后，世上更无那般绝色能令我心动……又何谈喜欢呢？"

绝色？这两个字让温静姝手心微微一紧。

因为墨九，也常被人说成绝色。

尤其连她这般姿色，在墨九面前，也只能称为普通。

目光深了深，她情绪略略一黯，而后浅浅呼吸一口气，调整了一下，又慢慢微笑，可原本她想问上一句，看见陆机老人神色游移，又赶紧闭上嘴，静静地为他斟酒，默默相陪。

这个老头儿的脾气，她了解。

他如果要说，不用问也会说；如果他不想说，怎么问都没有用。

隔了片刻，陆机老人笑了，问她："静姝看师父今年多大岁数了？"

温静姝微微一愣。

自打她见到陆机老人，他便一直是这般模样，他的名字叫陆机，他的身份是一个大神医，所有人都叫他陆机老人或者陆老……她从来没有想过，也从来没有问过，这个师父究竟多大年岁了。

她喏喏道："师父高寿几何？"

陆机老人笑了笑，却像个孩子似的调皮转头："不告诉你。"

"哦。"温静姝温婉一笑，"师父不想说，那便不说吧，反正在静姝眼里，师父不管多少岁，永远年轻、英俊。"

年轻、英俊？陆机老人笑笑："好多年不曾听人这般说过了，你这娃儿倒是嘴甜。"

他叹一口气，似是那个女子的事如鲠在喉，不吐不快，也顾不得温静姝是小辈了，一个人喝着酒，幽幽地道："当年师父确实曾年轻英俊过！还记得我与她相见那晚，她眼里也曾有过惊艳哪！"

温静姝抿嘴而笑，陆机老人又道："当然，她更好看。那会子师父喝醉了酒，还以为得见仙人，竟难耐激情，轻薄了她……"

温静姝眉头狠狠一跳。她几乎不敢相信陆机老人也有如此轻佻的时候。

第一次见面，就激情难耐地与妇人有了苟且之事？

念及此，她心里微嗤：能在第一次见面就与陆机发生关系的妇人，即使是人间绝色，想来也不是什么好东西，嘴上却笑："那师母后来去了哪里？为何没有与师父在一起？"

"师母？"陆机老人咀嚼着这两个字，心底忽有一股子暖流涌过，想想若是身边有一个她红袖添香，有一个她陪他浪迹天涯，想必他这一生就不会与酒和茶相伴了。

他喟叹一笑，道："我醒来，她已不见。"

温静姝轻啊一声，愣了："那师父后来没有寻她吗？"

"找了。可怎么找得到？"陆机老人捋一把胡子，像是从旧时光的斑驳阴影里走了出来，嘴上带了一抹调侃的笑，"我酒醉后，除了知道她长得好看，完全记不得她长什么样子，当夜之事也模糊不清。以致后来我自己也怀疑，会不会是庄周梦蝶，一梦而已……若不是梦，那样的妇人，又怎会在人间得见？"

"……"

温静姝嘴上带笑，心里却不屑。

她很想说：不过是师父吃多了酒看花了眼，以为是人间绝色罢了。说不定那只是一个画舫歌女，为了那点银子，诓了她的师父。

借着斟酒的机会，温静姝看陆机脸色不错，晓得他这会儿谈兴高，便继续与他闲谈："那师父后来都不曾娶亲吗？"

听说娶亲，陆机老人的脸色就难看了。

把满满一杯酒灌入喉咙，他咳嗽几声，笑叹道："曾经沧海难为水，除却巫山不是云。得见那般仙人，如何还能留恋凡尘浊色？"

温静姝对他几次三番用"仙人"之称不以为意，却也不便说破，只笑道："怪不得六郎如此重情，想必也是得了师父的教导。也只有像师父这样重情重义的好男人，方能教出六郎这样的好男人了。"

这马屁拍得好，正中陆机下怀。

他呵呵一笑，回头看她："你不怨六郎？"

温静姝摇了摇头："不怨，只怨静姝命不好，不如墨九那般好的福气。缘分之事本来就强求不得，静姝能像如今这般远远地看着六郎，已是最大的福分了。"

"唉！痴儿！"陆机低眉饮酒，也不知在说她，还是说自己。

如此一叹，谈兴正浓的两个人突然就变得沉寂了。

温静姝察言观色，不再随便吭声，可向来酒量极大的陆机老人也不知是想到他的"仙人"意难平，还是这酒后劲大，他的面孔越来越红，好一会儿，他突地捂紧胸口，就像缓不过气来似的，张大嘴巴，大口呼吸着。

"静姝……"

"师父，你怎么了？"温静姝低头看他肩膀微颤，双手紧紧扶住他，"师父哪里不舒服，来，让弟子为你把把脉。"

"不，静姝，你，你……"陆机老人声音沙哑，面色潮红，艰难地抬起头，一双老眼赤红着看向温静姝，"你快些出去……找六郎！"

"师父这样，静姝怎么能走？"温静姝着急地为他擦拭着额头上不停涌出的冷汗，见陆机老人双眼猛动，双手也在剧烈颤抖，迟疑一下又问，"师父这般，当吃什么药？"

"不，不用药，你……快些出去！"

"不，静姝不能丢下师父不管，我给师父拿药。"

与此同时，墨九领着几个侍卫，带着她精心烹饪的几道"别出心裁"的新菜从营区里走过来，笑吟吟地走到陆机老人的帐篷外面。

"陆老！"她站在门外面喊，"我可以进来吗？"

里面没有人回答，只有一种奇怪的声音。

墨九微微愣了一下，又拔高嗓子笑道："陆老，以前是晚辈不懂事，今儿专程给您做了好吃的来孝敬，您就笑纳了吧？"

帐篷里依旧没人回答。墨九奇怪地蹙了蹙眉头，正寻思陆机老人会不会不在，里面却突然传来砰的一声，好像桌椅翻倒在地似的，震耳欲聋。

难道那老头儿出事了？

墨儿心里一惊，想也没想，一把撩开帘子就要往里冲，可入目的情形让她大吃一惊。

帐篷里，陆机老人与温静姝抱成一团，重重摔在地上，身子是重叠在一起的。温静姝仰躺在地上，面色苍白地挣扎着，盯视着撩帘而入的墨九。陆机老人压在她的身上，满脸潮红，情绪混乱，动作急切，显然有点神志不清……

虽然两人身上都穿着衣服，可这样淫邪的画面，还是太难堪。

墨九背后几个端菜的侍卫齐刷刷地怔住，手足无措。

扑一声，墨九迅速放下帘子。

而后，她掉转头，对几名侍卫道："你们在外面守着，不许任何人进去！"

"是，姑娘。"

侍卫们垂下头，不敢多言，更不敢多看。

其实，那电光石火的一瞥已足够他们看清帐篷里面的情形了。虽然他们想不明白为什么陆机老人会对温静妹做出那样有违伦理的事情，但墨九不想他们多嘴，他们就只能装作没看见。

发生这样的事情，墨九比寻常更为冷静。

她并没有马上冲入帐篷里当英雄，救温静妹于水火。

这种瓜田李下的事儿，她得迅速把自己择清。

将侍卫留下，她的第一个念头，就是跑去找萧六郎。

那撩帘时的惊鸿一瞥，她已然看得分明——陆机老人的样子不对劲儿。

虽然她对那个老头儿没有好感，但也不希望他发生这样的事情。

萧乾正在大帐里头与迟重、古璃阳等几位南荣高级将校商讨军务，墨九急匆匆闯进来，守在帐篷外面的侍卫来不及通报，让几名将校都有点尴尬，原本议论得热火朝天的场面，登时变得寂静。

"阿九？"

萧乾了解墨九，她并不是不晓事的人，如若不是十万火急的大事，她断然不会这样不管不顾地闯进来。错愕一瞬，萧乾顾不得众人的目光，走过去执了墨九的手往掌心里重重一裹。

"手这样冷！出什么事了？"

墨九越过他的肩膀，环视众人一眼，眼皮微微一耷。

"是有点事。你可不可以随我去一趟？"

"很急？"萧乾轻声问。

他这会儿正在安排如何从涧水河大营分兵，一旦开战，让迟重和古璃阳迅速从左右两翼包抄汴京城。正说到紧要之处，若墨九不是很重要的事，他确实不好丢下众人，立即抽身随她去。

墨九再瞥一眼几名将校，重重点头："很急！"

萧乾双目微微一眯："好，你稍等。"

对于墨九的事，萧乾从来不会当成小事。而墨九认为很急的事，自然都是萧乾的大事。他对迟重交代了一声，拿过风氅匆匆系好，牵了墨九的手头也不回地出了中军大帐，往陆机老人休息的地方去。

路上，萧乾什么都没问。可看墨九凝重的样子，他便已然猜到与陆机老人有关。

一个在北，一个在南，穿越大半个营房，两人赶到的时候，帐篷里怪异的喘气声更为浓重，萧乾眉头一蹙，凉薄的双唇紧紧抿起，目光像雪夜里的孤狼，泛着凉凉的戾气。

几名侍卫看见萧乾，慌忙把头垂下，恨不得低到胸口。

103

"大帅！"

萧乾一步一步挪近，停在他们面前。

顿了顿，他一字一顿道："谁敢多嘴，便割了他的舌头。"

"属下不敢！"几名侍卫齐齐跪地。

墨九淡淡看了萧乾一眼，率先过去撩开帘子，引他入内。这个时候，温静姝已然侧滚在一边，衣裳凌乱地挣扎着，气喘吁吁地抵抗"发疯"的陆机老人。看见萧乾入内，她包着泪珠子的眼睛一眨，泪花便扑簌簌滚落下来。

"六郎！"这一声，带着诉不尽的委屈。

那楚楚可怜的样子，连墨九都差一点心生同情。

可有萧六郎在场，她不去做护花使者讨人嫌，只松松抱着双臂，一动不动地站在门口看热闹。

萧乾匆匆过去，重重拍向陆机老人的后背心，揉了几下，然后将身上自带的药丸子喂一颗在他的嘴里，不过片刻工夫，原本神志涣散的陆机目光一怔，缓缓掉头看向萧乾，似乎神志清明不少。

他愣愣的，像根本不知发生了何事。

可左右看了看，他像是明白什么，突然潮红着一张老脸，从地上爬起来，猛一把抽出萧乾腰间的剑往自己的脖子上抹去。

"师父！"萧乾厉喝一声，化掌为刀，重重砍在陆机老人的腕间。

陆机老人吃痛，手上长剑铿地落地，带着一道清脆的响声，而他羞愧得老脸涨红如同猪肝，嘴唇几不可控地颤抖着，视线一点一点掠过萧乾的脸，冷不丁又剜向他身后的墨九。

"妖女！为何害我至此？"

墨九心里一凛，唇角却扬起一抹冷笑。

当真是怕什么来什么！这一件瓜田李下的恶事，果然落在了她的头上。

"呵呵！"她斜扫一眼咬着唇垂首落泪的温静姝，又淡淡望向羞愤不已的陆机老人，冷笑连连，"你这老头儿当真无理得紧，酒是你喝的，人是你扑的，你狼性大发，与我何干？你不要脸，我还要脸呢！"

"你……你个混账！"

陆机老人愤怒难平，可到底是长辈，也骂不出太过难听的话来。面对墨九不屑的脸，又无奈长叹一声，跺脚对萧乾道："为师是什么人，六郎自当再清楚不过。我若非中了'快活散'之毒，又怎会做出这等猪狗不如的事？六郎，此事何人所为，为师不说，你也应当有数！你看着办吧，唉！"

快活散？墨九心里一默。

这个药出自萧乾之手，她曾经在尚贤山庄用过。把它丢到井水里，只一瓶，便

104

害得一大票人同时发情……如今陆机老人也中了这个毒，好像她的嫌疑确实最大。

毕竟她有前科，与陆机有旧怨，也就有了动机。

但没有做过，就是没有做过。对于陆机老人的指责，墨儿冷笑着不辩解，也不以为意。可她万万没有料到，经萧乾亲自查实，陆机老人在毒性发作前沾过的东西里，只有他翻阅的书页上面有"快活散"，而那本书，不巧是墨九之前在萧乾那里看过的。

"呵呵！"墨九面对陆机老人愤愤的目光，冷冷一笑，"这也太好笑了，我看过的书，不巧他也看了，就认定是我下毒？可没道理！六郎你想想，就算我要下药，也不会用这么傻的法子吧，我哪知道他一定会看这书？"

萧乾皱了皱眉："师父每次来，必会翻看这些书……"

哦？还有这事儿？墨九耸耸肩膀，无辜地道："那我怎么知道他要看什么书？我闲得无聊，不过随便翻翻而已……"

"阿九，这本是医书。"

这句话萧乾说得不重，可话里的意思墨九听明白了。

这本是医书，她墨九不是医者，为什么会对它感兴趣？

分明就是意指她看医书的目的，是对医书更有兴趣的陆机老人。

迎上萧乾冷冽的目光，墨九的心脏没来由地一缩。

她没有说自己常去翻看他的书，一为打发时间，二只为离他更近。她只是一个普通的女人，与后世那些恋爱的姑娘一样，但凡与他有关的一切，她都会感兴趣。

"你不相信我？"她淡声问。

萧乾没有正面回答，而是转眼一瞥，答非所问："阿九为什么会在这里，外面那些人，手里端的又是什么东西？"

墨九狠狠抿着嘴唇，一时无言。

她深吸一口气，认真道："我是有心收拾一下这个老头儿，让他长长记性，不要再随便欺负我……可这件事，真的与我无关。"

"你还在巧言令色！"陆机老人一世英名毁于一旦，对墨九自然愤恨不已。生怕萧乾会受她迷惑，冉次相信她的话，他打断墨九，颤着手指向她，厉色道，"妖女，你的心肠如此歹毒！你毁我也就罢了，怎能把静姝也带上？你让她一个姑娘，往后如何做人，你岂非毁她一生？"

"呵呵，好厉害的嘴！"墨九冷笑一声，静静地看他，"陆老，你想为自己洗白我不反对，可你能不能有点长辈的姿态，不要往我身上泼污水？我墨九做事，从不遮遮掩掩，做了就是做了，没做就是没做！让温静姝不能做人的是你，抱住她要亲的人，也是你。还有，就算这件事真是我做的，比起当初在金州你对我做的，也不过一个初一、一个十五，谁也不比谁高尚……"

"住嘴！"听她越说越来劲儿，而陆机老人气得一张老脸已无处可放，萧乾生怕老头儿为了维护名节，当真做出什么不可挽回的傻事来，喝止了墨九，又缓声道，"你先回去……"

这句话他是对墨九说的，平淡，低沉，不带任何情绪。

墨九微怔，抿嘴注视他片刻，认真问："你不信我？"

想着帐篷外面几个侍卫鬼鬼祟祟的样子，萧乾头皮有些发麻。依墨九的性子，这种事她确实做得出来，而且他也知道墨九对金州大营的事一直耿耿于怀，也始终认为是陆机老人干的，想要报复的可能性极大。

尤其她恰巧在陆机老人毒发的时候出现在帐篷外面，还特地领了几个侍卫过来，专门做了食物给陆机老人。这些都是不合情理之处。

所谓有妖必有异，最有嫌疑的人确实是墨九。

他微微一叹，重复一遍："你先回去。"

他的面孔凉气涔涔，他的声音冷若冰霜。墨九微抬下巴，与他对视，默默交流着彼此的情绪，愣怔了好一会儿，唇边方拉开一抹嘲弄的笑容。

"好。我走！"

她砰一声拉倒椅子，扬长而去。

她很生气，不是气萧乾的处事方法，而是气他的不信任。

就算她墨九人品再差，就算她再想收拾陆机老人，在没有充分证据的情况下，他毕竟还是萧乾敬重的师父，她怎么会用那样下三烂的手段？对陆机那样的人来说，毁了名誉，就是毁了他啊！

如此歹事，她还做不出来。

整整一天，墨九都把自己封闭在小帐篷里，对外面的事不闻不问。玫儿默默地陪着她，也一直不声不响。她习惯了她家姑娘生气的时候闷着，可塔塔敏完全不知发生了什么事，探问几次不知所以然，不停地跑来拉拽她。

"明日就是上元节了，营房里宰了牛、杀了猪，好多人都去了伙房看热闹，墨九，我们也去吧？我想看看南荣人杀猪宰牛与我们是不是一样的。"

"我不去。"墨九回答得很干脆。

"哎，你到底怎么了嘛？"

墨九在矮榻上翻个身，看塔塔敏还不死心，眼珠子一翻，斜睨着她："我的事，七公主就甭操心了。我想说，这兵荒马乱的，你好端端一个姑娘，天天与我待在这大老爷们儿的地方，臊是不臊？"

"你都不臊，我为什么臊，你不是姑娘？"

"我是寡妇！"墨九慎重地说罢，懒洋洋望着帐篷顶出了一会儿神，突地又道，"塔塔敏，你走吧，你是达不到目的的，别在这里浪费时间了。"

106

塔塔敏一愣，目光里浮上几分兴味来。

“我有什么目的？”

墨九像是有点累，说话慢条斯理，一字一顿仿佛用尽了力气：“人人都以为你留在南荣大营是为了接近小王爷，为了可以顺利嫁入南荣，为北勐大汗分忧。当然，一开始我也是这么认为的。”

“什么时候又改了想法？”

塔塔敏问得很认真，似乎对她的话并不意外。

“从你想方设法接近我开始。”墨九小声喃喃一句，冷不丁转过头，锐利的眸子带着一股子慑人的光芒，一眨不眨地盯着塔塔敏，“我并不是万人迷，也没有美到人人喜欢的地步。更何况同性相斥，同美相嫉，你这般靠近我，又怎会没有别的目的？”

“那你以为我的目的是什么？”

塔塔敏语气轻松、自在，却没有半点被她冤枉的无辜。

墨九冷冷剜她一眼，晓得自己猜中了，突然有些无力。那是一种仿佛身体里所有的力气都被人抽走了的感觉，三魂七魄少了一半，对人与人之间的感情、信任、交往都产生了严重的怀疑。

她觉得自己做人是失败的。

每一个靠近她的人，看上去都很喜欢她，可哪一个又没有目的？就连她一直觉得没有目的的萧六郎，若无云雨蛊的存在，谁又能保证他就是她心里的棉花？是她在任何时候都可以完全信任与依靠的男人？

她讽刺地噘一下嘴，漫不经心地笑了。

“得千字引者，得天下。得墨九者，得千字引。塔塔敏，你们的大汗派你来，是一个英明的决策。我这个人对朋友会很容易放松警惕，差那么一点点，我就相信你了。”

塔塔敏目光微沉，却带了笑。

“那你为什么又不相信我了？”

“因为我突然不相信有人会真心与我做朋友了……”

“可我并没有要与你做朋友。”

“这就是你的高明之处。”墨九并不看她，脑子有些乱，理智却比任何时候都来得清醒，“你们一定深入地了解过我的为人，晓得我不会随便向人敞开心扉，所以，这么淡淡相交，徐徐图之，于我而言才是最好的手段。”

在她说话的时候，塔塔敏并没有打断和反驳，只慢悠悠往桌上的白玉杯子里倒满一杯水，等墨九说完，慢慢递了过去：“喝口水再说。”

墨九不接她的水，目光却微微一厉。

“滚！不要逼我撵人！”

塔塔敏拿着杯子的手在空中僵硬了一会儿，她突地垂下手臂：“如果我说我没有，你一定不相信。虽然……他们让我这样做，可我对你的感情并非完全是假的。"

"感情，短短几天，能有什么鬼的感情？别搞笑了！"

墨九一旦怀疑人生，对所有的一切都会怀疑。她冷笑着，双手抱于颈后，懒洋洋道："得了吧，你的好意我消受不起。你们这些人哪，总喜欢在自己阴暗的目的上头加上一些冠冕堂皇的理由，编得多了，连自己也信了……"

塔塔敏眸子浅浅一眯。

榻上的墨九与往常有些不一样，这句话是在说她，可分明说的又不仅仅是她，似乎只是通过她来说一些心里的委屈。

"谁得罪你了？"塔塔敏猜测，"萧六郎？还是那个女人？"

温静姝在营里的事，塔塔敏是知情的。

看墨九翻个白眼不说话，她想想也笑了："你知足吧，萧六郎待你比我见过的任何男子都要好。咱们女人，哪怕再强，也难以在这个世道与男子平分秋色。这都是命。墨九，你认命吧！"

认命？

墨九从来不认命。

她就要与男人平分秋色又如何？

若分不了那秋色，她宁愿连春、夏、冬都失去。

不是一心一意的男人，要来何用？她宁愿孤寡。

这一年的上元节，寒风肆虐，大雪纷飞。

入夜起，南荣大营里张灯结彩，一片欢快祥和之气。沿了祖宗留下的习俗，营里将士们也狠狠地热闹了一番，摆祭桌、上供品、赏花灯、猜灯谜、吃元宵，一样都没有落下。

灶上做好的元宵，是玫儿端到墨九帐篷里来的。

墨九从昨儿起就没有出去过，除了吃东西和睡觉，她什么也不干，甚至连洗漱都省了。不管哪个问她，她就一句话：外面冷，不想动。

到底发生了什么事，玫儿并不十分清楚。但她盼着萧乾过来哄哄她家姑娘，只要有他在，玫儿相信墨九很容易就又开心起来的。然而萧乾自打昨儿为陆机老人看诊之后，就悉心照料着老头子，一直没有离开过他身边，似乎完全忘了要过上元节、忘了有墨九的存在一般。

"姑娘，你好歹吃一点东西。"

玫儿半跪在她的榻边，把元宵吹冷了，想要喂她。

"不吃。"墨九手一挥，半合着眼拒绝了。

"多少吃一点吧。"玫儿哭丧着脸相劝。

"……"墨九白她一眼，"小姑奶奶，你别这样了好不好？不知道的人还以为我绝食了呢。你想过没有，今天你已经给我灌第四次食了，就算养肥猪也不是这么养的吧？"

"唔，好吧，那我先放在这里。"玫儿一脸委屈。

她记得墨九曾经说过，心不舒服的时候，胃不能不舒服，所以，心难受了，就得把胃填满。人不高兴的时候，尤其要多吃。所以，今天她变着法儿给墨九找食，把营里能搞到的东西，都端了过来，让墨九吃吃吃！

可墨九也委屈……她实在吃不下了好吗？

瞥一眼玫儿的苦瓜脸，她不忍心让关心自己的人难受，无奈地叹声道："乖乖下去休息吧，我一个人待着就好，你觍着个清水脸在这儿，我看着不舒服。"

"姑娘不舒服，玫儿比姑娘更不舒服……"

为了照顾陆机老人，萧使君一直守在他身边，那个温静姝也守在他身边，这样一来，萧使君反倒把她们家姑娘给生疏了。好好一个上元节，把有情人分开，却便宜了狐狸精，让玫儿怎生咽得下这口气？

可有气有怨，这些事她却不能告诉墨九。

玫儿低低哽咽一下，趴在墨九的床边，巴巴望着她。

"姑娘……"

"怎么了？"墨九意态闲闲，端详自己的指甲。

玫儿小可怜似的看着她，咬唇犹豫道："今儿过节，你去看看萧使君吧？"

墨九呵地轻笑一声："我去看他作甚？他又不缺人伺候。温静姝这会儿一定会把他伺候得好好的，你就甭操这份闲心了，好吗？"

玫儿心里一跳："姑娘你……"

"我怎么知道是吧？"墨九微微一笑，就像心里不曾有半分委屈那般，俏皮地冲玫儿眨了眨眼睛，"你以为瞒得了我？省省吧，姑娘不用脑子想，也猜得出来。"

"姑娘……呜……"

玫儿替她难受，墨九自己却不以为然。

她轻轻抚摸着床榻上的棉被，淡淡笑道："放心吧，萧六郎是我的，谁也抢不走。我墨九的东西，又岂能让旁人来染指？"

玫儿不解："那姑娘还不闻不问？"

墨九唇角一扬，莞尔道："你还小，不懂。有时候啊，不能把男人逼太急，让他尽尽孝道好了，是我的人，总归在我掌心里，跑不了他。"

玫儿撇着嘴静默。她不晓得墨九到底是相信萧六郎，还是不相信萧六郎。而墨九的性格与脾性，向来不是她摸得透的。

"唉！"良久，玫儿也只得一叹，离开了帐篷。

外面风雪正大，远处的山岗上，似有野狼在狂嗥，嗷嗷有声。

交战之期，营里警戒一直没有松懈。墨九躺在榻上，看玫儿放在桌上的元宵一点一点冷却，没有了热气，神色收敛的面容也越来越冷漠。她窝在被窝里，身子冰冷，许久没有动弹。

白天睡得太多，她这会儿有点睡不着，一直熬到后半夜，刚打着哈欠有了点睡意，外头却突然传来一阵喧哗。她竖着耳朵听了一会儿，没听出动静，却见玫儿小小的身子急匆匆钻入帐篷，小脸上带着一种古怪的表情。

"姑娘……"

她欲言又止，墨九却微笑着以手肘支着枕头，托着腮帮子。

"发生什么事了？"

"有一个好事，一个坏事。"玫儿润了润嘴巴，想了想道，"姑娘要先听哪一个？"

这个游戏都玩烂了，还玩？

墨九哼哼一声，淡淡瞥她："别卖关子了，想说哪个说哪个！"

"哦。"玫儿原想逗她一乐，可看她兴味索然的样子，也就收起了心思，不再隐瞒，"好事是彭大姑娘来了，这会子被风雪堵在路上，差了随从过来报信，小王爷亲自带人去接了。"

彭欣来了？干儿子带来了吗？

天！这样大的风雪。

墨九心里欢喜着，猛地从榻上弹坐起来。可她笑意未落，玫儿要说的坏事已然出口："就在先头一刻，朝廷的圣旨到了。陛下要小王爷与塔塔敏公主近日完婚，还说因战情紧急，可一切从简……"

入夜，落了一日的风雪不仅未停，反而有加剧的趋势。汴京城外，寒风呼啸，仿若野兽的号叫。近一年的战事，让这片土地上作物稀疏，天地间一片银白色，荒凉得几无人烟。

官道边有一条小河，溪边有一间村民废弃的堆柴薪的小茅屋，茅屋外，停着一辆黑篷布的马车。在这满目疮痍的土地上，突兀的马车、积雪覆盖的茅屋、轻微的咳嗽声，都成了这场兵燹之祸的破败写照。

"姑娘，姑娘？"

一个微微驼背的老妇人，穿了件长袖对襟褙子，腰间用勒帛系着，看质地是大户人家出来的人。她沉沉喊了两声，未听见回应，弓着腰入了小茅屋。将软在稻草堆里的姑娘扶了起来，把手上的牛皮袋里的水喂入她的嘴里，唉声叹气地念叨：

"作孽哦作孽！好端端怎的病成了这样？"

那个姑娘正是远道而来的彭欣。

幽暗的光线下，她苍白的脸形如鬼魅。

以前的苗疆圣女，美丽、高冷，不可攀附。短短数月过去，如今的她已变了一副模样。

生儿子的时候，她难产大出血，身子有些亏损，气血两虚，一个月子坐出来，不仅没长身子，人反倒越发清瘦，寻了好些大夫，吃了无数汤药，始终未愈，瘦得几乎不成人形。

这次击西去临安府接人，宋嬷嬷二话不说，随了彭欣母子两个来兴隆山，便是想寻了机会，让墨九说和说和，请萧乾给彭欣把把脉，开个方子。

然而，等彭欣等人上了兴隆山，才得知墨九已带人到了汴京城。眼看她那破身子一日不如一日，整日里怕冷畏寒，咳嗽连天，随行的人都担心她熬不过这个冬天。

宋嬷嬷实在看不下去了，与击西一起撺掇她把孩子放在兴隆山交由奶娘照看，便前往汴京府寻找墨九，让萧乾给诊脉，把病治好。

彭欣原本是不想来的，可熬不过宋嬷嬷的再三恳求，尤其宋嬷嬷说，孩子还小，缺不得亲娘，若她不好好将养着自己的身子，一朝病去了，孩子肯定是要被接入安王府里的，到时候，未来的小王妃哪会待见她生的孩儿？

没有女人不怕自己故去之后，会有别的女人虐待自己的孩子，彭欣也不例外。想想有那么一朝，她病虽未愈，精神头儿却是慢慢好起来，更珍视自己的性命了。

妇人虽弱，为母则强。

为了襁褓里那个嗷嗷待哺的小家伙，她终是不再执拗，抛下幼子，随了击西一道前往汴京。

为了早日到达，一行人昼夜兼程、马不停蹄地赶路。结果，或许是风雪太大，刚走到这前不着村后不着店的地方，彭欣便受不住了，咳嗽得越发厉害。

越接近汴京城，情况便越复杂。虽离南荣大营不远，但前路会发生什么事无人敢保证。见状，击西建议暂时把彭欣安顿在这个可以避风的小茅屋里等待，差了一个墨家弟子去营里报信，自己与宋嬷嬷留下来照顾她。

"嬷嬷……"

彭欣睁开微微肿胀的眸子，听着外间呼啸的风声，又转了转眼珠子，看一眼小茅屋里弱弱的光线，苦涩地润了润嘴唇，沙哑着嗓子歉意地道："是我拖累你们了。"

这姑娘素来是个冷性子的人，在怀着身子的时候，与宋嬷嬷相处了足足八个月，统共说过的话都数得明白。

然而女人的改变大多是因为有了小孩儿。自从小宝宝出生，彭欣身子弱了，性子似乎也软了。尤其宋嬷嬷照顾她的日子也算走心，慢慢地，两人倒也处出了几分

111

真感情，彭欣对她自然也和悦了不少。

宋嬷嬷爱屋及乌，见彭欣性子软了，好说话了，也更加心疼这个姑娘。尤其见她身子那么弱，对小世子的事还一手一脚都想亲力亲为，对她更添怜惜。

"唉！"宋嬷嬷轻抚着彭欣的背，喂她喝了几口水，又道，"这荒郊野外的，大几里地不见人烟，也没有热水给姑娘……是奴婢不好，让姑娘受冻了。"

在茅屋里醒来之前，彭欣是坐在马车上的。

如今听了宋嬷嬷的话，她稍觉不对，微眯着眼往四周看了看，狐疑地蹙紧眉头："击西呢？"

宋嬷嬷摇头道："姑娘昏睡过去，他便差了小栓子前往大营通知王爷，他自个儿嘛……这会儿却不晓得去了哪里。姑娘放心吧，外面还有小全了几个守着，不会有事的。等王爷得了消息，很快就会派人来接我们了。"

宋骜会来？彭欣微微一笑，张嘴似是想说什么，可话还没出口，喉咙一痒，她又急促地咳嗽起来，等这一阵痒咳过去，她原本想说的话却变成了一丝苦苦的笑意。

"那……再等等吧。"

这话里的幽怨，让宋嬷嬷微微一怔。

她大抵晓得彭欣为什么而叹，也晓得这姑娘心思重。毕竟她与宋骜之间并无感情，虽然眼下她有了孩儿，可就小王爷朝三暮四的性子，会不会把她的事放在心上，谁又知道？

迟疑了一会儿，宋嬷嬷想到了宋骜临行前对她的再三叮嘱，又有了几分信心："姑娘，依我对主子爷的了解，他不会不管你的，若不然，也不会那样郑重其事地把你交给我了。"

"谢谢嬷嬷！"彭欣礼貌地望着她，微微一笑。

其实这些话宋嬷嬷换着版本说过很多次了，可宋骜如果真的对她有什么感情，又怎会如此？儿了都满月了，他什么反应都没有。就连墨九都派人送了贺礼，还专程让击西领她去兴隆山享福……可他的人在哪里呢？

也许是公务繁忙……

可以王爷之尊，就算是出征在外、行军打仗，他也不会断了自己的桃花。

谁知道在她怀胎十月、辛苦分娩的日子，他又流连在哪个女子妩媚多情的温柔乡里？

有些事，越想越心酸。

她原就病弱的身子，越发耐不住寒冷，打了个哆嗦，咳嗽得更为猛烈了。宋嬷嬷一边为她顺着气，一边期期艾艾地规劝："姑娘啊就是不会想。男人的心若在你身上，不用你拴他，他也在，若他的心不在你身上，怎么强求都无用。孩儿都有了，你去操那些闲心作甚？走一步看一步。退一万步说，就算主子爷不来，九姑娘

112

也不会不管你的。你这病啊，待萧使君看过，肯定就大好了。"

这是一个善良的老妇人！

也亏得宋鹜有这样的奶娘，才没有让他变成一个彻头彻尾的大浑蛋，还多少保留了一丝人性吧。

脑子里浮现出宋鹜衣冠楚楚、眉目如画的倜傥样子，彭欣唇角微牵，忽而一笑，拿手绢捂着嘴咳嗽不已。

"嬷嬷不用管我了，我没事的。"

其实她是想说，与宋鹜之间的事她从来没有想过强求，而且对宋鹜这个人，她早就已经死心了。

但她晓得宋鹜是吃宋嬷嬷的奶长大的，在嬷嬷心里，宋鹜比她的亲儿子还要金贵几分，她自然觉得宋鹜玉树临风，全天下的妇人都应当爱慕他，都会想要嫁给他……

"哼！"宋嬷嬷瞪她，"就晓得逞强！什么时候才能改改你这毛病？咬牙逞强就能换来男人的怜惜吗？愚蠢！你啊，真得向九姑娘学学，当强则强，当弱则弱，强弱都不丢脸，只在于分得清场合。尤其在男人面前，能示弱解决的事，何苦逞强，男人天生性硬，最喜柔情娇媚的女子……"

"好了，嬷嬷！"彭欣哭笑不得，咳嗽几声，按住宋嬷嬷的手背，"辛苦你了，不必管我的，让我自己待会儿就好。"

"嬷嬷不辛苦。"将心比心，宋嬷嬷觉得这姑娘性子虽然冷了点，不太容易亲近，但越是相处越能了解，她除了上述的缺点，还真是没有太多缺点……甚至有很多优点。

想了想，她又心疼地问："姑娘饿了吗？"

彭欣唇角含着笑，摇了摇头："不饿。"

"那姑娘……冷吗？"

彭欣再次摇了摇头。

告诉嬷嬷她很冷又有什么用？她身子破成这样，哪怕穿得再多，依旧感受不到半分暖意……

"唉！"宋嬷嬷叹口气，又想要唠叨，击西便踩着积雪入了门。

似乎是听见了彭欣的话，他冷冷一哼，软绵绵的声音里全是抱怨："看来是我自作多情了，彭大姑娘又不冷又不饿，我何苦费这些神？"

这货与人相处，时常驴唇不对马嘴。

不管做什么事，击西也总给人一种不着调的感觉。可事实上，他办事是很妥帖的。

这一路上，他对彭欣与宋嬷嬷关爱有加，身为男子，生活经验竟然相当丰富，很会照顾人。尤其先前彭欣昏过去的时候，也是击西紧急救助，再不慌不忙地安排分工。

不管是彭欣还是宋嬷嬷，与他相处多了，都不约而同将心里对他的不良印象抹了去。

　　当然，这些在击西看来都是小事。

　　没吃过猪肉也见过猪走路，他长期跟在萧乾身边，怎么也能浸淫出一点医学常识了。

　　先前差了人前往南荣大营送信，他看彭欣昏睡的样子很是糟糕，就出去寻了一堆干柴回来，准备生个火烤烤。可不巧，刚回来便听见了她们两个的唠叨。

　　"击西，大冷天的，你做什么去了？"

　　彭欣自个儿身子不好，可看见击西肩膀上未化的雪花，还有他嘟着嘴巴不高兴的样子，却有些过意不去。

　　从临安到汴京，相处这些日子下来，彼此都有了些了解。当彭欣晓得击西没有父母、没有家，就连原本的名字都不知道时，对他便生出了几分同情，寻常待他也更好。

　　击西瞥着她，哼一声，不满地嘀咕："你那病就是受不得冻，只要身子暖和一点，肯定能有所好转。我寻了些干柴，你先坐着等我，我去生个火堆。"

　　说罢他又扭头吩咐宋嬷嬷："嬷嬷把兴隆山带来的白面馒头拿几个，咱们烤着吃……啧啧，再蘸一点甜酱，美味！"

　　"馒头烤着吃？"宋嬷嬷惊住。

　　她在兴隆山住了三天，看见了许久不曾见过的好东西，也看见了以前想都不敢想的人人平等、自由快乐的另一种社会制度。因此，对自己不了解的事情，她也能带着期待与接受的目光去理解。

　　击西与她不同，在兴隆山上与墨九相处了长达八个月，以前也长期跟在墨九身边，很多生活习惯已经慢慢被墨九同化了。

　　见嬷嬷不解，他有些得意地嗤道："嬷嬷还是宫里出来的贵人呢，怎的这般没有见过世面？"

　　击西与走南、闯北一样，在生活中的人际交往里似乎天生缺少一根弦儿，说话从来乱七八糟，也不懂得给人留面子。一句话便把宋嬷嬷说得老脸通红，他自己却毫不在意，又自顾自地热心解释起来。

　　"九爷在山上的时候，要什么吃的有什么吃的，可哪怕每日都有山珍海味，她没事儿还得烤几个馒头蘸着甜酱吃。我跟你说啊，这个甜酱也是九爷亲自做的，味道嘛，等一下你尝到滋味，千万得管好舌头，不要咽入肚皮里了——"

　　宋嬷嬷呵呵一声，不反驳，也不多言。

　　她是宫里出来的老人了，什么好东西没见过？

　　说句难听的，宫里的人随便吐一口唾沫星子都比别人多点儿荤腥。馒头而已，哪怕雕成花，不还是馒头味儿？

在击西与小全子的捣鼓下，茅屋门口的雪被扫开了一片，击西熟练地生火，很快便拨弄成了一团熊熊燃烧的大火。

雪夜里的火光极是显目，不仅为彭欣几个人烤出了香喷喷的馒头，也给从南荣大营疾驰而来的宋骛指明了方向。

"驾！"

看着坡地上那一簇红彤彤的火光，宋骛像是看到了希望，目光亮了亮，扬鞭策马，速度比先前快了许多，一马当先，很快便甩开了跟随的侍卫。

"马上就烤好了啊！九爷说了，外焦里嫩，最是好吃——"

击西手脚利索地烤了几个馒头，又拿来茅屋里的干稻草放在门槛上，让彭欣垫着坐，笑道："彭大姑娘，您先坐等！"

大冬天的这般赶路，很是亏人。彭欣不仅生着病，又才出月子不久，坐在门槛上，被暖融融的火光烤着，脸色却依然青白。

宋嬷嬷观之，又是苦着脸长叹。

击西也瞥了彭欣一眼，却笑意盈盈。

他将烤好的馒头在火上翻了几转，递一串给彭欣，又端着甜酱在她面前："喏，吃。要蘸这个甜酱吃。"

"谢谢！"彭欣冰冷苍白的面色微微一缓，感激地看着击西，眸底的神色专注而感激，让击西有一点别扭。

他摆了摆手，继续烤馒头："谢什么？想一想，若非当初声东把你从苗疆请来，你也不会遭到此番变故。所以……"

说到此，看彭欣一直盯着自己出神，击西美美的眼睫毛眨动着，又不悦地剜她："这般看我作甚？"

彭欣小口吃着蘸了甜酱的馒头，唇角露出一抹久违的笑容："我在看哪，击西果然生得比女子还美。"

"打住！"听见这话击西就不高兴了，白如凝脂的面颊微微一沉，黑着脸瞪她，"我最讨厌听人家说这种话了。击西是男儿，怎叫与柔弱女子相提并论？"

彭欣咳嗽两声，眸底含笑："别生气，自家姐妹……"

"停停停！"击西再次打断她，尴尬地闹了个大红脸，"彭大姑娘怎生说话的？谁与你是自家姐妹，击西与九爷才是自家姐妹！"

彭欣一愕，然后望着他，但笑不语。

击西抿着嘴考虑一下，这才隐隐发现，先前那句话似乎有什么不对。可他素来不喜欢随便动脑子，或者说，他不会随便把脑子动在一些不该在意的小事上。

眼珠子一转，他根本不管那句话到底哪里不对了，只笑哼哼道："不过，彭大姑娘有一点是对的，击西生得美，确实很美，除了主上，就击西最美。只不过嘛，我是男子，还是不要与女子相较了……当然，彭大姑娘生得也不丑，只比击西差那么一点点罢了。"

"……"彭欣无语凝噎。

说好的不与女子相比较呢？

彭欣好笑地咳嗽几声，看击西犹然不觉说的话有什么问题，又低头认真地烤馒头。火光下，他俊脸白皙、眼眸潋滟、长睫毛微垂，容颜姣好得确实不输女子。

这么美……为何却是男儿身？

彭欣不由得又是一叹。

在她看来，击西小事有点糊涂，大事上却不糊涂。尤其他家主子交代的事情，他基本不会出什么纰漏。

不过他的脑子确实有些简单，不论跟着萧乾经历了多少尔虞我诈的事情，他依旧能保持固有的纯真，把自己的生活打理得井井有条，乐观、开心、真诚、善良。

这样的人，与其说他是一个男人，不如说是一个有着孩子心性的成年小孩儿……

"还看？还看什么啊？"击西抬头，不解地瞥她，不高兴地噘了噘嘴。

彭欣只笑不答，一双精神不济的眼睛微合着，单薄的身子瑟缩在火堆旁，那可怜的样子让击西又软了语气。

"彭大姑娘，你冷吗？"

"不。"彭欣摇头，慎重补充，"我不冷。"

"还说不冷，看你嘴唇都冻紫了！"击西认死理，不肯服输。哪怕是一件简单的小事，只要他觉得自己占了理，绝对不肯轻易松口。

这一点，让彭欣有些无奈。

她叹道："便是我冷，又能如何？能穿的都穿身上了；能吃的，也已经吃下肚了了。这不，击西还特地给我准备了火堆，这样也暖和不了我，那也是无法。"

击西哼哼一声，像是懒得理会她，低头拨弄了几下柴火，怔了怔，被熊熊火光照耀的眸子突地亮开了。

"哈哈，击西想到法子了！"

"嗯？"彭欣狐疑地望着他。

"有法子了，有法子了！"击西高兴地拿着一根带着火星子的柴火比画着，笑声爽朗，开心得就差手舞足蹈了，"以前九爷冷的时候，主上就会为她披衣，要是披衣还不够暖和，主上就会抱住九爷。九爷曾说，人体的温度是最为暖和的。所以，彭大姑娘，我也抱着你吧？"

所以，彭大姑娘，我也抱着你吧？

116

听他一脸真诚地侃侃而谈，彭欣赫然惊怔。

这个击西，也着实太笨了！

他竟然不懂男女授受不亲之理？

萧乾可以抱墨九，他哪里能抱她？

她惊了一瞬，正想着如何教育这个情智未开的大孩子，击西却很快就用行动向她证明了，在他心里，确实没有男女授受不亲的理。

在宋嬷嬷大惊失色的目光中，击西把柴火棍投入火堆里，走过去与彭欣并排而坐，胳膊一伸，就愉快地把彭欣搂在了怀里，紧紧一裹……

"击西！别这样！"

彭欣吓得心脏一颤，几乎忘了呼吸。她想推开击西，可她本就体弱，击西又是武艺高强的男人，哪会在意她小小的两下挣扎？

"彭大姑娘，你就别动了！再这样，就暖和不了！"击西学着萧乾抱墨九的样子，紧紧圈住彭欣的腰，掌心还顺着她的后背，自上而下慢慢轻抚，就像在安抚受伤的孩子。

彭欣在他怀里慢慢老实了。

一来她确实太冷，击西的怀抱却很温暖。

二来已经有许许久久没有人这般温柔地抱过她，安慰她，怜惜着她，而且，只是单纯地想要怜惜她……

每个人心底都有一份无法拒绝的暖，彭欣心里也有。望着击西孩子般真诚的面孔，她叹一口气，慢慢安静下来，享受着更为舒坦的柴火与击西孩子般的关爱。

可就在这时，茅屋侧方却传来一道低喝。

"你们在做什么？"

马蹄落在积雪上，声音太小。宋骜近了，竟无人察觉。

而且茅屋前的火堆处，光线正亮，彭欣与击西看外面的人处在一片黑暗之中，可宋骜在光线弱的地方看向火光笼罩中的两个人，却清晰无比。

他们抱在一起？

他们亲热地抱在一起？

喉咙里像扎了一根刺，宋骜气极了！

这个姓彭的娘儿们，亏他还想着她、念着她，甚至为了她八个多月了都没有近过妇人，这是什么样的情怀？可她倒好，儿子刚刚满月，她就出来勾搭男人，连击西也不放过——

可想而知，在临安府得勾多少男人？

宋骜是知晓击西的性子的。

他单纯、善良、没有心机，尤其知晓彭欣是自己的女人，他是断然不会与彭欣有什么男女感情的，那么，如今两个人抱在一起，从彭欣惊诧的表情和击西懵懵懂懂的样子，他就可以确定一件事——肯定是这个妇人耐不住寂寞，主动勾引了击西。

"岂有此理！"

他越想越生气，咬牙低骂一句，猛地丢开缰绳大步奔过去一把揪住击西的领口，把他拎起来重重丢到一边，怒不可遏地吼道："就算你不晓事，也容不得这般无理！"

喂！小王爷不是心知击西无辜吗？

不是明明感觉都是彭欣一个人的错吗？

可为什么，他收拾的人还是击西？

宋骜没有发现自己的矛盾之处。一双狭长的眸子里盛满了怒意……和幽怨，盯着击西的样子，似是恨不得将他生吞活剥。

击西坐在雪地上一脸无辜地扁了扁嘴巴："小王爷为何要生气？"

"哼！"宋骜能说自己吃味儿吗？

"就算生气，为何要丢击西？"

摸了摸受伤的屁股，击西慢吞吞地爬起来，想了想，又指着彭欣认真地道："彭大姑娘很冷，小王爷来了，快抱抱她吧。"

冷？彭欣说她冷？

果然，她就是借此勾搭击西。

宋骜心脏怦怦跳着，自个儿脑补了一万字红杏出墙的暧昧纠缠，目光泛着冷意，慢慢挪到彭欣的脸上。

只一眼，他便怔住。

怎的她脸色这样白，身子这样瘦？他记得他走的时候，她不是这样子的啊。而且生完孩子的妇人，不都养得白白胖胖的吗？难道临安那些人都不听他的话，待她不好，在暗地里亏待了她？

如此一来，他来不及怨念旁的，厉目微转，瞪向吓得声都不敢吭的宋嬷嬷："怎么回事？"

怎么回事？什么怎么回事？

宋嬷嬷略低着头，只觉风雪更大了，面颊无端被他冷冽的视线刮得生疼。她上前福了福身，先向宋骜请了安，又拿眼风扫着静默不语的彭欣，一边在心里叹息这个姑娘不会讨好男人，一边给彭欣在宋骜面前加分。

"这不，彭姑娘惦念着王爷独自一人在边疆，凄风冷被的，怕王爷伤了身子，这才顾不得产后体虚，日夜兼程地赶到金州，在兴隆山没多歇一口气，听说王爷在汴京府，便央了击西带她前来寻找王爷。姑娘这番情意……"

118

"嬷嬷！"这番明显有违事实的话，彭欣实在听不下去了。她打断宋嬷嬷，不冷不热地望向宋骜，疏冷地道："王爷不要误会。我这次过来，主要是想找萧使君为我瞧瞧身子。我……并没有惦念王爷！"

我并没有惦念王爷！

这句话纯粹就是在宋骜的心上扎刀。

没有人愿意自个儿想念的人，一点也不想自己。

他面容微沉，正不知如何下台，便听见了击西的神补刀。

"对啊对啊！"击西老实地道，"在兴隆山时，彭人姑娘说什么都不来，还是我和嬷嬷好生相劝，费了九牛二虎之力才说服她哩。"

宋嬷嬷咳嗽着，见击西不停口，一脸尴尬地望天。

而宋骜听了这捅心窝子的话，更是气得呼吸加重、血液逆流。

这娘儿们啊！她不是来看他，居然是来看萧乾的。不仅想看萧乾，还想让萧乾看看她的身子，到底存的什么心？宋嬷嬷也是，字字句句为着彭欣说话，可她明明就是他的奶娘，什么时候变成了彭欣一派的人？

还有击西……

不！尤其是击西。这小子该不会对彭欣存有什么心思吧？

念及此，他刀子似的眼风，不停剜着击西。

击西这小子是娘气了一点，可生得确实美！

好像比他的肤色还要白皙，比他的五官还要精致！

宋骜越想越来气，暗自在心底咒骂一声，却不知在骂谁。

这个时候，他的几个侍卫已经追赶上来，看到眼前的情形，不知所措地向宋骜请安。宋嬷嬷也拘谨地看着他，不停为彭欣解释，说她"身子不好，不耐耽搁"云云……

如此，他终是收起了要好好收拾这娘儿们的念头，冷冷一哼，把她从门槛上抱到马车里，拿了一个软垫让她靠着，又不解气地在她的脸颊上狠狠一捏。

触到的脸几乎没有半点肉感，让人怜惜不已。

他目光微微一眯，低头盯着彭欣，低声问："咱儿子呢？"

彭欣微仰头，迎上他灼热的眸子，心窝忽地一热。

不为旁的，只为这一句"咱儿子"。

十月怀胎之苦，一朝分娩之痛，只有真正经历过的妇人才晓得个中滋味……没见到宋骜之前，若说她无半分怨气，那是假的。

她是个正常的妇人，生了这个男人的孩子，也希望能在孩子的事情上得到他的宽慰与怜爱。可那些怨气、郁结、辛酸、难受，竟然就因为他这一句"咱儿子"而烟消云散。

不争气！

119

她手握成拳，暗暗在心底骂自己一声，冷着脸瞽他："汴京府局势不定，天气又冷，我把他留在兴隆山，让奶娘照看着。"

宋鹫轻哦一声，表情明显有些失望。

可他没有追问，也没有责怪她不带孩儿来让自己看一眼。彭欣说的都是实情，汴京这个地方确实不适合安顿他们的孩儿。尤其就姓薛那个小子从兴隆山回来后的描述来看，他儿子待在那里吃不了亏。

他幽幽一叹，看了看马车边上的击西。

"启程吧！还有几十里路要赶呢。"

天上的风雪冰寒依旧，并未因为地上之人的喜怒哀乐有任何变化。回去大营的路上，宋鹫骑马走在外面，没有与彭欣说话。

虽然他对彭欣与击西之间的关系其实没有真正疑惑，可莫名其妙地，明知他们是清白的，他还是不舒服。

那种奇怪的滋味，他从未体验过。

不像生气，不像怨愤，就是胸口堵得发闷。

一行人上路，见小王爷闷闷不乐、不声不响，其余人纷纷缄默不语。这样强烈的冷空气，一直持续到回到南荣大营。

大营门口，旌旗在寒风中翻飞。

一天一夜未出帐篷的墨九披了件大风氅，戴着风雪帽，把自己裹得像个粽子似的站在那里迎接彭欣。得到玫儿的消息，她便起床准备，等了这些时候，方看见马车驶过来，墨九亢奋不已，嘴里大叫着彭欣的名字，飞也似的冲马车奔了过去。

可宋鹫不准她撩马车帘子。

理由是外面天冷，不能冷着彭欣。

墨九嗤之，想着彭欣半路逗留的原因，肯定是身子不舒服，也就不再坚持，小跑着随了马车一直进入营房。

在他们还没有到之前，墨九已经吩咐人为彭欣搭建了帐篷。马车一停下，墨九就亲自把彭欣迎下了马车，扶着她的胳膊往帐篷去。

路上，墨九兴致勃勃，谈兴很浓，嘴里的话一直未停。而彭欣只偶尔咳嗽几声，微笑相应，却很少搭话。

夜晚的光线不好，墨九心知彭欣性子冷傲，虽然发现她有一点儿生病，却没有想到她会病得这样厉害。直到一群人入了帐篷，在侍卫点燃的油灯之下，她才终于察觉到彭欣异于常人的脸色。

"彭欣，你这是……出什么事了？"

墨九惊讶地低问着，见彭欣微垂着头，略微动了动嘴就止了声，一副难以启齿

120

的样子，她眉头一蹙，挥手便把所有人赶了出去——包括宋骛。

宋小王爷当然是不情愿离开的，于是他据理力争，试图让墨九找准自己的位置，也让墨九知道她没有资格撵他，毕竟他才是彭欣的男人，两人连儿子都生了。

可没吵几句，宋骛就败下阵来。

墨九说："你想做彭欣的男人，也得有名分吧？有三媒六聘吗？有婚书吗？去！小王爷，至少我与她是朋友，而你和她，什么都不是好不好？"

当然墨九说什么并不重要。

重要的是彭欣淡淡地看他一眼，也说了一句："我们之间没有任何关系，我是来找墨九的，你走吧。"

宋骛很受伤。

他可以和墨九吵得面红耳赤，甚至也可以为了给彭欣治病去找萧乾打一架，却没有办法在看见彭欣病恹恹的可怜样子时，还为了吃醋那点小事在这里引起她的不快。

退出帐篷，宋骛心里烦闷。

儿子没有见着，那娘儿们来了也不搭理他。他这大风雪的夜晚来回奔波几十里，原来是剃头挑子一头热啊？一时间，他情绪难平，去灶上拎了一坛酒就跑去找萧乾，想把萧乾拎出来陪他喝酒解闷，顺便说一说两人"同病相怜"的苦楚。

在他看来，上元节不理会萧乾的人分明就是墨九。两人之间的别扭，也都是因为墨九的冷落……毕竟萧乾从来没有不理墨九的时候。

也因为此，同样不被彭欣待见的小王爷，突然觉得自己与萧乾是同病相怜的可怜虫，应当都需要酒来分忧。

然而，萧乾不在帐篷里。

薛昉告诉他说：萧乾去了墨九那里。

宋骛差点气得砸酒坛。

原本他还以为有一个人与他同样可怜，可以与他解解烦闷，结果连萧乾都与墨九和好了，只剩他自己是孤家寡人了？

想一想彭欣依偎在市西怀里时红彤彤的脸，想一想她见到他时面色刹那苍白的样子，还有她被墨九抱住时，那唇角微勾、眉眼弯弯，明显发自内心的微笑……小王爷就很嫉妒！

是的，他承认了，他居然在嫉妒。

可他有什么好嫉妒的呢？他又不喜欢那个小娘儿们。

兴许是因为她为他生了个儿子，这个儿子是他宋骛的第一个孩儿；也兴许真的应了墨九说过的那句话——"得不到的永远在骚动，被偏爱的都有恃无恐。"

他为什么惦记着彭欣？只因他没有真正得到她罢了。

定是如此！

安慰着自己，宋骜拎着酒坛也去了墨九的地方，美其名曰是找墨九喝酒吃肉，其实骨子里还是想见一见彭欣，看看萧乾诊断之后，她到底是怎样的病情。

然而，悲剧再次出现：他被击西拦在了帐篷外面。

若是换一个人拦他，宋骜也许没有那么生气，可拦他的人偏生是击西。见到击西，他就会想到火堆旁边那令他烦躁的一幕。

他一把拎住击西的衣领，恼恨地低吼："凭什么？凭什么不让我进去？"

击西无辜地眨眨眼："九爷说，丑人与旺财不得入内。"

宋骜更生气了，指着自己的鼻子恨恨道："我丑？你居然说小爷长得丑？说小爷丑也就罢了，可旺财是怎么回事？"

想到九爷说那话时的样子，击西有点想笑。

可王爷很生气，他不想挨揍就不能笑。

击西使劲儿绷着脸，瞥着宋骜道："击西可没这样说，全是王爷自己说的。王爷不仅说了，王爷还指了——"

宋骜无力地放下手，指着击西的脸："你狠！"

"击西才不狠！"击西撇着嘴，弱弱地低下头，可怜巴巴地低声喃喃，"击西只是生得美而已！怎会这样倒霉，击西一定是世上唯一一个因为生得美不停倒霉的人。"

"……"宋骜倒吸一口气，"你抬头。"

击西抬头瞥他，宋骜也瞪着击西。

"……"

"……"

两人大眼瞪小眼，半晌，看击西委屈的样子，宋骜觉得自己与一个娘儿们计较确实有失体面，终是懒得理会击西了，狠狠挥一挥袖子，哼声道："告诉姓彭的，好好养着身子，回头老子再与她算账！"

宋骜是晓得彭欣身子不大好的。路上她咳嗽时，他心里其实也很不舒服。可他到底是王爷出身，不怎么懂得体恤别人，也不知彭欣的病到底有多严重。加上大营里有萧乾这个神医在，他虽然担心她，可担心的程度与彭欣真实的病情有出入。

因此，这天晚上他一个人把那坛酒喝了个精光，醉醺醺地倒头便睡。次日一大早，他不等洗漱用膳，顶着一身酒气便再一次去找彭欣报到。

结果很不巧，他又一次被击西拦在了外面。

借口还与昨天一样一样的。

宋骜恼火得很："墨九在里面？"

击西点头："在。"

"她为什么这么早就来了？"

"没来！"击西偷瞄他，"九爷昨晚与彭姑娘睡的。"

"阴魂不散的墨九！"宋骜气得很想扯头发，不对，很想扯墨九，"她居然睡在这里？她为什么睡在这里？"

分明是他该睡的好吗？

击西瞄他一眼，如是想，同情地道："王爷回吧，九爷说了不让你见彭姑娘，想必你是见不着的了。"

墨九的话不仅击西会听，连营中侍卫也要听上几分。所以墨九不让宋骜进去，宋骜便进不去；墨九不让宋骜知道彭欣的情况，宋骜就无法知情。

闹腾一会儿，宋骜闷闷不乐地离开了。

帐篷里面的宋嬷嬷却被他的样子给吓住了，拿着手绢捂着嘴巴呜呜地低泣着，难过地望着彭欣道："姑娘你看，王爷还是在意你的。可姑娘为何偏不见他？"

墨九静躺着默然不语，只拿眼去瞄彭欣。

彭欣病着，觉很少，早就起来了，闻言唇角一扬，像是笑了，又像是没笑，表情极是冷淡："我为何要见他？"

彭欣吃了萧乾的药，说话比昨日顺畅了许多，但虚弱的声音听上去还是有些中气不足，完全没有了生产前的精神头儿。

宋嬷嬷轻轻抹着眼泪，哭泣道："嬷嬷也不知怎生教你了。生这样重的病，正是让汉子怜惜的时候，你这样藏着捂着做什么？不让王爷看，他又怎知你为他诞下孩儿的辛苦？"

"我的儿子，不是为他生的。"

她一句话噎住了宋嬷嬷，想想这老嬷嬷的好，又有些不忍心，叹气补充道："我生儿子，只因为他是我儿子，并不因为他是安王爷的儿子。嬷嬷可明白我？"

宋嬷嬷怔怔看着她，一时哑然。

她不明白！她根本就不明白。

世上的妇人，哪个不想攀附王侯贵胄，过上体面舒心的日子？可这个傻姑娘哟，为王爷生了孩子，本来有一个最好的码头，说不定还可以就此母凭子贵，坐上安王妃的位子，为何偏要倔成这样？

宋嬷嬷还不知宋骜被指婚的消息，只觉得现在的皇帝好说话，只要彭欣拿住了宋骜，而宋骜又坚持要娶她，两人的婚事并非不可成。

念及此，她哀怨一叹，又想劝："姑娘听嬷嬷说……"

"嬷嬷！"墨九打断她，笑吟吟道，"彭姑娘身子不爽利，你就少说两句吧。对了，你去灶上催一催玫儿，看她把药都煎好了没有。这丫头也是，这么磨叽，彭欣这里等着呢。"

"哦。奴婢这就去。"

宋嬷嬷话到嘴边，硬生生吞了回去。毕竟为姑娘煎药，养好身子才是大事。

只要人在，自然来日方长。若人不在了，一切都是空淡。

没有了聒噪的宋嬷嬷，帐篷里面只剩下了墨九与彭欣两人。互相对视一眼，彭欣苦笑着摇了摇头，墨九却勾唇一笑，双臂微展，紧紧搂住彭欣的肩膀。

"彭欣，你受苦了。"

"这句话，你说好多次了！"

"病成这样，为什么不找人告诉我？如果我不派击西去接你，你就算死了，也不会让我知晓，是也不是？"

"告诉你又有何用？你又不是医者。"

"可萧乾是啊！我让他医哪个，他难道敢不医？"

这话墨九说得没有什么底气，于是，为了配合气场，她略略抬了抬下巴，那一副冷傲的样子让彭欣忍俊不禁。这一笑，她表情便柔和了许多，眸底蕴藏多日的愁绪也一扫而去。

"墨九！"彭欣叹一声，抿了抿唇，盯着墨九的眼睛认真地问，"可我为什么觉得，你与萧使君之间似乎有点不对？"

"有吗？"墨九眼珠子乱转，说得肯定，"没有。"

"我是过来人。"彭欣唇角上扬，"你骗不了我。"

"你说有就有吧。"墨九翻个白眼，"反正也没什么大事。"

"不是大事，那是什么小事？"彭欣又问。

"喂！"墨九急眼了，"哪有对人家的私事打破砂锅问到底的人啊？"

彭欣叹了一声，道："因为你已经把我的砂锅问穿了，我自然也不能留下你的砂锅。说吧，到底怎么回事？"

墨九想想，又摇头："其实真没什么大事。"

说罢她把与萧乾间的小别扭告诉了彭欣，又把自己的委屈与小心眼毫不隐瞒地相告。

女人之间的情意，与男女情感不同，好多话墨九不能在萧六郎面前讲，却可以毫无压力地告诉彭欣。

在分别了八个多月后再次相见，她依旧觉得彭欣是一个稳重靠谱的人，值得做朋友。

听罢，彭欣认真思考一会儿，严肃道："原本夫妻吵架，都劝和不劝分，可是我……"她有气无力地拉过墨九的手，在她手背上拍了拍，"我想说，一个男人，但凡在你与别的女人之间抉择时，有过那么一丝犹豫，就不能要了。你是他的女人，他就应当信你。任何迟疑与权衡，将来都有可能成为扼杀感情的刽子手。"

墨九心里一沉："这么严重？你是想说，这个男人不能要了？"

"傻子，我可没有这样说。我也不相信萧使君是这样的人。"彭欣严肃的样子，还真有几分过来人的语重心长，"我以为，这样不明不白的别扭，其实是最伤害彼此感情的。"

"怎么讲？"

"不管他是怎么想的，你都应当先弄清楚。"

"怎么弄清楚？我又不是他肚子里的蛔虫。"

"你这嘴生来做什么的？"彭欣好笑地看她。

"当然是吃饭的啊！"墨九回答得理所当然。

噗的一声，彭欣真的笑开了："除了吃饭，还可以说话。"

"呃，好吧！能说话又如何？他是头闷驴子！人和驴子如何说得通道理？"

"不管能不能说通，你都得问他，至少要把你的心思告诉他。墨九，人人都会先为自己考虑，这是人性使然，并不可恨。事实上，没有一个人能真正了解另外一个人。你了不了解他先不说，你得把自己的心思告诉他，让他了解你。做了自己当做的事，其他的，便随缘吧。"

彭欣生着病，还侃侃而谈，让墨九很是稀奇。

她噫一声，斜睨着彭欣，良久，又重重点头："虽然你居然会灌心灵鸡汤让我有点吃惊，但我不得不承认，彭欣，你是对的。如果不说出来，没有人会了解对方的心思。猜心的游戏太累了，猜不起。江湖儿女，也不必如此矫情。是我太作了！"

"嗯。"

彭欣给她一个"明白就好"的眼神，身子斜靠在榻上，半合上眼睛，似乎先头说那一番话已耗尽了她的力气，不想再与墨九言语。

"可是彭欣……"墨九盯着她，眉头微蹙，"你为什么不问他？"

"他？"

"小王爷！"

"我问他什么？"彭欣没有睁眼，声音沙哑且清冷。

"问他要不要娶那个北勐七公主……塔塔敏。"

"呵，不用问。"彭欣凉笑，"与我无关。"

墨儿承认彭欣其实有一颗强大的心脏，来到汴京府，她本来就不是为了宋骜，尤其在知晓自己患了产后病，若不好生调养，将会很难康复之后，她更是不愿意搭理宋骜，甚至连见他都不肯——之前对宋骜几次三番地拒绝，其实不是墨九的意思，而是彭欣。

愁人哪！

墨九出了帐篷，虽然觉得彭欣的话有道理，可让她就这般直接跑过去找萧乾，她面子上过不去，还是办不到的。先前她找他，是借了彭欣的病。虽然见面时她没有与他多说话，可他那一副忙碌的样子，还是让她的自尊心受了打击。

到底他是照顾陆机忙成这样，还是军务忙成这样？

而且他都没来找她，她去示弱不是犯贱吗？

不行，就算要去，也不能空着手去。

墨九咬着下唇想了许久，一跺脚回了帐篷。

半个时辰之后，她帐篷的桌子下方丢满了纸团儿，案上还摆着一张铺平的纸，她手拿狼毫正在奋笔疾书。

纸上清楚地印着两个大字——休书！

汴京府，南荣大营。

寒风呼啸似野兽嘶吼，大雪一宿未停，营房里的炊烟袅袅升空，温暖的气体融了伙房上的积雪，将那一片营区与白茫茫的天地隔成了两个截然不同的世界，一片明，一片暗，别有一番景致。

墨九伸个懒腰，去伙房拿了些吃的，将早饭解决了，揉一下舒坦的肚皮，便揣着那封写好的"休书"直奔萧乾的大帐。

大帐外面，几个巡守的侍卫见她过来，想到萧乾刚才"任何人不得打扰"的吩咐，有心阻止她，却又不敢靠近。

面面相觑一眼，一个精明的侍卫赶紧重咳几声，唤来了击西。

击西受萧乾命令，原是每天都跟着墨九的。可墨九这个人性子古怪，不喜欢有一双眼睛每时每刻盯着自己，警告过击西好几次，所以，在自家大营的时候，击西都不会尾随，离墨九有些距离。

听见动静，击西急匆匆过来，看见这情形，头皮又麻了。

上一次让墨九闯进去，结果也不知出了什么事，这三日来，萧乾整天冷气森森的，这些侍卫的日子都不好过，自然不敢再让墨九随便乱闯。

击西对这些事情是知情的，见几个侍卫着急的样子，赶紧上去拦住墨九，笑吟吟地问："九爷，这是要去哪儿？"

她都走到这里了，击西会不知道她要去哪里？

难不成如今萧六郎的大帐成了她的禁地？

墨九喉咙一紧，冷声道："让开！"

"嘻嘻！"击西朝她做了个鬼脸，双臂横在她面前，"不让，说什么击西都不让！"

墨九哼一声，不理会他，绕过他的身子便往另外一边走。可击西也是一个固执的家伙，她往左，他就往左，她往右，他又往右，始终拦在墨九面前，气得她双目一赤，低声责骂。

"好你个击西，亏得我在兴隆山上待你那般好，结果白糟蹋了粮食，你就是一

126

个吃里爬外的东西！赶紧闪开，再拦着我，别怪我不客气了！"

墨九不客气的时候会怎样，击西是知道的。

在兴隆山的时候，最开始他就吃过墨九不少亏，这会儿见她发了狠，他有些心悸，可没有听见萧乾帐篷里有任何动静，想来他并没有同意墨九进去，一时间击西里外不是人，也不知怎么办，不由得哭丧着脸，挤着一脸沮丧的笑容，道："九爷，我的好九爷，这大清早的你老发什么脾气哩？不如这样好了，击西陪你回去歇一会儿，再让灶上做几样好吃的点心过去，犒劳一下你如何？"

"犒劳我什么？无功不受禄！"

"不不不，九爷的功劳大了去了……"

"少给我打马虎眼，闪边儿去！"墨九的脾气向来很好，不论对谁都一脸和善，可这会儿，几个侍卫小心万分的样子，还有击西生拉死拽的阻挡，对她而言都是火上浇油。尤其萧乾明明就在里面，却默不作声，更是让她恶向胆边生："不让我进去，难道里面有什么见不得人的东西？"

她狠狠斥着，一把推开击西就往大帐去。

击西急急拦在她面前，本就没有站踏实，再被墨九用力推搡，踩在积雪上的鞋子一滑，整个人便倒下去。

啪嗒一声，伴着他的呻吟，墨九急匆匆的脚步停下，回过头来看他一眼。

"摔痛了？"

"没。"击西撇着嘴摸屁股，"不太痛。"

"那就好！"墨九继续往前，"赶紧回去，这里没你的事儿。"

看她满脸郁气，一副要进去与萧乾大战三百回合的样子，击西哪里敢就此抽身回去？

他骨碌碌爬起来，不放心地小跑过去，一把拉住墨九的袖子，委屈得眼圈儿都红了。

"九爷九爷，好九爷，你就饶了击西吧。"

"饶你？奇怪！我又不会找你麻烦！"墨九甩袖甩不开，气愤不已，"放手。"

击西偷瞄她一眼，硬着头皮应了："没有主上吩咐，你若进去了，击西就得挨答臀了。"

墨九心里冷笑一声，情绪波动，面上却冷静下来。击西力气大，她眼看扯不开他，放软了声音："你怕他答你臀，就不怕我答你臀？"

"九爷不会。"击西猛摇头，"九爷是刀子嘴豆腐心，人好着呢。"

连击西都知道她刀子嘴豆腐心，是一个大好人，为什么萧六郎就不明白，非得认为她有心毒害他的恩师？

墨九心里凉飕飕的，静了一瞬，低头看着击西死攥着她的手，轻声问："你真不放？"

"真不能放！"击西苦巴巴地涎着脸，"九爷，回吧。"

"说什么都不放？"墨九虎着脸，又挑眉问。

"嗯，说什么也不能放。"击西重重点头。

"不放我就再也不喜欢你了。"

"不喜欢击西也不能放。"

墨儿看击西急得快要哭出来的样子，那股子莫名其妙的委屈又一次涌上心来，并在击西的劝说中被无限地放大，以至于她今天不进去找萧六郎说个明白，莫说今天晚上，就是明天晚上也睡不着觉了。

思考了片刻，她突地指了指灶房的方向："好吧，击西，我服你了。只要你肯帮我一个小忙，我就不进去。"

"真的？"击西惊喜地看着她。

"真的。"墨九点头道，"你去伙房让人给我炖一碗燕窝粥来消消气，我去帐篷里等你。"

燕窝粥能消气吗？击西糊涂地想了想，也就懒得想了。

他心知墨九是一个大吃货，释然地相信了她："好。九爷等我。"

击西高兴地放开她的手，重重点一下头便带着她的重托，速度极快地往伙房的方向跑去。

"这孩子……太实诚了！"墨九望着击西飞奔而去的背影，扯了扯被他弄皱的袖子，无奈地摇了摇头，在心里为击西默了个哀，转身走向萧乾的大帐。

今儿一早，迟重和古璃阳就已受命领兵拔寨而去，准备合围汴京城。这几日事情多，陆机老人余毒未清，彭欣又生了病，诸事繁杂，萧乾连续两夜没有睡觉。回到大帐，解下披风，搓了搓手便躺在椅子上。侍从进来为他生了炉火，得了他的命令便出去了。他一个人独自坐在桌边，眼睛一眨不眨地盯了一会儿悬挂的舆图，合上眼睛便沉沉睡去。

熟睡的他，眉头微拧，呼吸绵长，人却并未完全放松……

这几日与墨九的别扭，他心里有数。

可大敌当前，数十万人的生死都指着他，他精力有限，不知道应当怎样待她。

这个世上，哪怕最亲密的人之间，也无法真正了解。尤其墨九是一个异于常人的妇人，对于她出位的种种行为，睿智如萧乾也从未真正认清过她。

普通人摸不透也就罢了，偏生越是亲密的人，越是在意对方的一切细枝末节。

墨九对萧乾如此，萧乾对墨九亦是如此。

从种种线索来看，这次陆机老人中毒的事是墨九干的无疑。那一本让陆机老人

128

中毒的医书，只有他和墨九动过，不是他，就只能是墨九。而月能接触到"快活散"药物的人，除了墨九，也不做第二人之想。再有，许多侍卫都可以证实，墨九想了许多法子，要收拾一下陆机老人。

在他看来，墨九倒未必真的成心要毒害陆机，只是她任性，玩大了！

可这种玩笑，哪能随便开？陆机老人一把岁数了，早些年大亏过身子，如今再吃下催情圣药"快活散"，若非他救治及时，老命也就搭进去了。

如果那天他晚到一步，后果将不堪设想。

后来每每想起，他都不免寒了脊背。

陆机老人对于墨九来说，只是一个讨厌的老头儿，可对于萧乾来说，有着不同的情感。想当年，陆机倾尽一生所学传授他医术，更救助他于孱弱之时，这是情同父母的再造之恩，是他无论如何也要报答的恩德。

若非害他那个人是墨九，这般所作所为，足够让萧乾取她性命了。

而他只是冷了她几日，想让她自我反省，除此并未有任何限制，其实于他而言，已是对她最大的纵容，是让陆机老人几次三番谈起来就咬牙切齿的纵容。

只可惜……角度不同，看法也就迥异。

他以为的纵容，在墨九看来，却是全然的冷漠。

其实这几天，他心里并不好受。尤其昨日他去为彭欣看病时见到她，她虽然一副爱答不理的样子，可小脸上的气色，较之前几日差了许多。就算他不是大夫，也明白她没有休息好，知道她的日子不好受。可他想不明白，既然不好受，为什么她非得那般固执，就是不肯认输，不肯道一个歉呢？

外面闹的动静，萧乾听到了一点点。

一开始他以为是自个儿在做梦，待意识稍稍清醒，他手撑着额头，两根指头轻揉一下太阳穴，想到墨九那一脸执拗的样子，脑仁又开始疼痛。

昨日离开彭欣的帐篷时，她不屑地剜他的那一眼，还在他的脑子里抹不掉。

如今她主动找上来，他该怎么办？

若与她讲道理……阿九根本就没有道理可讲。

若向她服软，会不会惯得她越发无法无天？

"唉！"萧乾苦笑。遇上墨九，就是他的劫难！

萧乾手撑案头站起来，匆匆理好衣袋，正准备出去接她，墨九就顶着风雪掀帘了进来了。

"哟，原来你在里面呢？我还以为没人。"墨九收敛起心底的酸涩，带着盈盈的笑容，眉眼间满是轻松地看着他，似乎没有半分不悦。

这样毫无嫌隙的她，让萧乾顿住身形，静观她片刻，才松了一口气。

"阿九怎么来了？"

129

"想你了呗。"墨九扭着腰肢往他走去，兴趣极浓地瞄一眼他背后的舆图，半合着眼问，"看你的样子，这是忙着呢？还是……准备出去？"

萧乾轻唔一声，总觉得今儿的墨九不对劲儿，淡淡一笑："不出去。"

墨九点点头，脸上笑容不变："你若有正事要做，我待会儿再来也可以的。"

"不忙。"萧乾说罢，抿抿嘴又补充，"我不忙，你坐。"

看一眼他殷勤为她挪开的椅子，还有那句"你坐"，墨九莫名其妙品出一丝久违的生疏来。

可这与她千里迢迢送武器到汴京来的初衷根本不同。她以为她来了，他们将琴瑟和鸣地共同御敌，怎么冷不丁就变成相处尴尬、客套而陌生了？

"萧六郎！"她慢吞吞坐下，面带微笑，拿眼睇他，"我们几天没有好好说话了？"

"三天。"萧乾答得很快。

"是吗？才三天啊！"墨九恍惚般点点头，盯在他脸上的目光带着一些怪异的凄迷，"可我怎么感觉，好像有一个世纪那么久了？"

一个世纪是多久萧乾不知道，却被她"一个世纪"这样悲情的语调搞得心里有些犯堵。他凉薄的唇微抿着，目光审视着她的表情，正踌躇着要怎样把那个令彼此都不愉快的事情说开，却见墨九大眼珠子一转，在他的大帐里审视一番，像是发现了什么稀奇的事一样，忽地感慨起来。

"啧啧啧，萧六郎，不错啊！"

萧乾完全不知她在说什么，一脸狐疑。

"怎么了？"

"你这大帐鸟枪换炮，变得不同了呀！"

"有什么不同？"萧乾也顺着她的视线看了看，一头雾水。墨九却像第一次来似的，兴奋地起身，负着双手四处走动着，捏一捏石砚，拍一拍帘子，然后笑着转头对他道："我记得你营中的摆设不是这样的，那些日子我天天来，绝对不会记错。如今这般，看来是重新归置过，空间更大了，也更为整洁了，看来连女人也该换了。"

"阿九……在说什么？"萧乾其实之前也发现了，想来是薛昉整理的，并未在意，如今经她提醒，也觉得有点不对。

可男人在小事上都是粗心的，女人却细腻无比。

而且，女人都在意一些细腻的感觉，一些会让人不舒服的感觉。

"萧六郎，这些都出自温静姝的手吧？"

墨九一言点破，看一眼萧乾忽然变冷的面孔，见他没有反驳，越发确定了此事，心里那叫一个冷，说话也就更为尖酸起来："怪不得都说温静姝性情温柔，贤淑勤快。你看，短短三日，就把我男人的地盘给归置得连我都陌生起来。我在想啊，我是不是该让位置了。"

130

"阿九！"萧乾唤她一声，见她不为所动，又慢慢走过去，把她的肩膀扳过来，认真道，"这中间的事情，应当有一些误会。"

"误会？"墨九冷笑，"是我误会她，还是她误会我？"

"我只在意你。"

"只在意我？"墨九哈哈一声，"那你为什么要留下她？"

萧乾头痛万分，有一种百口莫辩的挫败感："阿九你讲讲理。"

"我哪里不讲理了？"墨九没好气地瞪他。

"温静姝不是我留的，是师父把她留在身边的。我没有权力为师父做主，指手画脚地告诉他当用什么样的侍女、当收谁做弟子。"

墨九抿了抿嘴，缓缓一笑，没有反驳。

当然，这句话确实在理，她也反驳不了。

萧乾按捺住起伏的心潮，看墨九一副冷冰冰不肯相信的样子，握住她肩膀的手微微用力："阿九，你是不是一直怀疑当初劫你到金州，给你下药，再指使珲兵欺负你的人是我师父，或者温静姝？"

墨九微微眯眼。

在萧乾面前，她不想撒谎，迟疑一瞬，挑眉反问："难道不是？"

"至少我没有找到证据。"

"呵呵，证据？这个要什么证据？萧六郎，你可以因为'快活散'给我定罪，为何不能因为'酥筋丸'给他们定罪？更何况，阿息保与完颜修都证实，那个药是从你恩师手里拿的……"

"阿九……"萧乾眉头拧起，似乎想说什么。

可墨九没有兴趣听他继续为陆机和温静姝辩解，猛一下扳开他的手，墨九莞尔一笑，面若桃花，字字句句却冷若冰霜："萧六郎，那个药差点毁了我的一生，或者说，六郎以为，一个妇人的清白不重要？还是说，我墨九本来就是一个小寡妇，我的清白更加不重要？"

"不是！"萧乾又去搂她，见她身子僵硬，面上带笑，情绪显然濒临爆发点，他无奈地喟叹一声，又软了语气，轻声哄道，"阿九听我说，药是我师父拿的不假，可这事的主使者另有其人！你放心，我一定会弄明白，给你一个交代的。"

交代？又不是他害她，为什么要他给交代？

静静看他半晌，墨九忽地弯唇，连笑带讽："你凭什么这样肯定不是他们？"

"阿九，我师父不会骗我。"萧乾道，"你与他之间的不愉快，让你对他有先入为主的恼恨，所以一叶障目了。若你了解他的为人，就一定会相信，他断断做不出这等事来，就算他做了，也绝对不会否认！"

墨九挑眉："你找他求证过了？"

131

"是。"萧乾道，"见到他时，便求证过。"

他一脸笃定的表情，对墨九来说却是一种深沉的打击，她冷笑道："萧六郎，换了我是他，我也不肯承认。毕竟这种事见不得人。而你，不也是这样想我的？"

"阿九……"

"别喊我。"墨九眼睛浅眯着，语气带着淡淡的无奈，"你可以相信陆机与温静姝不会干这种事，却不肯相信我没有对陆机下毒。萧乾，你知道吗？你伤到我了。"

"阿九……"

萧乾轻搂着她的后背，从她的目光里捕捉到了一丝淡淡的失望，心里不由得一窒，莫名觉得心痛不已，赶紧低声哄她："阿九，我们不闹了好吗？何必让亲者痛，仇者快？"

亲者痛，仇者快？

这个亲是指谁，仇又是指谁？

墨九并不挣扎，只紧紧抿唇，仰头看着他不说话。

这异于平时的安静让萧乾的情绪莫名地烦乱起来。

"阿九，我们和好，行吗？"

她不说话，身子一如往常般依偎在他怀里，呼吸依旧绵长温暖，目光也专注地盯在他的脸上，就好像以前向他撒娇向他示好那般乖巧，可莫名地，萧乾心里突然就空了。

好像原本的一个圆空掉了一半。

"阿九……"他大拇指轻轻摩挲着她的脸颊，心里千头万绪，却不知道当说哪一句。

他并不是善于哄姑娘的男人，抚着她白皙干净的面容，看着她清澄透亮的目光，想到自己确实怀疑讨她，他突然有些不知所措。

"阿九，对不起，我确实不该——"

他并不是喜欢道歉的人，可他道歉了，态度很诚恳。

墨九微翘的唇角若有似无地一勾，又长又翘的睫毛小扇子似的眨动几下，痴痴地望着他，似乎两人之间并无嫌隙。

"六郎……"她手臂勾过来勒紧他的脖子，轻轻呵着气，"既然你觉得自己错了，我可以提一个要求吗？"

这般乖巧的墨九，让萧乾越发自责不已。

喉咙紧了紧，他狠狠环紧她的腰，把头抵在她的额头上，嗓音沙哑道："你说。"

墨九轻轻笑着，踮着脚，轻啄一口他的下巴，晶亮的眸子里像有星星在闪动，格外灵活、娇俏："你亲我一下。"

萧乾抬手抚上她的脸，那温暖、白皙、柔软的肌肤，酥麻了他的神经，让他心里无端产生一种怪异的念头：他想狠狠掐一掐她粉嫩嫩的小脸，看看这般美丽的肌肤，是否真的可以掐出水来。

"盯着我作甚？不愿意吗？"

"傻子。"他暗哑的声音，像灌了蜂蜜，每一丝尾音都仿若带着无尽的宠溺，性感而感染力十足，让墨九心尖微微一软，慢慢眯上眼睛，只剩两排睫毛在微微颤动。

"阿九……"萧乾盯着她的目光微微一暗，抬起她的下巴，低头将唇靠近她的唇，却没有吻下去，只汲取着她温热的呼吸，浅浅一笑，"这便是你的要求？"

他问了，却没有听见她的回答。

这一刻，整个天地都是无声的。当他吻上她的时候，目光是柔软的，心也是柔软的，整个世界里，似乎只剩下他怀中的女子细致温暖的容颜。他紧紧搂着她，掌心越来越用力，究竟想要抓住一些什么，他也不太确定，只知道当他辗转吸吮她的嘴唇时，心底突然就畅快了，几日来的郁气都得到了纾解，那种想要更多的欲望慢慢爬上心来，紧紧攥住他的心脏，让他呼吸加重，几乎不能自抑……

"阿九！"他抓牢她的双手，让她身子更紧地靠近自己，她却拿拳头抵在了他的胸前，含笑看着他，像是呼吸不匀，反复深呼了几口气，然后一点点从他怀里抽离出来。

"不好意思，我的要求不是这个。"

"嗯？"萧乾眉心没来由地跳了跳，"那是什么？"

墨九看了他很久，待他又想将她抱过去时，她慢慢后退几步，盯着他的眼睛，慢吞吞地从袖子里掏出一张纸，轻拍在他的桌案上，然后扬长而去。

"休书？"萧乾拿着纸笺，目光似凝了一层坚冰。

纸笺上面是墨九的字迹，一笔一画都像极了她这个人，清秀、有风骨。除了"休书"两个硕大的字外，还有一行字，似是她斟酌许久才落笔的，精练、短小，却足够表达她的意思。

"骚年（少年）：终有一日你会明白，爱与不爱并不重要，相处舒服才是王道。来汴京之前，我想与你御马苍穹，岁月静好。如今，韶华尽付，却只能付诸一笑。从今往后，寻墓解蛊，焚香赏雪，你我之间，有共同目标的友谊，再无风花雪月的情愫。以上，简言之：我把你休了！"

萧乾握着纸笺的手微微一颤。

雪白的纸片儿落下去，被微风一吹，飘向了炉火……

燃烧的纸笺没有化为灰烬，却变成了一只只黑色的蝴蝶，飞扑上来，迷蒙了萧

133

乾的视线，让他浑身泛凉。

她说那个不重要的爱……是指他。

那么，与她相处舒服的人是指谁？宋熹吗？

这日午膳，侍卫把饭菜端入萧乾的大帐，半个时辰后，饭菜已凉透，他又原封不动地端了出来。

萧乾一口饭也没有用。

见此状况，薛昉、声东、走南、闯北几名了解他的贴身侍卫再一次小心翼翼地收起了自己的棱角，生怕触怒了他。

这些年的相处，萧乾的为人他们很清楚，他对旁人要求高，对自己的要求更高。大抵是身为医者的原因，他素来看重自身的保养，故而有清心寡欲一说。

不管是他闲在府邸，还是征战沙场，与身体有关的事上，他从来不会亏待自己。衣、食、住、行，一应讲求精致、养身。像今儿这种"废寝忘食"的事，几乎从来没有在他身上发生过。

自从墨九离开大帐，萧乾便坐在炉火边的椅子上，就着红彤彤的火光看书，像是很入神，但细心的侍卫为他续水时发现，他不仅身姿不动，手上的书页也一直没有翻动过。

薛昉同他最为亲近，中途去劝过一次让他用午膳。可萧乾眼皮子都没抬，便把他打发了出去。

然后，他慢吞吞地仰躺在椅子上，俊朗的面孔上情绪凝重、孤冷，依旧美得不若凡尘之人，一双眼眸古井般幽深，让人猜不透他的想法。

好一会儿，他略略抬袖，拿书盖住了那张风华绝代的脸，闻着书上的墨香，也不知是睡了过去，还是在默默思考。

这般持续了一个时辰，薛昉都快站得腿抽筋了，萧乾终于拿开了书，当宝贝似的轻抚几遍才放在桌案上，抬头问他墨九的状况。

薛昉愣了愣。

沉默了这么久，他还以为这位爷不会问了呢。怎么发了一会儿傻，稍稍恢复正常，却又问起墨姐儿来？就薛昉所知，萧乾很少把一个女子放在心里而抛却公务。可为了墨九，他是一而再再而三地破例了。

薛昉心底暗叹一声，知无不言，言无不尽，把击西先头传来的消息都告诉了萧乾。

从大帐负气离去后，墨九便回去陪彭欣了。两个女人一起用的午膳，在用膳期间，塔塔敏过去凑了热闹，还特地让伙房加了两个菜。

塔塔敏顶着一个"小王妃"的名头，与彭欣两个在席间"相谈甚欢"，当然，主要是塔塔敏说，彭欣听，墨九偶尔搞笑插话，三人相处，竟然没有半分不愉快。

这让许多禁军私底下议论，羡慕小王爷，觉得小王爷对付女人确实有一套——

能让彭欣不远千里来寻夫，能让塔塔敏为了他坚持留在南荣大营，这也就罢了，他还能让自己的两个女人像姐妹般相处融洽。

当然，这都是谣传。

反正宋骜听了这些话，心里就两个字——憋屈。

不管是塔塔敏还是彭欣，显然都不是为了他……而是为了墨九。

小王爷风流一世，如今魅力受损，居然输在一个女人的手上，他自是不服气。所以，过了晌午他就去叨扰墨九，非得约她晚上一起用饭。

结果很明显，墨九拒绝了。

她不愿意再被任何人当成使唤的工具，小王爷也不成。

不过，她虽然拒绝了宋骜，却还是日行一善，特地差人给他送去一套女装、一盒胭脂，并且告诉宋骜：彭欣虽然对小王爷没什么好感，但对"自家姐妹"好得很。若小王爷肯男扮女装，就有资格与她们同桌吃饭了。

说到这里，薛昉忍不住低笑。

"墨姐儿也是刁钻，整治起人来真有一套。使君是没瞧到，拿到妇人的衣裙和胭脂，小王爷气得脸都绿了。想他堂堂王爷，何时受过这等闲气，又怎肯纡尊降贵扮成女子，失了皇家体面？"

萧乾默默听着，眼底浮浮沉沉，思绪悠远。

墨九没闹着离开，于他而言就是好消息。

不管是不是"从今往后，寻墓解蛊，焚香赏雪，你我之间，有共同目标的友谊，再无风花雪月的情愫"，也不管是不是她把他休了，只要她还在他身边，就还有挽回的机会。

他想：先等她冷静一下，他再好好与她沟通。这会子她正在气头上，连"休书"都写出来了，凭他对她的了解，她是个固执己见的人，多说无益，反会增添她的烦躁。

"使君，申时都过了，你可要吃点东西？"

薛昉审时度势，看着他紧抿的唇，小心提醒。可萧乾淡淡地看他一眼，摇了摇头。

不是不吃，他是吃不下，也没心情吃。

想一想，他这么多年养成的习惯，似乎每一个都曾被墨九打破过。而他以前也从未想过，有朝一日，会为了一个女子茶饭不思，心绪不宁。

他低头垂目，慢慢拿起那本书，斜一下身子，就着炉火的光线看向页面上那一小段蝇头文字。

"自此长裙当垆笑，为君洗手作羹汤。望请郎君心如一，好教琴瑟配鸳鸯。"

第四章　失颜症的恐惧

这两行字是墨九写的。

前面两句山自卓文君与司马相如的典故，据说出自卓文君之口，是她与司马相如两情切切时所说。只可惜，并无全诗。墨九为它添这两句，应当是那几年躲在这里看书时，即兴所写。

她并没有告诉他，但这一番话，定然代表了她的心情，也代表了她对他的期许……萧乾看着那一笔一画，想着墨九写下它时，垂落耳际的发、唇角噙着笑，还有猜测他何时可以翻看到的心情，一颗心竟空落落的，像漂在水上的浮萍，无根可依。

"使君……"

薛昉看他怔怔出神，衣袖垂到了炉火上头都没有发现，不由得咳嗽一声，赶紧替他捞起来。随意一瞥，他便看见了书上的字。

"这是墨姐儿写的？嘿嘿，这字写得真好，比好多大家闺秀都写得好……"

这货没话找话，却得了萧乾一个冷眼。

"把书收好，不许任何人乱翻。"

萧乾珍视地抚一下书面，小心翼翼地交给薛昉，像是害怕这一方隐蔽的小天地被旁人窥见，又像是不愿意与任何人分享他与墨九之间这份私密的情义。

待薛昉把书放好，他双肘撑在桌上，轻轻搓揉着太阳穴，反复想着墨九休书上面的文字，以及这四句撩心撩肺的话。心头一会儿暖融融的，一会儿又拔凉拔凉的……

原来，不管怎样，她都在他心口。

一会儿笑，一会儿怨，一会儿闹，一会儿叹。

而他，也许可以试着放下天地，却永远无法放下她。

静默许久，在薛昉的审视下，他像是突地悟到了什么，冷不丁起身，拿起椅子上的银丝边大风氅，迎着风雪走出大帐，跨上青骢马，奔出大营。

薛昉拍马在后，一路紧跟，生怕他出点什么事。

萧乾的表情却很平静，情绪也无任何反常，就是他的行为嘛，像一个没有理智的疯子……

奔出营地约莫一里地左右，他便飞快地跳下马，脱下风氅和夹棉的外袍，只着雪白的单衣往雪地上一躺，四肢打开，躺平望天，就像不怕冷似的，目光怔怔出神，也不知在想什么。

"使君——"薛昉跟着跳下马，奔过去，"你这是……怎么了？这么冷的天，有什么事想不开，你先起来啊！"

"去路口守着。"萧乾剜他一眼，声音冰冷，面孔略略发白，那表情比落在身上的雪花还让薛昉发冷。

"可你这般会生病的。"薛昉心里犯堵，难受不已，觉得这个天下也就墨姐儿有法子把他们家主子给折腾成这样了。

他记得上次在枢密使府里，萧乾就曾把自己丢进冰窖一个晚上，这一回就更是简单粗暴了，他直接冲入雪地里躺下，不是疯了又是什么？

"这是何苦，非要虐待自己？"

尤其是他虐待自己，墨姐儿也瞧不到啊！

这不是傻吗？唉！

薛昉想想，觉得不可理喻，于是自作主张道："使君，不然我去想法子把墨姐儿引出来？使君与她有什么误会，当面讲清楚可好？"

"不用。"萧乾拒绝了，慢慢合上眼，"你去守好，不要让人过来。"

"哦。"

天地间一片寂静。

薛昉实在无奈，只余叹息一声。

依萧乾的身体状况，冻一会儿自然不会生病。薛昉想不通他为什么要这样做，其实连萧乾自己也有一点不可思议。

这样疯狂的举动，确实不像他的做派。

也不知为什么，在大事面前他可以翻手云覆手雨，可在墨九面前，他脑子总是不够用。其实若想念她，去找她便是。若想解释，去找她解释就好。可墨九临走前那洒脱一笑，还有休书上的内容，让他发现这两件原本很简单的事，却难如登天。

墨九要放弃他了。

他感觉得到，她是真的要放弃他。

相爱的两个人之间，随时可以被人放弃掉的滋味并不好受。可墨九的固执向来让人无力。

此刻，他能想的法子只剩云雨蛊。

这个曾经让他与她都深恶痛绝的东西，如今却成了他与她之间唯一的联系了。

有云雨蛊在，墨九就还是他的。

这般想着，他又稍稍得了一点安慰。

凄风之下，温度渐低。萧乾躺在雪地上，背部的单衣很快就被体温融化的积雪湿透，但他维持着那样的姿势一动也不动。那凉意冰刀似的，慢慢渗透他的衣衫，也浸入了他背部刚刚痊愈的箭伤，疼得他浅吸了一口气，咬紧牙关，方平静下来。

战场上从来没有常胜将军，更没有不受伤的人。

从金州打到汴京这几个月，萧乾没有受过重伤，可身上的小伤不计其数。就在进入汴京之前那一场遭遇战时，他的后背还被一支从敌阵偷袭而来的弓箭擦过。虽然只是一点皮外伤，可伤口还未完全好，如今被积雪一浸，那蚀骨的疼痛可想而知。

他却觉得很舒服。

这里痛了，心就没有那么痛。

转移注意力是一个治疗情伤的好法子。他近乎自虐般忍耐着疼痛，双眼紧闭，在簌簌的飞雪中，试图通过体内的云蛊去感受墨九的雨蛊，从而感知她的情绪，也让她感知他的难受而原谅他……

私心里，他竟然希望墨儿会因为那封休书，因为与他的不愉快而发点小脾气，或者生一会儿气。

他失望了。

整整一个时辰，他躺在雪地里生不如死，来自云雨蛊的感知却很少。这就表示墨九并没有受其影响，甚至于她半点儿都不在意与他是合还是分……

不是说云雨蛊会越长越大吗？

不是说有了云雨蛊，不动情则已，一动情便生死相依吗？

不是说云雨蛊受到刺激，如冰、如火，就会格外活跃吗？

萧乾望天，一张冷气沉沉的俊脸上，有失落、有无奈。天色昏暗下来，雪越下越大，当他咬紧牙关也无法再坚持的时候，终于唤了薛昉过来。

背上已经疼得麻木，没了知觉。他双唇紧抿，面色发白，颤着手由薛昉服侍着穿上袍服，披上风氅，身子稍稍温暖了一点，心却冷得更厉害，就好像被人掏空了一般，怎么也暖不了半分。

薛昉看他唇角发紫，小声问：“使君可有哪里不舒服？”

萧乾系上风氅的带子，翻身上马，目视前方，淡淡道：“睡了一觉，舒服了许多。”

睡了一觉？在雪地上睡觉？

都这会儿了，还逞什么强啊？薛昉无法理解陷入情感中人的幼稚，轻轻哦一声，慢吞吞骑马跟在萧乾身后。

回去的路上，他们不如来时走得快，萧乾的马步甚至有些迟疑。薛昉猜测，他一定在纠结到底要不要去找墨九，或者他要不要向墨九示弱吧。

今天大帐里发生的事，他并不知道详情，叮看萧乾失魂落魄的样子，却知道这是他与墨九相好以来闹得最为严重的一次。

而且除了墨九，是无人能治愈他家主子了。

于是薛昉硬着头皮在萧乾冷冽的气场里，用幽默诙谐的语言列举了墨九无数的好，并用九曲十八弯的手法，迂回地劝萧乾"男子汉大丈夫，要能屈能伸"，甚至把"天将降大任于斯人也，必先苦其心志"等都搬出来劝解萧乾。

然而，他牺牲了口舌，却只得了萧乾一个冷冷的"嗯"。

"嗯"是什么，薛昉不晓得。

反正萧乾回了南荣大营也没去找墨九，就朝自个儿的大帐走去。薛昉心里直呼哎哟，屁颠屁颠地跟上去，却见萧乾停在了大帐门口。

风雪下，温静姝穿了一身暗花的紫色长裙，披了件薄薄的斗篷，云鬓轻拢，在大帐外面走来走去，双手不时搓一搓，又往嘴边哈气。

她这么冷却没有离去，那么，便是在等萧乾了。

果然，看到萧乾停步，温静姝别过头一看，便笑着走了过来。

"六郎回来了？"

这个妇人在营里的南荣兵心里，脾气好，长得好，为人随和，待萧乾更是真的好。所以，包括薛昉也对她没有半分恶感。

然而这个时候，薛昉却不愿意见到她——因为她的存在，总是惹恼墨九。墨九一恼，萧乾就不舒服，这让处于食物链下方的他也喜欢不起温静姝来。

"有事？"萧乾不冷不热的声音带着暗哑，雪光下凉薄的面孔也近乎苍白。

温静姝吓了一跳。

盯了他一瞬后，她没有询问，复又笑开，搓了搓手道："无甚要事。昨日六郎给师父换的方子，师父吃了有一些闹肚子，静姝过来请六郎看看要不要换换。"

萧乾鼻子里嗯了一声，表示知道了，继续抬步往人帐走。没走几步，见温静姝跟在他后面，他猛地顿住脚步，回头望向她："还有事？"

温静姝捏了捏手指，微垂头："昨日我给六郎收拾屋子时，落了一条手绢，想寻回来……"

萧乾目光一沉，喉咙猛地哽住。

突然间，他觉得墨九这个气生得并非毫无道理。

女子天性敏感，是他太过疏忽了。

之前他半分没有发现是温静姝的杰作，因为薛昉也时常为他归置，虽然很少大

139

动摆设，可并非不可能。故而他压根儿没有往那方面想，甚至在墨九说起此事的时候，他也不完全确定。如今一听，想到与墨九的不愉快，他无端火大。

"谁让你做的？"

他冷冷盯着温静姝，那目光里灼人的恼意与淬了冰似的寒气，让温静姝冷不丁退后一步。

"我……"温静姝紧张地抠着手心，慢吞吞道，"六郎不要生气，我是看大帐的角落有些脏，便想打扫一下，可一打扫就发现，需要整理的东西太多，于是有些收不住手，把整个大帐捯饬了一番……"

萧乾紧紧抿唇，目光像一把锋利的刀子："谁给你的权力，让你随便进入帅帐？"

一身戾气的萧乾，是温静姝不常见的。

她紧张地咬了咬下唇，委屈的声音里带了一点酸楚："若六郎不喜，往后静姝再也不敢了。"

"不，我不是不喜，"萧乾淡淡说着，在温静姝眸中生出希冀的同时，唇角一扬，一句杀伤力十足的话，又将她打入了地狱，"而是很讨厌，甚至恶心。"

温静姝脸色一白，萧乾却没有给她留情面："你并非第一天认识我，应当很明白我这个人，我不喜近女人，也不喜女人近我，更不喜女人随便碰我的东西。"

"六郎……"温静姝觉得脊背有些泛冷。

萧乾掸了掸肩膀上的雪花，又补充一句："因为我觉得脏。你，好自为之吧。"

说罢他转身进入大帐，在帐门口停顿了一瞬，等薛昉赶上去，又微微侧头，一字一顿道："从你开始，但凡昨日在帅帐值守的人，每人二十军棍。"

风雪里的光线并不强烈，可温静姝看着萧乾这番作为，却觉得眼睛里像吹入了沙子，刺痛难忍。尤其当几个侍卫用怪异与同情的目光看向她的时候，她觉得面颊烧烫，连头都抬不起。

萧乾虽然没有明着羞辱她，可他那些话，还有他的行为，足以让她和在场的所有人清楚，他很讨厌她在他面前晃，更讨厌她触碰他的东西。从此以后，他的大帐，也将成为她的禁区。

温静姝紧攥着拳心，浑身上下都在痛。

她做了这么多，全都无用吗？

这个男人，当真是铁石心肠吗？

这一刻，她总算悟了墨九曾经说过的一句话。

"一个男人如果不喜欢你，无论你做什么，都打动不了他。做得越多，错得越多，死不放手，只会自取其辱罢了。"

如今的她，可不就是自取其辱？

心里头像塞了一团棉花，温静姝拖着沉重的脚步回到陆机老人休憩的帐篷，一直低垂着头。陆机老人的脸色与前几天相比已然恢复了许多，再吃萧六郎两服药，应当就能好转了。

"回来了怎么也不吱声？"

陆机老人先前在假寐，睁开眼看见温静姝，微微一怔。

"静姝吵到师父了？"

"并无。"陆机老人捋一把胡子，还在打量她。

"哦。"温静姝慢吞吞看他一眼，默默地为他泡茶。

这个老头儿，不可一日无茶。泡茶的事温静姝是做惯的，可大抵受了刺激，她神思恍惚，滚烫的水溢出了茶盏她都没有发现，幸亏陆机老人提醒，若不然，煮开的水定会烫到她的手指……

"丫头这是怎么了？"

陆机老人洞若观火，怎会看不见她这点情绪？可温静姝不与他对视，只垂目摇了摇头，闷闷地向陆机道了歉，拿帕子把桌子上的水渍擦干，又把泡好的茶水端到陆机老人面前，恭顺地道："师父，请喝茶。"

陆机老人蹙了蹙眉头："六郎又欺负你了？"

她的样子有那么明显吗？人人都看得出她是一个弃妇？温静姝心里一痛，顿了顿，慢慢抬起头来，略带酸涩地一笑。

"师父将养好自个儿的身子就好，不必管静姝了。六郎他……并没有欺负我。"说罢她又自嘲一笑，叹声道，"六郎也不屑欺负我。"

"哼！"陆机吹胡子瞪眼睛，"就晓得是那个臭小子！你不受他的气，又怎会这般模样？"

被他关心着、呵护着，温静姝紧绷的面色稍稍松缓了一点。沉默片刻，她淡声问："师父，你说那个墨九，既无妇德，又无女儿的温婉，待六郎也不见得好。除了那张脸长得妖媚惑人、会一些奇技淫巧之外，她到底哪里好，为何引得六郎神魂颠倒？"

陆机老人微微一怔。

这些日子，温静姝从未在他面前说过墨九不是。

他似是没有料到，在她心里，墨九竟是这般不堪。

陆机老人垂下眸子，慢慢端起茶盏，低头吹了吹，大抵水太烫，他并没有喝入口就放下茶盏，神色复杂地抬头看着温静姝。

"丫头，你别小瞧了那些奇技淫巧，不是随便哪个人都做得来的。墨九……虽然为师不喜欢她，可她是配得上六郎的。只是她身为妇人，太过张狂跋扈，这个性子不改，着实不讨人喜！"

听他的语气，既损了墨九，又没忘了赞扬她，温静姝一愣，勉强挤出一丝笑容来："墨九害师父至此，师父为何还帮她说话？"

陆机老人抬了抬眼皮，瞟她一眼："我就事论事，并非帮她。"

说到此，他看温静姝神色不太好，叹了一口气，语气有些无奈："再说金州之事，为师见死不救，任她自生自灭，也委实冷酷了一些。事关女儿清白，她心底有怨气在所难免，以牙还牙也算是人之常情。为师受此一遭苦痛，就当我还她当日之辱，不算屈了。只是静姝你……"

想到那日中了"快活散"之事，陆机老脸有点挂不住："只是苦了你！为师这心里头也过意不去——"

"师父！"温静姝目光生凉，满心的不可思议。

陆机老人向来是一个有恩必报、有仇必还的人，性子最是固执，受不得一点气。墨九这一次害他差点儿丢了性命，他为什么还会帮着墨九？

温静姝摇了摇头，酸涩地喃喃道："师父，你也太过良善了。墨九此人狡猾如狐，这一次下毒害你，下一次也不知会想出什么花招来，你怎能就此饶过她……"

陆机老人摆了摆手，略有羞愧："此事不提也罢。"

温静姝默了默，温声问："师父不顾自己，也不顾六郎吗？"

"六郎又怎了？"

陆机老人错愕地盯着她，温静姝别开眼，徐徐道："也不知墨九怎样气着他了，静姝从未见过六郎那般发脾气……其实，他骂骂静姝也就罢了，若气坏了他自个儿的身子，或者影响了战事，那可就悔之晚矣……"

"六郎果然骂你了？"由于"快活散"的事，陆机老人对温静姝心存愧疚，凡事都小心地维护她的自尊，能依从的事绝对依从。一听说她挨了萧六郎的骂，老头儿拔高声音，又来了气。

"这个混账东西，心底有气不敢找墨九那个女娃娃去撒，倒学会骂同门师妹了？"

有人撑腰，温静姝鼻子一酸，头垂得更低。

她不说话，只啪嗒啪嗒默默垂泪，于是委屈的样子更是让人怜惜。陆机老人咬牙拍桌子："丫头不气，回头为师好好说他，也太不像话了！一个大丈夫，怎能对妇人撒气？你看这样好不好？我让他罚站一个时辰……"

温静姝噗一声，破涕为笑。

让萧六郎罚站，她当然知道不可能，也舍不得，但陆机能这样维护她，也不枉她受这一场委屈了。她抹了抹脸颊上挂着的眼泪，为陆机老人捶着肩膀，又幽幽一叹。

"其实这事也怪不得六郎，谁知道墨九在他面前是怎样说静姝的呢？也许金州的事，她就记在静姝的账上，让六郎也相信了她。"顿了一下，她想一想，又低头瞥向陆机老人，补充道，"师父是晓得的，就算静姝有那份儿心，又哪有那么大的能耐，能在犟兵营地里为所欲为？那个墨九，是高看了我啊。"

陆机老人迟疑一下，点了点头："也不知这个布局的人到底是谁……想一想，此人可真不简单！把这么多人都装在局里，就连老夫也傻傻地给了药，还莫名其妙背上一个永世洗不清的污名……唉！"

一声叹息，陆机老人结束了谈话。

另一个帐篷里，墨九也无奈地叹息一声，揉了揉额头，像等待人饲养的小鸟似的，张开了嘴巴，含混不清地哼哼。

"再来一个，玫儿，再来一个。"

玫儿嘻嘻一声，见状殷勤地在她嘴巴里喂了一粒杨梅果脯，墨九闭上嘴巴，慢条斯理地咀嚼着，觉得味道不错，高兴地点了点头，将手上的书又翻了一页。

"这小日子，赛过神仙也！"

玫儿在桌子上的零食堆里翻找片刻，回头眨巴一下眼："姑娘，这里还有蜜桃的果脯，你要不要也用一点？尝一尝味道？"

"要。怎能不要？"墨九对吃从来不拒绝。

"哎！好，这就给你来一个。"玫儿高兴地应着，小表情很丰富。

这姑娘是一个典型的唯墨九马首是瞻的人，只要墨九开心，她就可以跟着开心。今儿墨九从萧乾的大帐回来，一改前两日的郁气沉沉，整个人都像脱胎换骨了一般，开朗明媚起来，不仅与彭欣有说有笑，对厚着脸皮继续留在南荣大营的塔塔敏也一直和颜悦色。

她似乎忘了之前发生的不愉快，不仅不撵塔塔敏离开，还特地约了她晚上一起烤羊肉。虽然烤羊肉的食材得塔塔敏自己准备，但得了墨九的"谅解"，塔塔敏还是很高兴，眉开眼笑地去了……

玫儿觉得墨九是为了烤羊肉才与塔塔敏好的，但这个想法，她不敢说。

反正晚上有烤羊肉吃，每个人都乐呵呵的，玫儿感受着这气氛，也喜悦万分。可她们都不知道，当萧乾躺在雪地里受冻的时候，墨九必须忍耐着怎样*丝丝缕缕*的牵绊与心痛，才能一直保持着平和的心态，面带笑容。

抵抗云雨蛊的影响，墨九做到了，可对此也有些无奈。

萧六郎那个家伙，也真是绝了。

他不去想问题的症结在哪里，居然想到用云雨蛊来勾她？

难道隔着一个时代的长河，她与他真的那么难以沟通吗？她以为在那封"休书"上面就说得很明白了，他应当能够明白她的意思。可照如今的情况看，她是白费力气了，他根本就没能理解她的想法啊！

"小寡妇！"

"小寡妇——"

外头划破风雪而来的喊声，再一次响起。

这是小王爷宋骜，今天第三次过来了。这厮晓得她和彭欣在一起，就变着法儿过来秀存在感。可彭欣也真是厉害，不论宋骜说什么、喊什么，她都可以完全无视他，就像没有听见一样，照着花样子给儿子绣小鞋子，那一副专注的样子，完全把宋骜当成空气。

和她相比，墨九觉得自己的修炼真不到位。

比如今天和萧乾的交锋，看上去她是赢了，可很明显她比彭欣冲动，气着了别人，也气着了自己。真正的高手就得像彭欣一样，不动声色地将他屏蔽在外，对他的话充耳不闻。

这样才是对一个男人最大的惩罚吧？

可她性子急，就是做不到。就拿这次的事来说，若非考虑到云雨蛊、失颜之症和八卦墓等因素，她肯定骑上马一溜烟跑了，让萧乾自个儿哭去……

"小寡妇！"

"小寡妇，你在不在？应一声啊！"

墨九想学一学彭欣来着，可性格决定命运，本性的东西真是学不来的。这不，宋骜在外头喊到第五声，墨九就憋不住，无奈地应了他。

"你叫魂啊？老子又没死！喊得忒不吉利。"

"小寡妇，你出来一下。"听得她回应，宋骜声音里添了一丝兴奋，"赶紧的，小爷有东西给你看。"

什么东西给她看？

墨九有点好奇，看了彭欣一眼，笑问："你要不要见他？"

彭欣手上动作停下，抬头望过来，嘴唇微微一动，眸色深邃，似探不到底的枯井，除了她自己，无人知道她真实的想法。

"不想。"她迟疑一瞬，应道。

"那我如果想见他呢？"墨九抿了抿嘴唇，忽而小声一叹，"现在想想，小王爷只是不懂得怎样去待一个人好罢了，其实他还是个孩子，在男女之事上，还有可塑的余地。"

她又想到萧乾，冷冷一哼："不像有些人的固执都定型了，牛都嚼不烂，根本不能期待他变好。"

彭欣一怔，唇角微掀，叹道："你啊！"

墨九眉梢挑高："我怎么了？"

彭欣咳嗽两声，脸上难得地露出一丝笑意："呵，想一想，我还真为萧使君叫屈！"

"为他叫屈，他屈什么屈？"墨九原本站起的身子，又一屁股坐了回去。听外头宋鹜没有了声音，她也没兴趣去管他的死活了，抱着膝盖望着彭欣道，"你是不晓得他有多讨厌！榆木脑袋似的，反正说来说去，就他师父好、师妹对。我墨九就是一个大恶魔，分分钟会为祸人间，他手上要是有一面照妖镜，肯定早把我收了……"

"噗！"彭欣被她逗笑，玫儿也咯咯不已。

斜睨着她俩的笑颜，墨九很头痛。

人家分明是失恋了在诉苦好吗？这些人怎么可以笑得那么愉快？

恶狠狠地瞪着她二人，墨九凉声道："建立在别人痛苦之上的快乐，是不道德的。"

彭欣又笑着咳嗽起来，而后拭了拭嘴巴："你啊，也不想想。宋鹜再不晓得，也是久经花丛的男人。在这些事上，萧使君又如何比得他的脸皮厚？"

墨九轻哼，翻个白眼："我不乐意听萧乾，换话题。"

"唉！墨九，"彭欣敛住笑意，严肃地拉过她的手，语重心长地道，"你放眼一望，这天下有权有势还有貌的男子，哪一个不是妻妾成群，享尽齐人之福？又有哪一个女子敢心生不满，有半点怨怼？萧使君待你不可谓不一心一意，这福气多少人羡慕还羡慕不来呢。你倒好，这么好的男子爱慕着你，你不当宝捂着好好待他，反倒为了一点捕风捉影的小事与他闹别扭，还写什么笑掉大牙的休书……"

想到先前玫儿在桌子底下捡到的一张张"休书草稿"，彭欣又好气又无奈地摇了摇头，深深凝视着她，一字一顿说得冷肃："墨九，你有没有想过，不是他不够好，而是你要求太高？"

墨九眼睛浅眯着，略微愣怔。

不是他不够好，而是她要求太高？

细想一下彭欣这句话，她不完全赞同，却无法否认。

在当下的社会，萧六郎百分之百是万里挑一的好男人。便是以现代女子的眼光来看，他是一个懂得宠爱女子的男人，算是男人中的佼佼者……可不管是她要求太高也好，还是她过高地估计了自己在恋爱市场的价值也好，她在这件事上都不愿意迁就，以致让问题越来越严重，从此恶性循环下去。

"彭欣，可能我的想法你会觉得古怪，可我就是这个样子的人。当一个男人不分青红皂白地为我定罪，在我与另外的人之间，毫不犹豫地选择相信别人，而不相信我，这与当众打我的脸没有区别。哪怕失去他，我会伤痕累累，甚至从此不再遇爱，我也做不到被他扇了耳光还强颜欢笑继续与他相好。"

"人哪，都是贪心的。得了寸，还想进尺。"彭欣的价值观显然与她并不一样，哪怕她是一个相对开明的女子，也不能理解墨九的执拗，"墨九，你可知晓，萧六郎是多少女子的深闺梦里人？又有多少女子梦想着能得他一顾？你啊，半分不懂珍惜。"

"你不懂，我本就很珍惜啊。"墨九弯唇一笑，"若不珍惜，我又何苦来哉？"

"也许是我不懂。"彭欣低头继续绣小鞋子，可大抵是分神的缘故，绣针冷不防扎到了手指，她嘶了一声，抬起手放入嘴里，轻轻嘬了一下，思考片刻，又道，"可你也不曾真正失去过，并不懂得失去一个曾经拥有的人，到底会有多么痛苦与遗憾……"

"好吧，我想度你成仙，你却想度我成人。"墨九打个哈哈，被彭欣剜了一眼，又吐了吐舌头，收敛起促狭的表情，一本正经地道，"不属于我的心，我宁愿埋葬。"

"可你目前，显然埋葬不了。"

彭欣笃定的样子，让墨九有些恼火。

爱了这么久，说走可以走。但说忘，又如何忘得掉？

她微微牵一下唇，轻抚鬓角的发丝，暧昧一笑："好吧，算你说对了。既然我无法埋葬，那就只能好好打磨了。一次打磨不了，我打磨两次，两次打磨不了，我打磨三次，三次还打磨不了……差不多就可以入土为安了。"

有时候，一个看似不经意的玩笑，其实带着说话之人的真心。彭欣看墨九笑意盈盈，斜觑她一眼，无奈地叹息一声，将放在膝盖上的鞋样子捡起，继续绣花。墨九也拿过书本，可这一次，她却久久无法进入状态，半天都翻不了一页。

帐篷里寂静无声，外面风雪的呜咽就显得越发大了起来。

也就在这个时候，宋骜清越的声音再一次传入耳朵。

"小寡妇，小寡妇，你再不出来，我就闯进来了。"

噫？这货胆儿变大了？这番竟然想要硬闯？

墨九与彭欣交流了一个眼神，冷冷一哼，把书放下，捋了捋头发，走过去撩开帘子，正准备损那货一顿，突然被一阵幽香呛得打了个喷嚏。

她不悦地皱了皱鼻子，迎着香风飘来处一看，一个陌生高挑的美貌姑娘亭亭玉立地站在她面前，俏媚、妖艳、肤如凝脂、螓首蛾眉，不管从哪一个角度看，都是一个十足的美人儿。

哇！南荣大营何时又添一美？

墨九不解地迟疑一瞬，问："你是……"

然而，她话还没有说完，美人儿挑了挑眉头，那熟悉感极强的眉眼让她恍然大悟。定了定神，她直呼受不住，哈哈大笑着，差点儿笑弯了腰："原来是你，你居然真的扮成女子了……"

"闭嘴，闭嘴！"宋骜像是受到了惊吓，嘘一声，似乎生怕被人认出来，四顾一番，提起长长的裙摆，望着墨九邪魅一笑，脆生生地问，"大丈夫一言九鼎。小寡妇，如今，小爷可以进去了吧？"

146

墨九笑得不行："可我不是大丈夫。"

"你——"宋骜指着她，"想耍赖是不是？"

"是！"墨九存心逗他，答得理直气壮。

"那我只有硬闯了！"

宋骜气极，绕过墨九就要进去。可墨九也不是省油的灯，看他脚步一迈，声音便倏地变高了："来人哪，快来人哪，有陌生人闯彭姑娘的帐篷了！"

墨九吼声很大，这一片营地的人大多听见了。

有人硬闯彭欣的帐篷，那还了得？

不过片刻，一队队披坚执锐的禁军就冲了过来，嘴里嚷嚷着"人在哪"，很快就把整个帐篷围了起来。

当然，在他们赶到之前，宋骜已经硬着头皮以百米冲刺的速度钻入了帐篷。

帐篷里就彭欣一个人，墨九存心让他们二人相处，也存心吓一吓小王爷，可她不能真的让禁军钻进去看见穿了女装的宋骜，便站在帐篷门口抱着双臂，笑吟吟地看着禁军，正寻思怎么说，便听见帐篷里传来彭欣的声音。

"墨九别开玩笑了！你连玫儿都认不出来？"

听她的意思，是为宋骜递上梯子了。

说来收拾宋骜也是为了彭欣，他们两个之间的感情牵绊，墨九不是当事人，彭欣都表态了，她自然不会勉强。

于是她抱拳向禁军赔礼，说原来是自己眼花看错了人，请大家原谅。

天天见面的人也能认错？那些禁军虽然觉得奇怪，可墨九本来就是一个奇怪的人，他们迟疑一瞬，便各自散去了。

墨九没有再回帐篷里去，喊了玫儿过来守在帐篷外面，自个儿便离开去找塔塔敏，看她的羊肉准备得怎么样了。

塔塔敏不负她所望，果然找人选了一头膘肥体健的羊，已经打理好了，就等墨九出手了。对于塔塔敏的合作，墨九很满意，又与塔塔敏说笑一番，似乎她已经完全不计较塔塔敏究竟是为了她还是为了千字引待在她身边的了，转过身又高高兴兴去伙房里寻找作料，为晚上的烤羊肉做准备。

对待吃，墨九的态度向来很认真。

因此在准备烤羊肉的过程中，她几乎不怎么去想与萧乾的事，就算快入夜的时候击西过来和她咬耳朵，告诉她萧乾在大帐门口把温静妹妹痛斥了一顿，但下午他去为陆机老人开方子时，又被陆机老人说了一顿，她也没有半分反应。

击西是叹息着坐下来的："九爷，你怎就不问问，主子是怎样对陆机老人说的？"

"嘴生在他身上，想怎样说都是他的自由。"墨九把葱一根根拆开，剥掉外皮，交给击西，声音淡淡的，"你现在要做的事，就是把葱给我洗干净。洗葱用

147

手，不用嘴，所以，可以闭上你的嘴巴了。”

“哦。”击西可怜巴巴地撇了撇嘴，想一想又凑过来小声道，“九爷，我可不可以申请再说一句话？”

“你已经说了一句了！”

“那申请两句？！”

墨九翻个白眼儿，给他一个无奈的表情。击西嘻嘻笑道：“薛昉和几个兄弟挨了二十军棍，屁股都开了花，好生可怜……他们让我向你申请一下，晚上的烤羊肉可不可以分吃一块？”

连薛昉都挨打了？要知道，萧六郎对薛昉的情分可不简单，说是自家兄弟也不为过了。

可他为此事打薛昉他们又是什么意思？做给她看的吗？如果做给她看，不如直接打温静姝二十军棍。

墨九轻嗤一声，剜向击西：“屁股开花还想吃烤羊肉？省省吧！”

近两个时辰，墨九一直在准备晚上的烤羊肉大会，不晓得帐篷里头的彭欣与宋骛二人相处如何，但入夜的时候，当她的烤羊肉架子终于撑起来的时候，宋骛已经换成了男装，厚着脸皮出现在墨九面前。而久不露面的彭欣，也第一次拖着病体走出了帐篷，在宋骛殷勤小心的呵护下，坐在矮凳上帮墨九准备烤肉。

“噫！”墨九奇怪了，冲彭欣挤了挤眼睛，“你们两个好上了？”

“你想多了。”彭欣含糊地应着，瞄她一眼，“七公主来了。”

毕竟现在塔塔敏才是宋骛名义上的未婚妻，宋熹都让他们一切从简，就此举行婚礼了，这层关系摆在这里，似乎彭欣与他当场相好，确实会让塔塔敏无法下台，甚至影响两国关系。

墨九唔一声，抬头看去，塔塔敏穿着她那一身“血红”的衣袍，领着两个侍卫，从风雪中走过来，面上笑意不减，半眼都没有看宋骛，对他与谁在一起也仿若半点不在意。

“嘿，墨九，我没有来迟吧？”

“没有没有。”墨九对于贡献了羊肉的塔塔敏很是热络，“你明儿再搞两只羊，什么时候来都成。”

“你这个人太坦诚了。”塔塔敏哼一声，袍袖一挥，极为爷们儿地坐下，“我不给你羊，你就不让我吃是吧？”

墨九嘿嘿直乐：“你不给我羊，你吃什么？”

塔塔敏愣了一下，哈哈大笑起来，几个人都被这话逗乐了，忍俊不禁。

这一笑，气氛顿时和暖了。

在墨九的带动下，火堆旁边的一张张脸，明艳，喜悦，大家有说有笑，竟似毫

148

无嫌隙。

大概这就是墨九的魅力，她总能让与她相处的人感觉到轻松自在。

而人生最大的幸福与追求，也无非于此了。

夜色渐渐深浓，飞雪未停，天气寒冷，火堆旁边的温度也就越发暖和。烤羊肉的地方很宽敞，头顶搭着高高的棚子，四周没有遮拦，几个人坐在火堆边上，可以一边赏外面的飞雪，一边烤羊肉与人聊天叙话。

对于长年征战在外的人来说，这样的闲适是难得的享受。

所以当烤羊肉的香味儿飘入飞雪中时，几乎馋了一个大营的人，也把萧乾和几个侍卫馋了过来。

声东、走南、闯北都很羡慕击西，可以时时跟着九爷吃香喝辣的，而摸着受伤的屁股，薛昉却比较羡慕墨九脚底下那一只想躺就躺、想站就站的旺财。

"大家都在？好生热闹！"

萧乾站在棚子外面，一袭衣袍迎风猎猎翻飞，颀长的身姿挺拔笔直，说话时，脸上还挂了一丝淡淡的笑。可他明显示好的行为，惹得墨九面色一沉，瞬间变了脸。

几个人围着火堆说笑的气氛也因她的脸色，顿时被破坏，一时间，就连空气都悄然生寒。

"长渊来了？"还是男人体恤男人，宋鹜看萧乾吃了墨九的瘪，同病相怜，赶紧笑吟吟地起身迎他，"我还说待会儿给你送去哩，正好你来了，那一起坐下来吃吧。来来来，快过来，羊肉就快好了。"

"好。"萧乾淡淡一笑，便往里迈。

在场的一群人都跟着他的笑容松了一口气，可墨九看他一步一步靠近，目光却像淬了冰，眼睛冷冷一眯，懒洋洋地把烤羊用的匕首平举起来，指着他冷冷一斥："站住！"

萧乾双唇紧紧一抿，顿住脚步，眼睛一眨不眨地盯着她。

他没有言语，目光深邃难辨，墨九微微仰着头与他对视，也没有言语。

周遭的一群人再次陷入尴尬的境地，他们自己却恍若未觉，两个人，四只眼，目光在冷冽的空气里交锋了好一会儿，才听见墨九冷冷道："想吃羊肉可以，但这里有规矩。"

"有何规矩？"萧乾低声问。

墨九一弯唇，笑得得意："我烤的羊肉，只招待闺密。也就是说，只有女人可以与我坐在一起吃。"

萧乾冷眸微微一合，没有回答，却把目光投向了击西与宋鹜。

可怜的击西，无端端成了墨九的"闺密"，虽然有一点委屈，但瞄一眼香喷喷的烤羊肉，他偷偷咽一口唾沫，冷不丁翘着兰花指，扭动身子做了一个娇俏的动作，头微垂，那样子说不尽地风姿妖娆："九爷，讨厌……了啦！"

他这模样，差一点让墨九笑场。

她盯着萧乾，清了清嗓子，淡淡道："不用看击西了，他在我眼里，从来就是一个娘儿们。"

击西微愕，呜一声，有点委屈："……"

墨九抬了抬眉头，不理会他的抗议，又顺着萧乾的目光看向了宋鹜："至于小王爷嘛……"

可怜的宋鹜，额头上都是虚汗。击西可以是一个娘儿们，但他不能是娘儿们啊！听见墨九的声音，他生怕被曲解，唇角抽搐一下，赶紧插话解释："长渊你别这样看我，我与击西是不一样的，我只是，只是……"

只是什么？

想想混上这一顿饭的艰难过程，他难以启齿。

然而，他害臊，墨九却不怕。她慢吞吞将匕首落在羊背上，轻轻一划，一字一顿十分清晰地道："小王爷可是先穿女装，表明了身份，这才加入烤羊组织的。若萧使君也想加入，也不是不可以，但规矩不能丢。如果你也像小王爷一样穿女装，做女子扮相，我便允了……"

墨九一语既出，满场皆惊。

众人看看她，又看看萧乾，都抿紧嘴巴安静无声。

她这个要求，大家都觉得太过分了。

要知道，萧乾可不同于宋鹜。他是一个掌控欲非常强的人，从来无人见他向妇人低头，即便寻常丈夫也以假扮妇人为耻，何况是他？让萧乾为了取悦一个女子而穿女装，扮女相，估计比要他的命还难。

萧乾一动未动。

在众人迟疑的目光中，他静静立在棚子外的风雪中，冷肃的眸子望着墨九，就像看不见旁人，对周遭的一切也都视而不见，一袭冰冷的甲胄，墨色的披风猎猎翻飞，衬得他俊美的容色越发凉薄无情。

"咳咳咳！"宋鹜好歹是王爷，身份摆在那里，胆儿自然也就大了些。生怕"两位爷"当场开火干仗，他笑吟吟上前，打个哈哈笑道，"好了好了，你们两个又不是不认识，看一眼就够了嘛，一直盯着不转眼是要做什么？再看下去，羊肉都快烤焦了。"

他打着圆场，却无人理会他。

小王爷尴尬地摸一下鼻子，又好脾气地劝道："烤羊肉嘛，谁吃不是吃，多大点事儿，置那些气作甚？来来来，小寡妇，给本王一个面子嘛。长渊啊，还在外面愣着作甚？过来过来，坐坐！"

150

"羊肉是你的，还是你准备自己烤？你做得了主吗？"墨九冷冷横他一眼，宋鸷立马抿住了嘴。

让他吃羊肉还差不多，怎么可能会烤？

再说羊肉确实不是他的，是塔塔敏那个娘儿们的，他还真不想做这个主。

爱莫能助地丢给萧乾一个无奈的眼神，宋鸷悻悻坐了回去："一个个都吃什么长大的？脾气恁大。"

无人回应他，气氛再一次陷入尴尬。

谁也不曾料到，这个时候，萧乾却突地出了声："好，我穿！"

一群人都惊住了，纷纷望过去。大家替他尴尬，萧乾自己倒不觉得什么，淡淡瞥一眼墨九微仰的小脸儿，轻轻摆袖往里走来。

寒风起，他甲胄森然，一步一步走向烤羊肉的火堆，面上的表情让人琢磨不透。

他就这么同意了？墨九不太敢相信。

她怔了怔，也慢吞吞坐下来，把两只手交替放在膝盖上，微微抬头审视着他，目光里有戏谑、揶揄、促狭，还有更多的不解与涩然。

她变着法儿刁难萧乾，无非为了让他知难而退。

私心里，她真不想他当众做出穿女装那么跌份的事。

"主上……"击西性子急，最是憋不住。

眼看萧乾越发近了，击西的同情心也越发爆棚。偷瞄一眼萧乾冷若冰霜的面孔，他匆匆起身迎上去，又回头哀求般看向墨九，商量道："真的要主上穿女装吗？九爷，你大人大量，这一次能不能算了？大不了击西的那一份羊肉让给主上吃好了。"

击西真是个好孩子！墨九心里赞着，唇角一扬，不置可否。

萧乾眸色沉沉，不看击西，只看墨九，脸上情绪不明。

左看一眼墨九，右看一眼萧乾，夹在中间还得不到旁人响应的击西，可怜巴巴地撇了撇嘴，仿佛横了心，突然当着众人的面把自己的外袍解了下来。

"那让主上穿上击西的衣衫，表示一下好了。"

"……"

众人无言。

宋鸷握拳在唇畔做轻咳状，轻轻嗤之："女装与你的衣衫何干？"

击西无辜又诚实地道："击西的衣服就很像女装啊！"

这倒是真的！不是人家非得说击西娘儿们，而是他确实平素的衣着就颜色浓艳，加上他皮肤白，长相美，动作妖，从打扮到举止都给人一种阴柔的女人味儿。所以，他这件袍子脱下来往前一放，还真有那么几分女装样子。

众人心里偷笑，却不敢言语。

墨九静静观望着，也默不作声。

151

熟悉她毛病的人都晓得，这姑娘说一不二，哪怕最开始只为刁难萧乾，事已至此，若非依从了她，否则怎么都收不了场的。

一干人在心里为萧乾默哀，觉得他遇见墨九这么个女人，肯定是上辈子作孽了。什么底线、什么规矩、什么面子，在她面前，用不了多久，都得被刮得一干二净。

昨日种种，譬如昨日死。

今日的萧乾，已不再是那个不近女色的冷面判官萧使君了。

风雪越来越大，火堆上的柴火却越燃越旺。

在众人同情的目光中，萧乾风姿优雅地慢慢走到墨九面前："阿九。"

他声音醇厚好听，一声低低的"阿九"，似蕴含了数不清的柔肠，喊得众人纷纷怔住，鸡皮疙瘩掉了一层，却也不晓得他要怎生解决这棘手的事。

众人的目光都落在他的身上，他却一眨不眨地望着墨九。

墨九眼观鼻，鼻观心，与他僵持一瞬，看他不走，也不作声，迎上他的视线，眉眼弯弯地笑问："萧使君站在这里看我有什么用？既然同意了，就去穿呗。大丈夫一言既出，驷马难追，萧使君该不会想反悔吧？"

"呵！"萧乾低笑一声，扶了扶额，突地伸手把墨九从矮凳上扯了起来。

这一下他力道不重，可墨九完全没有预料到他会突然发难，什么准备都没有，身子跟跄一下往前一扑，就投怀送抱一般，整个撞入了他的怀里。

众人皆惊，低啊一声，诧异地望向他二人。

难道这是说不过，准备动手了？

墨九恼了，拳头撑在他的胸口，低斥一声："萧六郎，你要做什么？"

还是习惯听这个称呼，萧乾神色一缓，柔声道："想请阿九帮个忙。"

"什么忙！"墨九轻哼，重重推他，"先放开我再说。"

"女装繁复，我一人可穿不好。"萧乾淡淡笑着，不仅不放人，还微微俯身，手臂往她腰上一横，就把墨九的身子给抱了起来。动作行云流水，一气呵成，美人儿在怀，他不管旁人的目光与惊呼，迈开大步往外走，声音清冷："所以得请阿九去帮我穿一下。"

"喂！"墨九气得热血冲脑，"你放我下来。"

"不放！"他的声音已有笑意。

遇上这么一个不讲理的男人，墨九简直无语至极。她想要挣扎，然而，人落入了他的怀里，腰身被他的手紧紧禁锢着，纵使她使出了吃奶的力气，也只能像一只落入老鹰嘴里的小鸡崽儿，没有半分反抗余地——

更可怜的是，她分明受到了骚扰，可在场的人没有一个可以帮她。这个营地里，也无人可以阻止萧乾。

她无奈的尖叫声，穿过风雪，破空而来。

152

火堆旁边，宋鹜、彭欣、塔塔敏还有几名侍卫面面相觑了许久，直到再也听不见墨九的声音了，才长长松了一口气。

"也罢，也罢！这样也好……"薛昉少年老成地摇了摇头，远眺萧乾和墨九消失的方向，拉一张矮凳坐了下去。可屁股刚刚挨着凳子，他就像受了刺激似的，冷不丁弹了起来，摸着屁股哎哟连天，疼得直叫唤。

看戏太入神，他忘了屁股刚挨了二十军棍。

"好什么好？羊肉都没的吃了。"击西瞪他一眼，苦巴巴地拿火钳子捅一下柴火堆，正嘟着嘴抱怨，腰上就挨了一下。

他猛地抬头，死死盯着走南的大胡子："浑蛋走南，你踢我做什么？"

走南努了努嘴巴："让个位置，我要坐。"

总被他欺负，击西也习惯了，哼哼着挪了挪屁股："坐什么坐，坐下来吃什么？"

走南嘿嘿一声，一脸馋样地盯着烤架："当然是吃烤羊肉喽。"

烤羊肉的人都没有了，哪里来的烤羊肉？几个人同时瞪着他，目光里都只有一句话："你会烤吗？"

走南哈哈一声，爽朗地拍着胸口："大家伙儿都放心吧！我不会烤，但我会吃。"

击西鄙视地瞪他一眼，望着棚子祈祷："主上，快一点把九爷抱回来吧。"

众人望着烤架上刺刺冒烟的羊肉，似乎也意识到了事情的严重性，都巴巴地望向墨九离开的方向。如今的情况是羊肉刚烤出香味儿来，还没有上作料。剩下的工序看上去不太复杂，可这几位都不是能做这事的主儿。而且，若不经过墨九的手，不仅烤羊肉失去了原有的滋味儿，这一顿羊肉宴，好像也没什么意思了。

塔塔敏别过头望薛昉，满怀期许地问："他们还会回来的吧？"

薛昉摇头，无奈地回望她："你问我，我问哪个？"

"阿弥陀佛！"一直沉默着没有说话的闯北双手合十，念了一句谁也不懂的佛谒之后，目光炯炯有神地扫向众人，神态端正地严肃道，"贫僧以为，众施主漏夜相聚，灼烤羊肉，本是徒加杀戮。主上怜惜苍生，把九爷带走，想是为了共参佛法，消除杀业，已不会再回矣。"

顿了一下，他略略低头，一本正经道："故而，贫僧还以为，这烤羊肉，得另找一人来刷料。"

宋鹜拎起一根烧得通红的木头丢向他："小爷还以为你有什么因果大道要说呢！李闯北，你说你这么调皮，该不该挨打？"

闯北堪堪避过通红的柴火，低呼一声阿弥陀佛，出口的话依旧正经："王爷勿恼，众位施主也休得生气。贫僧以为，安身之本，必资于食。民以食为天，何况贫僧乎？故而，人食羊肉，便是因果；贫僧食羊肉，也谓之大道——"

"打他！"

"打他！"

"狗日的！"

于是，一阵喊打声里，原本烤羊肉的盛宴，就变成了一个追着闯北打的武打盛宴。一群人手舞烧得通红的柴火，你来我往，高声惊呼，玩得兴起，那一副准备大战三百回合的架势，让坐在凳子上观战的彭欣和塔塔敏很是无奈。

男人哪，多大了，怎的还像孩子？

塔塔敏叹一口气："这羊肉还有的吃吗？"

她的话是对彭欣说的，可彭欣默不作声，看着几个男人玩火，不予理会。

塔塔敏蹙了蹙眉头，以为她没有听见，转过头去盯着她的侧颜。

"圣女，怎么不回答我？"

彭欣慢慢回头，凉凉的视线与她的目光在火光中交会："七公主在与我说话？"

塔塔敏与她对视一眼，觉得这姑娘不太友好，不由得弯了弯唇，笑问："圣女似乎不太喜欢我？"

彭欣面无表情，声音亦无波无澜："我为何要喜欢你？"

除了墨九之外，她不论对谁都一副冷冰冰的表情，永远拒人于千里之外。塔塔敏不是第一天认识她，可受到这样的冷遇，她还不太习惯。喉咙哽哽了一下，塔塔敏自己找个台阶，轻笑一声："圣女有个性！只可惜，这个糟糕的世道，有个性的女人一般命不好。"

"七公主在说自己？"彭欣挑了挑眉。

"不，我说你，生了宋鹫的孩子又如何？这小王妃的位置，还得由我来坐。"

"哦。"彭欣像在听别人的事，淡淡道，"可我不想恭喜你。"

"是啊，你嫉妒我。"

"我可怜你。"

"……"彭欣不带情绪的回应，让塔塔敏愣了一愣，唇上的笑容越发扩大，懒洋洋的声音里，满是笃定的调侃，"小王爷长得那般英俊，还是你儿子的亲生父亲，你难道就不想跟他？不想做小王妃？"

彭欣唇角一扯，像是无声地冷笑了一下，注视着塔塔敏，一字一顿道："我认为，公主找错了倾诉的对象。你们夫妻之间的事，我不感兴趣。我的事，也不劳七公主费心。"

"不感兴趣，你又说可怜我？"

彭欣一眨不眨地盯着她，诚恳地道："任何一个迫于无奈嫁给自己不喜欢也不喜欢自己的男人的女人，都值得我可怜。"

这句话有点儿绕，塔塔敏默了一瞬，才沉下了面孔。

"圣女怎知我不喜欢他，而他也不喜欢我？"

彭欣微微偏头，给她一个同情的笑容："如果七公主喜欢，又何必便宜了别人？好好守着吧，他若从此少祸害姑娘，七公主也算造福苍生、功德无量了。"

说罢，她轻轻咳嗽一声，带着尚未痊愈的病体转身离去，单薄的身子在凄厉的风雪中，竟给人一种刚硬的错觉。塔塔敏望着她的背影，微微眯眼，一张映着火光的脸上，慢慢浮现一层淡淡的愁绪。

"看来这烤羊肉，真是吃不成了。"

等几个玩火的家伙发现烤羊肉的火堆边上没有人了的时候，也终于意识到这一顿烤羊肉是吃不成了，而罪魁祸首就是把墨九带走的萧乾。其他人不敢吭声，宋骜却满肚子都是火。

尤其当他再一次去找彭欣却连她的帐篷都进不去，无端受了一顿冷遇之后，更是火气冲天。

他领了两名侍卫到处找萧乾算账，顺便也想看看萧乾穿女装是何等俊秀的模样，可惜，他连萧乾的帐篷都进不去，人还在帐篷外面十丈远，就被几个侍从拦了下来。

"王爷，不可再往里走！"

"噫，怪了！"宋骜东看西看，奇道，"这是做什么？你们守卫，怎么守到这里来了？"

"小王爷，对不住了。"看宋骜想偷偷往里面钻，侍卫全神贯注地盯紧她，抱拳致歉道，"大帅有令，大帐十丈范围，苍蝇都不能飞进去一只。否则，我等都得军棍伺候……"

"哦。"宋骜点点头表示知道了，人却继续往里走，庆幸般喃喃，"幸好，本王不是苍蝇。"

"……"侍卫看他这般要无赖，再次跟过去拦住，"不仅苍蝇，连旺财都不可以。"

"本王也不是旺财。"

"这个属下都懂。"侍卫头大了，"王爷，人也不可以，您请吧。"

"不必请，不必请，我自己走。"宋骜绕来绕去，就是想绕进去看萧乾的热闹，然而侍卫都知道二十军棍的厉害，可以任由宋骜胡搅蛮缠，却无论如何都不能让他进去。于是，几个人交换了一下眼神，索性上前一左一右架住他往外丢。

"胆敢劫持本王？"宋骜气恼，"你们一个个都反了？"

宋骜尖锐的叫骂声传入帐篷里的时候，墨九心里也窝了一肚子火，恨不得骂一骂萧乾这个浑蛋。

可她嘴巴被他的掌心捂住，人被他摁在桌案边上，纵有千言万语，又如何能说？

实际上，她从来都知道萧乾是一个"老贼"，看上去清心寡欲，一副与世无争的淡漠样子，好似对什么都不在意，可若是他铁了心要做什么，哪怕再不要脸的干段，这个老贼也可以毫无压力地使出来。

对她，更是如此。

这不，他把她掳了来，美其名曰怕她"美妙的声音"惊扰了营众，他一只手捂住了她的嘴，另一只手便在她身上开扒衣裳。他的理由当然也很充分——她要他穿女装，可他并无女装。所以，他只能脱她身上的衣裳了。

道貌岸然的流氓！禽兽！

与他理论不了，几个回合挣扎下来，墨九便累得气喘吁吁。深感男女间体力差距的她，索性放弃抵抗，目光恨恨地盯着萧乾冷峻的面孔，咬牙切齿地在心里问候他家祖宗。可哪怕到了这个时候，她也不得不承认，萧六郎这厮确实有装正经的资本。

身高体健，面相英俊，功夫还好，该绷住脸的时候，绝对绷得住，该hold住气场的时候，也绝对hold得住。尤其是在她这个云雨蛊"患者"面前，他往往不需要使大招，就能让她乖乖投降。

就在她心浮气躁地思考时，她的外衫已然落地，只剩一套玫红色的小衣颤巍巍地裹在她娇俏的身上，遮了这里，却遮不住那里，一片白生生的肌肤可怜地暴露在冷空气中，她禁不住打了个哆嗦，想要伸手去捂。

然而，萧乾没有给她机会。

他腿往里一挤，双手一撑，她便只能像只螃蟹似的摆开自己，身体曲线一览无遗地任由他垂目打量。

"阿九……"他温暖的手掌在她的面颊上拂过，将她垂落耳际的发丝理好，又就势揉了揉她的脑袋，视线垂在她松开的小衣领口上，目光有往里探索的嫌疑，可他喑哑的声音却极为正经，"我们不闹了，好吗？"

他动作很霸道，声音却像请求。

墨九一颗心怦怦直跳，觉得他衣衫完好而自己衣不蔽体的样子，根本无法进行公平对话。

而且，他的手还捂着她的嘴巴，这让她怎么回答？

她生气地哼了哼，往他身上狠狠撞了撞，以示抗议。

这一撞，女子柔软的曲线便紧贴上了他刚硬的男性躯体。

两人的目光也在这一瞬相遇。墨九看见他目光一暗，呼吸莫名急促，突然意识到自己这个举动好像有主动撩拨他的嫌疑，顿时红了脸。

他却是一笑，将她绣着映日荷花的小衣往下微微一拨。

墨九受惊的目光怔住，唔一声，想要拒绝却已然慢了一步，小白鸽嫩生生地落入他的视线，惹得他喉结一动，双眸似着了火，只凝视一瞬，便低头将其叼入狼口……

"萧、六、郎！"墨九只觉浑身发软，想去拨他，却使不上力。

156

"乖！"他托着她的腰，将她抱了起来，顺势将案上的公文往旁边一拂，就把她放坐在平整光滑的桌案上。

墨儿像缺水的鱼儿，大口大口呼吸着，不晓得他何时放开了捂她嘴巴的手，也不晓得为什么嘴巴得了空闲，她却不知道当怎么骂人了。

"萧六郎，你怎生这般无赖？！"

她嗔怨的声音，有着一种欲语还休的缱绻，这让埋头的萧乾一怔，微微抬头，眸色深深地望着她。而她除了呼吸、换气，就像一只受了惊吓的小白兔，红着眼睛，一句话都没有。他怜惜地抚过她的脸，偏头吻一下她的侧脸，低笑一声："阿九好甜……"

"我呸，不要脸！"

墨九脸上一片嫣红，与他生着气，实在不愿意让两个人的矛盾用亲热的方式来处理。

于是她狠狠推他一把，将他的身子隔绝在外，不让他贴近自己，这样云雨蛊就不会轻易主宰她的情绪，而她也很容易冷下脸来。

"我已经写了休书，我们之间再无关系，萧六郎，你凭什么这般对我？"

"休书？"似乎看穿了她薄弱的防御，萧乾轻缓一笑，日光专注而炽烈地盯着她微微泛红的面孔，修长的指节轻轻地撩着她的发，淡淡道，"从古至今，你何时听过女子写休书的？更何况我们都不曾婚配，哪需要休书？"

不曾婚配？这四个字让墨九心窝狠狠一窒。

是啊！她一直不怎么看重名分，可萧六郎是不同的。如果他真的爱慕一个女人，肯定不会没有名分就轻易轻薄了她的。如今想来，还是她太傻了，不重名分的结果，就是人家根本不看重她。

女人在感情上很感性，一旦钻入牛角尖，怎么都绕不出来。墨九越想越难过，就像被猫爪子挠了心脏，痛得呼吸不顺，语气也变得更为尖刻："你也晓得我们不曾婚配？呵呵，其实我还可以再提醒你一句，我们不仅未曾婚配，我还是你大哥明媒正娶的妻子。"

萧乾深邃的眼中浮上暗色，脸色极其难看。

见他如此，墨九就像报了一箭之仇似的，心底暗爽，顿时从一个被猫抓挠的人，变成了一只会挠人的猫。她定了定神，推开他的胳膊，索性往桌案上方挪一挪，再坐稳一点，目光略带嘲讽地望着他。

"时间久了，想来你都快忘了吧？可有些事，不会因为时间久就过去，也不会因为我们刻意淡忘，就真的不存在。所以啊，萧六郎，我们两个之间，原本就只有一段见不得人的苟且。还有，便是基于云雨蛊不得已的牵绊。除此之外，你是小叔，我是大嫂。这层关系，改变不了，我也不想改变。"

一阵微风，带着她冰冷的话语，拂过萧乾的耳际。

他目光中似有晶亮的光闪过，只一瞬又黯然，那光，不留半分痕迹。

"你当真这样想？"他慢慢抬起她尖细的下巴，迫使她面对他。

两个人，一个目光向上，一个目光向下，互相凝视着彼此，久久未动。

过了最初那一阵心慌意乱，墨九的情绪已经平静下来。

也就在这个时候，她才发现，不过短短几日工夫，萧乾的脸竟然瘦了一圈。而且，他素来注重仪容，只要有时间，一定会把自己收拾得利索清爽，简直就是一个洁癖症重度患者。可这会儿，他下巴上竟有一层浅浅的胡楂，为他清俊的面孔添了憔悴与沧桑，无端让人心疼。

一军主帅，他的杂事实在太多，太忙了。

在这种时候，很多事情他未深想也是可以理解的。

心里这么想着，墨九的语气就软了不少。

她拉上小衣遮好自己，双手撑在萧乾的肩膀上，语气淡淡："不论我们谁对谁错，我都不想再争论了。萧六郎，你与我，即便不谈情爱，也是比普通朋友更为亲密的关系。毕竟我们之间还有云雨蛊，还有很多需要共同面对的难关要闯。所以，我们之间的矛盾暂且搁置，什么都不必提。先把这场仗打完，我们再一起寻找八卦墓，等有朝一日解去了云雨蛊，你清醒，我理智，我们再慢慢理顺关系可好？"

"不好！"

萧乾声音低沉，幽冷的眸子一眨不眨地盯着她，略带薄茧的大拇指沿着她润泽的唇角一点一点往下落在她白皙的脖子上。墨九哆嗦一下，身子战栗般一抖，他却没有继续往下，而是怜惜般来回抚着她纤细的脖子，一寸寸游走，一丝丝轻抚，凝视她的视线里，带了一丝极为罕见的伤感。

"阿九，我等不了那时。"沉重低哑的声音从他嘴里说出来，显得格外落寞。

墨九奇怪于他的情绪，紧紧抿唇，微仰着头看他，却不知如何回答。

"阿九，我真的等不了。"

他重复一遍，慢慢低头，埋入她馨香的脖间，嘴唇摩擦着她娇嫩敏感的肌肤，等她痒得受不了，想要推他，他却停下，一动不动地埋首在她脖间，片刻之后，再抬头时，目光中已燃烧起了不加掩饰的欲望，仿佛一种会传染的流疫，刺激着墨九的神经，让她与他对视的双眸像过了电，浑身血液逆流，身子顿时僵硬了。

"萧六郎，你想做什么？"

"我在想……"在想什么，他没有马上说出口，却狠狠勒住她的腰，往怀里束了束便放倒在案桌上，身子顺势压下去，与她紧紧贴在一起，在她微颤的战栗中，舒服地唱叹一声。

"阿九，我心已乱。"

"嗯？你……怎么了？"墨九有点儿冷，身上汗毛直竖。

"我想要你。"他目光深沉，俊美的面孔，粼粼如波的眸子，高挺的鼻梁，每一处都有如春花绽放。似张狂，却不显放荡；有风流，却不觉猥琐……这样的他，似乎天生为勾引妇人而存在，即便对她说了那样的话，也如天上高华的谪仙，风情不减，却干净得绝代无双。

墨九一动不动，安静地坐在高高的案桌上，微咬着唇低头看他，看上去冷漠、矜持，可无人知道，大冬天的，她薄薄的小衣下已然渗出一层细密的汗来。

她很不安，很不安。

忐忑的情绪，好像来自云雨蛊的召唤，让她很想屈从于欲望，又想要迎合理智。

"阿九……"他又唤她。

暗哑低沉的声音像入了魔，仿佛要把她带入地狱，根根汗毛都在痉挛。

可她依旧未动，嘴唇嗫嚅一下，也没有说话。

红彤彤的炉火淡淡地照在她的身上，为她瓷白的肌肤上了一层蜜似的细釉，那娇娇的、软软的身子，美艳而妖娆的曲线，显得更加温暖，泛着一种神秘的美好，让萧乾的目光更为沉醉。

"阿九，可好？"

他的手指抚着她浑圆的肩膀，旋涡般深邃的眸中，倒映着墨九的面孔。

墨九肩膀一抖，别开头躲过他的触碰，也避开了炽热如火的视线："萧六郎，你这是何必？你知晓的，我身上有失颜之症，我们不能……"

"我不怕！"他冷峻的眉头一蹙，扳过她的下颌，直直望入她的眸底，"死又如何？阿九，你不必担心我。你只须记好，这一生，除了我，无人可做你的男人。"

霸道！墨九暗嗤，一颗心却怪异地被他拨动了。

他说无人可做她的男人，是指旁人不敢，还是不能？

疑惑浮上心头，她想问，他却不给她机会，扯住她的腰就把她拉入怀里，紧紧相拥。

"阿九，你是我的……"

这句话占有欲极强，不似他的风格，他却无法控制。

当她娇小无力地软在他怀里的时候，那一种仿佛拥有全世界的满足，那一种需要细心呵护的大丈夫情怀，悉数浮上来，细细密密地缠紧他，让他浑身充斥着一种占有与溺爱的复杂情感，无法自抑。

他低头，絮语落在她的耳边，越发温柔："阿九，不要与我置气了！兴许我做得不够好，让你对我没有信心。可是阿九，我努力了，努力做一个好男人，做一个你理想中的好男人。"

159

"萧六郎……"墨九眼眶微微一热，抬头与他对视，视线胶着、纠缠。

一直以来，她性子刚硬，是一个遇强则强的女人，天不怕，地不怕，却最受不得男人的铁血柔肠。如果萧乾始终与她硬碰硬，她很难说服自己向他低头，可他突然柔情爆棚地向她示弱，不管是为了什么，她便很难再与他大吼大叫。

她是个讲理的人。

然而，这并不代表她会就此服从。

失颜之症的后果，她想想都胆战。

一个个鲜活的例子摆在那里，她怎肯让萧乾涉险？

她抿一下嘴唇，试图与他争辩："萧六郎，可是这事……"

"没有可是！"

他重重打断她，在她思维澎湃的瞬间，滚烫的唇从她耳际吻起，一寸寸挪到她的脖子。痒痒的、柔和而酥麻的、火一样热情的吻，让墨九在他忘情的拥抱里，身上的雨盅蠢蠢欲动。她有些受不住他这样的动作，可理智还在左右她的思想。

"不行，这样……不行的。"她猛地伸手推他，却被他霸道地束紧双手，往头上一抬，顺势将她的身子摁向案桌。

"呀！"墨九低唤一声。

他深眸一暗，似从她的声音里受到鼓舞，低下头来，一双迷离的眸子紧盯着她，双手慢慢捧住她的脸，痴迷地端详片刻，手指一根根插入她柔软的发间，将她的后脑勺整个握于掌中，猛一下抬起，在墨九吃惊般的挣扎里，头又埋入她的脖间。

"乖，别乱动！"

这样的他，有一点陌生。

墨九察觉到他情绪失控，手握成拳，横在身前与他隔开。

"萧六郎，你可不可以先听我说完？"

他身子微微一僵，从她的脖间慢慢抬头，深深注视着她，大拇指安抚一般抚了抚她的鬓发。

"嗯，你说。"

这一刻，墨九感受到了他强烈的迫不及待，还有他沉沉的声音里，那一股最为浓烈的欲望。

她其实不太明白，今天的他为什么这样。

就好像有今朝，没明日似的……争分夺秒地与她亲热！

以往的萧六郎总是清冷高远，孤鹰一般。单从外表来看，很难让人相信他会这般欲潮澎湃，会有这般激烈的举动。可几次三番亲热下来，墨九大抵了解了，这就是一个面冷心热的男人，清冷的外表，火热的情感，内外有着极大的反差，不动情时，如浮云之上的雅致仙人，一旦动情却如火山爆发，将掩埋在内心的欲望点燃，顿时化身为精力无穷的野兽，攻击力凶悍而霸道。

尤其这一次，较之以往更甚。

墨九静静思考，调整着情绪，大口呼吸的样子有些狼狈，而萧乾也不比她好多少，微微喘息，额际布满细汗，在暖红的炉火光线里，他微微偏头凝视她的模样有一种令人沉迷的性感。

"为什么不说话？"相视片刻，率先开口的人还是他。

"嗯，容我喝口水，冷静一下。"

墨九低声喃喃着，就像抓住救命稻草似的，伸手抓过桌案上的凉茶，不管三七二十一，咕噜咕噜就灌入了喉咙。在经过这么久的相识、相知与缠绵之后，其实她对他的防御力确实已经极弱，能守住最后一道防线也实在很不容易——毕竟那是很会迷人的萧乾。

凉茶浇冷了她的心，她长呼一口气，擦了擦嘴。

萧乾见状，唇角一牵，伸手抚了抚她的唇角，替她擦拭茶渍，怜惜的神色一览无遗。

"冷静好了吗？"

他低低问着，身子半压在她身上，给她一种强烈的压迫感与挑逗欲。墨九咽了咽口水，回答不了，也思考不了，既想继续与他热烈地相拥亲热，却又不得不顾及失颜之症的后果而千方百计地自控。这矛盾的感觉，撕心裂肺，竟让她的心脏有一种窒息般的疼痛。

"萧六郎，你很想要我，是吗？"她轻轻一笑，黑曜石般的乌黑大眼一眨不眨地凝视着他。

"是。"他声音喑哑，肯定地搂着她，"很想。"

"为什么想？"她又问，声音与他一样哑。

"我不知。"他仿佛在思考，眉头狠狠一蹙，眼眸微垂，"我一直想要，可从未像今日这般热烈，几乎让我无法自抑。阿九，我想……"

墨九一怔。

他的眸太深，他的情太浓。

墨九冷不丁想到了云雨蛊。

她怎么就忘记了这茬？

就连她的情绪也时常受它干扰，波动无常，又何况是他？

在这种事情上，男人不都是比女人更为冲动的吗？

像是想明白了什么，她唇角微勾，分明想笑，表情却比哭还难看："好，我答应你。"

她爽快的回答，突兀得让萧乾微微一愣："阿九？"

"但是萧六郎，你至少得给我准备一点可供沐浴的热水和一个不被打扰的空间吧？"墨九微微勾起唇角，表情带着一抹淡淡的嘲弄，可盯着他的目光里，又有一种他看不懂的委屈，"我不知其他女人都是如何做的，也许在你看来，女人都不需要被尊重，但这个简单的要求，也是我的底线。因为只有这样，我才会有与你平等的安全感。你懂吗？"

萧乾嘴唇紧紧一抿："我懂。"

在这个大雪大的夜晚，他在众目睽睽之下闯入烤羊肉的棚子把她抱了回来，又在所有人暧昧的目光里，将她带入他的大帐，便把守卫都支开，还不许人靠近帐篷……之前他并未多想，经她一提醒，他觉得确实太过轻率，太过薄待了她。

"阿九，是我不好。"他轻拂她腮边的乱发，"我不该性急。"

"无妨。"墨九咧一下嘴，没心没肺地笑了笑，抚着自己皱巴巴的衣衫，扫他一眼，"男人嘛，思维总是简单了一些。我懂你……"

"那我……"萧乾目光一沉，轻轻挑起她的下巴，"唤人准备温水，可好？"

"嗯？"墨九一怔，他居然还没有死心？

那是什么情况，才能让他如此执着此事？

他望入她的眸中，视线如有火光在撩："今晚，你就宿在这里。"

墨九没有想到，他会直接提出这样的要求。

要知道，打从她住入南荣营地，他就一副要与她划清界限的样子，专门为她准备了小帐篷，不许她与他睡在一块儿。对此，墨九其实可以理解，在一个有着无数雄性生物出没的地方，他若太过恣意妄为，太容易引起属下的不满，从而影响军心。

那今儿是怎么回事？

莫名地，她想到了击西之前那句话："你就不想晓得主上是怎样和陆机老人说的吗？"

他会说些什么墨九倒不在意，这个男人榆木脑袋，能说的话总是翻不出花样来。倒是陆机老人在训斥他的时候，是不是和他说了什么，以至于他今天晚上这样失态，发情一般逮住她就往上扑，口口声声怕"来不及"？

"不行！"墨九拒绝得很干脆，身子往案桌后方缩了缩，下意识地躲开他，然后将凌乱的头发用手理顺，视线淡淡剜他，又是一笑，"除非你告诉我为什么，或者你有充分的理由说服我，今天晚上就必须要献身给你。"

萧乾浓墨般的眸子微微一眯，他犹豫着，喉结微微一滑，搂紧她，嗓音低柔："我就是想。"

怎么孩子似的不讲理了？墨九翻个白眼儿，有些哭笑不得。

"萧六郎，你知道吗？你这样很毁形象，看起来很傻。"

"傻就傻。"他半合眼眸，淡淡望着她。

墨九冷哼一声，双手撑在桌案上，身子后仰，懒洋洋看他："但凡一个正常人都能听出毛病的话，你以为骗得过英明神武的墨九爷？别妄想了！从实招来吧！"

她声音很软，灼热的眸子却如烧红的烙铁，似乎要刺入他的眼，望穿他的心……

外面隆冬的大雪还在纷纷扬扬，帐篷里的温度却陡然升高。

两人对视着，背心似乎都被汗水湿透。

空气闷热得令人心浮气躁。

墨九目光里带有期许，可除了睫毛微微眨动，无半丝动作。

萧乾也没有动弹，半合双眼回视着她，一言不发。

在这僵持的瞬间，墨九觉得自己离某个真相很近了……

然而，那一场直接影响他们未来命运的惊世之战，却那样猝不及防地到来。没有给她任何征兆，也没有给她半丝心理准备，就这般突兀，从帐篷外面密集的马嘶声、脚步声、喧嚣声里带入了她的耳膜，从而掀开了另外一幅历史的画卷。

"主上！不好了。"

赵声东是萧乾四大侍卫里面最为老成持重的人。

可他分明得了萧乾不得靠近的命令，却冲向帐篷，声音还有一丝令人窒息的紧张。

"完颜修领兵十万，从五丈河开拔，直奔我大营而来……"

赵声东停顿一瞬，像是稳了稳情绪，又徐徐道："还有，北勐四皇子扎布日，领北勐骑兵浩浩荡荡向涧水河来，看那情形，怕是想配合完颜修，攻打我军……"

这个晚上，一座繁华了数百年的汴京城，再一次走到台前，成了南荣、北勐、珲三者相争的一块肥肉，也成了整个战局的转折点。后来的史书上关于这场战役的记载，用了"背水一战，绝处逢生"八个字来形容。并且史学家们对这一场三国混战的精彩以及萧乾、完颜修、扎布日等人的军事素质都留下了无数的文字，有着许多或主观或客观的分析。

但是，史书没有记录下来，在看似不合理的战役背后，到底掩藏着怎样的真相。

北勐四皇子扎布日，珲国三皇子完颜修。

两人原本是敌，打了数年，竟然一夜为友？或许有人会说，这个世上本无永远的敌人，只有永远的利益。可结合当时的局势，扎布日的行为，让人着实难以理解。

可萧乾似乎并没有太过紧张，他轻缓地把墨九从案桌上抱下来坐好，又亲自替她整理好衣裳，然后才吩咐帐外的声东去请营里的几个重要将校前来大帐议事。

见他走到帐中间察看沙盘，墨九安静地坐在椅子上，脑子却不停在转。

在此之前，萧乾曾经与完颜修在浣水镇私下见过一次。不过，聊天内容除了他们自己，没有第三个人知晓。墨九其实也好奇过，可萧乾性子有时候很闷，他没有主动向她提及，她怕涉及军事机密让他为难，也就从来没有问起。

但她事后曾经分析过，这两个男人定然是达成了某种不可告人的交易。

因为依完颜修的为人，不会做没有把握的事，他既然敢在浣水镇约见萧六郎，就肯定有他的筹码。

而萧乾，更不是一个喜欢浪费时间的人。他肯去浣水镇赴完颜修之约，肯定已经对此产生兴趣。

那么，完颜修突然发动这一场战役，究竟是为什么？与北勐又有没有关系？

而且，他将自己暴露在天下人的视野中，会不会太冒险？

在今天晚上的战役之前，一直代表着完颜修残余势力出面的人是珲国大将速也，完颜修这样一个手握暗牌、可以随时置敌人于被动局面的人，想必更愿意将自己掩藏在暗处，等局势明朗再伺机而动，一举两得，又何苦做这个出头鸟？

他今晚的突然袭营，墨九很难理解。

至于北勐的目的，更是让她差一点想破脑袋。

且不说北勐与南荣的盟约还在，七公主与小王爷联姻在即，就说塔塔敏本人如今都在南荣营里，扎布日就迫不及待地领兵打了过来，不是疯了吗？在这个节骨眼上，他与完颜修一起共袭南荣，不仅将落得一个撕毁盟约的千古骂名，还得做一个落井下石的小人，让天下人瞧不上，这不是吃力不讨好又是什么？

北勐但凡有点脑子都不会这么做。

就算非打南荣不可，他们也该把表面文章做漂亮，找一个非打不可的理由。

这中间的矛盾之处，到底是为了什么？

"萧六郎——"墨九想了想，望向帐中面色凝重的萧乾，"是你做的……吗？"

是他做了什么，她没有问。萧乾也不知听见没有，猛一抬头，目光就望向了大帐的门口。

这个时候，几名将校都匆匆赶了过来，他没有反驳，也来不及反驳。

大敌当前，事有轻重缓急，墨九静静观察着他与将校们商讨，没有再追问。

几个披坚执锐的将校纷纷沉默，都在看萧乾的表情。

一时间，帐内安静得可怕，无端添了冷意。

就在几名将校入帐之前，刚刚接到消息，完颜修率领的珲兵从五丈河出来时，与驻扎在小山凹的小股南荣将士撞上。养精蓄锐许久的珲兵为解恨意，见人就杀，

164

小山凹的南荣兵损伤惨重，悉数被屠。

完颜修并未阻止部下的滥杀，或者说，沉寂许久的肆兵在吃了那么久的败仗之后，需要这种令人热血沸腾的屠戮与鲜血来重振士气。在这个当口，想要唤回东北猛虎的完颜修，又怎么可能阻止？

"大帅！小山凹的我军营地，一万余人全军覆没……张将军带着兄弟们战至最后一刻，张将军被完颜修一刀抹了脖子，也没有投降……"一个姓沈的老将久经沙场，见过无数鲜血与屠杀，可说到此事，竟哽咽不已，一张饱经风霜的脸上，满是恨不得生啖完颜修的恨意。

"身为一营主将，张将军死得其所。我等敬之、重之，但这样的死亡，太不值当。"另外一个圆脸微胖的孟姓将军出列，目光里有郁气。

他看起来稳重严肃，比沈将军多一些文人气质，少一点锋芒，语气也不免软了点："昨日古将军与迟将军方领兵拔营而去，今日完颜修就突然出兵，显然是完全掌握了我军与北勐的军事策略……而北勐出卖盟友，不仅给完颜修提供战事安排，还决然出兵涧水河，显然早有计划。大帅，末将以为，我军应当趁勐肆联军尚未到达涧水河，伺机撤退，给将士留一线生机……"

"孟将军此言何意？"沈老将军气得胡子直抖，面有恼意，"大仗未打，便先溃逃？孟将军懂不懂，一逃必败，一败会再败？到时候，让北勐人与肆人像赶落水狗似的追到汉水，再退回均州，甚至淮水一线不保？"

"沈将军休要动气！末将也是为长远考虑。如今不仅没了北勐盟军，还多了一个北勐敌军，我们哪里还有机会再挥师汴京？"

"孟老将军何必长他人志气？没有北勐，我南荣兵便不能打仗了吗？"

"沈将军认清形势吧！虽非没有北勐就不能打仗，但我军目前没有实力打肆勐联盟。"

"管他生死输赢作甚？将士出征，就没抱一个生字。大不了拼死一战好了，二十年后老子又是一条好汉！"

几个将校争执不下，无非就为战或退的问题。

萧乾安静地看着沙盘，听着他们唾沫横飞地吵嚷，眉头偶尔微微一皱，不曾参言，也不曾恼怒。好一会儿，等几人都住了口，把目光投向他，等待他的最终决断，他才慢慢开口。

"打仗就是要死人的，怕这个怕那个，不如都回去种地好了。"

一听这句话，大家都明白了他的意思。

两个主逃的将校赶紧低垂头，抱拳："末将知错，请大帅责罚，但末将之言，都是为了我南荣好！"

"我知。"萧乾立刻摆了摆手，表示不在意他们的言论，同时他目光一厉，冷

165

冷扫视了一圈，一字一顿道，"传令下去，死守涧水河！后退者，杀无赦！"

大帐里冷寂一瞬，几名将校方叩地领命。

"末将得令！"

"末将得令，誓死一战！"

大雪天的夜幕，很淡，很淡，天地之间仿若被刷了一层银白色的油漆，银白与夜色相融成一抹诡异的颜色，让这个夜晚显得神秘、冷酷。营里的螺号响起后，灯火更多，这一片大雪，很快就被映得亮堂起来。

一场原本期待许久的大战，换了方式开启，让不得不应敌的南荣兵人心惶惶。

偌大的营地里，只听得见脚步声，几乎听不见人语。

呜——

低哑、暗沉的号角声破空传了过来，山上的鸟儿受到惊吓，胡乱地冲天而起。

嘶——

鸟啼声未落，马儿的嘶鸣又起。

战前的布兵摆阵，最是令人紧张，营地里嘈杂不已。

萧乾善于领兵布阵，对驻营之地的选择，自然有他自己的一套。位于涧水河的南荣大营，背靠山脉，前临江河，是一处易于防御的好地方。营里的巡视兵举着火把来回走动，接受调动的兵马步履声声，迅速往营外的防御工事而去。

墨九跟在萧乾背后，听着这一种独属于战争的混乱声音，血液有些不安分地窜动，人也跟着激动起来。从头到尾，她都没有发表自己的想法，也没有时间。萧乾太忙，忙得似乎都顾不上她。

她只能默默观察他挺拔如山的背影，看漫天的飞雪飘落在他的身上，看河岸上潮水一般涌动的兵士，看这一场即将上演的残酷战争……感觉那种从心底生出的无奈。

墨九不是军事家，对战争懂得不多。

可涧水河岸这一片平坦开阔的地面，确实是一个适合摆开干战场的好地方。

只可惜，它很快就将成为无数将士埋骨的坟冢了。

在萧乾背后走了一会儿，墨九间或也会去看一看她的"独门武器"。

那些从兴隆山运来的武器，自从押入南荣大营，她就很少过问，关于使用的问题一直是墨妄在指导。墨妄与几名亲传弟子对武器的了解，比普通兵士多得太多，这一批新式武器要上手，对普通南荣兵来说不太容易。所以，这些天他基本没有出现在墨九面前，吃住一律在营里，与兵士们混在一起。

这会儿开战了，他终于出现了。

他身着厚重的甲胄，在飞雪的山坡找到墨九，稍稍愣了一下。

彼时的墨九，正目不转睛地看着不远处的萧乾。

166

一人一个思想，一人一个关心，三人都安静着，构成了一幅无奈的画面。

墨九与萧乾闹别扭的事儿，墨妄是知情的。

他没有干涉，也没有过问，却没有想到，大战当前了，这两个人却像没事人一样，顿时摒弃矛盾，站在了统一阵营，共同御敌。

大抵这便是墨九所说的那种爱情吧？我可以骂你，却不许别人骂你；我可以打你，却不能让别人打你。

而他，正如此时，只能永远站在他二人之外。

"师兄！"

墨九转头，看见愣在坡下的墨妄，眨了眨眼，声音满是兴奋。

"嗳，你站在那里做什么？"

不待她再问，墨妄已经收敛了神色，微笑上前走近她，手上的血玉箫在白茫茫的雪光下，泛着一种暖暖的光芒："巨子，我们的武器都准备好了，检验战斗力就在今晚。"

"太好了！"墨九搓了搓手，眸中光芒烁烁。

那些新式火器在兴隆山测试时，只能打打石头打打靶子，从来没有用真人试验过，也就是说，它们没有经过真正的战争考验。如今，当它们真实应用于战场上时，其威力到底如何，一切就得看今天晚上了。

参与了共同研制的墨九与墨妄，就像后世无数的科研人员一样，对自己开发出来的东西有着浓浓的兴趣与迫不及待的期待。

"杀！"

"杀啊！"

在看不清的河岸远处，喊杀声震天传来。

"珲兵来了！"

"报——珲兵杀过来了！"

马蹄阵阵，杀声如雷！

好刺激的夜晚！墨九抽了一口冷气，趴在掩体背后，露出一双亮晶晶的眼睛，看着火光下蚂蚁般游走的人群与兵阵。距离太远，她已分不清敌我，只觉涌动的人群潮水一样，密密麻麻，让她汗毛都一根根竖了起来，不由得打了个哆嗦。

"我的天哪，这么多人，拔得开刀吗？"

她小声喃喃着，眼睛一眨不眨，墨妄却回头睨她一眼。

"你好像不太紧张？"

不紧张就怪了！墨九心说：老子怕死了，紧张得尿急，可她面上很冷静。

"嗯，还好……"

一个好字没落下，她嗳一声，狐疑地看着墨妄。

167

"你怎么跟着我，没去看顾火器？"

"那边巨子不用担心，有曹元他们在，我很放心。"墨妄望向河岸边的火光，目光不变，淡然而温暖的话却是对墨九说的，"你这里我却不放心，我得保护你。"

盯着他浓如夜色的眸子，良久，墨九轻应一个字："哦！"

有些事，不必言谢，心知便好。

有些情，不必多言，感受便好。

有些人，不可拒绝，接受便好。

南荣景昌元年正月，一个全天下都以为消失在珲国历史上的人——完颜修领兵夜袭南荣大营。而在此之前，南荣与北勐因为塔塔敏与宋骜的联姻，已经达成了共同围攻汴京城的合盟之约。为此，萧乾派麾下大将迟重、古璃阳各领一支兵马，分左右两翼离营而去，此两路兵马几乎占了此次南荣大军的一半。

如此一来，恰逢珲人夜袭，南荣不仅大营空虚，还遇到极寒天气，简直就是祸不单行。

对于珲人来说，恶劣天气早已习以为常，越是这样的天，他们对付习惯了江南烟雨小桥人家的南荣兵，更是如虎添翼，不免士气高涨。

是夜，四更。完颜修大军压境，兵马绵延数里，吆喝阵阵，杀入南荣驻营所在的涧水河。事先得到消息的萧乾摆开阵势，迎接完颜修大军，而令人万万没有想到的是，与完颜修同时领兵出营的北勐四皇子扎布日，却将北勐骑兵停在涧水河主战场三里开外，一副隔岸观火的样子。

有人猜测，他是准备等南荣与珲人两败俱伤，再领兵前来收割，坐收渔翁之利。

也有人猜，他是顾及北勐七公主塔塔敏在南荣大营，不敢轻易出兵。毕竟四皇子与七公主兄妹情深是北勐尽人皆知的事情。若换成旁人，有可能为了一举歼灭南荣兵不管七公主的生死，扎布日却断断不可能。

但不管北勐出不出兵，也不管扎布日现在认定的盟友是南荣还是珲国，他此番明目张胆领兵观望的行为，其觊觎之心已不可掩饰，北勐与南荣的盟友关系，就算战后还能因为利益维系，也岌岌可危，无法稳固。若是珲亡，南荣与北勐之战不可避免；若是珲胜，那又另当别论……不过，左右都是二对一的战争，差别只在于谁为敌、谁为友。

"兄弟们，杀啊！往前冲！"

"杀啊！"

珲兵等了这么久，一上战场，就像疯了一般，速度极快地往南荣阵营推进。嗒嗒的马蹄声、厮杀声、嘶吼声响成一片，完颜修带领下的珲兵声势如同滚滚雷雨，袭了过来。

"杀！干掉珒兵。"

"把完颜修撵回老家去！"

南荣也不示弱，如雨般的箭矢飞过，整个天地都为之颤抖……

高亢的号角，响了一阵又一阵。

完颜修率领的珒兵，总攻进行到第二波的时候，天快要亮了。

黎明前的天，最是黑暗。

战争的硝烟让人紧张得心脏都提到了嗓子眼儿。

两波冲锋下来，两军局势已有了微妙的变化，完颜修的大军遭遇了南荣前所未有的火器攻击，受损严重，但由于迟重与古璃阳的离营，整个局势对南荣极其不妙，完颜修虽然没有讨到大好处，却也基本控制了战局，南荣兵仓促应战疲于奔命，加上被北勐合围的心理压力，局势很是被动。

目前的情况，南荣的目的直观明了，就是要挡住完颜修……等待迟重与古璃阳的支持。

完颜修的目的也很明显，想赶在这之前歼灭萧乾大军。甚至完颜修几次派人前往北勐阵营，请扎布日出兵对南荣完成围剿。

反倒是扎布日的目的，始终让人看不清。

说他要帮完颜修吧，又迟迟不肯出战。

说他要帮南荣吧，战机早就有了，他也没有动静。

可时间越拖下去，对南荣来说越不利。按预计的路程，迟重与古璃阳接到消息，应当在天亮的时候就能赶到，可眼看天就要亮了，一丝风声都没有——是他们没有接到消息，还是被人挡住了？

一种无端的压力袭上心来，墨九与墨妄几次"视察"了火器阵，想想这些家当很有可能要落到敌人手上，她就有点儿肉疼。实际上到目前为止，萧乾大军还是有退路的……可是，莫说墨九不愿意，也根本就不可能说服萧乾放弃涧水河，从而放弃汴京城。

当然，在这个事情上，墨九还有一点疑惑。

萧乾是北勐世子的事，旁人不晓，她却知道得一清二楚。

不是说北勐大汗很看好萧乾，也需要萧乾吗？在这个节骨眼上，珒人未灭，北勐就和南荣翻脸，相当于让萧乾骑虎难下，显然不是明智之举。这到底是北勐大汗的意思，还是扎布日自个儿的意思？

若是后者，那扎布日与萧乾……是私人恩怨，还是为了政治考虑？

她搓着额头思考，都不知道什么时候萧乾已经站在了她的背后，直到他低沉的声音传来。

"阿九！"

169

墨九猛地扭头，看见他黑沉冷峻的面色，微微一愣。

"怎么了，六郎？"

似乎有些犹豫，萧乾考虑再三，才开口道："帮我一个忙。"

这场仗打到这个时候，不管迟重和古璃阳二将会不会回援涧水河，到天亮的时候，恐怕都得大决战了。墨九对战争不是太懂，可即便这样，她也明显感觉到了一种无形的压力，也大抵察觉到了南荣目前陷入了一个极为危险的境地。若找不到更为有效的脱困方法，此一役，赫赫有名的萧使君折戟沉沙也并非不可能。

但她一介女流，可以出的力都已经出过了。在这两军对垒的时候，她有什么事能帮助萧乾的？总不能拿着刀枪上阵杀敌吧？

静默一瞬，她拧眉道："有事你就说。"

萧乾眸子微眯："你先答应我。"

"嘿！"墨九浅浅一笑，扶了扶额头，淡淡睨他，"九爷这里，没这个理儿。"

她半戏谑半认真的态度让萧乾无奈，喟叹一声，他瞥一眼背过身去减低了存在感的墨妄，上前握住墨九的手，目光灼热地看着她，掌心越握越紧，肌肤相触，寸小挪动，似在摩挲，又似在思考，好一会儿，他才沉沉开口。

"阿九，我当初之所以同意塔塔敏留在南荣大营，就是以防北勐异变……"

听他说到这里，墨九不免一怔。

那会儿塔塔敏死活要留下来，整天做她的跟屁虫，她烦不胜烦，看萧乾不阻止，还曾满腹怨怼地奇怪过，为什么塔塔敏那么容易说服萧乾，让她这么没节操地滞留南荣大营。当时，她以为最充分的原因无非他想让塔塔敏与宋骛"日久生情"，不承想他早就已经预料到了今日。

墨九向来以为自己是聪明人。可这个时候，她不得不承认，在大事上，萧乾确实先她一步。

不过……

他既然料到了北勐会有变化，难道就没有后招？那绝非萧乾的作风。

抿了抿嘴角，她思量一会儿，与萧乾对视着，声音沉沉地道："那你如今是什么意思？"

他蹙了蹙眉头，冷不丁捧住了她冰冷的小脸儿："阿九，我想……"

"别说，让我猜一猜！"墨九把脸从他的魔掌中解脱出来，摸了摸微乱的鬓毛，微微一笑，"你是想我带着塔塔敏先离开此地，对吧？"

萧乾眸色一沉，却未反驳。

墨九轻笑一声，压低了嗓子，继续道："一来塔塔敏是你表姨，你不可能真的杀她。一旦扎布日想通这一点，也就再无顾虑。等我军与完颜修两败俱伤，再冲入战局，就算他做不成渔翁，你这只鹬蚌也会很被动。二来嘛，你无法预计大决战的结果，胜负难料的事，你一般不会让我涉险。所以，你想把我支开？”

萧乾面色微微一凝。

他盯住她的眼睛，没有回答，可他的表情告诉墨九，她的分析基本是对的。

只不过，依他对她的了解，恐怕她不会遵从。

所以，他之前才会迟疑半天，都说不出口。

墨九低头想了想，却莞尔，给他一个极为柔媚的笑。

“只要我高兴，你这个忙，也不是不能帮。”

“阿九……”

萧乾冷峻的面孔微微一缓，状似松了口气，墨九却没让他高兴太久，只一笑，又岔开了话：“所以嘛，你得说点儿什么让我高兴高兴，这样，我说不定就依了你。”

“阿九！”萧乾凝重地看着她，眸色极为复杂，“与你相识这么久，我还没有机会带你游览山水，没有机会带你吃遍美食……我不想你有事。”

墨九抬头看着他，挑了挑眉梢，面色如常。

这么说，就是不满意、不高兴了？

萧乾回头看一眼山坡下密集的人群，似是有些着急。

“阿九，我保证，用不了多久，我们就会再见面，好吗？”

这一次墨九撇了撇嘴，不置可否。

晓得她最讨厌他把她支开，萧乾搓了搓额，似是不知道怎么才能讨她开心了：“唉，你长得这么美，让你在营里，我不放心。”

墨九头一偏，唇角噙了笑：“说真的？”

“嗯。我不放心。”

“上一句。”

“很快就见面？”

“下一句。”

“你长得这么美？”

“对了！”

墨九轻笑着，姣好的容颜妖娆地绽放在他面前，即便萧乾学富五车，也难以找到准确的词来形容她艳美的神韵。他从来不以为自己是看重外貌之人，可不得不说，她的眉、她的眼、她的唇、她的鼻、她的笑……无一处不是牵动他心扉的美。

“萧六郎！”墨九看他发怔，目光却微微发亮，慢慢弯唇浅笑，直视他的眼，慢条斯理地道，“单凭这一句话，我就会答应你了。”

“阿九？”

两两相望，萧乾深邃的眸底有丝丝疑惑，墨九唇角微微一勾，不等他再次询问，忽地张开双臂，环抱一下他的腰，他身子一僵，伸手想要将她狠狠纳入怀里，她却狡猾得像一只狐狸，狡黠地低笑一声，迅速脱身，微微仰头看他，娇俏地道："别乱动啊！我这一抱是革命友谊，你如果再抱回来，就是男女苟且了。"

"……"

萧乾无奈一笑，望着她笑吟吟的眉眼，眸底深处像是有一抹淡淡浮动的愁绪，却又像是因为她的应允与愉快表情而长长松了一口气："事不宜迟，我马上派人护送你们离开。"

"好。"墨九润了润嘴唇，却不离开，"萧六郎，我还有一个问题。"

"嗯，你说。"

"你还有别的计划吧？"

萧乾一怔，瞥了瞥墨妄的背影："嗯。"

墨九目光闪烁一下，晓得不出所料，却也不再多问，马上换了个问题。

"扎布日此番举动，并非受命于北勐大汗吧？"

如果扎布日的行为是来自北勐大汗的授意，就证明北勐大汗过河拆桥，准备放弃他了。那么萧乾之前的种种努力，都将付诸东流，他与北勐的关系也将发生改变。如果不是来自北勐大汗的授意，对于萧乾来说，却是一步好棋——扎布日的擅自行动，可能会害了他自己。这位北勐大汗之位最有力的竞争者，也将为了一己之私，失去北勐大汗的信任。

她巴巴望着萧乾，他却失笑摇头："阿九，这已经是第二个问题了。"

"那就多问一个，怎么了？"

墨九不服气，萧乾也是无奈。

看她一本正经的样子，他沉吟好一会儿，肯定地点头。

"并非。"

这两个字，他迟疑了许久。

一来可能顾及墨妄就在不远处，他需要斟酌的语气。

二来嘛……也许他也不完全肯定，需要思考再回答。

但有了这句话，墨九就满意了。她冲他点了点头，没有像一般姑娘那般对他如泣如诉地说一堆临别嘱咐，只再次对萧乾轻轻一拥，严肃道："记住，我就是你的大后方。不管你萧六郎成王成寇，至少还有我在。"

没有这一场突来的战争，正在与他置气的墨九说不出这样肉麻的话来。

可这种时候，在硝烟弥漫的战场上，在生死面前，她无须多想，自然而然便给了他一颗定心丸。

萧乾有些诧异，身子僵硬一瞬后，微垂的双臂慢慢抬起，紧紧拥住她，头低下来附在她的耳际，像是用尽了力气，却只吐出一句低低的絮语。

172

"阿九，你这么好，便是拿整个天下来换你，我也甘愿。"

"整个天下与我何干？"墨九淡淡一笑，"我只要我想要的。"

"你想要什么？"萧乾深深埋在他脖间，嗅着那一缕淡淡女儿香，声音微哑。

"要你平安。"墨九回答得很快，微微挣扎一下，便迫使他抬起了头。

然后，她的视线一点点从他微鼓的喉结、俊俏的下巴审视到他高挺的鼻梁，再慢慢看入他深邃的眼，与之视线交会，她轻轻一笑："不论过去、现在，还是将来，都没有什么东西比平安更重要。萧六郎，不管今日看来多么重要的东西，都会慢慢淡去。不管多少千秋万代的功绩，千年之后，都只会付于笑谈。一切都是虚无，只有平安属于当下，属于我们自己。"

萧乾深不可测的眸子越发幽暗，他微微动了动嘴，双掌束紧墨九的肩膀。

"阿九，这一战对我很重要……"

"我懂。"墨九说得很平静，还点头配合着情绪。

但事实上，到目前为止，有很多事情她还不是很懂。一直等到战事结束，当事情都明朗，再回想萧乾的话，她才总算懂得到底有多重要。

萧乾的宏图霸业，萧乾的铁蹄踏遍万里山河开创的不世基业，就是从这一战拉开了序幕。

"萧六郎，那我走了！"

很平淡的一句话，墨九是微笑着说的。

一边说，她一边慢慢后退，轻轻朝他摆手，然后，决绝转身。

墨妄安静地跟在她后面，两人越走越远。天际微光下，萧乾的脸慢慢变得模糊。

似乎这一场战争根本就不曾存在一样，墨九走得很轻松、很镇定，这让静静旁观的墨妄看她的目光从惊诧到敬佩，慢慢地，终是变成温柔。

天地间的喊杀声一直未绝。

黑暗阻隔了视线，却阻隔不了声音。

有些人死了，获得了解脱，只剩三尺黄土埋身。

有些人还在厮杀，被仇恨烧红了双眼。

墨九往南荣营地去的路上，跨过了不少残缺的身体，鞋上沾染了不知谁洒下的鲜血，耳朵里依旧充斥着无数战刀碰撞而出的铿然声，那些身影交错在夜色下的飞雪中，她已看不清，那些或激荡或残忍的大吼，终于离她越来越远。

"巨子，大营到了。"墨妄提醒着她，也观察着她的脸色。

"哦。"墨九晓得他是担心她不能适应战场上的氛围，回头望他一眼，又迎着冷冽的寒风咧嘴一笑，"我真的没事，也不是第一次上战场了，胆子总会越来越大的。"

墨妄心里稍安几分："那就好。"

微笑着点点头，墨九来不及多思考，大步入营。

她办事很利索，回到南荣营地便去找塔塔敏。

与她离开时没有变化，塔塔敏居然还没有挪动地方，就坐在墨九之前准备烤羊肉的那个棚子底下。外面天气很冷，棚子下的火堆还燃烧着，柴火像是重新添置了几回，还烧得很旺。一群守卫将棚子围了起来，塔塔敏的几个侍卫都已经被绑上了，唯独她一人，独自坐在棚子里面，还是一个自由之身。

墨妄是个君子，为了避嫌，停在棚子外面，负手而立，并不进去，只有墨九一个人慢慢走过去，牵着唇角笑问："外面快要打翻天了，七公主还闲得很？"

"不闲又能如何？我还等着吃羊肉呢，唉！"塔塔敏是背对着墨九坐的，手上拿了一个火钳子，慢慢刨着火堆，神情懒洋洋的，听到墨九的声音也不惊讶，"烤羊肉是吃不成了，你们如今准备把我怎样？"

看来北勐的事，她都知晓了。

这个七公主，比她想象的聪慧很多啊。

和聪明人说话，就是愉快。

墨九微微一笑，抱紧双臂抵御寒气，语气轻松："能怎样呢？七公主身份高贵，当然是请为座上宾，好好伺候着。"

塔塔敏诧异一瞬，慢慢回头审视她："你的样子，看上去不那么坦诚。"

"是吗？"墨九慢吞吞地在她面前坐下来，有些惋惜地看一眼焦煳掉的羊肉，叹口气道，"七公主不懂我，我啊，一直是坦诚的人。"

塔塔敏冷笑一声，把火钳丢在柴火堆里，看火星飞溅，却慢慢站起身来："走吧。"

墨九笑吟吟看着她："去哪里？"

塔塔敏唇角一牵，眸底好似浮上了一层浓重的悲哀："你们不是想拿我去要挟我哥哥？"

"不不不，七公主误会了。"墨九摇头，观察着她转头间异于平常的表情，脸上依旧挂着笑意，语气却意味深长，"男人打仗，与我们女人何干？我过来是准备带七公主去吃香的喝辣的。可这会儿突然有点好奇，怎么公主一说到哥哥……"

说到此，她微微停顿，目光斜斜剜着塔塔敏，那一副坏坏的奸佞样子有点儿欠揍，也让塔塔敏神情凝滞，定定看着她："你想说什么？"

"你害怕我知道什么？"墨九笑着反问。

"墨九，我不是可以接受威胁的人。"塔塔敏语气凝重。

"哈哈，女人果然是敏感的动物。我可什么都没说。不过七公主，我对自己最大的信心，就是来自第六感，你猜你想到了什么？"墨九答非所问地说完，看塔塔

174

敏脸色不太好看，又勾勾嘴唇，换上一副正经的表情，眨眼睛道，"七公主接不接受威胁无所谓，只要四皇子接受威胁就好了嘛。"

女人的敏感，有时候确实让科学都难以解释。

墨九好像什么都没有说，可偏生塔塔敏好像什么都听懂了。

疑似羞恼地望了墨九一眼，她嗫嚅着，沉默片刻，收回视线，低头看了看自己身上这一套为了吃烤羊肉特地换上的粗糙服饰，似乎不太满意地蹙了蹙眉头，小声问她："我可以去换一套衣裳再走吗？"

墨九浅浅一笑："随你。"

两人一同回了帐篷，背后跟了无数个紧张的侍卫。

大雪还在下，营里却很安静。

在这一片与战争格格不入的寂静中，塔塔敏在帐篷里换上了她那一套"血红"色的衣服，就如同墨九初见她那一日，宽大的长袍迤逦在地，云锦似的黑发瀑布般轻垂，额头的中间，那一个鹰隼的火红图形似一团燃烧的烈火，把她棱角分明的五官衬得锐利异常。可她这样行头整齐、馨香阵阵、妆容精致的样子，好像根本就不是做人质，而是要去赴一场情人的约会。

"墨九，帮我一个小忙。"她淡淡说罢，回头看墨九，眸中柔软得无半分戾气。

墨九一怔，冷不丁就想到萧乾先前说的"帮忙"，好笑地耸了耸肩膀。

"帮什么？说吧，我这个人最乐意帮忙了。"

塔塔敏紧攥的手心摊开，掌心托着一朵精致的花："帮我把这朵花戴在鬓发上，我怎么都戴不好。"

那是一朵火红色的花，绸布做的，工匠的技巧很好，花瓣栩栩如生，几乎能以假乱真。墨九低头看了一阵，突然想起似乎没有见塔塔敏戴过这朵花，而且花朵体积太大，若戴在塔塔敏的发上，会不会显得突兀，不太合适？

她手指拈着花，又瞄一眼。

"这个戴着……不太好看吧？"

"无妨！"塔塔敏声音很沉，"我喜欢。"

"哦，你喜欢就好。"人家要戴什么化，墨九管不着，提了意见不被接受，也就罢了。左右端详一下塔塔敏头上怪异的发式，她选了一个位置，把那朵颜色刺眼的娇艳花朵插到了她的发间。

可插好一看，她冷不丁亮了眼。

"噫！不错啊！"

与她料想的不同，此花服帖地偎在塔塔敏的发间，让她整个人都变得不一样了。

大气、妖娆、明媚，明显多了一股子女人味儿，还有一种她无法描述的神采。

175

墨九偏头看看她的脸，笑道："果然，合不合适只有试过才知道。"

"合不合适不仅要试过才知道，也只有自己知道。"塔塔敏接过她的话，似乎是在说花与人的关系，可仔细一品味，字里行间似乎又不单单指花与人。

墨九扶额思考一瞬，待要再问，塔塔敏却已率先提起裙摆往外走。

"走吧，别让他们等急了。"

她没有问墨九要带她去哪里，甚至都没有问过墨九究竟要做什么，只从容淡定地跟着她走，这让墨九有一些郁闷。她不喜欢处处被动，可这个时候，在这个七公主面前，她突然有一丝无奈，奇怪的是，墨九有一点不忍心拂了她的意。

"七公主倒是不怕我……你也不想想，万一我把你卖了？"

"你不会，毕竟我们是朋友。"塔塔敏回头冲她一笑。

墨九生生被她噎住，许久没有动弹。

好一会儿她才缓过气来，嗤笑着跟上去："我的乖乖，你可千万别给我戴高帽子。实话告诉你好了，九爷我软硬都不吃，而且我可从来没有把你当朋友，就算真的卖了你，我也很坦然……"

塔塔敏身形一滞，抬手轻触鬓发，闲闲睨她一眼，又笑而不语。

这一次墨九没有违背萧六郎的意思，并不是她突然学乖了，或者说她没有好的法子。而是她觉得在大事上头，萧乾确实有运筹帷幄的能力，她自己有不足就得承认，然后顺从。因此，她完全听话地带着塔塔敏从萧乾安排的线路撤退，准备转移回后方。

目前，涧水河南荣兵驻营以东是聿兵，往西是北勐骑兵，往北是河，往南是山。这个易守难攻的地方，一群人想要偷偷逃跑其实也不容易。不过，萧乾早已经为墨九安排好了退路，在往南的一片山脉中间，其实是有一条崎岖小道的。只不过这条往南的路被一片浓密的树林隔绝在里面，很难让人与退路产生联想，一般人也不会轻易钻入深山，自取灭亡。

这一群人都是萧乾严格挑选的精兵，加上有击西与墨妄在身侧，墨九除了担忧萧乾的安危，对自己目前的处境还算放心。然而，这世上果然从来没有太过平顺的事情，当他们一行人迎着初晨的微光走出人营，刚刚看见树林时，就发现前方有人挡路。

"九爷，是北勐人！"击西惊呼，迅速勒马挡在墨九前面，"怎么办？"

树林在薄薄晨光的映衬下，似覆盖在大地上的重重黑影，那一群数倍于他们的北勐兵马，就安静地等在树林前方，一动也不动地看着他们。

墨九坐在马上冷笑一声，慢慢抬手阻止了队伍前进。

"该来的人，始终会来！"

说罢她唇角一牵，回头看一眼塔塔敏："来人，把七公主押上来。"

在离开大营前，虽然塔塔敏穿得隆重而漂亮，可为免多生事端，墨九还是善心地为她上了绑。这会儿，她双手反剪在后，被两名侍卫押着一步一步上前，长长的裙裾拖在微湿的草地上，模样有点儿糟糕，可她的表情不显半分狼狈，那昂首挺胸的样子，比任何时候都要从容。

她停在墨九的马下，轻道："你真是一个不肯吃亏的人。"

墨九笑吟吟地点头："那是，亏吃多了长不高。我不干。"

塔塔敏抽了抽酸痛的胳膊，无言以对。

墨九并不看她，目光直视着那一片黑压压的人群，笑道："别磨叽了，与你哥哥打个招呼吧。"

扎布日沉默许久，一直没有吭声，听到墨九这话，慢慢打马从人群中走出来，目光定定地看着塔塔敏的脸，声音幽幽似山泉击石："敏敏，你还好吗？"

扎布日的声音夹在冷风中，低沉得仿佛饱含情意，让旁观者听了也不免心里一动。

可塔塔敏凝视着他，双目微眯，一张妆容精致的脸上冰凉得无一丝温度。

良久，她唇角往上一扬，似带出一点嘲讽的笑，没有半点回应。

扎布日高大的身躯猛地一僵。

二人相视着，漫天飞舞的雪花呜咽在刺骨的冷空气里，如同野兽的喘息，令人心生凉意，也让二人的关系变得极其微妙……

这样……可是寻常的兄妹？

墨九看一眼扎布日，又看一眼塔塔敏，眉梢几不可察地挑了一下，轻弯的唇角带着一抹淡淡的暧昧。

不远处的扎布日不若中原男子打扮，乌黑的长发披散着，头上戴一个黑褐色缠头，腰上的刀子与火镰闪烁着凉光，在他一步一步走过来时，与束腰撞击出叮咚的清脆声响，在酷冷的风雪里，使得他轻唤塔塔敏的声音显得更为柔和："敏敏，敏敏？你怎么不说话？"

塔塔敏一动未动，在他低低唤她时，目光里那一片凉意变成了一种难言的悲哀，甚至绝望……

看着扎布日越来越近，她像是受不住寒风的吹刮，长发翻飞着，往前一步，却不小心踩到裙摆，踉跄一下，差一点儿摔倒，幸而击西适时扶住她，若不然就得当众出丑了。

然而，也是击西这"温柔的"一扶和"善意的"安慰，让扎布日登时急了眼。

"你们放开她。"

他的汉话说得很流利，几乎没有半点儿北勐人的腔调。

可他的脾气似乎不太好，焦灼、暴躁，像吃了火药似的，恨不得当场把击西撕碎。

他对塔塔敏……好强烈的占有欲啊！

在场众人的目光齐刷刷看向他，各有各的猜想。

墨九也斜视着他愤怒的表情，露出了会心一笑。

她算不得内心邪恶的人，可不论是塔塔敏对扎布日，还是扎布日对塔塔敏，他们的眼神、态度，还有纠缠在两人之间那一种若有似无的情愫，不管如何刻意隐藏，在过来人眼里几乎都是透明的，如何骗得了人？

原本墨九今儿是想先逃出围剿再说，可中途被扎布日拦截，看来要带着塔塔敏离开已是不可能了。

那么，发现扎布日与塔塔敏的"暧昧关系"，就算她不想卑鄙地把塔塔敏当成人质，也不得不如此。

她很清楚，如果她手上没有塔塔敏，形势将极为被动。

为了自己这一行人的性命，她管不了旁的，当猜测变为现实，当扎布日看到击西扶住塔塔敏便发作，当塔塔敏隔着飞雪传给扎布日那一股子走投无路的绝望——落入她的眼里时，她就知道，不管他们这一对是被现实逼得有缘无分的情侣，还是被礼数教条硬生生拆散的鸳鸯，她都必须想法子了。

墨九抬手示意击西，吩咐他把塔塔敏拖到自己的马后，然后笑望扎布日。

"四皇子，人都看仔细了吧？如今该谈谈我们的事了。"

扎布日一双深目沉了沉，声音带着刺骨的冷意："你要如何？"

墨九优哉游哉地打马往前走了两步，神态极是轻松，似笑非笑道："本来我只想带着七公主去南荣吃香喝辣，过我们的逍遥日子，可如今被四皇子挡在这必经之路上，我突然就改了主意……"她面色一沉，冷笑着剜向扎布日，"四皇子神通广大，墨九自叹弗如。想来你有办法挡在这里，对我的事情一定了如指掌。有些话，咱们就可以开门见山地说了。"

寒风徐徐刮过，微微斑白的天际散发着淡淡的微光，照得扎布日黑瘦的脸上神色更为复杂。

他迟疑一瞬，突然道："巨子是个明白人。"

墨九呵呵冷笑一声，懒洋洋地摇了摇头，手指勾缠着马鞭，像是随意悠然，半点不在意目前危险的处境，声音却极冷，一字一顿刀子似的剜向扎布日："四皇子过奖。我若真是明白人，又怎会刚入汴京，地皮子还没踩热，就差一点死在四皇子的刀下呢？"

那天晚上遇袭的事，她知道是北勐人干的。

可指使黑衣人的到底是扎布日还是北勐其他人，她不敢肯定。

待她说完，扎布日冷哼一声，对于这个事情，他好像不肯认账，却也不知出于什么考虑，没有反驳，只冷冷扫了墨九一眼，对她的指责视而不见，将视线投向呼啸而过的寒风，搜索着塔塔敏的身影。

这个扎布日是一个有情人呢。

奈何，他有情，墨九却无法同情。

不论扎布日怎么看，墨九始终挡在前面，他的视线里也就只有她懒洋洋的笑脸与那一匹啃雪的马。

而他想看的塔塔敏，只露出一角火红的衣裳。

"唉，世情冷暖，可见一斑哪。"墨九把玩着马鞭，浅浅一笑，"四皇子几次三番要取我性命，我却以德报怨，对七公主好吃好喝地招待着，没有让她吃半点苦头。然而四皇子不知感恩，还将我拦在半道，欲置我于死地，可叹可叹！"

"我何曾三番五次要取你性命？"几乎未加思索，扎布日便怒吼出口，那一张黑黑的冷脸上满是不屑和愤怒，"巨子为人，扎布日佩服！今日拦在此处，也不作他想。只要巨子肯放了舍妹，扎布日自当放行，不伤你分毫，至于其他人嘛……"他缓缓扫视一眼她身后的人，攥紧了腰刀，"若是南荣兵，那就休怪扎布日心狠手辣了！"

"哈哈！"墨九大笑起来。

这个扎布日看着凶狠、暴躁，其实性子比较简单、冲动。

他狡辩的那一句话说得太快，基本上可以令她信服……那个要取她性命的人不是扎布日，而是其他人。

天光慢慢亮了，雪映着银光，刺目得让墨九半眯了眼："四皇子当我是三岁小孩儿吗？你说放人就放人？我若把人交给你，又焉有命在？罢了罢了，有七公主做挡箭牌，我怕什么？凭什么与你交换？哼，四皇子还是莫要逼我，若逼我太甚，少不得要让七公主受些委屈、吃些苦头了！"

扎布日一听，当即恼了："老子信守承诺，岂会欺骗妇孺之辈？说到做到！"

看他性急地狡辩，似乎生怕塔塔敏在她手上吃了亏，墨九却不急，似笑非笑地剜他一眼："那这样好了，你先放我一马，我一旦安全，就把七公主放回来，也一样说到做到，你可会信我？"

这个矛盾与先有鸡还是先有蛋一个道理，她不相信扎布日，扎布日自然也不会相信她。

扎布日脸色微微一变，又低骂一声，沉沉冷哼："巨子不肯信我，那就怪不得我了。"他冷冷扫视着墨九与她身后的随从，拔高声音大吼道，"只要老子在这里，你们谁也别想离开！说到做到！"

"唉，你这又是何苦？"幽幽的叹息声从墨九的方向传来。

但说这句话的人不是墨九，而是墨九马屁股后面的塔塔敏。

第五章　微妙之情

　　塔塔敏说完，慢吞吞地走到墨九的马侧紧盯着扎布日，头上那一朵鲜艳的大红花显得异常夺目："四哥，你走吧！"

　　在她锐利的目光下，扎布日内心的情绪几乎崩溃："不，敏敏……"

　　"你走吧！"塔塔敏加重了语气。雪光映在她的脸上，将她冷漠的神色衬得越发不近人情，更无半点回旋的余地，"就算墨九愿意放我离开，我也不会跟你走。四哥，我是永远不会再跟你走的了。"

　　四哥，我是永远不会再跟你走的了……

　　她的声音盘桓在冷冽的寒风中，既绝情，又无奈。

　　扎布日高大魁梧的身躯微微一僵，好一会儿，他才嗫嚅着问："敏敏，你在怨我？"

　　塔塔敏微微眯眼，抬头望向天际的微光，适时掩饰了眼里流露的情绪。

　　"没有。四哥一直对我很好，比父皇对我还要好，我又怎会埋怨四哥？"

　　"那你为何不肯跟我走？"他的语气近乎狂躁，似乎为了看清塔塔敏的脸色，他朝她的方向越走越近。

　　此时，他和墨九的距离比和他身后的北勐骑兵还要近上几分，塔塔敏看一眼墨九，整个人突然紧张起来，低低朝他吼了一声："站住！不许再过来！"

　　扎布日急躁之中，显然没有察觉到她的警示，而是怔怔喃喃："为什么？为什么不肯跟我走？"

　　"我让你站住！"塔塔敏冷着脸的样子，很有几分公主的高傲。

　　她本就是一个有气魄的人，这一吼，扎布日当即涩然地停下了脚步："好，我不过去，但你得告诉我理由！"

　　见二人僵持的样子，墨九挑了挑眉梢，偏头看了塔塔敏一眼，笑得极是暧昧，却没有吭声。而她这一眼落在扎布日眼里，却因为分别与多疑生出了无数的意思。

他狠狠攥紧缰绳，勒着马儿狂躁地在原地踱着，像是恍然大悟一般冷笑："我明白了……我都明白了！不就是为了南荣那个小白脸？为了他，你都不舍得回营了；为了他，你连脸都不要了，死乞白赖地要留在人家身边？"

他长长的头发被风吹得高高扬起，五官轮廓由于极端愤怒，显得更为深邃，不算特别英俊，却极为有型而个性。

这一刻，墨九突然明白了塔塔敏为什么执意要留下来。

也许不单单为了千字引而接近她，还为了……这一段无缘的姻缘。

墨九想：他与塔塔敏其实是极为般配的，很有夫妻相。

转瞬，墨九又想：不，他们是兄妹，有些相似也是自然，太没有夫妻缘。

她忍不住叹息一声，慢慢扯开笑容，赶在塔塔敏之前，笑脸看向扎布日，戏谑道："四皇子不必耽搁时间了。你都看见了，七公主不愿意跟你走，我也没有办法是不是？不如这样好了，你先放我走，等我们离开之后，我再好生劝七公主，让她与你和好，是不是比较两全其美？"

扎布日冷冷一哼，没有看她。

哪怕墨九这般的绝色美人在他面前，他似乎也懒得多看一眼，目光完全被塔塔敏冷漠的面孔吸引了过去，真实地演绎了什么叫作情人眼里出西施，也演绎了错误的时间错误的地点遇上错误的人，是一种怎样深浓的悲哀。

他静静凝视着塔塔敏，每一个字都似带了伤感："敏敏，你都想好了？"

塔塔敏睫毛微垂，表情复杂，声音却淡淡的："是。"

扎布日苦笑两声，又敛住神色，涩然地问："你一定要随她去南荣，嫁给那个风流成性的小王爷？"

塔塔敏又一次淡淡地道："是。"

除了墨九，没有人发现她紧攥的拳心，也没有人发现她颤抖不止的睫毛。

寒风呼啸而过，气氛一片凝滞。

片刻后，扎布日赤红的眸子又盯在塔塔敏的脸上，哑声道："你，还是敏敏吗？"

塔塔敏轻轻咽一下唾沫，依旧只有一个字："是。"

"好，很好。你很好！"扎布日像是濒临崩溃边缘，慢慢抬起右手，随之拔出的腰刀闪着锃亮的寒光，一如他野兽般受了刺激不断充血的眼，紧紧盯着塔塔敏，那执拗的样子，粗暴而狂妄，几乎带了一点歇斯底里，"你知道的，背叛我的下场！"

背叛两个字，沉如巨石。

他冲动地说出这样的话，显然已经不在乎旁人知道他的心思。

塔塔敏面色雪一般苍白，直视着他，动了动唇，却没有说话。

这样赤裸裸的表白，让在场的人都受到了惊吓。可生死面前无大事，哪怕知晓他们兄妹之间的问题，也没有人流露出半分诧异，只担心自己的性命安全，任由寒风飕飕地吹……

因爱生恨的人，最是可怕。

扎布日这举动，是准备不管塔塔敏，甚至同归于尽？

对他们的关系，墨九想了许多，却愣是没有想到扎布日如此决绝。

她心里寒了寒，垂着眼帘，剜一眼扎布日手上的弯刀，正寻思着想个法子稳住他，就听见呼啸的寒风中，有一阵嗒嗒的马蹄声由远及近，海潮似的涌了过来。

众人也都察觉，循声望去。

只见涧水河的方向，一群披坚执锐的禁军潮水似的涌了过来，最前面那一匹战马尤其迅速，风驰电掣一般，几乎快成了一个影子。骏马上的男人身形颀长精壮，一身精铁甲胄，一袭纯黑披风，一双点漆般的墨眼在晨曦的风雪里，如同雪域高原上最为高傲的雄鹰，威风凛凛、孤绝肃杀、气吞天下……

"萧六郎？"墨九一喜，大叫一声，朝他挥了挥手臂。

呼啸的寒风吞没了她的声音，萧乾没有听见，胯下骏马如同飞一般快速，不过转瞬间就冲了过来。

墨九打马上前，扬起声音高喊："萧六郎，你怎么来了？"

无数人的眼睛都紧紧盯在萧乾身上，他没有回答墨九，只吁一声，紧紧勒住狂奔的青骢，朗星般的眸子掠过她风雪帽下红扑扑的小脸儿，几不可察地笑了一下，便转头剜向了扎布日，徐徐的声音，如冰川崩裂，寒风卷雪，带着难以言状的肃杀之气："四皇子慢了一步，再想带人离开，恐是没有机会了。"

萧乾孤傲的身影立于薄薄的飞雪中，如钢似铁，昂首挺腰，带着巨大的压迫力，森然而冷漠。

此时天已经大亮，灰蒙蒙的天空被薄薄的飞雪遮挡，视线不太清透。在萧乾的背后，成千上万的禁军戴着头盔，穿着统一的南荣军服，手执"萧"字旌旗，队列整齐，黑压压一团，步兵、骑兵、弓兵，各有各的位置，显然已经排开了战斗的阵形，有着防御的稳固性，又有着锐不可当的攻击力，不论从人数、武器，还是阵营的战斗力，这一支队伍在擅长攻击却不擅防御的北勐骑兵面前，胜率实在太高。

扎布日皱眉冷哼一声，掸了掸手上的钢刀，并没有露出半分惧意。

他瞳孔微微一收，恨恨地看向萧乾，意有所指地冷笑道："萧乾，别人怕你，我却不怕你。"

墨九被他这一眼看得心慌。萧乾却似不在意，深邃的眼眸望向扎布日，脊背挺得笔直："四皇子本就无须怕我！你可以继续高傲地做我的俘虏。"

扎布日哈哈一声大笑，显然不认同他"高傲的俘虏"一说，半威胁半认真地缓缓道："萧乾你信不信，只要我一句话，就会让你身败名裂，一无所有。"

在萧乾面前这般狂妄的人本就不多，更何况扎布日原就处于弱势。

182

在场的人无不轻轻抽气，都觉得他把牛吹大了。可墨九心底无端一热，有一种莫名的情绪火苗似的在她心里胡乱蹿动，几乎灼烧了她的心脏。别人不清楚，她却听出来了。这个扎布日晓得萧乾的身份，他在用萧乾北勐世子的身份来威胁他……

一旦天下人知道他是北勐世子，会怎样想他"潜入"南荣，手握兵马的目的？会对他的人品产生怎样的质疑？

一旦南荣的景昌帝晓得了他北勐世子的身份，又会如何待他？可不可能再任用他来领兵？还有南荣数百万军中将士，又会怎样看待他们的兵马大元帅，可还会一如既往地认同他的调令与安排？

古人的民族主义与忠义之心都极为浓郁，吕布"三姓家奴"的骂名流传了千古，而萧乾的身份一旦在这个节骨眼上被人知晓，他在涧水河又吃了败仗，那他的一世英名都将毁于一旦。

让墨九更为担心的是，不仅一切都将回不到过去，他的宏图大志与一身抱负，也都会毁于一旦。

毕竟事到如今，扎布日代表的是谁的利益还未可知，北勐大汗的立场也不清不楚。

而权力之巅，亲情总会屈服于人性，一切都变得赤裸裸般现实。

墨九隐隐产生了一种直觉：萧六郎这个敏感的身份，经此一仗，恐怕再难保密下去了。

墨九心里冷飕飕地刮着风，不由自主地瞥向萧乾，见他静静地看着前方，指尖扶在长剑之上，面上有一丝丝寒气，却没有太多忧色，又暗自定了定心。

想来他能走到这一步，已经做好了思想准备。

果然，她刚刚收回视线，萧乾沉沉的声音便徐徐响在耳侧："四皇子的话，我信。"

他略一迟疑，唇角一牵，又凉凉地笑开："只可惜，我不会再给你机会。"

扎布日握着弯刀的手狠狠一紧："你要做什么？"

萧乾笑了。雪花轻轻落在他冷峻的眉峰上，使他冷漠的面孔显出一丝淡淡的暖意，让他看向扎布日的目光不再如先前那般冷冽，和煦的笑容也似与久别重逢的朋友讨论晚上吃什么菜喝什么酒，无半分棱角与生硬之意。

"来人！把四皇子请回去，莫要慢待了。"

"萧乾，你也太狂妄！你凭什么？你不要忘了我是什么人！"一道嗜血的冷光从扎布日的眼睛里激射出来，他不敢相信，也不甘心地怒骂着，"就算你拼着人多俘了我，又能如何？涧水河一战，你败局已定，你以为跑到这里来占了便宜，完颜修就会放过你吗？还有我驻扎在采石坡的二十万北勐骑兵，他们会放过你吗？还有大汗，你以为你……"

他话里隐隐透出了萧乾与北勐的关系，但他似乎也有顾虑，不太敢当众言明，说了一半就停下，目光冷飕飕地盯视萧乾。

"识趣的，放我和敏敏离开，我会为你保密！"

"不必保密了！"萧乾慢悠悠叹一口气，似带了重重无奈，"纸包不住火，风也藏不住话……该来的，始终会来。"

他斜睨扎布日一眼，整肃表情，厉色道："动手！"

"萧乾！你敢！"扎布日显然没有想到他连身份也不顾及了。

萧乾轻笑一声，唇角微勾，像是在笑，可一字一顿不带半分感情："我敢不敢，你很快就会知道。"

"萧乾，你这么决绝，输定了！"扎布日回视他，这句话带着斩钉截铁的寒冷，却无一点畏惧的惊慌，就好像一切都被他操纵在手中一般。

"哦？"萧乾眉梢一扬，依旧不温不火地笑，"天要灭我，我只能另寻生机。即便我输，也无人敢赢！"

掷地有声的话响彻天际，这样的萧乾，确实是狂妄的，皑如雪，皎若月。

冷风呼啸，场上一片寂静。

几乎所有人的视线都投向了萧乾，这个立于万军之中却孤傲如鹰的男人。

他黑色的披风轻轻上扬，飞动的弧线飘摇而冷漠，似孤注一掷般决然，又似久经风雨般淡泊。

每一个人看见这样的他，都有不同的心思。

塔塔敏紧紧抿着双唇，面色一片苍白，她看着扎布日，目光里有一抹异样的无助，宽大的衣袖下紧攥的拳也在微微颤抖。

就像感受到了她的情绪，扎布日蓦然抬头，仰望着无边无际的天空，长长一叹，又低头望向塔塔敏。

这一眼，情深似海。

这一眼，又如暮鼓敲响……

漫天的飞雪下，他的手指慢慢划过弯刀锋利的棱角，面上情绪莫名复杂，声音却软化下来："落入你手里，我死而无憾！但是，萧乾，我可以提一个要求吗？"

说罢不待萧乾回应，他缓缓注视着塔塔敏，目光满带爱慕，似他从漠北策马扬鞭到此，就是为了赴这一场情深："放了敏敏，我都依你。"

萧乾不置可否，静静凝视着他，良久，微微一笑："换了你，会吗？"

扎布日目光不动，站在他的对面，脸上并没有多少受挫的愤怒表情。事到如今，万事都由不得他选择，他只能接受这样的宿命。

"白云苍狗，人生无常！输赢本就未有定论，一个放不下感情的人，总会一败再败。我承认我不如你，萧乾，你比我狠！"

这句话，扎布日是带着微笑说的，还若有似无地瞥了墨九一眼。这让墨九心里咯噔一下，便感染了某种情绪。男人重利，女人重情，如果这一局是萧乾有意为之，那么她墨九也成了一颗棋子。但凭她对萧乾的了解，她不愿意如此定位他以及他与她之间的关系。

她轻抿嘴角，带出一丝淡淡的笑，心里却充斥着好多难以消化的信息……塔塔敏与扎布日的关系已经够令她费解的了，萧乾明明让她走，明明对战争没有把握，为什么又会突然领兵前来助她脱险？还有，涧水河的大决战是已经结束了吗？萧乾是赢还是输？

她缓缓偏过头，狐疑的目光望向萧乾。

正好，他也转头看她，深邃的眼眸中，有一抹轻松以及释然与怜爱。

"回去再说。"

这是一种基于信任之下的自己人的语气。

墨九不想轻易受人"挑拨"，而且是受敌人挑拨，这个世上，有太多自己得不到幸福也不愿意看别人幸福的人，难免扎布日就不是。念及此，她眉梢一扬，朝萧乾点了点头，嘴角轻轻一扬："好。"

南荣景昌元年正月十九，是一个让汴京乃至天下人哗然的日子。

从正月十八入夜廿始的珔、北勐、南荣三国之战，以完颜修夜袭涧水河南荣大营的意外开始，震惊世人，却以一个让所有人都意外的结果收场。

天亮时分，蓄势已久的大决战终于爆发，原本被北勐和珔人围剿的萧乾大军，眼看落败在即，却突然来了个华丽大转身。

谁也不曾料到，就在完颜修与萧乾在涧水河打得难解难分，而原本冷静观战的北勐四皇子扎布日领了一部分兵马去围堵墨九的同时，南荣大将迟重领左翼兵马突袭了防卫森严的汴京城。

天刚蒙蒙亮，久守城池不见援军的珔国皇帝完颜叙在迟重所带火器的威慑之下，很快不敌南荣大军。天亮时分，完颜叙召集众臣于金銮大殿，就战事进行商议。结果，与武将乌之术言语不合，堂堂皇帝竟然被大将乌之术在殿上一刀毙命。仓皇逃命的乌之术为求活命，竟然大开城门——

汴京本就只剩一座孤城，皇帝一死，群龙无首，众臣无奈向南荣投降。

至此，汴京城破。迟重领兵入城，迅速占领各大城门……

另外一方面，南荣大将古璃阳领南荣右翼兵马，并未像众人预料的那样回援涧水河，而是夜袭了驻扎在采石坡的北勐后方大营。

在扎布日领兵前往涧水河之后，留守的北勐兵还在采石坡好吃好喝地等着前方的好消息，哪会料到萧乾会派人端他们的老窝？

仓促应战的北勐骑兵，不敌古璃阳大军。

185

天亮时分，茫然不知所措的北勐丞相纳木罕领兵撤离采石坡，往北而去。

一个晚上发生的三场大战，都有南荣兵的身影……

而这天晚上的战役也被后世的军事家奉为"以弱胜强"的经典战例！

因为汴京城与采石坡的战役结果，直接影响到了涧水河的大决战。

可以说，是这两场战役的胜利，让这一场大决战发生了逆转。

在涧水河与南荣大军力战的完颜修得到兄长完颜叙以身殉国的消息时，一时间万念俱灰，分明胜券在握，却以"天要亡我大珲，保存实力为要"这个充分的理由突然从涧水河的战场上撤兵，再领着珲国残兵沿五丈河往东北部溃逃而去……

完颜修这诡异的一"逃"，迷雾重重，令数百年来的历史爱好者众说纷纭。

后世有史学家分析，汴京城一战，以完颜叙为代表的大珲国就此被宣布灭亡，也从此被扫入历史的尘埃。而完颜叙与大珲国的灭亡，完颜修不仅没有落下半分骂名，还得了一个"不计前嫌，孤军直入涧水河围魏救赵，为大珲国拼死力战"的好名声。

可事实上，这一无奈的"溃逃"，完颜修几乎全身而退。他领着旧部与汴京珲国残余大军，潜往东北部，另组政权，打上复国的旗帜，很快就在哈拉巴成立了另一个与北勐、南荣分庭抗礼的珲国，自立为帝。

历史上将汴京之战作为世界格局的分水岭，真正意义上的珲国至此一战灭亡。

完颜修的哈拉巴政权，史称"后珲"。

此是后话，暂且不提。

只说墨九在回去的路上，得到这些消息的时候，几乎是震惊的。

但有了浣水镇那一个小插曲，她却比常人明朗得多。

仔细想来，除了一箭三雕的萧乾，"溃逃"的完颜修又何尝不是这场战争的真正受益者？

他在夺储之事上落败于完颜叙，当初是从汴京大牢逃出去的。故而，不论他以什么方式夺得珲国的皇帝之位，都有"名不正，言不顺"的嫌疑，哪怕完颜修有那样的实力，也不敢轻率为之，落得弑君的千古骂名。但经过这血腥的一战，事情却变得完全不一样。他以德报怨，力助完颜叙，是完颜叙自己不得力，死了与他何干？珲国的灭亡又与他何干？如此他的皇帝之位不仅名正言顺，还能完完全全得到完颜叙旧部的支持与爱戴。

名利双收，完颜修与萧乾都是赢家，可以说是双赢。

这个局，墨九不信与浣水镇之约毫无干系，而她牵涉其中，又何尝不是一颗棋子？

她不喜欢被人利用的感觉，等不及入营就黑了脸。

"萧六郎，你不觉得欠我一个解释吗？"

似是想明白了一个天大的讽刺，她一脸笑容，一句话却满含讥诮，听上去很软、很柔，可被风一刮，几乎是寒气森森地灌入了萧乾的耳朵，让他身子微微一僵，再转头看她时，一双眸子里有着难以描述的无奈。

"阿九，我说我不管对你做什么，都是为你好，你信吗？"

"得得得，先甭说好听的。"墨九抬手阻止了他，放慢了马速，"你说让我帮个忙，领着塔塔敏离开，我就傻乎乎地信了，二话不说走人。结果怎么着？你不过是调虎离山，想借着塔塔敏引来扎布日，以此把北勐打得落花流水。"

她慢悠悠地抬起眼眸，定定地望着萧乾，语气比先前更软："六郎，我不喜欢被人利用。我以为我需要你的解释。"

"阿九……"萧乾静静地看她，幽暗的眸子里有着深深的怜惜，"天亮之前，涧水河大营完全被包围，我与迟重、古璃阳都无法联络，我不敢保证一切都会如我所料，取得胜利。你当晓得，战场上瞬息万变，一旦有一个环节出了问题，便会满盘皆输。"

墨九微微眯眼，眼波潋滟地看着他，却未吭声。

萧乾喟叹一声，又道："世道之难，难在人心难测。我不敢自以为是地认为完颜修一定会遵守约定，事实上，完颜修突袭大营可未留半分情面，他也一样在等待汴京城的结果……若是完颜叙不死，汴京城不破，他就会真的与北勐围剿我军，以期获得最大的利益。你懂吗？"

这一点，墨九之前没有想到。

但萧乾这么一提醒，她大概也就了解了。

他们之间本来就无敌友之分，有的只是利益而已。

墨九轻轻一笑，语气带了一丝无奈："可这些，你应当早点告诉我的。"

萧乾目光幽幽地望向无边无际的飞雪："我来不及，也赌不起。"

说罢他往墨九凉凉的小脸上看了一眼，眉头微微一蹙："我怕你知晓凶险，会留下来与我同生共死！"

"呸，你想得美！"墨九翻个白眼，手指轻抚马背，"九爷我还没活够呢！这天地如此之大，我怎会舍得陪你去死？继续说吧，你算计扎布日也就算了，怎么把我一起算计进去了？萧六郎，我很讨厌做人的棋子。"

听她娇嗔，萧乾浅浅一笑，声音已松缓不少："冤也冤也！阿九误会我了。扎布日竟然为了塔塔敏领兵离开，这一点我事先并不知情，又谈何利用你？实际上，这一环本就不是我在意的。阿九应当知晓，古璃阳袭击的是采石坡的北勐大营，是扎布日留下来的人，也是北勐的粮草重地。就算扎布日不领兵离开，只要完颜修撤兵，北勐大营被袭，粮草被毁，扎布日又怎会是我的对手？"

墨九想了想，点头，眉梢扬起："好像有点道理。好吧，我暂时信你一回。"

她顿了顿，听出了兴趣，又意犹未尽地问："你说这一环不是你在意的，哪一

187

环才是你在意的呢？还有……你与北勐的关系往后又当如何？"

谈到这个，萧乾淡然的面色微微一沉。

似乎考虑了一下，他才道："我在意的是扎布日此番行径是他个人行为，还是大汗的意思。"

墨九心里一窒。

这个问题在此之前她就曾考虑过，对萧乾来说，这个确实太重要，几乎关系他的政治生涯。

若只是扎布日的意思，那萧乾这一战可以说胜得彻底，既向北勐大汗证明了自己的能力，也把有力的竞争者扎布日钉在了耻辱柱上——不仅与七妹苟且，还擅自领兵破坏两国联盟，破坏北勐的大计，简直可以说这辈子都再无翻身之日。

若扎布日的行为是来自北勐大汗授意，那结果就完全不一样了……

念及此，墨九不免问："那你证实了？"

萧乾牵着马缰的手微微一紧，面色有微微的变化，姿态却一如既往地优雅从容。

"不论是谁，如今都已不重要了！胜者王，败者寇。经了此番，扎布日再无可用的价值。"

一个恋妹癖，一个败军之将，必将声誉扫地，如今的扎布日在只重利益的皇帝看来，确实再无价值可言了，而本来就很难选择接班人的北勐大汗唯一稍微成器的儿子扎布日成了这德行，还能如何？

墨九慢悠悠看向萧乾冷峻的面容，有些事情仍然不明白。

"那个为迟重大开城门的乌之术是你的人？"

萧乾微怔一下，没有反驳，只是冲她一笑。

这一笑，让墨九以为看见了魔鬼的微笑，虽然那么艳美，却让她有一点发怵。

要知道，乌之术可是彻头彻尾的珲人啊！

身为珲国大将，他怎么可能为萧乾所用，弑君祸国，引千古骂名？

她满带惊疑的样子显得天真而单纯，萧乾抿抿唇，微微眯眸浅笑道："只要是人，就会有所畏惧。在我面前，无人敢不惧。"

墨九啊一声，沉思半晌，才想起他"判官六"的绰号，也是这个时候她才反应过来萧乾是做什么出身的。

她低低抽一口气，摇了摇头，凝重道："萧六郎，我突然发现你太可怕了……"

萧乾眯着眼，淡淡看着她，嗯了一声，平静地道："故而阿九当庆幸，我喜欢你。"

墨九怔了怔，哭笑不得："谢了，我怕死你了好不好？依我看啊，往后我得尽量离你远一点，免得无端遭了横祸……"

她话音还没有落定，突见萧乾轻轻挥了一下衣袖，她眼前一花，还没看明白到底挥了个什么东西，只觉得一阵清香扑面，而她的马儿竟像受惊似的，嘶鸣一声便撒开蹄子往前冲了出去……等她从惊吓中回过神来，才感觉奇怪：她的马儿跑了，她为什么还在原地？

墨九激灵一下，回头看见萧乾似笑非笑的脸，不由得恼怒地推他。

"讨厌！干什么把我拎到你的马上来？还赶走了我的马！"

他笑而不答，只将她裹入自己的大披风里，拉低她头上的风雪帽，手一束，紧紧环住她的腰。

"坐好！"

啪一声，青骢马受了惊，突地腾空而起。

墨九吓得赶紧抓住萧乾的胳膊："喂，你做什么？"

萧乾微微一笑，低头深深望她一眼，黑瞳里似划过一抹薄烟般的潋滟光彩，却什么都不说，也不理会她的挣扎，只把她紧紧圈在怀里，然后在众将士瞠目结舌的观望里，策马冲入了漫天的风雪里……

以北勐四皇子扎布日为首的一众北勐大将都被萧乾抓获，但北勐骑兵并没有完全受制于萧乾。

在古璃阳领兵前往北勐驻营的采石坡时，虽毁了北勐粮草，取得了战争的胜利，北勐骑兵主力却在丞相纳木罕的带领下往北逃去，保存了实力。就在萧乾回到大营的时候，纳木罕派遣的使者已到了涧水河。

使者带了一封纳木罕的私信。

信上，纳木罕表示，扎布日带兵与南荣发生冲突一事，他是事后才得知的。

当然，北勐大汗对这边的形势还完全不知情，他如今已领兵退出了汴京地界，并且派人快马加鞭将此事告知了北勐大汗。在收到大汗的旨意之前，北勐会继续维持昔日与南荣的盟约，绝不会轻易与南荣发生冲突，希望萧乾也念及旧情，不与北勐为难，并且善待北勐四皇子与七公主。否则，北勐二十万骑兵恐怕也只有拼死一战了。

这封信措辞恳切，却又不卑不亢，很像纳木罕的风格。

萧乾烧毁了信件，没有再派人前往追击北勐骑兵，而是盔甲未脱便又开始整肃涧水河大营。

经了一场战事，如今的涧水河大营一切似乎都变得不一样了。

空气里的硝烟味还在，萧乾的大旗也还高扬在营门口的旗杆上，但营里的气氛明显轻松了许多，不复往日凝重。

沉寂许久的营地，因为打了胜仗，萧乾又抓回了扎布日，而显得热闹万分。从将军到士兵，一个个笑逐颜开，击掌庆贺。这一天大雪飘飘一直未停，可这一片宽敞的河岸上却欢声笑语不断，冷风里，吹拂出来的是肉味与酒味，这些在生死线上

189

侥幸活过来的将士都兴奋不已。除了当值的人,其余人三三两两聚在一处,猜拳押骰,说着战事,好不快活。

晚上会有一场盛大的庆功宴,萧乾把事情交代下去,又把将校们召入大帐,对战事做总结与未来的布置。

然而,将校们都来齐了,他默默环视一圈,却发现好像少了一个人。

"小王爷呢?"

宋鹜并不是每次议事都出现,缺席是常有的事,而且他行踪飘忽,一般人也管不住他。

听了萧乾的询问,几个将校面面相觑,似乎都不知情。

这时,沈老将军蹙了蹙眉头,突然低头出列,对萧乾抱拳,严肃道:"回禀大帅,小王爷在你离开大营后,就领兵追击完颜修了……"

什么?!萧乾淡然的面色狠狠一变,拳心重重捶在案桌上,茶盖掉落,在案桌上发出咚咚的响声。

"谁允他去的?"

"这个……"沈老将军不敢抬头看他,语气也略略迟疑,"大帅,王爷是皇子,又是监军,他要去追,末将不敢阻拦。而且,而且……末将以为,完颜修此次不宣而战突袭我军大营,已是无耻,若非大帅运筹帷幄,早有对策,恐怕我军这次将陷入万劫不复之地。完颜修实在可恨,若是让他跑了,不仅小王爷,末将也不甘心……再有,东北本是肆人的地方,完颜修一入东北,将会如虎添翼,届时我等再想要收拾他又不知得等到何年何月了。末将以为,趁他溃败逃离之际羽翼未丰,一举歼灭是再好不过的。"

沈老将军这番分析一出口,引得帐里众将校齐齐点头。

"沈老将军言之有理,果然深谋远虑!"

"是啊,末将也作此想。"

"末将附议!"

几个将校纷纷点头,言语间都是褒赞,似乎宋鹜已经提了完颜修的人头回来似的。

萧乾冷冷扫他们一眼,轻哼一声,却没有再说什么。

毕竟此时责怪什么都没用,宋鹜都已经追去了。

而且他与完颜修的浇水之盟,除了他们二人,并无第三人知晓。认真说来,沈老将军的话并非完全没有道理,宋鹜此番行为也并非全出于冲动。他们唯一的错就在于太过低估完颜修了……

萧乾扶额沉思片刻,冷声道:"薛昉,派人快马追上小王爷,让他马上掉头回营。"

薛昉抱拳,毫不犹豫地称"是",转身便要出去。

190

"大帅！"这时，一个侍卫汗涔涔地入得大帐，把一封拆了的信函呈上来，"这是小王爷临行前留下的，请属下务必交给大帅！"

这个宋鹜！萧乾眉头跳了跳，冷不丁冒出一种不祥的预感。

他拆开信封一看，果然是宋鹜的字。

这封信也正如他这个人一般，风流不羁，字里行间全是来自骨子里的叛逆。

"长渊见字如晤：小爷身为男儿，皇室子弟，自当策马沙场，为国建功，而非以联姻这等拙劣的裙带关系来稳定两国联盟，你等太小看爷了，以为爷除了耍弄妇人，就再无本事乎？看着好了，此次不斩完颜修，小爷誓不还营……长渊不必为我担忧，若小爷侥幸胜了，请长渊务必在陛下面前为我美言，取消与北勐的联姻；若小爷败了，折在完颜修手上，请长渊好好教导我的儿子，并告诉他，他的父王是一个铮铮丈夫，而非只懂得吃喝玩乐的纨绔王爷！"

"愚蠢！"萧乾猛一把将信函捏在掌中，冷峻的脸仿佛成了万年不化的冰川。

是夜，为欢庆胜利，南荣将士齐聚涧水河畔的驻营地，大块吃肉，大口喝酒，兵马大元帅兼枢密使萧乾亲自出席庆功宴，与将士们一起举杯。从战争角度来说，不死就是胜利，只要活着的人，喝的那口酒就是甜，吃的那块肉就是香，那种由内心生出的幸福感也是可以感染人的。

墨九看着这样一群活蹦乱跳的人，看着这一片肥沃的土地，感受着命运的神奇，不知不觉也就多喝了几杯，小脸红扑扑的，眼里也满是快活神色。

"墨九，你说他能赢吗？"坐在她身边的人是彭欣，看她时不时发笑，不由得蹙紧了眉头。

"他？他是谁？"墨九斜睨过来，有一点蒙，酡红的脸上满是不解。

"唉，还能有谁？"彭欣嗔怪地看她一眼。

"哦，我晓得了。"墨九嘻嘻笑着，把手肘挂在她的肩膀上，目光灼灼发亮，"小王爷吧？你在担心他？"

"嗯。"这一回，在她面前，彭欣没有回避。

若遇常事，她倒是可以无所谓。可战争不是儿戏，而且宋鹜虽然跟随萧乾打了九个月的仗，单独领兵出战却是第一次，而且对手又是赫赫有名的完颜修，连萧乾和他对阵都没有十足的把握，就算带着溃逃之兵，也不会那么好对付，说不准就会出现意外……

这一点彭欣知，墨九也知。

墨九幽幽一叹，不好把自己猜测的萧乾与完颜修"有染"之事告诉彭欣，更不好预测其实满血的完颜修发现宋鹜这一个小boss，会不会直接杀了，只能含糊地安慰彭欣。

"吃你的东西，把身子养好是正经。小王爷也不算大奸大恶之人，想来不会有什么事的。"

彭欣冷眼剜她："不是大奸大恶？他还不奸不恶了？"

"唔，差不多吧！"墨九举了举酒盏，"好啦，吉人自有天相！你就不要担心了。不管遇到什么事情，当我们无能为力的时候，最好的办法不是杞人忧天地担心，而是照顾好自己，不让别人担心。"

也许是这一碗"心灵鸡汤"灌服了彭欣，此后她再没有表现出什么来，可墨九从她偶尔微蹙的眉头看得出来，她无法真正放心。

今天晚上营里伙食丰富，但是灶上的火头兵做出来的，味道对于墨九这张挑剔的嘴来说就差了那么一点。于是，她中途开了一个小灶，只邀了彭欣、玫儿、墨妄、击西等几个相好的人在私底下吃。这会儿听彭欣谈到宋骜，墨儿不知不觉就又想到了塔塔敏。

对于那个七公主，她很难生出恶感。

但如今事态未明，南荣与北勐已经干了仗，萧乾自然不能再像先前那样礼数周全地对待北勐七公主。

这会儿塔塔敏被软禁在帐篷里，有士兵看守着，没有缺吃少喝，但不得随意出入。

至于扎布日，待遇就比她惨多了。他与他的几个高级随从一起，被薛昉关押在马棚里。

这样天寒地冻的日子，马棚四面透风，寒冷可想而知……

最紧要的是，他与塔塔敏总归是见不上面的。

墨九叹息一声，想了想，让击西拿一个空碗来，亲自盛了饭菜，又递给他："去，给七公主拿去。"

击西愕然地接过："为什么？"

为什么？墨九也不太清楚。可能基于女人的同情心，可能基于塔塔敏之前给她准备的那只烤羊，也有可能她觉得塔塔敏完全是无辜的。

历史上的战争都叫女人走开，可总是与女人有着千丝万缕的联系。正如塔塔敏，她肯定不想让扎布日乱来，可眼看她就要与南荣联姻了，扎布日或者耐不住了，自己压不住脾气，终究干出了这件让整个天下都津津乐道的蠢事来——

可从另一个层面上说，正如杨玉环、褒姒等背上黑锅一样，塔塔敏又何尝不是？

男人总会在自己的私欲上，加上一个"重情重义"。

扎布日突然对萧乾发难，其私心里，难道真就没有为了那个北勐大汗之位的意思？

毕竟北勐大汗中意他的外孙并且有意栽培之事连丞相纳木罕都知晓，扎布日这个北勐四皇子身为大汗之位最为有力的竞争者，当真一无所知，当真毫不在意？

192

不知道塔塔敏信了没有，反正墨九不信。

这一场看似为了女人倒戈的战役，也许根本上，就是权力私欲的角逐。

击西不情不愿地送饭菜去了，墨九吃饱喝足，与彭欣和墨妾等人聊了一会儿，就打算领着玫儿回去收拾东西。

在庆功宴之前，萧乾已经递了话过来，明日他就要离开大营去汴京城了。润水河大营离汴京城很近，大军还得驻扎在这里，但占领一个地方最主要的标志便是占领主城，如今汴京城里只有一个迟重，他是个武夫，无法主持大局，还得萧乾亲力亲为。

或者说，必须得坐稳汴京，才预示着这场战争的彻底胜利。

在郊外扎营而居始终不如大城市生活条件好，墨九对此举双手赞成，听说萧乾明日一早就过去，巴巴地要跟随。

可她刚准备提脚，人还没有走出帐篷，彭欣却喊住了她："墨九，等一下。"

墨九慢悠悠转头，看彭欣面色苍白，不解地皱眉："怎么了？舍不得我啊？与我一起去汴京城好了！"

彭欣不是一个面部表情很多的人，但端坐在小杌子上，她今儿的神色看上去却不太正常，像是犹豫，又像是欲言又止："墨九，我想离开了，耽搁这么久，不好再麻烦你。"

这些日子，彭欣吃了萧乾开的药身子已好了许多，想来再按着方子吃几服药就能痊愈。如今宋骜离营，音信全无，她念及他的安危，又着实想念还在兴隆山的小儿子，离开儿子这么久，与其坐立不安地跟着大军辗转，不如先回兴隆山看看儿子，再一起等待宋骜的消息好了。

一个思念儿子的母亲，其心情如何，墨九可以想象。

她不便干涉彭欣，也理解她的想法，却不太放心她这样拖着病体离去。想一想，她与墨妾商量了一下，他们离开这么久，也不知兴隆山的墨家被乔占平管理得怎样了。于是三人约定好，由墨妾领墨家弟子护送彭欣回兴隆山，等打点好那边的事，这边汴京城应当也安顿好了，到时候宋骜班师回来，彭欣也把儿子带过来，一家人就可以团聚了。

"好了，那我先去收拾东西！"墨九想到汴京城，有些兴奋，"明儿一早我送你们启程。"

"墨九！"说完了自己的正事，彭欣脸上的郁气却没有消去，似乎还越来越重，"还有一个事。"

看她这样神神道道的样子，墨九眼神一荡，也严肃起来："有什么事你直说便好。"

彭欣目光凉凉地看向她："我有一种不太好的预感。"

193

又来预感？一听她说预感，墨九就想到了坟墓里她的预言。

她心里凉飕飕的，瞪了彭欣一眼："我的圣女，咱别装神弄鬼了，到底有什么感受，你快说！"

彭欣微微合上眼睛，凝重的表情似有敬畏，一脸高深莫测的样子。

"若能说得清楚我早就说了。正是因为不知究竟是什么事，我才不知如何说。从昨日起，我一见到你便心慌意乱，每次这样，总会有不好的事情发生……墨九，你一定要小心一点。"

这天晚上，老天似乎也感染了他们的离愁，发疯一般下起了大雪。

鹅毛般的雪花伴随着呼啸的寒风，扯得营地里的旗帜猎猎翻飞，值夜的士兵们冻得不停跺脚哈气也驱赶不了严寒。而帐篷里的人听着帐篷外叫嚣的北风，各怀心思，各有期待，都睡得不太踏实。

天亮的时候，白雪为营地铺上了一层银装。

墨九伸个懒腰，亲自准备了早餐，送别彭欣与墨妄。

对于给自己看重的人做吃的，她从来不嫌麻烦，也不怕早起受冻。

等大家伙儿欢天喜地地吃了东西，已接近晌午了。

大雪未停，墨九送到营门口，看着远水近岸上白茫茫一片，不由得侧过头，看向准备登上马车的彭欣："到了兴隆山，记得替我亲亲我的干儿子。"

彭欣身子微微一顿，回过头来，眸中依旧没有笑意，每一个字都无比凝重："墨九，你要保重。"

"好啦好啦！"墨九笑了笑，搓着手走过去，替她理了理风雪帽，小声道，"你就放心吧，有萧六郎在，我能有什么事？这汴京地界如今是南荣的天下了，没有人能把我怎么样的。嗯？"说罢她顿了顿，目光灼灼地望向彭欣，严肃地叮嘱，"倒是你，记住我的交代，管好自己就成！男人的事自有男人自己解决。咱操不起的心，就不要去操。"

彭欣懂得她的意思，缓缓点头："好。"

"去吧！"墨九拍拍她的肩膀，亲手为她撩开马车帘子，看到彭欣钻进去，又慢慢回过头来。

风雪下静静而立的墨妄一双黑而深邃的眼睛噙着一抹暖阳般的笑意："外面天冷，九儿快回去吧。"

"好。"与他相对而立，墨九不像面对彭欣那般轻松，居然久久不知说什么，只望着他发笑。

冷风从二人中间吹过，拂起她的发，也拂起他的衣袍，让这临别前的相视一笑显得格外珍贵。

几乎刹那间，墨九就想到了这一年多的时光，这个男人默默跟随在她身边，不管她遇到好事还是坏事，他总会第一时间赶来，为她处理相关事宜。

没有谁欠着谁，没有谁该对谁好。墨九相信这一点，故而很珍惜每一个对她好的人。

"师兄！"她叫着最为亲昵的称呼，微微一笑，"墨家的事，就拜托给你了。"

"应当的，谁让我是墨家的左执事？"墨妄扬唇，仿佛与墨九之间那些不愉快的过往都不曾存在过一般，他安静地盯着墨九，浓浓的睫毛微微眨动儿下，眼神变得更为温暖，笑容几乎快要融化这漫天的飞雪。

"九儿，我走之后，你得好好照顾自己，我很快处理好兴隆山的事，就赶到汴京与你会合。"

墨九嗯一声，没心没肺地笑着。

这些日子以来，墨家的事墨妄一直处理得很好，大多数时候也根本用不着墨九，所以她宁愿一直藏在幕后，做一个神秘的透明人。相视间，她想说点什么，可想想又没有什么可以吩咐墨妄的了，不由得沉下嗓音，凑近墨妄道："来时记得把我最爱的花雕带上一坛，还有东寂做的蘸料，这个冬天在汴京城吃羊肉锅子就得靠它了，少不得——"

琐琐碎碎的事，她吩咐了许多。

墨妄安静地听着，一直含笑望着她的眼睛，不时点点头："记住了，我都记住了。"

"谢谢师兄！"墨九扬唇而笑，眼睛往马车上斜了斜，"帮我照顾一下彭欣。"

"我会的。"

"师兄，保重。"

"保重！"

朝她抱拳施了一礼，墨妄牵过旁边的马，利索地翻身上去，朝后方的车队吆喝了一嗓子，随行的墨家弟子就各自前行。

风雪中，车队慢慢驶远。

墨九站在原地，身上的斗篷被风吹得高高鼓动。

天寒地冻，她身子都冻僵了，却没有离开，高高挥舞着胳膊，不停说再见。

这时，却见彭欣与墨妄好像说好的一般，一个撩了帘子回头，一个从马上掉头，目光齐齐落在她的身上。

墨九哈哈一笑，双脚离地地跳了起来，再次不停挥手。

等车队的尾巴消失在视线里，她才安静下来，感慨地一叹。

"交通不发达的时代真是麻烦！随便出一趟门，都像生离死别似的……"

她话言还没有完全落下，背后就传来萧乾的声音。

"阿九在说什么？什么交通不发达？生离死别？"

195

墨九吓了一跳，冷不丁转过头去，就迎上了萧乾刀锋般锐利的眸子。

看他目光微微带了审视与狐疑，她不想自己的秘密被怀疑，狠狠瞪了他一眼："你啥时候来的？怎么走路都没有声音的？"

萧乾眯了眯眼，立于风雪下的身影颀长挺拔，有那么一瞬，他冰雕似的戳着盯看墨九，一动也没动。

好一会儿，他才缓缓牵起嘴角，黑色的皂靴一步步踩着雪地，慢慢停在了她的面前。

"这个怪不得我，只怪积雪太厚。"

墨九哼了一声，松了一口气。见他不再多问，也就此岔开了他刚才那个敏感的问题，淡淡睨他一眼："萧六郎，这都过晌午了，我们到底什么时候去汴京？对于汴京数百年的繁华，我可是渴望了好久的，都迫不及待了。"

"渴望好久？数百年的繁华？"萧乾皱了皱眉，"这……从何说起？"

墨九呃了一声，突然说不出话来。

她对汴京的了解主要来自历史。对于汴京城这个历史上的数朝国都，她能够有机会亲自踏足，一观古老风韵，心里确实求之不得。可对于这些，萧乾未必了解，此汴京也未必就是她知道的那个汴京，她过于急切的情绪很容易让他产生怀疑。

墨九撇了撇嘴，想了想，目光流露出一丝贪婪："我听人说的呀！说汴京有上千年的历史了，不仅如此，汴京还有许许多多好吃的！什么桶子鸡、灌汤包、羊肉炝馍、杏仁茶……哎呀，不行不行，我说一说已经流口水了。等不及了！萧六郎，我们什么时候走？"

看她一说吃就露馋的小模样，萧乾哭笑不得，慢慢牵着她的手往掌心捂了捂，然后望着无边无际的飞雪，忽而道："阿九还没有告诉我，与我和好了没有？"

"和好？"这话哪里跟哪里？

"嗯？这是表示和好了？"

看着他冷肃的表情，墨九蒙了一瞬才反应过来，在开战之前，两人正处于闹矛盾的状态，她不仅写了"休书"，还义正词严地表示"从今往后，寻墓解蛊，焚香赏雪，你我之间，有共同目标的友谊，再无风花雪月的情愫"，也就是说，她与萧六郎的关系从此只能是革命友谊，再不能涉及男女之情了。

墨九小小扶一下额头，回想一下，好像并没有做什么出格的，又点点头："算是和好，但休书依旧有效。"

"此言何意？"萧乾目光一沉，"休书何时才失效？"

"问那么多！"墨九抽回被他紧握的手，不悦地瞪他，"休书哪有今日写，明日就撕的？萧六郎，我是个有原则的人好吗？"

"所以？"他挑了挑眉头，笑问。

196

"所以，究竟要不要与你和好，得看汴京城的东西好不好吃再说喽。"

好吃就是墨九的原则，萧乾看她如此，俊脸上的表情几乎是崩溃的。

他在墨九心里的地位，居然不如汴京城的吃食。萧乾重重叹了一口气："启程吧，但愿汴京不负我……"

墨九翻了个白眼，迈开大步跟在他的后面。

萧瑟的冷风掠过这一片饱经战火的苍茫大地，树木被狂风卷过，扑簌簌撒落满枝的积雪，偶有一两只展翅高飞的苍鹰，从飞雪的天际掠过，发出一种尖厉的叫声，像野兽在狂躁地怒吼……

大雪纷飞中，一行人走在积雪的地面上，远远望去，像一行正在搬运的蚂蚁。

此去汴京城，萧乾并没有带上太多的随从。自从完颜修领兵往东北方向溃逃而去，纳木罕又带着北勐骑兵撤离了采石坡，如今的汴京地界上，除了南荣的兵马再无其他。一切都在萧乾的掌握之中，安全自然是没有问题的。

墨九心态是放松的，只是有些不解，萧乾为什么带上了塔塔敏与扎布日？

这两个人的安危可以说直接关系到南荣与北勐的关系，萧乾不可能轻易动他们，所以一切没有明朗之前，带着他们完全就是累赘，自找罪受。大概扎布日也深知这一点，一路上，他坐在简陋的囚车里，听着车轮轧在雪上的吱吱声，时不时就拔高嗓子大声叫骂萧乾。

隔一会儿，不见萧乾理会他，他又高声呼喊塔塔敏。

男子浑厚、悲凉的声音响在呼呼的冷风里，让人不免扼腕感叹。

塔塔敏就坐在墨九后面的一辆马车里。

可不论扎布日如何发疯般呼唤，那辆马车始终静悄悄的，半点声息也无。

于是，似乎天地间，就只有扎布日一个人的闲愁。

他与塔塔敏的关系，不论塔塔敏表不表态，营里上下基本都知道了。

墨九其实一直为塔塔敏不值。

扎布日或许是爱她的，可他真的不知道该怎么去爱自己的女人。

这样一份有违世俗的情感，需要太多的勇气去面对。扎布日是男人，外界对他的说辞或许会温和一点，这一切却足够毁去塔塔敏所有的声誉。扎布日如果深爱塔塔敏，就不该未经她的同意到处宣扬，让她从此再也抬不起头做人。

虽然塔塔敏从头到尾没有表现什么，墨九却感受得到，她在意，她很在意。

这本来就是一件丢脸的事，她是一个骄傲的公主，如何能面对？

"唉！遇人不淑啊！"

听她叹息，玫儿就紧张："姑娘，怎么了？哪里不熟？"

"没，没有……"墨九眼珠子斜了斜，扶着额头吩咐，"玫儿，帮我把那本《汴京志》拿来。"

197

这本书是萧乾临行前给她的，以便她在路上看着解闷。

书上没有标注作者，墨九不晓得是哪个人写的，但甚是佩服。书里有汴京的风土人情，有各种各样的美食，写得莫不详尽。一路上墨九边翻书页边咽口水，嘴里念叨着那些吃的，肚子咕咕直叫，这让她不免怀疑自个儿是不是中了萧六郎的招儿——难道那厮为了和好，故意拿美食来诱惑她？

"只要能给我吃的，诱惑就诱惑吧，姑娘生受了他！"

她严肃点头的样子，让玫儿笑得不行："姑娘真是一个彻头彻尾的吃货。"

墨九不温不火地睨她一眼，丝毫不以为耻："我要把吃当成毕生的追求，你呀，不懂！"

于是，前往汴京城的这段路，她都是在幻想美食中度过的。

可她没想到，垂涎了许久的汴京城果然没有负她，正准备着一个大礼等着她……

敞开的大门、夯实的城墙、刚刚经过战争洗礼的古朴城池在大雪下，有一种沧桑的美感。可空气里除了还未散尽的硝烟味，似乎还隐隐散发着一种淡淡的血腥味。

墨九不由得蹙了蹙眉头，玫儿也拿帕子捂了捂口鼻。

隔着一个帘子，马车里鸦雀无声。墨九安静地倾听着，车轮子咔咔驶在青砖石上，马车入城之后，那一扇厚重的城门咣当一声紧紧合上了。

然而，前来迎接他们的并不是热情的迟重，而是一声仿佛来自地狱的咆哮："诸位听令，紧闭城门，抓捕南荣叛徒萧乾！"

"哪个敢！"不待墨九打帘子看去，一个黑黝黝的身影便如同疾风一般凶悍地掠过去，死死扣住了对方领头那人的脖子，一把寒光闪闪的钢刀架在那人的脖子上，来人扼住他转了个身，对着他身后大批跟来的兵卒低吼："退下！全都给老子退下去！"

来人冷冷一哼，又低斥道："邓鹏飞狗胆包天，竟然胡说八道！你们都不认识萧使君了吗？"

那个野兽一般暴走而起的影子，正是萧乾的暗卫孙走南。

这还是墨九第一次见到萧乾的暗卫骇人的武力，也是第一次见到不嬉皮笑脸的孙走南。

动作确实够快！如果他要杀人，邓鹏飞可能在刚才那一瞬间已经死了好几次了。

没错，被扼住的正是她的老熟人、骠骑营的昭武校尉邓鹏飞。

这货原本是萧乾的老部下，不过短短几天时间不见，上来就敢拿萧乾，显然不是自己的主意。

墨九静静看着邓鹏飞背后那一片似惊似疑的禁军，紧紧抿住了嘴唇。

难道彭欣说的"不好的事情"，就是指这一出？

她慢慢凝目望向萧乾，心里略略忐忑。

马背上的萧乾没有说话，安静地端坐着，勒着马缰，冷冷扫视那些将士，一动也不动。

"萧使君……"

"是萧使君啊！"

"邓将军，这是怎么回事？"

原来姓邓的已经升任将军了？墨九若有所悟地点了点头，却见萧乾也冷冷一笑。

城门处聚集了许多人，显然邓鹏飞是有备而来，专门对付萧乾的。可也有一些人对萧乾有所敬畏，不太相信似的，想要得到更多信息才敢行动。不过，城门处更多的禁军都是邓鹏飞的人，虎视眈眈地看着受制于走南的邓鹏飞，一时间刀枪霍霍，却不知如何是好。

北风呼啸而过，很快，风中便传来邓鹏飞挣扎着嘶吼的声音："兄弟们，听，听我说……这个萧乾已不再是南荣的枢密使，也不再是天下兵马大元帅了，他是北勐大汗的亲外孙，是北勐的世子爷，你们不要被他骗了。你们以为他会一心为了南荣征战吗？兄弟们醒醒啊！珏国一亡，北勐眼看就要对付我南荣了，有此子在，南荣何以为安？"

"住嘴！"孙走南手上的利刃划破了邓鹏飞的脖子，"再吼老子宰了你！"

邓鹏飞脖子吃痛，鲜血淌在了胸前的甲胄上，他瞳孔一缩，眼里露出一丝惧意。可事关重大，他也是一个有点血性的男人，只顿了一下，又扯开嗓门儿大声喊叫起来。内容无非萧乾北勐世子的身份，还说陛下已经下旨逮捕萧乾，要把他押解回临安审讯……

孙走南气得够呛，但萧乾没有下令，他不便下手。

风雪中的萧乾冷冷坐于马上，始终未发一言，头顶的红缨被寒风刮得仿若一抹飞扬的鲜血。

见状，人群里有人窃窃私语，也有更多的人慢慢上前，把萧乾一行围在中间。

"萧使君，先放下邓将军！"一个校尉大着胆子与萧乾讲条件，"不要逼我们动手！"

萧乾下巴一抬，望向那群人，危险地眯了眯眼，答非所问："迟重呢？让迟重出来见我！"

几名将士微微垂头，似不敢吭声。邓鹏飞却哼了一声："迟将军如何肯见你这乱臣贼子？"

"他不肯见我？"萧乾又点点头，声音悠然，"也好。"

后面两个字他说得极淡，除了墨九几乎没有人听见。

可她分明听出他松了一口气似的无奈。

不管迟重是为了什么，在这种时候他选择保全自己，也是人之常情。

每个人的性命都很贵重，每个人都有家小，没有人应该为了别人去死。更何况迟重是南荣人，是血性男儿，若知道萧乾的身份，没有亲自缉拿而是回避，想来内心已是挣扎不已了……

"邓鹏飞！"萧乾一字一顿，目光冷冷剜向他，"我且问你，朝廷旨意何在？"

"这……"邓鹏飞被走南压得脖子都抬不起来，弱弱地抬头看了萧乾一眼，目光有些畏惧，又赶紧低下头，"末将得的是临安口谕，务必在使君入汴京城时捉拿。圣旨……圣旨应当还在赶来的路上，风雪甚大，没有那么快。"

墨九突然有些想笑。

是谁要拿下萧乾？是东寂吗？她不敢确定。可这一步棋确是算得精啊！

先是迟重来信，让萧乾入汴京城整肃兵马，合情合理。

那么，汴京城肯定不宜大军入驻，萧乾一定会把大军留在涧水河。

这样一来，孤身入城的萧乾自然逃不脱邓鹏飞的围捕。

而且，不管有没有圣旨，邓鹏飞要出手抓萧乾，也只有这么一个萧乾疏于防范的机会。

一旦错过，也许往后再无时机……

望着面前黑压压的一群南荣兵马，墨九心里掠过一抹悲哀情绪。

从禁军士兵的犹豫神色来看，他们目前的形势着实危险。

事实上，不管萧乾与南荣哪一个位高权重的人对上，这些人也许都会毫不犹豫地选择支持萧乾。然而，如今萧乾的身份不同，一旦他被认定是北勐世子爷，那么在一个崇尚忠君爱国的时代，哪怕这些士兵曾经与他一起风餐露宿，一起出生入死，他们也将决绝地选择该选的阵营。

国之大事，重于性命。

如此一来，萧乾除了几个贴身侍卫，将再无他人可用。

而北勐虽然有二十万骑兵驻扎在汴京城外，却不知是敌是友……

这种焦心灼肺的感觉，墨九第一次感受，因为不止关系她自己，还关系着萧乾……

这一刻，她发现自己竟然是那么在意他的安危，比之美食……更甚！

就在这时，城门突然再一次开启，门口迎着风雪极快地闯入一人一马。

那人手臂高扬，熟悉的声音落入墨九的耳朵里，凉了寸寸血液。

"圣旨到——"

肃冷的北风从城门口长长灌入，带着辜二高亢的声音，瞬间冻结了汴京城门。

狂风高高扬起辜二的衣袍，也让他高举在手上那一道明黄的圣旨格外引人注目。

圣旨带来的是景昌帝的意思，圣旨的内容，将对城门处的僵持局面起着决定性的作用。

众人皆惊，只有邓鹏飞激动得顿时喊叫出来："圣旨来了！圣旨来了……兄弟们，陛下的圣旨终于来了，你们要相信我……"

他的呼喊声没有得到任何人的回应。

这时，萧乾却带头拜下："臣萧乾接旨——"

铁甲在身，他无法跪下，但姿势甚是恭顺。

众人瞥他一眼，这才跟着回神，齐刷刷拜了一地。

"陛下万岁万岁万万岁！"

辜二跳下马来，头盔的系带勒在下颌下面，将他一张有着刀疤的俊脸半隐在光线里，几乎看不清表情。

不过，墨九觉得这个人似乎从来都是没有表情的，从她认识辜二的第一天起，在那个"瘦马"集结之地，到处都是玉体横陈、酥胸香软的姑娘，他却视而不见，如今……即便事关无数人的性命，想来他应当也不会在意吧？

就在她抬头的一瞬，辜二突然看了她一眼。

墨九打了个喷嚏，差一点儿没被他眸中的凉意刺得哆嗦。

今日的辜二，是殿前司都指挥使，他手上的圣旨代表的是景昌帝，是从临安府千里迢迢而来的圣谕。圣旨一读，对萧乾来说，不是天堂就是地狱，不会有第三种可能了。

所以，辜二这冷冷的一眼，不是好的结果？

她把手指缩入衣袖之中，默默攥了攥掌心，莫名有些忐忑。

这个时候，辜二袖口一翻，抬手展开圣旨："奉天承运皇帝，诏曰：枢密使萧乾领天下兵马大元帅一职，率北征军于至化三十一年奉敕荡寇，北上抗珲，收复均州、金州、唐州、蔡州、颖州等淮水一线城池，而后从汉水渡江，在临兆大破珲兵，于汴京府力抗珲国三皇子完颜修，令珲国皇帝完颜叙自刭，珲国灭亡，历时仅短短数月……萧乾功绩昭昭，当千秋以颂，朕亦铭感五内。此旨，令萧乾大军于汴京府稍作休整，安顿好边防军务，便可还朝。朕在临安切切盼之，并将对北征大军悉数犒劳……"

每一个字，辜二都读得非常清晰。

随着他浑厚的声音直入天际，墨九悬着的心终于一点点放下。

这样的圣旨，才像是出自东寂之手……她对他的个性还是了解的，屠戮肯定非他本意。

毕竟萧乾还没有反，更没有明确表示要随北勐而弃南荣。

甚至墨九都在怀疑，从小生长在南荣的萧乾，内心不仅犹豫，有可能更偏向于南

201

荣。南荣不仅有他的父系亲属，还有他同生共死的兄弟，他怎么会轻易弃之不顾？

如果东寂真的敕令逮捕他，那才真的永远把他推向了北勐一方。

"谢主隆恩！"

"陛下万岁万岁万万岁！"

又是一阵谢恩声响过耳际，墨九抿紧嘴巴抬头，看辜二不慌不忙地合上圣旨，将头盔取下抱在胳肢窝儿，又环视众人，一字一顿冷冷道："陛下另有口谕——将在外，事易变，但朕初衷不改。当日旨意，一如既往有效，军务大事皆由萧使君一人独断。"

一人独断？

一人独断……

当初这句话就曾让无数朝臣反对，闹得人心惶惶，如今宋熹旧事再提，让在场的无数人都松了一口气，当然，不包括邓鹏飞和他那些下属。

邓鹏飞在走南的钳制下挣扎着，双目圆瞪，难以置信地望向辜二。

"不——不可能的，辜将军，末将亲耳听宫里的李公公传来的口谕，怎会弄错？"

辜二冷笑一声："邓将军的意思，你没有弄错，错的人是我？"

论职务，辜二远远高于邓鹏飞；论与皇帝的亲近程度，像邓鹏飞这种刚刚提拔上来的将军，见到皇帝的机会都屈指可数，又怎敢随便质疑皇帝身边的红人辜二所说的话？更何况，辜二手上拿着的可是圣旨，那个东西又哪里作得了假？

想到自己的命运，邓鹏飞膝盖一软，扑通一声软软地跌在雪地上，一脸的难以置信和不甘心。

好不容易提升到了将军，原本以为捉了萧乾，立得大功，从此将会飞黄腾达，怎会是如此结局？

他目光涣散地愣怔一瞬，像是突然想到了什么，冷不丁仰头，巴巴地看向萧乾。

"萧使君，萧使君，你听末将一言，此中定有误会！末将与使君并无私仇……"

"来人！"萧乾冷冷一哼，打断了他，目光刀子似的剜过去，在邓鹏飞畏惧中带了一丝哀求的目光下，慢慢开口，"把阵前闹事、图谋不轨的昭武将军邓鹏飞及其同伙一并押送汴京大牢，隔日处斩，以儆效尤……"

这便是"一人独断"的可怕之处了。

他一个"杀"字，就将有无数人头落地，而且无须向临安请示。

在场的禁军顿时凉了身子，有一些人庆幸自己胆小，之前没有去动他，侥幸逃脱一命。而邓鹏飞的那些部众，一听他这句话，面色一白，面面相觑不已。他们深知萧乾为了"杀鸡儆猴"，肯定不会放过他们，束手就擒的结果，肯定是必死无疑了。

没有人甘心轻易赴死，一群人嚷嚷着，便如飞蛾扑火一般，朝萧乾杀了过来。

"逆贼萧乾！拿命来！"

"反正老子活不成，也不要你们好活……"

"萧使君，这都是被你逼的，我们原本只是听令！"

刀枪声铿然响起，天上的鹅毛大雪纷纷扬扬落下，城门口，一道道野兽般的厉声长吼以及一道道濒临死亡的凄厉惨叫响起，一双双嗜血的眸子泛着红彤彤的血光……不过转瞬间，两帮人马就厮杀在了一处。

萧乾静静观望着，一身甲胄闪着森森寒光，眸子如万年冰川，扶在剑上的手却越握越紧，手背上的青筋似乎都要在这一场厮杀中爆裂开来……

但他始终端坐马上，一动未动，也一直不曾开口。

直到反抗的禁军终于没了声音——要么战死，要么弃械投降，场上彻底安静下来，他冷冽的目光才凉凉一扫，望向在场众人："活下来的人，已然死过一次，就不必再杀！留他们一条生路吧。"

漫天的飞雪妖娆地飞舞着，空气里死一般寂静。

那些禁军没有料到，他们投降了，却得到了活命的机会。

可躺在地上的尸体——包括邓鹏飞，却无奈去见了阎王。

生死一线的反转，让那些侥幸从鬼门关活过来的禁军愣怔片刻之后，如同得到阎王的特赦令，什么恨什么仇都没有了，对萧乾也只剩下感激，不由得跪在雪地上，对他重重磕头，感激涕零，称他大人大量。

墨九看着萧乾溅了鲜血的肩膀，眉头蹙了一下，又不得不佩服。

这个萧六郎无论在什么时候，都懂得收服人心哪。

那些满脸感恩的人，已经忘记了他们的头儿邓鹏飞，可萧乾显然没有忘记自己的人。

他默默地向前走了几步，黑色的皂靴踩在融了血水的雪地上，停了下来。

"迟重人呢？在哪里？"

磕头的人安静下来，你看看我，我看看你，没有人回答。

天地之间除了寒风的呼啸声，再无其他。

好一会儿，才响起一个禁军惧怕的声音："禀，禀萧使君，邓鹏飞哄得迟大将军给你写了那封信，而后才告知迟大将军临安密令，不，不是临安密令，就是邓鹏飞的图谋……迟大将军不愿遵从，又不敢抗旨，在萧使君入城前一刻钟，在府中叹了几句愧对使君栽培……就，就抹脖子自尽了。"

时间仿若被定格，人群静止不动，所有的声音也都消失了。

萧乾冷峻的面容微微苍白，他一步也没动，就那般伫立在染血的雪地上。

可墨九分明看见他双肩微微一晃，扶剑的手紧了又紧。

迟重，一个铮铮男儿，他打得下城池，杀得了故人，却抗不过一道旨意，也越不过自己的心。

墨九眼窝一热，一种无法言说的悲凉浮上心头。

都说"大丈夫有所为，有所不为"，迟重用他的生命诠释了这句话。

可他所有的无奈与遗憾都留在了那一封遗书上："迟重不愧天地，不愧家国，望陛下善待吾之妻儿、父母。叩谢！"

萧乾慢慢拔出长剑，锋芒缓缓划过他的指尖，带出了一丝鲜艳的血迹，染在剑身上，可他丝毫没有感觉到疼痛，紧紧握住剑柄，手臂微微颤抖着，久久不稳，好一会儿，铮一声响，长剑落地，深深插入了雪地里，他清淡的声音，似乎不带半分感情，被号叫的寒风送入了长空。

"厚葬迟大将军！"

时人信奉人死后还有来生……可墨九知道，死亡，就是终点。

即便迟重这般破了汴京城，致使珲人亡国的大将军，最多不过史书一笔，供后世学子绞尽脑汁……那些鲜血写就的军功，终究抵不过流年，他想要守护的国土不会记得他，一切都会随这长风化为乌有。

换了以前，墨九不能理解这样的愚昧。

不是身在剧中之人，永远不能理解剧中人的感受。

就在听见迟重自刎那一刹那，她感受到的是光华漫天，而非轻贱的人命。

有一种信仰，她不懂，但尊重。

迟重的后事必然会办得盛大而隆重，可城门处死亡的禁军就没有那么幸运了。他们曾经的战友们默默为他们收殓了尸体，但由于萧乾给邓鹏飞等人定罪为"图谋不轨"，自然不能像战死的将士那般好好安顿，一群人抬着他们的遗体，在城外找了一个背风的山坡，挖一口大坑，把尸体悉数丢了下去，再铲土埋上就算完事儿，就连一口木棺、一座石碑都没有，就消失在这一页精彩的历史篇章里。

汴京城是珲国皇都，其繁华可想而知。

墨九的马车摇摇晃晃地驶入城，在路过一个桥头时，透过摇曳的柳树枝条，依稀可见金碧辉煌的宫阙与亭台，可短短数月，已物是人非。坐拥这座皇城的人，终将更换……

不过，珲国的灭亡，完颜叙的"自刎"，墨九一个历史考古出身的人，不会单单将其归结于北勐与南荣的围剿。实际上，她认为任何一个政权的瓦解，都是从内部先腐，再祸及外部的。珲国今日的下场，只是他们一步一步走在自取灭亡的路上，终于被扫入了历史的垃圾堆里而已。

大街上冷冷清清，除了南荣兵，几乎见不到百姓。

萧乾令人封锁了皇城，自己领着墨九一行安置在了皇城外面的一所亲王府——完颜修曾经的宅子。

不得不说，完颜修此人有点儿意思，选的宅子在沿皇城中间的一条中轴线上。

墨九从风水的角度观之，这所宅子几乎处在皇城的大动脉上，居于皇城之前，三省六部之间，坐北朝南，负阴抱阳，可迎阳光可拒寒风，可纳凉气可润滋生，完完全全就是一个"五福临门"的风水局。

"啧啧，不错啊！好地方！"

墨九见大雪已停，取下风雪帽递给玫儿，披散着头发就去找萧乾。

打从入了宅子，萧乾就一直在忙碌，她也没有去打扰他。可这会儿眼看就要入夜了，要用晚饭了，宅子里却不见烟火的动静，她非常担心自己的肚皮没有着落——而且，在汴京城换了主儿之后，莫说她以为的满街繁华，就连铺子都没有一个开张的。满大街除了南荣兵贴的"安民告示"前面有几个老百姓围观，连人影儿都见不着。

这可憋坏了她，上哪儿找美食？

晌午只将就吃了一口，今儿晚上不能也这命吧？

光想一想，她的胃就抗议了，脚步迈得更快。

萧乾住进了完颜修的宅子，选的办公地方也是完颜修曾经使用过的书房。不过，在他们住进来之前，书房显然早就已经有人"打扫"过了，没有留下半点有用的东西，怎么看都只是一个普通的书房而已。

萧乾也不在意，坐下来便开始处理军务。

大战刚过，汴京内事外事还处于一片繁乱之态，书房外的走廊上不时有人来来去去送公文。

墨九见状，眉头一皱，脚停在书房外头，又有点不忍心进去打扰他了。

他有正事，她只是为了吃，会不会不太好？

正在迟疑，背后却传来辜二的声音："九姑娘怎么不进去？"

他依旧用了当初的称呼，墨九心里一窒，有一种他乡遇故知的亲切感，转头淡淡瞄他一眼，莞尔笑道："辜将军怎么也没有进去？"

辜二板着脸，就像不会笑似的，看着她，顿了片刻，突然一言不发地从墨九身侧大步过去，叩响了书房的门。

墨九松松环抱着双臂站在他的背后，低低笑一声："辜将军今儿挺帅啊！"

这一回，轮到辜二回头瞅她："九姑娘指的是什么？"

噗！帅还要让人说出来？墨九扶额想了想，一脸认真地道："念圣旨的时候帅，叩门的动作也很帅！"

"墨姐儿……"拉开书房门的薛昉正巧听见这句话，尴尬地愣在那里。

书案后面，萧乾手握狼毫，正在批复一份公文。

听到门口的声音，他微微抬头，便看见了没有戴帽子、小脸儿冻得红扑扑却格外娇俏的墨九，还有一个面无表情的辜二。然而，他并没有像薛昉以为的那样大吃

205

干醋，而是把毛笔轻轻搁在笔山上，便示意薛昉让开门。

"进来！"

"二位请！"薛昉侧过身子，乖乖去泡茶。

可辜二显然不是来喝茶的，他并未入座，站在萧乾的桌案前方，看了墨九一眼，见书房里再无旁人，忽地低头抱拳道："萧使君，入夜之后，速速准备，离开汴京为上。"

这一句莫名其妙的话让墨九一头雾水，诧异地望向了萧乾。

她以为他们已经得胜了，马上就可以开启吃喝玩乐的模式了，这辜二让他们半夜跑路是什么鬼？

萧乾面色平淡，不如她那般吃惊，甚至他淡漠的眸子里半分波澜都没有，身子纹丝不动，只淡淡对辜二道："圣旨拿来吧！"

辜二迟疑一下，嗯了一声，慢慢从袖子里掏出那道今日他当着众禁军的面宣读过的圣旨，呈在了萧乾面前……

看萧乾的眉头越皱越紧，墨九疑惑地又转向辜二。

这两个人之间，什么情况？

看他们凝重的神色，墨九想了许多，把过往那些细小的矛盾处连接起来，似乎瞬间又明白了什么。

难道这个辜二……是一个多面间谍？

最早他是谢丙生的副手，后来又是东寂的贴心之人。

九个月后，他摇身一变，分明在为萧乾做事？

萧乾要求再看一看圣旨，那只能证明一件事：圣旨上的真实意思与辜二念的不一样。

那么是不是代表，东寂是真的要拿下萧乾，而辜二假传了圣旨，摆了东寂一道，并且利用交通上的时间差，让萧乾领着他们赶紧跑路，也从邓鹏飞与众将军的刀下救下了他们的性命……

凶险啊！

千钧一发！

墨九脊背一凉，突地又奇怪了。

萧乾分明都知道，却稳如泰山地端坐在这里处理军务，半点不像火烧眉毛的样子，这人的心可真大啊……墨九不得不承认，论心机、论谋略、论冷静……她真的不如萧六郎。

萧乾冷笑一声，合拢了圣旨，瞥向辜二。

"他给我准备了大礼，我又怎么走得了？"

萧乾不温不火地说罢，把那圣旨丢在桌案边上的火炉里点着了。这圣旨不像普通纸张那么易燃，好一会儿才烧了一个角，墨九闻着空气里呛人的烟熏味儿，看着那黄与黑相间的圣旨一点一点消失，心里突地有些冷飕飕的……

她之前听辜二念圣旨时的释然，突然间就变成了无奈。

原来那只是一个美丽的误会，东寂并不是她以为的那个东寂。

可这个世间，又有几个男人受得了皇图霸业的诱惑？

她轻轻叹息，与辜二的声音重合在一起，竟无人听见。

显然，辜二没有料到萧乾会做出这样的决定，眉头皱了一下，又抱拳道："萧使君，留得青山在，不怕没柴烧……一旦临安真正的消息传入军中，这汴京城的南荣大军里，有多少人会听令于你？事不宜迟，你们赶紧走吧！"

萧乾合了合眼，像是思考了一会儿，终是摆手。

"我心已决，辜将军，这次的人情，萧某牢记在心，来日自当重报，可……如今，辜将军还有何处去得？"

那一通圣旨念出来，辜二已经公然与朝廷为敌了，哪里还能在南荣待下去？

萧乾顿了顿，看辜二没有什么表示，又道："若辜将军不嫌弃，可随萧某左右，但凡萧某有一口饭，就不会让将军挨饿！"

这句话的情分，足够重了。

能得"判官六"这样的许诺，世人都会引以为幸。

辜二亦愣了愣，抱拳一拜："我孤身一人，无家无口，哪里都去得，倒是萧使君……唉！"

孤身一人，无家无口？墨九以为自己耳朵听岔了。

辜二的家不就在楚州萧家的隔壁吗？除了辜二，他们家不是还有辜大和辜家老小吗？怎么他变成孤身一人，无家无口了？

太多的疑惑，让她脑子不好使了。

她眼巴巴望向萧乾，希望得到解惑。他却轻轻抬了抬袖子，让辜二先下去休息。辜二也没有与他客套，这一路狂奔过来，他着实有些累了，拱手告辞一番，他就下去了。

他走了，萧乾却没有放松，面上严肃、冷峻，眉间硬生生挤出了一道"川"字纹来。墨九几次张口想问他，叫看他在沉思，又不好打断他的思绪，只得乖乖坐在火炉边上，一边烤火，一边看已经化成一片焦黑的圣旨，猜测着东寂会在上面写什么，让辜二不得不违抗圣旨，也让萧乾陷入了这般的艰难思考之中。

"阿九！"萧乾忽地抬头，凝重地看向墨九，"你怕不怕？"

"怕？哼！九爷天不怕，地不怕！"墨九嘴唇动了动，看着红彤彤的炉火，搓着双手，又道："就怕没吃的。"

萧乾唇角抽搐一下，慢慢转头望向窗外的雪景，轻声道："薛昉，派人把塔塔

207

敏公主送往北勐大营……"

这又是要做什么？薛昉没问究竟，领命离去。

墨九却奇怪了："为什么只放她一个人？"

萧乾淡淡道："她一个妇人，又是一个公主，留在此地着实不便。"

这叫什么理由？歧视女人吗？

墨九哼了哼，也不深问，思维完全被先前的好奇心占去了。

"萧六郎，辜二也是你的人？"想到在汴京城宰杀了完颜叙，并为古璃阳大军大开城门的乌之术，墨九嗫嚅一下唇，惊道："难道他也是……在你面前，不得不惧怕的人？"

"非也！"萧乾摇头，失笑，"你男人没那么坏。"

"……"这不叫坏好吗！

墨九翻个白眼儿："不要乱认亲戚啊，我到汴京什么都没吃上，还不想跟你和好呢。"

萧乾带笑的面孔微微一僵，又无奈地抿了抿嘴巴："什么时候才能和好？"

墨九仰了仰头，似笑非笑道："看你表现！"

"好。"萧乾突地越过桌案，也不管那一摞公文了，一把拉住墨儿的手，笑吟吟地道，"我这便带阿九去吃好的……"

我去！墨九心里大呼，这不完全乱套了？

风声这么紧，他竟然还有心情带她去吃？

汴京离临安并不是地球和月球的距离，这边的情况哪里瞒得住人？一旦传到临安，东寂必然会采取行动，到时候正如辜二所说，如今这些汴京的禁军，到底有几个是忠于萧乾的人，他们哪里还有命离开？

"我们，不会是跑路吧？"

萧乾的心思，墨九从来猜不透。

慢条斯理地把她拽出屋子，萧乾并没有马上出府，而是领着她去了她房间隔壁的更衣室。这屋子很宽敞，墨九还没来得及进来"视察"，却不知何时备下了这么多女人的衣服。

女装都是簇新的，墨九一件件翻看着，嘴里哇哇不停。

"萧六郎，这是做什么呀？啥好日子，要穿新衣？"

"看看你喜欢哪一件。"萧乾并不正面回答，笑吟吟看着她，拿了一套翠绿的裙子在她身上比画着，浓墨似的眸子里似有星子闪烁，魅力惊人。

墨九瞅了瞅衣服，又瞅瞅他，摇头拒绝。

"太嫩气了，不适合我。"

"好像你多大了似的！"

"那是，我人虽小，心已老……"墨九玩笑着，想着上一世的年龄其实比他还大，斜眼递给他一个古怪的眼神，看他低头皱眉为她选着新衣，并没有看见，又撇了撇嘴巴靠过去，"哎萧六郎你，你该不会是做了什么对不住我的事吧？"

"嗯，此话怎讲？"

"不做亏心事，何必献殷勤？"

墨九笑眯眯地与他对视，微仰的小脸儿，尖尖的下巴，弧度娇俏而优美。

"傻瓜！"萧乾刮了刮她的鼻头，淡淡一哼，"带你做贼去！"

萧乾会做贼？打死墨九都不信。

可他领着换了一身轻便衣裳的墨九，骑着马趁着夜色偷偷溜出王府，一个侍从都没有带，那神神秘秘的样子，还真是做贼去的。

只是，这贼倒稀罕。

他不偷金银，不偷玉器，只偷美食。

饱受战火摧残的汴京城，一会儿戒严，一会儿开战，虽然商家都畏惧得没敢开业，但今儿南荣贴了告示，老百姓已经安心许多。而且，一般来说，"安民告示"上面虽然只是劝导百姓安居乐业，恢复生产，但若久劝无果，朝廷便会勒令开业。

所以，今儿晚上的汴京城其实是很热闹的。

好多人找了三朋四友，偷偷聚在一起，听听风声，讨论将来的发展。

聚会总得吃喝吧？

就算不开业，酒楼饭馆的老板自己总得吃吧？

还有那些汴京的大户人家，哪一个家里没有会几道美食的厨子，他们总得吃吧？

墨九是没有想到萧乾会带她去做贼偷吃的啦！不过，顺手牵羊都不为盗了，何况只为一口吃的？一路上，她心安理得地吃了这家吃那家，大老爷似的由着萧乾伺候，嘴上抹油，心里也偷偷地美。

萧六郎肯为了她做贼，还有什么是他不能做的？

一种强烈的满足感，让她脸上挂满了笑。时不时瞥他一眼，整个心都是满满的，觉得只要有他在，不管遇到什么处境，其实都不必惊慌，她只需要安安心心地做一只米虫就好了。

深吸一口气，除了食物的香味儿，她还嗅到了他身上淡淡的薄荷香。

她满意地闭了闭眼，懒洋洋道："萧六郎，我之前那个问题你还没有回答我，辜二不是你的人，又不是受你要挟，为什么他要心甘情愿地为你办事？难不成，他也是受你的颜值所惑，沦为你的裙下之臣？"

看着她满脸疑惑的样子，萧乾唇角狠狠一抽。

"吃都堵不住你的嘴？"

"当然堵不住……"墨九无奈地翻了个白眼，"除非再多堵一点。"

"你啊！小馋猫。"萧乾无奈摇头。

一切可以入口的美食，似乎都是她执着追求的东西。她整天惦记着吃，几乎没有一时一刻落下过，这让萧乾的面色有些不好看。

如果她惦着他的时间比吃更多，那他……

唉！萧乾对自己沦落到与食物相比较的待遇，有一些无奈。可看墨九兴致勃勃的样子，他又不忍心拂了她的意，笑道："等安顿下来，找几个汴京城的御厨给你做点好的。"

"好哇，好哇！"墨九眼睛一亮，差点拍手称赞了，"我就说萧六郎是个好人嘛。吃吃吃！"

能为她找吃的就是好人……这个逻辑，萧乾默默受了。

他怜惜地抚了抚她的头，像抚摸小动物似的，语气也宠溺地道："快点吃，等你吃饱了，我再带你去另一处地方。"

"……"墨九没有回答。

"嗯，怎么不说话？"

"呃！"墨九吞咽一下，"大哥，我忙着吃饱，哪有空讲话？"

"……"萧乾失笑，弹一下她的额头，"刚才还说什么人小心已老，我看你啊，根本就是一个小奶娃。"

"嘿嘿！"

墨九懒得辩解，摸一下"受伤"的额头，任由他在头上"轻薄"着，时而抚抚她的发，时而摸摸她的脸，一双亮晶晶的杏儿眼浅浅眯起，长长的睫毛轻轻眨动着，像一只懒洋洋的蝴蝶，吃饱喝足了，就等着休息。

"怎么？累了？"萧乾问。

墨九与他从王府出来，跑遍了大半座汴京城，加上吃吃喝喝也是耗费体力的事儿，她确实有那么一点累，可想一想他说的"好地方"，她又不肯承认，摇了摇头，打起精神笑吟吟地看着他，正准备说"革命同志、为了美食、不怕牺牲"，他温热的大手就伸到了她的腋下。

"呀！"墨九一惊，还没喊出来，身子就被他抱了起来。

像环抱着心爱的公主，他身子绷紧，手脚却放得极为轻柔。

"你闭上眼睛休息，我抱着你去坐马车。"

"你不怕人家看见丢人？"墨九心里暖暖的，边笑边问。

"大晚上的，没人看得见。"萧乾低头看她，一双黑眸里有着淡淡的促狭之色，"就算有人看见，我也打死不承认……只说是你逼我的。"

"呸，不要脸！"墨九给他一个"严重鄙视"的眼神，身子却软软地靠着他，似乎很享受这种帝王般的待遇。尤其上了马车之后，软垫子一靠，暖融融的壁炉一烤，很快便有些昏昏欲睡。

"萧六郎，你要带我去哪儿啊？"她鼻音浓浓地问。

"卖了！"他一本正经。

"准备卖多少银子？"

"你问来作甚？"

"再怎么说，我也得分一半吧？"

"阿九还真是不客气。"

"那是，好歹我也是萧六郎用两座城池换回来的。"

那些往事，平常不想的时候，以为都忘了，可冷不丁就会钻入脑子，让墨九心里暖洋洋地感动。看他只笑不答，她撇撇嘴，又半真半假地眯着眼睛看他："怎么，看你这表情，是后悔了怎的？实在不行，你再把我卖了呗，看能不能再换两座城池回来。"

萧乾唇一勾，静静看着她。

好一会儿，他才淡定道："别犯傻了，我的阿九千金不换！何人买得起？"

不是甜言蜜语，却胜过甜言蜜语。墨九怀疑，自己脸上的表情不足以掩盖自己内心的愉快了，可还是故意绷着脸道："好吧，这一回九爷权且信你，再有下回玩笑，绝不宽恕！"

"小的遵命！"萧乾笑笑，逗她。

平常这人很少玩笑，墨九不太习惯他这么随和轻松的样子，愕然地望他一眼，随即又忍不住低声失笑，靠着他的身子蹭了蹭，撒娇般小声道："好了好了，不玩了，再闹下去，我瞌睡都闹醒了。萧六郎，我睡一会儿啊，回头到了地方，你记得叫我。"

"好。"

她闭上了眼睛，轻轻将头搁在他的肩膀上。萧乾略一侧眸，就可以看见她娇嫩如同初生婴孩儿的脸，不媚、不艳，也不妖，却有着世上任何美貌妇人都不能比拟的风情。尤其在他眼底，哪怕浅睡时额角微微颤动的一根小绒毛，都有着不同寻常的美感。

"干吗看我？闭上眼睛！"

墨九被他盯得脸蛋儿发烫，冷不丁睁眼横他。

"你不偷看我，怎知我在看你？"

"我哪有偷看你？"墨九愤愤不平地转过脸。

"好了，是我在偷看你，可行？"萧乾唇角轻轻一勾，微笑着将手臂从她的背后伸过去，把她拉过来缓缓搂入怀里，让她靠着他的胸膛，掌心轻抚着她的头，"乖，睡吧。有为夫在，什么也别怕！"

"为夫"两个字，让墨九心里突地一热。

女人总是愿意被呵护的，她也不例外。

可他这句话，让她有些疑惑。

考虑一瞬，她抬头："怕什么？萧六郎，我们真的不听辜二的，离开汴京城吗？"

萧乾眼中闪过一抹复杂的情绪，却一直含笑看着她。

"阿九不要想太多，凡事有我。"

墨九哼哼一下，懒得再理会，将头埋入他的怀里，便浅浅眯上了眼。

她原以为只是眯眼养养精神，可没一会儿，就睡了过去。也不知是萧乾这个人有安神的作用，还是他身上的香味儿总能让她感觉心安踏实，只要在他身边，她就总是很容易犯懒，被他一抱，身子也爱发软……连她自己都觉得不可思议。

这一觉睡得昏天黑地，等她再睁开眼睛时，马车正静静停在皇城的一个小门外。

墨九探头看了一眼，心里咯噔一下："到这里来做什么？"

"做贼啊！"萧乾笑着回了她，又轻手把她从马车上扶下来，"仔细脚下。"

这一道小门在完颜叙故去、珪国灭亡之后，便已经被南荣兵锁上了。平常外面也有人把守，可今儿晚上，待墨九走近时，门外虽然也等候着两个人，却是薛昉与击西。

"主上……"

这两个人也不知等了多久，像是冻得不行，双脚直在地上跺。

墨九瞥一眼萧乾，没有多问，任由他牵着她的手，从打开的小窄门慢慢往里走。

宫闱红墙，甬道深深，屋舍楼宇一眼望不到尽头……

墨九不是第一次进皇宫，可还是被这座汴京的皇城给震撼了。

"乖乖，怪不得人人都想做皇帝，太牛了！太帅气了！"

对于"帅气""牛"这样的词，萧乾和击西等人在她的嘴里听习惯了，早已不以为意。但萧乾看她一双眸子紧盯着宫城不放，不由得含笑问她。

"难道阿九也想做皇帝？"

"当然想啊！女皇帝多帅气？"墨九低笑，大言不惭地道，"我若是做了女皇，就得学学男人，弄一堆俊俏的男妃在后宫养着，高的、矮的、胖的、瘦的、健壮的、修长的，啧啧，就像种萝卜一样，收了一茬，再种一茬……"

看他变了脸色，她干咳一声，笑道："当然，萧六郎你的地位不会变，不管我怎么种萝卜，你还得给我做皇夫，帮我治理国家。我嘛，只负责花天酒地，调教美男……"

"墨、九！"萧乾眉头越蹙越紧，"你真敢说！"

"嘿，有什么不敢，你听我说完啊。"墨九看着他，又解释道，"调教美男们如何做出最好吃的食物，如何弹出最美的旋律，如何伺候好他们的皇夫大人，以便让他们的皇夫大人，再好好伺候女皇陛下……"

212

她嘴上像抹了蜜似的，喋喋不休，萧乾却淡哼一声。

"美得你！"

说罢他回头使了个眼色，让憋不住笑意的击西与薛昉留在外面，然后一把捞起还在做美梦的墨九，扛麻袋似的扛在肩膀上，任由她狼狈地挣扎，自己却走得不慌不忙、不疾不徐，一身衣衫似仙袍飘飘，面容冷峻绝艳，如同一个干净得从远古走来的谪仙。

墨九姿势不好，大口喘着气儿："萧六郎！放我下来！"

没有人理会她，无奈地嚷嚷了一下，墨九又不停拍他的手，干瞪眼。

"萧六郎，我错了！放开我嘛。"

"哪儿错了？"他低问。

"我不该种萝卜，至少我也要种黄瓜嘛……"

"混账！"萧乾一巴掌拍在她微翘的屁屁上，大抵打完觉得手感不错，又多拍了几下，才解了心底的惬意，又笑了，"等到了地方就放你下来，听话，别动！"

每一次他收拾了人，就像哄小孩儿似的哄她。墨九哼哼一声，算是看明白了，每一个男人的心里，其实都住了一个小孩儿。甭管他多么高冷多么严肃，一旦黏上了哪个女人，他其实都可以放下面子，霸道地不肯放手。

遇上萧乾，她无奈地认了命。

可这个时候，她却被萧乾放了下来。

"到了吗？"被晃来晃去，她有点头晕，双腿乍然落地，她不太习惯地眯了眯眼睛，看向眼前华丽的宫殿门，又吃惊地喊了一声乖乖，提着裙子便上前几步，高仰脑袋，嘴里啧啧有声，眼睛应接不暇地上下打量宫殿，"萧六郎，这是什么地方啊？你把我带来干吗？"

说到这里，她也不知想到了什么，猛地回过头，恍然大悟一般："哦，我晓得了！"

萧乾眉梢一挑："晓得了什么？"

"你一定是想趁着这月黑风高之夜，对我意图不轨！对也不对？"

"嗯……"萧乾拖曳着低沉的嗓音，淡淡一笑，"阿九真是聪慧。"

经过重重华丽的宫门，二人最后入得一个叫"华清台"的地方。墨九东瞅一下、西瞅一下，好一会儿才发现这是一个泡澡的地方。用现代的话说，就是一处温泉洗浴中心，虽然没有全套的SPA服务，可有萧六郎全程侍浴，想来应当也是八星级的享受了。

就着暖融融的灯火，墨九像做梦一般，美好地深呼吸一下。

"萧六郎，你今天突然变得这么浪漫、这么好，快告诉我，不是我在做梦？"

"傻姑娘。"萧乾牵着她的手，一步一步走上光洁的大理石台面，顺着那越来越浓的水雾，慢慢走入汤池的上方，然后扳过她的身子，低头仔细看着她，一双黑眸里的流光格外柔和温暖。

"女皇陛下，今儿让微臣伺候你吧？"

氤氲热雾里的萧乾，一张轮廓分明的脸上，五官如同名匠精心雕刻，清冷、华贵、沉稳却又霸道。带笑时，即便是天下有名的美人儿，在他面前也会黯然失色，可锐利的时候，又处处带着雄性的酷烈、力量、野性、肃杀与疏冷。

"萧六郎……"

她想说"你真俊，我真的爱死你了"，可话到嘴边又觉得太讨矫情，咽一下唾沫，便换成了："这池子都是谁用过的？噫，该不会是那些皇帝宠幸妃嫔时……用的吧？"

萧乾抿了抿嘴唇，出乎意料地点点头："就我所知，应当是。"

"啊！"墨九回头看一眼漂着柔美花瓣的水，怔了好久才吐出那一口无奈的郁气来，"可惜了，可惜了……再好的温泉，我也不想洗了。"

其实就算在现代去泡温泉，也没有哪一个池子不是别人泡过的，还有那些游泳池，也都会有一大堆人挤在里面瞎蹦跶……可墨九就是古怪地认为，被帝王的无数妃嫔用过，甚至在这里"临幸"过她们，有一点点硌硬。

萧乾看她微微嘟起的嘴唇，呵一声轻笑。

"逗你玩的！"

"哦？"墨九奇了，翻个白眼，"别告诉我，这里没有人用过。"

萧乾嗯一声，淡淡道："确实无人用过。"

"怎么可能？哄小孩儿！"

在深宫之中，这么华丽的地方，这么好的温泉，怎会没有人使用过？

墨九第一反应就是萧乾骗她的。

可他淡淡蹙了蹙眉头，像是思考了一瞬，点头道："这本是珲国皇帝为心爱的妃子喻氏所修建的宫殿。引温泉之水，采暖玉为石，本意是为治她体内的寒病。可为建此宫殿，珲国耗资巨大，竟使得国库空虚，群臣不满，后宫生变……也让抱病在身的皇妃喻氏因此郁结在心，难以纾解。结果宫殿刚刚建成，喻氏就香消玉殒了。为了怀念这位娘娘，珲国皇帝痛定思痛，封了这座宫殿，多年不曾开启……"

又是一段深宫绝恋。

墨九唉一声，摇了摇头。

"可惜了，有情之人，就不该久居深宫。只是不晓得那个珲国皇妃喻氏到底是怎样的天姿国色，竟然让一个皇帝为她耗尽国库，修建一处养病的地方。"她四处看了看，又道，"看这里保存完好，想来一直不缺人洒扫，皇帝真是爱惨了她啊。"

萧乾久久没有吭声。

直到墨九反应过来，捅了捅他的胳膊，才听他道："喻氏，便是完颜修的亲生母亲。"

"啊！"墨九愣住，"听这姓氏，不是珲国人？"

萧乾点了点头："是苗人。"

几乎下意识地，墨九想到了远在兴隆山的苗疆圣女彭欣，还有领兵前去追击完颜修、结果就没有音信传回来的小干爷宋鹜。

她双手合十，喃喃着："但愿大家都别有什么事。"

"阿九在说什么？"萧乾没有听清，握住她的手，低头问来。

墨九微微一笑，摇了摇头，不想提及这些不开心的事破坏两人之间美好的气氛，只轻轻勾了他的掌心一下，笑吟吟地问道："还不为朕更衣？"

一个朕字，她说得机灵娇俏，虽无霸气，可这份胆量，哪是寻常女人敢为的？

萧乾眸色一深，注视她片刻，而后徐徐笑开，深邃的眸子里像盛了满天的星光，璀璨而诱人，就连低沉的声音也喑哑不少，添了一抹莫名的暧昧："遵旨！"

墨九一怔。

她承认，她被诱惑了。

常时的萧六郎已足够有魅力，何况此时？

天时、地利、人和、灯火、环境，一应齐了。

她微微低头，露出白净的脖子，双颊凝上一层胭脂般的嫣红。

萧乾低笑一声，像是没有发现她的羞涩与窘迫，也不多言，动作不疾不徐，更无半分急切，一件一件剥着她的衣裳。

大冬天的，哪怕再轻便，她穿得也不少。

脱了一层，还有一层……

看着萧六郎慢条斯理的优雅动作，墨九就像有强迫症似的，心里慢慢生出一种痒，很有一种想自己动手的冲动。

可看着他低眉时促狭的表情，她终究忍住了。

若那样做了，他不得笑话她迫不及待吗？

好歹是个姑娘，即便她再大胆，也不能这般。

她低垂着眼眸，眼睫毛一眨一眨，偷瞄他的手。

光洁、修长、温暖的手指就像羽毛，时不时轻抚过她的肌肤，一掠，一划，便是寸寸痉挛。

"呀！算了算了，我受不了了……"

墨九真的不能再受这样的折磨了，再由着他折腾，她估计自己得疯。不待最后一件小衣离身，她冷不丁扳住萧六郎的手，也不走玉阶，柔韧的身子就像一条鱼儿似的，扑通一下钻入水里。

215

可他显然不想放过她，嘴角噙一丝笑，漫不经心地脱掉外袍、夹衣、里衬……然后一身精壮地出现在墨九面前，张扬着他的雄性之美。

墨九纠结了一下，也不管害羞了，泡在水里就光明正大地瞅。

"好看吗？"他似笑非笑。

"好看。"墨九撩一撩头发，美色当前，她绞尽脑汁地想着，在他的最后一丝遮羞布离开身体之前，终于想到了一句贴切的赞词，"郎艳独绝，世无其二！"

"呵！"

又似浅笑了一声，墨九瞄了眼，正要细看，身边突然水花飞溅。

温泉水眯了眼，她笑着吼他："喂，你懂不懂礼数！"

"礼数是对外人讲的，你我之间，何须客套？再者，若不亲密一些，我又如何伺候女王陛下？"他很快适应了"女王陛下"这个戏称，一只胳膊横过来，半搂住她，"转过去！"

墨九身子一僵，像被蚂蚁抓了心。

温泉水很暖，他掌心的温度更高，灼得她心慌意乱。

"你可以在池子边上为我搓背嘛。"

"搓背哪里够？至少……"他顿了一下，魅惑地低笑，"还得洗个头。"

萧乾的一言一行并不轻佻。可有的人就有那样的魔力，哪怕他什么也不做，也有那种独一无二的气质，明明撩得姑娘不要不要的，他自个儿却一本正经。明明欲念都快要磅礴而出了，他却可以轻而易举地压制，修长的手指梳理着她的头发，温柔又细致地为她清洗。

"萧六郎……讨厌！"

温泉池很宽敞，墨九却无端觉得拥挤。挤压得她浑身都在发烫……哦不，烫的分明是她的心。

说来他只是为她洗个头而已，可这般半搂着她，两人的身体在池水里暧昧地纠缠着，让她心里就像伸出了钩子。

"萧六郎……唔……"

后背靠在他宽敞的胸膛上，她能活动的空间不大，以致彼此相触时，每一寸触感都格外清晰……她轻轻蹭着他，头微微后仰，搁在他的肩膀上，以便身子与他更近，更近……

这么磨蹭，她快崩溃了！

可他为什么就可以不为所动？

这样子的他，把她反衬得不像是浴女，而像欲女。

"别闹，乖乖的，我给你洗干净。"萧乾的手从后面绕到她的肩膀前，慢慢往下，就在墨九紧张的期待中，他却将她垂落在身前的几缕头发慢慢撩起，擦过她敏

216

感的肌肤，拉到脖子后面，拿了香膏子继续慢条斯理地为她洗头。

"萧六郎！"墨九咬牙切齿，"你故意的！"

"是。不故意，如何能把头洗干净？"他轻柔地在她的头皮上捏一捏，揉一揉，再抓一抓，洗头的技巧相当纯熟，丝毫不输给后世那些经验丰富的洗头师傅。

墨九再一次享受地眯起了眼。

"沉吧洗吧！不洗干净，今儿罚睡床踏板！"

一直以来，她其实都很喜欢萧六郎的按摩手法。

他是大夫，懂穴位，通养生，晓医理，力道也总是恰到好处。

可她从来不曾想过，"判官六"洗头也是一绝。

然而，头舒服了，她的心却不太舒服。

总是缺了那么一点……好像这种舒服始终不够极致，不够满足。

她半眯着眼，小声哼哼："萧六郎，不论有没有云雨蛊，我都已经是你的人了。既然是你的人了，那什么，不就是早晚的事儿？如果你有什么法子可以不管失颜之症的后遗症，何不、何不早一点享受你的权利？"

她结结巴巴说完，头上的按捏仍在继续，倚靠着的身子却越来越僵硬。

可墨九没有听见他的回答……和半点异样的举动。

墨九再一次咬牙："萧六郎！"

"嗯。"他替她清理头发。

"没听见我的话吗？"

"听见了。"他声音悠悠，好听得让人想打瞌睡。

"为什么不回答？"

"你没说一定要回答。"

"……"墨九有一点抓狂，"如果我现在说了呢？"

"哦。那我回答了。"

"什么？"

"哦。"

"萧、六、郎！"

"乖，趴在池边，我方便动作……"他把她洗净的头发在脑袋上绾了个髻，用一支簪子固定好后，低下头，嘴唇轻轻落在她的后颈上。那蜻蜓点水的一吻，不激烈，却比任何激烈的热吻更加令人遐想，令人崩溃，令人……不可自抑。

"萧六郎……你不要这样。"

"嗯，怎样……"

"啊，也不要那样……"

"哦。换一个。"

217

"啊！"

温泉池里，墨九的声音由强到弱，由尖到柔，慢慢地，归于恬静的温言软语。

结果证明，墨九的选择是正确的。

萧六郎是一个不管什么事都必须做到极致的人。让他侍浴，又是在他诚心想要好好伺候一个女人的时候，那眼神、那灯光，那技巧、那撩人的热雾，绝对是一场盛宴般的舒服体验。

却也有很强的催眠效果。

他将墨儿放在花瓣飘香的温泉池中洗净，擦拭干净水珠，又为她白嫩嫩的肌肤涂上了一层轻薄香软的香脂。也不知是什么花草做成的，很滋润，不油腻，淡淡的香暖入心肺，让她舒服得躺到池边的美人榻上，眼睛半开半合，不几下就沉沉睡了过去。

有萧六郎在，墨九对睡觉的环境一点不挑剔。

安心入眠的时候，梦应当是美的。

有他陪在身边，梦里的人应当也是他才对。

墨九却做了一个怪异的梦，一个没穿衣服的男子睡在她身边，目光一动不动地凝视着她，有一种似曾相识的感觉……

"不……不……"

她紧闭的睫毛颤动着，额头细细密密地冒出了一层细汗，只觉置身于一个封闭黑暗的空间，看不见那个男人的脸，潜意识里却知道他不是萧六郎。

不是萧六郎，怎么可以睡在她旁边？

"萧六郎，你在哪儿？"她大喊着，剧烈地挣扎起来。

可男人突地压下，双臂紧箍着她，力气很大，她完全没有办法反抗。

"无耻……"

她无力地挥动着双手，却触到一张冰凉的脸。

"啊！"她尖叫着，激灵一下睁开眼，条件反射地拉紧裹在身上的绒布直往后缩。可等她戒备的动作做完，才发现躺在边上的人只有一个萧六郎。

"吁！"她拍拍胸膛，"你可吓死我了。"

"怎么了？"萧乾不解地低头，凝眸看她。

温泉池旁热雾袅袅，温度不算很低，可睡得久了，墨九还是觉得有一点点冷。她往他怀里偎了偎，一副小鸟依人的样子，他便笑笑，手慢慢伸到她的脖颈后，让她靠在身上，两人紧紧相拥，姿态舒适，像两条裹在一个茧里的蚕。

"我做了个怪梦。"墨九微微闭着眼，像还在那个梦的余韵里。

萧乾嗯一声，道："说来听听。"

其实墨九是一个很少做梦的人。

她心宽，好睡，只要没出什么事，一沾枕头就能睡到大天亮。

但也不晓得是不是穿越之后有了特殊体质，她每一次做梦似乎都带着某种预警或冥冥中的牵引，让她醒过来之后，回忆梦境，不免后怕。

絮絮将那个令她心悸的噩梦讲完，她揽住萧乾的脖子道："萧六郎，你说，该不会真有什么事吧？"

萧乾神情柔和，目光带着笑地盯在她的脸上："阿九做这样的梦，是想还有旁人来一亲芳泽？"

"滚，亲你个大头鬼！"墨九嗤之，慢慢又放柔表情，抚着胸口，"六郎，我怎么感觉心跳得怦怦的，会不会有什么不好的事？"

他眉头一蹙，手指搭在她的脉搏上，静静不语。

墨九眼观鼻，鼻观心，过了好一会儿，就在她胡思乱想时，他却为她顺了顺发，俊美的面容看上去淡然、平静，那处变不惊的态度，像一个本该身处九重天界的仙人。

"看来……阿九是失调了。"

"失调？"墨九猜测，"情绪失调？"

"不。"萧乾目光一深，"阴阳。"

"……"墨九忍不住笑，戳他，"你说你，怎的这般禽兽呢？"

"我是医者，又怎禽兽了？我是说云雨蛊，刚才诊脉，我似乎感觉到了它们的蠢蠢欲动……"在墨九紧张的目光下，萧乾静默片刻，忽而又道，"刚才，我其实也做了一个梦。"

墨九呀一声尖叫，坐起来指着他："快说快说，梦里的女人是谁？"

"……"

萧乾盯着她坐起身时那调皮的绒巾滑落而露出来的一片细脂软玉，目光微微幽沉，喉结似乎轻轻一动，出口的声音也喑哑得变了味儿："阿九这是耍流氓？"

墨九还没有想明白为什么做那个梦，萧乾说他也做了梦，如果与她一样，那梦里肯定有别的女人了。她又怎肯任由他岔过去？

手贱的毛病又犯了，她不顾自己无衣蔽体，手指捻住萧乾的脸就扑了过去，身体重量都压在他身上。这一"扑倒"的姿势太过热情，萧乾没来得及反应，身子就往下一倒。

下方就是温泉池。

他怕她磕着碰着，只能抱住她，双双落入池中。

池水飞溅，墨九呛了一下，勒住他的脖子靠近，这才发现不对劲儿。她身上光溜溜的什么也没有，他也只着单薄的中衣，这样湿漉漉地抱在一起，又是这样的气氛，很容易……她又被他洗刷一回，结果什么也没吃着。

尤其……在云雨蛊兴风作浪的时候。

她感觉得出心底那种强烈的欲望是因为云雨蛊。

"萧六郎，为什么它们突然长大了，感受这么强烈？"

她以为很严肃在问，可在萧乾听来，便是无力的呻吟。

他轻轻扶住她的身子，淡淡道："可能与温泉有关，也可能这里有旁的因素诱发它。这个蛊，我至今不曾明白……"

"唉，也是。"

"嗯。"他没有再多说什么，可这样与他磨蹭，让墨九有些受不住云雨蛊的挑动，望一眼温泉池，她没出息地咬紧下唇，才生生抑住了那种从骨头缝里发出来的信号。

"萧六郎，这温泉……不泡了，赶紧走吧。"

"本就不能泡了……"萧乾并不像上次那样非常强烈地想要把墨九占为己有，而是迅速带着她上了岸。

有那么一瞬，当墨九的手不小心触到他的身子时，他还下意识闪躲了一下，这让墨九受了梦的影响，有些不高兴起来。

"萧六郎，你到底梦见哪个女人了？"

"唉！"萧乾拿帕子过来为她绞头发，"我梦见你了。"

"所以……"墨九奇怪地瞅他，"你是不行了？"

"……"

这货有嘴贱的毛病，总是忘记男人最怕女人说他"不行"。

绞头发的动作一停，萧乾低头睨她："想激我？"

"你以为？"墨九忍不住笑，"难道不是？"

"我偏不中招！"

萧乾继续为她绞头发，墨九挑了挑眉，对着火光下两人相缠的影子做了一个鬼脸，一身轻松地靠在他身上，打了个哈欠，只觉得岁月静好，这日子堪比神仙，很快，竟又昏昏欲睡。

砰的一声，门被人重重敲响。

"使君……有急事！"

墨九被吵醒，睁开眼看了萧乾一眼。

"好像出什么事了？"

"不急！"他重新拿一张干净的绒巾包住她的头发，又在她的额头上轻轻印下一吻，"我去看看。"

他大步出去，把门重重拉上。

墨九懒洋洋地躺在里头，完全听不见外面的动静。

于是，依旧只剩下岁月静好。

等萧乾再回来的时候，墨九还躺在美人榻上打盹。

"出什么事了？"

萧乾轻轻一笑："是好消息。"

先前来敲门的人是薛昉，说占璃阳有急报。

他去外面见了占璃阳，这次到汴京来，他除了汇报北勐的情况，还顺道带回一个从北勐大营过来的使者——萧乾与墨九都很熟悉的七公主塔塔敏。

墨九有些奇怪："塔塔敏，她不是被你送回去了？"

"送回去了，不能再来吗？"萧乾笑笑。

当天晚上，墨九就见到了瘦了一圈的塔塔敏。

这次以北勐使者身份过来的塔塔敏公主，除了带来一封从漠北传来的、由北勐大汗亲书"我孙若归，大门永开"的字笺之外，还告诉萧乾，驻扎在汴京城外的二十万北勐骑兵已准备好。

只需萧乾一个信号弹，他们就可里应外合，荡平汴京城。

塔塔敏似乎也刚刚知道萧乾与她之间的血缘关系，很是激动。墨九猜测，大概她原本以为自己的情人扎布日落入萧乾手中，就如同坠入了永世轮回，再也没有翻身之地了。结果发现都是一家人，豁然开朗了吧？

可这姑娘也是天真。

男人对权力的欲望，丝毫不亚于对女人的欲望。

北勐大汗只有一个，萧乾与扎布日又怎可能再成为亲戚？

得到了北勐的支持承诺，墨九其实并没有松开紧绷的弦儿。

因为萧乾从头到尾都没有表态。

一边是北勐，一边是南荣，一边是爹，一边是娘，在鱼与熊掌的取舍之间，他会怎么做？

墨九猜测不出他的心意，也没有就此事去烦他。

次日一早，萧乾释放了关押数日的北勐四皇子扎布日，并让塔塔敏带了一封私信给暂时领北勐骑兵的纳木罕。

"以和为贵。"短短四个字，他似乎说了什么，却又什么都没说。

而且，以和为贵，恰恰不是萧六郎处理战事的作风。

雪还在下，风卢很紧。

不管是北勐兵还是南荣兵，都在私底下议论不休。

那一道莘二从汴京带来的"圣旨"，虽然暂时压住了南荣大营里的异动，但纸终究是包不住火的，很快，这件事情就将被拆穿，这幻象一般的风平浪静，也很快会化为乌有……

第六章　向死而生

墨九提心吊胆地等着那一天。

可非常奇怪，又三天过去，萧乾的身世始终没有再被提及。

临安像是沉默了，居然没有揭穿他！

到底为了什么？

就当她满脑子疑惑的时候，却听到了一桩传闻。

从临安通往汉水、滩水的水道，全被切断了——

也就是说，萧乾阻止了临安过来的消息。

如今，淮水以北的南荣兵能够得到的军令只会来自于萧六郎，他们与朝廷之间的一切联系都已被切断。

看来已经彻底翻脸，萧乾将有大动作了。

可这样紧张的日子，原本应该很忙的萧乾却突然给自己放了假。

他的时间，似乎从此只属于墨九一个人。

也是从这一天起，墨九才知道，带她去洗帝王温泉都是小意思，萧六郎认真宠起女人来，简直能把人捧上天。一餐一饭、一衣一行，他无不体贴，无一处不是男人的霸道宠爱，也无一处不是细致入微的关怀。

她享受着帝王一样的生活，俨然成了汴京的小女王。

天天与他黏糊在一起，墨九忘了许多事，甚至于，她渐渐有些沉迷于这种明知是"海市蜃楼"的幻象之中，开始麻痹自己……直到十天后的晚上，临安再次来人。

这次来的，也是墨九的一个熟人。

自打离开萧国公府，墨九几乎快忘记这个男人了。

可站在他们面前，像一条落水狗似的男人，确实是曾经眠花宿柳的楚州一霸，萧国公家里的二郎。

那次"土坑腌腊肉"事件，萧二郎吃了温静姝的药酒，皮肤受了一些影响，伤痂愈后，从此再没有恢复原来的俊俏模样，一张原本白净的脸上坑坑洼洼，肤色不匀，看上去很是丑陋。

佢他对萧乾来说，却是萧家最不重要的一个人。

宋熹派他来送信，临安到底是什么意思？

墨九想知道，却没机会参与萧六郎的兄弟重逢。

前一阵在涧水河大营，生活条件太差，她的脚趾长了两个冻疮，那天泡了温泉出来，擦了药，原本已经好得差不多了，可今儿痒得越发厉害，萧八郎以此为由，勒令她回屋里休息，不许出门。

而隐形理由是：不许她见萧二郎这种男人。

墨九有些哭笑不得，心里却知道：这两个都不是真正的理由。

只是有些事，他不想她知情。

等萧乾关着门与萧二郎面谈回来，脸上依旧带着笑容，又仔仔细细为墨九磨了药粉，调和成一种绿油油、带点青草味儿的药膏，亲自蹲身给她擦抹，擦到动情处，他甚至抓起她嫩白的小脚亲了一口。

他这样的好，让墨九越来越不踏实。

山雨欲来风满楼！

别人一旦遇到大事，会害怕、惶惑、惊恐，可萧六郎这里，只会更平静。

那种赤裸裸的示好，若不是非奸即盗，那肯定是要有大事发生了，而且一定是很不好的事，才会引得萧六郎情绪这般反常。

好几次她都想与他摊牌，推心置腹地谈一谈。

可汴京城的风雪太冷，萧乾的笑容又太暖。

她也舍不得，舍不得离开这史诗一般的梦幻童话。

这段日子，似乎成了开战以来两人最为悠闲自在的日子。

萧六郎不处理政务，不见任何人，不理会与他们无关的事情。似乎他的整个世界里，就只剩下一个墨九，他也只愿意专心地陪着她，一心一意地陪伴她。

一晃，二月初一。

又一夜大风雪后，汴京城被铺成了一个银白的世界。

{！凌晨时分，梆子敲到四次——

换了以前，墨九挺习惯这种声音的，今日她却觉得更夫手上拿着的东西不是梆子，分明就像一把刀，硬生生切割着什么。

她在被子里摸索着，慢慢将身子靠近萧乾。

汲取着男人身上的暖意，在一种恨不得永远沉溺在他的温柔中的情绪煽动下，她吸了吸鼻子，没有睁开眼，只拿白嫩的脸蛋儿在他坚硬的胸膛上轻轻蹭着。

"天快亮了！"她小声喃喃。

原以为他听不见，他却回答了："是，快亮了。"

这一个夜晚，两人谁也没有睡好，可谁也没有拆穿另一个假寐的人。

然而，天亮后，当不得不醒来面对的时候，有些话必须说开。

昨晚入夜时，从南边来了一匹快马……驮着的不是任何一个人，而是一具尸体。

那会儿墨九正在梅园剪梅，并没有亲眼看见那一幕，只是从玫儿口述时苍白的小脸判断，一定有什么她不知道的事发生了，而且，已经到了必须处理的时候了。

她靠着萧六郎，梦呓般喃喃："萧六郎，你可以告诉我了。"

萧乾一言不发，轻顺着她的长发。

"说吧，纸又包不住火！"墨九低低吼出这句话，语气带了一点情绪。

一直没有睁开的眼也抬了起来，与他在氤氲的晨光中对视。

"阿九。"似乎即将说的话很难开口，让萧乾这个很少有微表情的人，竟然神色微变好几次，都没有发出半点声音。

好一会儿，在墨九安静的逼视里，他突然喟叹一声，似乎不愿意打破彼此的美梦，将英俊的面容深深埋入她的脖子。

"阿九，一会儿天亮时，辜二会来接你离开。"

呵呵……又是接她离开。

为什么每次有什么事，他都要把她抛开在外呢？

她在他眼里，就真的只是一个会吃会耍的拖累吗？

尽管她懂得萧乾的做法是对的，可她不允许即将面临的又一次分离，语气也顿时变得尖锐了："这一次，你又准备把我安置到哪里？而你，又得去做什么惊天动地的伟大壮举？"

看他面色深幽难测，她又有些不舍，不知不觉软了语气："萧六郎，那些东西对你真的有那么重要吗？盛世乱世，不过转瞬之间，千秋功业，也不过是旧时王谢堂前燕！"

她顿住，慢慢捧着他的脸，目光深深在他脸上巡视："六郎，只有我们的生活才是真的啊！我们可以在一起的日子并没有想象的那么多，也许一个弹指，就已是一生。到时再悔，又有何意义？"

"阿九……"

"除非你心底从来没有我。"

一个小小的"川"字浮现在他的额间。他喟叹一声，双臂紧紧将她搂在怀里，手指在她脸上动情地摩挲着："这一次，我非去不可。"

墨九突然有点儿生气，侧过头狠狠咬他的唇："理由！"

"血浓于水，我不能眼睁睁看着他们死。"萧乾速度极快地说着，握紧她的肩膀，却没有阻止她小母兽似的尖利牙齿在肩膀上撕咬，直到墨九听到他这句突然变冷的话，停止了挣扎。

"是萧家出事了？"

"是。"一个字说完，萧乾像个突然变得脆弱的孩子，将头埋在墨九的脖子窝里，一个一个灼热的吻烙上去，伴着他炽烈的情感，狂热地诉说着，"朝廷抄了国公府，将萧府中的五百余口人悉数押解入狱，等待处决……"

什么？

墨九瞳孔瞪大，汗毛根根竖起。

"为什么？"

萧乾道："我切断了与朝廷的联系，临安第一次派了萧二郎来传消息，我没有依从。"他顿了顿，眼神微变，"昨晚马匹驮来的尸体，是三哥家的小儿子……"

墨九微微闭了闭眼，声音带了颤意："他们想得到什么？"

萧乾目光一深："让我交出兵权以及淮水以南的控制权，再回临安受审。否则，诛全家，夷九族——"

诛全家，夷九族？

这样的事，真的是东寂做的？

楚州萧府荷池上的一叶扁舟，白发男子长发轻绾，执一壶梨觞，笑容浅浅，如同踏月而来，走在一张镌了诗意的画上，悄悄穿行于她的记忆里……

那是一个温暖的男子。

可他，终究不是那个他了吗？

江山寂寥，御途孤独。为了皇权，连亲生父子兄弟都可以反目，何况……外人？

甚至，他们还曾经是仇人。

就算东寂无心为之，可东寂不仅仅是东寂，他还叫宋熹，是南荣皇帝。

既然坐上了那张龙椅，想来有些时候，也不得不违心而为吧？

比较自私地说，相较于萧府那五百余口人，墨九对东寂的感情更深。毕竟那些人与她相处不多，甚至大多人很陌生。但人之所以为人，不就是因为无法对同类的悲剧视若无睹吗？

萧氏是一个大族，单单萧府就五百多口人，若此事牵连九族，也许数万人都得为此掉脑袋，血流成河……

只是想一想，她的脊背也不由得生生僵硬。

"他……真的会这么做？"

萧乾默默看着她，眼眸深邃。

彼此互视间，墨九突地觉得脸颊有些发烫。

有萧六郎的目光里，有一种无所遁形的尴尬。

225

那一边是萧乾的全族，她却似在为东寂辩护——如果东寂真的不会那样做，那么昨晚送来的尸体又当如何解释？毕竟只是一个无辜的小孩儿啊。

自古帝王多无情。

为了一把龙椅，杀人无数的例子太多，她怎能期待东寂是一个例外？

墨九抚上萧乾的脸，略带歉意道："对不起。"

萧乾唇角微微一勾，捏着她的手腕，把她的手拉下来紧紧握在掌心里："阿九，我可能会失去很多，但我不能失去你。你可明白？"

可能会失去很多？那何止是很多。

多少年了，他风里来雨里去，用鲜血换来一切，汲汲营营所图谋的，不仅都将鸡飞蛋打，很有可能失去的还有他自己的性命。

心里冷飕飕地泛着凉意，突然间，像是二人互换了角色，墨九将手环过去抱住他，轻轻伏在他的后背上，声音轻柔："事已至此，只能走一步看一步了。不过萧六郎，你是一个未雨绸缪的人，应当早就想到今日了的，毕竟萧府那么多人，目标太大……为什么，你没有早做打算？"

萧乾身子微微一僵，静了好久。

他望着她，复杂的情绪交织得如同一团乱麻，都堆砌在那一双深浓的黑眸里。

"我曾以为，我不在乎。"

墨九微微一愣。他以为他不在乎的？

想到第一次去萧府的情景，想到萧六郎与萧府中人的关系，还有他那个爹、奶奶、萧二郎……墨九的手指慢慢揪紧。

事实上，如果萧六郎内心里真的不在乎，不管东寂怎么做，都是输家。

他把萧府中人当成萧六郎的一个软肋紧紧攥在手中，可这个"软肋"，也要萧六郎本人认可才有意义。

若不是他的软肋，东寂抄了萧六郎全家，甚至杀了他的侄子，还要灭他全族，这件事会让东寂凶残的恶名天下皆知，对萧乾本人却有百利而无一害。

想他为了南荣灭掉肆国，功勋可谓不朽。如今他还征战在外，东寂就因为一个谣言，派邓鹏飞对他下诛杀令，还拿他全家要挟，他完全可以借此机会，名正言顺地起事……

是皇帝不仁，他才不义的，多好的借口？这简直就是一个千载难逢的好时机啊！

似是又想到了什么，墨九目光倏地一凉。

难道说，这都是萧六郎早就计划好了的？

萧府中人，不过也只是他棋盘上的一颗落子？

她带着审视望入萧乾的眼睛，然后，看见了他的挣扎。

一字一顿，她问得很慢："为什么……又在乎了？"

"阿九，是因为你……"

他语音慢慢的，声音像在呢喃。

墨九有些愣怔，为什么是因为她？

她轻轻抿住嘴唇，没有说话，摆出一副耐心倾听的样子，眼神鼓励地看着萧乾，一脸信任。

互视好一会儿，他凉凉道："那一年腊月，快过年了，家家户户都在备年货。萧运长还没有回楚州，我母亲被谢忱侮辱，走投无路，去投靠萧家……他们家的院子里有摆得整整齐齐的年货，可面对饥肠辘辘的我，却舍不得一块糕，不仅不让我们进门，还羞辱我的母亲……母亲不得已带着我沿路乞讨去漠北，后来竟然为了一口饱饭，为了我不至于冻死饿死，被乞丐……凌辱了。"

墨九从来没见过萧乾这副模样。

他从来面色刚硬冷漠，几乎不会出现半点悲伤至疼的情绪……

至少，墨九没有见过。

可此刻的他，声音沙哑，喉结滚动，分明有些哽咽。

墨九眸中蕴了湿意，不仅为萧六郎，也为他的娘。

寒冬的风呼呼地吹，别家别户，鞭炮声声，他们的孩子穿着新衣新鞋，吃着年糕奔跑玩耍，可怜的妇人却牵着一个孩子，衣不蔽体，走在繁华却冷漠的大街上，拼命地想着，要怎样为她的孩子换来一个馒头……

她抿了抿嘴唇，没有安慰他，只是目光温柔而安静地看着他，眼睛一眨不眨。

顿了片刻，他眸底悲凉的神色已然收敛，话再出口时，一字一顿只剩冰冷："我的母亲从来不舍得为难任何人，从来没有做过一件坏事，一有机会就会周济别人。还时常告诫我要善以待人，做好人才有好报。可她就是一个好人，得了什么好报？"

他眯了眯眼睛，冷笑一声，眸底戾气似流光乍现："从那时起，我就发誓，那些人加诸在我们母子身上的，我一定要讨回来。谢家是，萧家同样是。我从来不承认自己是萧家的孩子，我早就与他们毫无亲情。再回萧府，我也不曾想过要为萧家的传承担负任何责任。但萧家百年望族，关系遍布朝廷，门生众多，我也需要一个萧六郎的身份……

"谢忱、谢丙生……谢家一脉，经我之手死亡没落，算是报得大仇。

"可我虽然不想放过萧家人，却不能自己动手……"

他停了下来。这次像是触及灵魂深处的一些阴暗，他久久停顿再无言语。

墨九之前就猜到了。

他原本以为可以借东寂之手帮他报仇，而他可以因萧府之事在汴京歃血起兵，以家仇之名，正式与南荣为敌，这样的行为，在以孝为先的社会制度中，能引起大多数人的共鸣与同情。

227

又是一箭双雕！

这整个过程，简直就是一局环环相扣的妙棋。每一个布局，萧六郎都精心策划。

可他千算万算，却没有想到自己做不到。

那么，这算不算萧六郎唯一算错的一环？终究错悟了人性！

墨九看着他，慢慢抚上他的脸。

有那么一瞬间，她觉得萧六郎像一个可怜的孩子。

他俊美非凡、才能出众、医术无双、带兵如神，拥有过人的智慧，似乎生来便是上帝之子，非池中物，他应当有更广袤的空间去愉快地施展他的才华。可他小时候有那样的身世，长大了与人相交，也是人人都想利用他，却都防着他、不信任他……

可这个传说中冷心薄情的男人，心其实是热的，即便他曾被全世界辜负，也还保留了一丝热血。

而东寂暖心暖情，但冷血起来，其实也不输任何人。

"阿九……"萧乾凉凉的眸底似浮上一丝湿润的雾气，"从我离开萧府那一天起，我就不再把他们当亲人了，也不把任何人当亲人。在我眼里，这个世界无任何暖意，亦无任何人值得我珍惜。"

无所畏惧，便会勇往直前。

一个没有软肋却有过人能力的男人是可怕的……他披荆斩棘不怕疼，腥风血雨不怕伤。

"可我有了你。阿九，你是我的阳光。"

一个人行走在黑暗的世界，一开始排斥这一缕不知从何处射入的恼人阳光，怕她破坏他冰冷世界里的平衡，这里有鲜血、有创伤、有痛苦，唯独没有感情。

她带来了感情，她对任何人都很好，她对任何人都会笑……

他开始有一点怕，怕她会像野草一样疯狂生长，慢慢挤开他封闭的天窗。

他防着她、拒着她，可一个云雨蛊，一段共同走过的岁月，终究改变了他与她命运的轨迹。

他习惯了她横冲直撞霸道进驻，习惯了她肆无忌惮地用她奇怪的思想与生活方式来影响他……直到与他的世界接壤，便融为一体。

"阿九，我不想失去你……"

失去她，便连最后一丝阳光也失去了。

如同叹息一般，他又说了一句同样的话。

墨九目光温柔而专注地盯着他，捕捉到他眼睛里淡淡的无奈、失落，还有那一丝丝若有似无的挣扎，轻轻一笑，紧紧搂过去，像一只壁虎般紧紧攀附着他。

"傻子，你不会失去我的，永远不会。"

"嗯？"萧乾沉声，喉结微微一动，失神般看着她。

"不管你怎样选择，我都会留在你身边。你如果要杀回临安，我陪你；你如果要永居汴京，我陪你；你如果要退守漠北，我陪你。你……"

她顿一下，嘴角勾起，像个调皮的孩子，仰头看着他："哪怕你要做这个地球的球长，我也陪你。生命不止，战斗不休！"

生命不止，战斗不休！

泛白的天光透过薄薄的窗户纸，照在墨九光滑的小脸儿上，这一刻，充满了锐气与光彩，让她一双杏仁般的黑眼睛又大又美，仿佛能给人带去无尽的力量。

这就是墨九。

一个与众不同的女人。

在萧乾二十多年的人生里，他从来没有想过"生命不止，战斗不休"这样的话，会出自一个妇人之口。

所以，他习惯了保护她，愿意把她护在自己的羽翼下，不愿她的眼睛看见世间任何的不美好，想要她一生一世永远幸福而善意地看待这个世界。如同他过世的母亲，不管什么时候，他回到她身边，她都会甜甜地笑唤一声"六郎"……

晨光里，二人静静相对。

慢慢地，他冰冷的眼里似被染上了某种不一样的光泽。

他几乎喃喃地道："我以为，一个顶天立地的男人，不该让他的女人涉险。"

"你生，我生；你死，我死，这本来就是云雨蛊宿主的命。萧六郎，你难道忘了云雨蛊？我们是一体的啊，又怎能眼睁睁看你涉险？"

他目光越发深沉，却未言语。

想来，是他说不过她了吧？

墨九微微一笑："难道你忘了？彭欣曾经说过的，云雨蛊宿主一个死亡，另一个必死无疑。"

他双手钳子似的箍住她，越来越紧，紧得墨九有些呼吸不畅，只剩一双大眼睛一眨不眨地落在他俊美如天神的脸上，语气带了一点儿撒娇："不要丢下我，你这么美，我怕别人把你抢走！"

"呵！"他笑了，是轻松的笑。

墨九也笑："那么，现在你可以告诉找，准备怎么选择了吗？"

是扯大旗自立为王，取代珒国，联盟北勐，隔着淮水与南荣划江而治？还是……抛弃这所有的一切，回去赎回萧府一干人的性命？

墨九相信，在此之前的日子，当萧六郎陪着她没日没夜疯耍的日子，他一定为了这件事而疼痛地纠结。

人是自私的，用自己的命去换别人的，大多数人做不到。可那些人如果是亲生

229

父亲、奶奶呢？

帐子里突然安静下来，两人许久没有说话，你看着我，我看着你。

一个小小的空间，似乎成了他们全部的世界，也是共同的世界。

就这样默默相拥、默契对视间，他认同了她的话……

他的世界，有她欢喜，无她不全。

"阿九……"

看着他渐渐回暖的脸，墨九扑哧一声笑了："其实你的决定我早就已经知道了，不是吗？"

两个人，四只手，紧紧相握。

"一起！或生，或死。"

雪夜过去，天边溜出了一片云彩。

大抵是冷得太久，这一丝柔光几乎令整个大地变暖。

二月正是春耕的时候，农忙季节，鸡叫二遍，天还未大亮，忙碌的人们早早就起了床。小儿的哭啼、妇人的轻哄、丈夫的喝骂……很快，街头巷尾便有了匆匆的脚步声。

经过半个月的休整，汴京城已然恢复生息。

浓重的晨雾里，一行数人骑着马从王府里出来，飞快地奔向了城门。汴京城门楼上的积雪还未化去，一群侍卫紧张地戍卫着，像搜寻猎物的狼，眼睛锃亮。

战争结束了，风声却更紧了。

这阵子的流言传得人心惶惶，值守的时候，无人敢掉以轻心。

此时，天边云彩未开，光线不太明亮，寂静里那一串嘚嘚的马蹄声引起了守卫的注意。不待那一行人靠近，守卫便举起了手里的长枪，紧张地掉转枪头对准来路，低低沉喝："什么人？"

没有人回答他。

一阵疾风里，领头的那匹马扬起蹄子冲过来，守卫只看到一双黑色的棉皂靴踏在马镫上，便被那一阵冷风刮得半眯住了眼。见状，一群侍卫都飞扑过来，吃惊地大喝："何人如此嚣张？"

"我。"一道声音轻响，"薛昉。"

不算冷冽，不算肃杀，甚至有些轻柔，却令人毛骨悚然。

薛昉是萧乾身边的人。若非必要，萧乾从来不喜欢抛头露面，尤其这阵子萧乾天天陪着墨九，一般人连他的面都见不着。所以，薛昉的话，很多时候几乎就代表了萧乾的意思。

几个守卫吓了一跳，齐刷刷叩拜："见过薛侍统！"

薛昉环视一圈，轻咳一声，不带丝毫感情地道："开城门。奉大帅之命，出城办事！"

"是！"

南荣兵进入汴京，对城门的防守很严，宵禁早，开门迟。这个点儿，城门还死死紧闭着。守卫并不知晓薛昉为何要大清早地出城去，还带着这么几个头戴斗篷半遮脸的人。但他们什么也不敢问，便过去拉动门闩。

长长的铁门闩拉动时，发出一种哐哐的声音，沉重、古老，如同这座城池，有一种历史的沧桑感。

当一声，重重的城门开了。

门外的冷风呼呼地刮进来，将墨九头上的斗篷半掀开，露出了半边干净白嫩的小脸儿。她抿了抿嘴唇，不由自主地伸手去挡。

这时，守卫怔了怔。

这一行人不多，统共也就六七个，但个个高大，便将她衬得格外不同。

他们似乎这才发现薛昉带的这行人里，有一个人特别娇小，无端就带了一些娘气，可风乍起时，那昙花一现的面孔介于男女之间，俏，却不媚，美，却不软，让他们忍不住想要多看一眼。

"还不闪开！"薛昉突地暴喝，"都想挨军棍啊？"

"属下不敢！"

守卫心里存疑，却不敢多问。

一行人从大门疾驰出去——

等目送他们离开，大门又重重关上。

天色渐开，阳光乍现，一名守卫高高仰头，眯眼看天："好不容易晴起来，莫不是又要变天？"

太阳真的升起来了。

越往南走，天气越暖和。可沿途的道路上，到处是荒废的农地，间或有一些偷偷耕种的农人，听见疾驰的马蹄声，也如惊弓之鸟，小心翼翼地躲在土堆后面，只敢拿眼睛偷瞄。

唉！

山河破碎，就苦百姓。

皇帝打仗，哪知民间疾苦！

一路上，几人很少说话。墨九一直跟在萧乾身后，哪怕她用尽了全力，始终赶不上萧乾那匹马的脚程，以致萧乾不得不偶尔放缓马速等她。走走停停，两人并不刻意，偶尔眼神交会，不必言语，却也情义暖暖。

"主上，前面就是汉水了。"

墨九顺着走南的目光望了过去。果然又走到了来时的地方。

可物未变，人事已非，家国也依稀……

在他们没到之前，那一条可通汉水的甬道早就已经被阻断。

汉水以北，还在萧乾的手上。

汉水以南，却早变成了另外一个天。

半个月前，朝廷派钦差大臣殷光熙领圣旨到达金州，对金州军民宣读了景昌帝圣旨，痛斥枢密使萧乾"图谋篡国，实为匪寇"等诸多罪状，并同时接管了原本的金州驻军。

此举，令天下哗然。

但令人匪夷所思的是，这位殷将军到达金州的第二天，就特地去拜访了一次兴隆山。在见识到兴隆山镇与世隔绝般的桃源生活之后，大加赞叹，还亲自给兴隆山拨了一千石粮食种子……尽管兴隆山镇并不需要。

墨家左执事代为领受了殷将军的好意，并把粮食种子分发下去，给了镇上的百姓。

殷光熙送了种子，眉开眼笑地走了。

兴隆山镇的人，也都松了一口气。

墨九与萧乾的关系，兴隆山镇的人都一清二楚。

在殷光熙尚未到达金州的时候，早就有风声透到了镇上，说萧乾篡国不成，如今驻扎在汉水以北，拒不领受朝廷的旨意，已经与南荣正式决裂，很有可能自立为王。

这些天家大事他们不清楚，也不懂，却很清楚一旦此事成真，说不定整个兴隆山镇都会被牵连，毕竟这里是墨九的窝点，也是萧乾的大后方，是他们亲手做成的火器，运送到了萧乾的手里……

而那些武器，很有可能会打在南荣兵身上。

所以，他们私以为，殷光熙奉旨前来，一定会找他们算账。因此，兴隆山镇上早早地就闭门闭户，一个个携家带口，一窝蜂地拥到了山上，势要与兴隆山共存亡。

人人都怕死，但为了守护家园，也都敢于一拼。

尤其兴隆山给他们的，是他们一生都不曾有过的——平等、自由、民主。让他们敢于发声，可以发声；敢于呐喊，也可以呐喊！

因此，在殷光熙到达兴隆山之前，一百门大炮都架在紧要路口，无数炸药、火铳、火雷……还有数以千计的墨家弟子和百姓都在等朝廷来"剿匪"。

可殷光熙带来的，却是笑脸与种子。

伸手难打笑脸人，再说兴隆山的实力也不足以和朝廷抗衡。

于是，他们无奈地收起了武器，接受了被朝廷"招安"的命运。

这些事，墨九都还不知情。

站在江岸边上，望着江水里的夕阳残红，她想到兴隆山，一颗心有一点往下沉。虽然她大概想象得到，东寂不会轻易动墨家，把自己搞得四面楚歌，但在这样的局势下，担忧也在所难免。

而且，他们要如何入临安？

她侧眸望向萧乾："怎么办？"

有萧六郎在的时候，她便不愿意动脑子。做一只米虫，做一个依附男人的小女人，有时候其实也很有意思……

马儿打了个响鼻，萧乾却没有回答。

他望向滔滔汉水，思考了一会儿，转过头来看着墨九微微一笑，像是突然就退去了一身的冷意，眸底锐利的光芒也镀上了一层碎金般的暖，再不若往昔，总是习惯把自己的伤包扎起来，不让任何人窥视与查探。

只有对她，他终于可以正常地喜怒哀乐。

他没有回答，反而问道："阿九，怕不怕？"

"唉，怕死了啊！"墨九叹息着摸了摸自己的脖子，又笑道，"但雨蛊在身上，咱俩已经是捆在一根绳上的蚂蚱了，我又能有什么办法？"

"呵呵！"萧乾并不在意她的话，突然收敛神色，回头对身后的赵声东道，"去！告诉殷光熙，派船过来接本座！"

这次入京，除了声东、击西、走南、闯北四个人，萧乾谁也没有带。

就连薛昉也没有办法跟随，把他们送出汴京城后，他又返回了王府。

也就是说，如今的汴京，还有大多数人不知萧乾离去，毕竟那里有数十万大军需要人稳住阵脚。

那么，常年跟随在萧乾身边的薛昉留下来就很有必要了。在离开之前，萧乾把军政大权交由古璃阳暂时处理，让薛昉协助，这两个人都离他近，在军中也有威望，就算他不在，短时间内不会有什么问题。

当然，这都是萧乾给薛昉的说辞。

墨九心里却知道，与其说萧乾留下他是为了稳定军心，其实也是为了给他们留一条后路——不管是"篡国"也好，还是"谋逆"也好，都是萧乾一人所为。像古璃阳这种能领兵打仗的人，南荣并不算多，宋熹如果聪明，以后也不会轻易动他。而薛昉也是一样，他父母尚在南荣，又岂能以身赴险，与南荣为敌？

在萧乾冷漠的外表下，确实有一颗柔软的心。跟他在一起时间越长，越能感受到这一点。

所以，无论他做什么决定，墨九都愿意跟随。

这也是一种彻底的信任。

可她能理解他，赵声东却不能。

"主上，找殷光熙，这岂非自投罗网？"

233

"是！"萧乾没有否认，眯着眼直视他，"所以，等传完消息回来，你就带着走南、闯北离去吧，相信你们会照顾好自己。至于击西……你回头带根绳子，把他绑走！"

"呜——"果然，击西一听就哭了，"我不，击西不要走。"

这真是一个水做的人儿。

墨九从来没有见过哪个男人这么娇气，说哭就哭。可大抵是萧乾的命令让击西感觉到了离别的伤感，或者说某种绝望的悲伤，击中了他心底的柔软，他真的在哭，不是像以前那样撒娇般假哭。

一串串泪珠子，滚珠似的往下落，他白嫩嫩的脸上，很快飞起了一片红霞……

一个大男人，这样撕心裂肺地哭，若换作往常，墨九只会觉得好笑又滑稽。但这会儿，击西痛哭流涕的样子，却惹得她鼻子酸酸的，喉咙发紧。

"哭什么哭？难看死了！"她黑着脸轻斥。

"呜，难看就难看……"最爱美的击西也不顾形象了，拿袖子拭着眼泪，满脸通红地哭，"凭什么不带着我，凭什么？明明说好的，让我一直跟着你，保护九爷的。明明就说好的，再也不会抛下击西，让击西一个人的……"

墨九望了望天，憋回了差一点滚出眼眶的眼泪。

然后，她慢慢低下头，哄着击西："你不是一个人，声东和走南、闯北会陪着你。"

"不，我不要他们！他们只会欺负我……"

击西还在耍赖撒泼外加痛哭，赵声东却久久没有应答。

"主上！"

冷不丁地，他与走南、闯北一道跪了下来。

"我们不走。"

"对，说什么都不走。"

"主上，让我们跟着你吧，我们不怕死。"

这四个人有一个共同点，他们的命都是萧乾救下来的，也都无家无口、无父无母。

若说这个世上尚有亲人，便只剩下一个萧乾了。

所以，要与萧乾同生同死，这个观点早就已经融入了他们的骨血。

不管前路有多少危险、多少阴谋、多少诡计、多少冷箭……都无法改变他们的初衷与信仰。可宋熹拿了萧家五百多人做人质要挟，萧乾如今孤身入南荣，想在他的眼皮子底下有所作为，救出全家老小，几乎是不可能完成的任务。

所以，在现实面前，铁血英雄也会无力。

这一回合，不用比试，结果几乎已经注定。

墨九想到这里，无奈一叹。

她知道，萧乾是不想他们四个人陪他赴险。

在这一瞬间，她也突然理解了萧乾往常的行为。

为什么他每一次都会支开她，其实与她现在也特别希望击西他们离去、安安稳稳地生活是一样的。只有真正看重、关心的人，才会愿意把他们保护在羽翼之下。

她勒紧缰绳，缓缓上前，与萧乾并肩而立。

"去吧！"她望着声东，"他希望你们活着。"

"不！"谁也不会想到，赵声东突地拔剑，剑身一转，头颅一仰，剑就搁在了脖子上，他厉色道，"主上若不愿让我等跟随，我等便自刎于汉江边上。用一缕孤魂，伴随左右！"

世上忠贞，唯有此耳！

墨九心叹！

萧乾亦慢慢闭上了眼睛。

此刻，夕阳余晖满江，那一轮暗红的阳光，斑驳了时光，也驱散了悲伤……

一个时辰后——

汉江之上，出现了一艘官船。

由南往北，官船鸣笛几次，看清码头上萧乾一行人，方命令官船慢慢靠了岸。

甲板上，领头的人正是金州守将兼钦差大臣殷光熙。

码头上，萧乾一动不动。

可几乎只看他一眼，殷光熙便有些脊背发凉。

这个男人是北勐的世子、北勐大汗决意培养的接班人，若不是陛下先下手为强抄了萧家，恐怕将来他还会成为北勐的大汗——这已经是南荣朝廷所有人的想法。

而且，没了珲国阻止，北勐骑兵这一支虎狼之师一旦有了萧乾的助力，将会如虎添翼，那对南荣而言会有怎样的结果？简直不堪设想。

他咳了一声，没有下船，只站在甲板上高喊："陛下有令，着枢密使萧乾即刻回京受审——"

又念了一长串官话，看萧乾半声不吭，殷光熙噎了噎，令人放下船板，不知不觉声音就变成了恭维与软糯："萧使君，请上船吧？"

墨九有些好笑。

他分明在船上，他们在岸上；分明来抓人的是他们，而且他们人多，自己这边人少。

可为什么，率先弯下腰的却是他？

萧乾勾了下唇，翻身下马，很快就有几名禁军战战兢兢过来为他牵马，一行六人慢慢上了船。走在船板上，萧乾似乎怕墨九摔了，扶了她一把，然后他便牵着她的手，一直没有再放开。

六人刚刚站稳，一串脚步声就过来了。

殷光熙紧张万分，大冬天的一脑门冷汗，领着一群禁军，看着萧乾，紧张地道："萧使君，恐怕得委屈您一下了。"

萧乾哼了一声，但笑不语。

殷光熙头皮都麻了，但以防万一，还是下令："来人，都给我捆了！"

江边一股妖风猎猎吹来，萧乾衣袍翻飞，却不惊不怒。

墨九微微带笑，轻睨着他，眸底浮动着一种爱慕的光芒："六郎，为王为寇，你都是我的英雄！"

萧乾之名，威慑天下。

几名禁军领命，低头走过来，要给他套上专为重犯设计的链条，只是抬眸望他一眼，神色便有些紧张，以至于这件原本为囚犯上绑的事添了一种怪异的悲伤。

是的，悲伤。

他们都曾敬仰过他。

萧乾不仅是墨九的英雄，也是他们的英雄。

自古"英雄末路，美人迟暮"最是令人唏嘘。这些南荣禁军都是当初萧乾渡汉水北上之前，亲自留在金州驻扎戍守的。

他们都曾亲耳听过萧乾在点兵台上训话，简洁而严肃地道："国之兴衰，丈夫之责""大丈夫生于世，行当立于天地，言当不负家国。勿苟活，勿妄为"……

诸如此类的萧乾言论，都曾刺激过他们的灵魂，让他们热血澎湃地投入到战争之中；让他们在阵前对敌时，无所畏惧；让他们每一次冲锋，都能胸怀家国……

可突然逆转。金州之战结束没多久，他们眼里的盖世英雄、天下兵马大元帅就成了一个受朝廷讨伐的"逆贼"，篡国谋逆之名可污人骨血，祸及后辈，让他的家族以及子子孙孙都难以翻身……

这样的事，不该是萧乾做的。

就算做了，他们也私以为，萧乾不该受到如此对待。

毕竟他是萧乾。

他是萧乾啊……

一名禁军将铁链套上萧乾的手，目光低垂着，不经意看到他手腕上一条寸余长已经结了疤的箭伤，双手颤抖着，似是情感冲击太大，几次三番套不上去……

"令行禁止！"萧乾淡淡道。

"使君……"那禁军冷不丁抬头，眼眶里竟已盈满泪水。

这孩子年岁不大，不超过十九。

从进入禁军第一天开始，萧乾便是他的偶像……

到底是太年轻，这种复杂的情绪，让他一时难以自持。

236

萧乾瞥他一眼，紧紧抿唇，别开目光不再看他。

而此时，上来执行任务的禁军表情大多与他相同，眼底的光芒是悲切的、空洞的，就好像精神世界的某一方堡垒突然坍塌了。

"赶紧的吧！"孙走南红着眼睛，有些不耐烦地吼道，"磨磨叽叽的，像个娘儿们作甚？！外头风大，冷得很。赶紧绑好了，让爷儿几个进去歇口气也好啊！"

禁军被孙走南的大嗓门一吼，嘴里讷讷着加快了速度。

这古怪的画面，让站在边上的殷光熙很是尴尬——这到底谁是犯人，谁是官差？怎么感觉像颠倒了个儿？

墨九站在萧乾身边，一直没有说话。

她并不在意旁人说了什么、做了什么，只是静静地看着他的一举一动，脸上带着轻松的微笑。

他是那么高傲的萧六郎！美冠天下，才冠天下，名冠天下！

哪怕镣铐加身，一样风华绝代，举世无双！

英雄末路，也是英雄。

她庆幸，这样顶天立地的男人，是她的男人。

也庆幸，自己有机会看到他落魄之时，有机会与他共同赴这一场也许将走向生命尽头的死亡约会。她想：哪怕就这样一起戴着镣铐走向刑场，她也不会再畏惧！

等等，镣铐？

她从臆想中愕然惊醒，这才发现不对。

从萧乾到声东、击西、走南、闯北，五人无一例外地被禁军上了镣铐，却始终没有人来"招待"她。

难道他们认为五个大男人比较有战斗力，也更具有危险性，而她身子骨弱小，完全无公害，上不上镣铐都一样？

她呵呵一笑，望向殷光熙："瞧不上人是不？"

"呃？"殷光熙完全蒙了的状态。

墨九骄傲地抬高下巴，把双手递出去："我的呢？"

哪有人主动找铐的？

殷光熙愣了愣，目光哭笑不得地扫过她的脸，赔着笑道："本官接到的旨意是领萧乾一党前往京城受审，没有说旁人……"

"旁人？"墨九不喜欢这个词，横着眼睛瞪他，懒洋洋道，"我可不是什么旁人。我是萧乾的……"她顿了一下，似笑非笑地望向萧乾，"爱人。"

爱人这个词，让殷光熙考虑了一瞬才反应过来指的是什么。想来他早已看出墨九是女扮男装的姑娘，也知道她到底是谁，与墨九说话的时候，表情有一种怪异的讨好。

"九儿姑娘，您，您就别为难我了。"

"为难你？"墨九被他气笑了，"大人，你能不这么调皮吗？"好好让他上个绑，怎么就是为难了？

"哦哦哦……"殷光熙含糊地应答着，摆着大大的笑脸，摊手做了个"请"的手势，"九儿姑娘、萧使君，请吧。"

请就请吧！

虽然墨九很希望能与萧乾戴同样的镣铐，走同样的一段路，但大冬天的戴着那个冰冷的玩意儿确实也不太方便。尤其官船上居然备了许多美食的情况下，要是双手不方便的话……

不！她突地一凛。

双手方便，她也不能吃。

那谁不是曰过嘛：有志者不吃嗟来之食！

人家在船上摆这么多吃的，不就是明摆着诱惑她吗？她扫过那些诱人的美食，身子一动也不动，可眼神总忍不住想去瞟上一眼。

萧乾被她的样子逗笑了。

他坐在她身边，衣袍端正，气质端华，一字一顿，柔软而宠溺："阿九，成大事者不拘小节。想吃，就吃。"

"不吃！"墨九倔上了，就像和食物有仇一样，"万一有毒呢？我可不会中他们的奸计。"

"不会的。"萧乾的笑容里有一种淡淡的无奈，"他们连给你上镣铐都舍不得，如何舍得给你下毒？"

他用的"他们"，这个代词好像说的是殷光熙，可他与墨九都知道，说的到底是谁——

墨九抿着唇默默望着他，突然间有一点讨厌这种感觉。

这是一种从来没有过的不开心。

曾经，她与东寂"以食会友"，因为对食物有共同的爱好与见解，一直觉得东寂是她的知音，如同伯牙遇子期一样有着强烈的共鸣。可如今，那种因为被人了解、再利用食物来让她放弃底线与节操的相知，却怪异地刺痛了她的神经。

她眼睛狠狠一眨，凝眸望向萧乾，目光晶亮："萧六郎……"

"嗯？"他面带浅笑，似无他意。

"我曾以为，没有人比吃更重要。"

"……"

"可如今觉得，你比吃重要。"

墨九说得很认真，可萧乾牵牵唇，却无言。

238

再一次被她拿来与一堆食物做比较，他其实没有被贬低的不悦，反倒有一种怅惘无奈。墨九喜欢吃，对吃有着无穷无尽的渴望与追求。他甚至记得，她曾经一边啃着叫花鸡，一边甩着两条腿，坐在大树上扮鬼吓人的样子。无论何时，只要有美食，她绝对不肯错过。

可如今为他，她放弃了嘴边的美食。

但她说：他比吃重要。

这就够了！

"九儿姑娘，可是不喜欢……这些食物？"

看她不想动筷子，殷光熙表现得更殷勤了。

墨九却懒得理会他，打了个哈欠，懒洋洋地斜睨他一眼，慢吞吞地闭上了眼睛，就那般盘腿坐在萧乾的身侧，宛如老僧入定。

这是一幅诡异的画面。

一个娇小的姑娘端坐在五个上了镣铐的大男人中间，周围弥漫着一种压抑的、沉重的、凄美的氛围，让整个官船上看守的禁军都情不自禁地难过起来。

汉水滔滔，长风过桅！

官船顺风顺水，很快到达码头。

这个码头离金州城很近，墨九很熟悉，阔别数月再回这里，一草一木似乎都没有改变，就连当初萧乾大军开拔前两个人"私会"过的小渔棚都还在风中伫立着……

她从来没有想过，再回来竟是这番情景。

与萧乾对视一眼，二人皆笑。

多少情绪，都付了汉水……

墨九轻松地跟上萧乾的步伐，却没有想到到达金州城的时候，居然看见墨妄与几名墨家弟子站在城门外。

他们是来接她的。

人已经落到了殷光熙的手上，好多事情就由不得她与萧乾做主了。他们不愿意带着墨九上临安，特地早早差了人通知墨妄过来，要把这位姑奶奶领回兴隆山去，然后好押解萧乾五人轻装入京。

这是墨九怎么也没有想到的结果。

"不！"她望着那一辆辆停在金州城门外的囚车，几乎有一种无法控制的狂躁——她很讨厌他们把自己当作上宾，却把萧六郎当成囚犯的差别待遇。

"我要一起去！"

"阿九！"许久没有开口的萧乾突地喟叹，"不要让殷将军为难了。"说到这里，他望了墨妄一眼，目光里有一种轻松的释然，"原本我也是想托人带你回兴隆山的，如今，我们便顺势而为吧。"

239

墨九冷哼一声，与他对视着，眼睛一眨不眨，眸底有暗芒涌动。

萧乾也一动不动，回视着她。

好一会儿，墨九笑了，似蕴了无数风华的眼梢微微上挑着，带着一种吊儿郎当的随意，望向那条大路，问殷光熙："殷大人，路是朝廷的，老百姓能走吗？"

"这……自然是能的。"殷光熙对着这位姑奶奶就有点儿头皮发麻。

"那不就简单了？"墨九一把牵过墨妄的马，猛地翻身上去，抖了抖缰绳，在马儿受不了的响鼻声里，她笑吟吟地对殷光熙道，"大道朝天，各走一边。如此，应当不会让殷大人为难了吧？"

"……"

墨九是倔强的，她决定的事，谁也没办法阻止。而且，她也根本不管殷光熙愿意还是不愿意，一马当先就走在了队伍的后面。墨妄与几个墨家弟子虽然无奈，却也不得不紧紧跟随……

于是，押解萧乾的一行人与墨家人，不得不同了道。

春回大地，春草漫天，如同一张绿色的大地毯。

汉水以南的风比汴京城更暖，轻飘飘地拂过，吹在萧乾绣了金色暗纹的衣袍上，他半闭着眼眸，神色安定，目光深幽，哪怕坐在囚车里，也没有丝毫慌乱，竟给人一种偷得浮生半日闲的错觉。

墨九的马儿就跟在押送队伍后方，不紧不慢地走着。

这一路上，他们快，她就快；他们慢，她就慢；他们吃饭喝水，她就吃饭喝水；他们打尖住店，她也打尖住店，黏得紧紧的……当然，也有不尽如人意的时候。

有一次，在鄂州遇上当地大庙会，殷光熙投宿的那间客栈满了客，他们一行人住不下了，墨九不走，也不吭声，就像个游神似的，抱着双臂坐在店门口，或望天，或数蚂蚁。

殷光熙原本是想逼她离开的。

可这姑奶奶虽然这两年被萧乾养得皮娇肉贵，却是吃得了国宴，也受得了冷霜。那么娇滴滴的一个小姑娘，往门外潮湿的石板上一坐，从店小二到住客，都忍不住怜香惜玉了，纷纷让人让出客房。

可墨九不肯领情，就坐着。一直等到后半夜，殷光熙实在受不了了，不得不把自家的房间让出来给她住，终于消了姑奶奶的气。

如此种种，去往临安的路上，不胜枚举。

墨九的执着，也再次刷新了旁人的三观。

然而，大家都有点心疼她，萧乾却似乎没有感觉。

不管墨九做了什么，他会时时看着她，却不会像旁人那样露出怜悯与同情。

只有笑容，他脸上始终只有笑容。

240

她的苦、她的累、她的伤、她的痛，他都一一记在心里，却不曾表现出半分——因为那不是墨九要的。

他心情平和，她做的一切才值得。

若她的一路苦追换来的只是他的愁眉苦脸与怅惘疼痛，那么，便是对墨九所付情分的亵渎。

他懂她。

她也能读懂他。

于是很诡异的事出现了，他们这一对，在这气氛压抑的押囚队伍里，居然成了最开心的两个人。

偶尔，墨九会骑马奔在前头，去坡地上采一束初春的绿草和野花，再编上一个粗糙的草指环，等在大路中间，学着现代人那般，对着萧乾的囚车单膝跪地，对他笑嘻嘻地"求婚"，大言不惭地高声喊："萧六郎，我喜欢你，你嫁给我吧？我保证，这辈子只喜欢你，我会一直对你好，对你负责到底！"

这怪异的行为，总会引来队伍短暂的欢乐。

随即，众人便会陷入长长的沉默。

每一个人都知道，离临安城越近，这样的欢乐便会越少。一旦押送队伍到达临安，萧乾将再也得不到半点自由，皇城司狱里，也不可能再让墨九乱来。

到时候，她想见萧乾一面也难如登天……

于是，一个多月的行程，硬生生拖了两个月。没有人刻意为之，可不知不觉，大家都这么做了。

慢慢悠悠的舟车换乘，金州城终于变成了临安。

别后一年，沧海桑田。

临安府已是初夏季节，鲜花遍地，绿草成茵。

暖阳透过云层洒向大地，晨露未干的草地上，马儿低头吃着草，甩着马尾，带着一种愉悦的悠闲与满足。这一路走得闲又吃得好，马儿们都肥了一圈，马屁股都养圆润了。

可众人都瘦了一圈。

坐在路边的石头上，大家都在沉默地喝水小憩。

两个月的囚犯生涯，没有让萧乾落魄。他的玉树风姿，在人群里仍然傲睨万物。

"九川姑娘——"殷光熙焦急地望了望那一条通往临安城的官道，小心翼翼地对墨九道，"还有二里路便到京城了，我们会直接押送萧使君前往御史台狱，您看您……"

"不必管我。"墨九淡定地说罢，抬眸望向囚车里的萧乾，"我只能送你到这儿了，六郎——"

众人微微一愕，再次陷入沉寂。

在此之前，人人都以为她会死皮赖脸地跟上去胡搅蛮缠，甚至在回来的路上，殷光熙为了保住头上的乌纱，已经对这极有可能会发生的事想了无数个应对的措施，包括如何向景昌帝交代及请罪。

万万没有想到，她居然爽快地自动离队。

墨九的行为，向来让人琢磨不透，好像不论她做什么事，从无逻辑可寻。

所凭借的，只是她的心情。而她的心情，谁又能知？

每个人都吃惊不已。只有萧乾，好像并不奇怪。

他眼眸微抬，直视墨九阳光下璀璨的眼眸，缓缓勾一下唇："阿九，保重。"

"保重！"墨九深深地看着他，"等我。"

萧乾眉头微微一沉，目光瞬间布满冷意。

等她？

他看着墨九，似乎想从她满带风霜的小脸儿上看出什么，修长的手死死抓住囚车的木栅，手指一点一点收缩，紧紧地捏牢，力气大得手背上的青筋都根根暴了出来。

"阿九，胡闹不得。"

"你不在，我是从来不会胡闹的。"

墨九轻轻一笑，天真得像个孩子。

"六郎，我们说好的一起。或生，或死，你要等我。"

有风徐徐吹来，吹乱了众人的思绪，也吹皱了萧乾的眉头。

此次来临安，生死难料，凶多吉少。在事情尚未有结果之前，谁也料不准会往哪个方向发展。而墨九固执的个性，会时常支配她做出一些铤而走险的事。

他担心她……一刻也放松不得。

"唉！"他叹，目光浅浅地望着她，"你明知道的。"

"你也明知道的。"墨九轻轻笑着，与他说着旁人完全不懂的话，慢慢走到囚车边上，先掰开他紧握木栅的指节，又伸手进去，一点点理顺他的衣衫，然后回头，对沉默的殷光熙轻轻一笑，"殷大人，我想为六郎绾发，可以吗？"

"阿九……"萧乾眸色幽幽一沉。

"我还没有为你绾过发呢，六郎就依我一次嘛。"墨九的表情是轻松的，带了一点小女人的撒娇，可她的话像在每个人心底撒了一把盐，那涩涩的滋味儿堵得人胸口发闷。

"九儿姑娘，您快着些！"

便是殷光熙这种铁石心肠的人，也有点噎了声儿。

"好的。"墨九笑，"殷大人是好人，我不会让你为难的。"

殷光熙闭了闭眼，重重一叹。

囚车打开了，萧乾坐在路边的石头上，墨九半跪着，一手捏着木梳，一手顺着他的头发。

萧乾是有洁癖的，他从来不允许自己不整洁。

可尽管殷光熙格外照顾，囚犯的生活也没那么方便。他好些日子没有洗头了，梳子梳在上面有些打结。墨九眉心一皱，下梳时，动作很是仔细。

这一刻，悲伤浮上众人心头。

每个人都静静无声，看着那个绾发的女子。

梳子梳头的声音本是极为细微的，可此时，大抵四周太过安静，那声音却清晰地传到了每个人的耳朵里，像有蚂蚁爬在身上，让人无端感觉很不舒服。

她似乎不常做这件事，动作生疏而笨拙。

萧乾端正地坐在清晨的斜风里，拳头微握，表情一如既往地云淡风轻，那淡然的姿态，似高山峻岭。可若是细心观之便会发现，他微握的双手，其实颤抖得厉害。

"我是不是扯痛你了？"墨九低头问他。

萧乾微微放松身子，回眸浅笑："没有，阿九梳得很好。"

"你就晓得夸我。"墨九抿着嘴娇俏一笑，断无别离的难过。

"我不夸你，能夸谁？"

"是啊，你不夸我，我就该揍你了。"

彼此相视一笑，浅浅的呼吸交织可闻，亲密得仿佛不会有即将到来的分离似的。这一幅男女相依的美好画面，让旁观者不免伤感——若是没有这样的悲剧，该有多好？

"绾好了。"墨九似乎对自己的手艺很满意，端详着萧乾的俊美仙姿，一双又黑又大的眼睛晶亮带笑，把人感染得鼻子发酸。

萧乾迎上她的视线，轻轻捧住她的脸。

"阿九，为了我，定要珍重！"

他手上的铁链拂到了她的脸上，有一丝丝凉，也有一丝丝痒。墨九没有动弹，依旧半跪着，一动不动地与他视线相交，微眯的眼睛里，光芒很深很深。

"六郎，我先走了！等我。"

他看了她许久，嘴唇翕动。

可这一次，他却说："好，我等你。"

"无论怎样，我都会来。"

萧乾身子微僵。

顿了片刻，他莞尔一笑："一言为定！"

那一笑，似满山的山花绽放，美得令墨九几乎窒息。

"一言为定！"

243

四月，已是初夏。

大抵为了应景，自从墨九与萧乾告别那天起，便渐渐沥沥地下起了雨。江南烟雨、亭台楼阁，这是临安城别具一格的景色，向来沁人心脾。

但情由心生，这一年似乎不同，整座临安城好像都因为萧家的案子沉寂了。

萧家由兴到衰，不过眨眼之间，而且比谢家当年垮台的惨状更甚。

谢家即便没了后代，但宋熹做了皇帝，也算是谢氏的外戚，多少算是留下了一脉，也为今日逆袭萧家的反转留下了机会。

可萧家不同，这满门抄斩，顺便要被灭九族的罪行，恐怕再难有机会翻身了。

谢家与萧家斗来斗去，谁能想到会是这样的结果？

有人看笑话，讽刺嘲弄，自然也有人同情唏嘘。丝丝细雨中，闲来无事的人们聚集在临安城长街短巷的茶楼酒肆里，议论不休。

萧乾昨日被押解回京，已成轰动临安城的大事。

那辆囚车从崇新门进入，沿御街走过，慢慢行至御史台狱，几乎吸引了满城的人去围观。

想当日，他离去时，金戈宝马，寒光铁衣。

再归来，怎堪这番落魄？

鼓楼街两侧的雨篷都被雨水打湿了，小摊贩们热情地吆喝着、叫卖着，墨九从街中走过，撑一把薄烟色的绸伞，挎一个竹编的篮子，慢慢穿过街道，往清波门行去。

墨妄腰系血玉箫，静静跟在她身后。

他黑衣、黑发，脊背挺直，没有撑伞。

这样一幅画面，俊男美女，很是吸引人。

可墨九沉浸在她的思绪里，宛若未知。

墨妄跟得不紧不慢，时不时抬头瞟一眼她的背影，忍不住蹙眉。

昨日二人入京，落脚在临云山庄里。

当初四海瞩目的墨家大会，就是在临云山庄举行的。一场盛事之后，事情已经沉淀，低调的临云山庄早已不如当初那般引人注意，可来自四面八方的消息也都逃不过墨家的眼睛。

这一天的时间，墨九并没有闲着。

她召见了临安的两位长老，一个乾门长老，一个坎门长老，处理了一些事情，同时也了解了一些情况。

原来她与萧乾在汴京府里偷得浮生半日闲的时候，其实出了许多大事。

第一件事，便是小王爷宋骜。

当初宋骜执意领兵前往东北追击完颜修，谁都以为他这一去，不管胜负，总会很快就有消息传来。然而这小王爷这一追出去，就彻底失去了联系。

南荣朝廷差了无数人前去寻找。

三个月时间，终于有了确切的消息，可结果令人大惊失色。

当日宋骜带去的南荣将士都被找到了——尸体。

令人意外的是，宋骜部众的尸体都出现在阴山附近，被人寻到时已死去多时，而且他们身上并没有明显的刀箭伤痕，致命伤更非来自厮杀。

这样莫名死亡，实在蹊跷。

更加蹊跷的是，南荣将士找到了，宋骜却失踪了。

寻找的人翻遍了阴山地界，也没有找到他。

蹊跷的死亡，莫名的失踪，当即成了悬案之一。

第二个悬案，就是墨九名义上的夫婿萧大郎了。

几乎整个临安的人都在传，他是一个福大命大的人。

明明从小就体弱多病，却一直未死；明明几年前身患重病，所有大夫都宣布他必死无疑，结果却被萧六郎所救；就连这一次萧家受萧乾牵连，上上下下五百多口一个都没能幸免，也单单跑了他。

说来也诡异，就在萧家被朝廷抄家前几日，他由于身子不爽，病情再次严重，由几个侍卫护着离开了萧府，乘了那辆永远密封的黑漆马车，据说是前往汴京府寻找萧六郎治病，从而躲过了一劫。

萧家事发，举国震惊。

曾有官差沿着他离开的路线寻找，却杳无踪迹。

更奇怪的是，如今汴京城的萧六郎都已经投案，并被押送回临安府受审，这个萧大郎却始终没有半点音信……

于是，萧长嗣成了继宋骜之后，第二个莫名失踪的人。

这些消息都是墨家多方打听来的，至于宫里那位的事情，墨家能打听到的却不多……而朝中之事倒是简单，大家都知道，自从宋熹登基以来，便极为重用丞相苏逸。

这位苏丞相不过十几岁的年纪，显然已荣极一时。都说一人得道，鸡犬升天，可苏逸并无家人，孤身一个，得到好处的反倒成了那些平素与他私交不错的人。

于是，苏府就成了临安府最热闹的地方。

满朝文武，商贾贵胄，无不往他府里跑，就想搞好关系，能走个小后门儿，可苏逸也是个怪胎，一开始还应付，后来烦躁了，直接在府宅外头竖上一块石牌，上书——

"闭门谢客，私事勿扰。"

一来二去，便很少有人自讨没趣了。

苏宅又恢复了过去的样子，门庭冷落车马稀。

这会儿，墨九站在台阶下，抬头望一眼那扇紧闭的大门，又望了望那块石牌，不由得抿紧了唇。

回到临安，她首先想到的就是找宋熹。

当然，她相信这个时候宋熹肯定会想方设法地躲着她，哪怕他明知道她回了临安，就住在临云山庄，肯定也不会再与她来一场"以食会友"了。

皇城深深，没有了辜二的帮忙，她再想混入皇宫简直难如登天。而且，就算有墨家人助她进得皇城，也很难进入宋熹居住的寝殿。更何况，在这个节骨眼上贸然行动，只会得不偿失……

为此，她想到了苏逸。

就算做不成什么，打探一下宋熹的意思也是好的。

就她所知，到目前为止，萧家人还都被押在皇城司狱里，没有审讯，也没有旁的命令下来，她甚至都不能理解宋熹真正的想法。

她走上台阶，叩响了房门。

吱呀声里，门开了，探出一个脑袋来。

门房老头儿上上下下打量她一眼："姑娘找谁啊？"

墨九微微一笑："老伯，我找苏逸，苏无痕。"

她今儿并没有刻意打扮，可人长得好，灵气在那儿，小脸儿那样水灵，即便门房已经老得眼里没有了性别，对这么一个水嫩嫩的小丫头也不太有抗拒能力。

他收起不耐烦，努嘴示意她看石牌，和善地解释："姑娘，我们家相爷不见客。"

墨九勾了勾唇："麻烦您通传一下，他会见我的……"

门房见过太多像她这样自信的人了，不由得失笑摇头："姑娘，不瞒你说，爱慕我们家相爷的人里面，就数你长得最俊，可我还是不能为你通传，你请回吧。"

"老伯，"墨九掏出一个钱袋，热情地"握入"他的掌中，"你只管替我通传便是，你只说墨家九儿找他。成不成事，我都不寻你麻烦。"

门房老头儿惊了惊，深深看着她。

也不知银子好使，还是"墨家九儿"的名头好使，这一回他没有再婉拒，让墨九等着，关上房门便消失了。

绵绵的细雨，轻纱般笼罩在天地间。

这一去，门房老头儿始终没有消息。

墨九也没有敲门，动也不动，就站在那里雕塑般立等。

仿若过了一个世纪那么久，就在墨妄忍不住想要上前拉她离开另想办法的时候，门居然开了。

246

还是那个门房老头儿，脸上已堆满了笑。

"九儿姑娘，相爷有请。"

"多谢！"墨九给他一个微笑。

终于进了当朝权相的宅子，墨九稍稍有点儿吃惊。

这座宅子坐落在清波门外，临近西湖，面积不大，建筑还算别致精巧——屋宇亭台，无不讲究。墨九原以为，以苏逸如今的地位，府里应当热闹非凡、奢侈浮华的……或者，像他这个年纪，姬妾成群也不稀奇。

可她完全没有想到，苏府简直像一个清静的庙堂。

除了领她进去的门房老头儿，从大门走到苏逸居住的小院，她一个下人也没有见到。所经之处也都冷冷清清，莫说比曾经显贵一时的谢府和萧府，就是与平常有钱人家的院落相比，也贵气不了多少。

"老伯，这府里的下人呢？"她忍不住好奇，问门房老头儿。

"我姓李，姑娘叫我老李就好。"李老伯似乎明白墨九的疑惑，笑着解释道，"我们家相爷喜好清净，最不愿被人打扰。府里啊，除了我和两个负责洒扫做饭的婆子，便只剩伺候相爷的两个小厮了。"

墨九微微抿唇。

这恐怕是史上最低调的丞相了吧？

这个苏逸，要么就是生性淡薄，要么就是装腔作势。

而这两种，看来都被他做到了极致。

苏逸的住所是宅中最偏僻的一处，墨九默默跟着李老伯走了好久，一心想着见到苏逸时当怎么询问，却没有想过，他居然就站在浅草铺就的小道尽头等她。

少年老成的苏相爷负着双手，睇带讥嘲："巨子，久违了！"

不晓得为什么，墨九看到他严肃的样子，总有一种是小孩儿在学大人的古怪感。虽然她自己的外貌也像个小孩儿，可大概心理年龄的原因，这种违和感怎么都消除不了。

看他傲娇，墨九定了定神，放下篮子，抱拳一揖："民女见过苏丞相。"

篮子用绸布盖着，看不见里头放了什么，于是成功地引起了苏逸的注意。

他唇上噙着一丝冷笑："你是来向我行贿的？"

"不敢不敢！"墨九笑道，"故人相见，总不好意思空手而来，总得备点小礼的。民女素闻相爷廉洁，哪里敢污了你的声名，所以只是一点小吃而已，还望相爷笑纳。"

苏逸撇了撇嘴："里面请吧。"

他转身走了两步，回头看了墨九一眼，又补充："其余人，外面候着。"

这么久不见，苏逸的性子丝毫未变，狂傲、嚣张，再配上他那张白里透红的正太脸，不管他多么博古通今，依旧给墨九一种小屁孩儿的错觉。

换以前，她才懒得理会他。

可如今不同了……形势比人强。

她淡淡回头，歉疚地望着墨妄。

墨妄唇角微微一扬，点点头，并不在意："我在外面等你。"

李老伯晓得他家相爷的脾气，为免尴尬，热情地邀请墨妄去喝茶，却被墨妄不冷不热地拒绝了，他就那样默默地站在苏逸的书房外面，顶着细雨，一动也不动。

书房里。

苏逸端正坐着，目光带着睥睨，语气也满是不屑："都说人是世间最无情的动物，这才有了'树倒猢狲散，墙倒众人推''夫妻本是同林鸟，大难临头各自飞'等千古名句。可巨子的行为倒是让人刮目相看啊——啧，这哪家的二傻子，蠢得百年一遇啊！"

若非萧乾的事，墨九肯定能被他逗笑。

这货损是损了点，可粉嫩得能掐出水来的脸拯救了他的灵魂，让他看上去并不那么尖酸刻薄，反倒稍显可爱。

她瞥着苏逸，板着脸认真道："相爷错了。其实，人是世上最重情的动物，而感情也是人类区别于猪啊牛啊羊啊这些低等动物的标志，当然，不包括相爷这样的……比如狗，也是很忠诚的。"

最后一句，一语双关。

是说他是狗？宋熹的走狗？

苏逸愣了愣，没有生气，反倒哈哈一笑："巨子是个性情中人，骂人都这么有意思。"

他揭起茶盏的盖子，轻吹水面，喝了一口茶，也不招呼墨九，只凉凉道："可惜，你生错了性别，也来错了地方。"

"相爷此话怎讲？"

"生错了性别，是说你若生为男儿，定然可干一番惊天动地的大事；来错了地方，是说你本该在兴隆山做你的土皇帝，暂时也没有人会动你……可你有福不会享，偏生要往枪头上撞，这不是自个儿找死又是什么？"

找死？

东寂也会向她下手？

这一点，墨九暂时不太信。

"你别不信。"苏逸抬头望她，唇上勾出一抹冷嘲之意，就像望穿了她的心思似的，不疾不徐地道，"诚然，巨子说得对，人都是重感情的动物，可巨子又怎么能说服自己，在男人眼中，女人就一定会比江山和皇权更重？"

江山、皇权、女人？

这三者放到一起，十个男人九个会选前者吧？

墨九莫名地想到那天萧乾的话。

六郎重情重义，到底是错了还是对了？

她眼睛微微一眯，冷笑着没有回答。

苏逸睨着她，道："即便他爱慕你，又如何？他肯为了你放过心腹大患？放过仇人？再者说，只要江山稳固，社稷安康，莫说你一个墨九，就算十个，他想要，还要不起吗？"

苏逸不是个好孩子，嘴毒得很，字字戳人心窝子，可话丑理端。对于宋熹的心，墨九真的没有那样多的自信。

当初的宋熹看上去是与世无争、淡泊名利的人，但是人都会变的。上次与他一别，已近一年，这一年里发生了多少事，对人的影响又有多少？就连她自己也是，一年前喜欢吃酸辣粉，一年后，说不定已经爱上了水煮鱼。

很少有人会单恋一个人永远不变。尤其，在毫无希望的情况下……

看她静默不语，似是以为打击到她了，苏相爷有点高兴，暂时收敛起了幸灾乐祸的讥笑，冷冷睨着她道："萧乾若是聪明，根本就不该回来。"

涉及萧乾，墨九心便沉了："相爷以为，每个人都能眼睁睁看着一家老小死于非命而不管不顾吗？反正我做不到。"

苏逸眸子沉了沉，考虑了一下方道："萧家此番在劫难逃，萧乾回不回临安，不会有丝毫改变。他不回来，还有报仇的一天，可他回了……呵呵，多一个下锅的人而已。"

"他要的，不只是萧六郎的命吗？"墨九想了想，试探道，"是他们让萧二郎来汴京传话，只要萧六郎自首，就可以放过萧氏一族的……"

"哈哈哈！"苏逸像是听了什么笑话，那表情极是张扬，看向墨九的眼神就像在看一个傻子，"枉你跟在萧乾身边这么久，这种话也会信？"

被小屁孩儿损了，墨九脸上有点挂不住。

而那些，确实只是基于她对宋熹的信任，但谁能保证帝王真能金口玉言呢？

苏逸看她沉默，收住笑，清了清嗓子，又沉下声音："你走吧，走得远远的，永远不要回来了。"

这番话听上去诚意满满，墨九却不愿领情："不瞒相爷，我这个人向来不到黄河不死心。萧乾在哪里，我就一定会在哪里，所以，我是不会走的……"

"你不走又能如何？"苏逸抬高下巴，斜睨着她。

"相爷可否帮我一个忙？"她慢吞吞道，"我本不想扰了相爷清净，但这事天底下除了你，无人可以做到……"

啪嗒一声，茶盏掉了。

墨九从来不是低声下气的人，今日她却为了萧乾低下了头。

苏逸眯眼，没有再问。他似乎知道她与宋熹的纠葛，深深看了她一眼，眼神里带了一种同情……或说怜悯的光芒。

"他不会见你的。墨九，别做梦了！"

曾经，当宋熹还是太子的时候，墨九觉得要见他是一件很容易的事，就算没了那个象征身份的玉扳指，只要她肯，差人递上一句话，他就肯定会出现在她面前。

如今他贵为天子，在他不肯见她的时候，她终于知道，一个平民百姓想要见到当今皇帝，到底有多难。

皇城的高墙距离很短，却隔绝着两个世界。

一个在里，一个在外，往昔情分也都随风而去。

从苏逸那里出来，墨九领着墨妄去了一趟"菊花台"。

旧物还在，往事依稀，人却都变了。

她敲开了菊花台的大门，门房是一个她不认识的人。

那个人说，这个府宅是他们家老爷一个月前买下来的，并且疑惑地问她是谁。

墨九记得，菊花台的地契上头，分明写着她的名字。

她都没有签字画押，怎会卖了出去？

疑惑在脑袋里停顿一秒，她又忍不住笑了。

普天之下，皆是王土，四海之内，皆是王臣，又何况一个小小的菊花台？东寂说这个宅子是属于谁的，那它就是谁的。

看来，不必再找他了。

菊花台的易主，已然说明了一切。

"回吧！"墨妄感觉到了她的情绪变化，手指搭在她的肩膀上，慢慢圈住她。

他知道她昨晚一夜未眠，今日又奔波了一天，此番见到这样的情形，肯定得受打击，身心疲惫的状态下，便是他也熬不住，何况她一个小小的女子？

"九儿……"他动了动嘴皮，劝解的话还没有说出口，墨九却冷不丁转过头来，与他的目光撞在一起。

她的目光亮得惊人，夹杂着怪异的阴冷之色："师兄，我想做一件事。"

墨妄抓住她肩膀的手微微一紧："你要去游湖？"

"是。"墨九点头，"游湖。"

去苏逸那里一趟，也不是全无收获的，至少她知道了东寂会在明日未时领着皇后娘娘去游湖踏青。临安城就这么大个地方，墨家弟子却不少，他们想要摸清他的行动路线并不难。

墨妄似乎知道她要做什么，目光幽幽一沉，却没有反对。

这天晚上，临云山庄整肃了一夜。

墨家弟子们似乎都很忙碌。但墨家纪律素来严明，墨妄交代下去的众人就会照做，并且守口如瓶。所以，山庄外的人对里面发生的事，几乎一无所知。

回到山庄，墨九就把自己锁在了房间里。等墨妄安排好一切再去她房里禀报时，墨九还坐在梳妆台前。她闺房的千工床上摆了好几套衣裙，像是都被主人嫌弃了，默默地丢在那里。

墨妄静静看她，并不言语。

墨九没有抬头，却似感觉到了他的到来："都安排好了？"

"嗯。"墨妄眉头一皱，"巨子的命令，我已传达给了诸位长老，墨家从明日起将会化明为暗，他们也会领着墨家弟子隐去，等待下一步通知。临云山庄里的人，除了一些骨干，将在明日午时之后各自散去，前往金州兴隆山会合。"

墨家的产业，如今越做越大，这样的动静肯定是会惊动人的。

所以，一切行动都将在明日午时进行。

墨九如今的赌注除了墨家……还有她自己。

她抿了抿涂着唇脂的嘴，望向墨妄："好看吗？"

墨妄喉咙一紧，垂下眸子，几乎不敢正视她美艳惊人的面孔："好看。"

美人计！太俗套了。

可她没有办法了。

要想救萧乾乃至萧家数百口人于刀口之下，得有足够分量的人来交换。当今的南荣，只有一个人有那么重的分量——景昌皇帝宋熹。

绑架皇帝，这是大买卖。

她不能让太多墨家弟子为她涉险，毕竟得罪皇帝的结果不仅仅是自个儿掉脑袋。所以，她让墨妄挑选了一些骨干，事发后，不管成败，他们都有本事脱身……然后，只能赌东寂对她还有最后一丝怜悯，会成功入套了。

景昌皇帝游湖是大事，日子自然是钦天监算过的。

次日，果然风和日丽，天气晴朗，万里碧空无云。

春色撩人，湖面如镜，岸上绿柳伴轻风，画舫丝竹惹人醉，在这样的日子里山巡，可谓人间美事。尤其，一国帝王、九五之尊，身侧美人环绕，身后权臣相随，即便不在巍峨庄重的金銮殿，也没有高耸的红墙碧瓦，气势依旧逼人。

"陛下，请！"宦官李福躬身领路，毕恭毕敬。

整艘画舫如同水洗过一般，干净、整洁，船板上铺着锦绣地垫，宛然如新。晴朗的天光下，宋熹一身便服，玉冠轻袍，携皇后谢青嬗一步步踏上画舫，立于船栏之后，面色沉凝，远眺湖面，那君临天下的姿态，在长风中独成一道风景。

251

天下之大，独握一人之手。这，恐怕便是世间男儿汲汲追寻的快感所在了。

皇帝微服出巡，也是要清场的，不过这个清场的力度会小得多，故而湖面上还有三三两两的船只陪皇帝应着景。

墨家经营这么多年，在临安还是有些办法的。

在宋熹到来之前，墨九已提前准备好了一艘乌篷船。

这艘看似简单的乌篷船，又与别的有着明显的不同之处。篷布上方斜斜插了几枝四月的新荷。荷叶绿绿，花苞尖尖，粉嫩得像黏在了人的心底，既可遮阳，又添美观，望一眼就美不胜收。更何况，船头还坐了个一袭轻纱半遮面的小娘！

她斜坐舟楫之上，嫩白的小手执了一株荷花，轻轻掬水，如花，似月，生香，添景，不若画舫娇娥惹人狂，却如一缕轻风伴素香，让每一个看见她的男人无端地心尖儿痒痒。

她撩的分明不是水，而是男人的心。

这独坐幽姿，成了湖上的点缀。

墨九心里很清楚，东寂一定会看见。

不过接下来的事有没有那么顺利，就全得靠赌了。

在这之前，墨九对宋熹虽然从来没有暧昧的心思，但能得到那样一个优秀男人的爱慕，私心里她也像世间大多数女子那般，有着强烈的、虚荣的、无法抗拒的欢喜。

可云里雾里终是梦。

金州一别，再见便是沧海桑田。

身份迥异的两个人，想来是不能留情面了。

墨九不想东寂死，却一定要萧乾活。

未时，暑气正浓，湖面掠过的凉风已挡不住炎热。

乌篷船慢慢靠近，与画舫相距不过五丈。

墨九凝脂般的小手掬水轻撩，看上去动作轻盈，可脊背早已湿透。此刻，她与画舫上的宋熹和皇后谢青嬗以及几位权臣离得都不远，只要她稍稍抬头，就可以与他们对视。

时机差不多了！

墨九低垂的目光变得深沉。

她攥了攥手上的荷秆，撩水弄鱼的姿势未变，肩膀不经意一侧，遮掩面部的薄纱突地滑落，盈盈掉入水中。

"呀！"墨九吃惊地轻叫，伸手去捞。

轻纱浸水变重，她手上莲枝又怎可钩起？

一下、两下、三下……

她轻咬下唇，身子伏得越来越低。这时，原就轻薄的乌篷船受力不均，冷不丁往左一侧，墨九收势不住，跟着就滑入水里。

扑通一声，溅起片片水花。

美人轻衣，暖阳荷莲，那姿态美艳不可方物。

"噫！"画舫上，齐刷刷传来一阵抽气声。

没认出墨九的人，是怜惜。

认出墨九的人，是震惊。

电光石火之间，落水的美人儿挣扎几下，尖叫着喊了几声"救命"，就沉入了水底，很快没了踪影。不管是出于怜香惜玉的心态，还是人类对同类的天然怜悯，画舫上面，当即有了动静。

"快，快救人！"

"那小娘落水了……"

众人惊慌失措的叫喊声中，宋熹目光深沉，脚步条件反射地往前一迈，手掌就被谢青嬗捏紧。

"陛下……"谢青嬗紧张地抓住宋熹的手，盯着他的眼睛一眨不眨。

宋熹回望过来，她目光巴巴的，带了一丝可怜。

在他的盯视下，她慢慢垂下眼睫，轻吐一句："都愣着做什么？还不护驾！"

禁军出了宫门，职责便是保护皇帝和皇后的安全，原本还有人看着热闹跃跃欲试，听见皇后的声音，虽然不是重责，却也让他们吓得脊背生汗。

帝后在侧，他们怎能放松警惕？

画舫上顿时安静了不少。

宋熹眉头紧蹙，侧目扫了一眼，这时，画舫侧方又传来一道落水声。

"苏相跳下去了？"

"是……苏相？"

"是苏相。"

"呀！"

谁也没有想到，第一个跳下水的人，竟然是当朝权相苏逸。

他低低骂了一句，没有招呼侍卫下水，直接从画舫上面栽入湖中，那张俊美的童颜上满是怒意，好像落水的小娘是他的三世仇人一般，一边骂咧，一边沉入水底去搜寻。

此番变故太快，画舫上的人没有动，却都亢奋起来。

有人关注落水的小娘，有人听命护驾。

只有皇帝与皇后双手交握，静静未动。

从始至终，宋熹都看着墨九落水的方向。

可从始至终，他的表情没有半分变化。

今儿是私巡，画舫上布置的禁军不多，但下水救人这种事，实在轮不到他。

大家都在安静地等待结果，不承想，向来言语不多的皇后这一次却极有远见。苏逸下水不过片刻，画舫上就又有了动静。

右侧，一艘八轮的车船迅速驶近，几十个黑衣蒙面人用力踩踏着木桨轮，朝皇帝的画舫狠狠撞了上来。

"调虎离山？"有人反应过来。

"保护陛下！"

"快！有刺客。"

禁军迅速反应过来，把宋熹、谢青嬗和一干权臣围在中间，拔刀相向，阻止黑衣蒙面人登上画舫。

可敢于挑战皇帝的"刺客"，显然有备而来。

他们功夫好、识水性，个个都非等闲之辈。

在湖上作战，禁军明显吃亏。

喊杀声、喧嚣声，传遍湖面……不到一刻钟的时间，就有众多禁军被他们扯入水中，呼天喊地的惨叫声直入云霄。抢得优势的黑衣蒙面人跳过船板，闷声不响地杀上画舫，向宋熹与谢青嬗的方向围拢过去。

来的人，确实是墨妄精选的墨家弟子。

这也是墨九为"擒龙计划"做的两手准备。

如果宋熹念及旧情，能跳下水去救她，自然是最完美的结果。她有足够的时间在水里控制住他。

如果宋熹并不下水去救她，那么见她沉入湖底久久不起，哪怕明知道她来的目的不单纯，至少也会派一些禁军下水去捞她。

不论是哪一种可能，她的出现都会拉走画舫上一部分禁军的注意力，相对也就减弱了宋熹的安防守备。

那么，墨妄也就有机会带人掳他了。

以宋熹的身份，足够和南荣朝廷讨价还价。

不得不说，她的计划很完美。

可他们摸清了皇帝出巡的守卫人数以及画舫上的禁军人数，做好了准备工作，但在这个节骨眼上，皇帝又怎会随便涉险？

她有后手。

皇帝也有。

"陛下！"

"陛下，微臣救驾来迟！"

"冲过去，务必保护陛下安危。"

两边厮杀得正激烈时，湖面上几艘原本闲散的民间画舫听到风声，迅速朝帝后的主船围拢过来——

画舫上，宋熹黑眸微灼，温俊的脸上，无喜，亦无忧。

可那群黑衣蒙面人的头目听见喊声，却像吃了一惊。

他望了一眼那几艘画舫，双眸几欲喷火，握紧了钢刀，低吼道："兄弟们，上！活捉皇帝！"

墨安带去的那些人不仅武艺高强、熟识水性，去之前，他们也推演过几次从画舫逃生的法子，所以，墨九并不太担心他们的安危。

落入水里后，她没有见到宋熹下水救她，便执行了第二套方案，一个人从水底偷偷潜到岸边，准备去据点等消息。

望望天上烈日，她心脏有些揪紧，莫名地笑了笑，抖了抖身上湿透的衣裳，又脱掉鞋子倒掉里面的水，再低头穿上，眼睛一瞟，就看见了慢慢走过来的一双脚。

"玩够了？"头顶的声音冰冷阴寒，像恨她到极点，实在与那张漂亮的小脸儿气质不符。

墨九抬头，轻笑瞪他："相爷挺快的啊。"

"哼！"苏逸少年老成地负着手冷哼一声，双眼微眯，上下打量她片刻，唇角便弯出一抹讥诮的弧度来。

"琼沾粉缀，红罗巧袖，你墨九若去做画舫上的营生，想必会比做墨家巨子要强上许多，毕竟做船娘不需要脑子，不需要智慧。"

这货的嘴向来毒得很。

墨九皱了皱眉，看苏逸左右无人，显然是独自过来找她"耍贱"的，那么，他肯定没有要揭穿她的意图了。

念及此，她紧绷的心弦放松不少，跺了跺脚，踩着水淋淋的步子，轻摇慢摆地走到他面前，高抬起下巴，双眼闪过狡黠的光芒："流波坠叶，闲倚梧桐。苏相若是去操那小倌的营生，想必也会比做南荣的丞相强上许多，毕竟，苏相不仅有一副俊俏的好相貌，还有一张无所不能的巧嘴……"

无所不能的巧嘴？

苏逸总觉得这句话有些深意。

可墨九并不解释。

她暧昧地笑着，与他擦肩而过，摆摆手："不见。"

"站住！"苏逸低喝。

墨九回头瞟他一眼，满是风情地嗤笑道："苏相这态度到底什么意思，民女不是很明白。若是要叙旧，恕我难以奉陪；若是要抓我，那就实在可笑了。难不成南荣皇帝游湖，不许小民不小心落水？"

针锋相对，墨九从来不弱于人。

可这回苏逸却笑了。他微低着头，踩着墨九湿漉漉的脚印走近："不是千方百计要见他吗？怎的，不敢了？"

见他？东寂。

墨九脊背一僵，久久未动。

是的，苏逸与她的感情只是泛泛，若不是得了东寂的命令，他又怎会冒险下水救她？

而且，向来钻研权术的苏相又怎会冒着被皇帝斥责的风险，等在这岸边与她谈人生理想？

那么，是东寂终于肯见她了吗？

苏逸带她去的地方，是京郊的一座宅子。

宅子没有菊花台清幽大气，却让墨九有一种故地重游的错觉。因为，微风送来的空气里，仿佛有一种淡菊的香味儿，牵引着她走向了旧时光……

过往种种，似水无痕。

她衣衫未干，裙摆擦着腿脚，不太利索，一颗心也有些飘。哪怕明知道去见的人是东寂，但世易时移，他不再是他，而她，也不再是她。

苏逸叩门的动作，很是优雅。

"进来！"

墨九屏息凝神，看着那扇木门被推开。

里面的人没有入座，而是挺直着背朝向门口，在静静观看墙上的书画。那动作、那姿态，和他那次从临安不远千里到金州与她会面时一般无二。

熟悉的场景、熟悉的人……墨九有一种穿越时光的既视感。

可，到底是不同了。

书房布置得很素雅，除了书画古玩以及一些乐器，旁物难寻。那画风，倒与苏逸有几分契合。

几乎下意识地，墨九就猜到了。

这是苏逸闲置的宅子，皇帝临时使用罢了。

果然，狡兔总得有几窟。

"进去吧！"宋熹没有声音，苏逸领会着圣意，低声给了墨九提示。

"谢谢！"墨九冲他一笑。

无论如何，今天能见到宋熹，她相信有苏逸的功劳。

因为宋熹这个人看似温文，其实骨子里很固执，他如果要见她早就见了。铁了心不见她的人突然又愿意见了，必定有外力的推动。

这个人除了苏逸，不会作他想。

苏逸退了下去，墨九安静地迈过门槛。

书房里，一丝风都没有，沉闷而逼仄。

墨九轻盈的裙裾终于停在了屋中，可那个背对着她的身影，良久一动未动。

墨九愣怔片刻，无奈一笑。

既然东寂选择用这样的态度对待她，肯定也是想明白了她会有什么请求，而他想给她的答案也都在他的态度中，一目了然。

"陛下万安。"墨九站着，向他问安。

像是看得入了神，宋熹迟疑好久才回头。

"坐！"一个字，随意，也生硬，退去往昔的温柔，只剩尴尬。

墨九唇角往上一扬，不太在意地笑了笑："谢陛下！"

她自然不会忘记自己的目的。

不是叙旧，所以不必在意他的态度。

不是唠嗑，所以不必与他说些废话。

她静下心，坐在书案前的椅子上，思量再三，方才开口："陛下曾经说过，为君者，当眼观八方，心有万壑，凡事当严责于己，而不可苛求于人。墨九也一度以为，以陛下之德行操守，南荣必有清天朗日，百姓必可乐业安康。而如今，萧家数百口人大多无辜，便是萧乾，为南荣纵横捭阖，血洒疆场，也不应在这样的时候，得到这样的结果。"

东寂望着她的眸子里看不出任何情绪。

墨九抿了抿唇，又补充了一句："更何况，陛下用萧氏一族要挟萧乾回京，这实在非君子所为，墨九很难接受陛下是这样的人……墨九始终认为，比起刀光剑影，你更适合诗酒书画。"

这番话，墨九酝酿了许久。

人都说，君王如猛虎，话不可乱说。

但这些话，此刻不说，也许再无机会。

对于宋熹，哪怕到了这一刻，她依旧不相信他是一个冷血至此的恶魔。是人就会有人性，就可以交流，可以讲道理。

也许是自作多情，也许是太傻太天真，她心里有一种莫名的直觉……一个会做美食、优雅自在、向往美好的男人，不会太坏。

"墨九。"宋熹终于唤出她的名字。

嗓音沉沉，面色凉凉，眉宇深深。

他走到她面前站定，居高临下地看着她："你太高估我了。"

书房摇曳的灯影下，他颀长的身姿有着莫名的冷肃之意。

257

有那么一瞬，墨九以为自己见到了萧六郎，冷漠、无情，似乎世间万物都入不得他的眼……

只不过两人一内一外，是截然相反的两种无情……相比而言，宋熹比萧乾更为执意。

"墨九，我是人，不是神。"

听着他淡淡的声音，墨九的心骤然一跳。

是啊！

是人！是人都不会滥杀无辜。

可是人也都懂得趋利避害，维护自己的利益。

迎上她蒙上水雾的眸子，宋熹的神色始终冷漠："自古帝王，多有不得已，要慎、要勤，还要……狠。"

墨九望着他的眼睛，脊背僵硬。

她怎么就忘了呢？狠才是帝王之道啊！

墨九盯着宋熹，苍白的脸上没有一丝血色。

慢慢地，她站起身，直面向他，一字一顿，满是恳求："我只求，萧乾一人之命！"

她管不了萧家数百口人的性命了，她也自认没有那么大的本事、那么大的面子向宋熹请求留下他们的性命。事到如今，她想要保全的人只有萧乾。

也就在她开口这一刻，她才发现，萧乾的命比全世界都重要。

"我愿意用我的一切来换他，只要他活着。"

她的一切，都不如他重要。

宋熹寂寂无声，像在看她，又像越过她，看向了别人。

墨九润了润嘴唇，狠了狠心，下了重注："如果你要我，我愿意跟你。"

她明白宋熹一直是喜欢她的，也明白世间除了父母亲情之外，一切情感、得失，都得等价交换。她没有平白无故让宋熹放掉萧乾的道理。

"东寂，只要萧乾活着，我什么都肯做。"

什么都肯做？什么都肯。

"呵……"声音低低的，宋熹像是笑了。

这一声，笑得壁上的孤灯飘忽，将他的身影拉扯得更为朦胧与悠远，他锦衣长袍玉冠束发的样子，仿佛被某种情绪描上了孤独的一笔，幽幽如地底孤魂，令人望之生畏。

"墨九，你小瞧我了！"

墨九半眯着眼睛，并不回应。

她知道，说这样的话，对男人来说确实是挑战。

但她除了孤注一掷地将他的军，没有别的办法了。

只要他对她还有想法，就会有希望。

"我没有小瞧你，至少，你值。"墨九淡淡说着，直视他深邃的眼眸，白皙纤弱的手指慢慢抬起，伸向自己的领口，那一颗绣着祥云图纹的盘扣扎得很紧实，她慢慢抠着它，试图解开。

一下，又一下，再一下。

连续三次，她才解开第一颗。

宋熹目光微闪，眼睛一眨不眨地盯着她。

墨九不闪不避，回视着他，一张精致柔美得近乎狐媚的脸上，有无奈，也有倔强。

宋熹一动不动，直到她解到第三颗盘扣时，他又是一声笑，轻轻拂袖，冷不丁就从她身侧走过："好自为之吧！"

墨九的手放在胸口，视线随着他移动："东寂！"

莫名地，墨九的鼻子有点酸涩。

想他往日对她那样好，任她予取予求，无不温柔体贴。可如今，她只求他饶了萧乾一命，且如此做小伏低，甚至不惜赔上自己的身子，他居然冷漠得连多看她一眼也不愿意。

想到牢里的萧六郎，墨九几乎是崩溃的，什么自尊，什么面子，都抛到了脑后。

"东寂，留一个人的性命对你来说轻而易举，而我，愿意用一切去交换，甚至我的性命。你何苦如此绝情？"

宋熹站定在书房门口，似是犹豫了一下，终于慢慢回过头来："墨九，我能救的，只有你。"

他还是不愿意吗？墨九不傻，东寂堂堂帝王，若有心要萧乾活，总会有办法的。

"东寂……"

墨九绑架宋熹不成，在回来的路上又听苏逸说起萧家人估计会不审直接处斩，她的心乱了，也急了。

她猛地冲过去拖住宋熹的袖子："你说过的，只要我的请求你都会答应，你忘了？

"东寂，我知道我刚才的行为在你看来或许是一种侮辱，可我如今除了自己，再没有别的东西可以给你……你放心，我是心甘情愿的，只要你愿意放了萧乾，我心甘情愿。"

宋熹静静地注视着她。

259

在她急切的言语里，他颀长的身子更是僵硬："对不起！墨九，我办不到。"

墨九的眼睛染上了雾气，生怕他就此离开，她将他的袖子紧紧攥在手心里，眼巴巴地看着他，却无丝毫软弱，目光里满是坚定，还有她与生俱来的骄傲："东寂，你当真不肯帮我？"

"呵！"宋熹慢吞吞地抽回袖子，再次笑了，"墨家巨子本事非凡，就算我不肯帮你，难道这个世上，还有可以难住你的事？"

墨九从来没有想过，东寂也会嘲弄她。

可他的话，让她有了想法："你是想逼我撕破脸，与你为敌？"

"你不是已经撕破脸了吗？"宋熹反问。

墨九心知今日湖上之事他都知道了。

想了想，她没有辩解，冷静的目光淡淡锁定在他的脸上："既然你把话说到这儿了，我也不必瞒你。除非你狠下心连我一起处斩，否则，墨九在这里放下狠话，只要萧乾有什么事，我必为他复仇。"

"复仇？"宋熹凝视着她，眸色深浓，"你能如何？"

墨九半眯着眼，冷冷地望着他："不能覆你之国，也要撼你半壁江山。"

"哈哈哈！"

也不知是她太过狂妄的话惹笑了宋熹，还是他哪根笑神经突然被触动，他望着墨九，大声笑着，笑得眼泪都出来了，却没有擦拭，径直拉开书房的门，大步迈了出去。

正在门外听壁角的苏逸被他吓了一跳："陛下！"

宋熹敛住笑容，看他一眼，没有吭声，甩袖离去。

苏逸看一眼傲然而立的墨九，又看一眼已然走到廊下的宋熹，老成地唉声叹气着，摇了摇头，跟上了宋熹的脚步："陛下，微臣送你——"

沉沉的脚步声渐渐远去，墨九站在书房里，像一尊雕塑一般静默着。

从宋熹的态度来看，他是不可能放掉萧六郎了。

那么，她该怎么办？

破釜沉舟？可她怎能拿整个墨家来赌？

且不说那是祖宗基业，与朝廷为敌，肯定会让墨家提前进入覆灭状态，就说那些人，墨妄、尚雅、八大长老……一个个熟悉或不熟悉的墨家弟子，他们从来受的教育就是忠君爱国，兼济天下，她能颠覆他们的思想，并且让他们跟着她去送命吗？

所以，她能依靠的只能是自己。

心怦怦乱跳着，情绪越发烦躁，墨九紧紧按住胸口，慢慢坐下。

有萧六郎在的时候，她总觉得自己事事都行，什么都比人强，这个天下就没有她墨九搞不定的事。可她从来没有意识到，正是因为有他在，她才有逞强的资本。因为有他，她才可以肆无忌惮地恣意妄为；因为有他，她才有对抗一切的底气。

所以……她得见见他。

她不相信睿智如六郎，会甘愿赴死。

念及此，她像是突然打了鸡血，整个人又充满了干劲，急匆匆地扣好领子，从书房出来，大步往外走去，想找苏逸问问御史台狱的情况，顺便讨个交情，探视萧六郎。

大抵是心里想着事，她没有太过注意前方的路，提着裙摆小跑着，刚转过回廊，就撞在了一堵人墙上。

头顶传来苏逸的哎哟声，她的鼻子也一抽一抽地痛。

"你该长眼睛的时候，都长腿去了是吧？"

差一点被她撞翻的苏逸小身板受不住大力，趔趄着后退两步，一屁股坐在廊下的回栏上，看到墨九这个始作俑者，没好气地低斥起来。

墨九看他狼狈，摸了摸鼻子，也不与他斗嘴："撞痛了？"

苏逸横她一眼："要不然，我撞你试试？"

看他龇牙咧嘴的样子，墨九弯了弯唇，朝他伸出手："来，我拉你。"

"谁要你拉？"苏逸瞪她一眼，自己撑着栏杆站起来，理了理身上的衣袍，又抬起头来，朝她上下打量了一眼，冷不丁揉向她的鼻子，"撞痛你没？"

这样亲密的动作让墨九有些不适，她面颊发热，眼眶有点红："谢谢，我没事。"

人在无助的时候，任何关心都是救命符。

虽然苏逸长得像个孩子，却比她高，这般相问，却勾出了她满腹的柔肠，不由得叹息一声，垂着眼道："这点痛算什么？心里才痛呢。"

"喊！"苏逸猛地冷笑，"少跟我装可怜。你若有什么想法，还是请回吧，我可帮不了你。实话说了吧，萧家的案子基本上可以结案了，谁也救不了萧六郎。"

"相爷！"墨九猛地攥住他的手腕，"我相信你有办法。"

"去！"苏逸甩手，"你嫌我命太长了是吧？"

"我没那个意思。"墨九偷偷观察着他的脸色，心里权衡着这个人在宋熹面前的地位，红了眼圈低泣着，突地扁着嘴，糯声糯气地道，"如今我已不求能救他出虎口了。"

"你待怎的？"苏逸斜眼瞥她。

"我想看他。"墨九撇撇嘴，"难道不允许探监吗？"

"探监！有点意思。"苏逸突地挑了挑眉，看着墨九狼狈的面色和紧紧咬唇的样子，想了想，忽地笑出声来，"你们两个，还真是心有灵犀一点通啊。"

261

你们？谁和谁？

墨九不解地看去，苏逸却探手入怀。

一个玉扳指静静地放置在他摊开的手心里，绿得通透，让人心颤，也熟悉得让她瞬间有种窒息感。

"他的？"

"除了他，还有谁？"

苏逸把玉扳指放在墨九手里，不疾不徐地笑："有了这个玉扳指，你若去司狱探监，大抵用不着我了。"

宋熹走时分明很生气，怎的又肯拿玉扳指给她了？

她迟疑一瞬，问道："他还有什么交代？"

见她如此紧张，苏逸也不晓得为什么，心里无端就有了一丝畅快感。想当初这个女人站在萧六郎身边，是何等狂妄张扬，似乎整个天下都不放在眼里。可畅快过后，看着前后天壤之别的她，他又很不争气地有一些怪异的情感。

像是同情，又像是心疼，说不清，道不明。

于是，他第一次对她有了主观上的情绪，乃至语气里的感情色彩也浓烈不少，声音像是幽怨，又像叹息："他让我告诉你，三日后问斩萧氏一族，请你观斩！"

观斩，是个新鲜词，很有人情味儿。

东寂……是以为她喜欢吃人血馒头吗？

"陛下如此盛情，我一定会赴约。"墨九闭了闭眼，脸上突地荡开一丝笑。

苏逸满是惊讶，以为她疯了："你还笑得出来？"

墨九抿唇望天，眼睛有些睁不开，有一种酸酸的情绪盈满了鼻端，她的眼眶也热辣得像被阳光刺伤了，痛而涩。

"再艰难，也得向死而生。"

墨九拿着宋熹留下来的玉扳指，回临云山庄等待墨妄。

她跳入湖中之后的情形，她已从苏逸嘴里知道了一些。

成王败寇，自古如是。

输在宋熹的手里，她并不觉得可耻，只是心凉凉的，像浸了水。

她抚着玉扳指，躺在窗边的罗汉床上假寐。夏日炎炎，房里有点闷热。意识混沌间，她做了一个模糊的梦。

梦里有许多人、许多事，可来来去去，都少不了一个背影，颀长、飘逸，长发拖在腰后……她几次三番想问他是谁，却始终发不出声音，他也不曾回头。

究竟是东寂，还是萧乾？

她如此恐慌地想着，汗水湿了脊背。

262

待再次醒来，已是华灯初上。

一睁眼，她就对上了墨妄关切的双眸。

墨九从梦中回神，舒了一口长气，撑着额头坐起来，望向墨妄凝重的面孔："回来了？"

"嗯。"墨妄睫毛眨动着，头微微垂下，"属下有负巨子重托，今日在画舫上……"

"罢了。"墨九摆了摆手，扯了扯黏在身上的衣裳，懒洋洋道，"是我们没有思虑周全。那个人贵为天子，又岂是那般好劫持的？若是没有防备也就罢了，他有了防备，这临安城里，谁又能奈他何？"

老百姓想绑架帝王，原就是蚍蜉撼树。他们虽没有成功，但并不丢人。

墨妄看着她平静的面色，动了动嘴，却没有发出声音。

他进来已经许久了，看见了她睡着时紧蹙的双眉、焦灼的面色，还有额头上布满的细汗……睡过去的墨九是无助的、恐慌的、需要人保护的样子。

可当她醒过来，又平静如斯。

这个女人就连害怕，也不会轻易向人展露。

他心里微微一叹，道："刚得到的消息，今儿殿前司指挥使尉迟皓带人封查了萧家名下所有的宅子、铺子和其他产业。此事牵涉甚广，人人恐慌，临安城里都在传，三日后，萧家一干人等就要被斩首示众了。"

墨九点点头，闭上眼，少顷，却对墨妄说了一句风马牛不相及的话："师兄，你给我准备些食材吧。"

她喜欢吃，墨妄知道。可在这个节骨眼上，她还有心情准备吃的，却是墨妄没有想到的。不过，他早就已经习惯了唯她命令是从，闻言虽然诧异了一瞬，也没有细问，便下去安排了。

墨九又躺回罗汉床上，抿着嘴巴，安静不语。

时间静静流淌，她眸中的光芒，难以窥透。

好一会儿，她似是感觉冷了，屈起双膝，环住双臂，埋首其间："萧六郎，我觉得我高估了自己。我以为我穿越而来，真的可以看淡生死……但此刻，我发现自己做不到，真的，我做不到。"

死亡是世间最不可挽回的离别，一撒手，就成永恒。

所以，哪怕还有一点点希望，她也不能放弃。

墨妄安排好事情，推门进来的时候，墨九已收拾好了情绪。

她满面笑容地去了灶上，在两个墨家弟子的帮衬下，稔熟地做了三菜一汤，四个简单的家常菜。

"我觉得，我不做巨子，也可以做个好厨了嘛。"她含笑轻道，两个弟子默默无言。

如今的情形，大家都知道。

瞥着她从容不迫的神色，他们不知应当陪着她一起笑，还是应当安慰她……

"什么表情？"墨九瞪他们一眼，"来搭把手。"

把饭菜放在一个檀木食盒里，墨九拎着它出了灶房，在墨妄的陪同下，神色平淡地乘上马车，直奔向皇城司狱。

苏逸说得对，一个玉扳指，足以让她从容出入。

可也只限于她……一个人。

墨妄被牢头客气地挡在了外面，墨九看狱卒们防备的情形，心知上头打过招呼了，肯定不会让墨妄这样的"危险人物"进去。

她不想为难这些办差的人，再加上进去也不是打架，多一个人少一个人并没有什么影响。于是，她朝墨妄示以无事的安抚，便独自挎着食盒通向似乎深不见底的大狱。

皇城司狱她不是第一次来。

去年的荆棘园一事，因为玉嘉和紫貂风氅而入狱的经历对她而言，太过刻骨铭心，哪怕过了这么久，她依旧记得很清楚。那天晚上，是萧六郎顶着风雪为她带来吃食以及伤药，并亲自为她治疗，也是他不厌其烦地为她按捏、揉弄受伤的脚踝……

再想来，沧桑往事，竟也温馨。

若是可以，她宁愿她在牢内，他在牢外，而不是像现在这样，他身陷牢狱，而她前来探监。

"九姑娘，里面请！"

牢头哆哆嗦嗦地打开甬道的铁门，并递给她一把钥匙。

"九姑娘径直往里，走到最里头那一间牢室，就看到萧使君了。"

墨九略微奇怪："你不进去？"

牢头垂首，不敢与她对视，也答非所问："九姑娘，这两天，你是自由的。"

这两天，她是自由的。此话何解？

宋熹给了她玉扳指，任由她来皇城司狱探视萧六郎，是想告诉她，萧六郎的生命只剩下最后两天了，而他会让她前来探视，让她在有限的范围和时间内，自由支配和萧六郎剩余的两天时间，就是对她的额外恩宠？

她有些想笑。

这就是他要展现的君权？

无论如何，在他的地盘上，他们都翻不出这座五指山。

264

皇城司狱，她可以出入，却带不走任何人。

墨九微眯着眼，远目一望，发现甬道两边的监舍都是空的，没有人声，安静得几乎能听见老鼠的叽叽抢食声。

而长长的甬道尽头，是无尽的黑暗。她看不见萧六郎，只有一种浑身泛凉的心疼。

"你们还真是挺优待他的，这么大一块地方，就给他一个人住？"

她冷声讽刺，牢头尴尬地赔笑："上头特地交代，要好好招呼萧使君的。"

是招呼得不错，毕竟是单间。

墨九唇角一勾，斜目剜他："萧家其他人呢？"

牢头咳嗽一下，支支吾吾道："另行关押。"

另行关押？很明显，他们生怕萧六郎有所作为，故意把他与萧家一干人分开关押。这样，就算萧六郎有什么计划与准备，也与先前一样投鼠忌器，别说不可能逃掉，就算可以，把大门敞开，他也不敢轻易逃跑。

"好算计！"墨九再次浅声笑笑，提了提裙摆，跨过门槛，慢悠悠走着。

每一步，都轻盈而从容。

今儿她不仅做了美食，还特地打扮了一番，描了眉，点了唇，扑了脂粉，换了新衣，熏了他喜欢的薄荷香，一件轻软的芙蓉色立领衣裙衬得她白生生的小脸儿容光焕发，无半分颓态，清爽干净，娇艳得像一朵开在黑暗监舍里的妖花。

任何时候，她都愿意将自己最美的一面展现在萧六郎面前。尤其是这个时候，她不仅要给他信心，也要有自信，才能鼓舞彼此。

牢头说得没错，甬道的尽头，关押着萧六郎。

那是一间极宽敞的牢室，比所有的牢室看着都亮堂。

这也算宋熹给萧六郎的特殊待遇吧？

牢室里，萧乾盘腿坐在稻草上，双目微闭，神态安然。他岿然不动的样子，让他俊美的容颜不仅没有因为入狱有丝毫损毁，反倒添了一种傲然于世的沉稳与从容。

可目光锐利如墨九，还是一眼就发现，短短几天，他竟然瘦了一圈。

心像被蜇了一下，她深深呼吸，调整好情绪。可拿着钥匙，她竟好几次都打不开门锁。

铁锁的声音，惊动了里面的人。

又或许，他早就已经发现了她，语气才会那样轻松："唉！阿九还是这样笨。"

似叹似笑的声音，带着满满的宠爱。

他，还是萧六郎，任何时候，都愿意给她最好的状态。

墨九扶着木门，看他故作轻松的样子，也有些忍俊不禁。

"唉，这不是从来没有做过牢头吗？冷不丁看见里面坐了一个神仙似的美男，小女子心脏怦怦乱跳，手脚不太利索。"

萧乾眸带温情，噙笑看她："那这位小娘子，是看上小生了？"

这都什么时候了，这货还有心情逗她？

墨九不知该哭还是该笑，咔嚓一声打开锁，就恶狠狠地将其掷在地上踩了一脚，方推开木门走进去，哼哼道："自然是看上公子了，要不然怎会漏夜探狱？敢问公子，可有兴趣与小女子牢中私会，谈谈人生和理想？"

萧乾微微一笑，牵她过来，吻了吻她的手背："小娘子这般情义，那小生就不客气地笑纳了。"

"禽兽！"墨九横眼一瞪，"你还有心情笑纳小娘，看来这牢都白坐了。"

萧乾眸中闪过一抹促狭，指了指食盒："我是指它。"

墨九扑哧一笑，也不与他贫嘴了，学着他先前的样子，撩裙盘腿坐下，把食盒放在稻草上，将檀木盖子取下来，翻开当成"桌子"，再把食盒里的菜一个个拿出来放在盖子里面，又笑望着他："猜猜我给你带了什么好东西？"

"猜不出。"萧乾只笑，不猜。

"没劲。"墨九翻个白眼儿，从食盒里取出一壶酒，"喏，专程给你找来的。"

"好香！"萧乾深吸一口气，又打量她，"阿九哪里搞的梨觞？"

墨九唇角弯弯："阿九自然有阿九的本事。"

要搞到这一壶梨觞可实在不容易。萧家的宅子早就被查封了，那余下不多却价比千金的梨觞酒自然也被封存起来。不过宋熹酷爱此酒，舍不得糟蹋了它，并没有将梨觞从萧宅起出，还将其藏在老窖之中，墨九让墨妄潜入萧宅，费尽心机才搞到了一坛。

这一点，萧乾自然也能想到。

他抚着光滑的壶身，眉梢沉沉："怎么来的？"

墨九轻松地笑笑："偷的。你信吗？"

"呵，信。"萧乾笑了，只一瞬，目光又幽幽掠过，"这是萧家的家酿。"

是了，梨觞确实是萧家的家酿。

可萧家的家酿，如今萧家人要喝还得去偷，那是一种怎样的无奈？

墨九抿抿嘴唇，噙着笑，并不想说这些不开心的事情。她与萧六郎对坐着，殷勤地为他布菜、斟酒，轻松地与他侃着，说北上，说均州，说兴隆山，说墨家，说那个她从来没有去过的北勐，说一些不着边际的话，却绝口不提目前的处境。

萧乾含笑，不问她为什么可以进来，也不戳破她费心营造的美好氛围。言辞淡